AF617463

VERBUM NARRATIVA

EL TIEMPO DE LOS CABALLOS BLANCOS

serie **Letras Árabes**

Dirigida por: ABDUL H. SADOUN

آداب عربية

Serie dedicada a difundir lo mejor de la literatura árabe clásica y contemporánea, con traducciones directas del árabe al español. Además de ediciones bilingües árabe-español y abordajes de temas propios de la cultura y la literatura árabes.

IBRAHIM NASRALLAH

EL TIEMPO DE LOS CABALLOS BLANCOS

UNA EPOPEYA PALESTINA

(NUEVA EDICIÓN REVISADA)

TRADUCCIÓN DEL ÁRABE:
MOAYAD SHARAB

ESTA OBRA HA SIDO TRADUCIDA EN EL MARCO DEL PROGRAMA DE TRADUCCIÓN *CLÁSICOS ÁRABES CONTEMPORÁNEOS* DE LA ESCUELA DE TRADUCTORES DE TOLEDO (UNIVERSIDAD DE CASTILLA-LA MANCHA), DIRIGIDO POR LUIS MIGUEL CAÑADA.

Título original: زمن الخيول البيضاء (Zaman al-juyūl al-bayḍā), Al Dar al Arabiya li-l-Ulum Nashirun, Beirut, 2007

Tr.ª Sierra de Gata, 5
La Poveda (Arganda del Rey)
28500 - Madrid
Teléf.: (+34) 910 46 54 33
e-mail: info@editorialverbum.es
https://editorialverbum.es

I.S.B.N.: 978-84-1136-111-8
Depósito Legal: M-11632-2024

Diseño de colección: Origen Gráfico, S. L.
Preimpresión: Adrians Esquivel Romero
Printed in Spain / Impreso en España

Este libro ha sido impreso con papel ecológico procedente de bosques sostenibles.

Dios creó al caballo del viento y al hombre del polvo.
Proverbio árabe

…Y uno podría añadir: «Y a las casas de las personas».

ÍNDICE

LIBRO UNO:
El viento

LIBRO DOS:

La tierra

LIBRO TRES:

Los seres humanos

Prólogo:
Ibrahim Nasrallah, una lección magistral de literatura e historia

Escritor palestino nacido en Jordania, Ibrahim Nasrallah es autor de novelas de éxito en el mundo árabe, que se han traducido a varias lenguas con el reconocimiento de la crítica. Hijo de refugiados de 1948 y con prestigiosos galardones en su haber, la obra que aquí presentamos, *El tiempo de los caballos blancos*, narra las vicisitudes de una aldea palestina en las décadas que precedieron al establecimiento del Estado judío, desde el final del dominio turco, que concluye con la Primera Guerra Mundial, pasando por los tres decenios de Mandato Británico y culminando con la victoria sionista de 1948 que creó una trágica situación que ha perdurado hasta nuestros días.

El centro del marco geográfico es Alhadia, una aldea campesina y ganadera que sufre los estertores finales del dominio turco, agitando la vida cotidiana de las pocas familias que allí residen. Después es testigo de la ocupación de los británicos, que terminarán aliándose con el movimiento sionista gracias a la enorme influencia de las comunidades judías en el Reino Unido y Estados Unidos. En una visión más amplia, se observa la relación de los aldeanos con otros lugares emblemáticos de Palestina, como Yafa o Jerusalén, donde año a año crece la presencia judía, hasta que un día Alhadia, que significa 'la tranquila', verá cómo los judíos establecen a poca distancia una colonia que suscitará innumerables problemas y conflictos graves, con su torre desde donde los sionistas controlan, vigilan y agreden a los aldeanos.

La novela es una magistral y documentada lección de historia en la pluma de un narrador experimentado y hábil. No faltan alusiones a personajes históricos que se cruzan con los protagonistas, como Glubb Pasha o Izz al-Din al-Qassam, referentes que continúan vivos en la memoria colectiva de los palestinos de nuestros días, unos como héroes y otros como villanos, reforzando el carácter eminentemente histórico de la narración. El libro es un feliz contrapunto a la abundante literatura sionista sobre la mítica creación del Estado de Israel, bien conocida en Occidente, a diferencia de la perspectiva palestina que ofrece este libro.

El narrador no rehúye el sentido del humor, que contrapuesto a la tragedia de los palestinos, humaniza más a la novela, como en el episodio de míster Kamen y Nayi, que ayuda a comprender el intríngulis de las penosas relaciones entre la población autóctona y las fuerzas británicas. El título del libro hace referencia a las yeguas y caballos que transitan por las páginas desde el principio jugando un papel capital en la vida de los protagonistas, purasangres imbricados en el argumento que poseen sus propios sentimientos y que simbolizan la libertad y armonía rota que ansían los aldeanos.

La narración es unas veces ficción y otras, historia, y con más frecuencia una amalgama de las dos cosas, que recrea la turbulenta existencia de tres generaciones. Es también una obra eminentemente costumbrista, una delicada enciclopedia de costumbres locales, donde no faltan amuletos ni episodios mágicos, un recurso que suelen estimar los escritores y lectores árabes, especialmente palestinos. No podía ser de otro modo ya que la literatura palestina tiende a ser costumbrista, especialmente la que recrea la tragedia que sufrió ese pueblo, y tiende a idealizar el periodo previo al inicio de sus males. Los escritores palestinos suelen añorar un pasado mítico y recuperarlo en cada generación, e Ibrahim Nasrallah lo hace con prosa precisa y conmovedora, encadenando episodios que por pequeños que sean aportan hojas al frondoso árbol de la novela.

La aldea Alhadia representa el orden natural que se ve interrumpido por injerencias foráneas, un idilio imposible puesto que primero debe someterse a los turcos, luego a los británicos y finalmente a los sionistas, cada vez de manera más brutal hasta convertirse en un infierno inhabitable. Desde el principio encontraremos a personajes justos y nobles, a otros calculadores y fríos, o a colaboracionistas cuyo objetivo es realizar sus ambiciones personales y para ello no dudan en trabajar contra los palestinos para las fuerzas foráneas. Vidas y muertes se suceden y marcan los tiempos, sin resolver nunca la opresión, la violencia y los conflictos de la aldea.

En los personajes principales y secundarios se trasluce una existencia incorporada a la naturaleza, inmersos en vidas sencillas y ordenadas siempre que no haya injerencias. Los personajes deambulan por los contornos de Alhadia pastoreando el ganado o cultivando los maizales, tomando café, ultimando contratos matrimoniales según las tradiciones locales, teniendo hijos, estableciendo vínculos entrañables, escuchando programas de música o informativos en las primeras radios que llegan a la aldea, y a veces prisioneros de pasiones que se suceden de una generación a otra.

La primera mención significativa de los judíos, hacia la mitad de la segunda de las tres partes de que consta la novela, trastorna completamente Alhadia y es presagio de la tragedia definitiva que se avecina. Una mañana los aldeanos se levantan para ver a unos pocos cientos de metros un asentamiento que se construyó durante la noche sin hacer ningún ruido, sin que los perros ladraran, sin que ningún caballo relinchara. Cuando un pastor se acerca a la verja movido por la curiosidad, desde la colonia le disparan, su rebaño se dispersa y el pastor huye aterrorizado. Es la señal de que las cosas han cambiado para siempre. Los nuevos vecinos desestabilizan el orden natural y cuentan con la protección de las fuerzas británicas: se ha creado un conflicto de dimensiones y trascendencia desconocidas para los aldeanos.

Otra mañana, los aldeanos se levantan y comprueban que la verja que rodeaba el asentamiento se ha desplazado doscientos metros durante la noche, tragándose los pastizales del norte y del sur de Alhadia. Cuando se acercan a la verja son repelidos a tiros, una situación que recuerda perfectamente lo que sucede ahora mismo en las colonias judías de los territorios ocupados en la guerra de 1967. Los campesinos ya no podrán cultivar el trigo, los árboles frutales o los olivos, tal como sigue ocurriendo hoy, cuando los colonos talan sus árboles con sierras eléctricas ante la pasividad de los soldados israelíes y la comunidad internacional.

Hay que insistir en que la novela es una magistral lección de historia que refleja fielmente lo ocurrido en el pasado y lo que sigue ocurriendo cuando escribimos estas líneas. Con todo, es un lectura didáctica y placentera para el lector contemporáneo, para quien no esté muy familiarizado con la historia más reciente, pero también para quien aprecie la buena literatura, donde encontrará un caudal de emociones que van de una página a la siguiente.

Eugenio García Gascón
Segovia, 4 de octubre de 2021

Prefacio

En 1985 me planteé que mi siguiente novela debía ser el relato trágico y cómico de la historia de Palestina. Así que me puse manos a la obra. Me preparé para escribirla registrando testimonios y compilando una biblioteca dedicada a los aspectos que consideraba más determinantes. Sin embargo, a veces sucede que los mejores eventos en la vida son aquellos que no van según lo planificado. En este caso, los años consagrados a la escritura de esta novela han resultado ser la puerta de entrada a otras cinco, en el entretanto. En consecuencia, esta novela concebida como la primera de la pentalogía ha acabado siendo la última de la serie.

Durante los años 1985 y 1986 concluí la tarea de recopilar los extensos testimonios orales que han contribuido, en particular, a *El tiempo de los caballos blancos*. Varias personas que habían sido arrancadas de su patria y residían en el exilio me proporcionaron historias detalladas de las experiencias que habían vivido en Palestina. Lo triste es que todos ellos pasaron a mejor vida antes de que su gran esperanza de volver a casa pudiera convertirse en realidad.

Testigos de cuatro aldeas palestinas compartieron el mismo sueño, regresar a su hogar, y el mismo destino, fallecer en el exilio.

Esta novela está dedicada a la memoria de mi tío Yuma Jalil, de Yuma Salah, de Martha Jadir y de Kawkab Yasin Tawtah.

Es un homenaje tanto a ellos como a las decenas de otros cómplices que compartieron con gran generosidad sus recuerdos. Escuché sus historias en el transcurso de los veinte años en los que esta novela se estuvo gestando. También es un homenaje a los escritores palestinos y a otros escritores árabes cuyas obras y memorias han ayudado a iluminar mi camino.

Existe una diversidad asombrosa entre las costumbres propias de las distintas aldeas y áreas palestinas, de manera que algunas de las costumbres a las que se hace referencia en la novela podrían resultar desconocidas para algún que otro lector palestino.

La historia del monasterio en el pueblo de Alhadia es real de principio a fin, es la historia de mi pueblo.

Los nombres de todas las personas y familias que aparecen en esta obra son ficticios. Cualquier parecido entre ellos y personas reales, vivas o muertas, es pura coincidencia.

LIBRO UNO:
El viento

La llegada de Hamama

Un completo milagro se había obrado…

Bajo la morera, enfrente de la casa de huéspedes, Hach Mahmud estaba sentado junto a su hijo Jáled y un grupo de hombres del pueblo, cuando de repente vieron acercarse a lo lejos una nube de polvo. Una extraña sensación se apoderó de él. Al cabo de un momento, el polvo comenzó a dispersarse y en su lugar se asomaba una blancura como nunca habían visto. Su brillo fue ganando más y más intensidad hasta que se mostró en toda su plenitud.

No había nada sobre la faz de la tierra que pudiera cautivarlos más que la belleza de una yegua o un caballo.

—¿Veis lo mismo que yo? —dijo Hach Mahmud asombrado.

Al no recibir respuesta, se volvió hacia los otros hombres, a quienes encontró con la lengua enmudecida por el asombro.

Reinó después un largo silencio, que fue finalmente interrumpido por el frenético galope de aquella criatura, que parecía surgida de un sueño.

El jinete hacía todo lo posible para controlar aquella masa de luz que se retorcía salvajemente debajo de él. Se resistía con obstinación, como ajena al terrible dolor que la brida le infligía, mientras aumentaban los desgarradores gemidos y los jadeos. Con la cabeza hacia arriba, la masa de luz comenzó a lanzar un doloroso relincho. En ese momento Hach Mahmud gritó:

—¡Hombres! ¡Un espíritu libre está pidiendo ayuda! ¡Tomadla bajo vuestra protección!

La yegua se detuvo frente a ellos, inmóvil como una piedra. Parecía preferir la muerte, antes que dar otro paso.

***

Cuando el jinete vio que los hombres corrían hacia él, golpeó a la yegua con su fusta para que se moviera. Pero ella no cedió. Entonces desmontó y echó a correr, tropezando a medida que volvía por donde había venido.

Antes de que los hombres alcanzaran a la yegua, Jáled y la suya ya habían bloqueado al fugitivo.

Dio vueltas a su alrededor una y otra vez, hasta que lo vio caer.

—¿A quién se la has robado?

El hombre no respondió.

Jáled se acercó. Con un furioso relincho, su yegua levantó las patas delanteras, amenazando el cuerpo aterrorizado del ladrón.

—¡A unos beduinos nómadas! —confesó.

Jáled dirigió a su yegua hasta que las patas delanteras se colocaron a tan solo un brazo de distancia del pecho del hombre.

—¿Dónde?

—Al oeste del río.

—La purasangre ha puesto en evidencia lo que eres.

Mientras el hombre clamaba misericordia, Jáled continuó con su interrogatorio.

—¿Cuánto hace que la robaste?

—Dos días.

—¿No sabes que robar una yegua es robar un alma? Corre por tu vida ahora, antes de que se ponga el sol. ¡De lo contrario, serás la comida de nuestros perros!

Cuando Jáled dio otra vuelta alrededor de él, el hombre extendió la mano hacia su kufiya, el cordón y la capa.

—¡Déjalos donde están! —gritó Jáled—. No hay protección para alguien que no hace nada por proteger a un espíritu libre.

El hombre se alejó tambaleándose, en una carrera frenética por alcanzar el horizonte antes del anochecer.

Cuando los hombres se acercaron a la yegua, ella, enloquecida, se puso a dar vueltas en círculos. Solo se detuvo cuando retrocedieron.

—Dejadla en paz —les pidió Jáled.

Los hombres subieron a la colina, hacia el patio de la casa de huéspedes. Jáled se quedó cerca. Sin embargo, no pensó en aproximarse más a ella. La miraba contemplativo; veía en ella una belleza que nunca antes había cruzado esa llanura. Al final, se dio cuenta de que lo mejor que podía hacer era alejarse de ella. Subió la colina para reunirse con su padre y los otros hombres.

La oscuridad comenzó a engullir gradualmente al ladrón en la distancia hasta que desapareció de la vista. La yegua, en cambio, todavía podía verse. Era como un rayo de luz solar.

—No es bueno que la yegua se quede fuera —dijo uno de los beduinos.

—Dejadla en paz —respondió Hach Mahmud—. Es un espíritu libre.

Entonces comenzó a cantar:

Si alguien pierde un caballo suyo,
Lo protegemos como si fuera hijo nuestro.
A diario lo compartimos todo con él.
Ropa, comida y cama

***

Cuando la noche tocaba a su fin, el grupo se disolvió y todos tomaron sus respectivos caminos a casa. Jáled no se movió. Todo lo que podía hacer era contemplarla con la mirada fija. Tenía miedo de todo. Temía que la yegua se marchase o que se quedase —en cuyo caso él se sentiría más apegado a ella, pese a que no era suya—. Temía que aparecieran sus legítimos dueños. Sabía que, si hubiera perdido una yegua como ella, pasaría el resto de su vida buscándola.

¿O no era exactamente eso lo que le había sucedido?

Alhabbab

Nadie sabía de dónde venía aquel nombre: Alhabbab. Tampoco sabían si habría tenido otro antes.

El orgullo de los nobles y de otros altos rangos, su excelencia el caimacán, el nuevo jefe de distrito, había salido en su primera gira para inspeccionar la nueva jurisdicción. Su atención se detuvo en un hombre que caminaba con cierto orgullo. Sus ojos se encontraron. Para disgusto y consternación de su excelencia, Alhabbab no estaba nervioso ni lo más mínimo. Lo llamó y este se le acercó. Su excelencia le dio una palmadita en el hombro y luego dio un par de vueltas a su alrededor. Alhabbab permaneció inmóvil, como si el asunto no tuviera que ver con él. Sobra decir que esto fue suficiente para despertar la ira de un comandante que apenas llevaba dos días en la ciudad, y que había llegado esperando encontrar a la población en abyecta sumisión hacia él. El comandante desenvainó su espada y la invirtió, de modo que su mango tocara el suelo y su punta se balanceara adelante y atrás entre su pulgar y su dedo índice. Extendió la mano derecha hacia el hombro de Alhabbab, mientras que con la izquierda inclinó la punta de la espada hacia su cintura y la sostuvo allí. Alhabbab permaneció donde estaba, inmóvil.

Cuando la gente se reunió para presenciar el peculiar espectáculo, el comandante dejó caer el brazo encima de su hombro y lo atrajo hacia él, hacia la espada, que fácilmente encontró un asidero en la tierna carne de su cintura. Alhabbab siguió sin parpadear.

El metal se abrió paso sin esfuerzo por el cuerpo de Alhabbab. La sangre comenzó a fluir de su cintura, luego se deslizó a través de la hoja hasta que alcanzó la empuñadura de la espada plantada en el suelo. El comandante se volvió y vio un charco de sangre que crecía rápidamente. Para entonces, estaba seguro de que lo último que haría el hombre sería lanzar un grito de dolor, incluso si su negativa a hablar podía costarle la vida. Después dio tres pasos atrás.

—¿De dónde eres?

Como respuesta, Alhabbab señaló al horizonte, que se extendía hacia el este y las lejanas colinas, oscurecidas por el sol de la mañana con su halo de ceniza.

El comandante lo invitó a caminar con él y Alhabbab aceptó. Le preguntó por su nombre y el de su pueblo.

—No abandones este caravasar. No vayas a ningún lado —concluyó.

Dos días después, tres soldados turcos llegaron para llevárselo. Se fue con ellos y desapareció.

No hay mal que con bien no venga

La herida de Jáled aún debía sanar. La amargura de aquella repentina pérdida todavía lo turbaba y lo irritaba. ¿Cómo podía habérsela llevado la muerte mientras la tenía bien abrazada?

Se enamoró de ella cuando coincidieron durante una temporada de cosecha. Aquella vez dejó Alhadia junto a su familia para ir a Jerusalén. Hach Mahmud conocía al padre de ella desde hacía mucho tiempo.

Tan pronto como regresaron a casa, agarró un plato y lo rompió.

Munira, su madre, oyó el ruido de la porcelana al hacerse pedazos.

—¡No hay mal que con bien no venga! —exclamó.

Agarró otro plato y lo rompió también.

—¡No hay mal que con bien no venga, otra vez! —repitió la madre—. ¿Qué te pasa hoy? —le preguntó a su hijo.

Antes de que tuviera la oportunidad de terminar su pregunta, otro de sus platos de porcelana china de color rosa, que Hach Mahmud le había comprado a un gendarme turco, ya estaba en el suelo.

—¡Hach Mahmud, haz algo con tu hijo antes de que acabe con toda la vajilla! —gritó al ver que su hijo tomaba otro plato.

Hach Mahmud acudió corriendo y al instante se percató de que el anhelo de una mujer latía en las venas de su hijo.

***

Pese a lo costoso que resultaba, se trataba de una forma educada, a la que solían recurrir los jóvenes de las aldeas de la región, para anunciar que ya no podían seguir soportando la soltería.

La verdad sea dicha, Munira había estado esperando ansiosamente el día en que escuchara el sonido de un plato haciéndose añicos contra el suelo de su casa. Pero no deseaba sacrificar más platos de porcelana china, fuese cual fuese el motivo. Por ello, en cuanto vio peligrar su preciada vajilla, comenzó a gritar.

Con un plato sobre la cabeza y el resto de ellos acunados entre su mano izquierda y su cintura, Jáled estaba listo para continuar con la maniobra.

Entonces, Hach Mahmud entró.

—Dime qué quieres y haremos lo que podamos —prometió de manera contundente.

El destino del plato permaneció suspendido en su mano.

—A Amal, la hija de Abu Salim —contestó.

—¿Abu Salim?

—El comerciante de trigo de Jerusalén.

—¿Y qué pasa con las chicas de la aldea?

—Nada. Quiero casarme con Amal, la hija de Abu Salim.

—Es una chica de la ciudad. No te servirá de nada aquí.

El plato en la mano de Jáled se movió. El corazón de Munira saltó con un latido. Con los ojos fijos en la mano en alto, exclamó: «Pues la hija de Abu Salim. Así será, ¿por qué no?».

—¿Qué estás diciendo, mujer? —contestó Hach Mahmud—. Esta gente ni siquiera nos daría una cabra si tuvieran una. ¿Y tú esperas que nos den a su hija?

Los ojos de Jáled se encontraron con los de su madre. Ella entendió el mensaje: si tardaba en intervenir, el plato del que se había enorgullecido durante tanto tiempo, junto con el resto del juego, pronto estaría hecho añicos.

—Por mi bien, Hach, no lo decepciones —suplicó—. Es el mayor, el consentido. ¡Dame la alegría de verlo vestido de novio!

—Me lo pensaré.

Lanzando a su hijo una mirada de reproche, dijo:

—Tu padre ha dicho que lo pensará. Ahora, dame el plato.

Intentó alcanzar el extremo de su brazo extendido, pero no pudo. Así que agarró los platos que estaban acurrucados entre su mano izquierda y su cintura. Luego se retiró alegremente con lo que había logrado recuperar.

—Además —le dijo a su esposo—, ¿dónde encontrarían para su hija un novio tan alto como Jáled?

Hach Mahmud permaneció en silencio.

—¿O ese color rojizo? ¿O esos ojos verdes?

Hach Mahmud miró pensativamente a su hijo.

—Ya veremos —sentenció.

Jáled le dio a su madre el plato que ella no había podido alcanzar.

***

Durante tres días enteros los platos desaparecieron como si nunca hubiesen sido parte de la casa. Durante tres días enteros hubo un silencio interrumpido tan solo por las palabras de suave reprensión de su madre:

—¡De verdad, Jáled! ¿Tu madre significa tan poco para ti que estás dispuesto a romperle toda la vajilla?

Él no respondió.

A solas con Hach Mahmud, ella le dijo:

—¡No permitas que los platos rotos hayan sido en vano!

Hach Mahmud se levantó bruscamente y fue en busca del resto de los platos para poder romperlos también. Para alivio de Munira, no los encontró. Dio las gracias a Dios por haberla inspirado y haber escondido a tiempo sus más preciadas posesiones.

***

Los hombres estaban sentados en un gran salón con claros signos de opulencia: los sillones, los cuadros que adornaban las paredes, los recipientes de vidrio ingeniosamente dispuestos en los estantes y en las mesas, en las esquinas de la habitación, el espejo grande, los candiles y las copas de cristal, que brillaban en una cristalera de color miel.

Mi difunto padre una vez me contó que Abu Salim había sido uno de los comerciantes más respetados del país. Los aldeanos reci-

bían de él todo lo que necesitasen y, a cambio, durante la temporada de cosecha, él volvía a buscar trigo, cebada y semillas de sésamo. Nunca tuvieron ningún desacuerdo con él, ya que el precio del grano era conocido por todos, ¡como el precio de los sellos actualmente![1]

El café fue servido. El jeque Náser Alali, como jefe de la delegación, tomó su taza y la puso sobre la mesa frente a él. Como manda la tradición, no bebería hasta ver satisfecho el motivo de su visita. Los hombres que habían venido con él hicieron lo mismo.

—Tómese su café, jeque Náser —dijo Abu Salim.

—Lo tomaremos, Dios mediante. ¡Que Dios prolongue los días de su prosperidad y les proteja a usted y a su familia! Tenemos una petición.

—Dígame de qué se trata, jeque.

—Hemos venido a pedir la mano de su *potrilla* para Jáled, el hijo de Hach Mahmud.

El silencio reinó por un buen rato. Abu Salim miró a sus invitados. Su mirada, finalmente, se posó en el rostro de Hach Mahmud antes de responder.

—Por su dignidad, sentimos un gran respeto y afecto por usted, jeque Náser, y por las personas de buen corazón que hoy le acompañan. Tome su café, pues ¿dónde podríamos encontrar un marido más noble y puro para nuestra hija? Los hombres estaban tan sorprendidos que tardaron más de lo normal en tomar su café. Habían venido preparados para un encuentro desagradable. Y lo cierto es que la sensación inicial del jeque Náser Alali no distaba mucho de la de ellos.

—Temíamos que dijera que no estaba dispuesto a enviar a su *potrilla* tan lejos de su hogar, y habríamos entendido su postura —confesó Hach Mahmud.

—Este país es del tamaño del corazón, Hach —contestó Abu Salim—. Nada queda lejos y nada nos es ajeno.

---

[1] Los pasajes en cursiva reproducen conversaciones mantenidas, o su trasunto. Todas las notas a pie de página son del autor.

Los siete respetables

Hach Mahmud recuerda bien el día en que llegaron los siete respetables.

—Les prometemos que seremos más amables que la brisa que sopla sobre esta colina, tan gentiles que ni siquiera notarán que estamos aquí. También podemos asegurarles que, gracias a nosotros, ustedes serán más fuertes —aseguraron los monjes a los lugareños—. Y cuando decimos gracias a nosotros, nos referimos a un mundo entero que nos respalda, un mundo representado por la Iglesia. Tal vez ustedes sepan que desde hace muchos años la *Sublime Puerta* elige al arzobispo de Jerusalén entre los clérigos de nuestra congregación. Sin embargo, estamos sujetos a la autoridad de nuestro país de origen como si viviéramos allí, por lo que disfrutamos de dos tipos de protección, las cuales también beneficiarán a la aldea.

—¿Y por qué han elegido venir Alhadia en particular? —les preguntó Hach Mahmud.

—¿Cree usted que este pueblo se llama Alhadia, por casualidad? —respondió el principal. Señaló hacia la llanura que se extendía hasta donde alcanzaba la vista y continuó—: en un pueblo como este cuyo nombre significa la tranquila, con tal extensión y sin nada que pueda bloquear la vista o entorpecer la mente, una persona se halla más cerca de Dios.

—¡Alabado sea Dios! —musitó Hach Mahmud.

¡A la rica miel!

La alegría que Jáled manifestaba por su novia estaba más allá de toda explicación. La seguía por la casa, la levantaba y la cargaba en sus brazos. A veces la llevaba por el patio de tierra batida, donde solían estar sentados sus padres y hermanos, y caminaba a su alrededor, cantando alegremente: ¡Llevo miel! ¡Llevo rosas! En una ocasión estaba por llevarla a la azotea, pero Hach Mahmud lo detuvo en el último minuto.

—Compórtate, muchacho —dijo a su vez Munira, pese a que estaba feliz de verlo tan eufórico.

***

Las noticias del apego de Jáled a su novia comenzaron a extenderse pronto y el joven se convirtió en la comidilla del pueblo. Los hombres de la aldea lo desaprobaban y las mujeres susurraban entre sí: «¡Así debe ser un hombre! Si no, ¿de qué sirve?». En menos de un mes, la recién llegada recibía miradas mordaces y envidiosas donde quiera que fuera. Pero la cosa no se detuvo allí: un día Jáled estaba sentado con un grupo de jóvenes de la aldea y, cuando empezaron a susurrar entre ellos, se levantó de repente y dijo:

—¿Qué veis de raro en mi comportamiento? ¿Acaso no es más hermosa que el sol y la luna juntos? ¡Si no lo es, os juro que me divorcio de ella!

No respondieron nada.

Dos días después, cuando estaban almorzando en el campo, comenzaron a cuestionar lo que él había dicho. Nuevamente afirmó desafiante:

—Si no es más hermosa que el sol y la luna, ¡os juro que me divorcio de ella!

—¿Qué estás diciendo, hombre? —le espetaron—. ¿Podría haber una mujer más bella que el sol y la luna, las cosas más espléndidas y bellas de toda la creación de Dios? Después de todo, ¡es el sol el que nos ilumina durante el día y la luna la que ilumina nuestro camino por la noche!

Mientras meditaba sobre lo que le habían dicho, Jáled miraba a su esposa y pensaba: «No hay duda, ella es más hermosa».

Siete noches después hubo luna llena, lo que brindó una oportunidad para una discusión renovada sobre el tema. Mirando hacia la luna llena, Ramadán Nasrallah dijo:

—¡Mirad! ¿Es posible que un ser humano sea más hermoso que esta exquisita creación de Dios?

Jáled entendió la doble intención de la pregunta y se dirigió a Ramadán:

—Si ella no es más bella, ¡te juro que me divorcio! —Reinó el silencio.

—¿Por qué estáis callados? —preguntó Jáled de repente.

—Esta es la tercera vez que dices que la repudias. Sin darte cuenta, acabas de divorciarte de la mujer que amas. ¿A quién se le ocurriría en su sano juicio decir que hay una mujer más bella que el sol y la luna? —respondió Muhámmad Shahada.

La catástrofe que acababa de provocar lo atravesó como una puñalada por la espalda.

Como loco, corrió a ver a sus padres. Acudió a ver al jeque Husni, el imán de la mezquita, quien reaccionó retorciéndose el turbante como si se retorciera el cerebro.

—Déjame pensar —respondió el imán—. ¿Pero cómo diablos has hecho caer esta desgracia sobre ti y sobre mí?

Mientras miraba a su esposa, Jáled sintió que una gran distancia lo separaba de ella, como si hubiera un océano entre los dos.

A la mañana siguiente, Jáled regresó junto al imán Husni, que seguía con la misma actitud consternada que el día anterior. Se sentó a esperar en la puerta de la mezquita. Sin embargo, los tres días siguientes tampoco le trajeron nada que tranquilizara su corazón.

Se marchó de Alhadia. Fue deambulando sin rumbo hasta llegar a Jerusalén. Cada vez que se encontraba con un clérigo musulmán le rogaba que le dijera algo y no se contentaba con el silencio, como hacen los demás.

Recorrió todo el país de norte a sur, de este a oeste, pero fue en vano. Un día, el jeque Náser Alali lo encontró tendido en las lindes de su campo con su yegua parada cerca. Se inclinó sobre él y, ayudándolo a sentarse, le dio un trago de agua.

Jáled no tenía ni idea de cómo había terminado en el campo del jeque Náser Alali, ya que no había nadie en la tierra del que hubiera deseado más escapar. El jeque Náser había encabezado personalmente la delegación que había ido a pedir la mano de su esposa en su nombre. ¿Y qué había hecho él? Se había ido y había manchado su reputación con sus precipitadas palabras.

—¿Qué te ha sucedido, hijo? —preguntó—. Si podemos ayudarte, lo haremos. Si hay algo que necesites en esta región, intentaremos ayudarte a encontrarlo.

El silencio con el que todos los demás lo habían conocido se había instalado en lo profundo de su ser. Lo perseguía dondequiera que fuera. Jáled miró al jeque Náser y rompió a llorar.

Tres días más tarde, el jeque le hizo la misma pregunta. Jáled se deshizo en lágrimas de nuevo. Sin embargo, había algo amistoso y acogedor en la cara del jeque Náser que le aflojó la lengua.

—Me la diste en matrimonio y la perdí.

Cuando empezó a hablar no hubo forma de detener el torrente de palabras que vino después.

***

Sin decir una palabra, el jeque comenzó a juguetear con su barba blanca. Se puso de pie y comenzó a pasearse por el patio, con las manos entrelazadas detrás de la espalda y los ojos hundidos mirando hacia el cielo, como si quisiera pasar página con su cuerpo diminuto y compacto y su rostro pequeño y juvenil.

—Quiero mucho a tu padre, Jáled, como también quise a tu abuelo. Has sido mi invitado durante tres días y espero que lo seas por un cuarto. Quizá Dios me inspire con la manera de resolver este endiablado dilema.

Unas horas más tarde, el jeque se acercó a él.

—Sé que necesitas irte a casa más de lo que necesitas quedarte —le dijo. Jáled asintió con la cabeza.

—¿Has encontrado una solución, padre?

—Eso espero. Venga, prepara tu yegua y encomiéndate a Dios. Tal vez podamos rezar la oración de media tarde en Alhadia.

Así que se fueron, cabalgando sobre la colina y el valle, atravesando las llanuras y recorriendo verdes campos y viñedos. De vez en cuando, el jeque lo alentaba.

—Confía en Dios, hijo. Todo acabará bien, si Dios quiere.

***

Al cabo de un tiempo, Alhadia apareció en lo alto de la gran colina. Jáled tiró del ronzal y su yegua se detuvo. Bajó la cabeza y se frotó la frente con los dedos de la mano izquierda. El jeque hizo retroceder a su yegua y le dijo:

—Ahora no. Ya casi estamos. Has esperado mucho tiempo y solo queda un pequeño trecho por recorrer.

Alhadia pareció levantarse repentinamente sobre las colinas circundantes. Los hombres que trabajaban en los campos se reunieron alrededor, muchos de ellos movidos por el remordimiento a causa de la forma en la que habían inducido a Jáled a decir lo que había dicho. Para Hach Mahmud, para su madre, sus hermanos, su hermana Aziza y para su tía paterna, Anisa, la alegría de volver a verlo fue indescriptible. Antes de saludar a su hijo, Hach Mahmud corrió hacia el jeque:

—¡Jeque Náser Alali! ¡Nos has devuelto a la vida honrando a nuestro pueblo con tu presencia y trayendo a nuestro hijo a casa otra vez! ¡Bienvenido! ¡Bienvenido! Nos honraría que cenases con nosotros esta noche. ¡Todo el pueblo está invitado a cenar!

Hizo un gesto a uno de los hombres, que salió corriendo para elegir unas ovejas, y los preparativos de la cena comenzaron de inmediato.

El jeque Náser Alali era uno de los jueces tribales más prominentes del país, así como también el más valiente y sabio de ellos, lo que reavivó las esperanzas de la gente de la aldea.

Jáled se volvió hacia su casa con la esperanza de ver a su esposa, pero no la encontró.

—Está dentro —le dijo su padre—. Pero recuerda, te está prohibida. —Jáled asintió con pesar.

***

Cuando por fin se dirigieron a la casa de invitados, el jeque Náser permaneció en silencio. De hecho, estaba tan silencioso que Hamdán no fue capaz de poner café nuevo en su almirez para preparárselo al invitado. Recogió el mortero y se alejó un poco. Luego comenzó a machacar los granos de café sin hacer ruido. Sus lágrimas fluían con libertad.

Cuando regresó, la gente notó las lágrimas en sus ojos. Sálem, el hijo de Hach Mahmud, cogió la *dallah* y vertió el café en las tazas, golpeando el caño contra el borde de cada una de ellas para que no se derramase ni una sola gota. Entonces Hach Mahmud tomó la taza en su mano derecha y se la ofreció al jeque Náser Alali[2].

Era la hora de la llamada a la oración de media tarde.

—Oremos aquí hoy. Con vuestro permiso, yo dirigiré la oración —les dijo el jeque Náser.

El jeque Husni hizo la llamada a la oración. Los fieles se alinearon en hileras ordenadas. El jeque Náser recitó primero la sura de La Apertura, y cuando la terminó, procedió a recitar otra sura llamada Las Higueras. —¡En el nombre de Dios, el Compasivo,

---

[2] La costumbre dicta que cuando se ha tomado la segunda taza de café, se procede, por cortesía, a sacudir la taza para expresar que no se desea más.

el Misericordioso!, ¡por las higueras y los olivos!, ¡por el monte Sinaí!, ¡por esta ciudad segura!, hemos creado el sol y la luna dándoles la mejor complexión.

Cuando los hombres escucharon lo que había dicho, algunos estallaron:

—¡Has cometido un error con la recitación, jeque!

Se quedó en silencio por un momento. Ellos también. Luego interrumpió la oración y se volvió hacia ellos.

—¿Y qué es lo que Dios Todopoderoso dice?

—Dice: «Hemos creado al hombre dándole la mejor complexión» —recitaron como respuesta.

El jeque agitó la cabeza como si estuviera considerando un problema que no tenía solución. Luego añadió:

—Ya que sabéis que esto es lo que Dios ha dicho, y que los seres humanos son la creación más bella de Dios, entonces, ¿por qué separáis a un hombre de su esposa?

El silencio reinó por segunda vez. Entonces, al entender lo que estaba haciendo el jeque, Jáled se levantó de un salto, lo abrazó y le besó las manos. El jeque Husni se golpeó la frente, reprochándose:

—¿Por qué no se me había ocurrido eso?

—Porque no se le había ocurrido a nadie —lo tranquilizó Hach Mahmud.

***

Por desgracia, su felicidad duró poco. Un día, al oír a un vendedor ambulante que ofrecía sus mercancías en la calle, la esposa de Jáled salió y cambió tres huevos por dos puñados de higos secos. Esa noche, comenzó a quejarse de dolor: «¡Mi estómago!».

Al principio, todos pensaron que estaba a punto de tener un aborto espontáneo. Sin embargo, Shinnara, la partera del pueblo, les aseguró que no tenía nada que ver con el niño que llevaba en su interior. Después de dos horas de dolor indescriptible, mientras Jáled la sostenía en sus brazos, la muerte la alejó para siempre.

Durante un largo tiempo, él se lamentaba:

—¿Cómo pudo la muerte quitármela cuando la tenía tan bien abrazada? ¿Cómo?

—¡No digas eso, hombre! —le reprochaban.

Y entonces, de repente, llegó Hamama.

Una nueva manera de ver las cosas

Cuando se tomó la decisión de construir el monasterio todo el pueblo de Alhadia se puso a trabajar. En menos de tres meses el edificio, cuyas luces salpicaban las llanuras y colinas circundantes, se podía ver, al menos, desde siete pueblos más allá.

Demetrius, un ingeniero rubio de larga melena recogida en una cola de caballo, daba las instrucciones. Los habitantes de Alhadia, que habían construido sus casas con sus propias manos, ejecutaban las órdenes con precisión. A los tres meses de finalizar la construcción, el padre Georgiou llegó en un carruaje tirado por dos sementales negros, que se detuvieron frente a la gran entrada del monasterio. Lo único que la gente del pueblo no había podido completar de la manera requerida fue la puerta que el ingeniero había traído de Atenas y las ventanas. Había cruces, un crucifijo y vidrieras, cuyos paneles estaban separados por montantes de madera oscura, que se cruzaban para formar otras. A los aldeanos les molestaba la gran cruz de madera de olivo situada encima de la entrada del monasterio. Era cierto, por supuesto, que habían visto muchas cruces en sus vidas. Sin embargo, el tamaño de esta cruz en particular y un comentario hecho por el jeque Husni amenazaron con convertir el asunto en un problema.

—¡Está incluso más alta que el alminar! —exclamó el jeque Husni, el imán de la mezquita, cuando vio la cruz.

En ese momento Hach Mahmud intervino.

—Ya sea que estemos sobre la tierra o bajo tierra, la distancia entre nosotros y Dios Todopoderoso es la misma. —Hizo una pausa y continuó—: No vamos a estar en desacuerdo sobre aquello que tenga que ver con Dios mismo. Dicen que Jesucristo fue crucificado, mientras que el Corán dice: «No le mataron ni le crucificaron, sino que les pareció así». Dios Sublime ha dicho la verdad. Hay una cosa de la que podemos estar seguros: alguien fue crucificado y aunque esa persona haya sido un profeta o un ser humano ordinario parecido a ese profeta, deberíamos sentir de igual forma su sufrimiento.

Con estas palabras, Hach Mahmud puso fin a la discusión y desde ese momento todos miraron a la cruz de un modo diferente.

El noble Corán

Durante tres días seguidos Hamama no quiso ceder. Varios hombres diestros con los caballos intentaron hacer que se moviera. También Hach Mahmud, Jáled y el jeque Husni, que recitó ante ella los versos del Corán: «Juro por los corceles que se lanzan relinchando, y arrancan chispas con sus cascos, y sorprenden al amanecer, levantando una nube de polvo e irrumpiendo en las filas del enemigo, que el ser humano es ingrato con su Señor. Y él mismo es testigo de ello». Dios Sublime ha dicho la verdad, asintieron los tres.

Hamama había llegado un miércoles y el jeque Husni dedicó el sermón del viernes a hablar sobre caballos. Su peculiar negativa a abandonar el lugar donde se encontraba había llamado la atención de los aldeanos que venían de los pueblos vecinos al mercadillo que se celebraba en Alhadia cada jueves.

El jeque Husni comenzó su sermón citando uno de los dichos del profeta Muhámmad, que la paz sea con él: «Yábir Bin Abdullah y Yábir Bin Umayr, que Dios esté complacido con ellos, contaron que el profeta —que la paz sea con él— dijo: «Cualquier cosa que no sea la invocación de Dios es mero deporte y distracción, con cuatro excepciones, a saber: un hombre jugando con su esposa, un hombre disciplinando a su yegua, el tiro con arco y un hombre enseñando a otro a nadar». Reza un refrán árabe: «Hay tres actos de servicio que no son reprensibles: el servicio prestado al hogar, para la yegua y a un huésped».

Cuando la oración del viernes terminó, la gente estaba más ansiosa que nunca por ver a Hamama, ya que parecía ser un milagro con el que Dios había bendecido Alhadia.

***

Después de su hijo, Hach Mahmud era, entre todos, el que estaba más enamorado de la belleza de la yegua. Mantuvo una distancia adecuada, no fuera que mermara su digna posición como jefe del pueblo. De él se esperaba que fuera fuerte frente a las cosas que podrían tentar a los demás.

Todo era diferente, sin embargo, cuando no había nadie más cerca. La segunda noche después de la llegada de Hamama, Hach Mahmud se levantó de la cama. Jáled, que estaba durmiendo en el patio delantero, se dio cuenta: conocía los pasos de su padre. Abrió los ojos, pero no se movió lo más mínimo. Hamama era como una luna llena que nunca se pone. Hach Mahmud se acercó a ella en silencio, su resplandor lo abrumaba cada vez más, a cada paso que daba. Cuando se hubo acercado a ella lo suficiente, se sentó sobre una roca e, inmóvil, no se levantó hasta que sonó la llamada para la oración del alba. Cuando regresó a casa ¡se alegró de ver a su hijo profundamente dormido!

—Siempre he dicho que los caballos son un milagro de Dios y, ahora que he visto este, estoy aún más convencido de ello —se dijo a sí mismo.

***

Con el ocaso del viernes, la euforia que la gente había sentido por la llegada de Hamama se había convertido en miedo: el miedo a perderla. Se negaba a comer, beber o moverse. Era fácil ver cómo sus patas temblaban y que podría derrumbarse en cualquier momento. Nadie estaba más obsesionado por ese miedo que Jáled, que sentía que no podría soportar dos desgarradoras pérdidas de semejante magnitud. Sin embargo, el miedo había comenzado también a apoderarse de los miembros de su familia y de todos los vecinos de Alhadia, muchos de los cuales habían visto la llegada de la yegua como un buen augurio para la aldea.

Esa noche, Jáled perdió la paciencia. Sin apartar la mirada de ella, comenzó a bajar la colina. Cuando llegó a su lado, la yegua permaneció quieta. Parecía haberse entregado a algo desconocido, más allá de los confines de este mundo. Él se acercó aún más y ella no se inmutó. Extendió la mano con desconfianza hacia su crin y la yegua permaneció tranquila. Entonces la tocó. Recorrió con la mano el rostro de Hamama. Ella lo miró. Ahora estaban cara a cara. En ese momento, los ojos de Hamama se llenaron de lágrimas y Jáled se descubrió a sí mismo llorando con ella, en silencio.

¿Estaba llorando por ella? ¿O lloraban los dos por lo que habían perdido?

***

Pasado un tiempo, Jáled regresó a casa. Cuando llegó, su familia pudo ver restos de lágrimas en sus ojos. Cogió un cubo de agua y bajó la colina. Allí le lavó la cara y le humedeció la boca con sus propias manos. Hamama sacó la lengua y se lamió débilmente los bordes de los labios. Le alzó el cubo y la cabeza de la yegua desapareció brevemente dentro de él. Alarmado por el traqueteo en su garganta, no le permitió beber mucho. Sabía que podría hacerle daño. Después de apartar el cubo, tomó su mandíbula entre las manos, permitiendo que los pulgares se movieran hacia la parte delantera de su cabeza y le acariciaran suavemente la frente.

Esto era suficiente para él. Para él, que hasta entonces había perdido toda esperanza.

Se dio la vuelta para marcharse.

Hach Mahmud le dio una palmada en el hombro a su hijo en señal de felicitación. Su madre lo abrazó. Si su tía Anisa hubiera estado allí, se habría sentido orgullosa de él. Cuando volvieron a mirar a Hamama, se dieron cuenta de que les había seguido en su dirección. Contuvieron la respiración. Unos minutos más tarde, la vieron girar todo su cuerpo. Dio tres pasos hacia ellos, para después volver a su posición original.

No hizo ningún otro movimiento más. Sin embargo, lo que había sucedido les llenó de alegría.

Esa noche dejaron la puerta del patio abierta. Jáled durmió junto a la puerta de entrada de la casa, como lo hacía todas las noches. Enseguida cayó en un profundo sueño. La tranquilidad había descendido sobre su corazón, inundando su cuerpo de satisfacción.

Durmió…

Al amanecer, sintió un aliento cálido en la mejilla. Abrió los ojos y allí, justo a su lado, vio su rostro, más blanco que nunca. Había cerrado sus ojos de color azabache y dormía plácidamente por primera vez.

***

Tan enorme fue la alegría de todos que la aldea entera se convirtió en una gran celebración, digna de la boda más majestuosa. Las mujeres empezaron a lanzar albórbolas de alegría, mientras algunos hombres bailaban con sus espadas y otros agitaban sus escopetas en el aire. Agarrando los bordes de sus túnicas con los dientes, los niños corrían a través de la pradera, imitando el trote de Hamama. La tierra no era lo suficientemente grande como para contener la dicha que Jáled sintió cuando la encontró detrás de sí, con la seguridad de que no se trataba de un sueño. Sentía una felicidad inmensa, que jamás había esperado albergar de nuevo en su corazón.

—Pensé que estabas empezando a apagarte —le dijo Hach Mahmud—. Sabes que no hay nada más triste que un hombre apagado cuando todavía está en la flor de su juventud. Solo unos días con ella te han cambiado. Nos ha devuelto lo que habíamos perdido de ti. ¿Puedo darte un consejo?

Jáled asintió.

—Cabalga con Hamama y no paréis hasta que los dos os fundáis en un único ser.

En el transcurso de las siguientes dos semanas, Jáled comenzó a sentir que Hamama había recuperado su fuerza. Sin embargo, no podía sacudirse el oscuro miedo que había invadido su recién encontrada tranquilidad.

***

Jáled recordó aquel lejano día en el que había empezado su relación con camellos y caballos. Tenía ocho años cuando montó un camello por primera vez. Su primera experiencia sobre el lomo de esa gigantesca criatura fue de pura felicidad. También, fue la primera vez que había tenido la oportunidad de ver el mundo desde una altura tan insólita. Después de cabalgar un buen rato, decidió que quería bajar, pero había olvidado la palabra que se debía decir para hacer que el camello se detuviera y se arrodillase, «ijt». En su lugar seguía diciendo «jit», sonido que motivaba al camello a continuar su camino, hasta que llegaron al pueblo de Aggur. Finalmente, agotado y desesperado, la única solución que encontró fue saltar sin pensar en las consecuencias.

***

Una noche, sintiendo que nada debería interponerse entre él y Hamama, Jáled le quitó la silla de montar y la echó a un lado. A continuación bajó la colina y, cuando llegó al prado más lejano de las casas de la aldea, se quitó la ropa, la dobló cuidadosamente, la colocó en la base de un olivo y saltó sobre su lomo. Cabalgaron sin parar toda la noche, hasta sentir que Hamama le habían brotado alas y volaran por el cielo.

Con la aparición de los primeros rayos del amanecer ya no podía sentir su cuerpo. No podía saber dónde empezaban ni terminaban sus miembros. Estaban pegados por su sudor, como si estuvieran unidos para toda la eternidad. Se dio cuenta de que había llegado al instante en el que su cuerpo había penetrado profundamente dentro de ella y el de ella dentro de él. Cuando regresó al olivo donde había dejado la ropa, comprendió que jamás podría separarse de ella.

Desmontó y se volvió a vestir. Un extraño sentimiento se había apoderado de él, algo que no sabría describir. Cuando comenzó a caminar junto a ella comprobó que él mismo se había convertido en un caballo.

El regreso de Alhabbab

Alhabbab desapareció por un largo tiempo y cuando regresó había cambiado radicalmente. Fue llamado por el caimacán, quien le dijo:

—Ahora daremos por terminado el favor que te hemos hecho. Sabes que siempre elegimos un número de comerciantes, líderes de clanes y usureros en los que podemos confiar para participar en una subasta pública que se celebra cada año. El ganador nos paga los impuestos adeudados por los residentes de su área por adelantado. Luego le proporcionamos el poder necesario para cobrar lo que pagó y también, por supuesto, sus ganancias. Esta temporada, sin embargo, no vamos a seguir el mismo procedimiento. Te dejaré cobrar lo que puedas pagarnos este año, así como el año que viene, y estoy seguro de que lo puedes hacer. Todo lo que necesites será tuyo: el poder que sea oportuno y nuestra protección. Lo que te pedimos a cambio es humillar a aquellos que se atrevan a levantar la voz en señal de protesta, a hacer demandas separatistas e incitar a la gente a revelarse contra el Estado otomano.

Alhabbab nunca olvidaría aquel golpe de fortuna.

Su nombre estaba en boca de todos.

Hombres con capas de brocado

Los vientos que soplaron desde el mercadillo del jueves trajeron noticias sobre Hamama que se divulgaron por todo el país. Una mañana, un hombre se detuvo en el territorio de sus amos. Les contó cómo una yegua purasangre de color blanco había llegado a la aldea de Alhadia y cómo su gente la había puesto bajo su protección tras haberla rescatado del hombre que la había robado.

Esa noche, hombres vestidos con negras capas de brocado llegaron a caballo. Los hombres de Alhadia los observaban en la distancia. El corazón de Jáled dio un vuelco. Sabía que sus temores estaban a punto de cumplirse. Frotándose la frente con los dedos de la mano izquierda, se volvió hacia su padre.

—Hemos perdido a Hamama.

—Más bien volverá con sus legítimos dueños —respondió Hach Mahmud, al mismo tiempo que fruncía el ceño, de tal manera que era difícil saber si entrecerraba los ojos para ver mejor a los hombres que se acercaban a lo lejos, o si vislumbraba algo misterioso que venía del futuro.

Hizo un gesto a varios hombres de la aldea. Al comprender lo que quería, fueron a organizar los preparativos para recibir a los visitantes que, sin duda, habían realizado un tremendo esfuerzo por rastrear a la purasangre perdida.

***

El ocaso arrojaba un peculiar tono dorado sobre toda la llanura, cubriendo las vestimentas de los visitantes con colores nunca vistos. Los colores de los caballos también se habían alterado, de modo que se podía ver una yegua naranja o un caballo verde.

—Algo me dice que Hamama ha sido un mensajero de la amistad. Una parte de ella siempre se quedará con nosotros, sin importar a dónde vaya.

—¿Pero y si no son sus dueños? —preguntó Jáled.

—¿Lo preguntas porque quieres quedarte tranquilo? —respondió su padre—, ¿o simplemente porque no quieres perderla? Si tienes miedo de perderla, recuerda que nadie puede perder algo que pertenece a otro. De lo contrario, sufrirá dos veces su tormento: primero, a causa de su ignorancia y, segundo, por perder algo que no era suyo. Llévala y escóndela detrás de la casa de huéspedes. Veamos qué pasa —agregó.

***

Vislumbrar a los hombres de Alhadia en el horizonte fue suficiente para guiar a los jinetes hacia su destino. Cuando se acercaron, sus colores volvieron a la normalidad.

Había ocho hombres en ocho caballos que, inconfundiblemente, eran purasangres. Sin embargo, ninguno de ellos era tan blanco como Hamama.

Al llegar a su destino, desmontaron con la agilidad de hábiles jinetes. Hach Mahmud les dio la bienvenida y algunos de los aldeanos jóvenes llevaron sus monturas hacia la morera.

***

Hamdán fue hasta una esquina del patio de la casa de huéspedes y vertió el sobrante que había en las cafeteras. Al poco, el sonido de su mortero y su majadero se hizo oír.

Cada vez que molía café, Hamdán componía con el sonido de su almirez un ritmo diferente, de manera que uno podía adivinar quién era el invitado, qué estatus tenía y si había venido con noticias felices o tristes.

Esa noche, todos se dieron cuenta de que se estaba despidiendo de algo precioso y de que el ritmo del almirez de Hamdán expresaba lo que sentía la gente de Alhadia. La primera persona en comprender el mensaje de Hamdán fue Jáled. El constante golpeteo del majadero en el almirez sonaba como si fueran los pasos de alguien que se retiraba hacia lo desconocido. Ese ruido constante evocó la imagen de algo que miras y ves, pero que se va esfumando hasta que desaparece de la vista. Ni los ojos que lo miran fijamente hacen nada para evitar que desaparezca, ni rodearlo con las manos evita que se deslice entre los dedos.

Jáled se acordó entonces de su esposa, cuya aura pasó fugazmente por su mente.

***

Completamente en silencio, los jinetes tomaron asiento sin despegar los labios.

—¿Qué les trae por aquí? —preguntó Hach Mahmud—. Pido a Dios que no hayan sufrido ninguna calamidad o injusticia y que no se haya derramado sangre entre ustedes.

Uno de ellos agitó la cabeza con tristeza. Después habló:

—Soy Táriq, el hijo del jeque Muhámmad Alsadat. Los hombres que están conmigo son mis hermanos y mis primos.

—Bienvenidos todos a su casa —respondió Hach Mahmud.

—Que Dios le conceda larga vida, buen hombre.

—Lo que sea que busquen, es suyo. Todo lo que tienen que hacer es decirme cuál es su petición.

—Lo que buscamos es una cosa preciosa y querida. La perdimos hace más de cuatro semanas. Hemos estado buscándola por todos lados desde entonces. Lo que hemos perdido es una yegua purasangre que nos fue arrebatada y nos han dicho que pasó por aquí.

Hach Mahmud se convenció entonces de que los hombres que habían honrado su casa de huéspedes con su presencia esa noche eran hombres destacados en su tribu, hombres íntegros e intachables. Reflexionó sobre la frase «pasó por aquí». Podría haber dicho: «está aquí», en cuyo caso todo habría sido diferente.

—¿Y cómo es? —preguntó Hach Mahmud.

—Es de una blancura como no se ha visto.

—Está aquí.

Los ojos de los hombres comenzaron a danzar de alegría. De repente parecían menos decorosos y circunspectos que antes. Algunos de ellos agarraron los bordes de sus capas, preparándose para ir a verla.

—No se preocupen —los calmó Hach Mahmud.

***

Cuando Hamdán llegó con el café, Hach Mahmud estuvo a punto de levantarse para servírselo a los invitados. Sin embargo, antes de ponerse en pie, Táriq, hijo del jeque Muhámmad Alsadat, le dio unas palmaditas en el muslo, diciendo:

—No se ofenda, Hach, pero no podemos tomar nuestro café hasta que la hayamos visto. ¿Está lejos de aquí?

—Está tan cerca que puede oírle hablar.

—¡Fidda! ¡Plata mía! —gritó Táriq.

Antes de gritar su nombre de nuevo, Hamama comenzó a relinchar detrás de la casa de huéspedes en respuesta a su llamada.

***

Táriq se levantó de su sitio y se encaminó en dirección al sonido. Fue a la parte de atrás y se encontró cara a cara con ella. El animal emitió un suave chasquido que parecía provenir de las profundidades de su ser y sacudió alegremente su melena. Todos los demás lo habían seguido para ver qué iba a ocurrir. Mientras le miraban, se acercó a la yegua y tomó su rostro entre las manos. Sosegadamente bajó la cabeza. Ante sus atónitos espectadores, Táriq se arrodilló frente a ella. Con su permiso evidente, agarró una de las pezuñas delanteras y la levantó suavemente. Besó el casco que sostenía en su mano con ternura. Luego la bajó aún con más delicadeza. A continuación, tomó su otro casco y lo besó de la misma manera mientras la miraba con emoción.

Ante el silencio que reinó durante esos momentos, Jáled se dio cuenta de que había alguien que la amaba más que él. Pensó en el martilleo del almirez de Hamdán y en su mente vio cómo Hamama desaparecía por la dirección que había venido, como si una nube extraña y solitaria se hubiera asentado sobre la tierra y la hubiera ocultado de la vista.

***

Al amanecer del día siguiente, Hach Mahmud se levantó y colocó su mejor silla de montar sobre el lomo de la yegua. Luego la adornó con cintas de colores y campanas plateadas, y le puso un collar de cuentas azules en la frente.

—Vino a vernos desnuda, por lo que no estará bien visto que regrese con su familia con menos que esto —le dijo a su hijo.

Cuando los otros hombres la vieron, le dijeron:

—Nunca olvidaremos esto, Hach. Recibió a la yegua como cautiva y le está devolviendo la libertad y el honor.

Antes de que se despidieran de él, Hach Mahmud se quitó la capa y la extendió sobre el lomo de la yegua.

Lo que acababa de hacer iba mucho más allá de un acto de generosidad. Un escalofrío recorrió a todos los presentes, haciéndose visible en sus rostros. Al depositar su capa, los estaba cargando con una deuda que nunca podrían pagar.

Táriq, hijo del jeque Muhámmad Alsadat, trató de encontrar algo que decir. Miró a la cara de Hach Mahmud y a la de su hijo. Luego, con la perspicacia de quien sabe lo que un caballo significa para un hombre, se dio cuenta de que su yegua había robado el corazón de Jáled cuando vio lágrimas resbalando de sus ojos.

—A quien pone a un caballo bajo su protección, el caballo le devolverá el favor —dijo—. Y quien conoce la valía de un caballo da muestras de su propia valía. Les encomiendo, ahora, a la protección divina. Pero, si Dios quiere, no pasará mucho tiempo antes de que nos veamos de nuevo.

***

Si Jáled hubiera podido correr tras ellos, lo habría hecho. Sin embargo, sus piernas no le pertenecían a esas horas del amanecer. Más bien pertenecían a la ausencia que repentinamente se había apoderado de él, tomando como rehén todo su cuerpo y dejándole solo una sombra, una pluma impulsada por el viento, o una brizna de paja arrastrada río abajo.

Jáled aún no sabía que Hamama, que no le había regalado ni una sola mirada antes de partir con ellos hacia la lejanía, estaba abriendo de par en par las puertas de su futuro.

En el umbral del monasterio

Desde el momento en que llegó, Georgiou parecía un clérigo respetuoso[3]. Esto le valió el aprecio de la gente de la ciudad y en particular el de Hach Mahmud, el líder de la aldea. Por la noche, uno podía ver a ambos absortos en una larga conversación en el umbral que conduce al monasterio, o en la casa de huéspedes del pueblo, lugar al que el sacerdote acudía con frecuencia.

Los primeros días de Georgiou en Alhadia estuvieron acompañados de numerosos problemas que nadie había anticipado. La situación se volvió catastrófica cuando varios hombres de la aldea atacaron al evangelista Antonius, quien, cada vez que tenía la oportunidad, ponía en los bolsillos de los niños folletos de historias bíblicas que contenían doctrina cristiana simplificada. Les decía:

—¡Al que los memorice le espera una recompensa!

De esta manera estaba violando un pacto que se había alcanzado con las familias de la aldea, las cuales habían aceptado enviar a sus hijos al monasterio para aprender a leer y escribir, a condición de que no se mencionaran asuntos religiosos.

***

---

[3] El primer patriarca griego, designado por el sultán otomano en la iglesia de Jerusalén, fue el patriarca Germanos (1534-1579). La tarea de designar a los patriarcas en Jerusalén había sido asignada a los sultanes de Constantinopla, que reemplazaron a los emperadores griegos en esta función. El patriarca Germanos trabajó para fortalecer la Orden del Santo Sepulcro, a fin de preservar los intereses griegos en el Patriarcado de Jerusalén, particularmente en los lugares santos. Con este fin adoptó la política de excluir a los clérigos árabes de la administración del patriarcado y de posiciones eclesiásticas superiores. Sin embargo, los clérigos árabes en la Iglesia ortodoxa comenzaron a exigir sus derechos desde el siglo XIX en adelante.

Se dijo que el sacerdote no sabía nada de lo que sucedía y que Antonius había hecho lo que había hecho por influencia de las monjas, Sara y Miri, que tenían una sola opinión al respecto.

Hach Mahmud y el padre Georgiou se retiraron a un lugar lejano a las afueras del pueblo, un lugar elevado que daba a una enorme llanura. Como el sacerdote estaba al tanto del problema que había surgido, intentó iniciar la conversación. Sin embargo, Hach Mahmud le advirtió:

—Le excusaré de tener que explicarme nada. Tengo algo que puede ayudarnos a cortar el problema de raíz y evitar malentendidos.

El sacerdote escuchaba con interés a Hach Mahmud y nunca pasaría por alto la sabiduría y las apreciaciones de un hombre como el que tenía delante.

—Lo que me está pidiendo que crea, ya lo creo —comenzó Hach Mahmud—. Como musulmán, creo en más profetas que usted como cristiano. Como habrá notado, juramos por la vida de Nuestra Señora María y nuestros profetas Jesús y Moisés, así como juramos por la vida de nuestro profeta Muhámmad. Así que puedo asegurarle, aunque sé que usted es muy consciente de ello, que no tenemos ninguna disputa con ningún profeta, ni con ninguna persona en la Tierra, siempre y cuando nos una nuestra fe en un solo Dios.

Hach Mahmud calló por un momento, sus ojos exploraban el terreno hasta donde alcanzaba la vista. Con su mirada fija en un punto a lo lejos, continuó:

—No olvide que Jesús es nuestro hijo. Como mi padre siempre me decía: «si yo hubiera venido a este mundo un poco antes, lo habría visto y habría vivido en su tiempo». Cuando vinieron aquí, padre, construimos el monasterio con ustedes en el lugar que eligieron. No planteamos objeciones. Desde ese día en adelante, los hemos considerado como unos de los nuestros, sin distinción alguna. No hemos olvidado la forma en que nos apoyaron y nos prestaron su ayuda durante los años de sequía. Debido a que confiamos en usted, tanto los cristianos como los musulmanes entre nosotros, comenzamos a pagarle una décima parte de nuestra cosecha, y a veces incluso más. Así que ahora les pagamos y ustedes, a su vez, pagan impuestos en nuestro nombre. Durante todo el año somos conscientes de nuestras obligaciones hacia ustedes y, de cualquier bendición que Dios nos conceda, ustedes reciben una parte. Lo que las familias cristianas les dan, cada familia de entre nosotros se lo da, pues todos somos hijos de una sola tierra. No nos acordamos de si somos musulmanes o cristianos, a menos que ustedes nos lo recuerden.

***

Un día, Jáled le dijo a su padre:

—Hay una cosa que no entiendo, ¿por qué le damos dinero al monasterio para que pague nuestros impuestos por nosotros?

—Porque los del monasterio saben más que nosotros. Saben qué hacer cuando van allí. Si fuéramos nosotros mismos, tal vez tendríamos que pagar mucho más. Y, como puedes ver, estamos tratando de liberarnos del control férreo de los turcos. Incluso hay personas entre nosotros que no han registrado sus tierras a su nombre. Sin embargo, cada uno sabe exactamente dónde comienza y termina su linde. Y esto no es algo nuevo. Así ha sido desde tiempos inmemoriales —Hach Mahmud hizo una pausa y luego siguió—:

«Mi padre, Hach Omar, que en paz descanse, solía contarnos la historia de que un día los amigos de su padre, en la ciudad de Ramla, le aconsejaron que registrara las tierras a su nombre, ya que nadie te puede discutir si tienes una escritura en la mano. Sin embargo, en lo que respecta a mi abuelo, la existencia de una escritura solo significaba que tendría que pagar más impuestos. Así que les dijo a sus amigos: "¿Creéis que estoy loco? Esta tierra me ha pertenecido desde los tiempos de mi abuelo, de mi tatarabuelo, del abuelo de mi tatarabuelo y de su padre antes que él. ¡Y todo el mundo lo sabe!", respondió. "Pero supongamos que, Dios no lo quiera, alguien viniera y te dijera: “Esta tierra me pertenece”. Y supongamos que, al decirle lo contrario, te contestara: “Muéstrame la escritura”, replicaron. “¿Acaso podría venir alguien a divorciarme de mi esposa?”, gritó enojado. Luego desenvainó su espada y comenzó a balancearla furiosamente ante sus ojos, gritando: “¡Les diría aquí tenéis mi escritura!”».

Cosas prohibidas

En la casa de Hach Mahmud, como en la casa de su padre, Hach Omar, lo único que nunca estuvo permitido en ningún momento fue insultar a una mujer o a una yegua.

Cuando llegó a la casa, Munira rememoró aquellos lejanos días.

Era una chica joven, solo tenía catorce años. El amor que su padre sentía por Hach Omar era tal que cuando pidió la mano de una de sus hijas para su hijo Mahmud, no supo decidir cuál de ellas sería lo suficientemente buena para él. Munira era su hija menor y también la más bonita. Así que al final resolvió que ella sería la novia.

—Es verdad que ya no es una cría, pero, de entre sus hermanas, es la más joven y deberíamos respetar el orden por la edad como manda la tradición. ¿Qué les vamos a decir, entonces, a sus hermanas? —le preguntó la madre de Munira a su esposo.

—He pensado mucho en eso —respondió—, así que me dije a mí mismo: si sus suegros ven un rostro radiante como el suyo cuando se despiertan por la mañana y antes de irse a la cama, siempre nos recordarán con amables pensamientos. De lo contrario, no pensarían tan bien de nosotros. Así que, mientras uno esté dispuesto a dar, pues que dé lo mejor que tenga.

Le recordó que Hach Omar había vivido con su primera esposa durante cuarenta años y, aunque nunca tuvieron hijos, nunca pensó en tomar otra esposa. Le fue fiel hasta su muerte, solo entonces aceptó volver a casarse y Dios lo bendijo con Mahmud y Anisa.

***

No todos pensaban así y a menudo surgían un sinfín de problemas cuando, por ejemplo, la familia de un novio se sorprendía al descubrir que la novia que su hijo había recibido en matrimonio no era la que habían visto y cuya mano habían pedido, o cuando dos familias habían celebrado un «*matrimonio recíproco*», en el que una de las dos familias había recibido a una joven que nunca hubieran imaginado que sería la esposa de su hijo. En cualquier caso, algo que no se puede negar es que Munira era ingeniosa y adorable, lo que la hacía aún más bonita.

***

Mahmud tenía poco más de veinte años cuando se casaron.

—Yo era una ignorante. No sabía nada sobre las tareas domésticas o cualquier otra cosa. ¡Ni siquiera sabía cómo peinarme bien! Mahmud me decía: «Ven aquí». Entonces me sentaba delante y él me peinaba. ¡Era muy paciente! —les contaba Munira siempre a sus hijos.

Todavía recordaba con orgullo al *madhún* que había oficiado la ceremonia de su boda viniendo desde Jerusalén, y cómo los hombres se habían reunido en la casa de su padre para la celebración. Recordó cómo había saltado de alegría en la habitación contigua cuando escuchó su nombre en boca de aquel clérigo, de su padre y de su esposo:

«...Hemos unido a Munira, hija de Abderrahmán, quien se encuentra libre de todo defecto que constituya un impedimento legal para este contrato, y a Mahmud Omar, mayor de edad, de la aldea de Alhadia, en sagrado matrimonio, con una dote de ciento ochenta piastras para entregar a la esposa en efectivo, y una dote diferida por una cantidad de ochenta piastras. Declaramos que este contrato cumple con todos los principios de la ley islámica».

***

Un día, durante el mes de ramadán, decidí que iba a ser una verdadera ama de casa, pasase lo que pasase. Como lo único que pude encontrar en casa para cocinar fue ocra, decidí prepararle un buen guiso de ocra —dijo Munira, contando sus recuerdos.

Hach Mahmud la interrumpió diciendo:

—No entiendo por qué te empeñas en dejarte en mal lugar contando esas cosas. Después de todo, nadie las ha sacado nunca a relucir ni lo hará jamás.

—Cuento estas cosas para que los jóvenes sepan cómo tratar a sus esposas cuando se casen. Quiero que sepan que por muy pacientes que sean con sus esposas, no habrán hecho nada importante en comparación con lo que hiciste tú —dijo Munira.

***

—Cuando empezó a comer, lo miré a la cara para observar su reacción. No tuvo ninguna reacción. Entonces comencé a comer yo. ¡Desde el primer bocado supe que no debía volver a cocinar aquel plato! Lo que no podía entender era por qué él no había dicho ni una palabra. Cuando terminó, le pregunté qué le había parecido. Y me contestó: «Alabado sea Dios, más rica, imposible. ¡Está deliciosa!». Entonces le pregunté si le apetecía un poco más. Y respondió: «No, un plato es suficiente. Así puedo recordarlo y esperar con ansia a la próxima vez que pueda comerlo».

«Por supuesto que yo sabía que aquel plato estaba más salado que el mar Muerto, del que tanto hablan. Sin embargo, pasaban los días y él no sólo no se quejaba de nada, sino que se negaba a comer en la casa de su hermana o de su madre, para que nadie sospechara nada. Una vez, vino de visita mi madre, así que hice de comer también para ella. Pensé: «¡Le voy a demostrar en lo buena ama de casa que se ha convertido su hija!». Nada más tomar el primer bocado, me preguntó:

»— ¿Guisas así para tu esposo cada día?

»—Así es —le contesté con orgullo.

»—¿Y todo te sale así?

»—Por supuesto —le aseguré.

»—¿Y tu marido se lo come siempre?

»—Por supuesto.

»—¿Y no dice nada?, ¿no rechista?

»—Claro que no.

»En ese momento, ella se me echó encima.

»—¡Ay de mí! ¡Te casamos para gozar de buena reputación y resulta que eres un desastre! ¡Dios se apiade de tu marido! ¡Que Dios lo ayude! ¡Juro por Dios que, si él me pidiera que lo casara con otra, le daba permiso! —Dicho aquello, se fue dando un portazo.

Cuando terminó de contar la anécdota, Munira guardó silencio y miró a su esposo.

—Pero lo intenté. ¿No es así, Hach?

—¡Dios sabe que lo hiciste lo mejor que pudiste! —le confirmó.

Luego estalló en carcajadas. Munira le lanzó una mirada de desaprobación, pero siguió riéndose.

—Quieres que se regodeen en mi desgracia, ¿verdad?

Cuando su risa, que casi sacudía la casa, se había calmado y se limpiaba las lágrimas, ella retomó la palabra.

—Es verdad que acostumbraba a preguntarles a todas las mujeres que conozco si podía aprender de ellas ¿Puedes decir lo contrario? Entonces, díselo. ¡Díselo a estos niños tuyos!

Él se echó a reír de nuevo.

***

Sin embargo, siempre había más que contar.

—Cuando tuve a Aziza, que fue la primera, me sentí totalmente indefensa. No sabía qué hacer. La veía con el culito sucio y, en lugar de limpiárselo, me quedaba horrorizada. ¡Qué asco! Entonces venía Mahmud y la bañaba. Por eso siempre he dicho que Aziza es más hija de su padre que mía. Y no me duelen prendas reconocerlo. Pero es que eso no es todo. Cuando se despertaba llorando por la noche, yo ni me movía. No con poco esfuerzo, Hach Mahmud me despertaba, pero yo no me levantaba.

»—Ocúpate tú, que yo no sé qué hacer para que se calle —le decía.

»—¡Tiene hambre, eso es todo!

»—¿Y qué se supone que debo hacer?

»—¡Pues darle el pecho, por el amor de Dios!

»—¡Tengo sueño!

»—Venga, mujer, y te llevo a Jerusalén el viernes.

»—No quiero ir a Jerusalén.

»—Pues te compro lo que te apetezca de Yafa.

»—No quiero nada de Yafa.

»—Te pago si hace falta. Te doy un *beshlik*.

»Es verdad que me atraía el dinero, que hasta me emocionaba al verlo, porque la mayoría de las compras que hacíamos en el pueblo eran trueques: tú me das aceite y yo te doy queso; tú me das azúcar y yo te daré unos huevos. Entonces yo me daba la vuelta y seguía durmiendo. Y como la niña no dejaba de llorar, Hach Mahmud me daba un codazo y me decía:

»—Venga, mujer…, y te doy dos *beshliks*.

»—¡Vale! —aceptaba yo al final. Me levantaba, tomaba en brazos a la niña y a él lo dejaba tranquilo.

»Las cosas siguieron así hasta que nació Jáled. Una vez, cuando mi madre vino de visita, me preguntó por qué lloraba Jáled.

»—¡No lo sé! —fue todo lo que pude decir mientras ella lo cogía en brazos, maldiciéndome: «¡Maldito sea el *madhún* y la hora en que te casó!».

***

Un día, estando sola con Jáled en casa, notó que el niño se estaba poniendo malito. Al tomarlo en brazos le pareció que había crecido muchísimo, que los pies casi le llegaban al suelo. Dio vueltas por la casa sin saber qué hacer con él. Ese día, por vez primera, se sintió madre y lloró viéndolo así.

Munira se quedó callada. Luego miró a su esposo y a sus hijos a la cara.

—Admito que hice muchas barbaridades, pero es que entonces no era más que una cría. ¿No es verdad, Hach?

Una potra de China

Jáled pasó tres años enteros buscando noticias sobre Hamama. Había perdido el interés por los caballos, del mismo modo que lo había perdido por las mujeres después del fallecimiento de su esposa. Las cosas continuaron de esa manera hasta que Hach Mahmud se convenció de que había perdido a su hijo.

No hubo noticias de los dueños de Hamama. Era como si nunca hubiera estado entre ellos, ni siquiera en sueños. Si no hubiera sido por la tristeza que le había provocado a su hijo, habría jurado que todo había sido un sueño colectivo, un sueño experimentado por toda la gente de Alhadia, así como por los pueblos que habían envidiado su buena suerte. Era como si estuvieran reviviendo un invierno lejano que nunca volvería a repetirse, una boda sin precedentes o una pérdida.

Jáled apenas decía más que lo mínimo. Las pocas cosas que decía eran para su madre. Sabía que guardar silencio en su presencia hubiera significado la muerte para ella; su muerte en vida.

Mientras tanto, comenzó a marchitarse. Parecía más bajo que antes. Había desaparecido el brillo verde de sus ojos. Tanto su pecho como sus hombros parecían más estrechos y su cara redonda se había encogido visiblemente. Su luz se había atenuado. Las cosas parecían tan sombrías que Munira volvió a dejar sus platos a la vista, en cualquier lugar donde esperara que él se sentara. Soñaba con el día en que volviera a escuchar el sonido de sus posesiones más preciadas haciéndose añicos contra el suelo.

Era un hombre solitario, un hombre atado de pies y manos, que intentaba impedir que se notasen el dolor y la angustia que sentía.

***

No se estaba mintiendo a sí mismo, en absoluto. Todo era tan claro como la luz del día. Era tan claro como la extensión de la llanura que tres veces se había vuelto verde y luego amarilla, que tres veces se había quemado por el sol y luego se había empapado con las lluvias de la primavera, que tres veces se había poblado de sembradores y de recolectores cuyas canciones y risas se habían extendido por las eras, que cien veces se había llenado de rebaños y del ruidoso alboroto del mercado.

Hach Mahmud había buscado en vano una potra que se pareciera a Hamama. Cada vez que un hombre dejaba Alhadia, él le daba instrucciones para que regresara si veía alguna como ella.

Estaba dispuesto a hacer cualquier cosa para hacer florecer el corazón de su hijo otra vez, pero era inútil.

No había otra yegua como Hamama, como tampoco podría haber otro pueblo como Alhadia, otra madre como la propia madre u otro padre como el propio padre.

***

Una noche, antes de irse a la cama, Munira intentó hablar del asunto con su esposo, pero él la interrumpió, resignado:

—No hay nada más que hablar. Si pudiera encontrarle una potra como ella en la China, iría hasta allí y se la conseguiría. Pero está pidiendo lo imposible. La quiere a ella y a ninguna más. Parece como si los hombres que se la llevaron no hubieran dejado de cabalgar durante tres años, sin siquiera pensar, ni una sola vez, en mirar atrás.

***

Una madrugada, Jáled abrió de repente los ojos y al instante los volvió a cerrar. Había visto a Hamama delante de él, exactamente como lo había hecho aquella noche hacía tanto tiempo; como una resplandeciente luna llena. Temía estar a punto de perder la cabeza. Se dio la vuelta y siguió durmiendo, con la cabeza apoyada en su brazo derecho.

Una llamada misteriosa lo hizo girarse de nuevo. Al principio no se atrevió a abrir los ojos. Sin embargo, comprendiendo que mirar no podría devolverle lo que ya había perdido, despegó sus párpados muy lentamente. Hamama todavía estaba allí. Una vez más, cerró los ojos. Luego escuchó un extraordinario relincho. En ese momento supo que no estaba soñando. No estaba sufriendo delirios. Aun así, no se atrevió a saltar de alegría, ya que un salto a la altura de sus anhelos nunca lo habría traído de vuelta a la tierra. Se aferró a su manta, al colchón, a la tierra del patio. Se aferró a su cuerpo por temor a que la fuerza de la sorpresa lo enviara volando en todas las direcciones. Luego, muy lentamente, se levantó.

Una vez de pie, estaba aún más seguro de que no se trataba de un sueño. Lo que estaba viendo era real.

Se acercó a la yegua. Ella no se retiró. Llevaba un ronzal adornado, filigranas en la montura y, sobre el lomo, una capa blanca cuyos bordados de oro y plata brillaban en la oscuridad.

Y no había nadie con ella.

***

Como nadie se había despertado con el sonido de sus cascos, fue como si hubiera venido galopando por el aire.

Temeroso, dudaba de sus ojos, de su cordura. Dio un paso hacia ella, con las palmas abiertas, y las colocó suavemente alrededor de su mandíbula. Entonces sus pulgares comenzaron a moverse hacia su frente.

Ella no se movió.

Realmente era Hamama. ¡La yegua había vuelto!

De nuevo tuvo miedo de que ella hubiera vuelto por sí misma. Porque si lo hubiera hecho, significaba que alguien vendría a buscarla. Por otra parte, ¿cómo iba a regresar sola una yegua tres años después? Si hubiera querido regresar, lo habría hecho al cabo de un par de días, de una semana o de un mes, como máximo. ¿Pero tres años después? Eso era impensable.

La presencia de la capa en el lomo y los adornos lo calmó. Un purasangre no dejaría su hogar vestido así a menos que sus dueños hubieran bendecido su nuevo camino y su nueva vida lejos de sus hogares.

Entonces, Jáled pensó en entrar y despertar a sus padres. Pensó en salir, gritar y así despertar a todo el pueblo. Pero temía que si lo hacía no la encontraría a su regreso, o que la asustaría, provocando que desapareciera tan repentinamente como había aparecido.

Así que se quedó parado donde estaba, abrazando la cara de Hamama, hasta que escuchó la voz del jeque Husni, que se oía en todo el horizonte llamando a la oración del alba.

***

Estando de pie en la puerta principal de la casa, en la opacidad del amanecer, Hach Mahmud se quedó asombrado al ver el brillo en los ojos de su hijo. Los vio llenos de vida de nuevo. Vio su hermoso verdor. Al acercarse a su hijo, clavó la mirada en Hamama y dio una vuelta a su alrededor.

—Vale la pena esperar todo este tiempo por una yegua como esta. —Hizo una pausa y agregó—: Recemos la oración del alba aquí, junto a ella, junto a este milagro de Dios.

Hach Mahmud hizo las abluciones seguido por su hijo. Cuando salió Munira, se sorprendió como lo habían hecho su esposo y su hijo. Después, los tres hicieron la oración, presidida por Hach Mahmud. Al acabar, rogó la misericordia de Dios y la protección tanto para su hijo como para la yegua:

—¡Oh, Dios!, ¡protégelos! Eres su Creador y su Refugio en esta vida y en la vida eterna.

Cuando terminó de orar, miró a su hijo.

—No te voy a pedir que la cuides bien. Sabes mejor que yo lo que tienes que hacer. Ella ha vuelto por ti esta vez y lo ha hecho por su propia cuenta. Ha cruzado el umbral de nuestra casa por su propia voluntad. Procura que siempre sea tan libre como lo es hoy. —Se quedó en silencio un buen rato, mirando pensativo a Hamama, y finalmente añadió—:

—Y recuerda que quien es apreciado por un caballo, lo será también por la gente.

***

El regreso de Hamama siguió siendo un misterio inescrutable. Sin embargo, no impidió que la gente de Alhadia reviviera la alegría que había experimentado antes. Pueblos vecinos como Zakariya, Aggur, Iraq Alsueidán, Albreig, Almusammaya, Qatra o Almagar, entre otros, pudieron escuchar los melodiosos cantos, que la noche llevaba en su dirección, de labios de un Hach Mahmud exultante:

> En casa hay un sol brillante.
> De la mañana a la noche
> Hay un sol en el corazón, en mi interior y en el tuyo,
> De cuya luz podemos coger un puñado con nuestras manos.
> Un sol que corre por los prados,
> Atormentando a los amantes y fascinando a las muchachas.
> Nos visita un sol que ninguna noche ha tocado,
> Que ahora entre nosotros —su nueva familia— mora.
> ¡Oh, moradores de las praderas!

***

Dos días después, la madre de Jáled le dijo:

—¿No tengo yo una parte en Hamama?

—¡Tienes una gran parte! Después de todo, sabes que mi alma habita en ella.

—Entonces, déjanos solos un momento, que tengo algo que decirle.

Jáled salió del patio. Le hubiera encantado escuchar qué tipo de secreto planeaba su madre confiarle a Hamama. Sin embargo, sabía que no era apropiado escuchar una conversación entre dos purasangres.

Al acercarse a Hamama, Munira le acarició el cuello. Le había llevado un poco de trigo hervido, espolvoreado con azúcar. Comenzó a alimentar a la yegua de su mano. Cuando terminó, le susurró:

—Cuida bien de mi hijo. Él está ahora bajo tu custodia y los dos juntos estáis bajo la custodia del Todopoderoso. Cuida bien de mi hijo. Él está ahora bajo tu custodia y los dos juntos estáis bajo la custodia del Todopoderoso —repitió.

Negociaciones prolongadas

El padre Georgiou todavía recordaba bien aquel frío día de invierno en el que los habitantes de Alhadia aceptaron que enseñara a sus hijos en el monasterio. Las negociaciones que condujeron al acuerdo fueron largas. No por el hecho de que los niños recibieran clases en el monasterio, sino porque sus padres los necesitaban en el campo, algo que el jeque Husni siempre tenía en cuenta cuando les daba clase en la mezquita.

Sin embargo, la temprana llegada del invierno aquel año —algo que el padre Georgiou vio como una señal de que el cielo había intervenido a su favor en el momento oportuno— resolvió el problema.

Cuando el padre Georgiou reunió a niños y niñas en el salón trasero de la iglesia, estaban temblando. Un fuego encendido a su espalda, en un rincón, fue suficiente para despertar el entusiasmo de todos. Era cierto, por supuesto, que algunos de ellos habían visto el humo elevándose desde el alto pilar de piedra que se alzaba sobre el monasterio. Habían tenido experiencia con hornos de pan y con los braseros que encendían en la puerta antes de meterlos en las casas. También habían visto humo saliendo de las estufas de leña que utilizaban para calentar agua, o desde los fogones de muchas de sus casas. A pesar de todo ello, ver aquel fuego tan de cerca hizo nacer en ellos la necesidad de acercarse a él.

***

El padre Georgiou aceptó la condición que Hach Mahmud había estipulado: que los niños musulmanes simplemente aprendieran a leer y escribir. En cuanto a los niños cristianos, también podían asistir a clases de religión, si así lo deseaban. Después de que los niños entrasen, antes de la llegada del padre Georgiou, Antonius les pidió que guardaran silencio, pues un monasterio es sagrado, como lo es una mezquita. Entonces se calmaron, sintiendo que el lugar donde estaban era tanto la casa de Dios como su propio lugar de culto. Mientras tanto, Antonius desapareció de repente por un rincón oscuro. Al cabo de un rato, resurgió tan repentinamente como si hubiera salido de la misma pared, de modo que los niños soltaron un grito al unísono. Recorrió la habitación con una caja de color oscuro. Era difícil saber de qué color era, tal vez entre un verde oliva y el color del polvo. Sin embargo, se podían apreciar espacios irregulares en la parte superior. No les costó demasiado reconocer que se trataba de una escritura.

Ante el asombro de los niños, Antonius cogió su Nuevo Testamento y dijo:

—¡Quienquiera que entienda bien este libro, siempre tendrá algo de esto!

Mientras hablaba, abrió la caja y sacó unos cubos rectangulares. Empezó a repartirlos entre los niños, cuyas manos y voces llenaron el salón de mucho ruido y confusión. Habían olvidado por completo que estaban en la casa de Dios, al igual que Antonius había olvidado que les había pedido que se callaran unos minutos antes.

En nada se parecían las tabletas de chocolate de la marca *Nestlé* que habían repartido en clase a las delicias turcas, a los garbanzos tostados recubiertos de azúcar, a los caramelos con sabor agridulce o a los caramelos con sabor a menta que compraban en la tienda de la esquina de Abu Ribhi, o que sus familias les traían de Jerusalén o de las ciudades de la costa. Algunos de ellos terminaron las onzas que tenían en las manos y pasaron el resto del tiempo lamiéndose los labios y chupándose las puntas de los dedos que habían sostenido el chocolate. Cuando veían que ya no quedaban restos en un dedo, pasaban a otro con la esperanza de rescatar todavía algo del delicioso sabor del cacao. Cuando Antonius volvió a alzar el Nuevo Testamento para hablar sobre la felicidad que esperaba a quienes obedecían las enseñanzas de Dios, los ojos de los niños se fijaron en la caja que tenía en la mano, preguntándose si quedaría algo en ella.

***

Antonius desapareció de nuevo en la oscuridad, a ese punto sin luz del que había emergido antes, y cuando regresó con los niños, la caja mágica ya no estaba en su mano. Cuando se volvió para mirarlos, pudo ver lo deslumbrados que estaban por lo que acababan de probar y el ansia que tenían por comer más.

Finalmente, el padre Georgiou entró y dijo:

—Los cristianos se sientan de un lado y los musulmanes del otro.

Los niños se miraron como si no entendieran lo que les estaba pidiendo que hicieran. Por fin, uno de ellos se levantó y se dirigió hacia la chimenea. Pronto fue seguido por otro.

Jáled, el hijo de Hach Mahmud, preguntó a Antonius:

—¿Son cristianos o musulmanes los que están al lado de la chimenea?

—Son cristianos, ¿verdad? —respondió Antonius.

Los niños sentados junto al fuego asintieron con la cabeza.

—Entonces yo también soy cristiano —dijo Jáled.

Y en un instante todos los niños estaban reunidos alrededor del fuego.

Sangre y una daga

Un secreto de tal envergadura no podría haberse mantenido oculto. Volando sobre los campos, los huertos y los viñedos de toda el área, la noticia de su nombramiento llamó violentamente a las puertas de los lugareños.

Él era de mediana estatura, sin embargo, su autoridad entre los habitantes de la región era tan increíble que, dondequiera que lo vieran, ya sea que estuviera sentado o de pie, siempre parecía montado en su caballo.

Era eternamente inescrutable, tan afilado como la hoja de la daga inseparable de su cinturón.

En el gran patio donde habían levantado sus tiendas, reunió a los hombres de las aldeas vecinas y les pidió que pagasen el dinero que le debían.

—¿Qué dinero es ese que se supone que debemos pagarle? —preguntó uno de los hombres.

Levantándose de su silla negra, adornada con un cinturón dorado, la cual había traído de Yafa especialmente para esa ocasión, Alhabbab caminó tranquilamente hacia el hombre y se detuvo frente a él. Luego, en un movimiento tan rápido que nadie se percató de lo que estaba sucediendo, su daga se hundió en la parte superior del abdomen del hombre, apuntando a su corazón, y allí se instaló. Cuando estuvo seguro de que todo el mundo estaba al tanto de lo que estaba ocurriendo, giró la hoja dos veces en el pecho del hombre antes de sacarla.

No quedaba mucha sangre cubriendo la hoja de la daga cuando declaró:

—Fue el miedo lo que lo mató. —Una frase que se haría proverbial.

Antes de que cayera al suelo aquel hombre que todavía no parecía preparado para morir, Alhabbab pasó el filo de su daga por el hombro de la víctima. La sangre brilló en el borde de su kufiya blanca. Le dio un empujón al cuerpo tambaleante y finalmente cayó.

Eso fue suficiente para garantizar la sumisión de las aldeas vecinas.

El ocaso del Imperio

Esto de ninguna manera fue el final de los problemas. El padre Georgiou estaba seguro de que lo que podía sacar con su presencia en Alhadia era aquel diezmo. Podía disponer como quisiera, ya fuera de las cestas de frutas y verduras, ya fuera de las botellas de leche o de los quesos que llegaban al monasterio en un flujo interminable de una temporada para otra. En consecuencia, cuando rezó para que Dios trajera la lluvia y la buena fortuna sobre la Tierra, fue totalmente sincero. Después de todo, él sabía que la presencia del monasterio en el más fértil de todos los pueblos era una bendición de Dios que solo aquellos que la disfrutaban podían imaginarse.

***

La influencia de Alhabbab no dejó de aumentar día tras día. Sin embargo, Hach Mahmud se negó a permitir que Alhadia estuviera entre las aldeas que le prometieron lealtad. No fue solo por el monasterio. También fue a causa del respeto que inspiraba Hach Mahmud, y que su padre, Hach Omar, había conseguido antes que él. Todo cambió cuando el Imperio otomano comenzó a tambalearse, se situó al borde del colapso y, como resultado, estaba dispuesto a cualquier cosa a cambio de dinero y reclutas. Los recaudadores de impuestos comenzaron a apretar los tornillos, de modo que ahora la gente estaba obligada a pagar impuestos no solo por sus cultivos, sino también por sus caballos, cabras, ovejas y otros animales.

Las cosas llegaron a un punto en el que ya todos y cada uno de los habitantes del pueblo debía pagar impuestos. Y no pasaría mucho tiempo antes de que comenzaran a tener que pagar un «impuesto sobre el tocado», que se aplicaba a todos los que llevaban un paño cubriendo la cabeza, ya fuera una kufiya, un turbante o un fez.

El día de Hamdán

Todos tenían claro que la Hamama que había vuelto no era aquella Hamama que se había ido. Aquellos que estaban familiarizados con los caballos sabían a ciencia cierta que la potra tenía dos años y que era la hija de Fidda.

Nadie esperaba, sin embargo, que la llegada de Hamama fuera la primera página de la nueva vida de Jáled, ni que la alegría que imprimirían sus relinchos en las colinas y llanuras de Alhadia llegara todavía más lejos.

Tres días más tarde llegaron.

Era un grupo de tres hombres encabezado por Táriq, hijo de Muhámmad Alsadat. Todo el pueblo se preparó para recibirlos. Cuando Hach Mahmud los abrazó, se aferró a ellos por tanto tiempo que la gente pensó que nunca los dejaría ir. El abrazo más largo de todos estaba reservado para Táriq, con su elevada estatura, tan larguirucho, sus ojos brillantes y su rostro más fresco que una rosa.

***

Como de costumbre, Hamdán tiró el café que había en la cafetera, aunque nadie lo había probado todavía, y comenzó a moler nuevos granos.

Aquellos que escucharon el ritmo de su mortero ese día podrían jurar que nunca antes habían escuchado algo semejante. Estaba tan extasiado que comenzó a bailar en círculos a su alrededor como si fuera un derviche en una ceremonia sufí. De vez en cuando lo veían saltar en el aire y el momento en que su cuerpo quedaba suspendido en el vacío creaba un intervalo de silencio que completaba el ritmo de la danza. Su breve vuelo concluía con un sonido sordo cuando sus pies volvían a la tierra. Se encontraba en un éxtasis tan profundo que ni siquiera se dio cuenta de que todos lo estaban mirando.

El lugar estaba completamente perfumado con el aroma del café. El olor, tras pasar flotando por el patio de la casa de huéspedes, se dirigió etéreamente hacia la llanura, atravesando los campos de trigo, de maíz, de sésamo y los olivares.

Los niños aplaudían mientras se iban reuniendo alrededor de la casa de huéspedes. Un niño pequeño llamado Rashid, el más cautivado de todos por la escena, se quedó mirando en silencio; tenía los ojos como platos. Cuando Hamdán pasó a la segunda parte de su ritual de preparación del café, todo en él rezumaba alegría: sus ojos, sus manos, incluso su pierna coja.

Al final abandonó su sitio al lado del fuego, llevando la cafetera y las tazas de café en la mano. Se dirigió al interior de la casa de huéspedes. Los niños lo siguieron. Luego se colocaron a cierta distancia de la puerta.

Jáled tomó la cafetera y vertió el café en una taza. Después de golpear el pitorro de la cafetera contra la taza, se lo dio a Hach Mahmud, quien se lo pasó a Táriq. Luego vino una sorpresa.

—Les vamos a pedir algo a ustedes —anunció Táriq. Mirando a Hach Mahmud a los ojos, continuó—: ¡Beberemos el café después de que haya aprobación por su parte!

—Si pidieran nuestras almas, no sería demasiado —respondió.

—Ya sabe, Hach, que nuestros caballos son, a nuestros ojos, como nuestra propia familia. Y sabe que el vínculo que nos une es algo trascendental.

Visiblemente conmovido, Hach Mahmud asintió con la cabeza.

—Cuanto deseen se verá cumplido, si Dios quiere.

—Nuestra petición es que ustedes sean nuestros huéspedes dentro de una semana.

—Nos sorprenden con tanta generosidad. Mucho me temo que no podremos corresponderles, por más que queramos —afirmó Hach Mahmud.

—Nos sentiremos correspondidos si aceptan nuestra invitación. Jamás olvidaremos que ustedes fueron los primeros en honrarnos, honrando a nuestra purasangre.

—La próxima semana les visitaremos, si Dios quiere. ¡Ahora, bébanse el café!

—Pero tenemos otra petición, además.

—La primera potranca nacida de Hamama les pertenecerá a ustedes. Su segunda petición tiene que ver con ella, ¿no es así?

—Así es. Como sabe, una yegua purasangre solo puede aparearse con un semental purasangre. El semental que desciende de su línea vive con nosotros. Cuando esté en celo, tengan cuidado de no dejar que ninguno de sus sementales se acerque a ella. En ese momento, todo lo que tienen que hacer es venir a vernos. Serán nuestros invitados de honor.

—Cuente con ello. Con la ayuda de Dios, siempre cumplimos con nuestro deber, ya sea hacia los caballos o hacia la buena gente.

***

Finalmente, tomaron el café y la sala se llenó de charla.

De repente, Hach Mahmud habló:

—Pero tengo una pregunta.

—Adelante, Hach.

—¿Por qué la trajeron y acto seguido se marcharon?

—Por una simple razón. No quisimos arruinar el momento en que su hijo la viera por primera vez.

Hach Mahmud asintió, comprendiendo, mientras Jáled y Táriq intercambiaban una mirada de calidez pura.

***

Después del mediodía se fueron de Alhadia, pero antes de partir, Táriq giró su caballo y regresó. Siguió su camino hasta que llegó a Jáled. No tuvo que inclinarse mucho para susurrarle al oído:

—Esta es la primera vez que una hija de Fidda abandona nuestro territorio. Cuídala y ella cuidará de ti. Sé amable con ella y será tu fortaleza. Que Dios os proteja a los dos.

Una tercera parte de la vida

Alhabbab gritó. Sus ojos brillaron. Sus facciones se hincharon y la delgadez de sus mejillas desapareció bajo su barba negra, levemente salpicada de canas.

—Te lo digo por última vez, ¡deja de llorar!

Su voz resonó en las colinas. Sin embargo, la bandada de pájaros que se bañaba contenta en el agua que se había acumulado alrededor del pozo no prestó atención. Algo hizo que la novia contuviera la respiración, al darse cuenta de que ya no tenía familia, desde que la había apartado de ella en contra de su voluntad.

Solo, había dado dos vueltas alrededor de su casa. Todos pudieron ver la nube oscura de polvo que se levantó hasta casi ocultar el edificio por completo.

La había visto dos días antes, y dos días antes le había dicho a su familia:

—La quiero lista para la media mañana del jueves.

***

Cabalgó hacia la casa a toda prisa. Cuando le ofrecieron que entrara respondió que no había venido de visita. Siguió dando vueltas alrededor de la casa y no se detuvo hasta comprobar que todos los preparativos para la boda estaban completos. Las manos del *madhún*, que había venido a oficiar la ceremonia, temblaban cada vez que le dirigía una nueva pregunta al temido Alhabbab, quien aún no había desmontado su yegua.

Sin duda, habían sido tomados por sorpresa. Esperaban que él viniera con varios de sus hombres. Pero no lo hizo. Posiblemente para humillarlos aún más.

Cuando vio a la novia encima de la yegua que la llevaría, se acercó a ella y levantó el velo que ocultaba su rostro. Ella estaba llorando. Sin embargo, sus lágrimas no le impidieron ver su extraordinario encanto. Estaba seguro de que no había cometido ningún error: era la chica más hermosa que había visto nunca.

Le bajó el velo.

El miedo que su familia tenía a Alhabbab les había impulsado a elegir la mejor yegua que tenían para llevar a la novia. Decoraron a la potra como si hubieran sido ellos los que eligieran un marido para su hija.

***

Miró las riendas. La familia entendió: no quería inclinarse para agarrarlas. Un miembro de la familia se apresuró y se las entregó. Agarró las riendas y se volvió, preparándose para emprender la marcha hacia las colinas. Media hora después de partir por un camino flanqueado a ambos lados por olivares, giró de repente y comenzó a subir por la escarpada ladera.

El sol estaba a su izquierda. Los viñedos se extendían hasta donde alcanzaba la vista, mientras que a lo lejos se oían los balidos de las ovejas. Sin embargo, ella ni veía ni oía nada. Más bien, lo miraba como si fuera un grueso hilo que la ataba a un destino inescrutable y que la conducía a un abismo sin fondo.

***

Cuando su caballo tropezó, todos los sentidos de la novia se pusieron en guardia. Antes de que pudiera discernir la naturaleza del sentimiento que la había invadido, le escuchó decir:

—¡Uno!

El camino angosto se inclinaba hacia arriba y, con dificultad, los dos caballos intentaron encontrar espacios lo suficientemente grandes como para apoyar sus cascos con confianza.

Trató de darle sentido a lo que había escuchado, pero no se le ocurrió nada.

***

Otro tropiezo casi hizo que el caballo de Alhabbab perdiera el equilibrio. Maldijo al caballo y a sus antepasados. La novia comenzó a esperar con temor el siguiente momento. Diez metros más allá, le escuchó, visiblemente impaciente, murmurar entre dientes:

—¡Dos!

Tuvo la sensación de que la tierra había dejado de girar y de que una desgracia la acechaba en el siguiente recodo del camino.

***

Una vez que había comenzado a bajar por el otro lado de la colina, lanzó una mirada hacia el oeste. Vio el mar en su azul cristalino y cientos de plantaciones extendiéndose hasta el infinito. Miró en la dirección opuesta, pero su casa aún no había aparecido en la distancia. El descenso parecía fácil, sin augurar ningún peligro, y la novia parecía tranquila con el suave avance de los caballos colina abajo. Pero todo eso cambió en un abrir y cerrar de ojos.

Su mirada estaba clavada en los pasos del caballo. Y como si hubiera tropezado con su propia mirada, vio cómo se le torcía el corvejón derecho y después el izquierdo. Su cara casi tocó el suelo. Logró enderezarse, pero algo en su forma de andar había cambiado.

El silencio, que se había hecho más pesado, le hizo notar cosas que nunca antes había sentido.

Finalmente, le escuchó decir:

—¡Tres!

Cuando alcanzó su cintura y sacó su pistola, el caballo se detuvo, sintiendo que algo extraño estaba sucediendo. La novia se acercó junto a su yegua, ya que deliberadamente le había dado la oportunidad de hacerlo. Mientras tanto, el revólver se movió lentamente hacia la cabeza del caballo, hasta asentarse fríamente entre sus orejas y, antes de que la novia adivinase lo que iba a ocurrir, sonó un disparo ensordecedor.

***

El caballo cayó pesadamente al suelo, pero Alhabbab no tuvo dificultades para desmontar en el momento adecuado. Se quedó escuchando el eco del disparo mientras se dispersaba en círculos, hasta que se extinguió y reinó el silencio de nuevo.

La distancia que quedaba parecía más larga, ahora que la yegua los llevaba a ambos.

La garganta de la novia estaba reseca de sed y miedo. Cuando pasaron junto a un pozo montañoso y vio cómo brillaba el agua en la cisterna de piedra, soltó a pesar de sí misma:

—Tengo sed.

Alhabbab se dio la vuelta para mirarla. Sus ojos brillaron bajo sus pobladas cejas negras. Volvió la cara al ver el fuego que ardía en sus ojos. Entonces le escuchó decir:

—¡Uno!

Comprendió que un tercio de su vida acababa de pasar, para no regresar jamás.

El regreso del carro negro

La estancia del padre Georgiou no fue larga. El mismo carro negro tirado por dos caballos azabaches que una vez lo había traído al pueblo volvió a detenerse frente a la entrada del monasterio. De él salió el nuevo sacerdote: el padre Theodorus.

La llegada del padre Theodorus no sorprendió al padre Georgiou. Sin embargo, no había informado a nadie en el pueblo, ni siquiera al Hach Mahmud, de que iba a marcharse. Con su maleta y su gran baúl de madera listos para salir, se dio por contento con estrechar la mano del recién llegado en la puerta del monasterio, como si no deseara que ambos estuvieran en el mismo lugar a la vez.

***

Cuando el carruaje partió, la gente lo siguió con la mirada. Al alcanzar el confín oriental de las praderas de Alhadia, el polvo comenzó a disiparse. De este modo muchos de los que miraban pudieron ver que el carruaje se detenía. Reinó el silencio. Algunos pensaron que iba a regresar, pero no fue así. Mientras el carro seguía parado, más de un hombre pensó en montar su caballo y acercarse para averiguar qué sucedía. Mientras permanecían allí indecisos, observaron que se abría una puerta del carro. El padre Georgiou salió y se volvió hacia el pueblo. Se detuvo a mirarlo contemplativamente desde lejos y a reflexionar sobre sus extensas llanuras, sus olivos y la forma en que sus casas se elevaban ligeramente hacia la cima de la colina.

Estaba diciendo adiós a una querida parte de su vida y se preguntaba si había sido necesario dejarla para apreciar desde la distancia una nueva Alhadia.

Pasó mucho tiempo allí parado. Cuando finalmente regresó al carruaje y desapareció en su interior, en la distancia no quedaba sino una polvareda que se alzaba impetuosa hacia lo desconocido.

Los sueños de Albármaki

En el momento en que Hamama apareció en Alhadia, Albármaki empezó a volverse loco. Incluso se decía que rara vez cruzaba las fronteras del pueblo.

Albármaki era uno de los hombres más famosos de la aldea. Se ganaba la vida con su caballo semental, que apareaba con las yeguas de los demás. Gracias a que se sabía que su semental era un purasangre, tenía grandes y constantes ingresos.

***

«Albármaki» fue el nombre con el que se bautizaba a aquellos que practicaban esa profesión. En el momento en que pasaban a depender de tal oficio como fuente de ingresos, era como si sus nombres desaparecieran.

La gente conocía desde hacía mucho tiempo a Albármaki de Alhadia. La mitad de todos los caballos de la aldea descendían de su semental, que se llamaba Ántar. Por ello siempre fue bienvenido y durante muchos años Ántar fue el origen de todas las yeguas nacidas en Alhadia.

Las experiencias de la gente con Albármaki habían sido positivas, e incluso cuando un semental moría, como había sucedido dos años antes, siempre lo reemplazaba por un purasangre que era tan bueno, si no mejor, que su predecesor. De hecho, mucha gente prefería que sus yeguas se apareasen con el recién llegado en lugar de con su precursor.

Las estaciones pasaban, las yeguas procreaban y siempre llegaba el momento de volver a estar en celo.

***

La llegada de Hamama a la aldea le dio una nueva vida a Albármaki. Era un hombre delgado, con ojos saltones, que había pasado mucho tiempo oteando el horizonte en busca de una nueva yegua.

Si lograba que su nuevo semental, Shaddad, se aparease con Hamama, esto le daría un plus de aprobación que podría explotar con orgullo cuando recorriera otras aldeas. Como privilegio podría permanecer indiferente ante cualquier otra yegua y decir con aire de suficiencia: «¡Permitieron que este caballo mío cubriera a la misma Hamama!».

Aunque sabía que un sueño de esa magnitud nunca se haría realidad, vivía con la esperanza de que así fuera. Incluso habría estado dispuesto a pagar de su bolsillo para ver cumplido tal anhelo. Y su caballo no estaba menos ansioso.

Albármaki conocía el lugar de honor que ocupaba Hamama en la casa de Hach Mahmud. Era cierto, por supuesto, que el nombre de la potra se había asociado solamente con el de Jáled. Sin embargo, no la trataban como a un caballo, sino como a una de sus propias hijas. Sus otros caballos eran Jadra, *Verde*; Rih, *Viento* y Galila, *Majestuosa*.

***

Un día, cuando Albármaki pasó cerca de donde estaba Hamama, comprobó que ya era una yegua madura. Podía sentir el deseo sexual que la estimulaba, convirtiéndola en una llama. En aquel momento, mientras estaba sentado en la casa de huéspedes con Hach Mahmud y Jáled, se le ocurrió ofrecerles gratuitamente los servicios de su semental. Pero no se atrevió.

Fue bueno que no lo hiciera, ya que, si lo hubiera hecho, lo habrían tomado como una grave ofensa personal.

La maldición del nombre

—¡Gazi! —gritó Albármaki.

—Sí, padre.

—Te deseo una novia como esta —dijo señalando a Hamama.

—¿Y dónde conseguiría una novia como ella, padre? —preguntó con melancolía.

La historia de Albármaki y su hijo es una de las más conocidas en Alhadia y lo será por siempre. Cuando nació Gazi, su hijo mayor, Albármaki había salido de la ciudad en una de sus rondas, que por lo general duraban varias semanas. Cuando regresó, Shinnara, la partera del pueblo, le informó con inmensa alegría de que su esposa había dado a luz a un niño. Sabía, por supuesto, lo que ella quería y que podría haber pasado días en la puerta de su casa esperando recibir lo que le correspondía a cambio de esa buena noticia.

Tomando prestada una de las frases favoritas de Munira, preguntó, incrédulo:

—¿Es verdad? —Sus ojos se llenaron de lágrimas—. ¡Es verdad! —lo tranquilizó Shinnara.

***

Se dirigió a caballo hacia la casa como si la noticia hubiera sido una sorpresa total, o como si le hubieran dicho que su esposa estaba embarazada en un momento en el que no albergaba esa esperanza.

Shinnara volteó la libra de plata que descansaba en su mano sin dar crédito a lo que veía. Luego corrió a esconderla en su cofre. Cuando llegó a casa le invadieron las dudas. Quizás el cofre no fuese el lugar más seguro. Comenzó a atormentar su cerebro para encontrar un mejor escondite. Antes de que hubiera decidido qué hacer, alguien golpeó ruidosamente la puerta. Shinnara temió que los ladrones hubiesen venido para robar su tesoro. Vaciló, sin saber si abrir o no. Pero cuando escuchó la voz de Albármaki fuera se tranquilizó. Entonces abrió la puerta para encontrarlo furioso al otro lado.

—¿Dónde está la libra que te he dado? —exigió enojado.

Estaba tan desconcertada que, antes de tener la oportunidad de pensar, extendió su mano abierta.

—¡Aquí está!

***

Como las garras de un halcón que agarra a su presa, sus dedos se abalanzaron y le arrebataron la libra de la mano.

—¿No te dijeron que registraras su nombre como Gazi en su partida de nacimiento?

—¡Pero tu esposa quiso llamarlo como a su propio padre, Yunis!

—¿En serio? ¡Entonces ve y que mi esposa te dé la libra!

Se giró furioso y regresó al lugar de donde había venido.

***

A los pocos días se había calmado y comprendió que Shinnara no se merecía el trato que le había dispensado. Así que cuando volvió a verla se acercó a ella:

—Perdóname, Shinnara.

—¿Así me lo pagas, Abu Yunis?

—¡No me llames Abu Yunis! —le reprochó.

—¿Cómo debo llamarte, entonces?

—Llámame Abu Gazi.

—Está bien —dijo sin decir su nombre.

—¿Está bien qué?

—Está bien, Abu… —no terminó su frase.

—No puedes decirlo, ¿verdad?

—Yunis es un nombre bonito.

—Bonito o no, no me importa. Tienes que encontrar una solución a este problema.

—¿Y cómo voy a hacer eso?

—No lo sé. Eres la partera de su madre. Tú eres quien les dijo que su nombre era Yunis.

—¿Puedes esperar nueve meses o un año? Hasta que pueda cambiar el nombre. —Habló con una repentina sensación de tranquilidad, después de haber encontrado la solución a su dilema.

—¡Esperaré hasta el Día del Juicio Final si hace falta! —replicó con furia.

—¿Y me devolverás la libra, entonces?

—La libra y un real también.

***

Lo más extraño que ocurrió después fue que Albármaki se veía incapaz de coger a su hijo en brazos. Lo único que podía hacer era mirarlo fugazmente. Su nombre era una barrera entre ellos que evitaba que se acercara al chico. Le impidió abrazarlo, o incluso pronunciar su nombre cuando lloraba, se enfermaba o cuando balbuceaba sin llegar a la risa, ni siquiera a la sonrisa.

Durante ese tiempo, que le pareció una eternidad, Albármaki mantuvo un ojo en el vientre de su esposa, sin notar signos de un nuevo embarazo. De vez en cuando consideraba la posibilidad de conservar el nombre de Yunis como el de su hijo primogénito y llamar a su segundo hijo Gazi. Invariablemente terminaba furioso otra vez y se reprochaba a sí mismo pensar tales cosas.

A pesar de todo, Shinnara siguió visitando a la esposa de Albármaki para ver si había otro niño en camino. Un día, Albármaki y Shinnara se cruzaron en la puerta de su casa.

—Entonces —preguntó—, ¿has encontrado la solución?

—Sí, la he encontrado.

—¿Cuál es?

—Iré e informaré de que tu esposa ha tenido otro hijo, al que has llamado Gazi.

—¿Está embarazada de nuevo?

—No, pero esto es lo único que se puede hacer. ¡Guardas el nuevo certificado de nacimiento, destrozas el anterior y nadie lo sabrá nunca!

—¿Eso funcionará? —se preguntó en voz alta.

—¡Por Dios que funcionará!

Luego se llevó su caballo, repitiéndose una y otra vez:

—Funcionará. ¡Por Dios que funcionará!

El primer grito

La temporada de recogida de la aceituna había sido buena ese año. Los cielos habían derramado rápidamente lluvias que resucitaron a los árboles. Las hojas nuevas eran de un color verde intenso y profundo, y los frutos eran brillantes y suculentos, lo que provocó que todo el mundo se abalanzase sobre los olivares.

Mientras tanto, algo nuevo había entrado en la aldea: la almazara que el padre Theodorus había traído. La nueva prensa de aceitunas, que se convirtió en parte del patio trasero del monasterio, había aliviado a la gente de Alhadia de las dificultades de viajar largas distancias para prensar sus aceitunas.

El padre Theodorus se aseguró para sí mismo el coste del precio del prensado, además de una décima parte de la cosecha de los aldeanos. Esto se añadía a los «otros regalos» que recibía de vez en cuando. Fuera como fuese, una cosa era cierta: el padre Theodorus no confiaba en nadie. Solo confiaba en aquello que podía ver con sus propios ojos. Esto había sido una frecuente fuente de consternación para Hach Mahmud, que veía al sacerdote actuando más como un mercader sin escrúpulos de la ciudad que como un hombre de fe.

Sin embargo, el padre Theodorus ponía excusas para su avaricia.

—No olvide, Hach, que lo que ustedes me dan es algo que le debo al Estado, ¡y no me gustaría comparecer ante las autoridades con un diezmo incompleto!

La avidez del sacerdote desconcertaba a todos en la aldea. No había pasado ni un día desde su llegada a Alhadia y ya lo habían visto recorrer los campos y huertos del pueblo con las dos monjas, Sara y Miri, caminando a trompicones detrás de él. Estas eran las únicas ocasiones en que se veía a las monjas fuera del monasterio, ya que las proveían de todo lo que necesitaban, desde el agua que bebían hasta los fardos de leña.

Cuando regresó, se quedó estupefacto por lo que vio.

***

Lo extraño era que el padre Theodorus, un joven guapo y de ojos azules, con un físico esbelto como la hoja de una espada, a menudo actuaba como si fuera el propietario de todo el pueblo. Al menos, eso fue lo que percibieron los aldeanos.

Hach Mahmud se esforzó por despejar las sospechas que lo atormentaban. Sabía que la presencia del monasterio se había convertido en una necesidad, ahora que los turcos habían vendido decenas de aldeas en una subasta pública a terratenientes de Siria y el Líbano. Los pueblos en cuestión habían sido incapaces de pagar el diezmo durante varios años consecutivos y, como resultado, habían acumulado grandes deudas con el Estado.

Pero esto no fue todo.

***

Un día, Theodorus se puso a gritar a un grupo de niños que trepaban a un olivo, recriminándoles con palabras que nadie usaría, a menos que estuviera protegiendo sus propiedades.

En más de una ocasión hizo comentarios incomprensibles sobre tanto uso y abuso del pozo y sobre cómo se deberían restringir las cantidades de agua que sacaban de él las mujeres de la aldea, porque, como él dijo:

—El cielo no es un asalariado que trabaja para la tierra, más bien la tierra trabaja para agradar al cielo.

Todas las sospechas de los aldeanos se disipaban por el excelente dominio que tenía Theodorus de la lengua árabe, lo que hacía imposible tratarle como si fuera un extraño. De hecho, su árabe era tan exquisito que ponía nervioso al propio jeque Husni cuando discutía con él temas relativos a la sintaxis y a la morfología lingüística. En muchas ocasiones se lo podía ver sentado, fascinado por la oda de Tárafa Bin Alabd, diciendo:

—¡Esto es poesía! ¡Esto es poesía!

> Oh tú, que me culpas por venir a la batalla y por complacerme, ¿puedes hacerme eterno?
>
> Si no puedes alejar la muerte de mí, al menos déjame dilapidar mis riquezas.
>
> De hecho, si no fuera por estos tres deleites de la juventud,
>
> Y por la buena fortuna, no me importaría cuándo la muerte me visitase.

***

En resumen, el árabe fue su milagro y por ello se ganó la confianza del pueblo. Por otro lado, Hach Mahmud, que estaba íntimamente familiarizado con el poema de Tárafa Bin Alabd, habiéndolo estudiado bajo la tutela del padre del jeque Husni, estaba preocupado por el hecho de que Theodorus solo recitara ciertas líneas, como si el poema comenzase por esos versos. Un día, incapaz de contener su curiosidad, el jeque Husni preguntó:

—¿Por qué esa es la única parte del poema que recuerda? ¿Por qué nunca recita líneas como estas, más cercanas al corazón de un clérigo?:

> Veo que la tumba de un avaro, que no quiere separarse de su riqueza,
>
> No difiere de la de un pródigo que dilapida su riqueza en vanos goces.
>
> Las tumbas de ambos se coronan con montículos de arena,
>
> Y piedras grandes y duras en perfecto orden.
>
> Veo que la muerte elige a los hombres generosos,
>
> Y se apodera de las posesiones más apreciadas del avaro miserable.

La vida del hombre es un tesoro que disminuye cada noche,

Y los días que disminuyen finalmente están destinados a desaparecer.

Como una montura paciendo en el pasto, así son los días de un hombre,

Porque cuando la muerte toma la delantera, debe llegar sin demora.

El viento se lo llevó

Alhabbab había escuchado noticias sobre Hamama durante bastante tiempo. No había necesidad de que nadie se las transmitiese, ya que habían llegado sobre las alas del viento, así como en las alforjas de los comerciantes que acudían a Alhadia todas las semanas para comprar y vender en su mercadillo de los jueves.

Lo que realmente alimentó su interés fueron las cosas que escuchó del esposo de Aziza, Abdelmayid, un lugareño de la aldea de Alhabbab, que visitaba su pueblo natal de vez en cuando.

Más de una vez Alhabbab había considerado raptar a Hamama. Sin embargo, sabía que si lo hacía provocaría que muchos se volvieran contra él, sobre todo sus amos, que estaban esperando la llegada de su primera potra, y también Hach Mahmud.

Hach Mahmud y Alhabbab se habían encontrado en más de una ocasión y cada vez que lo hacían pasaban el tiempo midiéndose el uno al otro. Se veían en funerales y durante las temporadas de compra y venta en todas partes, empezando por Yafa, pasando por Ramla y terminando en Acre.

Al final abandonó la idea, pero decidió hacer todo lo posible para encontrar otra forma de hacer daño a Hach Mahmud. De lo contrario, terminaría siendo visto por los demás como un ladrón de caballos cuando, en realidad, era el dueño de varias aldeas enteras, donde le juraban lealtad decenas de civiles y militares y contaba con un apoyo incondicional de los alcaldes y demás autoridades.

Se dio por vencido y renunció a la idea de robar a Hamama, sin saber que el tiempo le acabaría ofreciendo un regalo que nunca habría soñado.

***

Hubo una gran cantidad de especulaciones más tarde por noticias no confirmadas de un encuentro inusual, que iba a tener lugar entre Alhabbab y el padre Theodorus. Se rumoreaba que Abdelmayid era el celestino que había reunido a los dos hombres y que la reunión había sido arreglada en la mismísima Yafa para que no desencadenase una tormenta de rumores.

Nadie sabía los detalles de lo que había sucedido. Algunos dijeron que habían llegado a un acuerdo sobre la tierra, mientras que otros hablaban de mayores intereses compartidos, que habían comenzado a aparecer en el horizonte. Mientras tanto, el caos se extendía por todo el Imperio otomano, cuya creciente deuda le había llevado a tomar medidas cada vez más duras, como la imposición de nuevos impuestos o el reclutamiento forzoso de hombres para combatir en guerras libradas en lugares lejanos de los que nunca habían oído hablar.

La llamada de la naturaleza

Cuando Shinnara le trajo el nuevo certificado de nacimiento a Albármaki, le pidió al jeque Husni que se lo leyera para poder asegurarse de lo que decía. Luego regresó a la casa de Shinnara y llamó. Ella abrió la puerta y salió:

—Y ahora, ¿estás satisfecho?

—Estoy satisfecho —respondió, y le dio una libra y un real—. Te los debía —añadió. Entró y a punto estaba de cerrar la puerta cuando dijo—: Espera.

Abrió la puerta.

—¿Qué pasa, Abu Gazi?

—Estos son para ti también —dijo entregándole tres reales más.

—Que Dios proteja a tu hijo y que te bendiga con más descendencia.

***

Albármaki volvió corriendo todo el camino hacia su casa. Abrió la puerta apresuradamente y se dirigió directo hacia la cuna de madera de su hijo, la cuna que había comprado en Ramla especialmente para Gazi. Se inclinó, tomó al niño en sus brazos, se levantó de nuevo y se dirigió al patio delantero con él.

—¿A dónde vas? —preguntó su esposa alarmada.

—No te preocupes —la tranquilizó—, solo quiero verlo a la luz.

Desde ese día en adelante, cuando salía de casa, aunque fuese por poco tiempo, se llenaba de añoranza por su pequeño niño. Cuando se confirmó que el niño no tendría hermanos, las cosas se complicaron aún más.

***

Traer a los niños a la casa de huéspedes del pueblo no era algo agradable, especialmente para los niños menores de tres años. Esta era la costumbre en Alhadia, como lo era en otros pueblos. Aunque se hacían excepciones en ocasiones. Por ejemplo, se podía permitir que un padre trajera a su hijo consigo si era hijo único, independientemente de su edad. Y dado que Albármaki ya no podía soportar separarse de su hijo mientras estaba en la ciudad, comenzó a llevarlo a la casa de huéspedes con regularidad.

La visita a la casa de huéspedes siempre estuvo plagada de riesgos, ya que el padre era responsable de cualquier cosa que pudiera hacer su hijo. Si, por ejemplo, su hijo *se mojaba* en la casa de huéspedes, se requería que el padre fuera a su casa y trajera el almuerzo o la cena a todos los que estuvieran allí, en expiación por lo que su pequeño había hecho. Si lo que *echaba* el niño era algo más, entonces tenía que sacrificar una oveja o una cabra. No obstante, nada de esto disuadió a Albármaki de llevar a su hijo a la casa de huéspedes. En numerosas ocasiones, incluso parecía contento con los *problemillas* que causaba su hijo de vez en cuando, como si fueran equivalentes a una nueva declaración de nacimiento. Tan pronto como sucedía algo, miraba a su alrededor, esperando aquellas palabras que Hach Mahmud decía con bastante frecuencia:

—Bueno, ha llegado en el momento justo. ¡Creo que los hombres tienen hambre!

Entonces Albármaki corría a casa. Su ausencia era más breve o más larga dependiendo de la situación. Pero eventualmente aparecía de nuevo con comida para los hombres, asegurándose de que su hijo estuviera con él. El niño, que parecía sentir el orgullo que su padre mostraba por sus *problemillas*, siguió respondiendo con entusiasmo a la llamada de la naturaleza, al darse cuenta de que eso era lo que se esperaba de él.

Las cosas siguieron así durante varios años hasta que, temiendo que el chico mantuviera el hábito para siempre, Albármaki decidió que ya era suficiente. Entonces, al notar que la barriga de su esposa se estaba volviendo más redonda, dijo jovialmente:

—¡Te juro que, si es un niño, lo llamaremos Yunis! ¿Estás feliz ahora?

—A buenas horas —exclamó ella con reprobación.

Aun así, agradeció la sugerencia. Poco después nacería Sumayya y con su llegada selló herméticamente y para siempre la puerta de entrada.

La llegada de Elías Salim

No habrían encontrado un mejor lugar para enviarlo que Alhadia. Después de todos los problemas que había causado a la Iglesia ortodoxa en Jerusalén, en cuanto llegase a Alhadia podría pelearse con el padre Theodorus tanto como quisiese.

Cuando llegó al pueblo estaba furioso. Estaba enamorado de Jerusalén y sentía que pertenecía a aquella tierra. Y ahora estaba en un pueblo más tranquilo que cualquier otro lugar en el que hubiera estado antes.

Por un lado, siendo un ávido lector de Alasmai y Alquds, no encontró periódicos ni revistas que leer. Las mañanas de los martes y de los viernes, que era cuando salía el periódico *Al-Karmel*, se habían agriado, porque no podía leer los artículos de Nayib Nassar[4].

El padre Theodorus sabía por qué el nuevo sacerdote había sido exiliado. En consecuencia, se volvió aún más cauteloso. Cuando Elías eligió irse de retiro espiritual, el padre Theodorus no hizo ninguna objeción y no le exigió nada. Todo lo que quería era que se mantuviera al margen. La gente de Alhadia vio la actitud distante del padre Elías como un signo de arrogancia, que no convenía a un hombre de fe y que además era nativo de la tierra.

Había traído consigo una gran cantidad de libros, que le hacían compañía en su aislamiento. Cada vez que iba a Jerusalén para visitar a su familia volvía cargado con nuevos libros y con un fajo de periódicos, que su madre había comprado y guardado para él.

[4] Propietario y editor en jefe del periódico *Al-Karmel*, que comenzó a aparecer en Haifa en el año 1909. El periodista palestino Nayib Nassar fue uno de los escritores más audaces de su época y uno de los más visionarios sobre el peligro que el sionismo representaba para Palestina y su pueblo. Fue perseguido por las autoridades turcas y vivió escondido largos períodos de tiempo.

Pasaron cuatro meses sin incidentes. Durante ese tiempo no sucedió nada que perturbase la tranquilidad del padre Elías. Sin embargo, todo cambió cuando comenzó la temporada de la cosecha y llegó el momento de que los aldeanos pagaran sus diezmos al monasterio. Con recelo y sospecha comenzó a mostrar interés por cuestiones que el padre Theodorus nunca se habría esperado:

—¿Por qué se queda el monasterio con el diezmo? ¿Por qué los aldeanos no pagan lo que deben? ¿Por qué no vienen los recaudadores de impuestos? ¿Qué le quita el monasterio a la gente de la aldea? ¿Llevan ustedes todo el diezmo al Gobierno? ¿Se queda el monasterio con una parte?

Las respuestas que el padre Elías recibió fueron las mismas que la gente del pueblo había recibido cuando hicieron idénticas preguntas. Como no se quedó satisfecho con tales respuestas, decidió salir y reunirse con la gente. Dijo para sus adentros: «Te sientas aquí y lees, luego lees un poco más y, a donde vayas, les dices a todos cuánto admiras las escrituras de Nayib Nassar, a quien consideras tu maestro. Te sientas aquí entre estas cuatro paredes y rumias lo que lees de la misma forma que una vaca rumia la hierba. Cuando estabas en Jerusalén querías ser como Nassar, pero no lo eras. ¿Por qué no tratas de ser como él aquí? ¿O crees que este pueblo no es lo suficientemente bueno para ti?».

***

Una noche, abrió la puerta del monasterio y salió corriendo. Su huida fue una sorpresa para el padre Theodorus, quien solo había visto la puerta del monasterio abierta después del atardecer en raras ocasiones.

—¿Adónde va? —le persiguió la voz del padre Theodorus desde el interior del edificio.

—A la casa de invitados de Hach Mahmud —respondió el padre Elías.

—Pero sabe que debemos mantener la distancia con ellos.

—¿Por qué? ¿Acaso no son seres humanos?

—No quiero decir eso. Es solo que tienen su vida y nosotros tenemos la nuestra. Hemos venido aquí para dedicarnos a Dios.

—¿Y no cree que Dios está en la casa de invitados de Hach Mahmud? —preguntó alzando la voz.

—Parece que no nos pondremos de acuerdo. En cualquier caso, ahora no voy a discutir con usted sobre eso.

Cuando el padre Elías apareció en la puerta de la casa de huéspedes, los que estaban allí adentro se quedaron boquiabiertos. Era la primera vez en años que sucedía algo así. La vida de retiro espiritual autoimpuesta por el padre Elías había enfriado la relación entre ellos.

—¡Traed el colchón de invitados! —ordenó Hach Mahmud.

Los jóvenes se levantaron y trajeron dos colchones, que colocaron uno encima del otro. Hach Mahmud le invitó a sentarse. Aunque no había venido desde muy lejos para verlos, Hamdán sintió que algo nuevo estaba sucediendo. Tiró lo que había en la cafetera y preparó un nuevo café para el visitante. Luego, tal y como indica la costumbre cuando llega un invitado apreciado tras un largo viaje, Jáled se levantó, sirvió el café y le pasó la taza a su padre, quien a su vez se la ofreció al padre Elías.

Bebió un poco de la pequeña cantidad de café que había en la taza y cerró los ojos. Luego, abriéndolos de nuevo, miró a Hach Mahmud y dijo:

—¡Esto sí que es café!

—¿Le gusta?

—No debería haberme permitido privarme de él durante todos estos meses.

—Bienvenido. Siempre que le apetezca nuestro café, estará listo y esperándole.

Esa noche vieron un lado de Elías que nunca habían visto antes. Parecía uno de ellos. Cuando comenzó a hablar apasionadamente sobre Jerusalén, todos los que le escuchaban y que habían pisado la ciudad se sintieron como si estuvieran allí de nuevo: con sus palabras les hizo imaginar otra ciudad, una Jerusalén encantada.

Jáled le preguntó por qué había dejado la ciudad si la amaba tanto.

—No la dejé —explicó Elías—. Me alejaron de ella.

—¿Lo desterraron?

—Sí. Se podría decir que mi llegada aquí fue una especie de castigo.

—Pero ¿por qué?

—No quisiera decirles «eso es otra historia», como dicen los poetas de las Hazañas de los Banu Hilal pero realmente lo es, es otra historia.

Mientras estaban parados en la entrada de la casa de huéspedes, antes de la partida del padre Elías, Hach Mahmud le dijo:

—Le voy a ser sincero, hacía mucho tiempo que alguien no entraba en mi corazón como lo ha hecho usted esta noche.

—Es lo más hermoso que he escuchado en mucho tiempo —respondió Elías—. Parece que Dios ha respondido a la oración de mi madre.

—¿Y qué oración es esa?

—La más preciosa de todas: «¡Oh, Dios, haz que todos los que lo vean lo amen!». Por otro lado, la Orden del Santo Sepulcro nunca me ha amado.

—¿Y por qué?

—Me temo que no puedo decir mucho más.

—Diga lo que tenga en mente, hijo.

—¡Puede ser porque Dios no vive en el corazón de todos!

El tropezón de la sabiduría

Cada vez que Hach Mahmud oía que un hombre famoso por ser mala persona planeaba irse de Alhadia, les decía a los hombres del pueblo:

—Id tras él y traedlo de vuelta. Hará daño a la reputación de nuestra aldea.

Y cada vez que oía que un buen hombre planeaba irse, decía:

—Dejadlo ir. Rociará el dulce perfume de Alhadia donde quiera que vaya.

Sin embargo, nunca se le había ocurrido preguntarse cómo pudo permitir que su hija Aziza se casara con un hombre como Abdelmayid, que acabaría causándole tanto dolor en el futuro, llenando su corazón de angustia para siempre.

Los demonios de Albármaki

El pensamiento que había cruzado la mente de Albármaki era pura locura. Incluso cuando, varios días después, recordó la idea estando frente a su caballo, Shaddad, le seguía pareciendo una locura. Había atado los pies delanteros del semental.

—De esta forma ni siquiera serías capaz de saltar sobre el lomo de una cabra —dijo en tono de reproche.

De esa manera reconoció que todas las dificultades habían sido causadas por pensar constantemente en el asunto. Durante mucho tiempo sus demonios lo habían tentado con la idea de planificar un encuentro fortuito entre Hamama y Shaddad, que pareciese haber ocurrido por casualidad.

Albármaki observó a Hamama desde lejos, dejando entre ella y Shaddad una distancia de seguridad que consideraba suficiente. Sin embargo, todo se vino abajo.

***

Hamama saltaba alegremente por el pasto, sacudiendo su crin. La hacía volar por el aire de tal manera que reflejaba la luz del sol, convirtiéndola en oro puro. Su cola se balanceaba de lado a lado como si la estuviera usando para pulir la cara del horizonte y su presencia hizo que el día pareciese más brillante todavía. Corría y se alejaba en la distancia. Luego volvía a cargar como si atacara algo que solo ella podía ver. Cuando llegaba al lugar donde yacía su secreto, se inclinaba para recogerlo. Volvía a saltar en el aire como si apuntara al cielo, como si fuera a volar para siempre a través del espacio.

El paisaje no hubiera estado completo sin ella.

Entonces, Shaddad apareció de la nada y se puso a correr detrás de ella. No se había acercado a una yegua por un buen tiempo, por lo que se aproximó a ella como alma que lleva el diablo. En el momento en que lo vio, Hamama se fue. Tomada por sorpresa, ya no corría con la alegría anterior, con la que llenaba el horizonte. Tropezó una vez, luego dos veces y, en el tercer tropezón, perdió pie por completo y su cuerpo tocó el suelo. Cuando había perdido la esperanza de escapar de su perseguidor, empezó a relinchar, alarmada. En ese momento llamó la atención de todos. La gente comenzó a correr hacia ella y un grupo de hombres logró bloquear el camino a Shaddad. Su rechazo a que se le acercaran lo llevó a dejar escapar un relincho desenfrenado. Giró en círculos, clavando sus pezuñas en el vientre de la tierra. Levantó una enorme nube de polvo. De repente, se volvió hacia los hombres como si quisiera desgarrarlos con sus dientes, que brillaban ominosamente a la luz del sol. Si alguien nunca había visto a un semental convertirse en un monstruo, esa mañana lo pudo presenciar.

***

El creciente número de personas interpuestas en el camino de Shaddad facilitó que otros llegasen a caballo junto a Hamama. Cuando la purasangre se encontró rodeada de otros caballos, se asustó todavía más. Hasta que Jáled llegó a lomos de Rih. Desmontó apresuradamente y saltó los muros de piedra que separaban un campo de otro, hasta alcanzar a Hamama. Al verlo, el animal recuperó parte de su compostura. Siguió acercándose y, cuando logró tranquilizarla, montó sobre ella.

Ella lo guio a él y no al revés. Fue todo lo que pudo hacer para evitar caerse mientras corría colina arriba hacia su casa.

En ese momento, Shaddad había ido en su búsqueda una vez más. La gente miraba la escena aturdida. Cuando Jáled y Hamama llegaron a la casa, desmontó saltando ágilmente, abrió la puerta del establo y rápidamente la cerró tras de sí. Quiso acariciar su largo cuello y acoger su rostro en sus manos, pero ella estaba en otro lugar. Sus ojos deambulaban de un lado a otro con terror, mientras examinaba los alrededores. Su cuerpo temblaba como si tuviera fiebre.

Hamama permaneció en esta condición durante varios días. Mientras tanto, la situación de Albármaki cambió.

***

Vio cómo los hombres de la aldea asaltaban su casa, mataban a Shaddad y luego destrozaban su rebaño de ovejas y cabras y sus tres vacas. Separaron a su familia, se lo llevaron lejos y lo dejaron solo bajo el ardiente sol para regresar a por él más tarde. Incluso saquearon las casas de sus hermanos y la de su padre.

La extrema exaltación de furia colectiva se prolongó durante tres días y un tercio. Cuando por fin se apaciguó, las cosas habían cambiado y la gente de Alhadia lo sabía. Desde su punto de vista, el intento de Shaddad de aparearse con Hamama era comparable al intento de un hombre de violar el honor de una muchacha.

Durante la tarde del cuarto día, el jeque Náser Alali llegó acompañado de hombres de todas las aldeas vecinas para resolver un problema que nunca antes había tenido que afrontar.

El jeque Náser estaba al tanto de lo que Hamama significaba para Hach Mahmud. También de lo que significaba para sus dueños, que la habían ofrecido como regalo para Alhadia, confiando plenamente en su protección y en que ningún semental se acercaría a ella.

Albármaki y su familia desaparecieron por completo.

Mientras tanto, una delegación de paz llegó a ver a Hach Mahmud, dispuesta a hacer y ofrecer cualquier cosa para resolver el problema.

***

Sentado con los hombres en la casa de huéspedes de Alhadia, el jeque Náser empezó a hablar:

—Nunca en mi vida he oído hablar de tal cosa. Quizás lo que hace que este caso sea tan singular es que estamos hablando de un purasangre libre y diferente. Estamos hablando de una yegua que es más que una mera potra. Cuando hablamos de Hamama hablamos de una joven virtuosa, que debería estar protegida de cualquier tipo de agresión o violación. Si una muchacha de estas características es agredida, su familia tiene el derecho a hacer lo que quiera con el ofensor durante tres días y un tercio. Esto es lo que ha sucedido aquí, por lo que quienes se hayan vengado de Albármaki deben ser exculpados de sus acciones. —Mientras hablaba, el jeque Náser repartía su mirada entre Hach Mahmud y Jáled. Continuó—: Cuando me enteré del problema lo pensé con detenimiento. He seguido pensando en ello hasta que llegué aquí. Así que mi decisión es la siguiente: como he dicho, Hamama disfruta entre nosotros del mismo estatus y honor que cualquier joven virgen. En consecuencia, tiene los mismos derechos que tendría una muchacha. Ella relinchó angustiada cuando el semental vino a buscarla. Considero este relincho como el llanto de una muchacha amenazada. Por lo tanto, interpreto todo lo que se ha hecho en los últimos días como respuesta al grito de socorro de Hamama. Al mismo tiempo, hay decisiones que no puedo tomar de cómo lo haría en el caso de un ser humano. En este punto, los murmullos aumentaron entre los reunidos, creando una atmósfera tensa.

—Rezad por bendiciones para el profeta —les dijo el jeque Náser.

Su petición parecía comunicar dos cosas: que deberían rezar por bendiciones para el profeta y que quería que se calmaran.

—¡Dios, envía bendiciones para el profeta! —entonaron juntos.

—Como iba diciendo —prosiguió el jeque Náser—, no emitiré un fallo como el que emitiría si fuera el caso de una muchacha. Gracias a su velocidad, Hamama es capaz de protegerse de una manera que ningún ser humano sería capaz, pese a que estaba siendo perseguida por un semental. En consecuencia, si estiman que dio mil pasos, entonces consideraré que dio doscientos. En cuanto a las veces que tropezó, deben considerarse como las que tropezaría una niña. Y lo mismo ocurre con el momento en que cayó.

Miró pensativo a los rostros de los hombres y, cuando hubo un completo silencio, agregó:

—Considero que cada paso vale más de diez piastras y cada tropezón, cincuenta piastras. En cuanto al momento en que cayó al suelo considero que vale ciento cincuenta piastras, y el hecho de que se levantase otra vez vale la misma cantidad.

Se escucharon fuertes murmullos de protesta de la delegación que representaba a Albármaki y su familia.

—Rezad por bendiciones para el profeta —dijo el jeque Náser nuevamente. Esta vez, sin embargo, solo significaba una cosa, ya que prefería no dar a entender que era consciente de su enojo.

—¡Oh, Dios, envía bendiciones para el profeta! —respondieron.

—Sé que es un veredicto duro —afirmó—. Sin embargo, como saben, con este tipo de veredictos protegemos la honra de las personas. Las sentencias duras ayudan a evitar que las personas atenten contra la honra de los demás.

Luego se volvió hacia la delegación de Albármaki y declaró:

—Le deben a la familia de Hamama dos mil cuatrocientas piastras. También tendrán que abandonar el pueblo por tres años.

Todos sabían que la sentencia del jeque Náser Alali era justa y sabia. La acataron sin discusión.

El propio Albármaki tuvo escalofríos en el momento en que se enteró de la sentencia.

Luego se despertó asustado bajo la higuera en cuya sombra se había quedado dormido. Huelga decir que dio las gracias a Dios, porque lo que había visto no había sido más que una pesadilla.

Miró a su alrededor, alarmado, para descubrir que Shaddad todavía seguía atado. En cuanto a Hamama, se elevaba en el aire, volando libre como un pájaro dorado.

Miró a su caballo.

—Créeme, tienes una buena excusa para desearla tanto. Pero temo por ti y por mí mismo.

La tierra de las yeguas blancas

Tres cosas, aparte de su belleza, distinguían a Hamama. Una era el amor que le tenía Jáled. La segunda era la comida especial que él le daba en la palma de la mano: consistía en cebada hervida o trigo. La tercera era su libertad, ya que nunca había sufrido un golpe de brida en la boca.

Durante los primeros meses después de su llegada, nunca se apartó de su lado. A su familia no le molestaba, ya que para ellos era suficiente con haber recuperado a su hijo después de su larga ausencia.

Munira, finalmente, había perdido la esperanza. El tema del matrimonio nunca más surgió en su conversación diaria. Y por si no fuera suficiente, un día la tía de Jáled, Anisa, le dijo:

—Un hombre sin mujer, bien podría poseer una yegua, reza un refrán árabe. Pero tu hijo ha llevado las cosas demasiado lejos ¡y me temo que las largas cabalgadas que hace pueden haber arruinado su *instrumento*!

—¡Dios no lo quiera! —gritó Munira furiosa.

Aún no sabían que sería la propia Hamama quién le volvería a abrir la puerta.

***

Un día, Munira oyó a Anisa gritar:

—¡Corre, ven aquí, Munira! ¡Es posible que tu hijo no quiera una esposa, pero su yegua está en celo!

Era como si Hamama hubiera comenzado a romper los platos a su manera. Relinchaba sin parar y orinaba más de lo normal. Cada vez que veía a un semental, se acercaba a él. Lo hacía incluso con los que no le prestaban atención, también con Shaddad.

Hach Mahmud advirtió a su hijo:

—Será mejor que nos vayamos antes de que las consecuencias sean desastrosas. Esta noche debemos pasarla sí o sí en territorio del jeque Alsadat.

Hacia el mediodía, toda Alhadia había escuchado las noticias. Cuando el grupo que viajaba partió, los ojos de todos se pegaron a Hamama hasta que desapareció en el horizonte oriental, en un viaje sin igual.

Les gustase o no, tendrían que pasar con Hamama por delante de la aldea de Alhabbab. El viaje que hacían no era un secreto, ya que todos en la región sabían que la llevarían a las tierras del jeque Alsadat.

A lo largo de la calle que atravesaba el pueblo, la gente saludó al cortejo, que consistía en siete hombres a caballo, cargados de regalos, en dirección al este.

Después de cruzar la llanura, el camino se volvió empinado. Los hombres confiaban en que nadie, en su sano juicio, se atrevería a interponerse entre ellos y su destino. Por muy grande que fuera la hostilidad en algunas aldeas, a un enemigo siempre se le daba paso seguro en dos casos: si el viaje tenía que ver con una yegua purasangre, o si era necesario para devolver una potranca a los dueños originales de su madre. Esta era una costumbre que no podía romperse.

***

Desde la azotea de su casa, situada a la izquierda del cortejo, Alhabbab no sentía menos curiosidad que los demás. Vestido con una capa de color blanco y un fez carmesí, se puso de pie, mostrando su imponente estatura. Parecía un poco más alto de lo habitual. Por alguna razón, Jáled estaba seguro de que miraba directamente a los ojos de Alhabbab. Incluso después de encontrarse a cierta distancia de la aldea de Alhabbab, siguió mirando hacia atrás hasta que desaparecieron la casa y sus alrededores por completo. Luego entraron en un territorio más plano, desde el que podían ver el horizonte en las cuatro direcciones.

***

Tan pronto como los dueños de Hamama la vieron acercarse, iluminando las llanuras occidentales, comenzó una celebración de bodas. Todos —hombres, mujeres y niños por igual— salieron corriendo a las calles como si estuvieran recibiendo a una caravana de peregrinos en su camino a casa desde La Meca.

En la llanura que rodeaba las casas, Jáled y su padre se quedaron asombrados al vislumbrar una tierra en llamas con yeguas blancas. Al ver el cortejo que se acercaba, las yeguas comenzaron a relinchar y a saltar en el aire. Hamama salió corriendo alegremente para encontrarse con ellas.

Cuando Jáled aflojó las riendas, la yegua salió volando por el prado, como aquel día que aún no había olvidado, cuando Hamama, la madre, voló con él sobre las colinas y los valles en la noche más singular de su vida.

Mientras la gente se mezclaba entre los caballos, Hamama comenzó a dar vueltas en círculos. Se dieron cuenta de que tendrían que mantener bajo control su ardiente deseo por un semental. Las cosas debían llevarse a cabo de la manera adecuada.

Hach Mahmud, Jáled y los hombres que los acompañaban desmontaron con agilidad, mostrando a la familia de Hamama que los nuevos guardianes de su yegua eran jinetes no menos hábiles que aquellos entre los que había nacido. Abrazaron al jeque Alsadat, a Táriq y a los otros hombres que se habían reunido para recibirlos. Luego, antes de dirigirse hacia la casa de huéspedes, el jeque Alsadat atravesó el grupo de visitantes para llegar hasta Hamama. Al acercarse a ella, le dio unas palmaditas en el cuello, luego la abrazó tomando su cabeza entre sus brazos. Al ver que el sudor le corría por la frente, recogió el borde de su capa y se la secó. Retrocediendo dos pasos, la miró pensativo y dijo:

—¡Te hemos echado de menos!

***

Sorprendidos del amor tan profundo que estas personas sentían por su potra, Hach Mahmud comprendió que cuando se la prestaron a su familia, les habían otorgado un don con un significado inconmensurable.

Jáled sintió que al entregarle su devoción incondicional a Hamama, había demostrado ser digno de la confianza que ella encarnaba. Le recordó un sueño que había tenido, pero del que nunca había hablado a nadie. En el sueño se había visto a sí mismo cargando a Hamama en brazos y gritando alegremente: «¡Levo miel! ¡Llevo rosas!» Sin embargo, algo había perturbado la dulzura del sueño y se había despertado presa del pánico.

Era la primera vez que se despertaba, aterrorizado, de un sueño feliz. Había pensado en visitar al jeque Husni y pedirle que interpretara su sueño, en acudir a la tía Anisa, en…

A pesar de todo, seguía aterrorizado.

Sabía, del mismo modo que lo sabía su madre y toda la aldea, que Hamama ocupaba el lugar que una vez había pertenecido a su difunta esposa. Estaban convencidos de que las cosas llegan en su momento preciso: la lluvia llega en su momento preciso, el sol sale en su momento preciso, las naranjas y el trigo maduran en su momento preciso. Del mismo modo, una niña madura en su momento preciso, y el deseo de una mujer por un muchacho comienza a arreciar en su sangre en su preciso momento.

Lo que les preocupaba era encontrar respuesta a una pregunta: ¿Dónde demonios encontrarían una mujer como Hamama?

***

Los círculos que hacía la yegua alrededor de sí misma, mirando inquieta los caballos, no eran un secreto para el jeque Alsadat.

—¡Ya es grande y está lista para ser novia! —exclamó con aprobación, como si hablara de una de sus hijas—. Esta yegua es fruto de una estirpe de caballos que hemos criado durante siete generaciones. Solo dos veces un caballo de este linaje abandonó nuestro territorio. La primera vez fue hace muchos años, cuando una yegua fue robada y nunca regresó. La buscamos por todas partes. No perdimos la esperanza hasta que, transcurridos muchos años, entendimos que debía de haber muerto y que no tenía sentido seguir buscando sus huesos.

A pesar de ello, su recuerdo todavía nos aflige. La segunda vez fue cuando otra yegua fue robada y ustedes la guardaron bajo su protección. ¡Con su gesto nos liberaron de una búsqueda que podría haber continuado durante treinta años!

El jeque Alsadat guardó silencio. A continuación, se dirigió a Hach Mahmud.

—Hach, ¿sabe lo que es buscar algo que uno ama durante treinta años y no encontrarlo nunca?

La pregunta fue una sorpresa incluso para Jáled, que había experimentado la amargura y el dolor de la pérdida. No se le ocurrió nada que decir. Todo lo que pudo hacer fue negar con tristeza, moviendo la cabeza.

—Ahí… —dijo el jeque Alsadat como si acabara de librarse de una losa de dolor que había pesado fatigosamente sobre su corazón durante años. Después de un breve silencio, le dio unas palmaditas en la pierna a Hach Mahmud—. No debemos obligarla a ese martirio por más tiempo.

Un numeroso grupo de hombres se había reunido en la casa de huéspedes. Entre ellos había varios ancianos que sabían que en un día como aquel tenían una responsabilidad especial. Debían presenciar la unión de Hamama con uno de sus sementales purasangre. Jáled tenía la mirada fija en un grupo de caballos blancos claramente ansiosos por acercarse a Hamama y pensó:

—¿Cuál de ellos será su caballo?

Todos eran caballos de inusual belleza. Su apariencia era más llamativa y majestuosa debido a la atención constante que recibían.

***

El jeque Alsadat hizo un gesto a uno de sus hombres, que resultó ser el establero. Se puso en marcha de inmediato y en pocos minutos regresó agarrando la brida de un semental blanco de una belleza descomunal, nunca antes vista. Totalmente deslumbrados, Jáled y Hach Mahmud contemplaban con sus propios ojos el manantial del que salían los caballos de aquella zona.

—¿Son todos estos caballos de una sola yegua? —preguntó Hach Mahmud.

—No, pero todos son de un ascendiente común —respondió el jeque Alsadat—. Ningún semental de esta descendencia puede aparearse con su hermana. Descubrimos eso hace mucho tiempo, a través de un suceso doloroso que nos relataron nuestros padres y abuelos. Juramos que nunca más se repetiría. Se lo contaré luego, pues una de nuestras yeguas está bajo su cuidado. De esta manera, podrá evitar que ocurra algo similar en su propio territorio.

Un largo silenció reinó tras estas palabras.

***

—En una ocasión en que teníamos una yegua en celo, el único semental del que disponíamos era su hermano, que se hallaba en el mismo estado que su hermana. Aun así, cuando lo acercaron a ella, retrocedió como si se hubiera convertido en una hembra también. Al principio se quedaron asombrados por su reacción, pero más tarde entendieron su motivo: era un semental de pura raza y ella, su hermana. —El jeque Alsadat respiró profundamente—. Sabían que, para asegurar que se perpetuase la pureza de su raza, tendrían que conseguir que el semental se aparease con su hermana. La única solución que encontraron fue vendarle los ojos al semental. Así que lo hicieron y lo llevaron hasta la yegua. Pero cuando todo terminó y le quitaron la venda, el caballo se dio cuenta de lo que había hecho y sus ojos se llenaron de lágrimas. Cuando se lo llevaron estaba tan deshecho como una cuerda arrastrada por el suelo. Era un cuerpo sin alma. Después de eso, se negó a comer y beber hasta que finalmente murió. No hace falta decir que estaban terriblemente preocupados por la yegua. Estaban entre la espada y la pared: tenían miedo de que, si estaba preñada, siempre recordarían lo que había sucedido al ver a su potrillo. Al mismo tiempo, temían que no estuviera preñada, en cuyo caso la línea se extinguiría. Esperaron día tras día, mirando su vientre para ver si se hinchaba. Temían que lo hiciera y que no lo hiciera. La historia terminó en semitragedia. Resultó no estar embarazada. En consecuencia, salieron a las áreas circundantes en busca de un semental que fuera adecuado para ella. Al final encontraron uno en las llanuras de Haurán. Desde ese momento, sus caballos continuaron reproduciéndose de dos yeguas y dos sementales. Se podría decir que el caballo que ven ahora es su primo paterno.

La coquetería de una mujer

La gente de Alhadia trató a Hamama como a una de sus hijas más queridas durante los meses que duró su embarazo. Ningún hombre pasó cerca de ella sin desearle el bien. La constante plegaria de las mujeres por ella fue la misma que repetían cuando una hija, una vecina o una hermana estaba a punto de dar a luz: «Ojalá se recupere bien del parto».

Por mucho tiempo esperaron con expectación la hinchazón de su abdomen. En ella vieron la coquetería de una mujer, segura del tesoro que guardaba en su vientre. Después de todo, un refrán árabe afirma: «La espalda de una yegua es gloria y su vientre un tesoro».

Hamama lo sabía y cambió incluso su manera de actuar con Jáled. Se volvió más calmada que antes y sus ojos brillaban con una alegría soñadora. A menudo, al caminar, parecía una niña pequeña contenta con sus trenzas. Las balanceaba sobre su hombro derecho y sobre el izquierdo, o hacia el cielo, cada vez que se echaba a correr impulsivamente para sentir la felicidad que le provocaba el tacto de sus trenzas en el rebote contra su espalda.

Quisieron recordar a alguna yegua que hubiera pasado por tal estado de euforia sin lograrlo. Al final concluyeron: «Tal vez es su color tan puro lo que nos hace percibirla de esta manera». Munira, por su parte, tenía otra explicación, al insistir en que el secreto no estaba en el color, sino en los ojos.

***

Hach Mahmud temía que la potra no se quedase embarazada. Se hubiera visto obligado a llevarla en presencia de sus dueños. No quería sobrecargarlos con otra visita, pues él y los suyos habían sido tratados como príncipes.

Durante tres días seguidos se sacrificaron ovejas para los invitados. La hospitalidad con la que fueron recibidos sobrepasó todo lo que habían conocido o escuchado antes. Era cierto, por supuesto, que Hach Mahmud también era un hombre generoso. Cada vez que alguien visitaba Alhadia era atendido como un rey. Todos los hombres que llegaban a la aldea eran considerados invitados de honor. Para ellos se sacrificaban las mejores ovejas. La única excepción eran los gendarmes turcos, sin importar su rango. Estos actuaban a menudo con total impunidad, sirviéndose directamente de la oveja o el cordero que se les antojase. Y por si eso no fuese suficiente, se llevaban cuantas palomas, gallinas y pavos fuesen capaces de transportar con sus manos. Invitados tan groseros no encontraban a nadie dispuesto a derramar agua sobre sus manos tras una comida que solamente sabía a sal.

***

El día después de su llegada al territorio del jeque Alsadat comenzaron los ritos matrimoniales. Hamama saltaba como un grano de trigo en una sartén. Se diría que hubieran guardado la noble semilla del semental blanco para aquel día.

Dio unas vueltas antes de emitir un relincho gutural y extender los mechones. Al mismo tiempo, sacudió el cuello, echando su melena al vuelo en todas direcciones. Parte de ella se disparó hacia arriba, una parte descendió por el lado derecho de su cuello, otra parte seguía su camino hacia arriba y otra parte apenas tocó el lado izquierdo de su cuello antes de elevarse nuevamente en el aire. Su crin era como una gacela en fuga, imposible saber si sus pies tocan el suelo antes de despegar el vuelo, o si aterrizan en suaves brisas que los atrapan y luego los arrojan de nuevo a la etérea extensión.

Hamama, con su largo y grácil cuello, su delicada cabeza y sus ojos encendidos de tanto deseo, no era menos cautivadora. El semental, más grande que ella, era como un caballero lleno de hombría, compasión y deseo ardiente al mismo tiempo. Ella, a su vez, era la encarnación de la delicadeza y ese algo mágico que irradia del cuerpo de una niña cuando entra ansiosamente en plena juventud.

***

Hach Mahmud recordó el pedigrí que habían firmado tres ancianos, donde confirmaban la pureza de sangre y la preservación del linaje de Hamama. Y en ese día había llegado el momento de firmar un segundo documento, confirmando lo mismo respecto al tesoro que guardaba en el vientre.

Los ancianos y los otros hombres observaron atentamente, mientras los dos rayos de sol se juntaban. Hamama relinchó y se retorció cuando el semental la mordió suavemente en el cuello. Cuando terminó, salió al galope, veloz como el viento.

Le permitieron montarla tres veces. Cuando todo acabó, el jeque Alsadat le hizo un gesto a Jáled como si le estuviera diciendo: «Es tu yegua. Levántate ahora y satisfaz sus necesidades». Había llegado el momento de la carrera. Todos sabían que si un jinete la montaba y la llevaba al galope favorecería que la semilla penetrara más profundamente dentro de ella.

***

Jáled se puso de pie con torpeza. Sentía como si todos los ojos estuvieran puestos en él. Pero se mantuvo firme, esperando que Hamama no lo decepcionara, recordándose a sí mismo que, en efecto, ella nunca lo había hecho. Para cuando se detuvo junto a ella, su sensación de torpeza se había disipado en buena parte. La habían preparado para el viaje, fijando una silla de montar en su lomo y aparejando las riendas sobre el cuello. Al verlo, ella le dirigió la mirada que él esperaba: una expresión que le decía que todo estaba bien y que todavía lo recordaba. Montó ágilmente y salió cabalgando.

Incluso treinta años después, cuando Jáled recordaba aquel momento, no era capaz de explicar lo que les había sucedido a Hamama y a él. Comenzó a alejarse con ella y ella con él. Quienes les seguían con la mirada pensaron que nunca más regresarían ni detendrían su marcha.

Los ojos asombrados de los hombres se salían de sus órbitas ante lo que sucedía. Hach Mahmud fue el más preocupado y sorprendido de todos.

Al final los dos reaparecieron. Los hombres suspiraron con alivio. Hamama se acercó a la multitud como si no hubiera un jinete sobre su espalda. Luego siguió galopando hasta que desapareció en la extensión sur. Esta vez, sin embargo, estaban seguros de que volvería a aparecer.

***

Tres sellos de tres ancianos confirmaron la unión de Hamama con su semental, así como el linaje de ambos.

Cuando completaron el documento, se levantaron y se abrazaron con júbilo, deseándoles a ella y a su descendencia salud y una vida feliz bajo la protección de sus jinetes.

El jeque Alsadat atravesó la multitud, dirigiéndose a Hamama. Tomó su rostro entre sus manos, se agachó hasta tocar el suelo con la rodilla y besó con delicadeza cada una de sus pezuñas delanteras. Al levantarse de nuevo, tomó su rostro entre sus manos una vez más y la besó en la frente. Después, respiró hondo antes de dar la vuelta para mirar a los hombres que estaban detrás de él. Mientras lo hacía, su ferviente emoción se fue retirando gradualmente de sus facciones para establecerse en la profundidad de su interior.

¡Esa soy yo!

Jáled caminaba junto a Hamama con las riendas en la mano por el largo camino que discurría paralelo al maizal. Una suave brisa acariciaba el campo y producía una música verde que armonizaba el ritmo de todo el lugar y los pasos de los dos viajeros.

Era en noches como esa, iluminadas por el enrojecimiento del sol poniente, cuando a Jáled le encantaba caminar, cautivado por la variedad mágica en el color de Hamama. Aquella noche en particular algo era diferente. La brisa no era la misma de siempre. Desde bastante lejos se encontró caminando dentro de una música, medio hipnotizado, e incluso después de sobrepasar el campo de maíz, la música continuaba sonando. Mientras hacían el camino, el sonido de los cascos de Hamama tocando el suelo se transmutó en una melodiosa cadencia, que elevó por igual el alma y el cuerpo de Jáled hacia alturas inaccesibles.

Entonces, de repente, todo cambió.

Se encontró cara a cara con una chica que nunca había visto antes: una chica alta con ojos grandes de color miel, unos senos firmes y una delicada cintura. Una trenza sobresalía por debajo de su blanco velo y hacía un largo recorrido por su hombro antes de caerle sobre el pecho, oculto por un vestido negro de seda, estampado de flores rojas, azules, amarillas y verdes. Abrazando la redondez de su pecho, el vestido caía con gracia hacia sus pies, formando cascadas de flores diminutas.

La indumentaria no le era desconocida, ya que todas las mujeres de la zona la usaban. Sin embargo, la pregunta que le sacudió de repente fue: «¿Cómo podía una sola prenda contener tanta belleza?».

Se detuvo y miró a la yegua mientras Jáled la miraba fijamente. Luego, con calma, dirigió su mirada hasta que se encontró con él. Dijo apenas cuatro palabras, pero fueron suficientes para cambiar la vida de Jáled. Señalando a Hamama, dijo:

—¿Sabes una cosa? ¡Esa soy yo!

Mientras la miraba a la cara, experimentó el milagro que ocurre cuando una mujer joven se convierte en una potra. Era como si fueran un solo ser que se hubiera dividido en dos.

Luego, ella se escabulló ante sus propios ojos. Pero a pesar de que su cuerpo había desaparecido, dejó tras de sí un resplandor que iluminaba el lugar, llenándolo con una presencia única.

La brisa comenzó a soplar de nuevo. Como ya habían cruzado el campo, no quedaban más tallos de maíz. En cambio, el viento soplaba al ritmo de sus pasos, orquestando una melodía que los acompañaba en su caminar.

El cuerpo le temblaba por dentro. Sintiendo lo que sentía como nadie más, Hamama relinchó dulcemente. Se giró y vio a la chica caminando en la distancia. Las manos de una suave brisa habían levantado su velo, haciéndolo flotar con gracia sobre sus delicados hombros. Cuando Jáled regresó de su breve ensueño, supo que aquella mujer había conseguido sutilmente que sus pies no tocasen el suelo.

—¿Cómo te llamas? —gritó.

—¡Pregúntale a tu yegua! —respondió sin volverse.

Mientras se acercaba al maizal, soltó una risita. Jáled escuchó la música que había surgido del sonido de su risa; el viento, el aleteo de su pañuelo y el ritmo de sus pasos. Era una música que más tarde recordaría para calmar su dolor cuando este lo invadiese y para experimentar la alegría en toda su plenitud cuando esta lo abrazase.

¡Los platos de Munira!

El hecho de que Jáled estuviera distraído con sus penas había levantado un muro de espesa niebla entre él y lo que estaba sucediendo en Alhadia. Ocuparse de Hamama había hecho que la niebla se disipase, aunque lo único que le permitía ver fuese a la yegua.

A lo largo de los más de cinco años transcurridos desde la muerte de Amal, su esposa muchas jóvenes se habían casado y tenido hijos. Muchas niñas habían crecido y se habían hecho mujeres. Entre ellas estaba la chica que había aparecido tan inesperadamente aquella tarde. Su aparición había desterrado una oscuridad que habitaba en las profundidades de su corazón por mucho tiempo, que había perdido la esperanza de que algún día pudiese desaparecer.

Alhadia no era un pueblo pequeño. Tampoco era tan grande como para que las personas que vivían en él fuesen extrañas. Mientras Jáled pensaba día tras día en lo que había sucedido, llegó a la conclusión de que la razón por la que había mantenido los ojos cerrados durante todos aquellos años era precisamente para que, al abrirlos, pudiese encontrar a aquella chica frente a él. Si hubiera hecho lo contrario, la habría perdido.

Lo mismo había sucedido con Hamama, que no solo había abierto una puerta, sino que en eso se había convertido. Si no hubiera sido por ella, no habría estado caminando por aquel lugar al atardecer. Esta, al menos, era la forma en la que pensaba. Además, se preguntaba qué habría dicho la chica si, en lugar de Hamama, lo acompañase otro caballo. Habría pasado de largo, sin siquiera lanzarle una mirada fugaz. Seguramente sin señalar a su caballo ni decir: «¿Sabes una cosa? ¡Esa soy yo!». ¿Habría sabido quién era ella, o qué tipo de belleza poseía, si no la hubiera comparado con Hamama?

***

—Esconde los platos —le dijo a su madre.

—Esperando estoy el día en que los oiga romperse.

—Escóndelos, por favor.

Con sus platos en la mano y la cabeza descubierta, Munira se levantó desanimada, como si se despidiese de una esperanza que ya no volvería a llamar a su puerta. Pero antes de llegar al patio, le escuchó susurrar:

—Ven con los platos que menos te gusten.

Munira se quedó con la boca abierta.

—¿Te he oído bien? —preguntó entusiasmada.

—Me has oído bien.

Ella cogió un plato tras otro y los fue arrojando contra el suelo.

***

Vestido con pantalones negros, con el pelo despeinado y la barba blanca tachonada con hebras de paja, Hach Mahmud salió corriendo del establo y cruzó el patio hacia el origen del ruido. Cuando vio a su esposa romper platos a derecha e izquierda, gritó:

—¡¿Qué?! ¡¿Estás buscando un marido?!

Como si ella no lo hubiera escuchado, como si no hubiera nadie más que ella y la bendición de haber saciado su sed después de una sequía tan larga, comenzó a bailar y girar. Después de lanzar al aire albórbolas de alegría, comenzó a cantar:

> ¡*Yawiha!* ¡He estado esperando tanto tiempo!
> ¡*Yawiha!* ¡El corazón de mi amado está lleno de pájaros y de vida!
> ¡*Yawiha!* ¡Un pájaro canta y el otro vuela arriba!
> ¡*Yawiha!* ¡Con esta noticia mi alma se ha vestido de seda!

Luego comenzó a bailar nuevamente mientras cantaba:

> Mi amado hijo no ha emigrado, ha vuelto a su hogar.
> Trayendo tanta alegría, este corazón mío está a punto de estallar.

Una alegría que lava el dolor y la tristeza,
¡Enciende mi cielo y mi alma de alegría se vuelve a llenar!

—¡Dios, ten piedad, esta mujer se ha vuelto loca! —murmuraba Hach Mahmud una y otra vez. Pero ella no le hizo caso.

Mi amado hijo es más bonito que los diamantes y el oro.
Es una corona que la gente lleva para embellecerse.
Traedme ese plato para que lo rompa y también ese vaso.
Por ti cantaré hasta que amanezca.
Mi amado hijo es más dulce que la miel.
Suave como un susurro albergando esperanza.
Saldré y llamaré a la montaña,
Y en mi patio bailarán las gacelas y los árboles.
Mi amado hijo es tan agraciado como los caballos del profeta.
Me traes una gacela, te tengo un muchacho.
Dime: «Estoy enamorado, no sufras más.
Vengo a ti con las noticias más alegres».
Mi amado hijo es una flor que adorna
Los muros de Jerusalén y los viñedos de Hebrón.
La perdiz se lo lleva en el pico.
¡A Gaza, a Sáfad, a Ramla y Attil!
¡*Yawiha*! He estado esperando tanto tiempo.
¡*Yawiha!* ¡El corazón de mi amado está lleno de pájaros y de vida!
¡*Yawiha*! ¡Un pájaro canta y el otro vuela alto!
¡*Yawiha*! ¡Con esta noticia mi alma se ha vestido de seda!

¡El boicot!

El sol descendió en la dirección del mar lejano, pero el calor abrasador que dejó atrás lo encendía todo. Solo había que poner la mano sobre una roca para saber qué tipo de calor del mediodía había soportado la ciudad. Los pájaros repararon, para refugiarse, en los dos cipreses junto a la casa de los padres de Elías. Su canto produjo un alboroto tan extraordinario que cualquiera hubiera creído que se estaba produciendo una sangrienta pelea entre las ramas.

Tuvieron lugar nuevos acontecimientos. Elías ya era consciente, incluso antes de asistir a la reunión que había convocado su congregación para discutir sus circunstancias y su relación con la Orden del Santo Sepulcro. Las cosas se habían deteriorado tanto que muchos demandaban que la hermandad fuera desterrada del país y que el patriarcado fuera purgado de la corrupción que había extendido su mala fama. Decían que Grecia no tenía derecho a encabezar la hermandad, ya fuera por las normas de la Iglesia, las reglas de la política o los dictados de la conciencia.

—Nos trataron con desprecio y se dejaron llevar por sus deseos mundanos. ¡Y ahora nos reprochan que les hayamos condenado al ostracismo y que hayamos ordenado su expulsión!

Se formó un comité de diez miembros para reunirse con el archimandrita. Escuchó sus demandas sin hacer ningún comentario. Luego dijo:

—Nuestro derecho a los privilegios que tenemos es pleno. Tenemos derecho a emplear el dinero como mejor nos plazca y a ejercer el control sobre los santuarios. Si regalamos algo, lo hacemos como acto de generosidad.

Jalil Alsakakini, uno de los miembros del comité, estaba tan enojado que se fue.

—¿Qué ha pasado? —preguntaron sus compañeros religiosos.

—No tenemos más remedio que ir a la guerra.

Esa noche decidieron celebrar una reunión en la casa de Mijaíl Talil.

—Si decidimos ir a la guerra, lo primero que necesitaremos es dinero. Nuestra orden incluye a mucha gente pobre y viudas que no pueden renunciar al monasterio porque es su único sustento.

—No pueden porque ya se han acostumbrado. Pero si se necesita dinero, tenemos muchas maneras de recaudarlo.

Jalil Alsakakini respondió:

—Dadas las circunstancias que enfrentamos ahora, debemos ser fuertes. Necesitamos afrontar unidos la guerra abierta entre nosotros y el clero del monasterio. La tiranía del Estado ha caído, pero la de nuestros líderes espirituales permanece. Tenemos que hacer todo lo posible para acabar con ella. No tengan ustedes miedo a nada ni tampoco teman al cielo, ya que su autoridad no proviene del cielo. Tampoco deben temer ser acusados de ingratitud, ya que no han hecho nada por nosotros. Por el contrario, todos ustedes saben, como también lo saben los cielos y la tierra, que han abusado de nosotros. Nos han despreciado. Nos han humillado.

Cuando el padre Elías salió de la casa, sentía que había gato encerrado. La calle estaba repleta de estudiantes del seminario ortodoxo griego, al que asistían estudiantes griegos y que dirigían griegos, con el propósito de hacer notar su poder ante los árabes ortodoxos. Antes de que las cosas empeoraran, la caballería del Gobierno y los soldados armados intervinieron. Hubo informes de que los monjes se habían reunido en la azotea del monasterio para organizar su resistencia a las demandas árabes ortodoxas.

***

George Zajaría, Elías Halabi, Hanna Alisa, Jalil Alsakakini y Elías Sálem se encontraron en la oficina de Mitri Tadrus. Allí decidieron remitir al gobernador provincial un escrito protestando porque la Orden del Santo Sepulcro había hostigado y atacado a los ortodoxos árabes el miércoles y el jueves anteriores. También decidieron redactar un escrito para el patriarca, comunicándole que ellos se retiraban de la Iglesia hasta que se le concedieran sus derechos a la orden árabe ortodoxa.

En la reunión celebrada aquella noche, la carta y la declaración fueron aprobadas y firmadas. Sin embargo, el Consejo General de la Congregación tomó la decisión de que los sacerdotes árabes se abstuvieran de celebrar ritos religiosos. Acto seguido se produjo el nombramiento de un comité para informarles de la decisión y de la voluntad de su congregación de pagar sus salarios.

***

—Estábamos casi seguros de que pasarías a vernos esta vez. —le dijo su madre a Elías.

—¿Sabes? —respondió—, si las cosas salen a nuestro favor, y las cosas parecen moverse en esa dirección, me verás mucho. Como los árabes ortodoxos han pedido a los monjes palestinos que boicoteen a la Iglesia ortodoxa griega, solo regresaré a Alhadia con el tiempo suficiente para recoger mis cosas.

Poco después, se levantó y comenzó a enrollar la manguera alrededor del cuello de la base de vidrio del narguile.

—¿A dónde vas? ¡Si apenas te has sentado!

—Hay un banquete en el Gran Hotel y tengo que asistir. Estarán el gobernador provincial, los líderes municipales, los escritores y el alcalde, Faydi Efendi Alálami.

***

La gran sorpresa, que supuso un punto de inflexión, fue el documento elaborado por la confesión del grupo árabe ortodoxo en Yafa, anunciando que se retiraba de la Iglesia.

La congregación general instó a todos los miembros de la confesión ortodoxa árabe a dirigirse el martes por la mañana a la

Casa de Gobierno y exigir que el gobernador provincial hablase con el gran visir y lo convenciera para que diera respuesta a las demandas de la confesión.

La iglesia de Mar Jacob y el patio de la iglesia del Santo Sepulcro estaban repletos de gente, todo el mundo había acudido en respuesta a la invitación. Un solemne y largo cortejo, encabezado por los sacerdotes nacionalistas y que parecía no tener fin, se dirigió a la sede del gobernador provincial.

La respuesta del patriarca a la marcha fue rápida:

—En mi calidad de líder, les ordeno que acudan mañana a rezar. De lo contrario, no tendré más remedio que hacer algo que no será de su agrado.

Entonces se formó un gran alboroto.

—¿Qué? ¿Quiere que vayamos a la adoración en contra de nuestra voluntad?

—Si el patriarca designa a otro sacerdote, lo mataré cuando vaya de camino a la iglesia —gritó George Samán.

—¡Y si voy a rezar, matadme, por más que sea vuestro hermano! —añadió Elías.

Dos secretos bien guardados

Dos secretos bien guardados estaban destinados a llevar a Alhabbab a un final inesperado. El primero se escondía en su casa y el segundo lo esperaba en el mercado.

Nadie sabía lo que sucedía puertas adentro, nadie, salvo sus tres esposas. La primera era Salma, que había llenado la casa con seis hijos. La segunda fue Rayhana, con la que no podía consumar matrimonio, y la tercera era Subhiya, a quien había arrancado de su familia a la fuerza. Esta última le había dado dos hijos y durante los cinco años que pasó en casa, fue tan obediente que su marido no se vio obligado a contar hasta tres, después de haberle escuchado decir «¡dos!», justo después de nacer el segundo.

La presencia de Subhiya era lo que le había ayudado a levantar cabeza después de que Rayhana, hacia la que sentía un amor inmenso desde el primer momento en que la vio, se convirtiese en su mayor pesar íntimo y duradero. Salma, cuya madre era turca y cuyo padre era árabe de Yafa, provenía de una gran familia. Se hubieran negado a dársela en matrimonio de no ser por la intervención del propio caimacán, que le abrió las puertas de su futuro:

—Este hombre tiene futuro —dijo a su familia.

Sin embargo, el tiempo es traicionero y sabe hacer su juego. Alhabbab, que había aparecido de la nada y despojado de su pasado, volvería a verse desnudo ante el umbral de su futuro. Y aunque los altos muros que rodeaban su hogar podían ocultar las lenguas de fuego, ya no podían ocultar las nubes de humo.

Salma vivió entre Yafa y Alhadia hasta que sus hijos alcanzaron la edad escolar. Entonces tuvieron que establecerse en Yafa. Con el tiempo, Alhabbab se vio obligado a pasar la mayor parte del tiempo con Subhiya y no lejos de Rayhana, cuyo silencio había convertido la casa en una tumba.

***

Rayhana sabía muy bien que Alhabbab había asesinado a su marido. Inexplicablemente, la amaba tanto que no podía admitir que lo había hecho. Más extraño aún, a pesar de la tímida oposición de su familia al matrimonio, él acató la llamada *idda,* antes de convertirla en su esposa.

Rayhana conocía todas sus historias. Sabía que podía casarse con una mujer a lo largo del camino para luego divorciarse de ella detrás del muro de piedra que bordeaba el campo contiguo. O tomar a una mujer como esposa para dejarla, deshonrada y humillada, varios días después. Aun así, al final sucumbió. Salió de la casa sin derramar una lágrima, como si el llanto que había vertido por su marido le hubiera drenado los ojos hasta la última gota.

Al salir, le dijo:

—No me iré sin Aládham.

—¿Y quién es Aládham? —preguntó a su familia.

—El caballo de su marido —respondieron antes de rectificar—: ¡Queríamos decir el caballo del difunto!

Asintió y aceptó su condición.

No mucho después, oyó el relincho de Aládham y, cuando lo vio, supo que la criatura que tenía delante no era un caballo, sino un monstruo. Un semental imponente, negro como la noche. Aládham parecía temible, con sus dientes blancos y sus ojos nocturnos, que brillaban como joyas de azabache. Saltó extendiendo las patas traseras, de manera que hizo que las personas que estaban a su alrededor se dispersaran. Desde el momento en que su jinete fue asesinado, nadie había sido capaz de ensillarlo. Lo máximo que habían conseguido era colocarle un cabestro alrededor de la cabeza.

Aládham se calmó un poco cuando vio a Rayhana y sus ojos se encontraron. Ella hizo un gesto con la cabeza que él entendió. Rayhana cerró los ojos, bajó la frente y, cuando volvió a levantarla, todo había terminado. Desde ese momento, Alhabbab supo con certeza que nunca llegaría a entender lo que unía a Rayhana con Aládham.

***

Las palabras que le lanzó a la cara en cuanto él cerró la puerta y se quitó la mitad de su ropa fueron inequívocas y cortantes.

—Puedes tomarme por la fuerza —le espetó—, pero eso no me hará tuya.

—¿Y qué es lo que quieres a cambio de ser mía? —preguntó.

—Una cosa simple —respondió ella. Mientras hablaba, él podía sentir una inmensa jactancia en sus palabras.

—¿Y qué podría ser eso?

—Si logras montar a Aládham, seré tuya.

No era más que un juego ingenuo de una mujer que no sabía con qué tipo de hombre estaba lidiando, pensó. Sin embargo, un misterioso escalofrío lo atravesó como una cuchilla. Sintió que llegaba al centro de su pecho y que acto seguido se astillaba en cuchillas más pequeñas, que se extendían por todo su cuerpo. A pesar de todo, sonrió.

—¿Y cuánto tiempo tengo para cumplir con tu condición?

—Mientras vivas —respondió ella, con una firmeza que hizo que las cuchillas en su cuerpo se hicieran más grandes y penetraran su carne más profundamente.

Dio un paso hacia ella antes de quedarse petrificado de nuevo.

Reinó un largo silencio. Se quedaron mirándose el uno al otro durante lo que pareció una eternidad. Ninguno de los dos parpadeó hasta que la llamada a la oración del amanecer se oyó por doquier. Al final, recuperándose del aturdimiento, se inclinó y recogió la mitad de su ropa del suelo y del borde de la cama, que era diferente a cualquier otra que Rayhana hubiera visto antes. Luego, se dio la vuelta y salió de la habitación.

Había estado a punto de decir: «Te veré mañana por la noche, entonces». Sin embargo, se tragó sus palabras antes de que llegaran a sus labios. En ese instante se dio cuenta de que aquella mujer, de la que estaba tan enamorado y que, aparte de su primera esposa, era la única que había traído a su hogar con honor y respeto, sería también la causa de su muerte.

Y gritó: «¡Estoy soñando!»

Munira lloró durante siete días y siete noches, repitiendo una y otra vez:

—¡Ay, Munira, pobre de ti, y qué lástima de platos que rompiste para nada!

Jáled estaba ahora convencido de que todo había sido un sueño, el sueño de un crepúsculo veraniego, que atravesó fugazmente su alma. No había sido más que el sueño de un loco anhelando un nuevo comienzo. Se detuvo frente a Hamama, en el mismo lugar donde una vez se había encontrado con la chica. La miró a los ojos y le preguntó:

—¿Estaba soñando? ¿Era real lo que vi? ¿Escuchaste lo que ella dijo antes de desaparecer? ¿Te acuerdas de su risa como la recuerdo ahora?

Hamama no dijo nada. Negó con la cabeza y relinchó tres veces. Con el cuarto relincho se alejó sin prestarle atención. Dejó ir a Hamama y, cuando se dio la vuelta, la vio. La sorpresa fue tan fuerte que casi se cae al suelo. La muchacha estaba allí, en carne y hueso, y Hamama estaba frotando su mechón contra aquel pecho envuelto en coloridas flores de seda.

—¿Realmente te estoy viendo? —le preguntó.

—¡Sí, me estás viendo!

—¿Por qué has desaparecido todo este tiempo?

—No he desaparecido. Lo que pasa es que tú no me veías.

—Buenos, ¿y cómo te llamas?

—Te dije que se lo preguntaras a ella, a tu yegua. ¿Se lo has preguntado?

—No.

—Pregúntaselo, entonces.

La muchacha levantó su cesta, una cesta que Jáled no había visto antes, y se la colocó en la cabeza. Sus ojos se fijaron en el angosto camino, dio un paso en su dirección y se aproximó hasta que estuvo a un paso de él y levantó la vista. Era tan hermosa que, en un intento de despertarse, él gritó:

—¡Estoy soñando! ¡Estoy soñando!

Luego cerró los ojos y, cuando los abrió de nuevo, ya se había ido. Escuchó cómo su voz decía detrás de él:

—Soñarás conmigo a menudo. Pero no ahora.

—¿Cómo se llama tu padre? ¡Dime solo eso!

—Pregúntaselo.

Luego se rio y el viento volvió a soplar al ritmo de sus pasos. La música había ido tras ella, dejándolo clavado en su lugar. Su cuerpo se estremeció por dentro. Sintiendo lo que sentía como nadie más, Hamama relinchó dulcemente. Se giró y vio a la chica caminando en la distancia. Las manos de una suave brisa habían levantado su pañuelo, haciéndolo flotar con gracia sobre sus delicados hombros. Cuando Jáled regresó de su breve ensueño, supo que aquella mujer había conseguido sutilmente que sus pies no tocasen el suelo.

—¡Esto ya lo había visto antes! —gritó—. ¡Estoy soñando!

—No, ahora no —replicó la muchacha.

Desapareció en el maizal y él salió corriendo tras ella. Hamama lo siguió. Nunca en su vida se había sentido tan bajito como aquel día. El verdor de los campos casi alcanzaba el cielo y los tallos de maíz eran mucho más altos que él. Saltó sobre el lomo de Hamama, sus ojos recorrían el campo en busca de algún movimiento e intentaba escuchar el sonido de un cuerpo juvenil abriéndose paso a través del verdor.

—¡Estoy soñando! —concluyó.

—No, no ahora —la respuesta provenía de todas partes.

—¿Cómo te llamas? —gritó.

—Pregúntaselo a ella —repitió la voz.

—¿Cómo se llama? ¿Cómo se llama? —gritó a las orejas de Hamama, que estaban erguidas en una larga espera.

—¿Te lo ha dicho ella? —repitió la voz.

—No.

—Ella lo hará. No te preocupes.

Más desconcertado que nunca, desmontó y, cuando levantó la mano para acariciar su rostro y rogarle que respondiera a su pregunta, tocó algo inesperado. Era suave. Siguió acariciándolo y, a continuación, levantó la vista y vio, entre el rostro de Hamama y las riendas, un pañuelo del color de la panela. Lo tomó en sus manos, lo acercó a su nariz e inhaló profundamente su fragancia.

Guerras extrañas

Rayhana no vio a Alhabbab en todo el día siguiente. Desapareció como si la tierra se lo hubiera tragado. Se había apoderado de él un deseo irresistible: alejarse lo más posible de la gente.

No había pegado ojo después de lo sucedido. Lo primero que hizo fue acercarse a Aládham y tratar de ponerle una silla de montar, aunque sabía muy bien que sería casi imposible. Cuando falló en su intento, susurró para sus adentros con reproche:

—¡Qué ciego has estado! ¡Pero qué ciego!

Con cierta dificultad, logró agarrar las riendas. Mientras lo hacía, la atmósfera se llenó de un silbido furioso y las chispas saltaban por el aire. Era el preludio de un combate a punto de empezar. No quería volver con su esposa esa noche, a menos que pudiera hacerlo montado en Aládham. El caballo se le resistió y rasgó el aire con sus pezuñas. Si lo que había sucedido hubiera sido visible para el ojo humano, uno podría haber visto los profundos rasguños que había dejado en la tierna carne del aire.

Montó a su yegua, Alhamdaniya, y ató las riendas de Aládham a su silla de montar. Al vislumbrar a Rayhana en la sala superior, Aládham se levantó de nuevo, más frenético que nunca.

Finalmente, se dirigió hacia la gran puerta del patio. Pero, sus ojos se quedaron fijos en la alargada silueta que lo miraba desde arriba.

La gente de aquellas tierras creía firmemente que no existía criatura más inteligente que el caballo. Aládham había entendido lo que Rayhana quería desde el principio, desde el momento en que había estado a solas con él. Antes de abandonar la casa de su familia, ella les había pedido que la dejaran unos momentos a solas con Aládham.

Pero, ¿qué tenía que decirle a solas una mujer a un caballo?

La mitad de la historia estaba clara para ellos. La otra mitad, les esperaba en lo que deparase el futuro.

***

Alhabbab siguió alejándose hasta que estuvo seguro de que ningún otro ser humano había llegado, ni llegaría, al lugar donde se encontraba. En un profundo valle situado entre dos cadenas de montañas, se precipitó hacia abajo, exhausto. Año tras año, las corrientes impetuosas habían labrado una llanura arenosa y luego la habían llenado de arena, tierra y rocas de las zonas elevadas que la rodeaban.

Llegar allí había sido como descender a una sima profunda. Aládham se había resistido, mientras que, con extraordinaria agilidad y gracia, Alhamdaniya superaba el camino tortuoso que ninguna yegua había pisado antes. Lo único que la obstaculizaba era la obstinación de Aládham. Cada vez que levantaba la cabeza en señal de protesta, hacía que la cincha de la silla se le clavara en el estómago.

El calor sofocante del sol que brillaba en lo alto los dejó a los tres empapados del sudor que caía pesadamente por sus frentes, dibujando brillantes riachuelos. Antes de llegar al borde del valle, Alhabbab comenzó a pensar que su misión no tenía sentido alguno y en lo temerario que había sido al aceptar semejante desafío.

Lanzó una mirada furiosa hacia Aládham. El caballo entendió el mensaje y respondió mirándolo directamente a los ojos.

En el fondo de ese mismo valle, hacía años, se había enamorado de esa mujer y había caído preso de una loca pasión, que lo atormentaba despiadadamente. Era una pasión tan grande que había tenido que renunciar, por primera vez, a matar con sus propias manos al marido de la mujer que quería para él.

En consecuencia, tuvo que recurrir a sus hombres para que ejecutaran el encargo en su lugar, mientras, contrariamente a su costumbre, asistía a una boda en un pueblo cercano.

Era la primera vez que sentía la necesidad de tener una coartada. ¡Maldito amor!, pensó. ¡Malditos aquellos que caen en su trampa! Maldijo a sus antepasados y al mundo entero. Maldijo al tiempo, que siempre le había allanado el camino, pero que ahora lo había abandonado en mitad de la nada, dejándolo a solas con esa mujer y su caballo loco.

***

Mientras tanto, Rayhana no había abandonado la azotea. Se quedó clavada allí, esperando que una brisa aislada levantase una nube de polvo en aquella calurosa mañana, que pronto se convertiría en un abrasador mediodía.

Dos veces en la noche anterior se había dado cuenta de la clase de mujer en la que se había convertido. La primera vez fue cuando Alhabbab aceptó que Aládham fuera con ella, a pesar de que la presencia del animal dejaría en su casa una fragancia constante en recuerdo de su marido asesinado. Y la segunda vez fue cuando Alhabbab recogió el guante que ella le había lanzado. Sin embargo, se sentía dominada por una calma interior y a la vez por un miedo que le abría las puertas ante un desastre imprevisto.

—Nadie lo había derrotado antes —se dijo a sí misma.

Esto la aterrorizó. Él era un monstruo. Y cuando pretendes herir a un monstruo, dos cosas pueden ocurrir: o entra en cólera, destruyendo y matando, como si se despidiese de la violencia a través de un asesinato infinitamente espantoso, o se queda quieto, observando impasible su entorno mientras se desangra lentamente hasta la muerte.

Rayhana se dio cuenta de que era poderosa. Pero también era consciente de que todo a su alrededor podría incendiarse y convertirse de repente en cenizas.

—No me digas que estás preocupada por él —oyó una voz que le hablaba desde el patio de abajo.

—¡Me preocupa más que cualquier persona!

—¿Por Alhabbab? —preguntó Subhiya con asombro.

—¡No, por Aládham! —respondió Rayhana.

***

No pasó mucho tiempo antes de que Subhiya se acercara a su lado. Rayhana le lanzó una mirada fugaz, luego se volvió para mirar al horizonte.

—¿Eres su segunda esposa?

—Sí, mi nombre es Subhiya. Espero que no le pase nada.

—¿A quién? ¿A Aládham? —preguntó Rayhana.

—¡Ni a Aládham ni a Alhabbab!

—¿A Alhabbab? —preguntó Rayhana, indignada.

—No olvides que él es mi esposo. Además, toda mi vida depende de una sola palabra suya.

—¿Una sola palabra?

—Sí.

—¿Y cuál es?

—¡Tres!

***

Pasaría mucho tiempo antes de que Rayhana conociera la historia del «tres». Y cuando finalmente la escuchó, obtuvo una confianza todavía mayor en el misterioso poder que la seguía protegiendo, un poder único que la situaba en un mundo aparte de la otra mujer, a pesar de que ambas compartían la misma miseria.

***

Un poco después de la media tarde vio una nube de polvo que ascendía hacia el cielo y se movía en su dirección. No tuvo que pensar mucho sobre lo que ocultaba. El sol brillaba detrás de él y la llanura estaba iluminada por un fuego que aún no se había apagado. De repente sintió miedo. Sin embargo, pudo ver claramente la distancia que había entre Aládham y Alhabbab. Ese era el regalo que Aládham le traía para su segunda noche. Por el espacio que había entre el caballo y el hombre sabía también cuán lejos de ella estaba también Alhabbab.

Para asombro de los empleados en la casa, bajó volando las escaleras desde el piso superior. Luego corrió hacia la puerta principal y la abrió. Permaneció inmóvil, viendo cómo Aládham corría hacia ella. Mientras tanto, la gente, congregada detrás de ella, la observaba sin cesar sintiendo que algo sin precedentes estaba sucediendo dentro de las murallas de la fortaleza de Alhabbab.

A medida que Aládham se acercaba, la multitud sentía como si volara en el aire y sus cascos no tocasen el suelo. Con la distancia entre él y los espectadores sus percepciones se confirmaron. Subhiya juró que el caballo había bajado del cielo para poner su cabeza en manos de Rayhana, aunque más tarde lo negaría, al temer que su afirmación pudiese llegar a los oídos de Alhabbab.

Después del anochecer, oyó la puerta del patio abriéndose nuevamente. Se esforzó por escuchar y captó el sonido de los cascos de una yegua y el de un jinete que desmontaba. Un poco más tarde se mezclaron tantas pisadas que no pudo distinguir hacia dónde había ido Alhabbab.

¡Hamama dijo algo!

El sol estaba en el centro del cielo y las sombras no eran más que manchas asediadas por los cuatro costados. Los jilgueros se habían refugiado en los cipreses, introduciéndose mañosamente entre sus ramas verde oscuro. El campo de maíz estaba tan calmado que parecía que la muerte estuviese a punto de salir del maizal en cualquier momento.

Jáled se frotó la frente con los dedos de la mano izquierda. Estaba pensando en pararse en medio del calor abrasador hasta que reapareciera. Alguien debía descubrir qué estaba haciendo e informarle. Una vez que lo supiera, ella vendría. En pocas horas se dio cuenta de que no estaba simplemente pensando en eso, sino que lo estaba haciendo.

El camino se había convertido en un hilo de silencio. Los chillidos de un halcón sonaron en lo alto. Dio vueltas en el aire durante un largo tiempo antes de lanzarse sobre la presa.

Jáled no se movió.

Munira no quería llamar la atención sobre lo que estaba haciendo su hijo lejos de las casas de la aldea. Se mordió la lengua y silenció su corazón por miedo a que alguien oyera el sonido del terror que se había apoderado de él. Sin embargo, el silencio no duró mucho.

Observaron el sol orbitar como si nadie hubiera visto lo que él veía. Al segundo día comenzaron a murmurar entre ellos. En el tercer día, llegaron corriendo hacia él desde todas las direcciones. Al cuarto día, les dijo:

—Lo único que podéis hacer es sacar a Hamama de este calor abrasador.

Estaba decidido a mantener su vigilia en el mismo lugar hasta el final.

***

Se llevaron a Hamama, pero al quinto día volvió por su cuenta. Hizo reposar su cuello en el hombro de Jáled. Se sorprendió de lo liviana que era su cabeza. Era como una pluma o una brisa. Extendió la mano y la acarició para asegurarse de que realmente estaba con él. Entonces, un miedo repentino lo invadió y él la agarró por temor a que el viento arreciara y se la quitara.

Hamama murmuró algo que él no entendió. La gente miraba desde la distancia.

—Hamama es la única que puede traerlo de vuelta con nosotros —afirmó Munira—. Se preocupa por ella más que por sí mismo. Jáled no aceptará que su yegua siga así, de pie al sol.

Aun así, Hamama se plantó junto a él y no se movió.

Al día siguiente, lo vieron quitarse su capa negra y arrojarla sobre la cabeza de Hamama.

—¡Ambos se han vuelto locos! —exclamó Munira.

Esperaban que la situación tocara a su fin el día del mercadillo, antes de que la gente llegara a Alhadia desde pueblos y campamentos, antes de la llegada de Alhabbab y sus hombres, antes de que el incidente se convirtiera en una historia de proporciones gigantescas.

Sin embargo, cuando llegó el día del mercadillo, la situación aún no se había resuelto.

Antes del amanecer, Hach Mahmud corrió hacia él con furia. Junto con él llegaron sus hermanos, Sálem, Muhámmad y Mustafá, Munira, su tía Anisa y su hermana Aziza. Intentaron traerlo de vuelta, pero era como una lanza tan hundida en la tierra que apenas quedaba una parte visible en la superficie a la que agarrar.

***

Llamaron al jeque Náser Alali, que se acercó a Jáled y le preguntó por lo que estaba haciendo, pero este se mantuvo en silencio. Sabiendo el secreto que Jáled guardaba, el jeque Náser le dijo:

—Una vez tuve éxito en devolverte a quien existía, pero esta vez no puedo encontrar a quien no existe.

Entonces, por primera vez, lo oyeron hablar:

—Ella aparecerá —dijo.

Alhabbab pasó cabalgando sobre su yegua, Alhamdaniya, en su camino hacia el mercadillo. Estaba a cierta distancia, pero a Jáled le pareció que sus miradas se habían encontrado. Alhabbab parecía más bajo de lo que era en realidad y, por lo visto, Jáled se parecía a Alhabbab, que maldecía la existencia de las mujeres en la faz de la tierra. Todo lo que la gente se abstuvo de decir fue dicho por el viento. Luego se volvió y se llevó sus secretos muy lejos. No había solución, excepto que ella apareciera.

***

Mientras Alhabbab reflexionaba sobre sus propias desgracias, se preguntó quién estaría mejor, si él o ese que se achicharraba al sol. Decidió que su propia vida era la más sombría de las dos. La aparición de la niña abriría una puerta de esperanza para Jáled. Pero Alhabbab estaba seguro de que para él no existía ya esperanza.

***

Algo inusual había despertado el interés entre las aves de rapiña. El olor de la muerte, tal vez, o la sensación de que había una presa fácil en algún lugar. Un número creciente de halcones comenzó a volar sobre sus cabezas. Pronto se unieron buitres y cuervos.

***

Hach Mahmud conocía a su hijo, que siempre había sido del tipo de personas que llevan las cosas al límite y no quedan satisfechas hasta que no consiguen lo que quieren. Jáled estaría dispuesto a permanecer en silencio durante un mes entero, estar enojado ese mismo tiempo o lanzarse a la carga hasta los confines del mundo, si fuese necesario.

***

Un día, Jáled había llevado las vacas a pastar en algunos de los pastos de Alhadia. Cuando llegó, encontró a un grupo de hombres con su ganado, estaban cantando. Jáled disfrutaba con el sonido de la chirimía, por lo que esperó hasta que terminaron su canción. Se acercó a ellos y les pidió que se llevaran el ganado y se marcharan, pues la tierra en la que pastaban sus animales pertenecía a Alhadia. Algunas disputas por las tierras de pastoreo en tiempos de sequía habían conducido incluso al derramamiento de sangre. Se negaron. Entonces los amenazó. Los pastores hicieron un círculo alrededor de Jáled y comenzaron a burlarse de él. Cuando se dio cuenta de que no podría defenderse mientras lo rodeaban, les dijo que se iría. Lo dejaron marchar. Cuando se alejó un poco, les lanzó una piedra que hirió a uno de ellos. Corrieron tras él, que era exactamente lo que él quería. Huyó hacia lo alto de una loma. Cada vez que los pastores le tiraban una piedra, él la alejaba con su bastón. Así siguió la reyerta hasta que percibió que estaban cansados. En ese momento comenzó a tirarles piedras y en media hora les había dado a todos. Algunos de ellos cojeaban, otros no podían levantar los brazos y otros tenían heridas en la cabeza que sangraban tan profusamente que sus ojos estaban cubiertos de sangre. Dejándolos en ese estado, regresó a la aldea como si nada hubiera sucedido.

Teniendo en cuenta todas las heridas que se habían infligido, la justicia tribal tuvo que intervenir para resolver el problema, a pesar de que Jáled tenía solo catorce años en aquel entonces.

Era la primera vez que Jáled se había presentado ante el jeque Náser Alali.

—¿Qué pasó? —le preguntó el jeque.

—Saqué a pastar las vacas en nuestra tierra, pero no me dejaron —respondió Jáled—. Se me echaron encima y comenzaron a pegarme. Como ve, no puedo caminar bien. —Levantó el dobladillo de su túnica y le mostró al jeque Náser el pie que llevaba vendado con tela.

—¿Y vosotros, ¿qué decís? —preguntó el jeque Náser a los hombres. Algunos de ellos eran jóvenes, otros mayores, pero todos tenían cicatrices visibles.

—Ese chico rubio me golpeó —dijo el primero, mientras señalaba a Jáled.

—El chico rubio —dijo el segundo.

Todos repitieron la frase mientras el jeque Náser Alali asentía con la cabeza. Cuando terminaron, los miró y les espetó:

—¡Qué vergüenza! ¿Me estáis diciendo que un muchacho solo ha podido con más de diez hombres?

A continuación, les pidió que se fueran. Antes de irse, Jáled se inclinó y se quitó la venda del pie, diciendo:

—Lo confieso, señor, no me dio ni una sola piedra. ¿Ve? ¡Tengo el pie perfectamente sano!

El jeque Náser Alali profirió una gran carcajada mientras exclamaba:

—¡Me caes bien, muchacho! ¡Que Dios te proteja de todos tus enemigos!

***

Hach Mahmud todavía se acuerda de aquel día remoto, cuando salieron a cazar gacelas. Recuerda cómo Jáled había herido a una tan ligera que los había agotado por completo, burlándolos una y otra vez, escondiéndose en unas colinas a las que sus caballos no podían acceder.

De repente, Jáled desmontó de su caballo y gritó: «¡Es mía!». Se fue tras ella y desapareció. Lo esperaron hasta que se cansaron. Finalmente, dejaron sus caballos en el valle y subieron la colina tras él, siguiendo sus pasos y un rastro de sangre que se redujo a pequeñas gotas hasta que se esfumó por completo. Era como si la brisa le hubiera curado la herida.

Cuando perdieron la esperanza de encontrarlo, los hombres volvieron a sus caballos, pensando que podría haber regresado sin ellos o que tal vez lo hubiera hecho por otro camino. Quizá, una vez que había llegado hasta las lejanas faldas del monte, había decidido seguir en dirección a Alhadia, pues era un trayecto más corto que volver por el lugar donde habían parado en el valle.

Cuando volvieron a sus caballos, tampoco estaba allí.

Lo que más les preocupó fue que las manos desnudas de Jáled eran su única arma.

Estuvo escondido en las faldas del monte durante dos días. Estaban seguros de que la gacela no lo traería de vuelta. Más bien, ella lo había llevado a lo que su madre llamaba «la tierra de no retorno».

—Volverá —les aseguró Hach Mahmud.

Y, de hecho, Jáled regresó. La gacela, sobre los hombros del muchacho, en su lucha por liberarse, sacudía el aire con sus cuernos pequeños y se golpeaba el pecho contra las patas atadas.

Se la bajó suave y amorosamente de los hombros, como si de un niño pequeño se tratara.

—En tu lugar habría hecho lo mismo —le dijo a la gacela—. Y si tú fueras yo, habrías hecho lo mismo que hice yo. No hay ganador ni perdedor aquí. ¿De acuerdo?

La realidad era que el animal había perdido.

***

Jáled se arrodilló y la desató. Después dio unos pasos hacia atrás. El animal estaba en pleno centro de la reunión. Todos los ojos estaban puestos en ella, porque sugería a los estómagos de los presentes una prometedora comida para chuparse los dedos. Se levantó con dificultad para ponerse de pie y se giró sobre sí misma, sin apartar sus ojos verdes de los rostros de la gente. Después de reparar en el cerco que la rodeaba, sabía que necesitaría al menos dos alas para poder salir de aquel muro impenetrable de humanidad.

La gacela bajó la cabeza por unos minutos y, cuando levantó la vista otra vez, miró directamente a los ojos de Jáled. Luego, para asombro de todos, se acercó a él y se quedó inmóvil. Levantó la cabeza una vez más, pero él no se atrevió a mirarla a los ojos otra vez. Ella entendió. No tuvo más remedio que dar el último paso que faltaba para tocarlo. Se dio cuenta de lo que estaba a punto de hacer y eso significaría mucho. Sin embargo, él ni se inmutó. La gacela tocó el dobladillo de su túnica con la cara. Podía sentir el calor de su aliento, siendo todavía más consciente de su proximidad. Atravesó la distancia que quedaba entre su túnica y su cuerpo con dos suaves golpecitos con la punta del cuerno derecho. Fue entonces cuando Hach Mahmud susurró:

—Está pidiendo tu protección.

El silencio se hizo más pesado.

Jáled, en un movimiento parecido al de una puerta, giró ligeramente su cuerpo. Fue a través de esa puerta imaginaria por la que la gacela dio su primer paso hacia fuera del círculo de los seres humanos. Luego, siguió caminando sin prisa, hasta que desapareció en la distancia.

***

—¿Cómo la cazaste? —le preguntaron.

—De la misma manera que ella se ha ido en este momento, con gentileza —respondió—. Sabía que tenía que volver a por agua, así que la esperé en el camino que debía tomar para llegar a la fuente. Me escondí detrás de una roca sin mover un músculo hasta que escuché sus pasos acercándose. Contuve la respiración hasta que se acercó a la fuente y nos encontramos cara a cara. Ninguno de nosotros emitió ruido alguno. Entonces, antes de que ella supiera lo que estaba pasando, la atrapé.

***

Tres días después de que el mercado se disolviese, perdieron toda esperanza y se resignaron al escándalo, que ya no era un secreto para nadie. Sintiendo a la vez comprensión y enfado, dejaron a Jáled a solas con Hamama. Este metió la mano en el bolsillo y, tan pronto como se fueron, sacó su pañuelo del color de la panela y olió su fragancia.

Al atardecer oyó unos pasos. Contuvo la respiración. Hamama soltó un relincho amortiguado. Jáled le dio una palmadita en el cuello, a modo de súplica, para que se calmara. Los pasos se acercaban cada vez más y, cuando estuvo seguro de que eran los suyos, una profunda sensación lo invadió al sentir que a partir de ese día ya nunca más escucharía aquellos pasos alejándose.

Entonces permaneció en calma como una balsa de aceite. No tenía necesidad de prepararse o saltar. Ella siguió caminando hasta que se paró frente a él; los dos estaban cara a cara.

La siguiente vez que se movió, su brazo le rozó, despertando el recuerdo del suave contacto de la gacela.

Entonces ella comenzó a alejarse silenciosamente.

De repente, una suave brisa agitó los tallos de las cañas. Jáled se dio la vuelta y comenzó a caminar detrás de ella, igual de silenciosamente, perseguido por una nube blanca que marchaba tras él.

Una daga y una almohada blanca

Se detuvo encima de ella con una daga brillando en la mano. El ruido que hacía al respirar llenó la habitación del ritmo constante y tranquilo de aquel aire, que penetraba profundamente en sus pulmones antes de volver a salir suavemente.

Su tranquilidad le mataba, al igual que la confianza de ella, que perduró, aunque no tenía nada para protegerla, excepto su propia alma.

Sobre la almohada blanca, decorada con rosas de seda, cuyos colores abrazaban la noche, su tez color trigo bajo la suave luz de la lámpara se había convertido en oro puro, mientras que su cabello desprendía un brillo anaranjado que nunca había visto antes.

—¿Debería haber obedecido mis intuiciones? —se preguntó Alhabbab a sí mismo.

Era la primera vez que sentía que estaba a punto de cometer un error fatal. Sin embargo, allí estaba ella y él la había visto. Su belleza lo dejó boquiabierto, haciéndole caer en un precipicio.

***

No era más que una mujer tímida, como lo habría sido cualquier mujer que se encontrara con un extraño en el camino. Rápidamente preparó el velo para cubrirse la cabeza y se lo ajustó, mordiendo el borde mientras dirigía la mirada hacia el suelo. Todo lo que había visto en ella era una bella y tímida mujer que no podía esconder ningún mal: una mujer tan retraída e inconsciente que, en su prisa por alejarse de él, tropezó y casi se cae sobre unos cactus llenos de espinas.

Había vislumbrado en ella un rostro incomparablemente angelical.

Soltó a Alhamdaniya y arrancó al galope hasta que desapareció de la vista, dejándola detrás. Cuando llegó a un recodo distante, rápidamente desmontó y ató su yegua a la rama de un albaricoquero, cuya fruta abundante había cubierto el suelo con pequeños y apetecibles frutos. A continuación, buscó un lugar que le permitiera tener una buena vista, desde la que observarla sin ser descubierto.

Finalmente, lo encontró.

Cuando oyó que sus pasos se acercaban, sintió cómo el ritmo de los latidos de su corazón se acompasaba con las oscilaciones de su andar.

Era alta, de lo cual no se había percatado cuando iba a caballo. Siguió caminando hasta encontrarse frente a él otra vez.

Se detuvo, le lanzó una mirada feroz y le advirtió, recriminando su actitud.

—Te he mostrado respeto hace un momento cubriéndome la cara, porque pensé que eras un hombre decente. Ahora, sin embargo, no te concederé ese respeto.

***

Rayhana nunca antes había visto a Alhabbab. Aun así, las noticias sobre sus actos infames se extendían por doquier, desprendiendo un hedor tan desagradable y tan penetrante que ninguna mujer era capaz de soportarlo, ni ningún hombre de convivir con él.

Tenía una vaga pero poderosa sensación de que aquel era el hombre del que había oído hablar. Había podido relacionar el caballo que cabalgaba con la descripción que había escuchado sobre su yegua, Alhamdaniya.

Sus ojos estaban buscando a la yegua y finalmente la reconoció en la distancia.

—Un hombre honrado no se agazapa detrás de su caballo honorable para espiar a los purasangres de otras personas —dijo con una ferocidad que lo sorprendió.

Quiso buscar a los ángeles que había visto en sus facciones poco tiempo antes, pero le fue imposible.

Aun así, Rayhana estaba poseída por una belleza prístina. Era como si nunca hubiera puesto un pie en la tierra, como si, a diferencia del resto de la especie humana, no hubiera sido hecha con el polvo de la tierra. Su nariz, finamente esculpida, y su tez tersa y lisa, se hacían todavía más bellas por dos finos hoyuelos situados entre la mandíbula y las mejillas. Los seguía un largo cuello y la gran distancia que separaba sus orejas de sus hombros; los labios voluptuosos, que terminaban en dos comisuras deliciosamente sutiles; los dientes, fuertes y nacarados; y la frente, tan clara como el agua.

***

Mientras la miraba alejarse, se sentía abrumado por unos sentimientos que no había experimentado antes: sentimientos apasionados que pronto se convirtieron en una tormenta que acabaría destrozando su alma. En poco tiempo, nada quedó de ella excepto el recuerdo de esa cara angelical. La misma cara angelical que ahora contemplaba en tranquilo reposo y que parecía indicar que el mismo cielo la había cubierto para protegerla.

Su mano se posó débilmente a su lado, sus dedos parecían trapos colgando. Su daga cayó al suelo, desprovista de todo el mal que la había poseído durante tanto tiempo.

—Qué absurdo es querer poseer a una mujer así de hermosa en contra de su voluntad. Podrías llevártela ahora mismo, pero nunca será tuya de la forma que querrías. Alguien que es tuyo para siempre y que al despertar por la mañana te saluda con el corazón lleno de afecto. A cuyo lado quedarse dormido con el eco de su risa recorriendo la casa. Una mujer en la que confías plenamente, te ofrezca lo que te ofrezca.

Se fue en silencio, sin darse cuenta de que ya no tenía la daga en la mano.

Mientras bajaba las escaleras del ático, los gallos cantaban, anunciando la llegada de un amanecer del que no había visto señales en el horizonte. Cruzó el patio en penumbra hacia el establo. Cuando Aládham oyó sus pasos, saltó en el aire y relinchó, lo que provocó una reacción similar en los otros caballos. La quietud de la última vigilia de la noche hizo que los relinchos de los caballos parecieran todavía más ruidosos. Alhabbab dio tres pasos hacia atrás, como si fuera un vulgar ladrón de caballos.

***

Se estaba haciendo viejo. Al menos así era como se sentía últimamente. Había visto pelos canosos que se extendían a la velocidad de un rayo desde sus sienes hasta la barba, que parecía más larga de lo que debería ser. Vio que su bigote languidecía más que nunca. Se había esforzado durante mucho tiempo para mantenerlo erguido y en muchas ocasiones lo había retorcido para que guardase su forma, pero ahora se había vuelto indomable.

Pasó deliberadamente frente a Rayhana. Se detuvo y la miró a los ojos para escuchar lo que su silencio decía cuando la miraba. Dejó intencionadamente aparecer su cabello, como queriendo sugerir la diferencia entre lo que había sido y lo que pudo haber sido.

Sin embargo, era demasiado juiciosa para ridiculizar a un hombre herido y a la vez demasiado distante para percibir su estado de ánimo.

Rayhana mantenía todo bien guardado en su interior. Cuando Alhabbab se había alejado y estaba fuera de del patio, oyó una risa proveniente del ático. Parecía un grito de triunfo. Pero antes de que pudiera darse la vuelta para asegurarse, oyó un águila chillar. Vio el ave en el aire. Aun así, no pudo tranquilizar su espíritu desgarrado con la convicción de que el primer grito hubiera venido del águila misma.

Rayhana vio desde la ventana cómo Alhabbab se alejaba, al tiempo que el águila sobrevolaba la casa. Estaba tan cerca que pensó que se posaría en el tejado.

Se había vuelto viejo y gris antes de lograr montar a Aládham.

***

Bajó del ático y se dirigió al establo. La otra esposa de Alhabbab, Subhiya, la vio, y se preguntó cómo una mujer podía parecer tan exultante como Rayhana en su propia casa. Por alguna razón que no pudo explicar, sintió envidia, y cuando Rayhana entró en el establo, corrió tras ella. Al llegar a la puerta, vio algo que jamás había visto. Vio cómo Rayhana sostenía la cabeza de Aládham entre sus manos, para después besarla desde la punta de la oreja hasta su amplia boca.

Temblando de pies a cabeza, Subhiya dio dos pasos hacia atrás y se quedó clavada en el sitio. Ni siquiera oyó los pasos de Rayhana cuando se acercó al salir del establo. Cuando esta pasó frente a ella y le dio los buenos días, Subhiya se sorprendió de tal manera que no fue capaz de responder. No se movió de donde estaba hasta que sus hijos comenzaron a tirarle de la ropa, rogándole que les prestase atención.

El año de las niñas

Cuando un año es bueno, lo es de principio a fin. Y la gente de Alhadia lo reconocía apenas había comenzado. En un año de esos, la mayoría de los recién nacidos eran niñas, de ahí que los lugareños repitieran una y otra vez: «Año de niñas, buena cosecha; año de niños, seca la tierra». La bendición que ya habían recibido se hizo aún más patente con la llegada de la muchacha, cuya presencia había hecho que el corazón de Jáled resucitase.

Todos fueron invitados a la boda. Yasmín era el tipo de chica que cualquiera quisiera para su hijo: bonita, vivaz y de buen linaje.

Hamdán subió a la azotea de la casa de huéspedes y gritó:

—¡Atención, atención! Rezad por bendiciones para el profeta Muhámmad. Que nadie saque el ganado a pacer mañana. ¡Jáled, el hijo de Hach Mahmud, celebrará su pedida de mano mañana!

Repitió su llamada tres veces más, cada vez en una dirección diferente.

Jamás en su vida Hamdán se había sentido tan confiado o alegre por su llamamiento como aquel día. Los campos, con sus espigas maduras de grano, se mecían en la distancia, mientras el viento agudizaba el crujido de los tallos de trigo y lo extendía hasta el horizonte. Contemplando los olivos a la luz del sol poniente, le parecieron más verdes que nunca: el brillo en los árboles auguraba una cosecha sin parangón.

A su vez, los hermanos de Jáled, Sálem, Muhámmad y Mustafá, partieron a lomos de Rih, Galila y Jadra para invitar a los hombres de los pueblos lejanos a asistir a la pedida de mano.

***

El asunto había sido acordado el día anterior, cuando Hach Mahmud fue con el jeque Husni y otros hombres de Alhadia a la casa del padre de Yasmín. Ahora todo lo que quedaba era la reunión oficial de los hombres, en la que se consuma la pedida de mano.

Los hombres de todas las aldeas vecinas comenzaron a llegar unos tras otros. El más destacado de ellos era el jeque Náser Alali. Los patios y las calles de la aldea estaban llenos de tanto bullicio que parecía que fuese un día festivo. Durante la mañana se desarrollaron numerosas actividades. Los jinetes montaron a caballo como si estuvieran compitiendo con el viento. Incluso el padre Theodorus asistió con su larga túnica negra. Después de todo, no habría sido apropiado para él faltar a una ocasión tan especial como aquella, a pesar de sus quejas reiteradas a Hach Mahmud de que la aldea «no pagaba lo que debía y que el diezmo había disminuido a menos de la mitad».

—Como usted bien sabe, los años que pasan son como los dedos de la mano: no hay dos exactamente iguales —respondió Hach Mahmud.

—Comprendo bien lo que dice —afirmó el padre Theodorus—, pero me temo que el Gobierno no lo va a comprender.

Podían ver a la familia de la novia esperándolos en la distancia. No eran extraños, pues la aldea de la novia estaba muy cerca de Alhadia. La noche llevaba noticias de un pueblo al otro sobre los festejos nupciales o las ceremonias fúnebres más rápido que los caballos. Durante mucho tiempo se había dicho que los ecos de una boda en un pueblo hacían bailar a la gente del otro.

***

Los hombres que representaban a la familia del novio encabezaron la delegación, con el jeque Náser Alali y el padre Theodorus en el centro. Las mujeres, cuyo canto se hacía más fuerte a medida que descendían por la ladera, los seguían:

> Hemos cruzado el mar,
> Detrás de la de la cintura de avispa.

Hemos cruzado el mar dos veces,
Detrás de la de los párpados pintados con *kohl*.
Hemos venido a ti a toda prisa
Para que no seas de otro hombre.
Hemos cruzado nuestra llanura verde
Detrás de la risa de una luna morena.
Hemos venido, muchacha noble,
Para festejar tu enlace esta noche.
Venimos cantando de Alhadia
Con las mejores intenciones.

Cuando se acercaron a donde esperaban los familiares de la novia, otras canciones comenzaron a sonar en alabanza a la familia de la novia:

Hemos venido a ti, Abu Muhámmad,
¡Levántate y recíbenos con tus caballos y tus hombres!
Oh, Abu Muhámmad, hombre de prestigio,
¡Eres un caballo rodeado de leones y gacelas!
Oh, Abu Muhámmad, abres una ventana al cielo,
Iluminas nuestras almas con miles de estrellas.

Y acto seguido, aun con mayor entusiasmo, cantaron:

Dinos dónde está tu casa, linda Yasmín,
¡Y te seguiremos, aunque estés en Jericó!
Dinos dónde está tu casa, dulce Yasmín,
¡Y te seguiremos, aunque estés en la sagrada Jerusalén!
Tu largo cabello negro se extiende desde Acre hasta Yafa,
¡De Gaza hasta Magdala, y de Haifa hasta Safafa!

A continuación, en nombre del padre de la novia, que saludaba a la delegación que había venido en su honor, las mujeres cantaron:

Bienvenidos aquellos que con su visita nos honran
Bienvenidos vosotros, de nuestras miradas el centro,
Bienvenidos seáis todos, buenas gentes de bien,
Que a mi pueblo llegáis, como agua de lluvia en día de fiesta.

***

Después de tomar su café, Hach Mahmud le dijo a su hijo:

—Ve a besar la mano de tu suegro.

Jáled se levantó y tomó la mano de Abu Muhámmad, el padre de Yasmín. Pero Abu Muhámmad se la retiró:

—A hombres como tú los abrazamos. —Y procedió a estrechar a Jáled entre sus brazos mientras le susurraba al oído—: Te llevas nuestro jazmín. Procura que jamás se marchite.

—No se preocupe, tío, ella siempre será la niña de mis ojos.

Anhelos

Jáled no había previsto que sus anhelos lo superarían, convirtiendo algunas de sus noches en vigilias que parecían no tener fin.

Comenzó a buscar la oportunidad de verla. No era un asunto fácil, ya que ella vivía en otra aldea. Tan pronto como pasara por allí, estaría en boca de toda la gente. La esperó en el lugar donde se habían visto, pero fue en vano. Se dio cuenta de que el tiempo antes del compromiso y el tiempo después no son los mismos, y que tendría que esperar paciente hasta que fuera suya.

Se metió la mano en el bolsillo, sacó su pañuelo del color de la panela y lo olió intensamente hasta sentir un éxtasis.

Se había acordado de que, si Dios quería, se casarían durante la temporada olivera.

Así fue como se hizo: las bodas se celebraban en el tiempo de cosecha. En esa época del año abundan los bienes y la gente tiene dos motivos por los que regocijarse a la vez: ver a dos personas unirse en matrimonio y recoger los frutos del duro trabajo de todo un año.

Era impensable para Jáled acudir solo a verla, ya que sabía que su comportamiento no sería apropiado. Después de todo, las familias de las prometidas siempre se quejaban de novios excesivamente entusiastas, que insistían en sus intentos por ver a sus futuras esposas. Este tipo de comportamiento haría que lo vieran como un hombre inmaduro. Sería objeto de duros comentarios que, aunque pareciesen una reprimenda, serían también fruto de la desesperación.

Percibiendo lo que Jáled sentía, Munira se acercó a Hach Mahmud y le susurró:

—¿Qué te parece si le hacemos una visita a la novia?

—¿Qué estás diciendo, mujer? ¡Estuvimos en su casa hace tres días!

—¡Pero la echo de menos!

—¿Eres tú la que la echa de menos o es el niño de tus ojos? ¿Piensas que soy ciego?

—¿Ciego? ¡Dios no lo quiera! ¿Acaso hay alguien en la tierra con mejor vista que tú? Prueba de ello es que me elegiste a mí, ¿no es verdad?

—La verdad, Munira, es que yo no te elegí. Más bien fue Dios quien te eligió para mí. Y, afortunadamente, Dios me quiere bien. De lo contrario, habría terminado con otra persona.

—¿Es eso cierto?

—Por supuesto que lo es. Los hijos crecen y se casan, y al final no nos tendremos más que el uno al otro.

—Ojalá que cuando se hagan mayores te sigan viendo tan fuerte, tan protector, como lo eres ahora.

***

Dos días después, Munira se acercó de nuevo y le susurró a Hach Mahmud:

—Han pasado cinco días desde que vimos por última vez a la novia.

—Iremos el viernes, si Dios quiere.

—¡El viernes queda muy lejos!

—Dile que iremos el viernes. Dependerá de su suerte que pueda verla, pues es posible que no se lo permitan.

***

Yasmín estaba en el campo cuando los vio acercándose en la distancia y echó a correr. Como estaban más cerca de la casa que ella, se dio cuenta de que no podría llegar antes, por lo que desapareció entre el viñedo y se quedó allí escondida hasta que entraron. Luego salió de su escondite y se coló temerosa en la casa. Saltó la tapia lateral y caminó de puntillas hacia el *tabún*. Por alguna razón, la puerta se abrió y oyó unos pasos que se dirigían hacia los caballos. Entonces, se metió dentro.

Dio gracias a Dios de que el fuego se hubiese apagado hacía un buen rato. Aun así, sentía cómo el *tabún* se iba calentando gradualmente. Se secó el sudor de la frente sin dejar de mirar hacia la puerta, que ahora veía como un salvavidas. Los pasos se apagaron. Sin embargo, el silencio fue seguido inesperadamente por un enorme ruido, que la obligó a meterse en la parte más renegrida del *tabún*.

Sabía que no le estaba permitido verla, o que ella lo viese, y que así debía ser hasta el día de la boda. Se entretuvo contando los días que todavía faltaban. Para cuando terminó ya no se oía nada.

Salió arrastrándose y cuando pasó por debajo de los cuellos de los caballos se dio cuenta de que Hamama no estaba entre ellos. Al llegar, por fin, a la ventana, en el lado oeste de la casa, trepó al alféizar y se dejó caer dentro.

—¿Pero qué te ha pasado? —exclamó horrorizada su madre.

—Estaba escondida en el *tabún*.

—¡Dios mío…, si te llegan a ver de esta guisa, no te casas!

La mente de su madre no descansó hasta que vio a la familia del novio salir de la aldea.

Cuando estuvo segura de que se habían ido, gritó: «Sal. Ya estás a salvo».

Yasmín salió y cuando su padre la vio, se estuvo riendo un buen rato. Luego, todavía sin poder parar de reír, miró a su madre y dijo:

—¡No sabía que teníamos ratones de ese tamaño en casa!

Las temporadas de viento

Sin previo aviso, las cosas tomaron una dirección diferente. Una noche, un grupo de gendarmes llegó a Alhadia, encabezado por un *yáwer* —ayudante militar— y acompañado por un recaudador de impuestos. Subieron la colina hasta la casa de huéspedes y ataron sus caballos al tronco de la morera. Sin embargo, nadie salió a darles la bienvenida. La casa de huéspedes estaba vacía y no había nadie más que Hamdán, que al verlos se dio la vuelta como si no estuviesen allí presentes.

El golpe que recibió por detrás fue brutal. La bota militar del *yáwer* se hundió en su espalda, dejándole boca abajo sobre la cafetera y la estufa con las que preparaba el café.

Cuando trató de levantarse, recibió otro golpe, esta vez con la culata del rifle del *yáwer*. El dolor fue tan intenso que cayó, retorciéndose, en la entrada de la casa de huéspedes.

Pasado un buen rato, los hombres del pueblo lo encontraron embadurnado de café y con quemaduras en las manos. Gemía, hecho un ovillo y temeroso de recibir un tercer golpe que le hubiera supuesto la muerte.

***

El recaudador de impuestos, un hombre de cara redonda con la cabeza plantada directamente sobre sus hombros por falta de cuello, comenzó diciendo:

—Los impuestos que pagáis son mucho menos que el miserable diezmo que le dais al monasterio. Tenemos constancia de la situación desde hace mucho tiempo y hemos llegado a la conclusión de que lo que obtenemos de vosotros no cubre el ganado, las ovejas, los caballos, los camellos y la gente de la aldea. —Miró a Hach Mahmud a la cara—. No nos iremos hasta haber cobrado todo.

Después, se dio la vuelta y se dirigió hacia la puerta de la casa de huéspedes con el *yáwer* y varios soldados pisándole los talones. Antes de llegar al umbral, el *yáwer* gritó a un soldado, que parecía el hombre más alto sobre la faz de la tierra:

—Tráenos lo que consideres que sea un buen almuerzo.

***

Una hora después todos en el pueblo se habían reunido frente a la casa de huéspedes. Los jóvenes estaban ansiosos por darles su merecido a aquellos hombres, cuyas carcajadas se escuchaban desde el interior. Hach Mahmud les hizo un gesto para que se calmaran.

Jáled, Sálem, Mustafá y Muhámmad dieron un paso atrás.

No mucho después, el soldado alto regresó, trayendo una vaca que reconocieron al instante. Pertenecía al jeque Husni. Después de guiarla hacia la esquina derecha del patio de la casa de huéspedes, la agarró por la cabeza y, en un solo movimiento que dejó a todos asombrados, la tiró al suelo. Dos de los soldados se adelantaron y la ataron. En cuestión de segundos, sacó una daga que llevaba escondida entre la ropa y le rebanó la garganta. La sangre brotó en todas direcciones, salpicando las túnicas de muchos de los allí presentes, a pesar de que se encontraban a cierta distancia.

Las gotas mancharon incluso la larga barba blanca de Hach Mahmud, aunque él no se dio cuenta. Jáled se frotó la frente con los dedos de la mano izquierda, con los ojos fijos en las gotas de sangre. Extendió la mano derecha y limpió la sangre de la barba de su padre. Hach Mahmud tomó la mano de su hijo y la miró. Al ver la sangre, bajó la mirada y descubrió que su vestidura estaba salpicada desde el cuello hasta las sandalias y que el reguero de sangre discurría hasta el cuello de la vaca.

***

Durante dos días seguidos, ninguno de los hombres del pueblo apareció en la casa de huéspedes ni por sus alrededores. Mientras tanto, los soldados actuaban como si la aldea se hubiera convertido en un campamento militar.

Mataron más pollos, palomas y ganado del que pudieron comerse.

Recorrieron la aldea una y otra vez a caballo y cruzaron los campos de sésamo tantas veces que muchas zonas se convirtieron en tierras yermas. Al mediodía del tercer día, fijaron los impuestos que la gente tendría que pagar y cuando evaluaron los impuestos adeudados por la casa de Hach Mahmud, el recaudador hizo el anuncio sin contemplaciones:

—Habrá un impuesto sobre esta yegua blanca y sobre la criatura que lleva en el vientre. —Hizo una breve pausa y, tal como temían, continuó diciendo—: ¡De hecho, esta yegua será vuestro regalo para nuestro gobernador en lugar de los impuestos que esta casa debe!

Sálem dio dos pasos hacia adelante, pero antes de que pudiera dar el tercero, Jáled lo agarró por el hombro. Presionó con fuerza y Sálem se dio cuenta de que tenía que contenerse, ya que su hermano pensaba en una estrategia diferente para afrontar la situación. Jáled se frotó la frente con los dedos de la mano izquierda y su ira se apaciguó para instalarse profundamente en su interior.

Todo el mundo se dio cuenta de que el padre Theodorus no había dado la cara ni una sola vez durante los tres días. Había cerrado la puerta del monasterio como si viviera en otro mundo. Hach Mahmud lo sabía. Sin embargo, lo único que hizo fue negar con la cabeza y reflexionar sobre el asunto:

—Este es su mensaje para nosotros.

***

Al ponerse el sol, los soldados montaron en sus caballos y se dirigieron a las colinas occidentales. Sus alforjas estaban llenas de dinero y de todos los objetos de valor que quisieron llevarse.

Jáled mantuvo su mirada puesta en ellos hasta que desaparecieron por completo. No quedó nada en el horizonte, excepto el resplandor deslumbrante de Hamama. La gente del pueblo, casi sin sentir rabia, lo miró como si estuvieran lanzando una maldición. ¿Cómo pudo haber permanecido tan calmado? ¿Cómo pudo haber abandonado a Hamama y a su criatura, que todavía no había nacido? ¿Y qué le diría al jeque Alsadat?

Apartaron sus miradas de él.

Munira y Hach Mahmud estaban también asombrados. Sálem no dijo ni una sola palabra. Se distanció de Jáled antes que nadie, pensando que había perdido a su hermano para siempre. Decidió que nunca volvería a dirigirle la palabra y que a partir de ese día nunca más vivirían bajo el mismo techo. En cuanto a Mustafá y Muhámmad, tenían los ojos empapados en lágrimas.

***

En menos de una hora, la noche había caído. El silencio vagabundeaba por el mundo, sus apariciones se aferraban a las paredes por miedo a que alguien las viera. En la sala larga, las lágrimas fluían libremente y todos estaban presos de una vergüenza indescriptible.

—Me voy —anunció Jáled.

—¿Adónde? ¡La noche no es tuya! —protestó Munira.

—Ni mía ni de nadie.

***

Oyeron sus pasos dirigiéndose hacia el establo. Unos minutos más tarde, escucharon a un hombre caminando junto a un caballo.

—Se ha llevado a Rih —dijo Munira. Ella comenzaba a levantarse cuando Hach Mahmud la agarró del brazo y tiró de ella hacia abajo.

—Quédate quieta —dijo.

Oyeron que se abría la puerta del patio y luego volvía a cerrarse, con tanta delicadeza que cualquiera habría pensado que se trataba de un ladrón tratando de huir sin levantar sospechas. Siguieron los cascos de Rih hasta creer que el sonido repicaría en sus oídos por siempre. Unos minutos más tarde, el ritmo cambió. La yegua galopaba cada vez más rápido. Y cuando por fin el sonido desapareció, les sobrevino la peculiar sensación de que Rih había desplegado el vuelo, llevando a su hijo a una tierra de la cual nadie regresa.

***

Siguiendo las curvas de la carretera, que conocía como la palma de su mano, Jáled los alcanzó por fin. El territorio estaba lleno de pendientes y rocas que había cruzado muchas veces en busca de codornices y ciervos.

En una noche iluminada por una pálida luna creciente, que hacía que aquella llanura pareciera aún más vasta, podrían haberlo visto, aunque todavía estaba a una distancia segura.

—¿Quién anda ahí? —preguntaron amenazantes.

Permaneció en silencio. Desmontó su yegua y la ató, luego avanzó hacia ellos. Volver a ver a Hamama serenó su corazón. Se subió a una gran roca y se sentó.

—¿Quién anda ahí? —gritaron de nuevo.

—¡La yegua, o vuestras vidas! ¡Dejadla ir y quedaos con todo lo demás que nos habéis robado!

—¿Qué? —preguntó sorprendido el *yáwer.*

—¡La yegua, o vuestras vidas! ¡Dejadla ir y quedaos con todo lo demás que nos habéis robado!

—Salva tu vida y regresa al lugar de donde vienes.

Al escuchar el sonido de unos pasos que se acercaban, bajó de la roca y desapareció. Unos minutos más tarde se oyó un grito, seguido del ruido de huesos quebrándose, gemidos y gritos de dolor.

El silencio volvió a prevalecer.

—¡La yegua, o vuestras vidas! ¡Dejadla ir y quedaos tres cuartas partes de todo lo que nos habéis robado! —Apenas había terminado su frase cuando oyó que se acercaban otros pasos. Volvió a desaparecer.

Cuando el soldado que se acercaba tropezó con el cadáver de su compañero, supo que había llegado al lugar del que procedía la voz. Pero no vio a nadie. Comenzó a gritar de terror hasta que la hoja de la daga se hundió profundamente en su cuerpo, provocando que su grito feroz se fuese consumiendo poco a poco.

El silencio reinó de nuevo.

El *yáwer* comprendió la dificultad de la situación con la que estaba lidiando. Dio instrucciones a sus hombres para que se alejasen del lugar donde estaban, pues no tenían nada más que hacer allí. Jáled retrocedió de nuevo, montó a lomos de Rih y los siguió a un ritmo pausado.

***

Justo cuando pensaban que habían interpuesto una distancia segura entre ellos y su perseguidor, apareció una vez más a su izquierda, en lo alto de una colina. Su silueta, que se mezclaba con la de su caballo, era aterradora y misteriosa.

El *yáwer* apuntó con su rifle y disparó. Después de que la luz del fogonazo y el humo se desvaneciesen, no vio a nadie en el lugar donde estaba el jinete misterioso.

—¡Una bala es todo lo que se necesita para deshacerte de gente como esta! —dijo jactancioso, mientras miraba al recaudador de impuestos, cuyos ojos brillaban de forma extraña.

Reanudaron su marcha.

Apenas habían avanzado doscientos pasos cuando volvieron a ver aquel espectro en lo alto de la colina. Esta vez, sin embargo, era solo la sombra de la yegua; su jinete se había desvanecido.

—Estúpidos campesinos, eso es todo lo que sois —dijo el *yáwer*—. ¡Todos vuestros valientes hombres juntos no serían capaces de resistir ni tan siquiera el olor a pólvora!

La voz volvió otra vez, y ahora parecía venir de la otra dirección, desde la derecha. El *yáwer* disparó otro tiro al aire. Los caballos relincharon y la noche se volvió más negra que nunca.

—¡La yegua, o vuestras vidas! ¡Dejadla ir y tomad la mitad de lo que nos habéis robado!

No era momento para bromas. El *yáwer* desmontó de su caballo e hizo un gesto a dos de sus soldados para que fueran en una dirección, mientras él y el soldado más alto iban por la contraria. El recaudador de impuestos se agachó y se escondió entre los caballos.

***

La luna creciente ya había ascendido y perdido parte de su palidez. Jáled vio a Hamama brillante. Deseaba poder llamarla como siempre. Pero sabía que su llamada podría alterarla y esto era lo último que quería. Si la potra intentaba huir, significaría su muerte. Sin embargo, ella le sorprendió relinchando y le pareció que estaba pronunciando su nombre.

La noche acababa de empezar. Sabiendo esto, se quedó donde estaba y dejó que peinasen la colina en su busca, mirando hasta debajo de la última piedra. Cuando comenzaron a mostrar signos de fatiga y a convencerse de que lo mejor para ellos sería regresar, se movió.

Para entonces, ya solo quedaban dos: el *yáwer* y su soldado espigado. Esperaron, pero los otros hombres no aparecieron. Por cautela, el *yáwer* no quería llamarlos, ya que podrían estar escondidos en algún lugar, preparando una trampa para librarse del jinete misterioso, cuya persecución había sido una sorpresa.

***

Mientras la noche se oscurecía, la luna nueva parecía ser más amiga de Jáled que de los otros hombres cuando lo iluminaba, unas veces a través de los robles, otras entre las rocas.

El *yáwer* intentó recordar los rostros de las personas que había visto, incluidos Hach Mahmud y sus hijos, pero la única cara que pudo reconstruir en su mente fue la de Jáled. Parecía el más fuerte de ellos, pero también el más calmado en el momento en que se llevaron a Hamama. La idea de confiscar a la yegua no había sido negociable.

En menos de una hora, el *yáwer* ya había perdido la esperanza de que regresasen los otros dos soldados. En consecuencia, decidió seguir adelante, con la esperanza de encontrar un lugar más seguro o un pueblo donde pasar el resto de la noche. En ese momento lo invadieron el miedo y el remordimiento. O quizás fuese una mezcla de ambos lo que le dolió profundamente.

Empezó a mostrar signos de cansancio y, posiblemente, de exceso de tensión que, horas antes, había sido solo pura confianza. Jáled observaba las sombras cenicientas y la silueta blanca de Hamama a lo lejos, mientras acariciaba el cuello de Rih. En ese momento, estaba seguro de que los acontecimientos iban a dar un giro definitivo.

El tiempo no estaba del lado de nadie. Jáled estaba a punto de cumplir su misión y ellos tenían cada vez menos tiempo para escapar de las garras del peligro y del misterio.

—¡La yegua, o vuestras vidas! ¡Dejadla ir y quedaos la cuarta parte de lo que nos habéis robado!

El *yáwer* sabía que los vientos todavía soplaban en su contra. Al pie del cerro, esta vez a su derecha, reapareció la sombra del jinete, aún más temible si cabe por la forma en que se fundía con la de su montura.

***

El *yáwer* decidió usar su arma más poderosa, una que había estado guardando para el final. Sin embargo, la sorpresa iba a volverse en su contra.

No fue difícil para Jáled ver huir al soldado de gran estatura, ya que ni siquiera la noche más oscura podría haber ocultado a alguien tan alto.

Los caballos se quedaron clavados en su lugar y el silencio volvió a reinar. Pensando en el asunto, Jáled estaba seguro de que, en el lugar del *yáwer*, se hubiera quedado petrificado, ya que eso le habría permitido oír hasta los pasos de una hormiga en la espesa oscuridad. Pero el *yáwer* tenía sus propios motivos; estaba ansioso por escuchar la voz de su soldado diciendo: «Se acabó».

Al cabo de un rato, el *yáwer* escuchó un grito que hizo que el corazón se le saliera por la garganta. Fue un grito ahogado y difícil de reconocer. Un instante más tarde, escuchó a su soldado preguntar:

—¿Lo degüello?

—¿Acaso te he mandado para que le des un abrazo? ¡A qué esperas?

De repente, un sonido terrorífico rompió la paz de la noche, estampándose contra la pared fantasmal de la oscuridad, para ascender finalmente a los cielos más altos. La sangre salió disparada en todas direcciones.

***

Las risas del *yáwer* se mezclaron con los restos de terror y con un deseo que no esperaba que iluminase su noche. Corrió hacia el recaudador de impuestos y, de manera espontánea, lo envolvió en un caluroso abrazo. Luego caminó hasta que estuvo frente a Hamama y dijo:

—¡Tú, o nuestras vidas! ¡Ah! ¡Tú, o nuestras vidas! ¡Tres cuartas partes, la mitad, un cuarto!

¿Había pensado alguna vez que una noche estaría burlándose maliciosamente del sufrimiento de una yegua? Ciertamente no. Sin embargo, allí estaba, regodeándose ante una yegua blanca, que casi se había convertido en una maldición de la que no tendría escapatoria.

En lo alto de la colina vio cómo una figura se aproximaba hacia él. Le entraron ganas de apresurarse y abrazarlo. Pero estaba aún demasiado lejos. A medida que se acercaba, comenzó a correr en la misma dirección. Hamama relinchó y cuando estaba a solo cinco pasos de distancia, le pareció que, a pesar de su estatura y del atuendo militar que llevaba, aquel no era su soldado. La figura se volvió más grande y más amplia. De repente ya fue demasiado tarde y una daga le atravesó el pecho hasta lo más hondo.

***

El silencio regresó.

—¿Qué pasa? —gritó el recaudador de impuestos.

—¡La yegua, o tu vida! Déjala ir y devuelve todo lo que nos has robado.

—Mi vida —gritó aterrorizado.

—Ya es tarde para eso.

Jáled miraba al recaudador de impuestos mientras se alejaba tambaleándose, buscando desesperadamente algún milagro para salvarse.

Hamama relinchó de nuevo. Entonces Jáled apartó de su camino el cadáver del *yáwer* y se acercó con calma a la figura blanca. Tomó su rostro entre las manos y la besó. Se arrodilló y, sujetando el casco delantero derecho, se lo llevó a los labios y lo besó también. Luego lo colocó suavemente en el suelo. Tomó su casco izquierdo e hizo lo mismo.

Era la primera vez que besaba los cascos de una potra. Al hacerlo pudo comprobar su grandeza y cómo se había convertido ya en una yegua esbelta.

Se detuvo. Había una sombra tambaleándose en la distancia. Su misión no había terminado. Era consciente de lo que tenía que hacer. Hamama relinchó.

—No —dijo—, no sería apropiado perseguir a un ladrón como él a lomos de un purasangre como tú. Espérame aquí.

Montó en uno de los caballos de los soldados y, en cuestión de minutos, se oyó el sonido definitivo que necesitaba escuchar para poder regresar con confianza a Alhadia.

Un secreto a voces

Cuando la gente de Alhadia vio a Hamama la mañana siguiente, ya sabían lo que había sucedido. Sin embargo, nadie quiso hablar del asunto.

Era un secreto que todos conocían, pero que nadie querría revelar. Ninguna mujer se lo diría a su marido, ningún niño se lo diría a su padre, ningún hermano a su hermano o hermana. Cuando las noticias sobre el destino de los soldados y del recaudador de impuestos comenzaron a recorrer la zona, la gente de Alhadia simplemente asentía con la cabeza. Cuando estaban solos, cada persona unía los hilos de las historias que había escuchado hasta tejer una imagen completa. Entonces, invadidos por una extraña sensación, su manera de ver a Jáled había cambiado para siempre.

Nadie podía olvidar la manera en que había esperado como un loco bajo el ardiente sol por su amada. Incluso los más tolerantes pensaban que no todo tenía justificación, aunque a veces trataban de encontrar excusas para explicar la forma en que se había comportado. Sin embargo, los acontecimientos habían creado una imagen completamente diferente de él. Habían visto con sus propios ojos que el amante había sido tan valiente en la lucha por su amada como en la lucha por recuperar a su yegua.

Tan pronto como Jáled se encontró a solas con su padre, lo sorprendió con palabras tristes:

—¿Sabes una cosa, padre? ¡Espero que estas manos mías no vuelvan a mancharse de sangre otra vez!

—Nadie en su sano juicio esperaría lo contrario —le aseguró Hach Mahmud.

***

Se había vuelto habitual que Jáled, al pasar cerca de algún grupo de personas, fuera abrumado con mil invitaciones. Todos querían tenerlo de invitado especial, aunque esa no era una práctica común en aquel tiempo en Alhadia ni en otras aldeas parecidas.

Dondequiera que fuera, la gente lo presionaba para que aceptara sus invitaciones y el mero hecho de pasar por delante de una casa con Hamama se convertía en un evento. Ahora que ya no se veía como un común mortal, las chicas caían enamoradas de él.

Sumayya, la hija de Albármaki, fue una de ellas.

Ya no tenía ojos para nadie más en Alhadia. Cada vez que pasaba cerca, lo miraba con los ojos embelesados hasta que desaparecía de su vista. Entonces sus ojos permanecían fijos en el punto por el que se había desvanecido, hasta que reaparecía de nuevo. Y así desde el amanecer hasta la puesta del sol.

Algunas veces incluso después del atardecer.

Pero ella no se detuvo ahí. De repente, sintió la obligación imperiosa de seguirle a donde quiera que fuera.

Al principio, retrocedía después de dar un par de pasos en su dirección. Podía llegar hasta la mitad de la distancia de donde estaba o un poco más lejos y luego retroceder. Con el tiempo, sus pies se negaron a obedecer otra cosa que no fuese la voz de su corazón. Extrañamente, la gente de Alhadia respondía ante la actitud de Sumayya de la misma manera que ante las heroicidades de Jáled, que les había devuelto a Hamama y todo lo que les habían robado. Con discreción. Aunque sabían que Jáled había elegido a su novia y que el único capítulo que quedaba en esa historia era la fecha de la boda, no había un padre en todo Alhadia que no hubiera querido que Jáled fuera el protector de su hija.

***

La gendarmería se desplegó en busca de pistas sobre los cadáveres desparramados que encontraron en las colinas y los valles. Pusieron las aldeas patas arriba, pero no encontraron ninguna pista que seguir. Nunca encontrarían nada, si nadie despegaba los labios en Alhadia, donde la vida continuaba como si nada hubiese sucedido.

Las cosas permanecerían así por mucho tiempo.

Era cierto, desde luego, que los recaudadores de impuestos y los soldados que los acompañaban habían sido atacados en numerosas ocasiones por fugitivos que se ocultaban en las montañas para evitar ser reclutados por el ejército otomano y sometidos a la brutalidad de los turcos. Sin embargo, ese ataque había sido diferente. En primer lugar, se había llevado a cabo por fases. En segundo lugar, la persona (o personas) que había llevado a cabo el ataque lo había hecho con un propósito muy específico. Mientras que la gente de Alhadia, orgullosa de la historia, fingía estar impactada por ella, en las otras aldeas contaban la historia agregándole nuevos capítulos. Curiosamente, todo el mundo empezó a relatar los hechos con un solo jinete como héroe y protagonista. Esto hizo que en Alhadia se extendiese la preocupación de que los hilos de la historia pudieran ser rastreados hasta, finalmente, llegar a la aldea.

En cualquier caso, no todos asociaban el ataque con la recuperación de una yegua. Algunos pensaban que era probable que el atacante fuera alguien que quería vengar la muerte de su padre, ahorcado por los turcos. Otros opinaban que el problema era aún más grave, ya que tal vez la venganza se había consumado en nombre de más personas. Otros conjeturaban que el misterioso asaltante en realidad vengaba un ataque al honor. En un tono más realista, todos afirmaban que la persona que había cometido los asesinatos no se había llevado los caballos ni las armas de los hombres, sino que se había conformado con lo que había en sus alforjas. Además, para reafirmar esa idea, se decía que las posesiones de los soldados ni siquiera fueron tocadas por el jinete, sino que se las habrían llevado los soldados que vinieron después. Esta versión de la historia era del agrado de muchos, ya que era coherente con la avaricia que habían presenciado tantas veces en la gendarmería.

***

Hach Mahmud estaba seguro de que su hijo era el más sabio de todos y que ya se había disipado la nube gris que se apoderó de él al enamorarse de Yasmín. Hach Mahmud estaba más preparado que nunca para hacerse a un lado y dejar que su hijo lo reemplazara en su posición de líder del pueblo, sabiendo que era, entre todos los demás, el más cualificado para dirigir la aldea.

Sus tres hermanos se volvieron más sumisos con él. Muchos hombres en la aldea le declararían lealtad sin cortapisas. Al fin y al cabo, los tranquilizaba saber que Hach Mahmud siempre sería la fuente de sabiduría de la que bebería su hijo.

Y ella guardó el secreto

Munira se agachó y, con sus delgados dedos, arrancó unas hierbas secas. Pasó la mano sobre ellas, se enderezó de nuevo, miró hacia el cielo distante y asintió con la cabeza. Las lluvias con las que había comenzado el año no habían sido un indicio del ardiente calor que les esperaba después; un infierno que había prendido fuego en la vegetación, cuando el sol abrasador de agosto había aparecido, de repente, a mediados de abril. Lanzó una mirada hacia la lejana pradera. Sus ojos no la estaban engañando. Estaba más amarillenta de lo que nunca había visto, incluso más seca de lo que hubiera sido normal a finales de junio. A pesar de todo, mantuvo sus sentimientos a raya y se guardó el secreto para sí misma.

Contempló los olivares en el horizonte y sospechó que la situación allí sería en pocos meses igual de mala. Su corazón se había llenado de secretos y miedos, y eso la torturaba por dentro. Se preguntó: «¿Es realmente un año de niñas o eso es lo que nos gustaría que fuera?». Entonces comenzó a contar con los dedos los bebés que habían nacido aquel año.

***

Hach Mahmud había decidido llevar a su esposa y a su hijo a visitar a la familia de la novia. Quería mostrarles a todos que la vida seguía como siempre, aunque en el fondo sabía que una gran historia como aquella no podría permanecer en secreto.

En el camino pasaron por los campos de maíz. Se dieron cuenta de lo que estaba sucediendo. Los campos ya no mostraban el verdor que solían tener en esa época del año. Mientras cabalgaban, Jáled no miraba los sembrados. Escuchaba el susurro de las hojas. Le sorprendía no escuchar la música, en otro tiempo tan palpable que casi podía tocarla. Y le sorprendía que el sonido que escuchaba fuera más parecido al *jamasín,* silbando a través de ventanas herméticamente cerradas. Descubrió, por primera vez, que la música tiene más de un color. Escuchaba, en ese momento, la música amarilla, que estaba muy lejos de la música verde que una vez había llenado su ser.

Curiosamente, Munira no miraba ni a la derecha ni a la izquierda. Miraba hacia adelante como si se hubiera puesto unas anteojeras de caballo. Con el pasar de los días, su miedo se volvió más grande que su corazón y su ánimo se sumergió en una palidez helada.

Miró pensativamente a Jáled, que cabalgaba delante de ella. Luego miró a su marido y susurró:

—Sé benévolo con nosotros, Señor.

De repente, Hach Mahmud rompió el silencio:

—Me parece que deberíamos tener otra conversación sobre el asunto de la boda.

—¿En qué estás pensando, padre?

—No creo que esperar beneficie a nadie. No será bueno para ti ni para la novia. Es obvio que este año va a ser difícil y que la cosecha no será la que esperábamos.

—¡Sientes lo mismo que yo, entonces! —pronunció Munira.

—No había visto una primavera tan cálida en los últimos cuarenta años y sé lo que supone comenzar la temporada con este calor tan sofocante.

—Tienes razón, Hach —dijo.

—Entonces, ¿estás de acuerdo conmigo en que deberíamos anticipar la fecha de la boda? —preguntó.

—Bueno, simplemente no lo sé.

Jáled se mantuvo callado.

Cada uno de ellos comenzó a escuchar el sonido de los cascos de su caballo, que se mezclaban de tal manera que ninguno podía distinguir el galope del animal que estaba montando.

—Hay muchas cosas que me gustaría decir, Hach —continuó Munira—, pero siento que Jáled debería decir primero lo que piensa realmente. Creo que él sabe lo que pasa mejor que nosotros.

Sin embargo, Jáled no dijo nada.

***

Los caballos continuaron su ascenso como si supieran el camino sin necesidad de que nadie los guiara. Bajo el sol de media mañana, Jáled detectó una gota de sudor en la frente de Rih. Brillaba inmóvil a la luz del sol como un cristal. A Jáled le parecía que la gota contenía las diversas direcciones posibles antes de decidir qué camino tomar. Por un momento fugaz, la vio moverse ligeramente hacia él. Se quedó desconcertado. De repente, la gota de sudor lo arrastró hasta sus pensamientos más profundos. La luz dentro de ella rápidamente comenzó a desvanecerse y una oscuridad áspera y negra como el carbón descendió sobre su corazón.

—No creo que los días por venir nos beneficien —dijo finalmente Jáled—. No quiero arrastrar a esta chica inocente a la miseria, nunca lo he hecho. Algo está sucediendo. Puedo sentirlo y creo que vosotros también. Hay algo que va a venir y lo sabemos. Pero ninguno de nosotros quiere admitir que será más duro de lo que imaginamos. —Hizo una breve pausa y luego continuó—: Pospongamos la conversación sobre el matrimonio. Vamos a pensarlo un poco más.

—¡Es tu decisión! —protestó Hach Mahmud sin mirar a su hijo.

—Creo que es nuestra decisión, ¿no?

Munira no respondió, mientras que Hach Mahmud miró para atrás, hacia las extensiones de los campos de Alhadia. Mientras lo hacía, recordó la vez en que el padre Georgiou había hecho lo mismo el día en que dejó la aldea para no regresar jamás.

***

El pesimismo seguía presente cuando llegaron a la casa de la novia. Toda la conversación giró en torno a la amenaza del calor abrasador sobre las cosechas.

—Nunca, que yo recuerde, las horas de la mañana han sido tan calurosas como lo son en estos días —dijo el padre de Yasmín.

Lo extraño fue que nadie preguntó por la novia. El propio Jáled parecía demasiado angustiado como para hacer algún ademán de intentar verla. En ese momento, su padre los sorprendió al llamarla.

—¡Yasmín!

—Sí, padre —respondió ella.

El corazón de Jáled empezó a temblar.

—Ven y saluda a tu familia.

***

Jáled no esperaba verla, pero algo había sucedido en el corazón del padre de la novia también, algo que había cambiado su forma de pensar.

Cuando se asomó, sus mejillas, sonrosadas de vergüenza, se volvieron aún más brillantes por el reflejo de los colores de seda que abundaban en su vestido color panela, estampado de espigas rojas y azules. La abertura del cuello estaba flanqueada a ambos lados por ramas violetas, cuyas figuras curvadas con gracia le cubrían todo el cuello. Su pañuelo, también del color de la panela, tenía ribetes bordados con delicados diseños que resaltaban las tonalidades de su túnica.

***

¿Cómo pudo Jáled haber visto todo eso en solo unos momentos? Él mismo no lo comprendía cuando lo pensó más tarde. Yasmín irrumpió en la reunión con una belleza tan espectacular que quedaría impresa en su corazón para siempre. No se imaginaba que podría verla más bella todavía que la vez en que se encontraron en el campo.

Se inclinó y besó la mano de Hach Mahmud, luego la de Munira. A continuación, tomó la mano de Jáled y se la llevó a los labios. Y antes de que el muchacho reparase en lo que estaba sucediendo, sus labios se aferraron al dorso de su mano. Un escalofrío recorrió todo su cuerpo. Sintió que el beso de Yasmín atravesaba su piel, se movía y se sumergía en su cuerpo para regresar después a su mano. Lo que había sucedido era más que real. Sin embargo, en la tormenta de sensaciones que inundó su alma en ese momento, le parecía que todo aquello solo podía ser un sueño o un recuerdo.

Eso lo dejó aterrorizado.

El misterio de los asesinados

La casa de Alhabbab se había convertido en el cuartel general para la investigación de los recientes asesinatos. El asunto le preocupaba tanto que había olvidado sus propios problemas. Se montaron tiendas alrededor de su casa y el teniente coronel Kamel Efendi Agá se alojó en su casa como su invitado personal.

Sin embargo, la búsqueda no tenía ninguna esperanza. La región era inmensa y hacía imposible visitar todas sus aldeas. La gendarmería iba y venía por sus llanuras y colinas, sin encontrar rastro alguno. Tal vez esto fue lo que provocó que fuesen aún más hostiles en su trato con la gente. El odio era recíproco.

La estrategia de Kamel Efendi Agá, que consistía en explotar las rencillas y rencores que existían entre muchas de las familias de las aldeas, había descubierto algunas pistas que acabarían por traducirse en simples calumnias de unos a otros. Cada vez que los turcos liberaban a alguien, la historia se complicaba. La misericordia era un lujo al alcance de muy pocos, no existía para los que traían a los sospechosos esposados ni para quienes los interrogaban durante largas noches.

Al cabo de algunos días, el teniente coronel tuvo una idea diabólica que no le gustó a Alhabbab. Anunció una gigantesca recompensa de veinte mil piastras para quien proporcionase alguna información que condujera al arresto de los criminales fugitivos.

***

La noticia corrió como un reguero de pólvora y pronto llegó a Alhadia y a otras aldeas. No pasó mucho tiempo antes de que los rumores y las calumnias comenzaran a circular. Sin embargo, solo desembocaron en dos cosas: agonizantes sesiones de tortura para unos y arrestos para otros.

Un día llegó una noticia que parecía ser la más creíble hasta la fecha. Alhabbab había mantenido oculta su fuente de información, como moneda de cambio mediante la cual intentaba demostrar que era el único que mandaba en la región. Cuando la gente tenía problemas, era él quien traía las soluciones. Sin embargo, como él mismo vería con el tiempo, su gran error fue no haber jugado todas sus cartas a la vez.

Había reducido la búsqueda a Alhadia porque era la última aldea que había sido visitada por el asistente militar y sus hombres. Cuando la reacción de los pueblos vecinos pasaba de las meras palabras, el teniente coronel y su plan recibían un duro golpe. Sus humillantes campañas de búsqueda y sus ataques a las propiedades de los lugareños solo habían cosechado odio. Pero lo que provocó la furia de Alhabbab fue que despareciesen por completo todos los integrantes de la lista de sospechosos, justo en el momento preciso en que llegaba a la aldea la gran fuerza que había enviado para rodearla y asaltarla.

Reducir la búsqueda a Alhadia era un triunfo para a Alhabbab, ya que ahora, por fin, la gente cuya caída había esperado durante tanto tiempo se había convertido en una presa fácil. No había una casa que a Alhabbab le hubiera gustado más destruir que la del Hach Mahmud. Para él era la representación de la aldea entera.

***

Alhadia era la espina final que necesitaba arrancarse y que debería haber eliminado mucho antes. La oportunidad de hacerlo le había llegado en bandeja de plata. Era la ocasión perfecta para cortarle las alas a Hach Mahmud de una vez por todas.

A Alhabbab le hubiera gustado encabezar la expedición militar, pero algo le había impedido decidirse. Durante mucho tiempo había intentado, sin éxito, explicar su resistencia. Estaba extasiado, pero no podía levantarse y bailar de alegría.

Hach Mahmud parecía estar preparado para asumir todos los riesgos. Cuando el teniente coronel le preguntó por sus hijos, respondió:

—¿Creía usted que estarían aquí sentados esperándole? Las noticias que nos llegan sobre sus atrocidades no animan a nadie a quedarse. Su visita es un insulto. ¿Qué nos espera más que la tortura o la cárcel? ¿O quién sabe si no es algo peor?

—Quiere decir que han huido. Tus hijos han huido —dijo Kamel Efendi Agá sacudiendo la cabeza con vehemencia.

—Mis hijos y los hijos de los demás también.

***

Alhadia se convirtió en un campamento militar y la gendarmería hizo de la vida de sus gentes un infierno. Sin embargo, cada vez que Hach Mahmud era interrogado por el teniente coronel o por uno de sus hombres, simplemente afirmaba:

—Es una calumnia y ustedes lo saben mejor que nosotros.

Después de cinco largos días sucedió algo que nadie esperaba. Los hombres que habían permanecido en Alhadia fueron llevados al patio de la casa de huéspedes. Algunos fueron forzados a entrar. Mientras tanto, las mujeres y los niños fueron conducidos a la mezquita para quedar allí retenidos.

No fue una noche cualquiera. El caos reinó por todas partes: las voces de los soldados se mezclaban con las de los animales y con los sonidos de los objetos destrozados al romperse. Sabiendo lo que escondía la noche y su oscuridad, los aldeanos permanecieron con los ojos abiertos, esperando que aparecieran los primeros hilos del amanecer.

***

A media mañana, aquel estrépito había disminuido y las voces parecían haber desaparecido por completo. Se abrieron puertas y algunas personas salieron a la calle. No había ningún soldado a la vista.

—¡Ya se han ido! —gritó alguien.

Al escuchar ese grito, la gente salió a las calles y regresó corriendo a sus casas. Pero cuando llegaron a sus hogares, todo el mundo se quedó paralizado ante el horror de la destrucción total que contemplaban sus ojos.

Las casas habían sido saqueadas a conciencia, destripadas. Los palomares, los corrales y las jaulas de los animales estaban hechos añicos, y los animales habían quedado tan maltrechos que apenas podían arrastrase o ponerse de pie.

Sueños frívolos

La dura diáspora de Jáled por las montañas y los valles era menos dura al saber que Hamama había sido devuelta para su custodia a sus dueños originales. Era cierto, por supuesto, que estaban descontentos con que la familia de Hach Mahmud no fuera capaz de protegerla en Alhadia. Sin embargo, el potro que engendraba Hamama les pertenecía. Alhabbab en su vida había estado tan nervioso como en los días en los que Kamel Efendi Agá y sus soldados habían estado en Alhadia. Porque, pese a que había recibido informes regularmente sobre los acontecimientos, estos mostraban que los planes trazados no se estaban cumpliendo.

—Usted quemó, hirió y hasta mató a su ganado. Pero créame, esto no significa nada para ellos, siempre que no toquemos a sus hijos. El lema por el que viven es: «Que el daño lo sufran nuestros bienes, pero nunca nuestros hijos». Alhabbab pronunció estas palabras de pie en la barandilla de la terraza, mientras sus ojos examinaban las lejanas llanuras, colinas y valles, preguntándose dónde podrían estar escondidos.

El teniente coronel escuchaba las palabras de Alhabbab sin desmontar de su caballo. Después de pensarlo un poco, dijo finalmente:

—Todavía tenemos mucho tiempo para ir tras ellos.

—Creo que tenemos mucho que hacer y cuanto antes. No podemos darles ni un respiro —insistió Alhabbab.

—Bien —respondió con rudeza—, pero yo sí que necesito tomarme un respiro.

***

Abdelmayid, el esposo de Aziza, era uno de los muchos hombres que la gendarmería había retenido. Cuando Alhabbab lo vio, se sonrió, pero no dijo nada.

Esa noche le pidió al teniente coronel que no fuera tan cruel con Abdelmayid.

—Pensaba que eras más cruel que nosotros —dijo Kamel Efendi Agá.

—¡Lo soy! —respondió Alhabbab—, pero no con uno de mis hombres.

—¿Uno de tus hombres?

—Puede retener a los demás todo el tiempo que quiera. Pero dentro de unos días le voy a necesitar de nuevo en Alhadia. Eso será lo único que nos beneficiará a todos nosotros.

Dos días más tarde, justo cuando los soldados de caballería se marchaban a las estribaciones más lejanas, todos los hombres que habían traído de Alhadia fueron liberados, aunque solo fuera porque Alhabbab quería llevar a Abdelmayid de regreso a la aldea. Por otro lado, no cabía la menor duda de que Alhabbab le había hablado en privado sobre otros asuntos.

—Sé que has tenido que soportar mucho esta vez. Pero ten la seguridad de que te recompensaré con algo que te hará olvidar todo lo que has pasado.

Abdelmayid escuchaba, haciendo todo lo posible por reprimir el dolor que sacudía su cuerpo. Sus rasgos se tensaron, provocando que su rostro pareciera aún más seco y oscuro de lo habitual. Sus ojos se estrecharon como si estuviera tratando de ver algo que no podía distinguir bien. Cuando él y los que estaban con él regresaron a la aldea, las marcas de los golpes que les cubrían la cara y el cuerpo, fruto de los puñetazos y porrazos que habían recibido, eran tan evidentes como la devastación que había sufrido la aldea.

***

Fue una búsqueda desesperada, a pesar de que en muchos pueblos el teniente coronel encontró lugares de descanso adecuados donde pasar la noche y recuperarse del calor insoportable del día.

Pero el sol no estaba de su parte y hacía su tarea mucho más agotadora. Moverse por la aldea era suficiente para hacer que los soldados de la gendarmería rompiesen a sudar, incluso antes de abandonar las casas de huéspedes donde habían sido recibidos en contra de la voluntad de sus propietarios.

Sin embargo, de lo único que el teniente coronel estaba seguro era de dar más órdenes a sus soldados, cuyo agotamiento les impedía atrapar a los hombres que perseguían.

***

Jáled sabía que él y los otros fugitivos tenían que alejarse lo más posible de la zona donde se llevaba a cabo la persecución. Esto no fue difícil, dado el afecto que la gente mostraba hacia sus huéspedes. Durante los días que pasó yendo de lugar en lugar, recordaba las palabras que su padre le había dedicado antes de separarse:

—No vayas donde el agua es dulce. Ve donde lo sean los corazones. Tampoco vayas a un pueblo protegido por murallas. Ve allí donde los amigos te protejan.

Se dispersaron.

Jáled fue hasta el pueblo de Aleluya. Había pensado en ir a ver al jeque Yibril, un viejo amigo de su padre. Sin embargo, cuando llegó allí, se encontró a la gendarmería delante de la puerta, así que cambió de rumbo con su caballo y se dirigió a la carretera principal. Al darse cuenta del movimiento de Jáled, uno de los soldados montó en su caballo y adelantó a Jáled por el atajo que llevaba a la carretera principal.

Jáled se dio cuenta de lo que sucedía, pero no le importó, ya que, después de reparar en el caballo del gendarme, estaba seguro de que Rih era más rápido y resistente que su rival. Por lo tanto, siguió avanzando al mismo ritmo pausado, lo que facilitó que el soldado se encontrara con él en el cruce. Cuando Jáled llegó a la encrucijada, el gendarme lo estaba esperando, fusil en mano.

—La paz sea contigo —dijo Jáled a modo de saludo.

—¿Hacia dónde vas? —preguntó el gendarme.

—A Gaza. —Antes de que el gendarme tuviese la oportunidad de comentar algo más, Jáled continuó—: Dime, ¿no perteneces a la familia Alzubi?

—Si mi madre dice la verdad, entonces sí —respondió el gendarme, que era de piel clara.

—¿Cómo está Muhámmad Said?

—¿Qué Muhámmad Said? Conozco a dos hombres con ese nombre.

—Ambos: Muhámmad Said Alubayd y Muhámmad Said Alsulmi.

—Ambos están bien.

—Por favor, salúdalos de mi parte.

—Lo haré, pero ¿de parte de quién?

—Diles que de parte de su amigo de Albreig.

—Se lo diré —dijo el gendarme y se dio media vuelta, avergonzado de haber hecho demasiadas preguntas a un amigo de su familia.

***

Al atardecer, Jáled se encontró solo. No había nada en el horizonte, excepto una tienda hecha de pelo de cabra. Al dirigirse hacia ella, percibió que estaba envuelta en una gran actividad. Le pareció que una de las yeguas pertenecía al jeque Náser Alali. Alentado por la idea, siguió acercándose, aunque sin bajar la guardia. Tan pronto como los hombres lo vieron, salieron a darle la bienvenida. El jeque Náser le preguntó qué había sucedido en Alhadia y si las noticias que escuchaban eran ciertas. Jáled confirmó que lo eran.

—Es uno de esos años difíciles —agregó.

—Escucha, hijo —respondió el jeque Náser—, las cosas no se quedarán como están. Podrían empeorar o podrían mejorar, pero todo ser humano tiene sus puntos débiles y sus puntos fuertes. Algunas personas se dan cuenta y otras no. En ambos casos pueden resultar patéticos, especialmente aquellos cuyos puntos fuertes son en realidad puntos débiles.

—Muy bien dicho —dijo un hombre con ropas de beduino, cuyos ojos emitían un profundo resplandor.

Después de un silencio, Jáled miró al hombre, que parecía particularmente ansioso por hablar con ellos, y dijo:

—No me habéis presentado a nuestro honorable hermano.

El hombre pronunció rápidamente su nombre, como para eximir a los demás de tener que decirlo. Luego, como si quisiera retomar una conversación precedente, añadió:

—Si no fuera por la injusticia, jeque Náser, nunca habríamos alcanzado el estado de debilidad y decadencia en el que nos encontramos ahora. Puede ver cómo tratan los oficiales turcos a los soldados árabes, que han comenzado a huir del Ejército, y cómo está emergiendo un sentimiento nacionalista árabe. Al mismo tiempo, muchos líderes tribales han cedido a las demandas de los turcos. Considere usted lo que sucedió cuando Cemal Bajá colgó al hijo de Fawzi Alazm. El propio Fawzi Alazm parecía aprobar lo que había sucedido. Por eso, Cemal Bajá desprecia esta nación nuestra, porque sus líderes se arrodillan y parecen alegrarse de ver a sus hijos en la horca. No me cabe duda de que la gente que ha soportado la opresión y la persecución alberga resentimiento y repulsa contra Cemal Bajá y el Estado otomano que lo respalda. —Se sumió en un largo silencio y luego continuó—: Nuestro problema es que no aprovechamos bien ninguna de nuestras oportunidades. Los árabes no están unidos y son una marioneta en manos de los turcos, al tiempo que los turcos son una marioneta en manos de los alemanes, que los conducen a campañas militares solamente para amedrentar a los británicos. No sabemos cómo organizarnos socialmente, porque no confiamos los unos en los otros. No comprendemos la importancia que tienen los asuntos públicos y si alguno de nosotros se interesa por ellos, lo hace en su propio beneficio[5].

---

[5] Un día recibimos una visita inesperada de Cemal Bajá en Bir Saba. En

Las palabras del hombre tuvieron un poderoso impacto en Jáled y cuando, hacia el final de la noche, Nayib Nassar se dio cuenta de lo mucho que los dos tenían en común, dijo:

—¡Entonces, remamos en la misma dirección!

—Me gustaría que nos pudiera visitar después de que esta niebla que nos envuelve se haya levantado. Puede estar seguro de que nos hará las personas más felices de Alhadia. Quien más lo celebrará de todos será el padre Elías, que, cada vez que lee algo que usted ha escrito, dice: «Este es un verdadero maestro, este es mi maestro» —respondió Jáled.

—¿Qué está haciendo el padre Elías en su pueblo?

—Hay un monasterio allí. Lo enviaron lejos de Jerusalén como una especie de castigo.

—¿Por qué están castigando a un clérigo?

—Es una larga historia.

—Ninguno de nosotros aquí tiene prisa, ¡así que vamos a escucharla!

***

---

ese momento, Cemal Bajá venía de Damasco, acababa de ejecutar al segundo grupo de mártires árabes. Dio orden de pasar revista a las unidades, y todo fue dispuesto. Se adelantó para hacer la inspección, acompañado por mí y por el comandante alemán. Cemal Bajá comenzó a preguntarme sobre ciertos detalles, que le conté con una franqueza y minuciosidad que lo dejaron sorprendido. Luego comenzó a preguntarme los nombres y la procedencia de los oficiales que habían pasado delante de él. Cada vez que un oficial árabe pasaba frente a él y se lo presentaba, despertaba sus sospechas. Entonces se volvió hacia mí y me preguntó: «¿Y tú, cómo te llamas?». «Fawzi Alqaueqgi», le contesté. «¿De qué ciudad?», quiso saber. «De Trípoli, del Líbano», dije. Él asintió y luego dijo: «La gente de Trípoli es bastante patriota e inteligente. Sin embargo, entre ellos hay familias que merecen que se les vierta agua con azufre. ¿No estás de acuerdo?». A lo que respondí: «Mi señor lo sabrá mejor que yo, porque, aunque yo mismo soy de Trípoli, no conozco bien la ciudad, ya que la dejé cuando era muy joven para estudiar en Estambul y luego servir como oficial». Acto seguido me preguntó: «¿Qué tienes que decir de los que he mandado ahorcar en Siria?». Y respondí: «Las fortunas de Siria han sido puestas en tus manos e indudablemente has actuado de acuerdo con los dictados de tu conciencia».

A la mañana siguiente, Nayib le pidió a su anfitrión permiso para partir, ya que temía que la proximidad de la tienda a la carretera principal la convirtiera en un lugar vulnerable. Jáled también había pedido permiso para seguir su camino. Sin embargo, el anfitrión les dijo: «Las ovejas ya han sido sacrificadas en su honor. Quédense a almorzar y luego podrán marcharse con nuestros rezos para que la protección de Dios los acompañe».

No había nada más que decir, así que se sentaron y continuaron con su conversación. Más tarde Jáled dijo:

—No hay mal que con bien no venga. Si no hubiera sido por la dura prueba que estoy atravesando, nunca me habría encontrado con un hombre tan noble como Nayib Nassar.

La noche a hurtadillas

La atención del Estado a sus guerras permitió que un buen número de fugitivos regresara furtivamente a sus hogares, donde pasaban algunas horas nocturnas o, en el mejor de los casos, alguna noche ocasional. Cada vez que bajaban de la montaña se arriesgaban claramente, ya que emitir una orden de horca se había convertido en algo muy fácil.

Había dos cosas por las que Jáled estaba preocupado: Hamama y su prometida. Había empezado a preocuparse incluso antes de enterarse de que su familia reconsideraba su matrimonio, a la luz de la inexplicable ausencia que le había llevado por lugares lejanos.

—Los imperios viven más que las personas. Y este imperio llegó para quedarse —dijo el padre de Yasmín a su hija—. Nadie que haya huido del otomano ha vivido para contarlo, a menos que desaparezca para siempre. Y en este caso también el Estado ha sido el vencedor. Realmente queremos a Jáled, pero hay algo que el destino está tramando que va más allá de nuestras propias esperanzas y nuestros sueños, así que debes sopesar cuidadosamente lo que estoy diciendo.

—¡Todo menos eso! —protestó ella, al tiempo que las lágrimas caían silenciosas por sus mejillas.

—Por eso te digo que debes sopesarlo cuidadosamente.

***

Mientras tanto, Hach Mahmud sintió que era hora de traer a Hamama de vuelta a Alhadia. Junto a otros hombres del pueblo se dirigió al territorio de los Alsadat. Cuando pasaron frente a la casa de Alhabbab no apartó su mirada. Y allí lo vio, como lo había visto cada vez que pasaba por aquel lugar: de pie en el ático, como una estatua, con su fez rojo y su capa de color de la panela. Su imagen era como el mismísimo destino, vigilando minuciosamente la tierra y escondiendo el misterio que nadie era capaz de adivinar.

Ocurrió lo mismo en su camino de regreso. Alhabbab parecía una sombra que los había estado esperando durante los tres días que estuvieron ausentes. Hach Mahmud juraría que esta vez vio a la estatua moverse ligeramente cuando divisó a Hamama, aunque al instante volvió a su quietud pétrea.

El vientre de Hamama era cada vez más redondo. Sus huéspedes le habían ofrecido quedarse con ella hasta que diera a luz, a lo que Hach Mahmud había dicho:

—Ella es la única criatura que nos recuerda a Jáled. Nuestro hijo anhela volver a verla en casa.

—Estaremos encantados de que venga a verla cuando quiera.

—Se lo he dicho, pero ya lo conoces: no quiere perjudicaros con su visita.

***

Ver a Hamama nuevamente revivió la esperanza en la casa. Para Munira, su presencia significaba que la ausencia de sus hijos pronto llegaría a su fin. En una noche oscura, Jáled regresó a Alhadia. Pero antes de llegar se fue a dar una vuelta por la casa de Yasmín. Se sentó a cierta distancia, como acostumbraba desde que comenzaron sus días de vagabundo. Se metió la mano en el bolsillo y sacó su pañuelo del color de la panela. Inhaló profundamente su aroma, como si todo el aire del mundo estuviera dentro de él. Cuando pensó que no tenía más tiempo, se levantó, seguro de que la vería allí. ¿No había dicho ella «esa soy yo»?

De pie junto a Hamama en la oscuridad, abrazó su cabeza con las manos y le acarició la frente. La noche no pudo ocultar la redondez de su radiante vientre blanco. Se giró levemente, dejando la palma izquierda sobre su frente, y comenzó a pasar la mano derecha sobre el vientre abultado. Entonces soltó un suave relincho, se volvió hacia él y lo miró a los ojos. Se inclinó hacia ella y la abrazó con todo su cuerpo.

Dentro de la casa, Munira se despertó de repente, aunque no estaba acostumbrada a despertarse a esa hora. Era como si alguien la hubiera llamado por su nombre. Se puso de pie y contempló su casa en la oscuridad, que se fue disipando poco a poco gracias a la pequeña llama de la lámpara que sostenía. Miró fijamente a la cara de su marido, preguntándose si parecía más viejo o más joven que el día de su boda.

Se acordó de aquel día, cuando le levantó el velo de la cara. Como fijaba la costumbre, a un novio no se le permitía ver a la novia hasta el día de la boda. Recordó cómo se esperaba que cerrara los ojos con timidez en el momento en que su mano tocaba el velo, pero ella los abrió de repente, guiada por la malicia de su juventud. Él le sonrió y ella le devolvió la sonrisa. Su hermana se puso tan furiosa que parecía que iba a explotar.

—¿Cómo has podido hacer algo así? ¡Nos has escandalizado! ¡Se lo pienso contar a nuestro padre! —le reprochó.

—Como le digas lo más mínimo, haré que me desmayo y montaré un escándalo —respondió Munira.

Recordó el incidente con felicidad. Sentía que con aquello había logrado encender la mecha de una revolución silenciosa. Muchas veces se decía con orgullo: «Desde ese día, las novias comenzaron a abrir los ojos».

Después recordó el día en que su cuñada Anisa le preguntó: «¿Crees que Hach Mahmud te ama?». Después de pensarlo un buen rato, respondió: «Puede que sí, puede que no, pero de una cosa sí que estoy segura: él teme a Dios. ¿Es esa una buena razón para decir que me ama?».

***

De pie y en silencio, Munira, finalmente, se dio cuenta de que había sido otra cosa la que la había despertado. Se dirigió de puntillas hasta la puerta y la abrió con su chirrido habitual.

—¿Qué pasa? —le preguntó Hach Mahmud.

—No pasa nada —respondió ella.

Antes de llegar al establo, sabía con certeza que su hijo estaría allí. Hach Mahmud la siguió.

Una calma reseca

Los gendarmes recurrieron a todos los medios posibles para detener a los hombres de Alhadia. Los hijos de Hach Mahmud encabezaban la lista de los más buscados. El viento arreció y el calor abrasador de ese año diezmó las cosechas de verano, dejando el fruto seco y duro como una piedra. Jáled y sus hermanos pasaron el invierno siguiente, que fue testigo de pocas nubes altas, en un constante estado de peregrinación. Trabajaron como labradores, pastores y mozos de cuadra. Por varias razones, el teniente coronel había comenzado a centrar sus esfuerzos en una sola persona: Jáled. Se decía que muchos de los hombres habían regresado a Alhadia y a otras aldeas sin sufrir ningún daño. Entre ellos estaba Gazi, el hijo de Albármaki. Sin embargo, lo que les esperaba sería aún más duro de lo que temían cuando huían por las montañas.

***

De repente, el Gobierno multiplicó el número de hombres jóvenes que necesitaba como soldados. Aquellos que escaparon del destino del servicio militar fueron muy pocos, es decir, solo los que pudieron pagar una tarifa de exención por un monto de sesenta libras otomanas, que no era una suma pequeña. No obstante, eso no les eximía de servir durante un período de cinco meses en la zona de guerra más cercana a su pueblo o ciudad. Para aquellos que no podían evitar el servicio militar, ya fuera pagando o huyendo, había trenes esperando para llevarlos a realizar su servicio en destinos que desconocían totalmente.

Un hombre casado con una mujer de otra aldea estaba exento del reclutamiento, al igual que un hombre casado con una menor de edad que no tenía a nadie que la pudiera mantener. La exención también incluía a jueces de tribunales islámicos, maestros de ciencias religiosas, custodios de santuarios dedicados a la memoria de profetas y santos, jefes de hermandades sufíes, imanes y predicadores de mezquitas y aquellos con discapacidades permanentes, a quienes se les exigía someterse a exámenes médicos anuales durante cinco años consecutivos para probar que eran completamente incapaces para servir.

***

Aunque un hijo único estaba exento del servicio militar, lo que le sucedió a Gazi, el hijo de Albármaki, fue totalmente inesperado. Todos en Alhadia y en las aldeas de alrededor sabían que Gazi era el único hijo de sus padres. Sin embargo, los documentos oficiales mostraban que tenía un hermano, un año mayor que él, llamado Yunis. A pesar de que este hermano suyo nunca había existido, Gazi fue tratado como alistable y se lo llevaron al frente de batalla.

***

Un día, soldados turcos bajaron hasta el pueblo con sus espadas y largos rifles. No dejaron que nadie abandonara la localidad, ni siquiera el padre Theodorus, a quien el teniente coronel le dijo: «Quédese en su iglesia». Luego reunieron a los hombres en la casa de huéspedes y los encerraron allí.

Los soldados esperaron durante largas horas, pero ninguno de los hijos de Hach Mahmud apareció. Estaban seguros de que Jáled y sus hermanos regresaban en secreto y trabajaban la tierra de noche para hacer lo que pudieran por sus familias.

—¿Qué estáis haciendo? —preguntó Hach Mahmud una vez a sus hijos cuando los vio arando su tierra en la oscuridad—. ¿Qué estáis haciendo? ¡Nada hace presagiar el final de esta sequía! —Continuaron trabajando. Relucientes gotas de sudor cubrían sus frentes.

Los soldados pasaron la mayor parte del día bajo el despejado cielo de diciembre. El sol caía sobre todo lo que alcanzaba la vista, abrasándolo sin contemplación. Nadie apareció. A medida que avanzaba la tarde y comenzaron a perder la paciencia, le dijeron a Aziza: «Sube a la azotea y llámalos».

Ella se negó, sabedora de que no estaban muy lejos. Entonces una idea extraña brilló en sus ojos. Unos minutos después, para asombro de todos, dijo:

—Voy a subir.

—¡Ni se te ocurra moverte de tu sitio! —exclamó Munira.

Pero no se paró. Una vez en la azotea, miró hacia los campos circundantes. No dijo nada. Toda la aldea era rehén, con sus caballos, sus vacas, sus ovejas y sus cabras, sus ancianos y sus niños.

Segura de que los soldados no entenderían todo lo que dijera, comenzó a gritar de repente:

—¡Jáled! ¡Sálem! ¡Muhámmad! ¡Mustafá! ¡Acudid, pero no vengáis! —Luego repitió—: ¡Jáled! ¡Sálem! ¡Muhámmad! ¡Mustafá! ¡Acudid, pero no vengáis!

Sus hermanos la escucharon y, al darse cuenta de que algo extraño estaba sucediendo, se alejaron del pueblo.

Media hora después de que Aziza bajara de la azotea, los soldados le dijeron en un árabe mediocre:

—Y ahora nos llevas hasta ellos. Si no lo haces tú, lo va a hacer tu madre, o ese niño de ahí —agregaron, señalando a su hijo.

Ella juró que no sabía nada y que sus hermanos podían estar de vuelta en cualquier momento.

—Entonces, tú confesarás por ellos —le dijeron.

Los soldados sabían que cualquier ataque a una mujer causaría que se desatara un infierno. Su comandante, que había registrado dos veces la casa a fondo, no había olvidado a una gallina que seguía sentada sobre sus huevos y que había batido sus alas amenazantes para advertirle de que no se acercara más.

Fue al gallinero y apartó la gallina a un lado, ajeno a su furioso cacareo. Luego cogió un huevo y lo arrojó al suelo, evidenciando que contenía un polluelo medio desarrollado.

Cuando la gallina se abalanzó sobre él y comenzó a picotearlo, la lanzó contra la pared de una patada con su bota militar, negra y alta. En pocos segundos el animal yacía muerto en el suelo.

Ordenó a dos soldados que trajesen todos los huevos. Cogieron un total de dieciséis, de los cuales el comandante tomó dos. Entonces le ofreció uno a Aziza y otro a su madre, diciendo:

—O nos decís dónde están, u os coméis esto.

Las dos mujeres intercambiaron una mirada significativa. Luego Aziza miró a los ojos de sus tres hijos, Fáyez, Zayd y Hussein. Acto seguido cascó la punta del huevo contra la pared, cerró los ojos, se tapó la nariz y se tragó la vida que contenía. Su madre, sin dudarlo, hizo lo mismo. Pero el comandante no se detuvo ahí. Les fue dando a las mujeres un huevo tras otro, hasta no quedar ni uno solo.

***

Cuando los soldados salieron de Alhadia, el pueblo estaba patas arriba. Por segunda vez, las calles y los patios estaban repletos de muebles rotos y provisiones desparramadas.

Munira y Aziza estuvieron vomitando durante días. El sabor repugnante de los huevos fue parte de su sufrimiento hasta que, poco después, algo todavía más amargo les sobrevino. Hach Mahmud sabía que Alhabbab había estado detrás de esta última campaña de inspección. En consecuencia, envió un mensaje a sus hijos para que tuvieran más cuidado, recordándoles las palabras que había repetido desde la primera vez que un soldado turco había entrado en su casa sin haber sido invitado:

—Recordad, nadie puede ganar para siempre. Ninguna nación ha sido eternamente vencedora.

***

La única persona que vio a los fugitivos del pueblo fue Aziza, y su esposo, Abdelmayid, lo sabía. Sabía a dónde iba con bolsas de pan y comida, que preparaba de vez en cuando antes de desaparecer durante unas horas. Y cada vez que regresaba, la veía cargada con muchas cosas. Después de todo, la sequía y los impuestos que vaciaron sus casas los llevaron a robar a los gendarmes y a los recaudadores para recuperar algo de lo que estos habían arrebatado de la boca de la gente.

***

Un día, después de que las cosas se calmaran un poco, Abdelmayid le dijo a su esposa:

—¿Qué te parece si invitamos a tus hermanos a cenar aquí, en casa?

—¿Qué? ¿Quieres que los detengan? —contestó sobresaltándose.

—¡Dios no lo permita! —protestó—. Pero ya es hora de que arreglemos nuestras diferencias. Ahora son los tíos de mis hijos y no hay nada más valioso para mí que la familia.

Aziza sabía perfectamente que no le gustaban, que nunca habían sido de su agrado.

Los hermanos estaban convencidos de que era uno de los hombres de Alhabbab y de que había sido él quien había filtrado las noticias de la implicación del pueblo en el ataque.

—Ese condenado no cambiará nunca. Rabo de perro siempre será torcido, aunque metido en un molde, dice el dicho árabe. Cada visita que hace a su familia es una visita a Alhabbab —dijo Jáled.

—Los espías que tenemos allí nos lo han dicho —agregó Mustafá.

—¡Una chica tan bien educada, y mira con quién ha terminado casándose! Hemos casado a una purasangre con un mulo —murmuró Muhámmad.

—No hables así delante de mí —protestó Munira—. Es el esposo de tu hermana y lo pasado, pasado está. Debéis pensar en sus hijos.

***

Un día, la hija de Albármaki, Sumayya, vio a Aziza en la montaña con cara de consternación.

—¿Qué estás haciendo aquí? —le preguntó Aziza.

—¿Y tú, qué estás haciendo aquí? —Aziza no supo qué responder.

Entonces, Sumayya la sorprendió diciendo:

—He venido con la esperanza de ver a Jáled.

La niña había abierto de un golpe todo su corazón. Esto hizo que Aziza se sintiera aún más nerviosa.

—Pero tiene una prometida y se van a casar pronto.

—No, no se casará con ella. ¡Se casará conmigo! —espetó con una mezcla de tristeza y determinación. Luego, miró directamente a Aziza—. Tu secreto está a salvo conmigo. Soy una tumba.

Aziza exhaló un suspiro y vio cómo corrían las lágrimas por el rostro de Sumayya.

—He ido a la cueva donde normalmente los veo, pero no estaban allí.

—Tal vez algo los haya retenido —dijo la chica y, a continuación, agregó—: Déjales la comida. Tarde o temprano tienen que volver.

—¿Tú crees?

Mientras las dos regresaban a casa, Aziza se dio cuenta de lo mucho que quería a Sumayya, una chica a la que el amor había empujado al borde de la locura desde el día en que Jáled rescató a Hamama de los gendarmes. De hecho, Aziza vio en Sumayya una belleza que nunca había percibido.

—¿Qué te parece si arreglo tu matrimonio con Muhámmad, Mustafá o Sálem? —sugirió Aziza.

—No estoy tan loca como para casarme con otro que no sea Jáled.

—¿Entonces, admites que estás un poco loca al menos?

—¿Crees que soy tan tonta que no me he dado cuenta?

***

No pasó mucho tiempo antes de que Muhámmad y Mustafá accedieran a ir a la casa de su hermana. Jáled y Sálem, por otro lado, se negaron y les suplicaron a sus hermanos que no lo hicieran. Apenas habían empezado a comer cuando la casa cayó presa de una emboscada policial que, sin aviso alguno, la cercó por completo.

***

Dos días después fueron ejecutados en Jerusalén.

***

La pérfida alegría de Alhabbab era inabarcable. El campo entero, en toda su inmensidad, no hubiera podido contener el dolor de Hach Mahmud.

La llanura estaba llena de gente que desde todos los confines había acudido a Alhadia para asistir al funeral. No recordaban unas honras fúnebres tan sobresalientes como aquellas y durante cuarenta días la casa de los difuntos recibió un flujo constante de visitantes de ciudades y pueblos cercanos y lejanos.

***

Una noche, Jáled entró en la casa de Aziza y en cuestión de segundos se abalanzó sobre su marido. Agarró a Abdelmayid por el cuello mientras este juraba que no había tenido nada que ver con lo sucedido y que, por el contrario, los amaba como a sus propios hermanos. Jáled lo empujó hacia el patio, luego desenvainó su daga y acercó la hoja al cuello de Abdelmayid. En ese momento escuchó a los niños de su hermana gritar. El tiempo se detuvo de repente y su cuchillo se paró en el aire.

Se frotó la frente con los dedos de la mano izquierda y sin decir nada se enderezó de nuevo. Abdelmayid se había encogido por el miedo que sentía ante aquel hombre imponente que temblaba como las hojas de un álamo.

Jáled miró para otro lado.

—No podría matarte aunque supiera con certeza que fuiste tú quien los traicionó, ¿te das cuenta?—. Luego, señaló a Aziza y a sus hijos y dijo—: Si alguno de vosotros decide quedarse aquí, esta es su casa. Pero si elige irse con él, entonces, que se aleje lo más posible. Porque si lo vuelvo a ver, lo mato, aunque tenga que hacerlo delante de vosotros.

***

En cuanto montó sobre la grupa de Rih, el cuerpo de Jáled ocultó la mitad de ella. Como si sintiera el corazón de su jinete, estalló de inmediato en un frenético galope. La capa de Jáled se agitaba de tal manera que su yegua desaparecía para después reaparecer. Se diría que él daba un paso y ella el siguiente, como si él fuese quien llevase a la yegua sobre su espalda.

Jáled desapareció totalmente. Se dijo que cruzó la distancia entre Rafah y Alnaqura varias veces, que mucha gente lo había visto en Galilea y en las costas de Asqalán. Cuando llegó a Alhadia por la noche, sus ojos estaban vacíos y Rih estaba tan cubierta de polvo que parecía irreconocible.

—Me quedo a dormir —le dijo a su madre.

—¿Aquí? ¡Señor, ten piedad! —gritó.

—Sí, aquí —dijo.

Los hombres se dispersaron por toda Alhadia y otearon el horizonte, temiendo otra redada.

A la mañana siguiente fue a ver a Hamama. Sostuvo su cara entre las manos y ella se acercó a él, apoyando el cuello en su hombro. Se quedaron así durante mucho tiempo. Ninguno de los dos movió un músculo. Cuando deslizó sus manos hacia la parte inferior de la cabeza, comprendió que ella no quería apartarse de su hombro. Se inclinó ligeramente sin quitarle las manos de la mandíbula y cuando la miró a los ojos, la vio llorar. De repente, ríos de lágrimas discurrieron de los suyos.

Hasta ese día, Jáled siempre se había preguntado qué presencia sería capaz de provocarle el llanto. Esa mañana se dio cuenta de que la única presencia capaz era la de un caballo.

Pequeños sueños

Desde ese momento Jáled se había convertido en una especie de cuento popular. Una historia contada tanto por jóvenes como por ancianos, hasta el punto de que muchos pensaban que era solo una leyenda. Sin embargo, los adultos que lo conocían repetían historias sobre él y Yasmín y sobre sus hazañas con la gendarmería turca, hasta que pasaron a formar parte de las fabulaciones de los niños de Alhadia. No era inusual que un niño le pidiera a su madre que le contara las historias de Jáled antes de irse a dormir, de la misma manera que le contaban los cuentos folclóricos levantinos sobre *Nus Inséis, Quesito, Sháter Hasan* y *la Chica Hermosa*.

Cuando Karim le pidió a su madre que le contara historias de Jáled, ella se puso a temblar. Miró sigilosamente alrededor por temor a que alguien hubiera escuchado la petición de su hijo, ya que sabía que si su marido, Sabri Alnayyar, se enteraba, se divorciaría de ella.

—¡No me pienso dormir hasta que no me cuentes una historia de Jáled! —insistió Karim.

La rivalidad entre el clan de Hach Mahmud y el de Sabri Alnayyar por el liderazgo de la aldea se remontaba a muchos años atrás. Alnayyar, a quien los turcos le habían otorgado ciertos privilegios, como el puesto del *mujtar* en Alhadia, se contentaba con ello, con esa especie de cargo de alcalde, en tanto llegaba la ocasión de mejorar su suerte. Su principal estrategia era alentar nuevos matrimonios entre los miembros de su clan para garantizar nuevos nacimientos, que a la postre harían que fuera el más numeroso y poderoso de los dos.

Estaba dispuesto a hacer lo imposible para ver dos cabezas más compartiendo una almohada. Resolvió muchas trabas que impedían matrimonios. Cuando su esposa dio a luz a su primera hija, Rihab, casi se vuelve loco de la desilusión. Cuando llegó su segunda hija, estuvo a punto de perder el juicio. Incluso pensó en divorciarse de su esposa, aunque sabía que sería un disparate. Su esposa era hija de uno de los ancianos más ricos e influyentes del norte y nunca aceptaría que una hija suya volviese a su casa divorciada.

Antes de que se volviera completamente loco fue bendecido con su primer hijo. Entonces Sabri Alnayyar miró hacia el cielo y, por primera vez de corazón, dio las gracias a Dios:

—¡Has sido generoso, oh, Señor! —. Y cuando su esposa le preguntó qué nombre le pondrían, comenzó a repetir sin cesar—: ¡Karim! Karim! Karim! ¡Lo llamaremos Karim y así su nombre honrará la generosidad de Dios!

Con el nacimiento de su primer hijo, Alnayyar se transformó. Sentía como si su clan hubiera aumentado en mil personas en una sola noche. Estaba tan volcado con el niño que su amor por él superaba incluso el de Albármaki por su hijo Gazi.

Después de Karim, su esposa dio a luz a otros tres hijos, uno de los cuales murió al nacer. Sin embargo, su apego por su hijo mayor era insuperable. Alnayyar no se imaginaba que su adorado hijo quedaría cautivado por las historias de Jáled, hijo de Hach Mahmud y perseguido por el ejército turco.

Finalmente, rindiéndose a las inoportunas súplicas de su hijo, la madre le contó las historias que conocía. También le relató algunos acontecimientos que no estaba segura de si realmente habían sucedido. Tenía dudas de si habían sido fruto de su invención o los había tomado prestados de las historias populares sobre los héroes árabes. Aun así, estaba contenta. Solo aquellas historias eran capaces de dormir a su hijo. Pero nadie podía imaginar que esas historias se colarían en los sueños del pequeño.

***

Karim había escuchado que los que huían de los turcos volvían por las noches a las casas de sus familias. Así que comenzó a salir a hurtadillas, por la noche, de la casa de su padre para esperar cerca de la casa de Jáled.

Después de largas noches de espera, el niño se preguntaba si lo que había escuchado no serían solo historias fantásticas. Pese a todo, siguieron siendo las únicas historias que quería que su madre le contara.

Había cumplido siete años cuando salió de casa una noche, preguntándose con tristeza si aquella sería la última vez que saldría. Tan pronto como llegó a la casa de Jáled, vio que Rih se acercaba a lo lejos. La noche era tan oscura que el jinete era invisible, por lo que parecía que Rih cabalgara sola. El chico casi se desmayó al verlo.

Al ver al niño petrificado junto a la tapia, Jáled le preguntó amablemente:

—¿Qué estás haciendo aquí de noche, pequeño héroe?

—¡Te estoy esperando! —respondió.

Jáled desmontó y se puso en cuclillas para poder mirarle directamente a los ojos.

—¿Y qué necesitas de mí? —preguntó.

—Solo quería verte.

—¿No te gustaría montar a Rih también? —preguntó Jáled.

—Tenía la esperanza de montar a Hamama, ¿pero me dejarías cabalgar a Rih?

—Si tú quieres.

—¡Claro! ¡Me encantaría!

Jáled lo levantó por la cintura y lo sentó sobre la yegua.

—¿Dónde vives? —preguntó.

—Por allí —respondió el chico, señalando a lo lejos.

Jáled condujo a la yegua en la dirección que el chico había señalado.

—Pero no me has dicho tu nombre, pequeño héroe.

—Karim. Soy Karim, el hijo de Sabri Alnayyar.

Jáled, un poco contrariado, hizo lo posible por no decir nada. Recorrieron más de cien metros juntos, pero antes de que pudiera decir «te bajo aquí», el chico habló:

—Esto es suficiente. ¡Bájame aquí!

Jáled lo desmontó del caballo.

—¿Entonces, eres real? —preguntó el chico mientras miraba a Jáled fijamente.

—¿Pensabas que no era así?

—¿Me pellizco para asegurarme de que no estoy soñando, o te pellizco para asegurarme de que eres real?

—Puedes hacer ambas cosas, si quieres.

—¿De verdad?

—¡De verdad!

El pequeño se pellizcó a sí mismo y sintió el dolor.

—No estoy soñando —dijo. Luego extendió la mano y pellizcó a Jáled.

—¡Ay! —dijo Jáled, exagerando deliberadamente.

—¡Y eres real! —exclamó el pequeño.

Luego se fue corriendo feliz a casa.

***

Jáled siempre recordaría aquel encuentro con el pequeño Karim. En aquel entonces, no imaginaba lo que estaba por venir.

¿Quién ha muerto?

Una noche, Jáled abrió los ojos y vio a un hombre de pie justo encima de su cabeza. Trató de reconocer quién era, pero no podía ver con claridad sus facciones en la oscuridad. Quería moverse, pero sus miembros estaban completamente fijos en el suelo.

—¿Qué pasa? —le preguntó al hombre.

—Aziz ha muerto.

—¿Quién?

—La cría de Hamama. Ha sido un potrillo.

Lo envolvieron y lo enterraron en una tumba profunda que habría sido apta incluso para un príncipe. «No sería correcto permitir que la carne de un noble fuese lacerada por perros salvajes u otros animales», dijo Hach Mahmud.

El jeque Muhámmad Alsadat, rodeado por sus hombres, estaba presente. Cuando dieron media vuelta, se encontraron con Hamama, que no podía parar de llorar. Jáled levantó el dobladillo de su capa para secarle las lágrimas, pero antes de que su mano le alcanzara el rostro, desapareció. Entonces se despertó aterrorizado:

—¡Ay, Dios, ten misericordia!

***

Cuando le contó a su madre lo que había soñado, sus ojos se anegaron en lágrimas.

—¿A qué viene tanto llanto? —le preguntó.

—Porque la has perdido —dijo y miró a Hach Mahmud.

—Pero está aquí.

—No a Hamama.

—¿A quién, entonces? ¿A Yasmín?

Munira no respondió, sus lágrimas fluían aún más copiosamente que antes.

Poniendo su mano en el hombro de su hijo, Hach Mahmud dijo:

—No podemos hacer nada contra la voluntad de Dios.

—Pero, ¿por qué?

—Sabes por qué y yo también. Pero no sirve de nada que nos lo preguntemos ahora, porque la suerte está echada.

—¿Con quién se va a casar?

—Con un primo paterno suyo.

—¿Y dónde ha estado todo este tiempo? ¿Dónde estaba antes?

—Está todo hecho.

—¿Y ella está de acuerdo?

—¿Quién es ella para rechazarlo?

***

En una colina distante, Jáled estaba de pie junto a Rih, mirando hacia la casa de Yasmín, hasta que los primeros rayos del amanecer despuntaron en el horizonte. Atormentado por la ira, su cuerpo se había convertido en un furioso enjambre de langostas al que le habría gustado devorar todo a su paso.

Imaginaba que la veía salir por la puerta principal, luego se detenía y la miraba sin decir ni hacer nada. Atormentado, tiró de las riendas de Rih; sus pasos heridos lo llevaron a un lugar lejano y desconocido.

***

Lo único que le quedaba por hacer era esperar sus noticias. Cuando uno de los hombres de Alhadia le comunicó el casamiento de Yasmín, Jáled, completamente fuera de sí, montó sobre el caballo del hombre y se alejó al galope, dejando atrás a una desconcertada Rih.

El hombre fue tras él a lomos de Rih, en un intento de disuadirlo de hacer lo que fuera que quisiese hacer. Pero la fuerza de su ira había invadido al caballo, haciéndolo correr más rápido que nunca, hasta que desapareció de la vista.

La estaban llevando sobre un camello, en cortejo hasta la casa del novio y con mujeres cantando a su alrededor, cuando entró en escena. Su cuerpo se fusionaba con el del caballo que montaba y sus facciones se escondían detrás de una máscara. Se dijo que incluso sus ojos estaban ocultos. Entonces, ante la sorpresa de los presentes y antes de que nadie supiera lo que estaba sucediendo o pudiese reaccionar, el jinete se dirigió directamente al palanquín de la novia. Metió un brazo, la agarró por la cintura y la montó en su caballo. Mientras giraba su montura para irse, agitó un remolino de viento. En un abrir y cerrar de ojos, estaba en la cima de la colina. Detuvo su caballo por un momento, se volvió y miró al pueblo, antes de desaparecer por el otro lado.

Los caballos salieron al galope, en un intento de alcanzar al jinete y a la novia rehén. Fue en vano. Era como si la tierra se los hubiera tragado. Pero algo cambió en el interior del misterioso jinete, algo que le hizo dar la vuelta alrededor del pueblo y entrar nuevamente desde el lado opuesto. Las mujeres lo vieron acercándose y gritando, pero ninguno de los hombres estaba allí para escucharlo. El caballo venía a un ritmo tan alto que no pensaron que pudiese detenerse. En el último momento, la tierra comenzó a resquebrajarse y el polvo lo inundó todo cuando las patas del caballo se convirtieron en arados que surcaban profundamente la tierra.

En un abrir y cerrar de ojos le tendió la mano a la novia y, como un copo de nieve cayendo del cielo, se reencontró de nuevo con las mujeres.

La miró fijamente, frotándose la frente con los dedos de la mano izquierda. Ella lo reconoció. Mientras giraba con su caballo para irse, avivó un torbellino y, en un instante, desapareció en la dirección por la que había venido.

Gemidos en la noche

En el otro extremo de Alhadia, el destino de la gente se estaba tejiendo rápidamente. La calma que se había asentado sobre las colinas y las llanuras auguraba una tormenta que nadie había previsto.

El preludio había sido la gran sequía que había arrasado la tierra hasta sus raíces, dejando lo que una vez fue un rico suelo rojo convertido en arena amarilla y los árboles frágiles y pálidos.

—Puedo oírlos gemir en la noche —dijo Hach Mahmud tristemente.

Los pozos se secaron y era difícil encontrar, siquiera, un poco de agua para calmar la sed de sus hijos, por no mencionar la de sus ovejas.

Mientras tanto, en las altas mesetas, Alhabbab se enriquecía intercambiando ovejas por cestas de paja. Los caballos eran un asunto diferente.

Nadie estaba dispuesto a vender su caballo hasta que literalmente no le quedase nada. En algunos casos podrían renunciar a su yegua, con lágrimas en los ojos, a cambio de que alguien la alimentase y la mantuviese viva.

Las mujeres, que no tenían agua para lavar los pañales de sus bebés, los frotaban hasta dejarlos lo más limpios que podían y luego los colgaban al sol para que se secasen.

El rebaño de cabras de Hach Mahmud mermaba día a día. Pensaban que era mejor sacrificarlas para tener carne para comer que comerciar con ellas, aunque en ocasiones no les quedaba más remedio que hacerlo.

Un día, Albármaki vio a un beduino acercándose en la distancia. Llevaba un camello cansado. Lo siguió con los ojos como si la Virgen le hubiera abierto las puertas del cielo. Luego salió corriendo a su encuentro. Tenía la esperanza de llegar hasta él antes que los otros aldeanos, que también habían puesto sus ojos en él desde el momento en que apareció en el horizonte.

Al llegar al hombre antes que sus rivales, Albármaki lo saludó con estas palabras:

—Eres mi invitado. ¡Bienvenido!

El gesto de Albármaki asombró al beduino, cuya condición no era mejor que la de ellos, y se quedó maravillado al ver que aún había gente dispuesta a abrirle las puertas de su casa en un momento en el que ni los animales salvajes tenían nada para comer.

Mientras tanto, otras personas también se acercaron al beduino con la esperanza de ofrecerle su hospitalidad. Entonces, Albármaki anunció:

—¡Es mi invitado, así que bienvenidos vosotros y bienvenido él!

El beduino, aún más maravillado por este derroche de generosidad, concluyó que, debido a la hospitalidad excepcional de aquel pueblo, Dios debía haberlo librado de la desgracia que había afligido a otras aldeas. Los ojos de todos estaban fijos en el camello del beduino, como si fuera la primera vez que veían a una criatura semejante.

El beduino acompañó a Albármaki a la puerta de su casa y este se dirigió a los demás aldeanos:

—A Dios pongo por testigo de que todos vosotros sois mis invitados.

Cuando entraron en la casa, hicieron que el beduino se sentara en la habitación frontal, mientras ataban su camello en el otro extremo del patio.

Le sirvieron un poco de café, que no era más que trigo molido. Cuando lo probó, se dio cuenta de que un café como aquel solo lo servían en casas donde la suerte había sido aciaga. Se levantó y dijo:

—Necesito responder a la llamada de la naturaleza.

Cuando llegó a la puerta, vio que su camello había sido sacrificado en el patio.

—¡Habéis matado mi camello! —gritó furiosamente.

—¡Era una camella! —le corrigió Albármaki.

—¡Es un camello! —replicó el beduino, ahora más enojado que nunca.

—No, era una camella —le dijeron.

Se empeñaron de tal manera en discutir sobre si el camello era macho o hembra que olvidaron el asunto del sacrificio.

En un intento por apaciguarle, lo llevaron de vuelta a su asiento de honor y reemplazaron el colchón común en el que se había sentado antes por el de invitados. Cada vez que alguien en el pueblo escuchaba lo que había sucedido, acudía corriendo.

Cuando finalmente trajeron la comida, todos se abalanzaron sobre ella como si fuera la última comida de sus vidas. No sin gran dificultad el beduino consiguió un par de bocados para sí mismo. Cuando terminaron y se disponían a lavarse las manos, uno de ellos le dijo:

—Tú eres nuestro hermano mayor, así que, ¿podrías verter el agua sobre nuestras manos mientras nos lavamos?

Cogió la jarra y vertió el agua para que todos se lavaran. Entonces uno de ellos tomó el cántaro y ayudó al beduino a lavarse las suyas.

Volvieron a entrar en la casa. Albármaki cogió la cafetera para servirle café al hombre. Recordando el que había probado la primera vez, el beduino dijo:

—Que Dios os lo pague, pero solo necesito que me deis las alforjas de mi camello.

—¡No te confundas, que era camella!

—Era un macho.

—¡No, era una hembra!

—¡Está bien, entonces, dadme las alforjas de mi camella!

—¡Si hubieras admitido desde el principio que era una camella, esto no habría sucedido! —le dijo Albármaki al beduino.

El beduino tomó las alforjas de su camello y se fue.

***

De pie frente a Hamama, Jáled temía que llegase el día en que ya no tuviera nada para alimentarla. La situación se había vuelto tan grave que mucha gente quitaba la paja seca de sus tejados y se la daba de comer a sus animales. Después buscaban incluso en las heces los granos de cebada no digeridos. Todos los días escrutaban el horizonte en busca de un oasis como el que habían visto aquellos días, con la esperanza de que pudiera repetirse, aunque fuera solo una vez: el espejismo de un beduino que aparecía de la nada con un camello, o una camella.

***

Jáled dejó que su brazo descansara sobre el lomo de Hamama y al hacerlo escuchó un suave susurro: «¿Esa soy yo? ¡Esa soy yo!».

Miró a su alrededor, pero no vio a nadie. Se frotó la frente con los dedos de la mano izquierda, salió y miró el patio. No vio a nadie.

Se marchó y, cuando regresó unos días después, sucedió de nuevo. Se marchó por un tiempo más largo y cuando regresó la escuchó susurrar: «¿Esa soy yo? ¡Esa soy yo!».

Sintiendo que estaba a punto de volverse loco, partió para visitar a los dueños originales de Hamama, pero el susurro continuó incesante durante todo el camino.

La vieron desde la distancia y la reconocieron, sabiendo que ella era la única que podría regresar. Se reunieron para esperarla. Cuando llegó supieron con certeza que la habían mantenido bien cuidada durante todo el tiempo que había estado fuera.

—Me temo que el tiempo tratará mal a vuestra amada si se queda conmigo —dijo Jáled.

No respondieron.

—La voy a dejar con vosotros —agregó—. Cuando las cosas mejoren un poco, volveré a por ella.

—Sabes que quien devuelve una yegua no se la vuelve a llevar. Aceptamos la primera vez, ¿pero ahora quieres que lo hagamos otra vez? Nosotros mismos hemos enviado todos nuestros caballos con nuestros hombres. Solamente regresarán aquellos que los hayan sabido proteger. Lo hacemos para que los caballos no sean empleados como mulas en la guerra o se mueran de hambre ante nuestros ojos.

—Pero la perderé si ella se queda conmigo. Soy un hombre perseguido, ¿qué ha hecho ella para merecer ese destino? —dijo Jáled agachando la cabeza.

—Un caballo con un espíritu libre puede soportarlo. —Aquellas palabras le atravesaron como un cuchillo.

—Pero yo no puedo.

—¿La amas tanto que no ves otra forma de retenerla más que abandonarla?

Jáled volvió a bajar la cabeza, tratando de evitar que las lágrimas desbordaran sus ojos y luchó con todas sus fuerzas para preservar el secreto que le había llevado a hacer lo que estaba haciendo.

De repente, el jeque Muhámmad Alsadat gritó:

—¡Ibrahim!

En cuestión de segundos, un joven de no más de dieciséis años estaba de pie frente a ellos.

—Sí, señor.

—Hamama es tu responsabilidad ahora. Cuídala bien.

—Descuide, señor.

Sin tiempo que perder, montó sobre ella y se alejó mientras los demás miraban, hasta que desapareció en el horizonte. Para Jáled, el único horizonte era el que podía ver con la cabeza agachada.

Seres queridos en la puerta

Después de varios años de arena, el invierno resolvió el asunto.

Aziza, que había vuelto a vivir en la casa de su padre con sus hijos, no podía dormir con el ruido de la lluvia torrencial. La lluvia que había despertado a Alhadia. Estaban tan contentos que algunos de ellos se quedaban en sus puertas, mirando hasta altas horas de la madrugada. Dio vueltas en la cama hasta que supo que había llegado el momento. Con la cabeza bien cubierta corrió al corral y ordeñó dos vacas. Cuando salía del corral oyó que alguien llamaba a la puerta del patio. Corrió a abrir. Después de todo, ¿cómo podría uno, con buena conciencia, dejar a alguien afuera bajo ese diluvio? Pero cuando abrió la puerta, no vio a nadie. Se volvió para cerrarla y, cuando lo hizo, entrevió algo en lo que no había reparado antes: unos huesos que el agua de la lluvia arrastraba con violencia. No tardó en darse cuenta de que eran huesos humanos. Había un hueso del brazo, un hueso de la pelvis, dos huesos de una pierna, los huesos de una mano y una calavera. Estaba tan aterrorizada que el cubo de leche se le cayó de la mano y la leche se mezcló en el agua fangosa.

Observó la corriente blanca hasta que desapareció y comprendió que algo extraño estaba ocurriendo.

No gritó ni llamó a nadie. Dejó la puerta balanceándose detrás de sí y subió a la colina. Dirigiéndose al cementerio, siguió el camino por el que caía el torrente de agua colina abajo. Con cada paso que daba se aterrorizaba todavía más. Los latidos de su corazón iban cada vez más y más rápido.

Subía sin parar y, mientras lo hacía, se encontraba con más y más restos arrastrados por la corriente. Por fin llegó al cementerio y, como si supiera exactamente lo que había ocurrido, se dirigió a las tumbas de sus dos hermanos, situadas en el lugar donde el cementerio terminaba y la colina comenzaba su descenso.

***

Aquel día, mucho tiempo atrás, Munira había dicho:

—Cavad aquí para que yo pueda ver sus tumbas desde mi casa.

Todos habían respetado su dolor y, de acuerdo con su ruego, se habían asegurado de que ninguna otra tumba bloqueara la vista de las tumbas de sus hijos.

Cuando Aziza llegó a las tumbas, vio cómo el agua arrastraba la tierra, sacando lo que quedaba de los dos cadáveres en sus fosas.

Aziza permaneció mucho tiempo bajo la lluvia, incapaz de hacer nada más que observar la corriente, mientras se inundaba su corazón. Dio media vuelta y regresó, esta vez caminando por el borde del arroyo. Mientras caminaba, los restos de sus hermanos la acompañaban sin rumbo. Cuando llegó hasta la puerta, descubrió que todos sus huesos se habían acumulado allí. Desapareció dentro de la casa. Cuando volvió a salir, lo hizo escondida entre los pliegues de una capa negra y se alejó a lomos de Yalila.

***

La buscaron durante mucho tiempo, en la casa, en el establo…. Cuando vieron que no estaba, supieron que algo grave había sucedido. Con Munira pegada a sus talones, Hach Mahmud salió corriendo hacia la puerta, ajeno al chaparrón que estaba cayendo. Al abrirla, se topó con la misma sorpresa que Aziza.

Horrorizados los dos, se dirigieron al lugar por el que el agua fluía hacia la casa y antes de llegar al pie de la colina, se dieron cuenta de lo que había sucedido. Con el barro embadurnándolo todo, Hach Mahmud regresó corriendo a la casa. Una vez allí, todo lo que pudo hacer fue recoger los huesos con manos temblorosas y depositarlos dentro del patio. Mientras, Munira se quedó en lo alto de la colina, sin aliento por el impacto.

***

El agua sobrepasaba la estructura del puente. Sin embargo, la yegua obedeció las órdenes de Hach Mahmud y cruzaron la desenfrenada corriente. Cuando llegó al otro lado, lo único en lo que podía confiar era en que Yalila no dejaría sola a Aziza.

No había podido alcanzarla. Pero estaba seguro de que solo había un lugar al que podría haber ido. Pasó por los olivares en dirección a la aldea de Alhabbab, pero antes de llegar, la vio en su camino de regreso.

Instó a su caballo a que se acercara, pero cuando llegó a donde estaba, pasó junto a él como si no lo hubiera visto. Dio la vuelta, se acercó y extendió la mano. Aziza gritó asustada.

—Soy yo —dijo con un tono tranquilizador.

Inclinándose hacia un lado, tomó las riendas de Yalila. La yegua levantó la vista y la miró por un momento. Luego volvió a su andar monótono. El agua los empapaba y cada vez que sus piernas se llenaban de salpicaduras de barro, la lluvia los lavaba nuevamente.

Cuando llegaron al puente, la mitad del pueblo estaba esperando del otro lado: mujeres, niños y ancianos.

***

Durante largos años, la lluvia se ausenta, pero entonces, de repente, se abren las puertas del cielo de par en par. La sequía había sido necesaria para que llegara este diluvio.

—Fueron necesarios todos los inviernos secos para que entendiera el mensaje —dijo Aziza. Luego, como queriendo responder a la supuesta pregunta de alguien, agregó—: ¿Si lo había olvidado? No, no lo había olvidado, pero he estado a punto de perdonar.

—¿Qué pasó cuando fuiste allí? —le preguntó Hach Mahmud.

Ella no respondió.

Entonces comprendieron que había matado a su esposo.

***

Cuando cesó la lluvia, la gente de Alhadia recogió los huesos de los hijos de Munira y subió a la colina para volver a enterrarlos. La tierra blanda y fangosa respondió rápidamente a sus palas. Algunos de ellos comentaron que era la primera vez que la tierra estaba así desde hacía años. Pusieron los restos de los dos en una sola tumba.

—Tal vez fuera esto lo que querían desde el principio —dijo Munira.

***

Al mediodía, la llanura se llenó de jinetes: jinetes forasteros en busca de venganza. Cuando llegaron, se dieron cuenta de que el horror que les esperaba era peor que el que dejaban atrás. La muerte parecía planear en el ambiente. No se atrevieron a acercarse más. Comprobaron que la gente del pueblo estaba fuera de sí y la sangre les hervía en las venas. Entonces se retiraron.

***

Apenas el día había llegado a su fin cuando la noticia recorrió todas las aldeas: Sarafand, Tall Alsafi, Aggur, Bayt Yamal, Zikrin, Zakariya, Albreig, Summeil, Artuf, Bayt Yibrín, Aldawayma, Dura, Qabiba, Asqalán. Pasaron por Aldahiriya, Bayt Hanún y por Iraq Alsueidán, y muchas personas de Hebrón, Nablus y Jerusalén aseguraron que se habían enterado de lo sucedido.

Toda la región quedó conmocionada por la historia, que tenía una nota solemne y asombrosa sobre la que nadie podía evitar reflexionar. Cuando los jinetes regresaron al día siguiente, no se contaban más de treinta o cuarenta hombres. Permanecieron mucho tiempo de pie en la llanura, mientras sus caballos, inquietos, trotaban en círculos. Alhadia los observaba, atenta y lista para la acción. Con el paso del tiempo, los jinetes, uno tras otro, empezaron a marcharse. Al final, solo quedó uno, cabalgando en su caballo sin cesar durante buena parte del día. Avanzaba periódicamente en dirección a la aldea hasta llegar al límite de su territorio. Luego se retiraba rápidamente para regresar al punto del que había partido.

Lo habían reconocido. Al caer la noche, lo envolvió la oscuridad.

Los vientos de Alhabbab

Inesperadamente para todos en Alhadia, Alhabbab visitaba a menudo la aldea y nunca se perdía un día de mercado.

Llegaba a caballo, rodeado por varios de sus hombres, recorría el mercado y compraba tantos camellos de pura raza como podía. Algunos beduinos se veían obligados a vender sus preciosos camellos, pues aún no habían cosechado las bendiciones que trajeron las copiosas lluvias de aquel año.

Alhabbab era un experto en ese tipo de compras, podía reconocer fácilmente a un camello de pura raza, macho o hembra. Incluso conocía sus tipos, nombres y orígenes. Entre los beduinos y los habitantes de las aldeas, las camellas ocupaban un lugar de honor, que rivalizaba incluso con los caballos purasangre. Por esa razón sus propietarios tenían documentos oficiales que probaban los linajes y la pureza de sus animales.

***

La presencia de Alhabbab en el mercado causó mucha confusión. No fue evidente al principio, pero con el tiempo algunos comenzaron a evitar el mercado de Alhadia, prefiriendo ir a otros mercados que, aunque más alejados, eran más seguros.

El poder de Alhabbab radicaba no solo en la autoridad que ejercía, sino también en su fuerza física. Como si quisiese desafiar a todos con su imponente presencia, comenzó a frecuentarlo con regularidad.

Las camellas que traían al mercado eran siempre un modelo de belleza: su altura, la pureza de su color, sus cuellos largos y gráciles, sus cabezas diminutas, su pelo corto y, lo más importante, su tremenda capacidad para soportar las dificultades. Una camella de pura raza gana en energía y fuerza cuanto más se aleja en un viaje, cualidad que comparte con los caballos purasangre.

Era habitual ver llorar a un beduino mientras le entregaba las riendas de su camella a un comprador. Lo que no resultaba de recibo era que muchos beduinos se veían obligados a vender sus camellas a Alhabbab a precio de saldo.

Alhabbab se acercaba desde la distancia con los ojos fijos en un camello o una camella en particular y, a veces, en una yegua. Mientras se dirigía al dueño del animal, la gente se retiraba para dejarle paso y cualquiera que observase el mercado desde una distancia o elevación suficiente podía ver cómo se dividía por la mitad en el momento en que lo atravesaba. El pasillo que se formaba permanecía desocupado por un tiempo. Nadie se atrevía a acercarse por temor a que Alhabbab regresara.

No contemplaba la camella para averiguar si era de pura raza o no, porque lo había advertido a primera vista, sino para alegrarse el corazón con su presencia.

***

La debilidad que Alhabbab mostraba ante una camella o un caballo de pura raza era algo que lo acompañaría siempre, incluso hasta su famoso final. Llamaba la atención que nunca fue partidario de arrebatar por la fuerza un animal a su dueño en el mercado, cosa que en cambio sí podía suceder si veía una mujer o una chica hermosa.

No tenía reparos en detenerse en cualquier campo, sin apearse del caballo, y decirle a un campesino que trabajaba junto a una mujer:

—¿Quién es esa?

—Es mi esposa —respondía el hombre.

—¡No, es mi esposa! —era la respuesta indignada de Alhabbab, que luego continuaba—: ¿Cómo te atreves a decir que mi esposa es tuya?

En muchos casos, simplemente le pegaba un tiro en la frente al marido. Y antes de que la mujer pudiese reaccionar, se inclinaba y con una mano la levantaba hasta la grupa de su caballo para ponerse de nuevo en camino. Los que hubieran presenciado el espectáculo, sin atreverse a pronunciar una sola palabra, se quedaban con lágrimas en los ojos y en silencio.

Por fortuna, no hubo más incidentes de este tipo desde que se casó con Rayhana.

Aquí, en el mercado, las cosas eran diferentes. Estrechaba la mano del vendedor, aunque, en lugar de soltar la mano del hombre, la sostenía apretada.

—¿Cuánto quieres por ella? —preguntaba.

—Veinte *mayidíes*.

—No, siete.

Así comenzaba la transacción comercial real, que siempre terminaba a su favor. Los dedos gruesos de Alhabbab se cerraban sobre la mano del hombre y apretaban gradualmente para que este se sintiese cada vez más abrumado.

—Quince serían suficientes.

—He dicho siete.

Mientras tanto, los poderosos dedos continuaban con su asalto brutal, hasta que la frente del vendedor y luego, gradualmente, su cuerpo entero, comenzaran a chorrear de sudor. A pesar del dolor insoportable, se veían incapaces de gritar, ni siquiera de quejarse, por temor a parecer débiles ante los demás.

***

Algunos vendedores hacían un gran esfuerzo para no rendirse. Algunos se las arreglaban para vencer su dolor y soportarlo por más tiempo. Sin embargo, el resultado siempre era el mismo. No había nada que objetar ante una palabra de Alhabbab. Cuando pronunciaba su veredicto y fijaba un precio, ningún poder en el mundo podía torcer su voluntad. Su autoridad era todavía más imponente que el propio dolor que infligía. Tal vez lo que mantuvo a mucha gente en el mercado fue que nadie quisiese admitir que se había visto obligado a vender porque no había sido lo suficientemente hombre para soportar el dolor.

Hach Mahmud se mantuvo al margen de estos asuntos. Observando las cosas a distancia, veía a Alhabbab simplemente como un comprador más. El número cada vez menor de asistentes al mercado en Alhadia comenzó a preocuparle, particularmente en vista de que los precios no bajaban, salvo si Alhabbab era el comprador. Pasaría mucho tiempo hasta conocerse la razón.

El espectro de Aládham

Mientras Alhabbab se abría paso por el mercado de Alhadia, todos lo miraban temerosos, sin que nadie se atreviera a interponerse en su camino.

Le era suficiente con caminar entre la multitud para saber lo que quería. Ver el terror en los ojos de la gente le producía una gran euforia.

Comenzó a desmontar de Alhamdaniya, pero antes de que su pie tocara el suelo, la imagen de Aládham pasó por su mente y casi tropieza.

Agarró el cuerno de la silla de montar. Entonces, como si se hubiera convertido en una estatua de sal, se congeló por unos momentos antes de sacar el pie del estribo.

La imagen de Aládham se materializó al otro lado de su yegua. Lo había visto en carne y hueso, parado allí, sin una silla de montar o un cabestro. Su negrura brillaba a la luz del sol como la superficie del mar en una noche oscura. Un mar iluminado por los rayos de una luz que viene de la nada. El caballo se volvió hacia él y lo miró, luego se dio la vuelta y se alejó.

Las facciones de Alhabbab se nublaron, envueltas en una capa de frío gris, mientras observaba cómo el caballo se alejaba hasta desaparecer.

***

Detestaba aquellas visiones negras que lo inquietaban todo el día. Pensó en regresar allí. Pensó en su revólver. Pensó en una bala que atravesase toda esa terquedad. ¡Después de todo, nada es más eficaz para matar a un caballo recalcitrante que una bala!

Sin embargo, no regresó. De esta decisión se arrepentiría mucho más tarde.

Entonces recordó que había visto una potra castaña con un resplandor blanco en la frente. Se abrió paso entre la multitud y la vio de nuevo. El vendedor se dio cuenta de que el día de su desgracia había llegado. Trató de alejarse, pero Alhabbab gritó:

—¿A dónde vas? ¡El mercadillo no ha terminado todavía!

Se detuvo y se enfrentó a Alhabbab, sin saber exactamente lo que le esperaba.

***

Mientras Alhabbab abandonaba el mercadillo, satisfecho con la potra castaña que había comprado y tras dejar a su antiguo dueño llorando de rabia y humillación en un lugar apartado, vio a un beduino a lo lejos, con una camella de deslumbrante belleza.

No era el único que la había visto. De hecho, todos los allí presentes se fijaron en ella. Se hizo el silencio en el mercadillo cuando se dieron cuenta de que la víctima iba camino a la trampa por su propio pie.

Sin embargo, el beduino pasó de largo del mercado. Entonces, comprendieron que no había venido a vender el camello, sino que estaba de paso.

—¡Eh, hermano! —Alhabbab lo saludó.

El beduino, con el rostro cubierto por completo, se detuvo, al igual que su camella, y se volvió hacia donde venía la voz.

—¿Sí?

—¡Que Dios te bendiga! —respondió Alhabbab, medio burlonamente—. ¿Está la camella en venta?

—Una camella como esta no se puede vender —dijo el beduino con voz ronca.

Alhabbab se acercó a él, confiando en que el siguiente paso que diera esa camella lo daría con él y con nadie más.

—Dios y su mensajero declararon lícita la compraventa —fanfarroneó Alhabbab acercándose.

—Una camella como esta no se puede vender —repitió el beduino.

—¿Por qué blasfemar contra lo que Dios y su mensajero declararon como permitido? —dijo Alhabbab.

—¡No hay más dios que Dios y Muhámmad es el mensajero de Dios! —respondió el beduino.

Todos los ojos se posaron en ellos. Todo el mundo se olvidó de sus asuntos. La gente se acercó ansiosa para ver lo que pasaba, aunque todos intuían el final nefasto que le esperaba al beduino.

***

Al acercarse al beduino, Alhabbab le tendió la mano y los allí presentes contuvieron el aliento.

El beduino también le tendió la suya.

—Reza por bendiciones para el Profeta.

—¡Oh Dios, envía bendiciones al Profeta! —rezó el beduino.

—Te doy quinientas piastras por ella.

—Una camella como esta no se puede vender.

Alhabbab apretó la mano del beduino un poco más fuerte.

—Te doy veinte piastras más.

—Una camella como esta no se puede vender.

Cuando el beduino miró por el rabillo del ojo hacia el mercado, pudo ver que todos se fijaban en él y en su interlocutor.

—Que sean quinientas cuarenta.

—Una camella como esta no se puede vender.

Todos contuvieron la respiración, preguntándose qué sucedería después.

En el momento crítico, el beduino comenzó a apretar con mucha fuerza la mano de Alhabbab. Este percibió algo diferente esta vez, algo inesperado. La imagen de Aládham pasó por su mente una vez más y se dijo a sí mismo: «Una visión negra dos veces en un día es un mal presagio».

—Que sean quinientas cincuenta.

—Una camella como esta no se puede vender.

En ese punto, unas gotas de sudor comenzaron a brillar en la frente de Alhabbab y muchas personas las vieron.

En lugar de retirar la mano, Alhabbab continuó:

—Que sean seiscientas piastras. Y eso es todo lo que puedo ofrecer.

—Una camella como esta no se puede vender.

Cundió el terror entre los presentes. Para entonces, todos estaban empapados en sudor. Fluía por sus cuerpos en torrentes, empapando sus ropas y convirtiendo el suelo del mercado en un mar de barro. Al mismo tiempo, un viento frío comenzó a soplar, enviando escalofríos a sus vértebras. Por suerte, llegó a continuación una brisa sofocante.

El hombre que había vendido la potra castaña regresó, por la curiosidad que le causaba el silencio que reinaba en el mercado. Pero no se acercó, para que nadie viera los restos del llanto en su rostro.

Alhabbab tomó conciencia de que había perdido, de que estaba viviendo el día más negro de su vida, e intentó retirar la mano. Pero la diabólica diestra del beduino apretaba cada vez más fuerte. No podía gritar de dolor, pero ya no era capaz de soportarlo por un momento más.

—¡Que sean mil seiscientas piastras entonces! —gritó.

En ese momento, los ojos de los presentes brillaban con maliciosa alegría, sabiendo que la batalla ya estaba decidida.

Mientras cerraba los dedos con una fuerza aún mayor sobre la mano de Alhabbab, el beduino dijo con calma una vez más:

—Una camella como esta no se puede vender.

***

Alhabbab recordó el día en que la espada se hundió en su carne. Recordó que casi gritó, pero aguantó y con ese gesto lo ganó todo: su vida, su poder, prestigio y un nombre que inspiraba temor a propios y extraños. Por desgracia para él, las cosas ya no iban a su favor, ni siquiera cuando trató de salir del aprieto con otras mil piastras.

Estuvo a punto de gritar: «¡Que sean tres mil seiscientas piastras!», pero antes de que pudiera hablar, notó que su voz se ahogaba en lo más hondo de su pecho, ya sin aire.

El beduino se percató de que el asunto estaba resuelto. Sabía que todo lo que tenía que hacer ahora era apretar un poco más, ya que la mano de su oponente había perdido fuerza, se había quedado flácida entre sus dedos. Dio un último apretón y todos se quedaron sin aliento al ver que las rodillas de Alhabbab se doblaban y se hundían en el barro.

Incluso entonces, el beduino se mantuvo aferrado, hasta que se aseguró de que la derrota de su adversario había llegado al límite.

Al final, lo soltó. Dio media vuelta y se alejó con su camella.

Con los ojos fijos en la espalda desprotegida del beduino, Alhabbab intentó alcanzar su revólver con la mano derecha, pero fue en vano. Lo intentó con la mano izquierda, pero cuando lo hizo, escuchó el rugido de la multitud, que se abalanzaba sobre él amenazante, dejando claro que cualquier movimiento en falso significaría su muerte.

Su mano izquierda regresó al suelo. Usó el brazo izquierdo para apoyarse y se levantó.

De repente, gritos de júbilo llenaron el aire mientras la gente corría tras el beduino, que se detuvo a hablar con ellos.

—¿Quién eres, hermano? —preguntaron.

—Uno de vosotros —fue la respuesta, en una voz completamente diferente.

Con dificultad, Alhabbab se subió a la silla de Alhamdaniya y se fue. Dejó atrás la potra que había comprado, desconcertada por su inesperada libertad, hasta que un hombre se acercó y tomó sus riendas.

—Eres la única persona digna del honor de devolvérsela a su dueño —le dijo al beduino.

—¡Riduán! —llamó el hombre. No hubo necesidad de que llamara otra vez.

La gente se apartó para abrir paso al dueño de la potra, que salió de entre la multitud.

Jáled le ofreció las riendas al propietario. Sin embargo, las manos del hombre estaban ya ocupadas abrazando a quien le había devuelto no solo su caballo, sino también su dignidad.

Todos se acercaron con entusiasmo para abrazarlo. A lo lejos, se podía ver a las gentes de Alhadia corriendo hacia el mercado, sabedores de que algo de suma importancia había ocurrido. De hecho, muchos de los aldeanos lamentaron durante largo tiempo el no haber estado allí para presenciarlo con sus propios ojos.

Cuando Hach Mahmud llegó, le cedieron el paso. Se acercó al beduino y lo abrazó. Mientras lo hacía, este le susurró al odio: «¡Tenemos que estar listos para cualquier cosa, padre!». Hach Mahmud se apartó y levantó el pañuelo que cubría la cara del beduino. Al hacerlo, todos se quedaron estupefactos.

***

Con su claridad angustiosa, este suceso fue el preámbulo de los días más oscuros de Alhabbab, días que pronto desatarían tormentas siniestras. Antes de que Alhabbab supiera el nombre del beduino que lo había cubierto de deshonor ante el sonido de los jubilosos gritos que llenaron el mercado, todo terminaría de una manera inesperada.

Prólogos posteriores

La noche anterior, Jáled montó sobre la silla de Rih y galopó a toda velocidad para ver al jeque Náser Alali. Bebió su café y, después de la cena, dijo:

—Quiero pedirte algo, padre.

—Te daría mis ojos si me los pidieras.

—Benditos sean tus ojos. Quiero la camella más hermosa que poseas. La tomaré prestada esta noche y te la devolveré mañana al atardecer.

—Me parece bien, ¿pero no te gustaría decirme para qué la quieres?

—Te lo contaré todo más adelante, si Dios quiere.

—No me has dicho cómo está Hamama.

Jáled bajó la cabeza, su silencio valía más que mil palabras. El jeque Náser podía apreciar la herida que había visto por primera vez en el corazón de Jáled cuando acudió a él, roto, unos años atrás.

Cuando vio la camella, Jáled supo que le habían traído la mejor que tenían. Lo supo por su tono blanco apagado, su pelo corto y sedoso, su altura imponente y el largo cuello, que terminaba con una diminuta cabeza, iluminada por unos brillantes, hermosos y traslúcidos ojos que resultaban arrebatadores.

—Esta es Samha. Estoy seguro de que no necesito decirte cómo tratarla.

***

Jáled pasó la noche en la casa del jeque Náser Alali y antes de la llamada a la oración del alba, inició su marcha hacia el mercado de Alhadia.

Aziza se encontró con él en el lugar donde habían acordado, en el extremo oriental de Alhadia.

Le entregó las riendas de Rih.

—¿Has traído lo que te pedí?

—Está todo listo.

Jáled tomó un paquete de la mano de su hermana y se fue detrás de un roble. Cuando reapareció, era una persona diferente.

—¿Cómo me ves? —le preguntó.

—¡Irreconocible! Si no te hubiera dado yo misma esa ropa y te hubiera visto ocultarte para cambiarte, no te habría reconocido. De verdad.

—Es hora de irme. Me encomiendo a Dios.

Un primer final

Fue la semana más negra que Alhabbab recordaba. En el trayecto de vuelta a casa, no dejó con vida ni uno solo de los animales que vio en el suelo o en el cielo, humilló a todas las personas con las que se cruzó, ya fuera hombre o mujer, y partió todas las ramas que se le pusieron por delante. Cuando llegó a las afueras de su pueblo, disparó contra la primera camella que vio.

El polvo llenaba el horizonte y, cada vez que se despejaba, había sangre salpicando los muros de piedra que separaban los campos, la tierra de los caminos y las hojas de los árboles.

Cuando llegó a su casa, galopó por el patio a tal velocidad que quienes lo vieron pensaron que quería saltar las tapias y el establo con Alhamdaniya.

***

Su yegua se detuvo, hundiendo sus pezuñas profundamente en el suelo. La desmontó y, con una mano temblorosa, sostuvo su revólver firmemente contra la frente de Aládham. Al darse cuenta de lo que estaba pasando, el animal retrocedió un par de pasos. En ese momento, se le apareció la cara de Rayhana. Sonreía y su mano derecha descansaba sobre el lomo de la yegua.

—¿No has encontrado otra forma de dominarlo que hacer de esa bala tu silla?

Alhabbab dio un paso atrás. Al hacerlo, Aládham dio un paso al frente y lo inmovilizó contra la pared. La imagen de Rayhana desapareció como si hubiera abierto una puerta invisible en el cuerpo de Aládham y se hubiera metido dentro.

Levantó el revólver otra vez, cerró los ojos y apretó el gatillo con todas sus fuerzas, como si quisiera aplastar la mano que lo había cubierto de vergüenza.

Los otros caballos relincharon con agitación, desgarrando el aire con sus pezuñas y su miedo. Pero ni siquiera todo el barullo pudo ahogar el sonido del golpe sordo y trémulo causado por el enorme cuerpo cuando se desplomó en el suelo. Alhabbab volvió a abrir los ojos y miró el cadáver de Aládham. Después, se dio la vuelta y se alejó. Pero antes de llegar al establo, se detuvo y regresó a donde lo había dejado. Empujó la puerta de madera hacia atrás sin prestar atención al estrépito provocado por los gritos de las personas y de los quejidos de los animales. Recordaba vagamente los rostros de las personas que había asesinado. De repente, saltó sobre el cuerpo sin vida de Aládham y se sentó en el costado derecho del caballo. Alhabbab balanceó su cuerpo, pateando el caballo con los talones, como si estuviera instando al cadáver ensangrentado a moverse. Entonces, el lugar se oscureció por las figuras de caballos, jinetes y otras personas que bloqueaban la luz.

Se levantó para irse y tan pronto como estuvo de pie, la luz se extendió libremente otra vez. Se volvió hacia el caballo muerto y vio lo tranquilo que estaba. La tranquilidad del animal lo dejó perplejo. Al dar un primer paso, sintió que sus pies se hundían en el suelo. Se habían hundido en el enorme charco de sangre que había derramado el enorme cuerpo del animal.

Como si estuviera soñando, trató en vano de sacar los pies de las garras de sangre que se habían apoderado de él. Entonces comenzó a gritar y gritar.

Un segundo final

Alhabbab se encerró en su casa y a todos les pareció que había desaparecido de la faz de la tierra. Pidió a su esposa Subhiya que rechazara cualquier visita que viniera a verlo. Cada vez que le pedía algo, ella respondía: «Sí, señor».

Le pidió que cerrara las ventanas y le dijo que tampoco quería ver su cara.

—Sí, señor —respondió ella.

En cuanto cerró la puerta, descubrió una crueldad que ni siquiera imaginaba. Era la crueldad de la oscuridad cuando se cierne sobre un ser vivo. Estaba seguro de que su espíritu se había escurrido entre sus costillas para no regresar jamás. Se ocupó observando la debilidad que invadía su cuerpo en un letargo mortal, rasgando sus entrañas con frías y afiladas cuchillas de color gris.

Por su parte, Rayhana se encerró en su ático, lejos de todo. Lo único que ella sabía era que le estaba esperando una bala que le abriría la frente y convertiría su cuerpo en un gran charco de sangre.

Durante tres noches enteras, y a pesar del zumbido furioso del viento, estuvo oyendo cómo sus pasos se acercaban a la puerta. Sin embargo, se quedaban allí parados tanto tiempo que ella caía rendida en el sueño, mientras esperaba que sucediera algo. Al cabo, de repente, los escuchaba retirarse. Subhiya, a su vez, no permitía que sus hijos se movieran libremente por la casa.

El tercer día, Rayhana abrió la puerta ligeramente y miró hacia afuera. Vio que el cielo estaba despejado. No había señales de polvo, aparte del que se había filtrado por debajo de la puerta y agolpado en un montón de color marrón rojizo. A medio paso de la puerta vio el revólver de Alhabbab, tirado en el suelo como un cadáver.

No sabía qué podía significar que hubiese dejado su revólver allí en el suelo. Abrió la puerta más ampliamente y se agachó. Lo cogió y lo volteó en sus manos. Le sorprendió pensar que la muerte, en toda su magnanimidad, podría ocultarse dentro de una fría pieza de metal ennegrecido. Apuntó con la boca del arma a su rostro y miró dentro. Todo lo que encontró fue oscuridad.

Después de todo, la muerte es oscuridad y en la oscuridad vive.

Se recompuso de nuevo y dejó la puerta del ático abierta. Se dirigió hacia donde estaba él, en la gran sala de reuniones que daba al patio. Sin embargo, cada vez que bajaba un escalón, el número de escalones aumentaba. Siguieron multiplicándose hasta que hubo decenas de ellos. Se quedó perpleja al comprobar que su largo descenso no tenía fin. Hizo una pausa y volvió a mirar hacia los escalones que había dejado detrás. Su impresión se confirmó: no tenían fin, parecían extenderse hasta el cielo. Le asustaba continuar bajando.

También le asustaba pensar en retirarse.

Se quedó congelada entre dos lugares que siempre habían conformado una sola entidad. Aquella siempre había sido una escalera común, que conducía desde un patio a un ático y viceversa.

***

El arma en su mano la trajo de vuelta de su estado de ánimo difuso. La presencia del revólver era la única prueba que confirmaba que había bajado las escaleras y que ahora estaba a medio camino. Era la única prueba que confirmaba que toda la oscuridad estaba dentro de la pieza de metal que sostenían sus dedos. La vida estaba en todas partes, mientras que la muerte se encogía en su interior, enroscada sobre sí misma, como un muelle que observaba a través del cañón del arma, sin importarle nada ni nadie al otro lado.

Temerosa de tropezar, desplazaba cautelosamente los pies.

Pasó al siguiente escalón y, cuando notó la dureza de la piedra, se animó a continuar su descenso.

Él podía oír el ritmo de sus pasos, que algún día habían servido para detenerlo, y advirtió su llegada. ¿Pero cómo podía haber anticipado la llegada de esos pasos antes de su propia presencia? «Solo si abría la puerta», pensó.

Pero ella no la abrió. Se detuvo frente a la puerta un rato largo y luego se retiró.

Cuando llegó al borde de la escalera, dudó y levantó la vista. No vio la escalera que había visto antes, la escalera que llegaba al cielo.

Esto significaba que podría abrir la puerta, apuntarle en la oscuridad y apretar el gatillo. Si lo hubiera hecho, la llamarada del fogonazo habría roto al instante la oscuridad.

Rayhana se acercó de nuevo a la puerta, pero fue incapaz de dar los últimos tres pasos. Hasta ahí habían llegado sus fuerzas.

Hasta allí habían podido acompañarla sus pies.

Al percibir su presencia, Alhabbab sintió las cuchillas frías y afiladas atravesar de nuevo sus entrañas en un tumulto frenético. Al moverse le causaban heridas terribles en su interior.

***

No hay nada peor que encontrarse en presencia de un depredador herido. Pero aquello era incluso más cruel, porque la herida era la de la vergüenza y la de la humillación. Fue como si la herida se hubiera abierto sola sin causa aparente.

Lo que lo atormentaba era la risa que el viento había dispersado como el polvo por doquier, provocando que todos se mofaran de él. «Merecían morir», se dijo.

Los pasos se retiraron de la puerta una vez más. Por primera vez, Rayhana vio a Subhiya asomándose a ella, tratando de adivinar el final.

¡Aládham pasaba por delante de él y relinchaba! Alhabbab yacía en la oscuridad, herido de muerte por una mujer que esperaba que él la matara, y viceversa.

***

Durante los tres días posteriores, se escuchaban los pasos subiendo y bajando. Todo el tiempo la puerta permaneció cerrada. Pero, de repente, Alhabbab puso todo su ser en un grito final: «¡Subhiya!». Lo intentó una, dos, tres veces. Sin embargo, su voz era incapaz de atravesar la distancia árida y seca entre su garganta y sus labios.

Llamó de nuevo y esta vez la casa tembló.

Rayhana se levantó de un salto, asustada, y se dirigió hacia la puerta, lista para cualquier cosa. Descubrió que el revólver aún estaba en su mano, lo que la tranquilizó un poco. Permaneció petrificada en su lugar, envuelta en el silencio y esforzándose por escuchar cualquier movimiento desde el exterior. Más tarde lo oyó: una cadena de pasos que parecían tropezarse unos con otros y el borde de una túnica que barría el suelo con un raspado peculiar, como si se afilara un cuchillo.

Cuando Subhiya lo vio, no pudo evitar soltar un grito ahogado, que sacudió todo su cuerpo.

Allí en la oscuridad, Alhabbab parecía una bolsa de arpillera hecha jirones. No había nada que indicara que fuese él realmente, aunque tenía la certeza de que solo podía ser él.

Se estaba muriendo.

Había necesitado estar solo con su muerte todo ese tiempo para pensar en sí mismo, en sus mujeres, en todo.

—Me estoy muriendo —le dijo.

—¡Dios no lo quiera! —respondió Subhiya, estremeciéndose.

—Escúchame, o de lo contrario…

—¡Te lo ruego, no lo digas! —lloró con los ojos nublados de lágrimas.

Ella tenía miedo de que dijera «tres».

Nunca en su vida había detestado un número tanto como aquel. Su mera mención, en cualquier ocasión, era suficiente para convulsionarla, como si un cuchillo atravesase su pecho, o como si el número se hubiera convertido en un fantasma que podía asustarla en cualquier momento. Si el número aparecía en un sueño, era suficiente para tornarlo en pesadilla.

—No me hagas decirlo.

—Sí, señor.

—Voy a decirte algo que debes llevar a cabo sin pensarlo dos veces.

—Sí, señor.

—Cuando me muera… —comenzó.

—¡Dios no lo quiera!

—Solo escucha. No quiero oír tu voz.

—Sí, señor.

—Te he dicho que no quiero oírla.

Estuvo a punto de decir «sí, señor» otra vez, pero se contuvo, asintiendo con la cabeza. Él permaneció en silencio por un largo rato.

—Más adelante te daré los detalles. Ahora quiero que hagas otra cosa.

Ella asintió.

—Quiero que vayas y les digas a todos los hombres de la región que vengan aquí. Diles que me estoy muriendo y que necesito hablar con ellos de algo muy importante. No quiero que nadie más vaya. Solo tú. ¿Entendido?

Ella asintió y se dirigió rápidamente hacia la puerta de la sala de reuniones. Cuando salió al exterior, pudo sentir el aire regresando a sus pulmones. Fue como nacer de nuevo.

—Rápido, o de lo contrario…

Corrió sin saber hacia dónde iba. Cada vez que se encontraba con alguien en el camino, le contaba la noticia. Corrió y corrió hasta que sintió que se había alejado tanto de su hogar que ya no podría encontrar el camino de regreso.

Estando sola, rezaba que Alhabbab se muriera antes de decir aquella palabra que más temía: «tres». Sin embargo, reprimió su deseo como lo había hecho tantas veces antes. En ese momento, se acordó de la sangre de su sangre que había dejado en la casa. Sus hijos.

Regresó y cuando llegó a la puerta de su casa, los hombres a los que Alhabbab había pedido que vinieran se marcharon. Cuando se iban, negaban con la cabeza y murmuraban:

—¡La vida da muchas vueltas! ¡La vida da muchas vueltas! —Y se alejaron.

***

—Todo lo que quiero de ti ahora es una cosa. —Ella asintió—. Antes de morir, te diré lo que es. —Subhiya asintió de nuevo y se fue.

***

Rayhana no entendió lo que estaba sucediendo. Nunca había visto tanta gente en la casa, gente a la que nunca se le había permitido ni siquiera franquear el umbral. Se sorprendió a sí misma al pensar que había vivido para ver lo que estaba viendo con sus propios ojos.

No obtuvo placer con nada de aquello. Todas las noches, el charco de sangre bajo su cama se agitaba, convirtiéndola en un bote zarandeado de un lado a otro por las olas. Se despertaba siempre aferrando con la mano ese trozo de metal frío que llevaba la muerte en su boca de fuego.

***

—¡Os he tratado injustamente! —dijo rodeado por los hombres que se habían reunido.

No pudieron evitar intercambiar miradas de incredulidad.

—¡Os he tratado injustamente!, lo admito. Perdonadme.

—Nos hayas tratado injustamente o no, ¡que Dios te perdone! —respondieron asustados.

—Os he llamado aquí para que podáis escuchar mi última voluntad con vuestros oídos y de mi boca.

Todos prestaron atención. Cada uno esperaba escuchar algo diferente. Cuando oyeron lo siguiente que tenía que decir, se quedaron estupefactos.

—Solo hay algo que podría expiar las cosas que os he hecho —dijo antes de callarse.

Reflexionó ante sus caras de ojos tristes. Vio en ellos una expresión de incredulidad. Sus ojos brillaban con escepticismo y sus cabezas se quedaron en suspenso, como si no supieran si debían asentir o no.

—Después de morir, quiero que vengáis aquí, que me atéis los pies con una soga y que me arrastréis por la ciudad tres veces. Si queréis, podéis repetirlo más veces. Puede que así Dios perdone mis pecados.

—¿Pero qué estás diciendo? —preguntó más de una voz dubitativa.

—Lo que os acabo de decir.

—Que Dios te perdone —dijo uno de ellos.

—No me privéis de mi última voluntad, por favor.

No daban crédito a sus oídos.

—Que Dios nos dé sabiduría —dijo uno de ellos cuando se marchaba.

—Señor, ten piedad —dijo otro saliendo por la puerta.

La historia voladora

Discutieron durante los tres días siguientes, pero sin alcanzar ningún tipo de consenso. La historia llegó a pueblos lejanos, que comenzaron a esperar la noticia de su muerte. Dondequiera que hubiera puesto un pie, había dejado amargura en los corazones de las personas. Sin embargo, frente a la muerte todos eran más reservados en sus respuestas. La muerte tiene una solemnidad asombrosa.

No llegaron a ningún consenso.

***

—¿Comprendes lo que se supone que debes hacer, Subhiya?

—Pero eso está mal. ¡Es impropio! —dijo ella.

—¡Impropio o no, así será! —le gritó—. Haz lo que digo y no pienses en nada más, o de lo contrario…

—Sí, señor. Pero por favor, no lo digas.

Ella había esperado que le regañase porque no había asentido con la cabeza, pero, para su alivio, no lo hizo.

Esperaba ver la cara de Rayhana por última vez.

***

Era suficiente que Subhiya gritara cuatro veces, cada vez en una dirección diferente, frente a la entrada del ático de Rayhana: «¡Qué desgracia la mía! ¡Ha muerto!».

El viento se encargaba del resto. Y a donde no era capaz de llegar, la gente transmitía su grito de angustia todavía más allá, ya fuera a pie o a lomos de sus caballos, burros o camellos. En menos de dos horas, toda la llanura se había llenado de gente, como si fuera el día de la resurrección.

***

Rayhana no abandonó su habitación. A Subhiya, parecía habérsela tragado la tierra. Cuando la gente llegó, se encontraron con una casa sin señales de vida.

Entraron con temor. Cuando llegaron a la puerta de la sala de reuniones, lo vieron envuelto para su entierro. Yacía cerca de la pared, debajo de la ventana, rodeado por la oscuridad.

—No hay más dios que Dios —dijo uno de ellos.

Los otros repitieron la frase. No pasó mucho tiempo antes de que el caos se desatara. El debate comenzó de nuevo:

—Está bien o no está bien…

—Esto es algo que nuestra religión no aceptaría —dijeron algunos hombres y volvieron al lugar de donde venían.

La amargura se impuso al final, cuando varios hombres, unos más viejos y otros más jóvenes, irrumpieron furiosos entre la multitud.

—¡Esto es lo mínimo que podemos hacer! —gritaron.

Otros les entendieron, así que no se interpusieron en su camino.

Entraron en la casa; uno de ellos sujetando una soga. La ataron a una de las piernas de Alhabbab sin querer verle la cara, o tal vez porque tenían miedo. Lo arrastraron hasta el patio.

Una vez allí, unos empujaban para entrar y otros para salir. Los comentarios que se escuchaban entre la gente eran muy variados. Llegaron a la puerta exterior. Fueron más allá de los altos muros y en ese momento uno de ellos ató la soga en la parte posterior de su silla de montar y montó en su caballo.

Con el grito vengativo de un hombre herido y agraviado, instó a su caballo a avanzar. Muchos otros corrieron tras él. Pero antes de que terminaran la tercera ronda, la aldea estaba rodeada por gendarmes, que habían llegado alertados por los aullidos de Subhiya.

No hubo en la plaza del pueblo un solo hombre, joven o viejo, que los gendarmes no se llevasen detenido. Todos fueron conducidos ante el tribunal militar. Su delito era tan manifiesto como el sol abrasador que lucía aquel día.

Alhabbab los había hecho caer en la trampa de nuevo.

—¡Dios no lo tenga jamás en Su santa gloria! —dijo un hombre.

—Muerto o vivo, estaba empeñado en destruirnos.

Pasaría mucho tiempo antes de que la verdad de lo sucedido se aclarase. Subhiya siguió creyendo que realmente no había muerto y que otro cuerpo había sido arrastrado por las calles. Para ella, Alhabbab podría aparecer en cualquier momento y tras el primer error que cometiese, decir «tres».

Ese sería el final para ella.

A las puertas del día del juicio final

El cielo comenzó a acercarse, rodeando la tierra. Dondequiera que mirasen veían una sólida pared de polvo negro acercándose, como si los pueblos hubieran caído en una trampa infernal de la que no había escapatoria.

Durante tres días sopló un viento tan poderoso que nadie podía caminar en su contra. La gente se refugió en sus casas, llevando consigo todo lo que pudieron.

Metieron sus camellos, cabras, ovejas, caballos, vacas y burros dentro de sus recintos y establos. Miraban a los árboles a través de sus ventanas y de las pequeñas grietas en sus puertas. Los vientos parecían haber llegado para arrancarlos de allí, junto con las llanuras y las colinas.

Con sus oídos podían *ver* volar techos, puertas y cualquier cosa que hubiera en los patios.

Incluso cuando el gruñido del viento se retiró, se mantuvo en forma de arena, arremolinándose alrededor de sí misma, incapaz de escapar más allá de las paredes del horizonte, mientras interminables ríos rojos brotaban del cielo.

—¡Ni que hubiera llegado el día del juicio final! —dijo Hach Mahmud.

Nadie dijo nada.

Aziza, cuyos hijos albergaban en el corazón una sensación muy profunda y angustiosa de orfandad, había estado esperando aquel día desde hacía mucho tiempo. Y lo mismo Munira, que había comenzado a consumirse poco a poco. Albármaki, atormentado día y noche, era incapaz de dejar de rumiar las ironías del destino que habían sellado la suerte de su único hijo. Rayhana, muy lejos en la colina, a quien la sangre de Aládham la levantaba de la cama todas las noches, tendida debajo de ella, se sentía incapaz de recuperar el aliento. Y Sumayya, clavada en la azotea, buscaba con los ojos llenos de polvo un fantasma que esperaba que irrumpiese desde aquella roja oscuridad, sin hacer caso a los que la animaban a entrar.

***

La tierra se revolvía como un manojo de paja, y también el tiempo.

***

El sonido del viento se hacía más y más fuerte, enloqueciendo todo el paisaje. Cerraron las puertas y las ventanas lo más fuerte que pudieron. Todos se refugiaron en la casa grande, desde donde podían oír a los robles doloridos y los crujidos de sus ramas.

De repente, Munira se dio cuenta de que lo que estaban oyendo en la puerta no eran solo las embestidas del viento, sino que alguien llamaba.

Hach Jáled se levantó y fue hacia la puerta. Munira echó un vistazo a la mecha ardiente de la lámpara y pensó que podría apagarse cuando abriera la puerta. Su corazón se encogió. Hach Jáled entreabrió la puerta y salió. Caminó hacia el portón del patio y, cuando lo abrió, escuchó una voz desde el exterior que dividió las pesadas nubes de polvo y dijo: «Es él».

Sonó un disparo que hizo que Hach Jáled retrocediese un par de pasos. Acto seguido cayó al suelo boca abajo.

Corriendo hacia su hermano, Aziza profirió un grito. Sumayya se quedó petrificada. Munira, como Sumayya, también se quedó congelada en su sitio. Afuera, Aziza pudo ver a un oficial británico rodeado por sus hombres.

—¡Mi hermano! ¡Mi hermano! —gritó Aziza.

El oficial y los soldados, con sus armas preparadas, se retiraron y se dirigieron hacia su vehículo, que no había detenido el motor en ningún momento.

Partió al instante. Su ruido se fundió poco a poco con el silbido del viento hasta desparecer por completo.

Aziza salió corriendo, enloquecida, detrás del vehículo militar, pero la polvareda rápidamente lo ocultó de su vista. Era como un fantasma que aparecía y desaparecía, una y otra vez. De lo que no tenía duda era de que había escuchado decir «es él», y de que la persona que lo había dicho no era británica.

LIBRO DOS:
La tierra

Las fiestas de Alhadia

El día que les dijimos adiós, un relámpago brilló y hubo truenos.
El día que los recibimos, de alegría al aire disparamos.
El día que les dijimos adiós, hubo lluvias torrenciales.
El día que los recibimos, embellecimos con alheña nuestros corceles.
Han regresado a mí desde la luz como un sol brillante.
¡Qué alegría la de su hermana, viendo su aparición resplandeciente!
Han regresado a mí desde la tierra del profeta, desde lejos.
Dad la buena nueva de su vuelta a los caballos y a los olivos.
Oh, Jáled, el peregrino que ha regresado del último confín,
¡Tienes el sol en la frente y la alegría en las manos!

La aparición de la caravana de los peregrinos provenientes del mar, que los aldeanos esperaban desde el amanecer en las colinas occidentales, fue suficiente para convertir toda la explanada en una fiesta. Las mujeres cantaron y los hombres dispararon al aire. Las canciones que se escuchaban en los dos barrios de Alhadia se mezclaron para formar una sola celebración. Los jinetes cabalgaban por los campos, sus caballos hacían cabriolas en el aire. Las calles de la aldea se decoraron con banderas blancas, que ondeaban en las azoteas de las casas. La *Kaaba,* rodeada de versos del Corán, había sido dibujada en las fachadas de las casas, donde también se podían ver dibujos de caravanas de camellos y palmeras.

Además, arcos hechos con ramas de olivo, con su característico verde oscuro, coronaban las puertas con elegantes curvas.

***

Regresar a casa después de la peregrinación a La Meca era el equivalente a un nuevo nacimiento. Ni el viaje a La Meca ni el regreso eran fáciles. Todos los años, las caravanas perdían peregrinos debido a las enfermedades, a las dificultades del viaje o a las emboscadas de los ladrones, de los que nadie está a salvo.

Regresar a casa era un nuevo nacimiento. Fuese cual fuese la vida que llevara el peregrino antes, la gente lo miraba a su vuelta con renovado respeto. Un viaje a la tierra del profeta infunde un aura de santidad. Tras su regreso de La Meca, el peregrino es tratado como una persona ungida de sabiduría y sensatez, y la gente del pueblo le otorga un estatus más elevado y una moral más pura.

En ocasiones, el peregrino puede perder su nuevo estatus por culpa de una mala conducta. En ese caso, la gente pondría en duda el valor real de su peregrinación, considerando que fue de poco efecto.

***

Llena el plato con albahaca fresca,
Y un sorbo de rocío te ofreceré.
Del color del cielo tan azul,
Un manto para mantenerte caliente te tejeré.

Durante largos días, las celebraciones en Alhadia no cesaron. Pronto se convirtieron en una inusual competencia, cuando Hach Sabri Alnayyar decidió que los fuegos de sus celebraciones debían durar más que los del otro vecindario. También fue, llevado por la envidia, como decidió ir a La Meca, en cuanto se enteró de que Jáled iba a hacer la peregrinación. Quizás había esperado demasiado. Debería haberlo hecho al menos quince años antes. Nunca le había faltado riqueza y había disfrutado de una posición tan alta como la del propio Hach Mahmud.

Los rumores decían que había sido su tacañería el impedimento para encontrarse con su Señor. Por supuesto, estos rumores habían llegado a sus oídos. Algunos incluso insinuaban que no quería renunciar a ciertos pecados que cometía habitualmente. Sin embargo, no fueron los rumores los que lo empujaron a hacer la peregrinación. La verdadera razón era la envidia. No quería que la gente se refiriese a Jáled como «Hach», mientras él seguía siendo simplemente «Sabri Alnayyar».

***

En la séptima noche de celebraciones, Hach Jáled dijo: «La celebración más grande es la que tiene lugar dentro del corazón de cada persona. Hemos festejado durante días. Ahora es el momento de que examinemos nuestros corazones de nuevo».

Así que no se encendieron fuegos artificiales la noche siguiente.

Parecía un silencio de otro tipo. Un silencio profundo, transparente e inofensivo se había instalado en el vecindario de Hach Jáled. En respuesta, Hach Sabri Alnayyar continuó con sus fuegos por tres días más, antes de convencerse de que ya era suficiente. Quería evitar que la gente creyese que había hecho la peregrinación simplemente por razones de orgullo y prestigio.

La sonrisa de la mariposa

Hach Jáled cogió la muñeca de su hija Tamam en una mano y tomó del bracito a la niña con la otra. Mirando maliciosamente aquel bracito de piel clara, murmuró: «¡Hmm!».

Abrió la boca para mostrar sus dientes blancos y nacarados. «No he comido en dos días y estoy hambriento. ¡Estoy realmente hambriento!». Miró a Tamam, que conocía bien el juego, y preguntó: «¿Es comestible esta carnecita tan tierna?».

Fingiendo tener miedo, dijo con un grito espontáneo: «¡No, no lo es!». Luego, escabulléndose de su prisión, echó a correr. Jáled la siguió por el patio delantero, suplicando: «Por favor, dame un bocado por lo menos, ¡que tengo mucha hambre!».

Dieron tres vueltas alrededor del palomar. Tamam riendo y gritando al mismo tiempo: «¡No! ¡No se come!».

***

La esposa de Hach Jáled abrió la puerta del patio y entró. Vio a su marido persiguiendo a Tamam y sonrió. «¡Corre!», le dijo a su hija, «¡antes de que te coma!» Se apartó, pues estaba bloqueando la puerta del patio, al ver que Tamam venía volando, con Jáled jadeando detrás. Su esposa vio a su hija huir en dirección al prado que se extendía hacia el este, hasta donde alcanzaba la vista.

Se fue corriendo en la misma dirección por la que el sol entraba todos los días en el patio de su espaciosa casa, con sus pequeños techos de yeso y piedra arqueada, que se alzaban altos como los de los viejos zocos cubiertos, conocidos como alcaicerías. Las habitaciones de la casa daban a un área abierta en el centro, donde había un naranjo que todos los años colmaba las cinco habitaciones del edificio y su patio con el aroma embriagador de sus flores. El recinto, con su pesada puerta de madera, prolongaba el patio interior, alrededor del cual las habitaciones estaban dispuestas en tres lados, mientras que en el centro había un antiguo roble.

Hach Jáled le sacaba nueve años. Nueve meses después de casarse dio a luz a Mahmud. Perdió al hijo que le seguía y durante los dos años posteriores sufrió tanto que llegó a la conclusión de que Mahmud sería su primer y último hijo.

Nueve meses después de la partida de los turcos, nació Fátima. Perdió a la hija que vino después de ella y luego tuvo a Musa. Perdió a otra hija y luego llegó Nayi. Volvió a perder a otro hijo y a una hija, y durante los siguientes tres años perdió todas las esperanzas de tener más hijos. Hasta que un día sintió a Tamam, inquieta dentro de ella.

—No estoy segura, pero creo que tengo algo más que hinchazón de gases en el estómago —le dijo a su marido.

Meses más tarde nació Tamam. Para entonces estaba segura de que la muerte y ella compartían los hijos que tenía. Su pensamiento se confirmó cuando se llevó a dos de sus recién nacidos, un niño y una niña, uno después del otro. Entonces dijo:

—Si no lo hubiera pensado de esta manera, esto nunca habría sucedido.

Sin embargo, ahora que conocía las reglas, no le importaba continuar con sus intentos de derrotar a la muerte en su propio juego, solo con un niño más. La muerte retrocedió, pero sabía que siempre estaba al acecho. Durante años, pareció resignada a esta sangrienta división. Entonces, un día Hach Jáled le escuchó decir: «¡Finalmente me he librado de él!».

—¿De qué estás hablando? —le preguntó.

—¡Del período! —respondió ella.

—¿Pero no es pronto todavía?

***

Una mañana, su hija Fátima se puso detrás de él mientras se miraba al espejo.

—¿Puedes verme?

Era un hombre alto y con los hombros anchos.

—No.

—¡Si fuera más alta! —dijo con una risita—. Si Dios me hubiera dado algo de tu estatura, tu piel clara y tus ojos verdes, sería más bonita que esas chicas inglesas de las que hablan.

—Pero tú eres más bonita.

—¿De verdad?

Aunque era alta, nada le preocupaba tanto como su estatura.

Un día, muchos años antes, Fátima le había dicho:

—Los ángeles no están trabajando lo suficientemente duro.

—¿Lo suficientemente duro para hacer qué? —preguntó, curioso.

—¡Para hacerme alta, como se supone que soy!

—¿Y qué tienen que ver los ángeles con tu altura?

Le explicó que, cuando los niños están dormidos, los ángeles se ponen a trabajar. Traen extremidades largas y las instalan en lugar de las cortas, y así es como las personas se hacen más altas.

—¿Y tu cerebro? ¿Te lo reemplazan también?

—No. Para ellos es difícil meterse en mi cabeza.

—Yo sé por qué.

—¿Por qué?

—¡Porque está llena de pájaros! ¡Ja, ja, ja!

***

Desde el día que se casó, Jáled había cambiado totalmente. Era como si le hubiera dado carpetazo a su pasado de una vez. Solamente dejaba de sonreír cuando se enojaba y, cuando eso sucedía, se convertía en una brasa ardiente. Extrañamente, era fácil para él olvidar su enojo y recuperar la sonrisa, que descansaba bajo la sombra de un largo bigote espolvoreado con algunos pelos blancos. En cuanto al cabello, las canas aún no habían ganado terreno.

Su esposa lo sorprendió con tres dones incuestionables. El primero era su habilidad extraordinaria para criar y cuidar palomas, así como su conocimiento de sus diversos tipos y temperamentos. Por ese motivo, ella nunca había insistido tanto por ninguna otra cosa que pudiese querer para su casa como por el palomar.

Su segundo don era su habilidad incomparable como cocinera. Lo dominaba todo, las lentejas, la *muyáddara,* el calabacín relleno, la *mulujía,* y hasta la *maqluba,* que era su especialidad y con la que sacaba a relucir todo su arte. Pero tal vez su mayor don, que bien podría haber sido el secreto de su maravillosa cocina, era su habilidad para catar la leche. Se ponía unas gotas de leche de vaca en la palma de la mano, cerraba los ojos y la probaba. Cuando los abría de nuevo miraba a su familia y decía: «Las vacas han pastado hoy en la llanura del norte», y confirmaban que, de hecho, allí era donde habían pastado. Otro día decía: «Las vacas han estado hoy en Tallet Abbás o en Yábal Alrayhán».

Habían desayunado juntos aquel día antes del amanecer: huevos duros, queso blanco, mantequilla y leche. «Tenemos mucho trabajo que hacer hoy» —dijo entonces su madre. Musa y Fátima asintieron. Lo mismo hizo Mahmud, que había vuelto a casa después de un largo año de estudios. En cuanto a Tamam, parecía estar pensando en las musarañas. Y de Nayi no se sabía ni siquiera dónde se había metido.

—¡Este niño está perdido! —exclamó ante su marido.

—¿Qué pasa? —preguntó su hijo, que en ese instante se despertaba.

—Nada, nada. ¡Que Dios te proteja! —respondió ella.

Siempre había algo que mantenía ocupada la mente de Nayi, lo que le hacía vagar sin rumbo por lugares alejados de la realidad. Solo Fátima conocía el motivo. No tuvo que pensar mucho para descubrirlo, pues tan pronto como lo vio, vistiendo orgulloso la túnica blanca como la nieve y el gorro blanco que su padre le había traído de la peregrinación, supo que tenía que mantener los ojos bien abiertos.

Una sonrisa maliciosa se dibujó en el rostro de Fátima.

—¡Ay! —dijo, intentando ocultar su sonrisa con ambas manos.

—¡Qué raras son las chicas de hoy en día! —exclamó su madre—. ¿Qué habrás visto para decir «ay»?

—Es que me duele cuando me sonrío. —Y repitió—: «¡Ay!».

—Te duele porque es una sonrisa malvada —dijo su madre.

—¡Lo sé! ¡Lo sé!

Por muchas razones, Hach Jáled permitía que sus dos hijas crecieran sin cargar con ninguna responsabilidad. Les dio libertad, tal como había hecho con Hamama, su preciosa potra, que había sido preservada de cualquier daño por la devoción y el respeto que le profesaba.

¡Cómo deseaba poder olvidarla! ¡Cómo deseaba poder olvidar la derrota que había sufrido en lo más hondo de su alma cuando supo que tendría que abandonarla para regresar, en su sano juicio, con su padre y con su madre!

Su esposa guardó la comida sobrante y comenzó a buscar a Fátima, a Tamam y a Nayi. No pudo encontrarlos.

—¿Dónde están los niños? —preguntó ella.

—Musa ha salido delante.

—¿Y los otros?

—Sabe Dios.

Sumayya salió corriendo con la esperanza de alcanzarlos antes de que se alejaran demasiado.

—Vas a echarlos a perder —le recriminó cuando regresó.

Mostraba la misma sonrisa malvada que Fátima le había enseñado, con los brazos cruzados sobre el pecho. Intentó sin éxito parecer digno. Cuando borró la sonrisa de su rostro, la miró como si tuviera la misma edad que su hija Tamam.

—¡Es suficiente por hoy! No hay necesidad de que se preocupe más. —Lo dijo como si se hablara a sí mismo.

—¿Es suficiente para quién? ¿Para mí? Además, ¿con quién estás hablando?

—¿No he dicho que ya es suficiente? ¿Veis? Ya se está enfadando.

—¡Acabarás volviéndome loca! —dijo.

Entonces, abrió los brazos y soltó tres chillidos de alegría, al tiempo que sus hijos salían de debajo de su gigantesca capa.

***

—Son niños, Sumayya. ¡No les pidas más de la cuenta! —le dijo esa noche.

—¡Niños! ¿Qué estás diciendo, Hach? ¡Empecé a interesarme por ti antes de tener la edad de Fátima! ¡Y dices que son niños!

—Mientras estén en esta casa, seguirán siendo niños.

—¿Y cuánto tiempo durará eso?

—Mientras estén en esta casa.

—Ayer, tu tía Anisa me dijo: «Me temo que Mahmud no servirá para las mujeres». «¡Dios no lo quiera!», le dije. «¿Qué es lo que le falta?» Y ella respondió: «¡Que comience a romper platos!».

—Pero aún no tiene doce años ¡y no ha terminado sus estudios!

—No, ya ha cumplido trece.

***

El escondite favorito de los niños era bajo la capa de su padre.

Habían comenzado con la tradición una fría noche de invierno, pero nunca perdían la oportunidad de esconderse bajo la capa de su padre, incluso en los días de verano en los que la llevaba puesta. Caminaban bajo la capa mientras él recorría el patio. Una risa desenfrenada estallaba cada vez que escuchaban a su madre preguntar felizmente dónde podrían estar.

Pero de eso hacía mucho tiempo.

—Cualquiera que te haya visto jugar con ellos no se creería que eres el líder del pueblo.

—Soy el líder del pueblo fuera de estas paredes. Dentro de ellas soy su padre y eso es todo lo que soy.

Sumayya se sentía feliz del amor que su padre les daba, pero al mismo tiempo la asustaba la idea de que ese mismo amor los echara a perder.

—No sé por qué, pero me da la sensación de que esta es la última vez que se esconden bajo mi capa.

El corazón de su esposa se encogió ante sus palabras.

—¡Dios no lo quiera! —susurró casi entre lágrimas.

—Están creciendo rápido y eso me pone triste.

—¡Te da miedo no tener con quien jugar!

***

Hach Jáled recordó los días en los que visitaba Alhadia a escondidas, con más frecuencia gracias a la despreocupación del Estado otomano por perseguir a los que huían de la gendarmería. Había llegado un momento en que podía pasar más de una noche en Alhadia, y hasta caminar por sus calles sin nada que temer. Recordó cómo Sumayya, la hija de Albármaki, saltaba de alegría de un lugar a otro solo para estar cerca de él. Pensó que esa era la alegría más pura y más noble de todas: la alegría porque sí. Después de todo, no era ni su hermana, ni su madre, ni su tía, ni su padre. Parecía una mariposa que revoloteaba a su alrededor y, a medida que pasaban los días, crecía en su interior la secreta sensación de que ella sería su ángel de misericordia.

Sumayya lo seguía y él lo sabía, así que evitaba darse la vuelta para mirar. La sentía frente a él cuando estaba detrás, a su izquierda, a su derecha y revoloteando sobre él. Un día se detuvo cuando lo estaba siguiendo y ella se quedó clavada en su sitio. Después de un tiempo, sin que él diera un solo paso hacia adelante o hiciera un solo movimiento, el corazón de Sumayya se inundó de alegría. Todavía recordaba lo que había hecho cuando comenzó su larga espera por Yasmín en el campo, con Hamama apoyada en su hombro.

Su madre, Munira, que nunca apartó los ojos de él, vio lo que estaba sucediendo. Junto a ella estaba su hermana Aziza.

Anisa los vio de pie allí, como un par de estatuas.

—¿Qué estará pasando? —exclamó.

No escuchó ninguna respuesta. Luego, con mucho esfuerzo para levantarse, a pesar del dolor en las rodillas, que se volvía casi insoportable algunas temporadas, se acercó para unirse a las otras dos mujeres.

—¿Ves lo que veo? —le preguntó Munira.

—¡Mis ojos están entre las cosas que todavía me funcionan en el cuerpo! ¡Claro que lo veo!

En ese momento, Jáled se giró y caminó hacia Sumayya, que no movió ni un dedo. Caminó hacia ella y la miró a la cara por un buen rato. Ella se sentía tan vulnerable que solo deseaba que la tierra se la tragara. Sus profundos ojos negros iluminaban un rostro infantil que era la imagen de la inocencia y la malicia a la vez. Nunca en su vida había visto un par de ojos que se movieran como los de ella, mirando recatadamente al suelo y traviesamente hacia él.

Sin previo aviso, dijo algo que Sumayya no había ni tan siquiera soñado:

—Si te comportas, me casaré contigo.

—¿De verdad?

—De verdad.

El mundo dio mil vueltas a su alrededor y cayó inconsciente al suelo.

Aziza fue corriendo y Munira la siguió pisándole los talones. Hombres, jóvenes y viejos, corrieron para ayudar. Pero antes de que llegasen Jáled ya la había despertado.

—¿Va todo bien? —preguntaron varias personas.

—¿Va todo bien? —le preguntó Jáled.

Sumayya se puso de pie e intentó caminar. Sin embargo, sintió como si sus pies se hubieran quedado clavados en aquel lugar. Durante años y años, la misma sensación le volvía cada vez que pasaba por allí y daba vueltas alrededor de aquel espacio que nadie podía ver. Era como un carro que gira sin cesar en una rotonda de Haifa, de Yafa o de Jerusalén.

Después de aquel incidente, Sumayya no volvió a dejarse ver por las calles del pueblo. Sumayya no se dejaba ver por el pueblo, a menos que fuera por causa mayor. Su desmayo fue tan recordado que la gente lo tomó incluso como referencia temporal para ordenar los acontecimientos de sus vidas.

Al cabo de dos meses, las cosas habían cambiado para Jáled y realmente la echaba de menos. Había quedado cautivado por la forma en que movía los ojos en el centro de ese espacio inocente, pero travieso, que formaba su rostro de niña.

—Ha llegado la hora de romper los platos —le dijo Jáled a su madre.

—Con la gracia de Dios —respondió con satisfacción—. ¿Y quién es la afortunada?

—Sumayya.

—¿Sumayya, la hija de Albármaki?

—Sumayya, la hija de Albármaki.

No hizo ningún comentario. Hach Mahmud, por su parte, no estaba sorprendido, ya que Sumayya había logrado borrar de sus mentes su anterior imagen y despertar admiración y respeto en su interior.

***

—Pero sabéis que su hermano Gazi ha ido a la guerra —dijo Albármaki.

—Volverá, si Dios quiere.

—No habrá boda, entonces. Solo una reunión de parientes cercanos.

—Lo que tú digas —respondió Hach Mahmud.

Contrajeron matrimonio apresuradamente, postergando para mejores días la celebración de una gran boda, digna del hijo mayor de Hach Mahmud. Los días difíciles se fueron sumando más de lo deseable, pero en lugar de quedarse sentada pensando en la tan esperada boda, Sumayya se ocupó de tener un hijo tras otro.

La noche y el día

Desde lo misterioso de la noche llegó un grito de terror: «¡Daos prisa! ¡Las vacas se están comiendo los sembrados!».

Antes de que se dieran cuenta de que era la voz de Nayi, todo Alhadia había entrado en acción. Cogieron lo que tenían más cerca, ya fuera una hoz, una piedra o un palo.

Un niño había visto de pronto que unas vacas se habían metido en los huertos. Consiguió sacar una de ellas, tirándole piedras. La caída de la noche había convertido el ganado en simples sombras. Sin embargo, se pudo oír cómo un animal caía al suelo y, al hacerlo, dejaba escapar un quejido.

Antes de verificar que tenía una pata rota, estalló el ruido de los cascos de un caballo que galopaba desenfrenado en su dirección. Su jinete gritaba airado. Nayi salió corriendo hacia la aldea, atravesando los tallos de los cultivos, que lo ocultaban completamente de la vista, pues sabía que no podía permanecer allí por más tiempo.

***

La gente de Alhadia rodeó la manada y comenzó a conducirla hacia la aldea.

—¡Soltadlas! —gritó el jinete.

—No las vais a recuperar hasta que nos paguéis los daños que han causado y sepamos de quién son —respondió Hach Jáled.

—Os juro por mi hermana que como alguien se acerque a la manada le parto las piernas. O eso, o no soy yo el hermano de Jadra. ¡Y ahora ya sabéis con quien os la estáis jugando!

—Pues si no nos las llevamos a la aldea esta misma noche, no soy digno de ser el hermano de Aziza ni el padre de Mahmud.

—Tú serás el hermano de Aziza pero yo soy el hermano de Jadra.

La tensión se palpaba en el ambiente, augurando lo que nadie podría haber anticipado. La noche se volvió aún más oscura. Iliya Radi y Muhámmad Shahada se adelantaron, bloqueando el camino entre Hach Jáled y el jinete desconocido. Jáled les dijo que regresaran. Le hicieron caso.

De repente, el jinete se adelantó, desenvainando su espada reluciente, y casi golpea la cabeza de Hach Jáled. Este la desvió con su gruesa vara, salpicada en el extremo con un gran número de cabezas de clavos. La hoja no resistió y se partió en dos tras un estridente chasquido.

El jinete cogió de nuevo carrerilla con su montura para cargar ahora con la mitad de su espada. Hach Jáled se echó hacia atrás y le asestó un fuerte golpe, hiriéndole en el muslo cuando estaba a punto de cargar por tercera vez. Fue entonces cuando vio que todo el pueblo lo perseguía. Así que se dio media vuelta con su caballo y se alejó.

Todos se quedaron allí, mirándole desaparecer en la noche, hasta que el ruido de los cascos de su caballo dejó de oírse. Cuando regresaron a la aldea con las vacas, Fátima dijo, refiriéndose al misterioso jinete: «Creo que lo vi hace un par de días».

***

Justo antes del anochecer del día siguiente, la gente de Alhadia avistó a un grupo de hombres que cruzaban a caballo la llanura oriental.

Hach Jáled los vio acercarse, con Hamama entre ellos, tal como hacía cada anochecer. Mientras se aproximaban, se fijó en otros jinetes que cabalgaban detrás y que parecía que nunca los alcanzarían.

Despertando de su ensoñación, se levantó. Los caballos se desorientaron un poco y algunos retrocedieron unos pasos. Cuando se dio cuenta de lo que había sucedido, escuchó a alguien decir: «Estamos en tu casa como invitados».

—¡Bienvenidos sean los invitados! —Mientras hablaba, su mirada estaba fija en la yegua purasangre sobre la que el jinete de la noche anterior estaba montado.

Hach Jáled hizo un gesto a Hamdán para que se apresurase a preparar café nuevo. Mientras tanto, los hombres se sentaron dentro sin decir una palabra. Cuando Hamdán llegó con el café, Sálem lo cogió, sirvió la primera taza y se la dio a su hermano, que a su vez se la ofreció al jeque de aspecto venerable que ocupaba el asiento central.

El jeque sostuvo la taza y, cuando estaba a punto de dejarla en el suelo frente a él, tal y como dicta la costumbre de que el invitado solo toma café una vez que su solicitud ha sido aceptada, Hach Jáled dijo: «Vuestras vacas os serán devueltas».

La mano del jeque se detuvo en el aire y se llevó la taza a los labios, diciendo:

—Entonces, todas las maravillas que hemos oído sobre ti son ciertas.

El jinete se levantó y, extendiendo la mano hacia Hach Jáled, dijo:

—Doy fe de que eres el hermano de Aziza y el padre de Mahmud.

—Yo doy fe de que eres el hermano de Jadra. —Y se abrazaron.

Cuando los hombres pidieron permiso para seguir su camino, Hach Jáled dijo:

—Nos habéis honrado con vuestra visita, de modo que no nos maltratéis yéndoos tan pronto.

—Nos devuelves las vacas a pesar de que fuimos nosotros quienes allanamos vuestros campos y empuñamos la espada en vuestra contra, en lugar de exigir vuestros derechos. ¡Es muy generoso por vuestra parte! —respondió el jeque.

—No es demasiado para un invitado —dijo Hach Jáled—. Seréis nuestros invitados, si Dios quiere, durante tres días.

—¡Eso es demasiado, realmente!

—Nada es demasiado para un invitado —dijo—. Rezad por bendiciones para el profeta —agregó.

—¡Oh Señor, envía nuestras bendiciones al Profeta! —repitieron los hombres.

Todos lo miraron, expectantes, antes de que dijese sus siguientes palabras.

—Cuentan que había un rey que, cada vez que recibía una visita le cortaba la cabeza a su invitado. La historia de este rey llegó a oídos de cierto hombre, que dijo: «Voy a averiguar por qué el rey actúa de ese modo. Y no me importa lo que me pase». Llegó al palacio y dijo: «Soy huésped del rey». Entonces lo llevaron a su presencia. «¡Traed un cojín al invitado!», ordenó. Al ofrecerle el cojín, el invitado gritó: «¡Es su deber!». Entonces el rey ordenó: «¡Traedle café!». Trajeron el café y se lo sirvieron. «¡Es su deber!», gritó el invitado de nuevo. Entonces el rey les ordenó que le trajeran otro cojín, y el huésped dijo: «¡Es su deber!». «¡Traedle los platos más suculentos!», ordenó el rey. Y cuando se los hubieron servido, el invitado gritó: «¡Es su deber!». Cuando por fin el invitado se disponía a partir, un sirviente del rey cogió los zapatos del invitado y se los puso a los pies. «¡Es su deber!», gritó el invitado una vez más. El rey se levantó, le estrechó la mano y le deseó que regresara sano y salvo junto a su familia. Tan pronto como el invitado se hubo ido, los allegados del rey le preguntaron: «¿Por qué no le ha cortado la cabeza, majestad?». Y el rey respondió: «Todos nos debemos a nuestros invitados. Ningún invitado debe por tanto considerar excesiva la hospitalidad que se le ofrece. Es sencillamente su derecho».

***

Un profundo silencio se hizo en la reunión. Por fin lo rompió el venerable jeque, diciendo:

—Que Dios nos permita devolverte esa bondad.

—Podéis hacerlo siendo nuestros invitados por tres días —respondió Hach Jáled.

El venerable jeque estuvo a punto de decir: «¡Eso es demasiado!», pero en cambio sorprendió a todos al responder: «¡Es su deber!».

La risa llenó la habitación e incluso se escuchó más allá de las paredes de la casa de invitados.

***

Nadie notó el efecto que la yegua purasangre había tenido en Nayi. Medio hipnotizado, daba vueltas alrededor de ella, totalmente ausente. Estaba ansioso por montarla y desaparecer juntos.

Durante un rato estuvo mirando cómo la visita y sus animales se alejaban del pueblo. Se movían al paso de su ganado, no de sus caballos, al tiempo que la yegua de pura raza trotaba con confianza, como la Hamama que nunca vio. Hamama, la yegua que a todos había cautivado y que seguía haciéndolo.

Como no podía soportar verla irse para siempre, los siguió. Se adentró en los huertos, subió las colinas y contempló el pueblo desde la distancia. Como ya no volvería a encontrarse con ella, quiso verla una última vez, ¡solo una más!

Entonces se puso a correr, intentando con todas sus fuerzas acortar la distancia que lo separaba de ellos. Saltó por encima de los muros de piedra que separaban los bancales, esquivando las ramas de los árboles mientras avanzaba. Aunque la distancia parecía infinita, finalmente los alcanzó.

Se alejaron y se olvidó de regresar. Lo olvidó por completo.

Mientras tanto, lo echaron en falta en la aldea. Fueron a buscarlo, pero no lo encontraron.

Lo buscaron en los valles circundantes, en los viñedos, en los huertos y en los trigales, repitiendo su nombre, pero nadie respondió.

—¡Tal vez se haya ido tras nuestros invitados! —dijo Fátima de repente.

—¿Por qué iba a hacer eso? ¿Para qué querría seguirlos?

Fátima no dijo nada. No pudo lucir su habitual sonrisa perversa, una sonrisa que ya era parte de su rostro, como lo eran la nariz, los ojos y la frente. Estaba preocupada.

Así que cuando finalmente regresó a casa, cansado como un soldado que regresa de una guerra, Fátima alabó a Dios.

—¿Dónde has estado? —le preguntaron.

Pero Nayi no soltó ni una palabra. Solo reposó la cabeza en la almohada y pasó durmiendo dos días completos.

***

No era inusual que Nayi se escapara de vez en cuando. Una simple mirada en otra dirección, unos momentos soñando despierto o un pensamiento pasajero que distrajese a Hach Jáled, podía convertirse fácilmente en el agujero por el que Nayi se colase.

Desde el momento en que la familia comenzó a notar estas desapariciones, la sonrisa de Fátima le lastimaba cada vez más.

Hach Jáled hizo todo lo posible por convencer a Nayi de que se inscribiese en la escuela del pueblo, cuyo único maestro durante mucho tiempo había sido el jeque Husni. Pero siempre se negaba, diciendo: «¡Mientras lleve esa vara en la mano, no pienso acercarme!».

Su hermano Mahmud fue reconocido por el jeque Husni como el mejor aprendiz de lengua árabe que había tenido en años. Era tan excepcional que el *Palillo*, como solía llamarle, se había convertido en su «pequeño prodigio».

El camello de Iliya

A la gente de Alhadia siempre le había asombrado que Fátima tuviese un sexto sentido para comunicarse con los caballos, las cabras, las vacas y el resto de las criaturas que llenaban los patios y las llanuras circundantes. Después de todo, había pasado su infancia en compañía de esos animales. En una ocasión, un pollito se apegó a ella y la seguía a donde fuera. En otras ocasiones había sido una cabra, un pato o una paloma. Tal vez porque su madre había tardado demasiado tiempo en tener otra hija, Fátima había sentido la necesidad de buscar una hermana sustituta. Y no le fue difícil encontrar una en un pueblo como Alhadia. Todo lo que tenía que hacer era acercarse a un caballo para que este metiera la cabeza bajo su brazo. Las cabras la seguían como si fuera su madre. Cuando el camello de Iliya Radi se volvió loco y nadie podía acercarse a él, ella dijo: «Dejádmelo a mí».

Intentaron evitarlo, pero insistió: «Sé lo que estoy haciendo. Dejadme intentarlo».

Abrió la puerta y entró en el cercado donde el camello lo estaba destrozando todo, en su afán implacable de atravesar las paredes. Al verla, reculó jadeando, la miró a los ojos y emitió un sonido extraño. A continuación giró la cabeza y se quedó como paralizado por unos momentos. Cuando volvió a mirarla, su jadeo se había mitigado. Sin embargo, el sudor mezclado con la sangre todavía brotaba de cada poro de su piel. Fátima estaba asustada. Era la primera vez que se encontraba cara a cara con un camello tan fuera de sí. Dio un paso adelante y el camello, a su vez, dio varios pasos hacia atrás, hasta chocar con la puerta de la estancia contigua. Fátima dio otro paso adelante. El camello, entonces, trató de apartarse, pero viendo que era imposible, avanzó dos pasos hacia ella. Y ahí se quedó parado.

La gente miraba por encima de la tapia y por la puerta del recinto con los ojos como platos. La esposa de Iliya y sus cinco hermosas hijas temblaban de miedo en la azotea de su casa.

—Bastaría con un simple tiro para resolver el problema —concluyó Hach Yuma Abu Senbel.

—Dadme una oportunidad —dijo ella una vez más.

***

Cuando Hach Jáled finalmente llegó, se enfureció al saber que habían permitido que su hija entrara al recinto y se enfrentara cara a cara con esa bestia perturbada. Todos sabían que la furia de un camello no tenía rival en el mundo animal.

Los apartó de la verja y se dirigió hacia donde estaba Fátima. Antes de llegar hasta ella, vio al camello retrocediendo nuevamente. Ella miró hacia atrás y vio a su padre.

—Por favor —suplicó—, Déjame un poco más.

Hach Jáled se quedó clavado en seco, temeroso de hacer el más mínimo movimiento que excitara al temible animal.

El camello no retrocedió más. En cambio, Hach Jáled dio un paso atrás. Ni Fátima ni el camello sabían qué hacer. ¿Debía acercarse él o debía acercarse ella? Finalmente, Fátima resolvió el asunto y dio dos pasos en su dirección. El camello no avanzó ni retrocedió. Dio otros dos pasos y ahí se quedó. Tenía el cuello enhiesto como una espada y los ojos encendidos como el resplandor de un relámpago.

Después de mirarse fijamente a los ojos durante más de media hora, la cabeza del camello comenzó a inclinarse poco a poco hacia el suelo. En ese momento todos supieron que Fátima lo había logrado.

Comenzó a caminar lentamente hacia el animal, confiando en que todo había terminado.

Tomó su cabeza entre las manos y comenzó a acariciarla. El camello la levantó ligeramente y la miró para disculparse. Fátima caminó a su alrededor, acariciando su cuerpo con la manita.

Cuando llegó al otro lado, el camello movió la cabeza y silenciosamente la apoyó en su hombro. Parecía más un niño pequeño que cualquier otra cosa. Por un momento casi la hizo llorar.

Fátima extendió la mano para colocarle la brida. El animal no se movió. Para sorpresa de todos, incluso abrió su gran boca para ayudarla a hacer lo que tenía que hacer.

***

—¡Supongo que ha logrado evitar recibir un disparo, pero ahora tendrá que enfrentarse al cuchillo! —dijo Hussein Alsaúb.

—¿Queréis matarlo? —gritó Fátima—. ¡No he hecho lo que he hecho para que después lo matéis!

—No hay más remedio. Si esto vuelve a suceder, podría matar a alguien —agregó Iliya Radi.

—Pero miradlo bien, estoy segura de que no volverá a repetirlo —dijo la niña.

—No podemos arriesgarnos cuando se trata de un camello —respondió Hussein Alsaúb.

***

Fátima no habló durante varios días. Era como si se hubiera tragado la lengua. Hach Jáled intentó hablarle de cosas bonitas que pudieran aliviar su sufrimiento, pero ella no abrió la boca, sentía que había traicionado al camello después de que le diera su confianza. Una noche se despertó gritando por culpa de una aterradora pesadilla: iba caminando por las calles de Alhadia cuando, de repente, percibió un movimiento extraño. Se asustó. Intentó apresurarse, pero la sensación se hizo más fuerte. Se dio la vuelta y vio grandes pedazos de carne mirándola desde las lindes y los muros de piedra que separaban los campos. Los trozos de carne tenían ojos y la reconocían. Eran los ojos del camello: el camello que habían sacrificado y cuya carne habían repartido entre la gente del pueblo. Cuando le dieron su parte, se negó a tocarla, ni siquiera la miró.

Fátima se puso a correr. Los pedazos de carne con ojos muy grandes corrían a su lado, por delante y por detrás. Pasaron junto a ella en dirección al puente, donde de repente se unieron para conformar una criatura de aspecto extraño, que ella reconoció como el propio camello. Cargó furiosamente hacia ella. Unos segundos antes de que la alcanzara, sintió que el aire que salía de su nariz explotaba como una tormenta que la empujaba contra la pared que había a su espalda. Gritó sin parar hasta que se despertó, con toda su familia reunida a su alrededor.

—¡Que Dios te proteja! —repetía su madre, Sumayya.

Hamdán recuerda

Hach Jáled echó un vistazo al pueblo de Alhadia. Se sentía como si no lo hubiera visto durante mucho tiempo. También estaba viendo algo que antes no existía: las casas de la aldea se habían multiplicado y los cafés se habían convertido en parte de la vida del pueblo y de la vida de las personas que venían de compras a su mercado. Había sido Muhámmad Shahada el primero en atreverse a abrir un café después de ver los de Ramla, Yafa y Jerusalén. Fue seguido por Shåker Muhanna, quien además puso una radio en el suyo. Entonces, antes de que Sháker Muhanna le robase todos los clientes del mercado, Muhámmad Shahada se fue a Jerusalén y compró la radio *Philips* más moderna, pequeña y hermosa que pudo encontrar, para que la gente pudiera escuchar canciones de los cantantes egipcios más famosos, como Sáleh Abdelhai, Um Kulzum, Sayyid Darwish y Muhámmad Abdelwahhab. Así también podían estar informados de los sucesos más relevantes y recientes de Palestina, sin tener que esperar a que corrieran de boca en boca. Muchos en el pueblo comenzaron a pasar las noches en el café, en lugar de ir a las casas de huéspedes. Hach Jáled no frecuentaba ninguno de los cafés de Alhadia. Pensaba que esa costumbre podría rebajar el valor y la dignidad de un hombre, así que se conformaba con las veladas en las que Sháker Muhanna llevaba su radio a la casa de huéspedes después de cerrar su café.

Hach Jáled recordó los primeros días de los dos cafés y la mirada de desaprobación que Muhámmad Shahada y sus clientes recibían de la gente. Sin embargo, en menos de un año, la mayoría de los críticos cayeron fascinados por la radio de Sháker Muhanna y se inventaban excusas para acercarse a escuchar canciones y las noticias. Tampoco las mujeres eran inmunes a los encantos de aquella caja mágica, que había robado los corazones de todos. Era un juguete maravilloso, que los niños del pueblo nunca habían visto.

Hach Jáled se dijo a sí mismo: «¿Cómo puede pasar algo justo enfrente de ti sin que lo veas? ¿Y cómo puedes ser tan ciego de pensar que lo único que hay en el mundo son las cuatro paredes de tu casa y las puertas que cierras al principio de la noche, por temor a perder lo que tienes o por miedo a que el mundo entre de repente en tu casa? ¿Cómo no me había dado cuenta?».

Hach Jáled comenzó a mirar a la gente de una manera diferente. Y con los mismos ojos con los que había empezado a mirar Alhadia, empezó también a mirar a sus hijos, a su esposa Sumayya; a su madre Munira; a su tía Anisa y a su hermana Aziza, que había logrado criar a sus hijos por su cuenta, sin aceptar la ayuda de nadie, ni siquiera de él, su hermano, a quien consideraba la piedra angular de la familia.

Entró por la puerta del patio como si estuviera entrando en su casa por primera vez. La habían ampliado y ahora tenía una terraza, a la que su madre subió un día y dijo: «¡Uno puede ver el mundo entero desde aquí, mientras vosotros estáis encerrados ahí abajo!». A lo que siguieron sus palabras proverbiales: «¡Quien me quiera puede venir a verme aquí!». Luego les pidió que le subieran sus mantas, los colchones, las almohadas y todos sus enseres, pues por fin había encontrado un lugar donde podría vivir como a ella siempre le había gustado.

Hach Jáled miró a Hamdán, que estaba ocupado tostando café, igual que la primera vez que lo vio. Se acercó a él y, de repente, se dijo a sí mismo: «¿Qué te hemos hecho, Hamdán? ¿Cómo hemos podido olvidarte todos estos años?, ¿cómo?».

Reconociendo los pasos de Hach Jáled, Hamdán se dio la vuelta.

—¡Hemos sido muy pacientes contigo! —le dijo Hach Jáled en un tono que lo dejó aterrorizado.

—¿Qué he hecho?

—El problema es que no has hecho nada. El problema es que no he hecho nada. Así que tendré que encargarme yo mismo de las cosas.

—¿Alguna vez he obrado mal?

—No, no lo has hecho. Al contrario, tu problema es que nunca has roto nada. De todas las tazas que has manipulado a lo largo de tantos años, ni una sola se te ha roto. No recuerdo que hayas roto una sola taza desde la muerte de mi padre.

—Si no te importa que pregunte, Hach, ¿qué hay de malo en no haber roto nada?

—¿No entiendes lo que trato de decirte, hombre? ¡Es hora de que te cases!

—¿Casarme?

La palabra fue tan impactante que la cara de Hamdán cambió por completo. Parecía como si acabara de recibir la noticia de la muerte de su amigo más íntimo.

—¿Qué pasa? ¿Por qué frunces el ceño? ¿Acaso te he propuesto hacer algo que Dios prohíbe?

—No, solo que me has sorprendido. ¡Me has sorprendido!

—¿Cómo puede ser que algo tan simple como esto te sorprenda?

—Porque lo había olvidado.

—¿Qué habías olvidado?

—Había olvidado que podía casarme como los demás, como las personas con quienes comparto su alegría cuando dan ese paso. Me había olvidado por completo.

—¿Cómo podría nadie olvidar una cosas así, hombre? ¿Puede alguien olvidarse delo bello de este mundo, de las mujeres?

—Sí, si hay alguien a quien se le olvidan, ese alguien es Hamdán.

—Debería habértelo recordado hace mucho tiempo.

—¡Aun así podría haberlo olvidado!

—Bueno, de todos modos, te lo estoy recordando ahora. Ya veremos si lo vuelves a olvidar.

—¿Pero quién aceptaría que Hamdán se casara con su hija?

—¿Ese es el problema? ¿Quién aceptaría que Hamdán se casara con su hija? Eso déjamelo a mí cuando decidas casarte.

—Dame un tiempo para pensármelo con calma —dijo Hamdán.

—Miedo me da que se te vuelva a olvidar el asunto

—¡No estoy seguro, pero no lo creo!

***

Tres días después, una taza de café se resbaló de la mano de Hamdán y se rompió. Casi saltando de alegría, Hach Jáled dijo: «¡Así que finalmente te has decidido!».

—Perdóname. No volverá a suceder.

—¿Entonces, no has querido romperla?

—¡Dios no lo quiera! ¿Cómo iba a hacer yo algo así adrede?

—Está bien, está bien. Tómatelo con calma.

***

De lo que Hach Jáled no se dio cuenta fue de que desde que había tenido lugar su conversación, hacía tres días, Hamdán había quedado en un estado de efervescencia tal que apenas había pegado ojo.

Cerró la puerta de su habitación, justo al lado de la casa de huéspedes, y se acurrucó hecho un ovillo. La oscuridad que lo rodeaba era más vasta que nunca y cada mancha oscura a la que no llegaba la luz de la lámpara era una noche entera en sí misma.

Desde la primera noche después de hablar con Hach Jáled, empezó a sentir temblores. Había intentado reunir sus pensamientos dispersos, pero no lo conseguía. ¿Cómo era que de repente sentía un deseo tan terrible por una mujer? ¿Cómo era que ahora sentía que solo una mujer podía volver a reparar su ser y darle nueva vida a su espíritu?

Tal vez se había quedado dormido un momento. Se vio a sí mismo caminando por una gran huerta llena de árboles de todo tipo. De repente, se levantó una suave brisa y algunas hojas cayeron.

Las vio volar y rodar por el aire antes de posarse sigilosas en el suelo. Se agachó para escuchar el sonido que hacían al tocar el suelo, pero no escuchó nada. Se puso a caminar de nuevo y de repente oyó un ruido. Se dio la vuelta y vio un brazo a su lado. Levantó la vista para ver de dónde había salido aquel brazo, pero no vio nada más que árboles. Antes de bajar la mirada desde las alturas, oyó otro sonido. Miró a su derecha y vio otro brazo. El miedo lo dominó hasta convertirse en terror absoluto. En el momento en el que escuchó aquel extraño ruido otra vez, se volvió y vio una cabeza humana frente a él, con la cara orientada hacia el suelo. Se aproximó para ver de quién era la cabeza que había aterrizado justo delante. Dándole la vuelta, descubrió que se parecía mucho a él. Sintió pavor y tuvo una idea rocambolesca: decidió palpar su propia cabeza para asegurarse de que seguía sobre sus hombros. Cuando comprobó que su cabeza todavía estaba en su lugar, dio gracias a Dios. Se dijo a sí mismo: «Tal vez sea de alguien que se me parece». Sin embargo, su mente aún no había asimilado lo que ocurría a su alrededor. Así que se pasó la mano por la cabeza una vez más. Para estar doblemente seguro, decidió comprobar que su cabeza estaba firmemente sujeta a sus hombros. Intentó entonces separar la cabeza de su cuerpo. Tiró y tiró. Y mientras tiraba, se despertó con las manos debajo de la mandíbula, empujando su cabeza hacia arriba, al tiempo que sus pies empujaban contra la pared con todas sus fuerzas.

***

Hach Jáled llamó a la puerta de la habitación de Hamdán. Cuando vio su rostro cansado, dijo: «Parece que no pegaste ojo anoche».

—¿Has tenido el mismo sueño que he tenido yo?

—¿Y cómo puedo saberlo? ¿Qué te ha pasado?

—Estaba muerto y me desperté.

—¡Alabado sea Dios! Pero no te preocupes de eso, que he venido a decirte que la he encontrado. Lo he estado pensando mucho estos últimos días y creo que es la adecuada para ti.

—¿Quién es?

—Rafiqa, la hija de Abu Ribhi.

—¡Pero si está casada!

—Estaba casada, pero su esposo se fue hace veinte años.

—Pero podría regresar.

—¿Alguna vez has visto a alguien regresar de las guerras de los turcos después de haber estado fuera veinte años?

—No. Aun así, ¿tú realmente crees que Um Alfar es la mejor opción para mí? —le preguntó Hamdán.

—¿Quién más podría serlo? Como te acabo de decir, lo he pensado mucho, y creo que es la indicada para ti. Dios lo sabrá mejor, pero hasta donde yo sé, todavía está en edad de procrear, y si te afanas en eso, tendrás un par, si no más. ¿Qué dices?

—Lo que tú digas, Hach. Lo dejamos en las manos del Señor. ¿Pero crees que ella me aceptará como esposo?

—¿Y qué te falta a ti?

—Bueno.... Ya no soy un muchacho. Y, además, tengo esta cojera.

—Ella tampoco es joven. ¿Y quién dice que se necesitan dos piernas sanas para casarse?

***

Todos en el pueblo sabían que Hamdán había nacido normal y saludable. Sin embargo, sus padres y hermanos habían muerto en un extraño accidente cuando el techo de su casa se desplomó en pleno mediodía y los aplastó. Nadie sobrevivió excepto Hamdán, que estaba fuera.

Eran pastores que trabajaban para Hach Mahmud. De acuerdo con la costumbre local, no recibían ningún salario. En cambio, se les asignaba una cantidad de vacas y ovejas para valerse tanto de estos animales como de sus crías. De esa manera, tenían una participación en el rebaño y, con el paso de los años, podrían llegar a tener el suyo propio. En ese momento podían decidir entre seguir trabajando en el mismo lugar o mudarse y establecerse en otro sitio.

Un día, golpeados por una sequía extrema, habían guardado la paja sobre la habitación donde vivían. Las vacas estaban tan hambrientas que, después de rodear la casa, consiguieron llegar a la azotea desde la ladera. En cuestión de minutos, atraídas por el aroma del forraje escondido, tanto las vacas de Hach Mahmud como las de otras familias se habían reunido en la azotea, que colapsó sobre la habitación de abajo, provocando el fatídico desenlace. Hamdán se convirtió entonces en un miembro más de la familia de Hach Mahmud. A pesar de ello, una vez que la casa donde su familia había encontrado la muerte estuvo reparada, insistió en regresar. Al principio tenía miedo de no poder conciliar el sueño en el lugar donde había perdido a sus padres, pero para su asombro, era el único lugar en donde se sentía capaz de pegar ojo y descansar.

***

Un día, cuando Hamdán tenía diez años, salió de la casa atraído por los gritos de un vendedor ambulante que pasaba por allí. Miró al vendedor y se quedó embelesado con la forma como llamaba a la gente para ofrecerle sus productos. Trató de imitarlo, pero sin éxito. Siguió al vendedor para continuar escuchándolo. Entonces se dio cuenta de que estaba demasiado flaco para tener una voz tan potente como la de aquel hombre. Con el tiempo, Hamdán desarrolló admiración por aquel vendedor. Un día se dio cuenta de que el hombre cojeaba y de que le gustaba su manera de caminar. Trató de imitarlo y, para su asombro, descubrió que podía imitarlo a la perfección. Desde ese día, Hamdán dejó de caminar con normalidad.

Al principio, Hach Mahmud le preguntaba: «¿Qué te pasa en el pie?».

—Nada —respondía Hamdán.

—Entonces, ¿por qué cojeas?

—¡No lo sé!

—No debes andar así. Nadie lo hace, a menos que le duela el pie.

—¡Es que me duele!

—A ver, enséñamelo.

Hach Mahmud se lo examinó, se lo fue palpando, apretando aquí y allá, como un médico experto.

—¿Te duele cuando te aprieto?

—No.

—¿No te duele en absoluto?

—Un poco.

—Se te pasará. No te preocupes.

Sin embargo, Hamdán no necesitaba una cura. Desde entonces nunca dio un paso sin imitar a aquel vendedor.

***

Fue una boda sencilla, que tuvo más un aire de tristeza que de alegría. Por fin Hamdán vivía bajo el mismo techo con Rafiqa, también conocida como Um Alfar. Por su parte, su hijo Alfar se fue a vivir con su abuelo, Abu Ribhi.

No pasó mucho tiempo hasta que Abu Ribhi oyó el ruido de un plato que se rompía en su tienda.

—¡Alguien que quiera casarse no rompe los platos que vendemos para ganarnos la vida! ¿No tenemos suficientes platos en casa? —gritó Abu Ribhi muy furioso.

Alfar no respondió. Unos minutos más tarde, Abu Ribhi lo miró y dijo: «Tienes razón. Los platos que tenemos en casa son de aluminio, y por lo tanto no se rompen. ¡De todas formas, con que los hubieras golpeado un poco ya lo habría entendido!». Esa misma noche, le dijo: «Preguntaré a ver si te puedes casar con la hija de Sabah, la viuda».

Alfar no puso ninguna objeción. A la mañana siguiente, Abu Ribhi envió un mensaje a Sabah pidiéndole que pasara por su tienda.

—¿Va todo bien? —preguntó cuando llegó, pensando que la había llamado para pedirle que saldara la deuda que había acumulado en la tienda.

—Todo va bien —dijo. Luego, continuó—: Tienes una hija casadera y tengo un hombre joven. Después de pensarlo mucho, concluí que harían una buena pareja, especialmente teniendo en cuenta que ambos son huérfanos. El niño perdió a su padre en las guerras de los turcos ¡y el padre de la niña se esfumó, huyendo de los turcos, hasta acabar en Brasil!

—No seas pesimista. ¡Se fue de viaje y volverá! —respondió Sabah con un tono rebelde.

—Sabah, mira que Brasil está muy lejos. Si uno logra llegar hasta allí, no le quedan fuerzas para volver. Los turcos se fueron y vinieron los británicos a ocupar su puesto, pero él sin embargo sigue sin volver.

—Volverá. Dijo que lo haría, así que lo hará.

—En cualquier caso, ¿qué te parece si los casamos?

—Yo creía que me ibas a pedir que saldara la deuda de estos últimos dos años.

—¿Por qué iba a hacer algo así? ¿Acaso podría hacerlo viendo con mis propios ojos los malos momentos que estamos atravesando?

—¡Eso era lo que más temía!

—No te preocupes por nada —le dijo—. Creo que deberíamos llegar a un acuerdo antes de ir esta noche a pedir su mano.

—Eso sería lo mejor.

—Entonces, hablemos de la dote. ¿Cuánto crees que debería ser?

—¡Como las otras chicas en la aldea, o un poco menos!

—¿Veinte dinares estarían bien?

—Eso estaría bien —respondió ella.

—Está decidido, entonces. Ahora, déjame echar un vistazo al registro de tus deudas en mi cuadernillo.

Lo hojeó en busca de la página en la que las tenía anotadas. Asintiendo con la cabeza, dijo:

—No tienes una sola página, Sabah. ¡Tienes cuatro! Mira aquí: azúcar, café, *halawa,* sal, tazas de té, una olla y una bandeja para servir por nueve dinares y treinta piastras. También compraste tela, hilo de seda y dos pares de zapatos que me pediste que trajera de Ramla, por seis dinares y diez piastras. Luego hay algunas deudas antiguas que suman siete dinares. En total, son veintidós dinares y cuarenta piastras.

Miró a Sabah, que había palidecido, y le dijo:

—¿Qué te parece un intercambio? Sé que lo que me debes es más que la dote, pero no te voy a pedir que pagues la diferencia. Y de ahora en adelante seremos parientes.

—Lo que tú creas que es mejor —dijo ella.

—¿Entonces, estás de acuerdo?

—¡Estoy de acuerdo! ¿Qué más puedo decir?

—Asunto cerrado, entonces.

Um Alfar

Mi hijo tiene el cabello como brillantes espigas de trigo maduro
Y por el pecho se derraman mechones de oro.
Mi hijo tiene el cabello más suave que la seda,
Más agradable que el volar o el posar de una paloma.
Me cautiva este cabello de seda
Protégelo, Señor, del daño y del mal.

La historia de Um Alfar era una de las más conocidas de Alhadia. Después de la muerte de su primer hijo, seguida por la muerte de su primera hija, alguien le dijo: «Si tienes otro hijo, ponle un diente de ratón en la cabeza para evitar que se muera». Así que cuando dio a luz a su segundo hijo, anunció que necesitaba un diente de ratón y les dijo a los chicos de la aldea que quien le trajera el ratón más grande obtendría un premio. Le trajeron un montón y eligió el más grande. Le quitó el diente con sus propias manos, lo colocó sobre la cabeza del recién nacido y, después, debajo de su almohada. Cuando el chico se hizo más grande y empezó a andar, se lo ató al cuello.

El niño sobrevivió y con el tiempo llegó a ser conocido como Alfar, «el ratón», y su madre como Um Alfar, «la madre del ratón».

***

Sin embargo, Um Alfar aún no las tenía todas consigo. No había una tumba de santo que ella no visitara, pidiéndole a Dios que protegiera a su hijo.

Nunca le había cortado el pelo a su hijo porque creía que, si parecía una niña, estaría protegido de las miradas envidiosas y del daño que pudieran ocasionarle. Así, adornado por sus largas trenzas rubias, deambulaba por las calles, saltando y brincando de un lugar a otro y brillando con una inocencia y belleza extraordinarias. Era una belleza predestinada a ser oscurecida por la pobreza a lo largo del tiempo. Um Alfar continuaba vigilando a su pequeño día y noche con un miedo incontenible. Si tenía frío, lo envolvía con toda la ropa de la casa, lo cubría con mantas y se sentaba frente a la puerta cerrada para que no se colara el viento helado.

Si no se recuperaba, llegaba a la conclusión de que alguien le había echado mal de ojo. Cuando esto sucedía, traía ascuas encendidas y las colocaba en un cacharro, luego las rociaba mientras recitaba una súplica de protección. Cuando el alumbre se derretía, frotaba la frente del niño con las cenizas. Si no tenía alumbre, lo sustituía por harina, sal, un poco de algodón y un trozo de tela de una prenda que perteneciese a la persona que sospechaba que le había echado a su hijo el mal de ojo. Conseguir el trozo de tela no era una tarea fácil, pero siempre estaba dispuesta a hacer lo imposible para lograrlo.

El resultado que Um Alfar lograba al final era una visión del culpable del mal de ojo en el alumbre quemado. Sin embargo, los resultados no siempre eran concluyentes. En una ocasión, la imagen que obtuvo pertenecía a la esposa de Muhámmad Shahada, mientras que la pieza de tela quemada pertenecía a la esposa de Sháker Muhanna, que no había tenido hijos hasta mucho tiempo después de casarse.

Um Alfar tuvo que ir a ver a la esposa de Sháker Muhanna y pedirle que la perdonara por pensar mal de ella. En otras ocasiones, la pieza de tela que obtenía pertenecía a un hombre, pero la imagen que veía era la de una mujer. Aún más extraño fue cuando una vez creyó que Anisa le había echado mal de ojo a su hijo. Para su sorpresa, descubrió después que la imagen que vio en el alumbre quemado pertenecía al esposo de Fathiya *la Bizca*, que había ido a la guerra diez años antes y nunca había regresado, por lo que era imposible que conociese a su hijo. Fue este incidente lo que la llevó a dudar de la fiabilidad del alumbre y decir de forma concluyente: «¡Este alumbre no dice la verdad!». A partir de entonces se conformó con harina y sal, que nunca fallaban, y con una *ruqia* que rezaba así:

«Empezamos la *ruqia* mencionando el nombre de Dios una, dos, tres, cuatro, cinco, seis y hasta siete veces. Me exorcizo a mí y a esta otra persona contra la maldad de aquellos que tienen los ojos azules o los paletos separados. Hemos exorcizado a su camella para que no se separe de sus compañeros de viaje. Que los malos efectos y los temibles defectos del ojo envidioso se anulen. Ese ojo que el profeta Salomón encontró en el vasto desierto. El ojo que mostraba sus colmillos, con un cuervo en la mano y las garras colgando, ladraba como un perro y aullaba como un lobo. ¡Eh, ojo que miras con la intención de causar el mal, te alcanzaré con una bala! ¡Sal de ahí, maldito ojo infiel como el gusano que sale de la manzana! ¡Sal con la ayuda de los profetas, los santos y de Abraham, el amigo de Dios! Si estás en las piernas, sal con la ayuda de Dios el Ayudante. Si estás en la cabeza, sal con la ayuda del santo Jidr Abu Alabbás, y si estás en el vientre, sal con la ayuda de Dios, el Señor del Trono. Te rodeo con el nombre de Dios y te llevaré al reino de la protección de Dios ante los ojos de todos, incluidos los míos. ¡Y que el ojo que te vea sin invocar bendiciones para el Profeta sea arrancado!».

***

Cuando la melena de Alfar le llegó a la cintura, su madre lo llevó al santuario del profeta Moisés, como había prometido hacer, y le dio en ofrenda una oveja que había engordado para la ocasión. Luego le cortó el pelo a su hijo frente al altar, degolló la oveja y repartió su carne entre las personas necesitadas.

Hubiera querido hacer lo que hacen los ricos: colocar el cabello de su hijo en el platillo de una balanza y una cantidad igual de oro o plata en el otro platillo, y luego invertir su valor en los pobres. Sin embargo, no tenía los medios para hacerlo. Entonces, en vez de oro o plata, colocó monedas en el otro platillo y las distribuyó entre la gente necesitada que se había reunido a su alrededor con la esperanza de recibir limosna. Ella repetía constantemente que, desde aquel día, Alfar nunca había caído enfermo ni había sufrido ningún daño. Aun así, solía suspirar de pena por la belleza perdida tras haberse desprendido de las largas trenzas que lo adornaban.

Se planteó volver a dejarle crecer la melena, pero Alfar había madurado lo suficiente como para darse cuenta de que el cabello largo no era para niños, sino para niñas.

La larga sombra

La pesadilla que había sufrido con el camello de Iliya siguió acechando a Fátima hasta que, una tarde, vio a un jinete que perseguía a una gacela por las colinas orientales que bordeaban las llanuras de Alhadia.

Cuando la gacela estaba a medio camino entre él y Fátima, cuya sombra parecía más larga que cualquiera que hubiera visto antes, el jinete se desconcertó. Pero lo que le sorprendió aún más fue que la gacela se dirigiese hacia Fátima, cuando lo más normal hubiera sido que cambiase de rumbo al ver a una persona.

Aminoró el paso de su caballo al ver que la gacela se acercaba con cautela a la chica misteriosa de la sombra alargada. De repente, la gacela se detuvo casi por completo, para después avanzar sin prisa, como si estuviera pastando en calma y como si se hubiera olvidado del jinete que la estaba acechando momentos antes. Finalmente, llegó hasta Fátima, se detuvo y miró al jinete, como diciendo: «¡No podrás hacer nada ahora!». El jinete se quedó bloqueado y casi se cae del caballo tratando de comprender lo que estaba sucediendo: «Tal vez la gacela le pertenece, pero ¿quién criaría una gacela y luego la soltaría en las llanuras?».

Después de un largo silencio, se acercó y ella lo reconoció como el hermano de Jadra. Vio cómo le susurraba algo a la gacela, que se alejó de ella a un ritmo pausado. Finalmente, antes de desaparecer, escuchó a Fátima gritar: «¡Espera!». La gacela se detuvo y volvió la cabeza.

«¡Adiós!», le dijo alegremente.

***

Fátima estaba de pie detrás de su padre mientras se recortaba la barba frente al espejo.

—Dime la verdad: ¿puedes verme ahora?

—No.

—¿Ni siquiera una parte de mi cabeza?

—Una pequeña parte.

—¡Gracias a Dios! ¡Eso es suficiente!

Una sensación agradable nació en lo más profundo del corazón de Hach Jáled. Recordó los momentos en que su hija decía una y otra vez: «No quiero crecer. ¡Quiero quedarme así!», mientras gateaba hacia él, sacudiendo la cabeza e imitando el balido de una oveja: «¡Mee! ¡Mee!» Dibujaba círculos a su alrededor y se metía por debajo de su brazo. Su cuerpo desaparecía detrás del de su padre, de modo que solo sobresalía su cabecita.

Y ahora había crecido.

—La única manera de que te hagas más alta es subirte a un caballo —le dijo a Fátima, que entendió la indirecta.

—Pero ya sabes, padre, que los caballos no vienen solos.

***

Desde que la gacela se había refugiado en ella, Fátima había dejado de despertarse aterrorizada por soñar con trozos de carne de camello con ojos tenebrosos. Había recuperado la capacidad infantil de conciliar el sueño pacíficamente y en su corazón habían aparecido algunos brotes verdes que no había sentido jamás. Pero antes de darse cuenta de lo que había cambiado en su interior, los vio regresar a su casa: eran los mismos hombres que un día habían venido para recuperar sus vacas.

***

Fátima aún no había descubierto el secreto de aquella puesta de sol y el asombro que les había asaltado a ella y al jinete cuando sus ojos se encontraron. Caminando hacia el oeste, de regreso a la aldea, su sombra se extendía detrás de ella, cruzando la llanura, hasta donde estaba el jinete sentado e inmóvil sobre el lomo de su yegua purasangre. No sabía cómo su sombra se había aferrado a la de la yegua y su jinete, ni cómo se había extendido cada vez más hacia atrás, en una línea perfectamente recta, a medida que se alejaba. Sin embargo, el jinete se dio cuenta de que su destino había quedado determinado y que la vida que había sido predestinada para él comenzaba allí, a los pies de aquella sombra interminable.

Su yegua siguió la estela de la sombra y cuando vio lo que estaba sucediendo, trató de detenerla, pero, por primera vez, no le obedeció. Tiró de sus riendas, pero su única respuesta fue levantarse y relinchar. Giró el cuello para volver al lugar de donde había venido, pero la yegua se resistió y se sacudió violentamente, haciéndole caer al suelo. Antes de que pudiera recuperarse vio cómo corría para encontrarse con la chica. Cuando la yegua llegó a su destino, Fátima se le acercó y le susurró algo al oído. Tras ese intercambio, la yegua regresó trotando hasta su amo, que había permanecido petrificado a lo lejos, incapaz de ir tras su montura o regresar a casa sin ella.

***

Antes del atardecer, cuatro días más tarde, los caballos aparecieron de nuevo, pero todo lo que Hach Jáled veía era a Hamama. Esto se había convertido en algo habitual, pues cada caballo que se acercaba desde la lejanía se parecía a Hamama.

Era jueves y las personas que habían venido al mercado, que se había convertido en el más grande de la zona, iban de regreso a sus hogares, que estaban esparcidos por todos lados. Sin embargo, los jinetes continuaban acercándose a la aldea y, por alguna misteriosa razón, sabía que se dirigían hacia un solo lugar: su casa.

—¡Chicos! —gritó a los suyos—. ¡Tenéis visita!

Los jóvenes a su alrededor se volvieron y vieron al grupo de jinetes que se acercaba en la distancia. Pudieron ver que había una separación creciente entre el grupo y uno de sus integrantes, cuyo caballo había aminorado el paso hasta detenerse. Su silueta, contra el sol poniente, era un espectáculo para la vista. Él y su yegua eran la encarnación de la belleza más exquisita. La llanura se había transformado en un panorama como nunca habían visto. Hach Jáled sintió que su corazón temblaba violentamente en su pecho en el mismo momento en que el corazón de Fátima comenzó a latir fuerte. Fue corriendo hacia su madre y se arrojó en sus brazos.

—¿Qué pasa?

—Nada. ¡Todo va bien, creo!

—¿Cuál es el problema, niña? ¿Qué pasa?

—Nada, madre. Todo va bien.

Cuando Sumayya trató de alejarla un poco para verle la cara, Fátima se aferró a ella aún más.

—Todo irá bien, todo va a salir bien —repitió su madre.

Cuando la visita se dirigió hacia la casa de huéspedes, todos los preparativos ya estaban listos. Por desgracia, la alegría que se vislumbraba en los ojos de Hach Jáled y de su hijo Nayi se esfumó de repente, porque la única hembra entre los caballos era una yegua gris que no se parecía ni a Hamama ni a la otra purasangre que encandilaba a Nayi.

***

El grupo de jinetes estaba encabezado por el jeque Yalil, que montaba una yegua con un pelaje ligeramente azulado. Una potra del color de las aguas poco profundas que ves cuando miras hacia el mar desde las altas montañas.

—Esta vez seguro que vienen por algo importante —dijo Hach Jáled para sus adentros.

Sus ilusiones no se disiparon cuando los abrazó. En sus ojos vio una mirada de íntima familiaridad que no había visto en su primera visita.

Cuando entraron en la casa de huéspedes, Hamdán se puso a tostar el café. Mantuvo una estrecha vigilancia en la puerta, tratando en vano de adivinar qué ocurría en su interior. Su corazón sabía más que él y sentía que una gran felicidad se acercaba. La visita de hoy no sería intranscendente.

Los años habían cambiado bastante a Hamdán. Su amistosa proximidad al fuego durante todo ese tiempo parecía haber hecho su tez más oscura y más corta su estatura. Su pelo, los mechones que asomaban por debajo de la kufiya, envolviéndole la cabeza como el turbante del jeque Husni, eran la única parte blanca que quedaba en él. Sus ojos todavía tenían su brillo familiar y resplandecían continuamente donde quiera que fuera, como si aún reflejaran la llama que algún día tuvieron. En cuanto a la sonrisa que nunca abandonó su rostro amable, no se podría decir si era un signo de felicidad y satisfacción o de aceptación ante el desconcierto de quien ya ha viso todo lo que había que ver bajo el sol.

Al final, no tuvo más remedio que escuchar la voz de su corazón, librando así a sus ojos de la tarea que les había asignado. En ese momento, la dulce melodía de su mortero empezó a sonar. Llenaron el aire, mezclándose con el aroma del café y de la felicidad que nacía en el interior de la casa.

***

Bebieron su café y pidieron permiso a su anfitrión para seguir su camino. Hach Jáled les rogó que se quedaran un rato más, pero le respondieron:

—Hay alguien esperándonos al otro lado de la llanura y no estaría bien dejarle aguardando en medio de la oscuridad.

—Podéis mandarle un mensaje.

—Sí, pero en nuestro pueblo también hay otras personas que nos esperan, tan ansiosamente como él.

Cuando se marcharon, Hamdán seguía fabricando su música en el mortero. Se volvieron y lo miraron, sabedores de que estaba compartiendo su alegría. Formaron un círculo a su alrededor, como si se hubiesen reunido en torno a un legendario bailarín de *dabke,* y se olvidaron por completo del tiempo. Entonces Hach Jáled bromeó: «¡A este ritmo, podrían haberse quedado a cenar y habrían terminado ya!».

Cuando se dieron cuenta, la noche había caído y el jinete que esperaba bajo la luz plateada de la luna, en el otro extremo del campo, era solo un punto misterioso y apenas reconocible.

Mientras bajaban la colina, vieron que la luna ascendía en el horizonte. Poco a poco se elevó más alta en el cielo, iluminando la llanura. Detrás de ellos, los compases del mortero de Hamdán llenaban el aire de una dulzura que nunca habían sentido unos invitados. Desde esa noche en adelante se convertirían en miembros de pleno derecho de la casa.

***

—Todo lo que teníamos que hacer era hablar de los jinetes para que aparecieran en la puerta de nuestras casas —le dijo Hach Jáled a su hija, que se había acurrucado tímidamente, hecha una bola—. ¡Parece que lo sabías!

Después de un breve silencio, dijo:

—No, no sabía nada. Solo tenía una corazonada.

—¡Así que lo sabes!

—¡No!, simplemente lo presiento, eso es todo.

—Si ese es el caso, entonces no había necesidad de que les dijera que les daría mi respuesta en dos días.

—¿Qué está pasando? —preguntó Sumayya.

—Alguien ha pedido la mano de tu hija.

—¡Felicidades!

—¿No vas a preguntar quiénes son?

—Nadie llama a la puerta de Hach Jáled, salvo aquellos que conocen bien su valor y el valor de ellos mismos.

***

Espectacular fue la boda que unió en matrimonio a Fátima con Nuh, el hermano de Jadra, cuyo mote le había acompañado desde la noche en que apareció a lomos de su caballo, gritando y abalanzándose con su espada. ¿Quién hubiera pensado que un comienzo como ese conduciría a un final así? Nuh intentó disculparse con Hach Jáled.

—Si no hubieras intentado defender tu ganado aquella noche, no habría aceptado casarte con mi hija —le dijo Hach Jáled en respuesta.

—Pero no olvide que fui derrotado.

—¿Derrotado? No, no fuiste derrotado. Después de todo, cuando atacaste, no lo hiciste para vencer, sino para recuperar lo que era tuyo.

—¿Me permitirá llamarle padre a partir de ahora?

—¿Y qué otra cosa podría hacer, sino considerarme como tu padre?

Pavos

Cuando Mahmud terminó la primaria en la Escuela Alnayah[6], en Nablus, la recepción que tuvo en Alhadia fue digna de un conquistador al regreso de una guerra. Flaco como una caña, había crecido mucho, y bajo su nariz diminuta brillaban los dorados pelillos de su bigote. Sus ojos parecían inundados de un nuevo resplandor. Y por supuesto, todos se habían fijado en que su forma de andar era más parecida a la de un empleado del Gobierno que a la de un colegial.

Cuando la multitud se dispersó, Hach Jáled le preguntó:

—¿Qué has pensado hacer ahora?

—No lo sé.

—Necesitamos que hagas algo mejor que eso, hijo. ¡No te enviamos a labrarte una educación para que al regresar respondieses con un «no sé»!

—Haré lo que quieras que haga.

—Como sabes, el problema al que nos enfrentamos es la falta de educación formal entre nosotros; me refiero a la gente de nuestras aldeas. ¡Pensarás que está bien para otras personas obtener una educación, pero no para nosotros! Ni los otomanos ni los británicos han querido que recibamos educación. Ni siquiera

---

[6] El primer intento de fundar esta escuela se llevó a cabo a finales del mandato otomano. Sin embargo, las solicitudes para hacerlo fueron rechazadas debido a las circunstancias políticas que afrontaba el Estado otomano hacia el final de su dominio sobre la región árabe, cuando las corrientes y el pensamiento nacionalista habían comenzado a surgir e incluso a amenazar la existencia del propio Estado otomano. En consecuencia, las autoridades otomanas consideraron necesario limitar el número de escuelas nuevas que se abrían, para así contener los sentimientos nacionalistas que habían empezado a intensificarse y extenderse. Sin embargo, en un intento de ganarse el favor de los residentes de la ciudad, las autoridades británicas aceptaron su fundación a principios de su mandato.

nuestros líderes. No sé si lo sabes, pero Abdelatif Alhamdi despidió a uno de los hombres que le trabajaba la tierra solo porque se atrevió a decir que quería que su hijo estudiara.

—Entonces, ¿qué piensas hacer?

—Hay escuelas en Jerusalén donde podrías seguir formándote.

—¿Me aceptarían?

—¿No son excelentes tus calificaciones?

—Lo son.

—Entonces, las llevaremos allí y veremos qué dicen.

***

Después de ponerse su ropa más elegante, Hach Jáled llevó a su hijo a la estación de tren.

Fueron a caballo, acompañados por Nayi, que escoltó sus dos monturas de vuelta a casa. Cuando llegaron a Jerusalén, se encontraron completamente en otro mundo. Un mundo que, como el padre Elías les había dicho una vez, cambiaba de una visita a otra.

Los coches corrían por las calles a tal velocidad que casi atropellaban a la gente bajo sus ruedas. Las adornadas carrozas de caballos se movían alegremente como pavos reales, como si fueran las dueñas de la tierra y de todos los que estaban en ella. Los autobuses aparecían por todos lados en busca de un espacio en el que insertarse, decididos a seguir su camino a toda costa.

—¿De dónde ha salido tanto coche? —le preguntó Hach Jáled a su hijo, desconcertado—. ¡Hay más coches que personas!

Mientras hablaba, reparó en el delgado bigotito de Mahmud por primera vez.

—Nablus es más silencioso —dijo Mahmud—. Pasarán cincuenta años antes de que tenga un ritmo de vida así, a pesar de que está a solo media hora en tren.

***

Jerusalén fue una gran decepción para ambos.

—Ya que hemos recorrido todo este camino, no queremos volver a casa con las manos vacías. Sigamos hacia Ramala —propuso Hach Jáled.

—¡Ramala!

—¿No hay escuelas allí?

—He oído hablar de una que se llama *Friends*.

—¿Crees que podrían aceptarte?

—No lo sé.

La amplia entrada de la escuela, con sus tres arcos, formaba un gran balcón en su segundo piso. Sus tejas rojas, que dibujaban dos pequeñas pirámides, le daban al edificio un aire majestuoso, que hacía que pareciera más una iglesia que un colegio. Las ventanas, oscuras y arqueadas, se veían a través de sus paredes de piedra con un aspecto antiguo y misterioso desconocido para ellos.

El director los recibió con menos calidez, incluso, que la que la gente de Alhadia le hubiera concedido a un funcionario del Gobierno. Echó una mirada inquisidora a las calificaciones de Mahmud y asintió con la cabeza.

—Un buen estudiante —dijo—, pero…

—¿Pero qué? —preguntó Hach Jáled, que aún no había sido invitado a sentarse.

—Nada.

Mirando por encima de sus gafas gruesas, a punto de caérseles de la nariz, el director examinó a Hach Jáled de arriba abajo. Parecía una madre en busca de una chica casadera para su hijo. A continuación, con una voz lánguida, casi en un susurro, dijo: «Como saben, somos una misión. Todas las mañanas rezamos antes de entrar a clase».

Percatándose de la endeble excusa del director, Hach Jáled se frotó la frente con los dedos de la mano izquierda, lo miró y dijo:

—Hay un monasterio en nuestro pueblo que ha estado allí desde los días en que mi padre era el anciano de la aldea. Cosas como esta no nos resultan extrañas.

—¡Pero ustedes no rezan en el monasterio!

—Pues sería maravilloso que mi hijo lo hiciera aquí con ustedes.

—Pero, como sabe, nuestra adoración es diferente a la suya. Cantamos himnos alabando a Dios, a Jesús y a la Virgen María.

—Eso me parece bien. Creemos en la Torá, en el Evangelio, en Jesús y en la Virgen.

—Además, cada domingo por la mañana, llevamos a los alumnos a la iglesia cuáquera, y allí escuchamos el sermón del pastor.

—No tengo ninguna objeción. Después de todo, la iglesia es la casa de Dios, igual que lo es la mezquita, y quiero que mi hijo conozca también la religión cristiana.

—No ayunamos en ramadán. No podemos preparar para los alumnos musulmanes la comida para romper el ayuno por la tarde ni tampoco la comida del alba.

—La salud de mi hijo, como se puede ver por su tamaño, es frágil, por lo que no ayuna en casa, ¡y tampoco quiero que ayune en su escuela!

El director miró pensativamente a Hach Jáled y dijo:

—Es usted asombroso. Me ha dejado sin nada que decir.

Después de un prolongado silencio, el director dijo: «Bueno, pues asunto arreglado». Se ajustó las gafas, los miró a los ojos y añadió:

—Bienvenido. Enhorabuena.

Solamente la noche

—¡Vamos, levantaos! ¡Ya es de día! —Sumayya llamó a sus hijos.

***

Con diez años apenas cumplidos, los niños estaban obligados a salir a trabajar al campo, donde apacentaban a los animales y los cuidaban. Sin embargo, en muchas ocasiones las ovejas y las cabras volvían por sí solas. Al echar en falta al pequeño pastor, los aldeanos salían a buscarlo. Si lo encontraban dormido en el llano decían: «¡Las ovejas a casa han regresado y el niño, frito se ha quedado!». Nayi era el único muchacho de la aldea que no había sufrido tal descrédito. De hecho, Hach Jáled a veces lo llamaba «el lobo».

Cuando un niño crecía y se hacía más fuerte, colocaban una pequeña piedra entre su mano y el mango del arado, y luego la presionaban para facilitarle el agarre y controlar mejor la vertedera del aparejo. Pero solo hacían esto cuando la cabeza del niño estaba bastante más alta que el propio arado, para que pudiera ver el suelo, controlar al buey y presionar para profundizar en la tierra. En muchos casos, el buey derribaba al niño, algo que siempre era motivo de risa en medio de la fatiga del día.

—¡Venga, levantaos! ¡Ya es de día! —insistió Sumayya nuevamente.

Comenzaron a moverse, con muy pocas ganas de despertarse. Cuando abrieron los ojos se dieron cuenta de que realmente se había hecho tarde.

Un gran campo de trigo les aguardaba y era hora de ponerse a trabajar. Estaban agotados por todo el trabajo del día anterior.

Aun así, se levantaron. Cuando llegaron descubrieron que los demás habían llegado ya mucho antes que ellos.

—¡Ya veis, llegáis tarde! —les dijo.

Sacudieron la cabeza, no para afirmar ni negar lo que había dicho su madre, sino para quitarse la somnolencia de los ojos.

Cuando comenzó la cosecha, el aire se llenó de canciones:

> Llevó su hoz al herrero y la pulió hasta relucir.
> La luna da vueltas a su alrededor, reflejando luz y vida.
> Los altos tallos de trigo se balancean,
> Ora hacia el este, ora hacia el oeste. ¡Qué hermoso es!

Se apresuraron en la faena para ver quién podía progresar más en el menor tiempo posible. Desde la distancia se podían ver los surcos, unos estrechos y otros anchos, que ahora flanqueaban el campo. Afaf, la nieta de Hach Yuma Abu Senbel, iba siempre a la cabeza.

Era de día, pero no había sol.

En el cielo no había nada más que la luna.

Nayi lanzó una mirada al horizonte oriental: «¡Nada!».

Cuando las espaldas de los niños y de algunos adultos se tensaban, los demás les hacían acostarse boca abajo sobre el estómago y se las masajeaban con los pies para relajarlas.

—La vida necesita de todos para continuar.

—Vamos a cargar el camello para que lleves el trigo a la ciudad —le dijeron a Musa.

—Iré yo —se ofreció voluntariamente Nayi.

—No, a ti te necesitamos aquí —respondió Hach Jáled.

El camello recorrió una distancia considerable antes de detenerse. Musa, que era el más holgazán de todos los hijos de Hach Jáled, trató de obligarlo a continuar, pero se negó. Poco después se arrodilló. Le instó a que se levantara, pero no hubo respuesta.

Musa pidió ayuda a gritos y todos, alarmados, llegaron corriendo. Cuando llegaron, vieron que el problema era mucho menos serio de lo que habían pensado.

—Nos has dado un susto de muerte, chiquillo. ¿No te da vergüenza? —dijo Sumayya a modo de reproche.

—¿Qué se supone que debía hacer? —protestó—. ¡El camello no quería andar!

Hach Jáled empujó al animal con la punta del zapato y este se levantó.

—¡Vamos, sigue tu camino! ¡Y no armes tanto jaleo! —le dijo Sumayya a su hijo. Musa se negó a seguir.

—¿Y si me lo vuelve a hacer? —preguntó. Así que Muhámmad Shahada se fue con él y volvieron en una hora.

El amanecer aún estaba muy lejos. Cuando finalmente apareció el sol, se dieron cuenta de que los adultos les habían engañado. Algunos de los cosechadores habían logrado abrirse camino hasta casi la mitad del campo.

La única forma de evitar los abrasadores rayos del sol era levantarse por la noche y trabajar a la luz de la luna.

Cuando Sumayya llamó a sus hijos la noche siguiente, diciendo: «¡Vamos! ¡Que ya es de día!», Musa respondió sin siquiera abrir los ojos: «¡No pienso salir de casa hasta que se ponga el sol!».

Clases particulares

Era como si la estuviera viendo por primera vez. Sumayya miró a Afaf y dijo: «Esta es la novia que quiero para Mahmud, ¡no debemos dejarla escapar!».

Afaf era la nieta de Hach Yuma Abu Senbel y había vivido con su madre en la casa de su abuelo desde que Ahmad, el padre de Afaf, murió en un extraño accidente. Un día conducía a las vacas colina arriba para escapar de una riada que discurría por el valle, cuando una vaca se trastabilló y, al rodar colina abajo, lo aplastó contra una gran roca.

—*Me preguntas: «¿Pero cómo murió?». Al haber sido aplastado por la vaca, tenía fuertes dolores de espalda, así que mi madre se presentó ante la esposa de Nabil Alodeh. ¿Por qué? Porque ella sabía cómo tratarlo con cauterización. Voy al grano. En cualquier caso, cauterizó el área alrededor de la columna vertebral y puso un garbanzo y algunas hojas de árboles verdes encima de la zona afectada y las ató. Después, le poníamos un nuevo garbanzo y hojas frescas cada dos días, según sus instrucciones. Durante la primera semana, aunque nadie podía creérselo, decía: «Ya no me duele». Lo aseguraba a pesar de que no podía moverse. Dos semanas después, la espalda comenzó a torcérsele, cada vez más, así que lo llevamos a Ramla. Cuando el doctor lo vio, gritó: «¿Qué le habéis hecho, burros? ¡Merecéis morir!». Entonces mi madre le dijo: «Tenía dolor de espalda y una mujer desconocida pasó por la aldea y nos dijo que sabía cómo aplicar remedios naturales. Así que dejamos que ella lo tratase». Por supuesto, mi madre tenía miedo de mencionar el nombre de la esposa de Nabil Alodeh, ya que sabía que podría conducir a una investigación y quién sabe a qué más… «¡Tiene la médula espinal seriamente dañada!», gritó el doctor enfurecido. Lo llevaron a Yafa y a Jerusa-*

lén, pero no sirvió de nada. No volvió a hacer uso de sus piernas. Durante todo el día, él, que Dios lo tenga en Su gloria, nos pedía que le estirásemos y le encogiésemos las piernas y siempre que necesitaba ayuda por la noche, nos despertaba con un palo largo que habíamos colocado junto a él. La gente venía constantemente a visitarle, pero en menos de un mes se murió.

Sumayya se fijaba en Afaf mientras iba y venía, cuando trabajaba en el campo recogiendo aceitunas. Incluso observaba cómo traía el agua del pozo. Cuando estuvo segura de que ella era la niña que quería como esposa para su hijo, fue a su casa en una visita sorpresa. En cuanto vio la casa, la niña pasó la prueba con gran éxito.

Luego, para asegurarse del todo, hizo dos visitas sorpresa más. Ambas con el mismo resultado.

En cuanto a la propia Afaf, no recordaba un momento en que hubiera sido de otra manera, con una excepción. Un día nefasto, mientras regresaba del pozo, Aisha, la hija de Muhámmad Shahada, gritó: «¡Una serpiente! ¡Una serpiente!».

Afaf bajó la mirada a sus pies y vio la «serpiente», que resultó ser nada más que un pedazo de cuerda. Como resultado, se resbaló, perdió el equilibrio y el cántaro que llevaba en la cabeza se le cayó y se hizo añicos.

Aisha no esperaba que su broma provocase tal desastre. Afaf se agachó inmediatamente para recoger los pedazos de cántaro y rompió a llorar. Cuando llegó a casa, no se atrevió a entrar y siguió dando vueltas a su alrededor. Luego se sentó a la sombra de la pared, con los ojos nublados de lágrimas.

Preguntándose por qué su hija tardaba tanto, la madre salió de la casa y la vio llorar.

—¿Qué ha pasado? —preguntó.

—He roto el cántaro.

—¿Que has roto el cántaro? ¡Pobre de mí! ¿Has roto el cántaro? ¿Cómo has podido?

—Me he caído.

—¡Señor, ten piedad!

Eran pobres y, aunque un cántaro nuevo habría costado solo diez piastras, para ellos era una pérdida terrible. Durante tres días enteros, su madre despotricó furiosa, como si hubiera perdido a su marido de nuevo. Para compensar la pérdida, su madre no tuvo más remedio que dejar que Afaf trabajara como sirvienta de las hermanas Sara y Miri en el monasterio, después de la muerte del padre Antonius. Cuando las dos hermanas vieron cómo trabajaba Afaf, se aferraron a ella, decididas a no dejar que nadie se la llevara. También comenzaron a enseñarle griego y se sorprendieron de lo inteligente que era.

Un día, su tío materno, Abderrahmán, vino de Yafa para visitarles. Cuando vio que la madre de Afaf estaba embarazada de ocho meses y enferma, preguntó:

—¿Dónde está Afaf?

—En el monasterio —respondió ella.

—¿Y qué está haciendo en el monasterio?

—Fue a ayudar a las monjas durante un par de semanas, pero ya lleva cinco meses.

—¿Y quién te ayuda?

—¡Nadie, como puedes ver!

Abderrahmán fue al monasterio y llamó a la puerta. Se asomó la hermana Miri.

—¿Dónde está Afaf?

—Está trabajando dentro. ¿Quién eres tú?

—Soy su tío y quiero que se venga a casa conmigo ahora mismo.

—No puedes llevártela. Trabaja aquí y no podemos estar sin ella.

—Pero más la necesita su madre.

—No puedes llevártela.

Empujando a la monja a un lado, Abderrahmán entró en el edificio y comenzó a gritar:

—¡Afaf! Afaf!

—¡Tío Abderrahmán!

Afaf corrió hacia él, pues le tenía mucho cariño. Él siempre le traía dulces y cosas ricas, que ninguna otra chica en Alhadia había probado nunca.

—Quiero que vengas conmigo. Tu madre está enferma y quiero que salgas de aquí para siempre. ¿Lo entiendes?

—Sí, pero no lo aceptarán.

—No te la puedes llevar. Nos hace mucha falta.

—Si os hace falta o no, ese es vuestro problema y lo tenéis que resolver por vuestra cuenta.

En realidad, Afaf estaba encantada de irse por fin, ya que así se desprendía de la pesada carga de trabajo que tenía que sobrellevar en el monasterio. Una carga tan pesada que, en cuanto llegó a su casa, se fue directamente a la cama en busca de un sueño reparador.

***

Afaf, después de dejar el monasterio con un buen número de palabras griegas en su haber, que después emplearía como insultos enigmáticos, siguió con su vida como si no se hubiera ido nunca. Cuando su madre dio a luz, a Afaf se le asignó la tarea de cuidar a su tan esperado hermano menor. Si ella hubiera podido amamantarlo, también lo habría hecho.

Las noticias sobre Afaf se extendieron por toda Alhadia. La gente hablaba bien de ella, considerándola «fruto de la educación de las monjas», aunque sabían muy bien que nada en ella había cambiado, excepto los insultos en griego que conocía y que generalmente usaba acompañados de una risita.

***

Sumayya envió a su hijo Nayi para informar a Mahmud, que trabajaba para un periódico en Yafa, de que le había encontrado una novia y tenía que regresar: «Ahora que tiene veintidós años, no esperaré más», anunció su madre.

Cuando Nayi llegó a Yafa ese mismo mediodía, encontró a Mahmud todavía dormido. Había pasado el día anterior viendo la película de Yusuf Wahbi, *La silla de la confesión*, que había terminado a la una y media de la mañana.

«No estoy pensando en casarme». Su respuesta fue tajante. Estaba contento con su vida en Yafa. Allí no le faltaba de nada. Había cafés, teatros, centros culturales, conciertos y obras de grandes artistas, desde Yusuf Wahbi hasta Nayib Alrihani, Ali Alkassar, Muhámmad Abdelwahhab e incluso Um Kulzum. Además, había salas de cine que proyectaban regularmente las mejores películas y los últimos estrenos. Su favorito era el cine Hamra, en la entrada del barrio Nuzha. En vacaciones iba al cine Alsharq, donde veía las películas de Flash Gordon y Dick Tracy. Podía ver tres películas seguidas solo por dos piastras.

—¿Cómo es que no piensa en el matrimonio a su edad? —dijo Sumayya a Anisa con lágrimas en los ojos.

—Tal vez tu hijo no sirve para casarse con una mujer —sugirió Anisa.

—¡Dios no lo quiera!

—¡O tal vez lo tenga loco una de esas chicas de la ciudad!

Anisa había tenido la peor suerte de todas las mujeres en Alhadia. Su matrimonio no duró más de tres meses y no pudo tampoco quedarse embarazada. Todo el mundo se percató de que el problema no lo tenía ella, sino su esposo, que comenzó a evitar los encuentros con otras personas. Finalmente se ofreció voluntario como soldado en el Ejército turco y desapareció para siempre. la gente decía que no era bueno en la cama.

—Lo siento por él. No fue su culpa —le confió Anisa tristemente a Munira una noche.

—Pero todavía no lo entiendo —dijo Munira.

—¡El pobre hombre no estaba bien *dotado*!

—¡No! —Munira se quedó sin aliento.

—¡La tenía más pequeña que un haba!

***

Durante la primera visita de vuelta de Mahmud a Alhadia, Sumayya lo obligó a que lo acompañase hasta la casa de Afaf para que se la pudiera mostrar. Cuando la vio, todo cambió. Afaf era realmente hermosa: alta, esbelta y tenía un andar lánguido aún más encantador que el de las estrellas del celuloide que veía en el cine Alhamra todos los jueves.

—Pero no sabe leer ni escribir —le dijo a su madre.

—Fue educada en el monasterio y habla griego. Si la escuchas hablar en griego seguro que cambias de opinión. ¿Tú sabes hablar griego?

—Bueno, no —admitió un poco avergonzado.

—¡Estate callado entonces!

Cuando Afaf los miró, el muchacho experimentó un cambio importante: su rostro lucía más lozano y había adquirido una blancura más intensa, y su físico flaco ya no recordaba a una caña. Mahmud lucía un bigote fino y bien arreglado. Llevaba gafas redondas, como las que usaban los médicos.

—¡Buenos días, tía! —dijo con una sonrisa.

—Buenos días, niña de mis ojos.

Su sonrisa por sí sola fue suficiente para hacer temblar el corazón de Mahmud. Era una sonrisa luminosa, llena de ingenio y simpatía, acompañada por su tez oscura, que intensificaba sus grandes ojos traslúcidos.

—Es joven y tú mismo puedes forjar su carácter como te apetezca —le dijo Sumayya.

—¿Eso crees?

—Si un joven como tú no puede hacerlo, entonces, ¿quién va a poder?

Esa noche, Hach Jáled fue a la casa de Hach Yuma Abu Senbel y le dijo lo que estaba pensando. «Con las bendiciones de Dios», fue la respuesta de Abu Senbel.

Al día siguiente, Mahmud regresó a Yafa, donde compró un reloj y un anillo de oro. Cuando la novia los vio, se emocionó muchísimo. Durante mucho tiempo caminaba por el pueblo mirándolos, como si no fuesen suyos y tuviese todavía candente el deseo de tenerlos.

—Me gusta todo de ti, pero quiero que aprendas a leer y estudies algo de matemáticas. Me encanta leer. Suelo comprar cuentos, libros y revistas. Me gustaría que leyeras todo lo que yo leo para que podamos entendernos mejor.

Mahmud no perdió el tiempo y empezó a enseñarle a leer a la mañana siguiente. Además, para que se lo tomase muy en serio, le dejó como tarea algunos problemas matemáticos. Después dijo:

—Cuando regrese, quiero que todos estos problemas estén resueltos y que hayas terminado de leer el relato. ¿De acuerdo?

—¡De acuerdo!

***

Afaf se afanó en resolver los problemas de matemáticas y en leer los relatos, le gustaran o no.

Pero un día, Mahmud vino de visita sorpresa, cargado, como de costumbre, con todos los periódicos publicados por el diario para el que trabajaba en Yafa. Ella vio desde lejos la caja de libros y periódicos en la parte trasera del camión y se dio cuenta de que el desastre era inminente. Ni siquiera se había acercado a los papeles que le había dejado en su visita anterior.

Afaf bajó corriendo por la ladera. Al principio, saltaba con facilidad los muretes de piedra que dividían los viñedos y las huertas. A medida que avanzaba, comenzó a perder impulso y empezó a tropezar casi a cada salto, dejando una pequeña rotura a su paso. Cuando miró hacia atrás, vio que había abierto un pasadizo que atravesaba la larga serie de muros. Había querido llegar antes que él a casa, con la esperanza de poder adelantar lo que no había hecho. Pero no sirvió de nada. La camioneta llegó antes y tuvo que enfrentarse a la prueba más amarga y dura que jamás había vivido.

Mahmud le dio un tirón de orejas, como era costumbre entre los maestros por aquel entonces. Afaf gritó y se puso a llorar. No fue el dolor lo que la hizo llorar, sino más bien la humillación que le había hecho sufrir.

Afaf estaba acostumbrada a lavarle y a plancharle la ropa cada vez que la visitaba, tareas que había aprendido en el monasterio. Entonces dejó de hacerlo.

—Busca a otra persona para que te planche la ropa.

—No estoy acostumbrado a que me hablen de esa manera.

—Quien me tira de las orejas tendrá que acostumbrarse a mi manera de hablar de ahora en adelante.

Para vengarse de ella, decidió expulsarla. Poco tiempo después, el enfrentamiento se convirtió en la primera disputa seria que hacía temblar las bases de la relación; tan seria que Mahmud se negó a visitarla, y se pasó un año entero sin hablarle.

Los platos de Sumayya

Sin previo aviso, Nayi pidió matrimonio. Hach Jáled cedió a su petición y le permitió casarse antes que Mahmud, aunque esto no era apropiado, ya que primero se casa el hijo mayor, luego el segundo y así sucesivamente.

Cada vez que Sumayya recordaba ese día, lloraba de la risa.

Nayi agarró un puñado de platos y comenzó a romperlos. Al darse cuenta de lo que pasaba, Sumayya se levantó para minimizar sus pérdidas. «¿Hay alguien demasiado tímido para hacer esto por sí mismo que te ha pedido que lo hagas por él?», le preguntó. Luego lo pensó con más detenimiento y añadió: «Mahmud ya tiene a su prometida, entonces ¿por qué le da vergüenza decirnos que quiere casarse? ¿Tal vez es Musa?».

La única respuesta de Nayi fue romper más platos.

—¡Hach Jáled! —gritó—. ¡Ven aquí rápido!

Para cuando Hach Jáled llegó, Sumayya, con sus fuertes brazos, había sujetado a Nayi. Este, con otro plato en la mano, amenazó: «¡Suéltame o rompo este también!».

—¿Qué está pasando? —dijo Hach Jáled al ver los platos rotos que cubrían el piso.

—¡Mira tus hijos! Son demasiado tímidos para decir que quieren casarse, y le piden a este mocoso que lo haga por ellos.

—Tú, mocoso, ¿quién te ha dicho que hagas lo que estás haciendo? —le preguntó apretándole aún más fuerte.

—¡Me lo he dicho a mí mismo!

—¿Quién?

—¡Yo! ¡Soy yo el que quiere casarse!

—¡Tú!

Sumayya lo liberó de su cárcel de hierro y él se apartó rápidamente de ella hasta ponerse de espaldas a la pared y con el plato en la mano.

—¿Rompo este plato también o me dejáis casarme?

Entonces Sumayya se echó a reír a carcajadas.

Se rio como nunca. En cuestión de segundos, su risa se volvió contagiosa y Hach Jáled tampoco pudo contenerse. Después de un rato, él logró dejar de reír, pero Sumayya no podía controlarse. Entonces se dio cuenta de que su esposa estaba a punto de perder la cabeza.

Su risa, finalmente, disminuyó a causa de un espasmo en la mandíbula que le impidió pronunciar palabra durante tres días completos. Para asegurarse de que no volviese a sufrir aquel horrible ataque de risa, Hach Jáled no tuvo otra opción que juntarle las mandíbulas con un trapo que pasaba por debajo del mentón y alrededor de la cabeza.

Al cuarto día, Sumayya se quitó el vendaje por sí misma, pero en lugar de reír, comenzó a llorar. Hach Jáled le dijo: «La risa nos ha causado mucho dolor. ¿Y ahora qué pretendes causarnos con el llanto?». Entonces le dijo que esperaba que su felicidad fuera completada con el casamiento de Mahmud, pero resulta que es Nayi quien quiere casarse.

—Mahmud está comprometido, mujer. Lo que importa ahora es que resuelva las cosas con su prometida. De lo contrario, podría sorprendernos diciendo que quiere casarse con otra.

—¡Tengo miedo de que eso suceda!

—¿Y por qué no, si las cosas siguen tal como están ahora?

—¡Todo menos eso!

***

Hach Jáled, al igual que Sumayya, acabó resignándose. El miedo volvió a apoderarse de sus corazones cuando Sumayya preguntó: «¿Te ha dicho Nayi quién es la chica desafortunada?».

En la cara de Fátima se dibujó esa sonrisa malvada que todos conocían tan bien y que no la había abandonado ni siquiera después de casarse.

—¡Antes de que esa sonrisa tuya empiece a hacerte daño, más vale que nos digas su nombre!

—¡Y yo qué sé!

Fátima, que se había mudado a una nueva casa junto a la de su padre, sabía que Nayi había ido al barrio de Hach Sabri Alnayyar y que cada vez que desaparecía era porque estaba allí. Había intentado más de una vez hacerle confesar, pero él se resistía. Así que no le quedó otra que espiarle. Cuando supo que había estado dando vueltas cerca de la casa de Sálem *el Terco*, se, se dio una palmada en las mejillas y gritó: «¡Cualquiera menos esa boba!».

—¿Y quién es esa boba de la que estás hablando?

—¿La boba? Jadiya —confesó Fátima al final—, ¡la hija de Sálem *el Terco*!

—¡Pobre de ti, Sumayya! ¡La hija boba de Sálem *el Terco*!

***

En una ocasión, después de regresar de una de sus largas ausencias, Nayi se encontró con todos esperándolo. Junto a Hach Jáled estaba sentada Sumayya, que había reunido todos sus platos rompibles en su regazo.

—Ven aquí, cariño —dijo—. Rompe todos los platos que quieras, pero si crees que voy a dejar que te cases con la boba de Jadiya, vas listo.

—¿Y quién dijo que quería casarme con la loca de Jadiya?

—Entonces, ¿por qué pasas todo el día en los alrededores de su casa, provocando que todo el mundo hable mal de nosotros? —le preguntó Hach Jáled.

Se puso un poco nervioso.

—¡Adelante! —dijo Sumayya con irritación—. ¡Danos una explicación!

—Quería a su potra, Alshahba —dijo simplemente.

—¡Pobre de ti, Sumayya! —Lamentó su madre—. ¿O sea, te quieres casar con una potra?

—Quiero que la compréis para mí.

—Y, ¿por qué no nos lo has pedido?

—Por si os negabais.

—¿Y por eso vienes ahora y me rompes los platos, so infeliz? —protestó Sumayya.

—Es que, como estoy enamorado de ella, me daba miedo que la rechazarais.

—¿Enamorado de ella? ¿Qué significa eso? ¿Amas a la potra? ¿Pero tú estás bien de la cabeza?

—Por las buenas o por las malas, tiene que ser mía —gritó.

—¡Ay, Ay, ¡Ay! —lamentó Fátima.

—Tú, cállate la boca —le replicó su madre.

—Es que me duele de sonreír —se quejó Fátima.

—Te juro que la culpa de todo esto la tienes tú. Bien que lo sabías desde hace tiempo y te lo has tenido callado —le regañó su madre.

***

Hach Jáled mandó a buscar a Muhámmad Shahada y le dijo: «Ve a preguntarle a Sálem *el Terco* cuánto quiere por esa potra».

Cuando regresó, dijo: «Dice que no está en venta».

—¿Qué quiere decir con que no está en venta? ¿Así de simple?

—Es lo que me ha dicho. Dice que es la yegua de Jadiya y que, cuando se case, irá a la casa de su marido montada en ella.

—¿Y qué quiere decir con eso?

—Quiere decir que la potra solo pertenecerá a quien se case con la niña.

—Así que es por eso por lo que la gente dice que mima a esa potra más que a su propia hija. Sabe que tiene la llave del futuro de esa chica boba —dijo Hach Jáled.

—Con esto os habéis topado.

***

—¿Te hace feliz que se burlen de nosotros de esta manera? ¿Y por quién? ¿Por alguien del clan de Hach Sabri Alnayyar? —preguntó Hach Jáled a su hijo.

—No me hace feliz, pero quiero esa potra.

—¿Sabes cuál es su condición?

—Sí, la conozco.

—¿Y estás dispuesto a casarte con la boba de Jadiya?

—¡No es tan boba!

Fue entonces cuando Sumayya comenzó a lamentarse en voz alta.

—¡El chico ha perdido la cabeza! —gritó ella.

—La quiero. Quiero decir, la quiero con Jadiya o sin Jadiya.

***

Hach Jáled lo intentó una y otra vez. Envió un mensaje Sálem *el Terco*: «Pide lo que quieras».

Y Sálem respondía: «Con respecto a este asunto, hay una sola respuesta».

—¿Y si te compramos una yegua aún mejor? —le preguntaron a Nayi.

—Cuando digo que solo quiero esa potra, quiero decir esa potra —respondió.

***

Nayi pensó que se había enamorado de Alkahila, la yegua purasangre que pertenecía a Nuh, el esposo de Fátima, pero solo había sido un espejismo. Cuando Alshahba pisó Alhadia, Alkahila se volvió invisible a sus ojos, como si nunca hubiera existido.

Nayi dejó de comer y encogió hasta ser la mitad de su tamaño original. Tamam lo miraba con tristeza. Fátima dejó de sonreír. Hach Jáled se mantenía en silencio y ya no hablaba con nadie. Entonces, una noche, Sumayya se acercó a su esposo y le dijo: «Antes de que te casaras conmigo, ¡a lo mejor yo era más boba que ella ahora!».

—Pero ¿qué dices, mujer?

Para su sorpresa, tuvo la audacia de repetir: «¡A lo mejor, antes de que te casaras conmigo, yo era más boba que ella ahora!

***

Nadie pudo explicar cómo, pero antes de que llegase el día de su compromiso, Jadiya se había convertido en una persona nueva. Incluso se decía que en su desesperación por encontrar marido se había vuelto loca. Pero ahora que sus esperanzas se habían cumplido, la Jadiya de hoy no era en absoluto la Jadiya del pasado. ¡Por otro lado, había gente que decía que la locura le había venido de tantos huevos como comía!

Sin embargo, la querencia del novio por ver más a Alshahba que a su propia novia casi hizo que Jadiya volviese a las andadas.

Cuando iba a visitarla a su casa, apenas Nayi se sentaba, sus ojos ya estaban buscando a la potranca. Cuando la madre de Jadiya la llamó para que viniese a ver a Nayi en su primera visita, le dijo: «No seas tímida, joven novia. Ven aquí», pero a quien Nayi esperaba ver llegar no era a Jadiya, sino a la potra.

El eclipse de Alshahba

—Lo mejor del tiempo es que pasa muy rápido. Eso también es lo peor —dijo Hach Jáled. Nayi no entendió las palabras de su padre.

Cuando Jadiya abandonó la casa de sus padres a lomos de su potra, el mundo entero no era suficiente para contener la alegría de Nayi, invadido por un sentimiento profundo: «¡Alshahba será mía!». Mientras tanto, los numerosos cambios que había experimentado Jadiya habían atenuado la incomodidad de Hach Jáled en los días previos al compromiso.

—No me equivoqué cuando insistí en bautizarlo con el nombre de Nayi, pues está claro que nació predestinado a superar todas las adversidades —comentó Sumayya.

***

Los compromisos de algunas personas duraban años. En este caso, Hach Jáled decidió que el de Nayi se prolongase solo uno.

Aun así, Nayi, que se moría de ganas de tener a Alshahba, había cambiado toda la ecuación. Hach Jáled no tuvo más remedio que resolver el asunto tomando una decisión definitiva. Se frotó la frente con los dedos de la mano izquierda y, mirando a su hijo, dijo: «La boda no será en el momento que habíamos fijado».

Nayi estaba tan nervioso por lo que acababa de escuchar que casi pierde el juicio en la casa de huéspedes, donde los hombres del vecindario estaban reunidos, como solían hacer cada noche.

—Vamos a adelantar la fecha unos nueve meses —continuó Hach Jáled, explicándose con más detalle. Entonces la sangre volvió a correr por las venas de su hijo y la vida iluminó de nuevo su rostro apagado.

***

La gente vino en masa desde todas partes para asistir a la celebración. Hach Abu Salim, el padre de Amal, la primera esposa de Hach Jáled, tampoco dejó pasar la ocasión, y vino desde Jerusalén. Le dijo a Hach Jáled: «Una sensación extraña se apoderó de mí cuando me enteré de que celebrabas la boda de un hijo tuyo. Durante el viaje, me parecía como si asistiese en realidad a la boda de un nieto mío y felicitase a mi propia hija».

—Que Dios la tenga en Su gloria —respondió Hach Jáled—. Que Dios la tenga en Su gloria —dijo de nuevo—. Sabes que soy como tu hijo y que mis hijos siempre serán tus nietos.

—Que Dios tenga misericordia de ella. Ella había sido la Esperanza en persona. Por eso le habían puesto de nombre Amal.

***

Las mujeres y las muchachas llevaban sobre sus cabezas la comida para el banquete de bodas y se dirigían hacia la casa de huéspedes mientras cantaban:

> Oh, muchacha que acaba de pasar por aquí, alta y elegante,
> Con un cuello que se extiende dos palmos por debajo de los pendientes.
> El pecho es un jardín, de albahaca tiene hecha la frente.
> A una llamada suya desde la lejanía, tengo el corazón pendiente.
> Oh, muchacha, de belleza tan singular, tan alta y elegante,
> Es el cabello que cae en cascada sobre su pecho, oro resplandeciente.
> Si un hombre casado la viera, por conseguirla dejaría a su esposa,
> Y andaría vagando por el desierto, falto de juicio y sin norte.

Luego, y como era costumbre en esas ocasiones, siguieron cantando en la puerta de la casa de huéspedes hasta que los hombres terminaron de comer.

A los festejos de boda fue invitada toda la gente del pueblo y hubo comida de sobra para todos los invitados.

***

Entonces ocurrió lo que todos temían: antes de que los novios cenasen y consumasen el matrimonio en la noche de bodas, Nayi le dijo a Jadiya: «Salgo un momento. Enseguida vuelvo», como dando la impresión de que necesitaba responder a una llamada urgente de la naturaleza.

Al salir fue sorprendido por su madre y su suegra en la puerta, en donde estaban esperándole para saber a dónde iba en la noche de bodas.

—¿A dónde crees que vas?

—¡Voy a responder a la llamada de la naturaleza!

—¿Te parece buen momento para eso? —murmuró su madre entre dientes.

—Ay, me temo que… —espetó la madre de la novia.

Pero antes de que pudiera terminar la frase, Munira la interrumpió, diciendo: «¡No te preocupes! Todo saldrá bien».

Entonces Nayi pasó junto a ellas y desapareció.

La gente de Alhadia todavía recordaba entre risas lo que había sucedido cuando Albármaki se casó por primera vez a los once años. En la noche de bodas, dijo: «¡Quiero harisa! ¡No voy a estar con la novia hasta que me traigáis un poco de harisa!». Entonces viajaron en plena noche hasta la ciudad de Ramla para encontrar algo de harisa, y cuando volvieron al mediodía del día siguiente, lo encontraron todavía esperando. Pero ni siquiera eso sirvió de nada. Durante mucho tiempo, el muchacho siguió jugando en el vecindario y, cuando regresaba a casa, estaba tan agotado que se dormía al instante sobre el hombro de su esposa. Un día, mientras dormía, alguien llamó a su puerta y preguntó: —¿Dónde está el hombre de la casa? —Está dormido —respondió su esposa—. ¿Hay algo que quieres que le diga cuando se despierte? Sin embargo, cuando tres años después probó la «harisa» de su esposa, exclamó: «¡Dios! ¡Está más rica que la de verdad!».

Sumayya, muy angustiada, tenía el corazón en un puño. Sentía que estaba tardando demasiado y que cada segundo que pasaba parecía una eternidad.

Dejando a la madre de la novia donde estaba, dijo: «Deja que me vaya un momento. Vuelvo enseguida».

Sabiendo exactamente dónde podía encontrarlo, se dirigió al establo. Allí estaba, sosteniendo la cabeza de Alshahba y besando su mejilla.

—¿Qué estás haciendo? ¡Por el amor de Dios!

—He venido a verla.

—¡Dejas a la pobre chica esperándote allí mientras vienes a ver a su yegua! ¡Vuelve ahora mismo, antes de que te deje en evidencia delante de todo el pueblo!

Después murmuró para sus adentros: «¿Qué pesadilla es esta en la que tú misma te has metido, Sumayya?».

***

Un día Nayi saboreó un nuevo tipo de dulzura, una dulzura que no había imaginado. Entonces dejó de escaparse de casa. Se plantó en la cama y se aferró a ella como si formase parte de su propio cuerpo. Nunca había imaginado un mundo así, el mundo de Jadiya, que no solo había florecido como una rosa, sino que tenía también un lado salvaje, como si fuera Alshahba. La chica mostraba una coquetería que no era del agrado de su suegra. Si no fuera la nueva esposa de su hijo, Sumayya le habría dicho cuatro cosas bien dichas.

Nayi ya no tenía piedad de ella ni de sí mismo. Le temblaban las piernas, como a ella, cada vez que trataban de cruzar la distancia entre su dormitorio y el largo comedor donde toda la familia se reunía para comer.

Habían pasado menos de tres semanas cuando Jadiya le dijo: «¿Por qué no vas a ver a Alshahba?». Se lo repitió tanto que al final se cansó, viendo que era en vano.

Un mes después, la novia le susurró algo al oído a su madre, quien a su vez se lo confió a la madre de Nayi: «¡Querida, la niña no está hecha de acero!».

—Ya sabes. ¡Es joven!

—Joven o no, querida, ¡la niña no está hecha de acero!

—Encontraré una solución.

***

Una bandada de gorriones volaba bajo. Sumayya los siguió con la mirada hasta que desaparecieron. Respirando hondo, se puso a contemplar los alrededores. Para su asombro, se dio cuenta de que hacía mucho que no se fijaba en el naranjo. ¿Cómo pudo haber ocurrido? No encontró respuesta. Alzó la vista esperando ver pasar otra bandada de pájaros, pero el cielo de cobre permaneció despejado. Luego se volvió hacia Nayi y le dijo: «Sabes, mi vida, te dieron la yegua y la novia. Pero ahora dicen que ya que eres tan feliz con la novia, quizás debas devolver a la yegua, porque no le prestas ninguna atención. Su potra es valiosa para ellos, al igual que su hija. Y si no cuidas bien de ella, lo quieras o no, te la van a quitar».

—¿Con qué derecho me la van a quitar?

—Pues porque no la cuidas. Si sigue así, de aquí a nada se te muere de hambre.

—¡Está bien, entonces, devuélvela!

—¡Todo menos eso! —exclamó Sumayya, perdiendo repentinamente los nervios—. ¿Te has vuelto loco? ¿Quieres que le diga a la gente que Nayi, el hijo de Hach Jáled, no pudo cumplir con su deber con su potra? ¡Vergüenza te tendría que dar!

***

Las cosas cambiaron cuando Nayi se dio cuenta de que tenía que mantener a su familia por sí mismo y de que ya no era un niño que podía vivir libre de responsabilidades.

Hach Jáled le dijo: «¡Gracias a Dios! Bendita la casa de la que nace otra casa». Y siguió repitiendo esas palabras hasta que Nayi se dio cuenta de que los tiempos habían cambiado.

Mientras tanto, Alshahba ya no ocupaba el trono que una vez había sido suyo.

Una nube negra

Un día vieron una nube negra en la distancia. Era la primera vez que veían algo semejante, por lo que resultaba difícil determinar si se trataba de una tormenta o de una bruma densa.

A medida que se acercaba, podían oír el ruido que emitía. Se acercó al suelo y pudieron ver el cielo despejado sobre ella. Su murmullo se oía cada vez más fuerte, lo que llevó a Muhámmad Alaslini a gritar: «¡Son langostas!».

El descenso del infierno sobre la tierra no fue misericordioso. En cuestión de minutos todo había desaparecido bajo una capa marrón negruzca de millones de langostas. La gente empezó a correr tratando de obrar un milagro imposible. Gritaban, golpeaban ollas y sartenes, los hombres ondeaban sus camisas y las mujeres lo hacían con las prendas que les cubrían la cabeza. Los niños saltaban de un lado a otro tratando de aplastar tantas como pudieran con los pies descalzos. Una vez agotados y viendo que sus esfuerzos eran en vano, muchos de los hombres se sentaron y rompieron a llorar por sus campos y huertos perdidos.

***

Antes de la llegada de las langostas, el Gobierno británico había enviado a los recaudadores de impuestos. Cuando llegaron, los cultivos estaban listos para la cosecha y preguntaron a cada uno por la extensión del área cultivada. A continuación, cosecharon una pequeña parcela de cien metros cuadrados y tomaron en cuenta su rendimiento como base para calcular la capacidad total de producción agrícola.

Cuando los recaudadores regresaron unas semanas más tarde para calcular los impuestos adeudados por cada agricultor, todo el mundo supo que se avecinaba un desastre colectivo. Algunos tuvieron que sacar las cosechas del año anterior de sus graneros subterráneos para pagar lo que debían. Los que no tenían trigo, pero tenían algo de efectivo, tuvieron que comprar trigo en el mercado. La empresa británica Steel compraba la libra de trigo a seis piastras y seis *milimes,* mientras que la revendía al agricultor que la necesitaba por dieciocho piastras.

—Al que no pague, le serán confiscados sus terrenos.

Fáyez, hijo de Aziza, le dijo a su madre, sabiendo que todo lo que poseía era una tonelada de trigo y otra de maíz: «¡Si los recaudadores de impuestos intentan entrar en casa, bloquea la puerta y diles que hay una mujer dando a luz dentro!».

Se fueron, pero regresaron. Se fueron otra vez y regresaron una vez más sin que Aziza nunca los dejara entrar. A última hora de la tarde, Fáyez regresó de la aldea de Kazaza después de haber comprado una tonelada de trigo por dieciocho dinares y una tonelada de maíz por el mismo precio.

Los funcionarios del Gobierno regresaron de nuevo y, tras valorar la tonelada que había comprado en nada más que siete dinares, se la llevaron junto a lo que tenía guardado en su casa.

—Lo único que nos importaba era no perder la tierra.

Ese año vieron como su vida retrocedía en el tiempo una década entera. Los hombres tenían que buscar ahora su sustento lejos de sus tierras, huertos y plantaciones. Habían oído que los británicos necesitaban obreros. Estaban planeando construir un campamento militar en Wadi Alsarrar, por lo que muchos de ellos no dudaron en llamar a su puerta en busca de trabajo.

***

Con el deber de arar y cosechar, los días corrían y los recaudadores de impuestos aguardaban impacientes los cultivos en las eras antes de que llegasen ni siquiera a las casas. Para empeorar las cosas, el Gobierno británico había confiscado tierras en varias aldeas vecinas y las había rodeado con alambre de púas. La atmósfera se volvió pesada por el ruido de la maquinaria y las nubes de humo negro. Y antes de que pudiesen adivinar qué más escondía el Gobierno británico en la manga, les dijeron: «Los británicos están construyendo un campamento militar».

—¿Un campamento militar?

Con la pobreza apretando y con las dificultades de sobrevivir únicamente con lo que sus tierras producían, los lugareños se afanaron por encontrar pronto un trabajo.

Nayi, que solo tenía dieciséis años, le dijo a su padre: «Iremos allí y trabajaremos como todos los demás».

—¿Y qué dirán? ¿Que el hijo de Hach Jáled está trabajando en los campamentos militares de los británicos?

—Esperaba no tener que hacerlo, pero tenemos delante una situación de extrema necesidad, padre.

—¿Es realmente eso lo que quieres hacer? —le preguntó mirándolo con desaliento.

—Bueno, Mahmud está en Yafa y Musa y yo somos los únicos que quedamos aquí. ¡Y tú ya sabes lo mal que están las cosas!

***

Cuando los hombres llegaron al campamento militar, los alinearon en una larga fila. Entonces apareció el capataz, un judío que atendía al nombre de Abu Dib. Comenzó eligiendo a los jóvenes más fuertes y cuando terminó se fue.

—Pero hemos venido a trabajar —dijo Nayi.

Abu Dib se detuvo en seco, preguntándose quién había tenido el valor de hablar así. Se dio la vuelta.

—¿Quién ha sido?

—He sido yo —respondió Nayi.

—¿Y quién ha permitido a dos niños como vosotros venir aquí?

—Este es mi hermano, y no somos niños pequeños. De hecho, ¡tengo una esposa que mantener!

—Lo de que no eres un niño lo puedo entender, pero ¿cómo es posible que tengas mujer a tu edad?

—Como no soy un niño pequeño, tal y como has dicho, ¡no veo ninguna razón para no poder tener una esposa!

—¡Eres inteligente! Pero esta inteligencia tuya no te ayudará a la hora de cargar ladrillos o cavar un hoyo.

Nayi aparentaba menos años de los que realmente tenía. Echándole otra mirada pensativa, Abu Dib dijo: «No podemos dar trabajo a dos hermanos. Así que solo podemos elegir a uno de vosotros. Esa es nuestra política».

—Cogedme a mí entonces —dijo Musa—. Soy el mayor —agregó.

—¿Estás casado? —le preguntó Abu Dib.

—No.

—Bueno, entonces, elegimos al casado, que tiene responsabilidades que asumir.

***

El ruido de la maquinaria era ensordecedor. El polvo se levantaba formando grandes nubes oscuras, que rápidamente se juntaban en una nebulosa, tapando por completo el horizonte y eclipsando al sol.

Abu Dib llevó a Nayi hasta uno de los barracones que estaban en construcción. Cuando llegó, los trabajadores dijeron: «¿Y este, qué está haciendo aquí?». Antes de que nadie respondiera, Nayi se adelantó: «He venido a trabajar como vosotros».

Nadie estaba seguro de si aquello era una broma o no. Le pidieron que subiese al andamio. Una vez arriba, le dijeron: «Toma esto».

Cogió un gran cesto lleno de cemento e intentó levantarlo, pero no pudo sostenerlo y, en un abrir y cerrar de ojos, sus pies se agitaban en el aire como si fuesen un par de alas inservibles. Antes de llegar al suelo lo agarraron, riendo.

«¡No pasa nada! ¡No pasa nada!», repetía mientras se giraba para subir al andamio de nuevo. En ese momento, el capataz británico, que estaba supervisando el trabajo, lo llamó.

—¿Quién te ha dado permiso para trabajar aquí? —preguntó.

—Abu Dib.

Un poco después, le entregó a Nayi un papel y le dijo: «Ve donde Abu Dib y dale esto».

—¡Fui para allá como quien lleva la orden de que le corten la cabeza! —comentó Nayi a su padre unos días más tarde—. Cuando miré el papel, no tenía la menor idea de lo que decía. ¡Deberías habernos enseñado inglés, maestro Husni!

—¡Pero primero necesitabas aprender árabe, sabelotodo!

Allí dentro estaba Abu Dib tomando té. Nayi le entregó el papel. Mientras lo leía, asintió y dijo: «¿Te lo dije o no te lo dije? No nos sirves aquí. ¿O es que quieres que tengamos que lamentar tu muerte, señor *casado*?».

—Puedo trabajar. Solo que me falta un poco de práctica.

—Siéntate. —Nayi obedeció—. Sírvete un té —le dijo Abu Dib.

Se sirvió un vaso de té, pero no lo tocó.

—Bebe —dijo Abu Dib—. Entonces se lo bebió.

A continuación, Abu Dib escribió algo en otra hoja de papel y se la entregó.

—¿Ves esa calle que está asfaltada?

Nayi asintió, pensando: «¿Qué tipo de pregunta es esa? ¿Piensa que soy ciego?».

—¿Y ves esa apisonadora? —preguntó.

Nayi asintió de nuevo, pensando: «¿Y quién no vería una apisonadora tan grande como esa?».

—Y detrás de la apisonadora, ¿ves ese edificio?

Nayi asintió, pensando: «¿Y cómo podría no verlo?».

—Vete allí y le das este papel a ese hombre.

Nayi fue y le dio el papel al hombre.

—Sígueme —dijo el hombre.

Condujo a Nayi a una pequeña caseta situada a un lado de la zona de trabajo. Abrió la puerta y le dijo:

—¿Sabes cómo encender este hornillo de queroseno?

—No, no sé cómo.

—O sea, no sabes, entonces —dijo negando con la cabeza.

El hombre se puso en cuclillas detrás del hornillo de queroseno y le dijo a Nayi: «Ahora observa lo que hago».

Encendió el hornillo y lo volvió a apagar cuatro veces seguidas. Luego se volvió hacia Nayi y le preguntó: «¿Lo has cogido?».

—Sí, lo tengo.

—Está bien, entonces déjame ver cómo lo enciendes y lo apagas.

Entonces Nayi encendió el hornillo y luego lo apagó.

—Bien —dijo el hombre—. Por fin te hemos encontrado un trabajo adecuado. Ahora tenemos que preparar el té. Llena la tetera con agua hasta aquí y ponla a hervir. Luego pones un puñado grande de hojas de té y dejas que hiervan en el agua un rato. No añadas azúcar, ya que cada uno se lo pone a su gusto. ¿Entendido?

—Entendido.

Nayi sabía que el pueblo, antes de que se abrieran sus dos cafés, solo tenía un hornillo de queroseno, pero nunca había tenido interés en saber cómo funcionaba. El cacharro pertenecía a Aisha Alyazuriya. Albármaki tenía unos vasos de té y una tetera que eran únicos, comparables solo con los pocos platos que todavía guardaba su abuela Munira. En noches claras y tranquilas, que eran poco frecuentes, llevaban el hornillo de Aisha junto con los vasos y la tetera de Albármaki y organizaban una velada alegre. En aquellos tiempos la mayoría de la gente no tenía más que vasijas de barro y madera y estufas de leña. Quienes tuvieron la oportunidad de visitar las ciudades cercanas ¡sabían que la vida allí, con estufas y hornillos capaces de convertir la noche en día, era «bien diferente»!

Una hora después, el hombre le dijo: «No dedicarás todo el tiempo a hacer té. Te voy a enseñar otra cosa».

Habiendo dicho eso, llevó a Nayi hasta la apisonadora.

—Esto —le dijo— será tu segunda responsabilidad.

—¿Y qué se supone que debo hacer? —preguntó inquieto Nayi.

—¡Bueno, este cacharro también necesita beber! Solo que no bebe té.

En la hora siguiente, Nayi aprendió a cargar la apisonadora con leña para calentarla y con agua fría en el radiador para enfriarla.

—¿Te parece bien? —preguntó el hombre.

—¡Sí, por supuesto! —respondió Nayi con felicidad.

Pero la felicidad y la concordia pronto se desvanecerían cuando Nayi quiso ponerse a la altura del mismísimo comandante del campamento militar y decidió desafiarlo.

Sabiendo que estaba a punto de perder a Afaf, Sumayya trató de reconciliar a los novios, instando a la madre de la chica a intervenir y poner fin a la disputa.

La madre de Afaf le dijo a su hija: «Mahmud va a ser un gran periodista y no encontrarás a nadie mejor. ¡Así que entra en razón, niña!». Pero Afaf había decidido no dar marcha atrás.

Ante ese inesperado infortunio, Sumayya decidió recurrir a soluciones sobrenaturales. Resuelta a volver a unirlos sin importar el precio, le pidió a Musa que la llevara a Ramla. Allí se citó con un anciano que le preparó un amuleto y le aseguró que resolvería el problema de raíz.

El anciano le dijo a Sumayya: «Entierra el amuleto en el tranco de la puerta de su prometida y cuando ella o cualquier otra persona de su familia lo pise, la ira, la amargura y la falta de amor se convertirán en sus sentimientos opuestos a medida que pasen los días».

La tarea más complicada que tuvo que afrontar Sumayya fue idear un plan que le sirviese para acercarse al umbral sin levantar sospechas, hacer un agujero y enterrar el amuleto.

—No querrás conocer todos los detalles, ¿verdad?

Finalmente pudo colocar el amuleto en el lugar indicado, después de acercarse por la noche a escondidas hasta allí y regresar a su casa sana y salva. A partir de entonces solo le quedaba esperar que el amuleto hiciese su efecto.

Como el anciano quería resolver el problema de raíz, tampoco se olvidó del novio. Con el mismo fin, le indicó a Sumayya que pusiera en el té de su hijo un polvo que había preparado. «Hazlo una, dos, tres veces, tantas como puedas», le explicó.

***

—El té está servido, cariño —le dijo Sumayya a su hijo, que había vuelto de Yafa a casa la noche anterior.

—Estoy cansado —le dijo—, déjame dormir.

Al poco, regresó diciendo: «El té está servido, cariño. ¡Qué flojo estás hoy!».

Mahmud se levantó y buscó sus gafas. Las encontró y se sentó en el colchón, apoyando la espalda en la pared. Sumayya dejó el té a su lado. Cogió el vaso y tomó un sorbo pequeño, pero no le gustó. Entonces, se levantó y lo tiró al patio.

Viendo lo que acababa de ocurrir, Sumayya enloqueció y se puso a abofetearse, gritando: «¿Por qué me haces esto?».

—¿Qué ocurre, madre? ¡Es solo un vaso de té!

—No importa. Te perdono. Te prepararé otro —dijo su madre cuando finalmente se calmó.

—No, yo lo preparo ahora —le dijo Mahmud.

Ella insistió y de inmediato preparó un té. Cuando regresó le encontró afeitándose.

—Te lo dejo aquí, en el alféizar de la ventana —dijo—, tómatelo cuando quieras.

Luego salió de la habitación, mirando por el rabillo del ojo qué ocurría esta vez con el vaso de té. Unos minutos más tarde, una de sus gallinas saltó hasta la ventana.

—¡Fuera de aquí! —gritó Mahmud.

La gallina se asustó y con el aleteo tiró el vaso de té.

Sumayya se sentó y se puso a llorar su mala suerte. Para colmo de desgracias, se oyó un trueno que fue sucedido por un relámpago al otro lado del puente de los amantes. En cuestión de segundos llovía a cántaros.

***

Unos días antes, las gentes de Alhadia, todos sin excepción, habían salido a la calle. Los hombres hicieron rogativas para que lloviera. Las mujeres y los niños desfilaban por las calles, implorando a los cielos más lluvia por compasión con aquellas tierras y sus habitantes. Um Alfar cogió un molinillo de mano y echó unas cuantas habas en él. Mientras, Aziza agarraba un gallo y lo golpeaba con la mano para que cantara. Y entre tanto, todos cantaban:

Oh, gallo de cresta azul,
¡Ojalá en la lluvia te ahogues!
Oh, Madre de la Lluvia, envíanos un chaparrón
¡Y moja las canas de nuestro pastor!
La Madre de la Lluvia se fue para traer el trueno
Y regresó para encontrar los tallos altos como un camellito.
La Madre de la Lluvia se fue para traer un aguacero
Y regresó para encontrar los tallos altos como una vaca.

La lluvia inundó las calles, las azoteas y las colinas. El agua hizo que los muros de piedra que separaban los campos brillasen como estrellas en la noche, como si fueran candelabros. Mirando hacia el valle, Sumayya tuvo la sensación de que había llovido sin parar durante dos semanas.

De repente, se acordó del amuleto, enterrado debajo de la puerta principal de la casa de Afaf, y rompió a llorar escandalosamente.

Créame. ¡En aquellos días, los cielos respondían a nuestras canciones más que hoy a nuestras oraciones!

***

La madre de Afaf salió para abrir el pequeño abrevadero frente a su casa y dejar que corriese el agua de lluvia acumulada en el patio. Lo intentó un par de veces, ayudándose de un palo pequeño que llevaba en la mano. De repente, notó que algo obstaculizaba su tarea. Entonces se agachó y encontró un objeto extraño. Después de examinarlo de cerca, le temblaron las piernas cuando comprobó que lo que tenía en la mano era un amuleto y que su presencia allí no era, ni mucho menos, casual.

Bajo la lluvia torrencial, la madre de Afaf se marchó corriendo rumbo a la casa del jeque Husni. Cuando llegó, tocó a la puerta.

—¿Ocurre algo? —preguntó el jeque.

Le pidió que le leyera lo que estaba escrito en el amuleto. Encontró escritos los nombres de Afaf y Mahmud, así como el de la propia Sumayya y los nombres de otros miembros de su familia. Después de suplicarle al jeque Husni que no dijera nada sobre el asunto, quemó el amuleto. Luego, recogió las cenizas y las lanzó al viento para asegurarse de que nunca lograría el propósito para el que había sido concebido.

La misión de Sumayya había terminado en un estrepitoso fracaso en ambos frentes.

***

La madre de Afaf tenía la mirada clavada en el cielo cuando vio dos pájaros volando. Sobrevolaron el pueblo y describieron en el cielo varias piruetas espectaculares, que mantuvieron su corazón en trance. Descendieron en picado para después ascender de repente y continuar su camino hacia el ocaso. De pronto, la madre de Afaf sintió que debía ponerse en marcha.

—Me he enterado de que tu prometido acaba de regresar de Yafa. Tenemos que poner fin a vuestra disputa.

Afaf rechazó la sugerencia de su madre: «Ha sido por su culpa, así que, si quiere terminar con el problema, tendrá que hacerlo él mismo. ¡No pienso arrodillarme ante él!».

Sin embargo, cuando intervino el tío de Afaf, Abderrahmán, las cosas cambiaron. Fue a visitar a Mahmud a Yafa, en misión especial. «¿Ahora qué pasa contigo? Es solo una chica joven. Tú mismo dijiste que ibas a educarla a tu gusto. No te servirá de nada ser duro con ella. En cambio, un poco de diplomacia te podría salir muy rentable. ¿Y qué importa si ella no memoriza una de tus lecciones? Es una muchacha con muchas responsabilidades en casa, que trabaja desde la mañana a la noche, ¿y además le pides que resuelva problemas matemáticos y lea cuentos?».

Enfurecido, Mahmud replicó: «¡Eres un retrógrado!».

Después de un acalorado enfrentamiento verbal, el tío se retiró gritando: «Al final resulta que soy un retrógrado. ¡Un retrógrado!».

Pasaron unos meses más. Entonces, un día, Mahmud llegó a Alhadia e informó a su familia de que quería pedir la mano de una joven de Yafa.

—¿Y qué hay de tu prometida? —preguntaron.

—¿Mi prometida? Lo nuestro se acabó.

—¿Y de quién es la mano que quieres pedir?

—De una chica que trabaja conmigo en el periódico.

—¿Una chica de ciudad que escribe en un periódico? —gritó Sumayya angustiada.

—¿Y qué pasa porque sea una chica de ciudad? Es mejor que la ignorante de Afaf.

—¿Crees que te mandamos a educarte a la ciudad para que ahora vengas y nos insultes a todos? —contestó furiosamente Hach Jáled.

—¡Que Dios me perdone! ¡No he querido ofenderos!

***

Se corrió la voz de que Mahmud iba a pedir la mano de una chica de Yafa. El joven le insistió a su madre para que fuese a la casa de Afaf para recuperar el reloj, el anillo y el collar de oro que le había regalado al pedir su mano. Sin embargo, en lugar de hacer lo que le había pedido su hijo, trató de convencer a su todavía prometida de que su boicot a Mahmud había llegado demasiado lejos. Ya era hora de ponerle fin. Ahora que la situación se había vuelto insostenible, ¡todos estaban jugando con fuego!

Afaf, finalmente, decidió ceder. A la mañana siguiente, le dijo a su madre: «¡Vamos, vamos a visitar la casa de mi tío Hach Jáled!».

Su madre no podía creer lo que escuchaban sus oídos. En el momento en que entraron en la casa de Hach Jáled, la disputa llegó a su fin: el corazón de Mahmud dio un vuelco, como ocurría cada vez que veía a Afaf. Ella, por su parte, volvía a ser la de siempre: la chica cuya belleza sobrepasaba la de las estrellas de cine, incluida la de Greta Garbo, la actriz favorita de su prometido.

El bastón del general

Los gorriones, encaramados en los árboles que rodeaban el campamento militar, ofrecían con sus gorjeos y sus canturreos un maravilloso concierto. No quedaba mucho para el amanecer, cuando la prístina calma que reinaba bajo aquel cielo dorado amenazó con romperse.

—*Good morning*, Mr. Green —entonó más de un trabajador al ver pasar a Richard Green.

Ni una sola vez devolvía el saludo. Simplemente continuaba su camino. Con la vanidad propia de un pavo real, sostenía su bastón bajo el brazo y dirigía su mirada hacia arriba. Cualquiera pensaría que los trabajadores construían los hangares, depósitos de almacenamiento y fortificaciones en el cielo en lugar de en el suelo. Así, al menos, fue como Nayi lo describió a su regreso a Alhadia, el fin de semana.

Después de su segundo día en el trabajo, Nayi se puso en pie de guerra. Pasó junto al tal Mr. Green y lo saludó: «*Good morning*, Mr. Green».

No respondió.

Al contrario, se alejó como si no hubiera visto o escuchado nada, luciendo sus condecoraciones y medallas de guerra que, como sabrían más tarde, se remontaban a sus días como oficial en la Primera Guerra Mundial.

Esto irritó a Nayi. Había llegado a la conclusión de que un trabajador al que se le asigna la responsabilidad de colocar leña en la apisonadora, llenarla de combustible y preparar té para los supervisores merecía algo mejor que ser ignorado.

Entonces, en la mañana de su tercer día, fue a por un palo. Al ver el mango de un hacha, que era un poco más largo y grueso que el bastón de Mr. Green, se lo puso bajo el brazo tan pronto como vio que Mr. Green se acercaba. Luego se puso a caminar imitando los andares del comandante, moviendo los pies en perfecta cadencia, sacando pecho como si quisiera que reluciesen las supuestas medallas que lo cubrían, con la mirada fija en un punto incluso más alto que el de Mr. Green.

Nayi siguió marchando directamente hacia Mr. Green hasta casi chocar. En el último momento, cambió de dirección, sin dirigirse a él con su habitual saludo matutino. Y los dos días siguientes hizo lo mismo.

En la mañana del tercer día, Mr. Green se interpuso en el camino de Nayi y le preguntó: «¿Cuál es su nombre?».

—Nayi Hach Jáled.

Sin decir una palabra más, el comandante se alejó.

A la mañana siguiente, Nayi se acercó al comandante para averiguar si su artimaña había tenido algún efecto. Cuando se cruzó con Mr. Green, este le sonrió y dijo:

—*Good morning*, Mr. Nayi!

—*Good morning*, Mr. Green! —respondió Nayi.

Y desde ese día en adelante, Nayi vio cómo las condiciones de trabajo mejoraban.

***

Lo que tomó a todos por sorpresa fue que, semana tras semana, Nayi se hacía más y más alto. Nadie sabía si el secreto de su crecimiento residía en haberse casado o en algo más. Algunas personas comentaban casos de hombres jóvenes que habían pegado el estirón después de casarse. O de niñas que habían cambiado de la noche a la mañana. Otras gentes insistían en que lo que realmente estaba necesitando Nayi no era el matrimonio, sino el empleo. Por eso, tan pronto como arrimó el hombro y se puso a trabajar, su altura comenzó a aumentar.

A pesar de todo, pasaría mucho tiempo antes de que él mismo se diera cuenta. Tal vez fuese por su inocencia natural, que continuaba moldeando sus facciones, al igual que le había ocurrido a su madre. La gran semejanza entre sus ojos y los de ella, no solo en apariencia sino en la forma en que los movían, confirmaba que Nayi era realmente el hijo de su madre. También se decía que se parecía a su tío materno, Gazi, que había sido devorado por una guerra que nadie sabía dónde había estallado.

Lo cierto era que las pocas piastras que traía con él cada fin de semana lo habían convertido, a los ojos de todos, en un hombre más que en un muchacho.

Los trabajadores palestinos recibían tres cuartas partes de una piastra por cada hora de trabajo.

La fortuna le había sonreído a Nayi, que era considerado asistente técnico, por lo que le pagaban una piastra completa por hora. Los trabajadores judíos ganaban cuatro veces esa cantidad. Además, había automóviles que los transportaban a Tel Aviv los fines de semana, mientras que los trabajadores palestinos tenían que caminar más de tres horas para regresar a sus aldeas.

Ali Alárag había logrado encontrar trabajo gracias a los empleos de los demás. Traía una bolsa de pan cada dos días a cambio de media piastra. Poco después, las cosas cambiaron muy de prisa. Entre ellas, en aquel tiempo, Nayi pudo ahorrar para comprar una vaca.

***

Una mañana, el campamento militar amaneció sacudido por un incidente grave: los guardias habían descubierto que el alambre de púas estaba cortado en más de un lugar y habían aparecido huellas de neumáticos de grandes todoterrenos que habían entrado en la propiedad.

Se llevó a cabo una investigación que hizo que todos los empleados fuesen interrogados. Pero no condujo a ningún resultado concluyente, más allá de las acusaciones cruzadas entre palestinos y judíos. El ambiente se puso tenso y cada bando tendía emboscadas al otro, atacándole con las armas que tenía a su alcance. Había una gran cantidad de policías palestinos en el campamento.

—Buenos días —dijo Nayi, saludando a un sargento de personal palestino cerca de uno de los polvorines.

—Buenos días —respondió el soldado.

—Me llamo Nayi.

—Yo, Isa.

Unos días más tarde, el sargento de personal le ofreció a Nayi un cigarrillo.

—Gracias, pero no fumo.

—Bueno, no estaría mal probarlo.

Mientras hablaban, Abu Dib se acercaba en la distancia. Un minuto después le pidió a Isa un cigarrillo.

—No me queda ninguno —respondió.

—¡No te queda ninguno! Si no me das uno ahora mismo, le digo al oficial británico que fumas delante del depósito de municiones.

—¿Ah, sí? Pues mira lo que voy a hacer.

Sin previo aviso, Isa hizo sonar su silbato de alarma, lo que provocó que los demás soldados corrieran con sus rifles hacia él, llegando desde todas las esquinas del campamento.

Apuntando con su rifle a Abu Dib, que estaba estupefacto, Isa gritó: «¡Ladrón! ¡Más que ladrón!».

Los soldados comenzaron a asestarle golpes a diestro y siniestro. Cuando cayó al suelo, lo patearon sin piedad con sus pesadas botas, antes de darse cuenta de quién era.

No se detuvieron y se mostraron igualmente violentos con otros trabajadores que pasaban por allí. Quizás para descargar su enfado por los castigos que habían recibido tras el incidente del alambre de púas.

Cuando ya estaban agotados de propinar golpes, los soldados se llevaron a los trabajadores a distintos lugares.

En la jaima de guardia, Nayi se encontró con un tal Dawud Alamáireh. Al ver un par de catres bajos a un lado de la tienda, Nayi se acercó y se sentó en uno de ellos. Cuando apenas se había sentado, oyó a un soldado británico gritar: «¡Levántate!».

Poniéndose de nuevo en pie, sabía que algo serio estaba pasando.

Al percibir el peligro, uno de los trabajadores dijo: «A vosotros no os preocupa nada. Pero mi familia está muy lejos y no tengo a nadie aquí más que a mi hijo, ¡cosa que ellos no saben!».

—¿Crees que nos van a colgar? —le preguntó Nayi.

Los trabajadores se echaron a reír.

Un poco después, los condujeron a todos al patio y llegaron dos camiones grandes.

Mr. Karmel, el oficial de seguridad, gritó: «¡En fila!».

Formaron una larga fila.

Mr. Karmel se acercó a uno de los trabajadores y le dijo: «¿No te había despedido ya cuando te pillé fumando?».

—Sí... ¡No!

—¿Quién te ha permitido volver a trabajar aquí?

—Yo mismo.

El oficial hizo un gesto a un par de soldados para que lo cogieran y le golpeasen hasta que se derrumbó. Después, cuatro soldados lo cogieron por los brazos y las piernas, lo sacudieron de un lado a otro y lo mandaron volando hasta la plataforma del camión, donde aterrizó violentamente.

Mirando a los trabajadores, Mr. Karmel dijo: «¡De uno en uno, al camión!». Para llegar al vehículo tenían que pasar entre dos filas de soldados. Cuando el primer trabajador había llegado a la mitad de aquel desfiladero, los soldados cayeron despiadadamente sobre él con sus porras. Con grandes dificultades consiguió subirse al camión. El segundo cayó al suelo noqueado, así que se produjo una operación similar a la del primer soldado que había aterrizado bruscamente en la plataforma.

No muchos resistieron aquellos golpes. Para esquivarlos se necesitaba un verdadero milagro.

Pensando en que no sobreviviría a una paliza así, Nayi le dijo al compañero que estaba junto a él: «Voy a llegar a la camioneta a toda velocidad sin que nadie me toque». Y, de hecho, eso fue exactamente lo que ocurrió. Logró pasar las dos filas de soldados sin recibir golpe alguno.

Por desgracia, al ir demasiado rápido, se estrelló contra la plataforma del camión y salió despedido hacia atrás con la sangre brotándole de la frente como el caño de agua de una tubería rota. En vista de que los soldados habían puesto toda su atención en Nayi, el resto de los trabajadores aprovecharon para saltar al camión.

***

Permanecieron bajo custodia hasta la medianoche. Después de una serie de interrogatorios que no condujeron a nada, Mr. Karmel dijo: «Tú, el que volviste a trabajar después de haber sido despedido, te quedarás aquí detenido. El resto, os marcháis a casa ahora».

—¿Ahora? —preguntó Nayi.

—Ahora —respondió Mr. Karmel—. ¿O te gustaría quedarte encerrado con él?

El camión que los había traído se los llevó nuevamente, dejándoles frente a una de las puertas del campamento.

—¡A casa! ¡Venga! ¡Marchaos! —rugió un soldado británico.

Apenas se habían alejado unos cincuenta metros, oyeron unos ladridos. No había nada que temieran más que los perros guardianes que ahora corrían detrás de ellos. No dejaron de correr durante toda la noche, iluminados por focos y tropezando una y otra vez, aterrorizados, en cuanto sentían que los perros estaban a punto de alcanzarlos.

***

Otra vez en el punto de partida y sin trabajo. Así se encontraron la mayoría de los trabajadores, que pronto se pusieron en marcha para encontrar nuevas oportunidades laborales, desde la compañía ferroviaria hasta el servicio postal. Algunos incluso acabaron trabajando en los puertos.

Los pañuelos

Nadie esperaba que Mahmud se negara a montar a la yegua. Dijo: «¡No lo haré en ninguna circunstancia! ¡Pase lo que pase!».

Trataron de convencerle de que la boda no tendría sentido sin el cortejo nupcial encima de la yegua y de que su insistencia en hacer lo contrario les traería deshonra a él y a su familia. Pero él se negaba rotundamente. Apretando sus pequeños ojos cerrados, se puso de pie y los abrió mirando al cielo, como si quisiera que la bóveda celeste lo envolviese como un manto para que nadie pudiese verlo. La luz del sol se reflejaba notablemente en sus gafas. Le sobraba estatura, así que ¿por qué necesitaba subirse a la yegua? De hecho, ningún otro miembro de la familia era más alto que él, cualidad física que parecía haber heredado de su tía Anisa.

—Caminaré detrás de la yegua o enfrente de ella; frente al cortejo nupcial o detrás. ¡Pero eso es todo lo que estoy dispuesto a hacer!

—¿Eso es lo que has aprendido en la ciudad? ¿A despreciar nuestras tradiciones? —le preguntó uno de los presentes.

—No voy a despreciar nada —respondió Mahmud sin ni siquiera reparar en la pregunta—. Vosotros podéis hacer lo que queráis, pero yo tengo mi propia manera de pensar.

—¿Tu propio pensamiento o tu propia deshonra? —preguntó enérgicamente su padre.

Munira, la abuela de Mahmud, se acercó a Hach Jáled y le dijo: «Escucha, hijo, no es para tanto. Deja que haga lo que le parezca más cómodo. Cuando me casé, me quité el velo de la cara durante la celebración delante del novio. ¿Y qué pasó? ¿Acaso fue el fin del mundo? ¡Parece que el niño sale a su abuela!».

—Si mi hijo mayor actúa de esta manera, ¿cómo voy a mirar a la gente a la cara después?

—Como te acabo de decir, no será el fin del mundo. Pero si lo obligas a hacer lo que no quiere, entonces, sí será el fin del mundo para él. El niño es más terco que una mula.

—¡Cancelaré la boda y regresaré por donde he venido! Esta es mi última palabra —anunció Mahmud.

La gente estaba enojada y cuando llegaron al pequeño patio frente a la casa de la novia, las cosas se complicaron aún más.

La novia no había salido como se esperaba. Había pasado ya bastante tiempo.

Afaf le decía a su madre: «¡No podemos demorarnos más!». «¡Calla!», respondía su madre. «No saldrás hasta que llegue tu tío».

Afaf no podía salir sin la presencia y la aprobación de su tío materno. Hubiera sido impensable no cumplir con las costumbres dos veces en el curso de una sola boda. Por su parte, su tío materno estaba indignado por las duras palabras que Mahmud le había dirigido.

Muhámmad Shahada, Iliya Radi y Hach Yuma Abu Senbel fueron a buscarlo y le rogaron que los acompañara y resolviera el problema. Se negó.

En la puerta de la novia esperaron durante media hora. Les pareció como si hubiera transcurrido un mes.

—Si la novia no sale ahora mismo, vuelvo inmediatamente a Yafa.

—Cállate —le dijo Hach Jáled—. ¡Al menos la niña piensa en su tío y no quiere herirlo como tú nos has herido!

La esposa del tío dijo: «Voy a hablar con él».

Sabían que estaba exageradamente enamorado de su esposa. Tan enamorado que, por ella, había dejado su pueblo natal para establecerse en Yafa.

La mujer entró en la casa. Él estaba sentado, haciendo pucheros en un rincón, como un niño pequeño.

—¿Y esto qué es? ¿De verdad que vas a dejar a la hija de tu única hermana plantada el día de su boda? —Se acercó a él, le besó la cabeza y luego su rostro. Levantó la cabeza y lo miró a los ojos—. ¿Mi voluntad no significa nada para ti? —preguntó.

Asintiendo con la cabeza, se puso de pie. La cogió de la mano y la acompañó hasta la puerta. Pero antes de salir, se dio la vuelta y volvió a entrar en la casa, diciéndole a su esposa: «Espera un momento».

Rápidamente salió de nuevo. Cuando lo vieron con ella, todos se dieron cuenta de que nada es imposible para una chica de ciudad.

Entonces desenfundó un revólver y comenzó a disparar al aire, poseído por una mezcla de rabia, alegría, disgusto y despecho. No dejó de disparar hasta que llegó a la puerta de la novia.

Una vez allí, se detuvo, guardó el revólver y se volvió hacia la gente. En ese momento todo el mundo empezó a cantar con fuerza. Luego, sin decir una palabra, desapareció en el patio y poco después reapareció con la novia, envolviéndola en su capa.

***

Después del banquete, el novio desfiló caminando delante de Alhamdaniya, que había sido adornada para la ocasión. Poco después, la novia llegó, completamente cubierta, encima de un camello.

La gente la llevaba de una calle a otra, acompañándola con alegres canciones. El ajuar de la novia había sido colocado en una bandeja redonda hecha de paja tejida, que las mujeres llevaban por turnos sobre sus cabezas mientras bailaban.

Al tiempo que el cortejo de boda avanzaba, uno de los jóvenes se acercó y ató su pañuelo a la brida del camello, diciendo: «Este es el pañuelo de Háshem Shahada». Fue seguido por otro joven, que ató su pañuelo al primero, anunciando: «Este es el pañuelo de Sadi Yunus». Y así sucesivamente, hasta que se formó una larga cadena de pañuelos.

Una vez que ya nadie más quiso atar un nuevo pañuelo, surgió una disputa sobre quién tenía más derecho al honor de ofrecer aquella noche la cena de bodas. Discutía, sus voces eran cada vez más fuertes, hasta que uno de ellos sugirió que alguien debía arbitrar la disputa. Era costumbre que dicho juez fuera uno de los ancianos del pueblo, para que conociera las costumbres locales hasta el más mínimo detalle.

Fueron los jóvenes, incitados por sus padres para enseñarles a ser valientes y generosos, quienes se postulaban para ser ellos los que preparasen la cena.

Se acercaron al jeque Husni y le dijeron: «Sea usted nuestro juez». Entonces, empezaron a presentar sus argumentos.

—Quisiera ser el anfitrión de los novios. Por favor, se lo suplico. Mi pañuelo ha sido el primero.

—Por favor, jeque Husni, le debo un favor a la familia de la novia. Soy su yerno. ¡Por el amor de Dios, concédame el honor de organizar la cena para la novia!

La lista de argumentos era tan larga como la cadena de pañuelos. Finalmente, el jeque Husni respiró hondo, miró fijamente a los rostros de los jóvenes y dijo: «La cena será ofrecida por Sami Alábed».

Los jóvenes se dirigieron en silencio hasta el camello para recoger sus respectivos pañuelos. El único que se quedó atado a la brida pertenecía a Sami Alábed. Este agarró las riendas del camello y lo condujo a una distancia de cincuenta o sesenta metros, hasta llegar a un lugar donde todos pudieran verlo y escucharle.

Con una voz resonante, gritó: «La cena nupcial será en nuestra casa esta noche. ¡Que vivan los novios!».

Después le entregó las riendas a otra persona para que llevase el camello por el pueblo y se fue a preparar la cena.

Mientras tanto, el cortejo nupcial continuó su camino por las calles de Alhadia. Cada vez que pasaba frente a una de las muchas tiendas que habían ido surgiendo en competencia a la de Abu Ribhi, su dueño tiraba dulces a la comitiva. Los cantos y la celebración se extendieron por las eras hasta altas horas de la madrugada. Se usaron hasta cincuenta fardos de leña para que los asistentes pudiesen seguir viéndose las caras de noche, hasta que finalmente condujeron a los novios a su casa.

Lo importante fue que al final nos casamos. Él regresó a Yafa y yo me quedé en Alhadia. Al principio me traía cuentos más tristes que los que me había traído antes. Historias que me hacían llorar a lágrima viva, hasta que se me hinchaban los ojos y se me ponían rojos. ¡Lo más raro de todo fue que dejó de preguntarme si las había leído o no!

Un disparo al amanecer

Era como si hubiera caído del cielo. Despertaron una mañana y lo encontraron cubriendo la cima de la colina occidental con sus casas, sus alambres de púas y sus altas torres de madera.

Se llamaron unos a otros en silencio, como si hubieran perdido la capacidad de hablar. Después de unos momentos, la gente de Alhadia se reunió, incapaz de dar crédito a lo que veían sus ojos.

Sabían que lo que estaban viendo era un asentamiento. Pero ¿cómo habían podido los judíos, así como así, construirlo de la noche a la mañana? ¿Cómo no habían oído ningún ruido? ¿Cómo puede ser que ningún perro hubiera ladrado, ningún caballo hubiera relinchado y nadie se hubiera despertado ante el alboroto que habría supuesto la edificación de una construcción de tal envergadura?

Cuando el sol llegó a su punto más alto, se percataron de que las casas no habían sido construidas donde estaban, sino que eran estructuras prefabricadas y traídas desde algún otro lugar.

A media mañana, uno de los pastores se atrevió a acercarse al alambre de púas que rodeaba el asentamiento. Un disparo rasgó la quietud del horizonte, destrozando su día y esparciendo a las ovejas y las cabras por los campos colindantes. El único que sabía hacia dónde debía dirigirse era el pastor. Salió corriendo hasta encontrarse con Hach Jáled.

Hach Jáled lo miró y volvió a mirar a lo lejos, en un intento por localizar el sitio de donde había venido el disparo. No vio a nadie.

Muchos hombres de la aldea fueron a buscar hachas, guadañas y cuchillos, pero Hach Jáled hizo un gesto para que se calmaran. Ese gesto no fue del agrado de Hach Sabri Alnayyar, que durante mucho tiempo había exigido su derecho a ser el jeque de la aldea, en vista de que su clan era ahora el más numeroso y poseía la mayor parte de la tierra.

—¿Vamos a quedarnos con los brazos cruzados hasta que nos despertemos un día y los encontremos en nuestros patios? —preguntó Hach Sabri.

—Eso no sucederá, si Dios quiere —respondió Hach Jáled.

—Entonces, ¿qué vas a hacer ahí parado?

—Nada en absoluto. No puedo hacer más de lo que podrías hacer tú si intentaras llegar hasta el campamento bajo este sol.

Por un momento, la situación se volvió muy tensa cuando Hach Sabri Alnayyar se acercó a Hach Jáled cerrando el puño y gritando: «¿Cómo te atreves a insultarme así delante de todos?».

La gente reaccionó rápidamente interponiéndose entre los dos.

—Lo único que nos falta es matarnos unos a otros mientras nos miran desde la colina —argumentó Hach Jáled, señalando hacia el asentamiento.

—Las cosas nunca volverán a ser como antes —dijo Hach Sabri.

En ese momento, Karim, el hijo mayor de Hach Sabri, intervino y le dijo a su padre: «No es aceptable que te dirijas a Hach Jáled de esa manera».

Para su sorpresa y la consternación de todos, su padre le abofeteó.

Ese incidente fue la gota que colmó el vaso de la locura de Alnayyar. A partir de ese momento, un odio incurable hacia Hach Jáled se apoderó de su corazón. Su ira incontenible lo había llevado a perder la cabeza y a golpear a su hijo, casi treintañero, delante de todos.

Hach Jáled miró con benevolencia a Karim, como si lo abrazara con la mirada. Karim, abatido, se alejó sin despegar los labios.

—¡Has escogido el mejor momento para pronunciar esas palabras! —le recriminó Hach Jáled a Alnayyar.

Antes de que la situación empeorase todavía más, escucharon en la distancia el motor de unos coches que se acercaban. Vieron llegar tres yips del Ejército británico bajando por la larga carretera abierta, diez años antes, para conectar Alhadia con Ramla al norte,

Gaza al suroeste y Jerusalén al este. Antes de que los todoterrenos se detuvieran, todas las armas improvisadas que habían ido a buscar desaparecieron por completo.

—A partir de ahora tendréis unos nuevos vecinos y tendréis que respetar su presencia. A nadie se le permitirá acercarse a menos de cien metros del alambre de púas y si alguien trata de hacerlo, tendrá que asumir las consecuencias. Estas tierras no os pertenecen. Pertenecen al Estado y ninguno de ustedes tiene derecho a oponerse a lo que hace el Estado con sus posesiones.

Estas palabras fueron pronunciadas con una calma mortal por el oficial Edward Peterson[7], que, al terminar, regresó al todoterreno como si no hubiera hablado con nadie. Tan pronto como volvió a ocupar su lugar en el asiento delantero del primer vehículo, los coches continuaron su camino. Al parecer, el oficial tenía previsto repetir las mismas palabras en las decenas de aldeas situadas a lo largo del camino[8].

Dos horas más tarde, la única persona que aún permanecía inmóvil era Hach Jáled. Su mirada estaba fija en aquellas casas, que habían descendido como una pesadilla del cielo. Sus pensa-

---

[7] Nacido en la India en 1893, Peterson fue educado en su hogar por su familia, que pertenecía a los Hermanos de Plymouth, una congregación protestante, de mentalidad exageradamente estricta. Peterson desarrolló una fascinación abrumadora por la historia militar de Inglaterra. Oliver Cromwell, considerado por algunos como un dictador militar, y Charles Gordon, que había servido como gobernador general del Sudán, fueron sus principales héroes. Sus actividades favoritas fueron las solitarias, como nadar, montar a caballo y el tiro con armas. Después de acabar sus estudios militares, dedicó todo el tiempo a aprender árabe y se convirtió en oficial de la Fuerza de Defensa Sudanesa. Tras su regreso a Inglaterra, esperó algún evento que lo librara de su monótona labor como modesto oficial de artillería. Pasado un tiempo, los conflictos que habían estallado en el este lo llevaron a Palestina. Su pasión secreta, de la que no hizo mención en ninguna de sus obras autobiográficas, fue escribir poesía.

[8] Aquella noche Peterson escribió: «Los vientos grises esparcen palabras blancas. / ¿Dónde estás? / El horizonte es un sombrero perforado del que se derrama el otoño. / ¿Quién eres tú? / ¿Una nube de verano, una luna lunática o una cita confirmada cinco veces sin nadie?».

mientos se agitaban dentro de su cabeza en busca de una respuesta a una pregunta inquietante.

De repente, una mano le tocó el hombro: «Lo que ves no es una mujer que vendrá a ti con el tiempo, por mucho que te quedes aquí esperándola bajo el sol ardiente».

No tenía que volverse para reconocer que aquella voz era la de su tía Anisa, cuyo cuerpo se había vuelto más enjuto con el paso de los años y su pelo más blanco. Y, sin embargo, todos estaban convencidos de que ganaba altura con cada año que pasaba.

Y gritó: «¡Bastardo!»

Peterson había llegado a Jerusalén con el rango de teniente en la fuerza policial británica y no pasó mucho tiempo antes de que su nombre se convirtiera en una verdadera pesadilla. El mero hecho de acercarse a él significaba una sola cosa: muerte probable. Durante la revolución de 1929 se hizo todavía más famoso. La gente lo identificaba con el mismísimo diablo.

En una ocasión, y sin previo aviso, desenfundó su pistola, mató a un transeúnte y se lanzó sobre el cadáver empapado en sangre para ensañarse a puñetazos con él. Cuando llegaron las fuerzas policiales, lo encontraron pateando al muerto y maldiciéndole. «¡Bastardo! ¡Ha intentado robarme el rifle!», gritaba histéricamente.

Los otros policías trataron de alejarlo del cadáver, pero cuando apenas se separaba un poco volvía a atacarlo como si estuviera luchando contra una persona con vida. «Quieres el rifle, ¿verdad, bastardo? ¡Levántate y cógelo, entonces!»[9].

***

Un día, un sargento de la policía británica se dirigía a buscar a Nímer Alteiri a la comisaría para tomar su declaración sobre un

[9] Esa noche, Peterson escribió: «Nadie nunca te amará como yo, ni la bala ni la rosa. / Nadie te amará jamás como yo, ni el tigre ni la gacela. / Nadie te amará jamás como yo. / ¡Con mi sangre lo escribo y con la de los demás también!».

tiroteo contra un policía británico en un autobús de pasajeros que se dirigía a Ramla. Sin embargo, Peterson le sorprendió diciendo: «Iré yo mismo a buscarlo».

En ese momento, el sargento, un hombre rubicundo y pecoso, se volvió hacia sus compañeros y les dijo: «Que descanse en paz».

—¿Quién, Peterson? —preguntaron.

—No, Alteiri.

***

El día del tiroteo, Alteiri estaba sentado junto a la ventana, compartiendo asiento con el policía. Cuando dispararon al policía, Alteiri se vio de repente salpicado de sangre y sesos del policía muerto.

El autobús se detuvo repentinamente, como si la bala hubiera impulsado el pie del conductor contra el pedal del freno. La mayoría de los pasajeros corrieron frenéticamente hacia las dos puertas del autobús, mientras que otros saltaron por las ventanas sin pensar en lo que podría sucederles. Nímer Alteiri quedó atrapado bajo el pesado cuerpo que lo inmovilizaba contra la ventana.

Los presentes vieron cómo el asaltante, que había planeado la operación hasta el último detalle, se adentraba en los bosques de Bab Alwad. La mayoría de la gente no quiso marcharse del lugar por temor a ser sospechosos de complicidad con el asaltante. Cuando la policía británica y las fuerzas del ejército llegaron a la escena del crimen y abordaron el autobús, Nímer Alteiri todavía estaba congelado en el mismo lugar. Para entonces, su ropa estaba pegada a la del hombre muerto y su rostro y sus manos estaban cubiertos de sangre seca.

Finalmente, el autobús regresó a Jerusalén con los testigos de lo ocurrido. De ellos la policía no obtuvo ninguna información útil. Todos, incluido el conductor, que lo había visto todo por el espejo retrovisor, contaron la misma historia. Según los testigos, el atacante ocultaba su cara con una kufiya. Era de estatura mediana y con voz ronca había gritado: «Son testigos, todos ustedes, de que lo que he hecho hoy ha sido en venganza por la muerte de los mártires que fueron ejecutados ayer por las autoridades del mandato»[10].

***

De todos los testigos, Nímer Alteiri fue el menos capaz de proporcionar detalles, ya que el asaltante se había acercado desde la parte trasera del autobús. Además, el sonido de los disparos, por no mencionar el factor sorpresa, le había impedido escuchar las palabras que otros pasajeros habían oído. Al final, liberaron a todo el mundo menos al conductor del autobús, quien, según el oficial asignado a la investigación, «no debería haberse detenido antes de llegar al puesto de control del Ejército o de Policía más cercano».

Este fue uno de los numerosos incidentes graves que comenzaron a producirse cada vez con mayor frecuencia, debido al aumento desmesurado de las ejecuciones y a las oleadas de inmigrantes judíos. La vida se había convertido en una pesadilla, sumiendo a todo el país en la incertidumbre.

***

Edward Peterson llamó a la puerta de Nímer Alteiri.

Cuando su esposa salió, dijo, con una cortesía que le sorprendió por completo: «Si el Sr. Nímer está en casa, amablemente le solicito que me acompañe a la comisaría para completar su declaración».

---

[10] En aquel entonces, las fuerzas policiales británicas habían arrestado a veintiséis jóvenes palestinos, que habían participado en la revuelta en defensa del Muro de Alburaq, en Jerusalén. Esos jóvenes habían sido condenados a muerte en un juicio simulado, tras lo cual las sentencias de todos, menos de tres de ellos, fueron conmutadas por cadena perpetua. Muhámmad Gamgum, Fuad Higazi y Ata Alsir fueron ejecutados en la prisión de Acre el 17 de junio de 1930. El número de ejecuciones que tuvieron lugar en el curso de los seis años bajo los británicos en Palestina fue mayor que el número de las que tuvieron lugar en todo el Imperio otomano bajo el gobierno del sultán Abdelhamid, que duró más de treinta años, y esto a pesar de que Abdelhamid era visto como un gobernante tiránico e injusto, mientras que las administraciones británicas eran generalmente vistas como constitucionales, moderadas y justas.

—Sí, está en casa —respondió ella.

A renglón seguido, aún más cortésmente, dijo: «Espero no haberles molestado al venir a una hora tan temprana».

—No, en absoluto —respondió ella. Su mano temblaba detrás de la puerta.

—No tardará mucho. Me encargaré personalmente de que regrese a casa más pronto de lo que espera.

***

Antes de que se hubieran alejado de la casa, Peterson se agachó y fingió apretarse el cordón del zapato. De esta forma, permitió que Nímer avanzara unos pasos por delante de él, dándose la oportunidad de desenfundar su arma.

Apuntando con gélida indiferencia, disparó a su víctima por la espalda y Nímer Alteiri cayó de bruces.

Lanzándose sobre el cuerpo sangrante de Nímer, Peterson comenzó a patearlo. Nímer se revolvió, tratando de defenderse de los golpes. En ese momento Peterson supo que un solo disparo no siempre es suficiente. Cuando disparó la segunda bala, gritó: «¡Muérete, bastardo! ¡Muérete!».

—¡Ha intentado quitarme el rifle y huir! ¡Ha intentado matarme! —repetía una y otra vez, ante la gente y la policía, que se arremolinaba a su alrededor.

—El punto crítico llegó cuando una patrulla liderada por Peterson interceptó a un joven llamado Fadl Alyabi y lo registró. Bajo el argumento de que llevaba encima una imagen donde se le veía sosteniendo un rifle, lo mataron a tiros.

Menos de un año después, Peterson fue ascendido, recibió una condecoración y se le transfirió de comisaría. Sus superiores entendieron que, si no moría en un sabotaje, moriría asesinado por venganza.

Las puertas del viento

Nunca el clima de marzo había sido tan inestable como aquel año. Todo el mundo estaba desconcertado. Apenas salía el sol y ya desaparecía de repente detrás de una nube para, acto seguido, descargar un chaparrón. Entonces dejaba de llover y el sol volvía a brillar con intensidad. Bajo de sus pies, en las laderas de las colinas, las flores florecían y luego se marchitaban ante sus propios ojos, como si todas las estaciones del año se hubieran juntado en un solo día.

—¡Somos nosotros quienes luchamos contra los británicos! Entonces, ¿qué falta os hacen esos rifles? —Gritaron los hombres de Abdelatif Alhamdi, después de obligar a las mujeres a enseñarles dónde estaban ocultos cinco de los rifles de sus maridos.

***

No era la primera vez que los hombres de Abdelatif Alhamdi hacían algo así. Pero esta vez habían ido demasiado lejos. Después de todo, tratar con descaro a las mujeres, en ausencia de sus maridos, y robarles sus rifles era una auténtica desfachatez.

La historia de Alhabbab aún permanecía en la retina y las mujeres todavía guardaban luto cuando una caravana de vehículos militares se detuvo frente a su casa. Acompañado de varios oficiales británicos, Alhamdi bajó de uno de ellos. A la mañana siguiente, los vehículos partieron y él se convirtió en el dueño de aquella casa.

Se habló mucho sobre aquello, pero nadie sabía cómo la casa de Alhabbab se había convertido en propiedad de Alhamdi. Algunos decían que la casa había pertenecido al Estado otomano. Otros decían que Alhamdi se la había comprado a los herederos de Alhabbab. Otros pensaron que los británicos planeaban convertirla en una de las oficinas centrales de su ejército, pero Alhamdi los había convencido de que podía mantener el área bajo control por sí mismo, evitando así cualquier enfrentamiento directo con la población local.

No tuvo que hacer mucho para asegurar la sumisión de cinco aldeas de la zona. Habían estado antes bajo el control de Alhabbab y afrontaban, en aquel entonces, sus perores momentos desde la marcha de los turcos.

Las aldeas vecinas se agrupaban como una sola unidad, ya fuera de manera voluntaria o bajo coacción. Dependían de la autoridad de un anciano conocido como suboficial.

—Vivís en esta área, así que tenéis que formar parte de nuestra división —les dijo Alhamdi.

Los hombres de Alhadia se reunieron y decidieron que la aldea no se sometería a su autoridad. Todos en la región sabían que era un tirano y que era un hombre cercano a las autoridades británicas desde su llegada.

Se decía que cuando luchaba al lado de los turcos en Gaza, al ver que el Ejército británico avanzaba y estaba a punto de ganar la batalla, comenzó a gritar: «¡Viva Gran Bretaña!». Después apuntó con su rifle a sus camaradas en la trinchera y les disparó a todos.

—Este no es un pueblo menor de edad que necesite ser tutelado —declaró Hach Mahmud—. Nos mantuvimos durante años bajo el yugo de los turcos sin responder ante nadie y haremos lo mismo con los británicos. Estamos listos y dispuestos a trabajar contigo por el bien de todos. Pero no obedeceremos tus órdenes.

—¿Es tu última palabra? —preguntó Alhamdi.

—Es lo primero que tendríamos que haber dicho hace mucho tiempo y siempre será lo último.

—Estás jugando con fuego, entonces.

—Si no hay nada más con lo que jugar, jugaremos con fuego.

Dadas las circunstancias, Alhamdi se puso de pie de un salto y caminó hacia su caballo. Sus hombres, armados con rifles suministrados por los británicos, lo siguieron.

—Has abierto una puerta al viento que no serás capaz de cerrar —le dijo a Hach Mahmud antes de hacer avanzar su caballo.

—Si soplan los vientos, no estaremos solos.

Antes de que las nubes de polvo levantadas por los caballos de Alhamdi hubieran desaparecido del horizonte, apareció el padre Theodorus. No necesitaba que nadie le explicara nada. Simplemente dijo: «Mientras el monasterio esté en el pueblo, nadie se atreverá a poner los pies en ninguna de sus tierras».

Sin embargo, dos días más tarde, Alhamdi irrumpió en los pastizales de las tierras altas del pueblo y los anexionó al territorio de una de las aldeas contiguas bajo su control.

—Mientras se nieguen a unirse a nosotros, esta tierra os pertenece a vosotros —dijo Alhamdi a sus hombres.

Hach Mahmud fue a ver al padre Theodorus.

—Entonces, ¿esta es la protección de la que nos hablabas? —exigió.

—Fui a ver a los británicos y me dijeron: «Si estas tierras les pertenecen, entonces que traigan las escrituras que lo prueben».

—¿Y puede Alhamdi traer las escrituras que prueben sus derechos sobre estas tierras?

—Es su palabra contra la tuya. Y sabes mejor que nadie que los británicos se pondrán de su lado.

—Cualquiera que te oiga hablar de esta manera dirá que estás con él, no con nosotros.

***

Alhadia había sido demasiado débil para enfrentarse a Abdelatif Alhamdi, por lo que lamía sus heridas en silencio. Más tarde, y antes de transcurrido un mes, una banda de ladrones asaltó a Hach Mahmud y a sus hombres cuando regresaban de un viaje a Ramla. Después de despojarlos de su dinero y de robarles los bienes que habían comprado, les dispararon y los mataron. Lo que ocurrió a continuación, cualquiera podría haberlo imaginado. Las investigaciones desarrolladas por los británicos concluyeron que no se podía determinar quién estaba detrás del crimen y que el caso se archivaba. Mucha gente en el pueblo sabía que Alhamdi y sus hombres tenían las manos manchadas con la sangre que había corrido en esos valles. Pero también sabían que sería imposible probarlo cuando el propio juez era también enemigo.

***

El hecho de que Alhamdi hubiera logrado requisar los rifles de la aldea era significativo.

Los hombres de la aldea se reunieron con Hach Jáled y dijeron: «Aquí estamos, recurriendo a ti, como siempre. Y te preguntamos cuál es la solución». Frotándose la frente con los dedos de la mano izquierda, los miró atentamente y dijo: «No os preocupéis. Vuestros rifles os serán entregados en vuestras casas».

—¡Pero fueron los hombres de Abdelatif Alhamdi quienes se los llevaron!

—Por esa misma razón tenéis que recuperarlos.

Aquella fue la gota que colmó el vaso. Mientras permanecía de pie mirando al asentamiento en la colina occidental, Hach Jáled sabía que los rifles eran lo único que le quedaba a la gente del pueblo.

—Que alguno de vosotros vaya a buscar a Fáyez.

Unos minutos más tarde Fáyez llegó. Durante mucho tiempo, había sido el mejor de toda la región reparando rifles, gracias a un don innato, a la experiencia acumulada y fruto de su gran amor por las armas.

—*¡Entiendes, por supuesto, que todo estaba sucediendo en secreto!*

—¿Cuántos rifles tienes, hijo? —le preguntó Hach Jáled.

—Muchos —le dijo a su tío mientras miraba nerviosamente a su alrededor.

—No te preocupes —le tranquilizó Hach Jáled—. ¿Y cuántos rifles tienen las aldeas de Alhamdi? —preguntó.

—Alrededor de diez, tal vez.

—Ve a por ellos y tráelos aquí. Cuando sus dueños vengan a buscarlos, diles que los tengo yo.

Hach Jáled hizo un gesto a varios de los hombres para que le ayudasen en su misión.

Nada podría haber deleitado más a Fáyez que el sonido de las balas saliendo de los largos cañones de esos rifles en desuso. Nada podría haberlo deleitado más que ver cómo esas armas volvían a la vida. Tal y como había calculado Hach Jáled, no pasó mucho tiempo hasta que los dueños de los rifles vinieron a buscarlos.

—¡Están en buenas manos! Pero Hach Jáled os quiere ver —les dijo Fáyez.

***

—Servidles café y preparadles el almuerzo —dijo Hach Jáled.

—Que Dios te bendiga, Hach, pero tenemos prisa.

—Los hombres armados de Alhamdi han entrado en varias casas, a las afueras del pueblo, obligando a nuestras mujeres a mostrarles dónde estaban nuestros rifles, cuando nosotros no estábamos presentes. Se llevaron cinco armas. No exijo que sean castigados por venir a nuestras casas en nuestra ausencia, a pesar de que se trata de una ofensa grave. Pero quiero que vayáis a ver a Alhamdi y que le digáis que no devolveré los vuestros hasta que no devolváis nuestros cinco rifles.

—Pero, Hach, no sabemos que ha pasado. ¡Además, lo que hacen sus hombres no es culpa nuestra!

—Sí lo es. Es vuestra culpa que hayáis aceptado que un tirano como él sea vuestro amo.

Los hombres guardaron silencio, dolidos por sus últimas palabras. Sin decir nada más, se levantaron para irse.

Nunca habían visto a Alhamdi tan furioso como cuando le entregaron el mensaje de Hach Jáled ese día. Aun así, inexplicablemente cambió su tono y dijo: «Volved a verle y decidle que le devolveremos sus rifles. De eso me encargo yo».

Los hombres regresaron al encuentro de Hach Jáled.

«Prometo devolveros vuestros rifles tan pronto como nos devuelva los nuestros. Ahora regresad junto a Alhamdi y le decís que los hombres que entran en las casas ajenas cuando sus dueños no están no son hombres de verdad y, si no devuelve nuestros rifles, entonces que se atenga a las consecuencias. Después de todo, en lo que a vosotros respecta, Alhadia es como el Canal de Suez: tenéis que atravesarlo si queréis seguir con vuestras vidas».

No hubo respuesta, así que Hach Jáled dijo: «El que avisa no es traidor».

***

Los lugareños solían llamar a esa época del año «el tiempo de las ovejas», ya que era el momento en el que venían al mercadillo del jueves en Alhadia para venderlas. Muchos de ellos programaban las bodas de sus hijos e hijas o la construcción de casas nuevas en esa época del año.

Cuando varios hombres de las aldeas controladas por Alhamdi iban de camino hacia el mercado de Alhadia, fueron interceptados por jinetes. Estos les robaron sus ovejas y les dijeron: «Si queréis recuperarlas, decidle a Alhamdi que lo que hemos hecho es en nombre de Hach Jáled».

—Las aldeas de la región sabían muy bien que Hach Jáled era un hombre recto y justo. Nunca había actuado injustamente con nadie o privado a nadie de sus derechos. Por tanto, la gente se levantó contra Alhamdi. «¡Por el amor de Dios! ¡Devuélveles lo que les pertenece, Abdelatif!», le dijeron. «¿Cuánto tiempo vamos a seguir pagando por lo que hacen tus hombres armados?». Por su parte, Hach Jáled no tuvo más remedio que incitar a las aldeas

que estaban bajo el dominio de Alhamdi a que se levantasen contra él. Él sabía que la mayoría de sus gentes, a quienes conocía desde siempre, ¡eran buenas personas en el fondo!

***

Unos días más tarde, alguien llegó a Alhadia con los cinco rifles. Hach Jáled los inspeccionó y luego mandó a buscar a sus dueños. Cuatro de ellos reconocieron sus rifles y se los llevaron. Sin embargo, uno de ellos dijo: «Este no es el mío».

—Traednos de vuelta el rifle original y podréis llevaros los vuestros y vuestras ovejas —les dijo Hach Jáled.

—¿Así que has requisado diez rifles y cientos de ovejas para recuperar un solo rifle? —preguntó indignado uno de los hombres de Alhamdi.

—No. He requisado diez rifles y cientos de ovejas para defender lo que es justo —le respondió.

A la mañana siguiente, regresaron con el rifle original.

—Podéis llevaros lo que es vuestro, ahora que tenemos lo que es nuestro.

A medida que pasaban los días, Alhamdi se consumía más y más a causa del rencor y del odio. Tampoco la gente de Alhadia había encontrado la paz y la tranquilidad. Su comportamiento fue tildado de «política británica». Cuanto más indulgente parecía, más terribles eran las crueldades que cometía.

Fuego silencioso

La gente de Alhadia se despertó una mañana y descubrió que la alambrada de espino alrededor del asentamiento se había movido más de doscientos metros. Engullía así parte de su tierra y de los pastizales del norte y del sur que la rodeaban. Cuando quisieron tocar con sus manos lo que estaban viendo sus ojos, les dispararon desde todo el frente occidental del campo. Para evitar el fuego cruzado, se tumbaron en el suelo boca abajo y se escondieron detrás del montículo más cercano. Intentaron determinar exactamente de dónde venían los disparos, pero no vieron ni un solo cuerpo moviéndose al otro lado. Entonces retrocedieron.

Sabían que tenían un problema importante y que al cabo de pocas semanas tendrían que ir a sus campos para cosechar el trigo en la llanura paralela al cableado. Eran conscientes de que cualquier conflicto podría privarlos de los frutos de su sacrificado trabajo.

Esa noche, algunos hombres fueron a los cafés de Muhámmad Shahada y Sháker Muhanna para escuchar las noticias, saltando de una emisora a otra. Se quedaron encantados cuando escucharon la emisora de Radio Palestina, que acababa de ser inaugurada con emisiones desde Ramala. Poco después, para su sorpresa, oyeron un discurso en hebreo. Fue un *shock* para ellos.

«¡Esto significa que, de ahora en adelante, los judíos entrarán en todas nuestras casas!», comentó Muhámmad Shahada. Muy enojado, apagó la radio[11].

---

[11] Ese mismo día, el alto comisionado, sir Arthur Wauchope, inauguró la emisora y los discursos se retransmitieron en inglés, árabe y hebreo. Esa celebración la consideré un funeral. Era la señal más poderosa de que se establecería una patria nacional judía en Palestina. ¡Ese día el hebreo comenzó a competir con el árabe y al día siguiente lo echaría fuera de Palestina! Eso tampoco fue simple pesimismo. Como prueba del sombrío futuro que esperaba a los palestinos, baste recordar que

***

El sol comenzó a quemar las espigas, que eran más exuberantes de lo que habían sido en mucho tiempo. Las plantas eran tan altas que si un jinete pasaba por los campos de trigo a caballo fácilmente podía atar dos tallos sobre su silla de montar.

Todavía no habían llegado a los lindes de los campos cuando el asentamiento comenzó a disparar contra ellos. Retrocedieron. Cuando fueron a hablar con el oficial británico Edward Peterson, este les dijo acaloradamente: «¡No podemos enviar una patrulla del ejército cada vez que una persona quiera cosechar sus tierras».

Retrocedieron y miraron hacia el asentamiento, pero no vieron ningún movimiento que indicase que alguien les acechaba. El silencio se extendió y fue tan absoluto que hubieran podido escuchar a la más pequeña criatura de Dios en aquella vasta extensión. Corrieron hasta sus tierras con sus hoces y comenzaron a trabajar sin descanso. Por desgracia, sin haber avanzado ni siquiera tres metros, los disparos sonaron nuevamente y la gente se dispersó, alejándose de allí.

Acudieron a ver a Peterson otra vez, pero recibieron la misma respuesta y sintieron una desesperación más honda que nunca.

***

Al atardecer, varios hombres se reunieron en la casa de huéspedes de Hach Jáled. El jeque Husni, el imán de la mezquita, estaba allí, y también Albármaki, que había envejecido mucho por el paso de los años y por la pérdida de su hijo. Para evitar reproches de los miembros del clan de Hach Sabri Alnayyar, Hach Jáled los invitó también a asistir a la reunión. Sháker Muhanna y algunos otros hombres también estuvieron

---

su eminencia el muftí Hach Amín Alhusayni, jefe del Consejo Islámico en ese momento, asistió a aquella celebración. ¿Cómo podían él y otros como él haber olvidado la decisión de boicotear tales eventos?

presentes. Por desgracia, el clan de Hach Sabri Alnayyar se tomó como un insulto la invitación a la casa de huéspedes de Hach Jáled: «¿Por qué no viene él a vernos a nosotros en lugar de obligarnos a arrastrarnos hasta allí? ¿Acaso se cree mejor que nosotros?».

Lo que sucedía en Palestina en aquel momento no era ningún secreto. Lo que ocurría en Alhadia se repetía en decenas de aldeas. En aquella ocasión, el peligro se cernía sobre Alhadia. No llegaron a ninguna conclusión.

Algunos hombres admitieron que se sentían vulnerables e indefensos, casi desarmados ante un enemigo tan feroz. Hablaron sobre la protección británica de los asentamientos judíos, sobre un enemigo que aún no habían podido identificar, sobre lo fácil que era para su adversario detectar cualquier movimiento cerca de la alambrada y sobre el peligro que supondría para ellos tomar alguna medida contra el asentamiento. Algunos hombres no compartían este pensamiento.

«Al final», les dijo Fáyez, «recordad que lo que hay más allá de ese alambre de púas no es un grupo de fantasmas. Si nos quedamos en silencio hoy, Alhadia terminará dentro de la alambrada de espino mañana. Sabéis muy bien lo que estos asentamientos están haciendo en las tierras de otras aldeas».

Hach Jáled se mantenía callado y, cuando todos los demás terminaron de hablar, Sháker Muhanna le preguntó: «¿Y tú qué opinas, Hach Jáled?». «¿Y qué se puede decir cuando sabemos que cualquier medida que tomemos podría condenarnos a la destrucción?», respondió el jeque Husni en su lugar.

Sháker Muhanna repitió su pregunta como si no hubiera escuchado lo que el jeque Husni acababa de decir.

Mirándolos fijamente, Hach Jáled se frotó la frente con los dedos de la mano izquierda y dijo: «Esperemos hasta ver qué nos depararán los próximos días».

***

Esa noche, la gente de Alhadia se despertó con el resplandor de unas llamas que todo lo cubrían, convirtiendo la noche en día. El fuego consumía los campos de trigo en una escena dantesca, que era solo el principio de la época oscura que estaba por venir. En medio del gran incendio, el asentamiento aparecía totalmente expuesto y por primera vez pudieron ver las sombras de las personas, que se movían rápidamente de un lugar a otro entre las casas prefabricadas y cerca de la alambrada de espino.

Gracias a que el viento no soplaba, los campos ardieron lentamente. Por su parte, el silencio de la noche enmudeció las lágrimas que brillaban en los ojos de la gente.

***

Los vehículos de los soldados se aproximaron y, cuando llegaron, el oficial Edward Peterson se enfureció. «¿Quién ha desatado este infierno?», chilló.

—¿Crees que alguno de nosotros podría prender fuego en sus territorios? Quienes viven allí son los únicos que podrían haberlo hecho.

—No. Habéis sido vosotros los que habéis prendido fuego en los campos vecinos para que el asentamiento ardiera con ellos.

—Míranos a los ojos y verás que quien ha hecho esto no es de los nuestros.

Los vehículos se dirigieron entonces colina arriba, hacia el asentamiento. Nadie desde la aldea pudo asegurar si los coches habían apagado sus luces o no, pues el fuego lo envolvía todo y se elevaba furiosamente hacia el cielo.

***

Cuando el sol apareció en el horizonte, no quedaba nada en la llanura, salvo unas llamas últimas y tierra calcinada.

—En esas tierras quemadas nunca nacerá otra cosa que cenizas —predijo Hach Jáled.

—¿Es esa tu respuesta a mi pregunta? —inquirió Sháker Muhanna.

—Le suplico a Dios que esa sea la respuesta de todos nosotros.

Aquel mediodía

En una de las aldeas bajo el control de Alhamdi había un juez con el nombre de Masud Alhattab, cuya fama había comenzado a extenderse por toda Palestina. En poco tiempo se había convertido en un juez prominente. Era capaz de resolver los problemas más graves que atormentaban a las aldeas, desde disputas de tierras y agresiones contra la honra —por muy raras que fueran— hasta casos de asesinato. Alhamdi comenzó a sentirse amenazado. Pronto comprendió que este juez podría disputarle, algún día, su liderazgo. Por esta razón, un día decidió tenderle una emboscada cuando regresaba a su casa, después de haber resuelto un caso importante. Cuando fue asesinado, el caso que había resuelto se volvió a abrir y la parte que había salido favorecida con su dictamen acusó a la otra parte de asesinar al juez porque el resultado no había sido de su agrado. Como resultado, las represalias se extendieron como la pólvora, tiñendo las colinas y los valles de sangre.

Alhamdi no esperaba eliminar con un solo tiro tantos pájaros hasta que vio los efectos de la bala que había atravesado el corazón del juez.

Declaró un período de luto de cuarenta días. También anunció que a partir de ese día trataría a los hijos del juez como propios y que la mano que había apretado el gatillo sería cortada en tres partes. Cuando el funeral terminó, unos días más tarde, Alhamdi intentó resolver el caso que el juez Masud había dejado abierto. Para llevarlo a buen puerto hizo comparecer a ambas partes en contra de su voluntad y les obligó a aceptar el veredicto del juez por respeto a la sangre derramada por su causa.

Cuando los hijos del juez crecieron, no se separaban de Alhamdi. Un día llamó a uno de ellos y le dijo: «Sabes que eres como mi propio hijo».

—¡Sí, tío!

—Me gustaría que hicieras algo por mí. Pero te juro por Dios que no te lo pido porque haya ejercido como padre vuestro desde que os quedasteis huérfanos, hace ya muchos años.

—Por supuesto que no, tío.

—Para ser más claro contigo, puedes negarte a hacer lo que te pido. Ten por seguro que no me enfadaré con vosotros, y lo que siento por vosotros nunca cambiará.

—¡Tú das la orden y nosotros la ejecutamos, tío!

Alhamdi calló por un momento, fingiendo que todas las preocupaciones del mundo reposaban sobre sus hombros.

Luego dijo: «¿Permitirías que alguien me ofendiera?».

—¡Dios no lo quiera, tío!

—¿Has oído hablar de lo que me hizo Hach Jáled?

—¿Quién no ha oído algo sobre eso, tío? Quiero decir, por supuesto que sí.

—Creo que ya has comprendido lo que te pido. Entonces, ¿lo harás?

—Lo que tú ordenes, tío.

—No, no voy a ordenarte nada al respecto. Más bien, quiero que hagas lo que debas hacer, porque tú mismo estés convencido de que debes hacerlo.

***

Aquel sofocante mediodía, con un sol en lo alto que parecía una brasa al rojo vivo, el hijo del juez llegó a Alhadia como invitado. Cuando Hach Jáled se enteró de su llegada, abandonó todo lo que estaba haciendo y se apresuró a recibirlo junto con un grupo de hombres.

El visitante comprendió que iba a ser imposible llevar a cabo su misión en ese momento.

—Prepara café, Hamdán, por favor. Y también el almuerzo para nuestro invitado, dijo Hach Jáled, dirigiéndose esta vez a los hombres que lo acompañaban.

—No puedo quedarme mucho tiempo. Como pasaba cerca de vuestra aldea he pensado que merecía la pena desviarme para saludar a Hach Jáled y ver cómo os han ido las cosas desde que vuestros campos fueron quemados.

—Eres un hombre noble, hijo de un hombre aún más noble. No ha habido otro como tu padre: un verdadero hombre de Palestina. Un líder irrepetible.

Durante dos horas enteras, Hach Jáled no hizo más que contar historias sobre el juez Masud, de su sabiduría y de la multitud de casos que había resuelto por sí mismo. Contó cómo el alto comisionado británico había apelado al juez Masud para resolver disputas frente a las cuales el Gobierno británico se sentía impotente.

El sentimiento de orgullo del joven se reavivó al escuchar las grandes cosas que decía de su padre la persona a la que venía a matar.

—¿Sería capaz de matar a un hombre que amaba y respetaba tanto a mi padre? ¿Sería capaz de matar a un hombre que me trata con tanto respeto? ¿Sería capaz de matar a un hombre que rinde homenaje a su invitado y que conoce la verdadera valía de los hombres? —se preguntaba el hijo del juez.

Cuando se levantó después del almuerzo para ponerse en camino, Hach Jáled se levantó y lo abrazó cariñosamente, como si fuera su propio hijo.

Sus cuerpos estaban tan cerca que no habría habido impedimento para llevar a cabo la tarea que le habían asignado. Pero, en lugar de hacerlo, susurró al oído de Hach Jáled: «Ten cuidado. Alhamdi me ha enviado a matarte y, si no lo hago yo, otra persona lo hará. Así que mantente en guardia».

***

No había pasado una semana cuando un grupo de hombres de Alhamdi le hizo una emboscada al hijo del juez en el lugar donde su padre había sido asesinado.

Al darse cuenta de lo que estaba sucediendo, les dijo: «Sabía que el día que me matase lo haría en este mismo lugar. Decidle a Abdelatif que todo el mundo sabe ahora que tiene las manos manchadas con la sangre de mi padre».

Fue acribillado por una ráfaga de balas, pero se mantuvo en pie. Le dispararon de nuevo y se mantuvo en pie. Alarmados por su inquebrantable dignidad, temieron que no fuera a morir. Para asegurarse de que la sangre que veían era real, uno de ellos se atrevió a dar unos tímidos pasos hacia él, tocó la sangre y dijo: «Es real». Luego, empujó con la culata de su rifle el cuerpo acribillado a balazos y el hijo del juez cayó finalmente al suelo.

Aquella noche

Siete noches después, Alhadia se despertó con un gran incendio que consumía las casas del asentamiento, iluminando la oscuridad hasta el amanecer[12].

Todos se dieron cuenta de la gravedad de la situación, pero se conformaron con el silencio y esperaron en la puerta de sus casas hasta la mañana siguiente.

Apenas había amanecido cuando una fuerza militar británica rodeó la aldea.

Edward Peterson se paró frente a Hach Jáled y le preguntó: «¿Quién ha prendido fuego al asentamiento?».

—¿Y quién te ha dicho que yo tengo la respuesta a esa pregunta?

—Solo uno de vosotros puede haberlo hecho.

—Toda Palestina está en llamas, ¿por qué nos consideráis responsables?

---

[12] Vladimir Jabotinsky (†1940), uno de los fundadores del movimiento revisionista sionista, defendió al pueblo palestino y la idea de que Palestina es su patria nacional. Sin embargo, cuando buscó una contraparte para los palestinos, los únicos pueblos que consideró aptos para la comparación fueron los nativos americanos y los aztecas, que fueron aniquilados por los invasores. Al dibujar este paralelismo, se concedió a sí mismo el derecho a la invasión y le concedió a la víctima la opción de morir defendiéndose. Jabotinsky escribió: «Cualquier pueblo nativo —da lo mismo si son civilizados o salvajes— ve a su país como su hogar nacional, del cual siempre serán los amos completos. No permitirán, voluntariamente, no solo a un nuevo amo, sino ni siquiera a un nuevo socio. Y así es para los árabes. Los armados de nuestra parte intentan convencernos de que los árabes son una especie de tontos que pueden ser engañados. Rechazo tajantemente esta evaluación de los árabes palestinos. Ellos no tienen nuestra resistencia o nuestra fuerza de voluntad, pero esto agota todas las diferencias internas entre nosotros. Miran a Palestina con el mismo amor instintivo y el mismo verdadero fervor con que cualquier azteca miraba a su México o cualquier sioux contemplaba la pradera».

—Porque el asentamiento está aquí, en vuestra tierra.

—¿Ves? Tú mismo lo has dicho: nuestra tierra. ¿Cómo puedes pedirnos que seamos sus protectores?

—No te estoy pidiendo que seáis sus protectores. Te pregunto quién le ha prendido fuego.

—Nadie de por aquí. Eso te lo puedo asegurar. —Peterson contempló las caras de la gente que sus soldados habían reunido contra las paredes de las casas.

—Entonces, ¿no vas a decirnos la verdad? —le recriminó a Hach Jáled.

—La verdad es la que te estoy diciendo: no hemos tenido nada que ver con ese incendio.

El oficial se dio media vuelta y se dirigió hacia las filas de hombres que habían sido inmovilizados contra las paredes por los rifles de sus soldados. De repente, levantó la mano y señaló. Cada vez que su dedo apuntaba a uno de los hombres, los soldados lo apartaban a un lado.

Solo quedaban unos pocos ancianos. Cuando eligió a los que quería, apuntó con un dedo a Hach Jáled. Hizo con la mano la forma de una pistola y le oyeron decir: «¡Bo-o-om!».

Hach Jáled se había unido a los otros hombres de la aldea en señal de protesta. Les indicó que permanecieran quietos.

Un carro blindado a veinte metros de distancia observaba lo que estaba sucediendo.

Peterson se plantó delante de Hach Jáled y le dijo: «No me has dado los nombres de los ausentes».

—No me has pedido que lo haga.

—Bueno, te lo estoy preguntando ahora.

—Muchos hombres están fuera de la aldea comprando y vendiendo.

—¿Y quiénes son?

—Son demasiados para nombrarlos.

—Entonces no quieres decirme sus nombres.

—Como te acabo de decir, son demasiados para nombrarlos.

—Nombra a algunos de ellos, entonces.

—¡Me temo que podría olvidarme del resto!

—Los residentes del asentamiento escucharon disparos. No me digas que no sabes dónde están escondidas las armas.

—Nunca hemos tenido armas. Somos una aldea pacífica y lo sabes.

—Sabemos lo que les hicisteis a los turcos.

—¿Quieres castigarnos por lo que les hicimos a vuestros enemigos?

—No, pero quiero saber dónde están escondidas las armas que usasteis para luchar contra nuestros enemigos.

—Te he dicho que no tenemos armas. Tuvimos armas solo cuando las necesitamos.

Peterson les indicó a sus soldados que condujeran a Hach Jáled hasta un roble gigante en el centro del patio y lo ataran a su tronco.

Peterson se acercó a él: «Entonces, ¿te niegas a confesar dónde tenéis escondidas las armas?».

—Te lo he dicho. No tenemos armas.

Entonces, impulsivamente, le propinó una bofetada cuyo sonido ensordeció a todos.

Los hombres de la aldea rompieron sus filas, pero los rifles de los soldados les impidieron llegar hasta Hach Jáled. Peterson sacó su revólver y disparó tres tiros de advertencia al aire.

—¿Te niegas a confesar? Tendrás que pagar por ello, entonces.

Sin contemplación, le pegó otra bofetada. Cuando, corriendo frenéticamente, Ahmad Jamis logró romper la línea de soldados, una cuarta bala fue a parar a su corazón. Desde detrás de la multitud, el carro blindado disparó una descarga baja que tomó a todos en la plaza por sorpresa, forzándoles a agacharse, incluso a los soldados.

La expectación se hizo insostenible cuando los soldados ordenaron a los aldeanos que se tumbaran bocabajo.

Al menor titubeo, las balas perdidas hacían volar la tierra y las piedras entre sus pies.

Peterson le volvió a preguntar a Hach Jáled: «¿Entonces, te niegas a confesar?».

Extendió su mano y agarró con fuerza el bigote recto y largo de Hach Jáled. Con toda su rabia, le pegó un tirón. La sangre carmesí se derramó, tiñéndole los labios y la barbilla.

—Te preguntaré una vez más: ¿dónde están escondidas las armas?

—Ya te lo he dicho. No tenemos armas.

Peterson le agarró entonces el bigote por el lado izquierdo. Sus ojos se encontraron. Los ojos del oficial solo dijeron una cosa: «¡Entonces te niegas a confesar!», al tiempo que los ojos del Hach se llenaban de rabia e impotencia.

Le pegó otro tirón y más sangre cayó derramada.

—¿Vas a seguir aferrado a tu terquedad?

—Entérate bien. Si tuviera armas, no te las entregaría después de lo que has hecho.

Volviéndose hacia los hombres tumbados sobre la tierra, Peterson dijo: «Se niega a confesar. ¿Hay alguien aquí que quiera confesar o comenzamos de nuevo?».

Un manto de silencio cayó sobre todos.

Peterson hizo un gesto a sus soldados para que llevaran a los hombres hasta el coche.

Luego, otra mano comenzó a señalar a la hilera. Era la mano de un hombre cuyo rostro estaba oculto por una máscara, a través de la cual solo se veían sus ojos. La gente del pueblo la llamaba «bolsa de arpillera».

Ocho hombres fueron apartados a un lado.

Entre ellos estaba Ismael Yunus. Peterson ordenó que lo ataran al otro lado del roble, provocando que las cuerdas se apretaran cada vez más alrededor del cuerpo de Hach Jáled.

La tortura que sufrió fue diferente a la anterior. Los soldados le golpearon con las culatas de sus rifles, llenando su cuerpo de hemorragias.

Cada vez que recibía un golpe, su cuerpo reaccionaba con espasmos y Hach Jáled sentía las cuerdas clavándose en su carne al otro lado.

Media hora más tarde, Ismael gritó de dolor: «¡Confesaré! ¡Os guiaré hasta las armas!».

El terror descendió repentinamente sobre la gente del pueblo, que sabía con certeza que su fin llegaría pronto.

—¿Dónde están las armas? —le preguntó Peterson.

—Os guiaré hasta ellas.

Peterson hizo una señal a los soldados para que lo desataran. Le empujaron por delante de ellos con las bocas de sus rifles y, si flaqueaba en su caminar, recibía otro golpe.

Los guio hasta que llegó al borde del pozo. Antes de que pudieran preguntarle «dónde están las armas», gritó: «¡Están aquí!».

Y, a continuación, se arrojó a la oscuridad del pozo.

Peterson miró hacia el fondo, pero no vio nada más que oscuridad, cruel oscuridad.

—Buscad en el pozo —ordenó a sus soldados.

Pero lo único que encontraron fue un cadáver flotante y agua mezclada con sangre.

Peterson regresó a la plaza y miró a la gente a los ojos.

—¿Pero es que la vida no significa nada para vosotros? —chilló, perdiendo los nervios.

—Lo significa todo para nosotros —respondió Hach Jáled.

Por un momento, Peterson sintió que las palabras que había escuchado estuvieran contaminadas con sangre. Se llevó las manos a ambos lados de la cara y se secó las orejas.

***

El carro blindado arrancó con ocho hombres a bordo, el último de los cuales era Hach Jáled, y con tres todoterrenos del ejército detrás[13].

---

[13] Esa noche, Peterson escribió: «La oscuridad es la clave de la luz. / El árbol es la escalera hacia el cielo. / El gorrión es el mensaje del sueño. / En el corazón

Después de cinco días de arresto, interrogatorio y tortura en la prisión de Almaskubiyye, un edificio que había sido construido por la Rusia zarista fuera de las murallas de la ciudad para acoger a los peregrinos que iban a Jerusalén, el asentamiento fue incendiado por segunda vez. Este acontecimiento aclaraba que los responsables de los incendios no eran ellos, pero, en lugar de liberarlos, los británicos los interrogaron para tratar de sonsacarles los nombres de sus compañeros rebeldes. Viendo que su investigación no los llevaba a ninguna parte, finalmente los dejaron ir.

Llegaron al pueblo completamente destrozados. Aun así, hicieron todo lo posible para ocultar su debilitamiento y el dolor que pesaba sobre sus cuerpos.

Todos habían regresado.

Durante tres días seguidos, se celebraron fiestas y comidas de celebración por su regreso.

Mientras tanto, en el otro lado de Alhadia, la ira y la amargura devoraban el corazón del Hach Sabri Alnayyar.

—¡Queríamos la humillación de Hach Jáled, pero en cambio ha vuelto más engrandecido!

---

tu daga se instaló, mi amor. Y de repente el metal comenzó a crecer. / Pero no me preguntes sobre la fruta».

El borde del día de la resurrección

El viento soplaba embravecido en el exterior. Cerraron las puertas y las ventanas con fuerza y se refugiaron en la casa de Hach Jáled. Desde adentro, podían escuchar los temblores de los naranjos agitados por el aire, el desgarro de las ramas del gran roble del patio y su gemido de dolor.

De repente, Munira se dio cuenta de que lo que oía en la puerta no era solo la furia del viento, sino que alguien llamaba.

Hach Jáled se levantó y fue hacia la entrada. Munira echó un vistazo a la mecha ardiente de la lámpara, sabiendo que en el momento en que se abriera la puerta se apagaría. Su corazón se encogió. Hach Jáled abrió la puerta y salió. Caminó hacia el portón del patio. Al abrirlo, llegó una voz desde el exterior que dividió las pesadas nubes de polvo y dijo: «Es él». Sonó un disparo que hizo que Hach Jáled retrocediera un par de pasos. De inmediato, cayó al suelo boca abajo.

Corriendo hacia su hermano, Aziza profirió un grito. Sumayya se quedó petrificada. Munira, paralizada, tampoco pudo moverse de su lugar. Afuera, Aziza zarandeaba a un oficial británico arropado por sus hombres.

—¡Mi hermano! ¡Mi hermano! —gritaba Aziza.

El oficial y los soldados, con sus armas listas, se retiraron y corrieron hacia su vehículo, que habían mantenido con el motor en marcha.

Se alejó en un abrir y cerrar de ojos. El ruido del motor se fusionó poco a poco con el silbido del viento hasta desaparecer por completo.

Aziza salió corriendo, enloquecida, detrás del coche militar, pero la polvareda que se había cerrado sobre el ambiente rápidamente lo ocultó de la vista. Era como un fantasma, aparecía y desaparecía entre la espesura del polvo en suspensión. Sin embargo, estaba segura de que, desde detrás de la puerta, había escuchado a alguien decir: «Es él», y que la persona que lo había dicho no era británica.

***

Munira miraba a Jáled y a Sálem, alabando a Dios por haberlos mantenido vivos. Su fe se reforzaba cada vez que miraba las tumbas de sus hermanos Mustafá y Muhámmad; cada vez que recordaba su amargo regreso a la puerta de su madre, años después de su entierro; cada vez que recordaba cómo habían tenido que recoger y enterrar sus huesos por segunda vez.

La marcha de los turcos había sido como un regalo de vida para ella y para miles de madres y padres, cuyos hijos habían regresado a casa tras años de exilio, clandestinidad o lucha en el frente de batalla. Por desgracia, muchas otras madres seguían esperando la vuelta de aquellos que nunca regresaron, engullidos por frentes lejanos o por los senderos entre las montañas, donde no había nada que llevarse a la boca.

Dio las gracias a Dios porque estaban con ella. Pero cuando todavía celebraba su regreso, su marido fue atravesado por unas balas traicioneras que le arrebataron la vida. De pronto se vio a sí misma cavando su tumba con sus propias manos. Munira solía repetir en sus oraciones: «Oh, Dios, permite que me muera antes que él, para no tener que llorar su pérdida». Pero había tenido que llorar su pérdida, así como había sufrido las ausencias de Muhámmad y Mustafá.

***

La bala había pasado a pocos centímetros de su corazón y le había salido por la espalda, produciendo una gran hemorragia. Intentaron detenerla a toda prisa, pero enseguida se dieron cuenta de que era imposible. Sálem corrió hacia el camino asfaltado, pero el horizonte estaba completamente desierto y no había forma de que nadie pudiera haber oído el sonido de un motor a lo lejos. Solo quedaba el sonido del viento, la mano cósmica que hace rodar la Tierra como una pelota a su antojo, antes de volver a lanzarla sin piedad.

Sálem estaba en casa cuando conoció la noticia. En ese angustioso instante, comprendió que Jáled no sobreviviría. Volver a casa era reconocer que había muerto traicionado. Así que decidió quedarse. Él no volvería. Y de nuevo sintió cómo el torbellino del tiempo lo envolvía y lo arrastraba hacia abajo. Por un momento reinó el silencio y vio cómo algunas cosas calladamente volaban a su alrededor. De repente, un automóvil emergió del viento y, con dificultad, evitó arrollar el cuerpo que se alzaba en medio de la carretera como un mástil roto.

***

En el Hospital de Ramla les dijeron que necesitaría una cirugía mayor: «Pero no podemos realizarla aquí. Además, ha perdido mucha sangre. Tendréis que llevarle al Hospital Aldayani en Yafa».

Estaba echado en la cama, como un día de tormenta seca en el desierto. Los médicos negaron con la cabeza: «No hay esperanza».

Lo rodearon, llorando sin consuelo y sintiendo que el mundo colapsaría sobre sus cabezas en cualquier momento. Habían perdido para siempre al pilar de la casa.

De la multitud que se había congregado alrededor de la cama, en los pasillos y en el vestíbulo, Hussein Alsaúb, Sháker Muhanna y Alí Alárag salieron para volver a Alhadia y cavar una tumba para él cerca de la de sus dos hermanos y la de su padre.

El viento aún arremolinaba el polvo y la tierra amontonada alrededor de la tumba. Y así continuó, hasta que se convencieron de que el viento, en realidad, no deseaba que lo enterraran, al igual que la lluvia había repelido los restos de sus dos hermanos.

Justo cuando estaban a punto de terminar su tarea, dejaron de cavar sin saber por qué. Intercambiando una mirada melancólica entre el polvo espeso y las lágrimas embarradas que corrían por sus mejillas, decidieron volver al hospital.

Mientras bajaban por la colina, vieron a Sálem saliendo de un taxi. Corriendo hacia ellos, gritaba sin que pudieran entenderle. Corrieron hacia él y, cuando se encontraron, los abrazó llorando y enloquecido de alegría les dijo: «¡Ha resucitado! ¡Está vivo! ¡os juro por Dios que ha resucitado!».

Los hombres se miraron y comenzaron a gritar y a llorar con él: «¡Lo ha logrado! ¡Está vivo!».

***

Hach Jáled se detuvo ante su tumba, contemplaba la tierra que lo había llamado, pero cuya llamada había sido interrumpida. En ese momento tomó conciencia de que seguía vivo. Se palpó el cuerpo con las manos, sin dejar de mirar la fosa. Lloraba. Lloró como si no hubiera sobrevivido, como si la persona que estaba al borde de la tumba fuera su fantasma, angustiado por haber quedado huérfano de su cuerpo.

«¿Es esta la segunda oportunidad que dicen que concede el destino? ¡Esta es! ¿Qué otra cosa podría ser? Pero dejad que esta sea mi tumba. Esta será mi tumba. No enterréis a nadie más aquí, por más que os quedéis sin fosas».

Las tumbas comenzaron a multiplicarse alrededor de aquel hoyo y, cada vez que se cavaba una nueva, Hach Jáled acudía. Se quedaba parado frente a su tumba, sin cansarse de mirarla.

El secreto de la bala

El asunto ya no era un secreto: la bala apuntaba a su corazón. Después de no poder demostrar que hubiera subido a la montaña con los rebeldes, habían intentado resumirlo todo en una bala.

Los británicos negaron tener algo que ver con el asunto y archivaron la investigación incluso antes de empezarla. Nadie en la casa podía asegurar haber visto con claridad el rostro de la persona que apretó el gatillo. Incluso Aziza no pudo describir las facciones de la persona que disparó. Solo dijo: «Era alto». Luego añadió: «¿Qué puedo decir? ¡Todos ellos se parecen entre sí!».

***

Hach Jáled sabía que las balas podrían alcanzarle desde cualquier dirección. La gente empezó a sospechar y la mayoría de los comentarios apuntaban al hombre que deseaba arrebatarle el liderazgo de la aldea.

Hach Jáled, por su parte, prefirió soterrar su angustia, ya que el horizonte parecía más negro que nunca. Se hablaba cada vez más sobre la intención del monasterio de quedarse con las tierras de Alhadia. Hacía mucho tiempo que la gente se quejaba de que el padre Theodorus no les devolvía las pocas escrituras que demostraban su propiedad de la tierra y les ponía excusas cada vez más contradictorias. Al mismo tiempo, Abdelatif Alhamdi parecía más cerca de lograr sus objetivos, gracias a la presión de sus hombres armados y a los poderes del mandato británico. El asentamiento no paraba de crecer. A pesar de que ocupaba la misma extensión de tierra, sus construcciones eran cada vez más altas. El estrépito de sus excavadoras arañando el suelo rasgaba el silencio de la aldea al amanecer. El incesante rugido de sus generadores eléctricos rompía la tranquilidad de la noche, revelando así el abismo que separaba dos épocas: la era de Alhadia y la era del asentamiento.

***

Hach Jáled observaba a Sad Sáleh mientras araba con su vaca. Luego dirigió la mirada hacia el asentamiento, donde vio cómo un tractor avanzaba y retrocedía en la tierra con suma facilidad.

—¡Míranos y míralos! —suspiró.

Casi tres semanas después de aquel disparo, se supo la verdad: había sido la mano de Hach Sabri Alnayyar la que había introducido la bala en el rifle británico para que estos solamente apretasen el gatillo.

Un manto de oscuridad cayó sobre el corazón de Hach Jáled. Miró sus manos y sus pies y vio montones de grillos revoloteando a su alrededor.

Fáyez eligió un potente rifle de fabricación británica de largo alcance, popularmente conocido con el nombre de *sawari,* que podía cargar cinco cartuchos. Una noche se infiltró en el otro vecindario. Llamó a la puerta y se hizo a un lado. Cuando salió el hermano de Alnayyar, disparó una sola bala que le atravesó la frente y huyó.

***

La bala que había matado a su hermano le confirmó a Hach Sabri que su secreto había sido descubierto. Entonces se abrieron las puertas del infierno. En un arrebato de locura, decidió llevar las cosas al límite, enviando a sus hombres al vecindario de Hach Jáled para provocar el inicio de una batalla que no terminaría ni siquiera después de la llegada de los británicos, a la que tardarían todavía mucho tiempo en ponerle fin.

***

Hach Jáled se frotó la frente con los dedos de la mano izquierda. Reflexionó sobre lo que había ocurrido y lo que estaba por venir y se dio cuenta de que el siguiente disparo sería mortal. En el momento en que vio que los todoterrenos militares británicos se acercaban, desapareció por completo, como si la tierra se lo hubiera tragado. Así comenzó una larga persecución, que terminaría con su captura en el territorio del clan de Alsutriya, cerca de Ramla.

Los hombres de Hach Sabri Alnayyar y Abdelatif Alhamdi lo siguieron hasta descubrir dónde se escondía. Para que el incidente no se convirtiera en un baño de sangre, Hach Jáled decidió entregarse, ya que sabía que nadie podría probar que él era el asesino del hermano de Alnayyar.

Lo metieron en prisión y todos en la región se pusieron a trabajar para encontrar una solución para un problema que se había convertido en una amenaza para toda la aldea. Por desgracia, Alnayyar se negó a aceptar un acuerdo, obcecado en conseguir su propósito de ver a Hach Jáled en la horca.

***

Después de tres semanas de interrogatorios infructuosos, Hach Jáled logró llegar al techo de la prisión. Se levantó un fuerte viento que lo ayudó a saltar, usando una sábana como paracaídas. Luego se escondió en una tumba durante dos días, hasta que finalmente los británicos perdieron la esperanza de encontrarlo.

***

Cuando Alnayyar se enteró de la fuga de Hach Jáled, los vientos soplaron en una nueva dirección.

Mientras tanto, todo se clarificó gracias a un hombre del clan de Alnayyar que relacionó a su líder con el intento de asesinato de Hach Jáled, asegurando que los británicos habían acudido a su casa aquella noche. Una vez que el escándalo se propagó, Alnayyar anunció que estaba dispuesto a negociar un acuerdo. Pero esta vez fue Hach Jáled quien se negó. Percibiendo el peligro, Alnayyar acudió a los británicos de nuevo, en busca de su protección. Ellos, a su vez, le dijeron que encontrara una solución a su problema. La única salida era un acuerdo con Hach Jáled. El acuerdo fue «sangre por sangre», a cambio de la liberación de Hach Jáled, a quien las autoridades del mandato se comprometían a no perseguir.

Represalias como estas no preocupaban a los británicos, independientemente de si el número de bajas era una o cincuenta. Su única preocupación era que las víctimas no fueran de su bando o del de los judíos. En consecuencia, dejaban el camino expedito para que los tribunales populares resolvieran este tipo de conflictos. En los casos en que las represalias pudiesen ser problemáticas para los británicos, se dirigían a los jueces nombrados por el pueblo para llegar a una solución.

Para cuando sucedieron estos acontecimientos, Hach Jáled se había convertido en uno de los hombres más buscados y conocidos de la zona.

—Esto es todo lo que podemos ofrecer —dijo Edward Peterson a Alnayyar.

***

—Debe presentarse ante todos con el revólver con el que los británicos le armaron colgado del cuello. Esa es mi primera condición —anunció Hach Jáled.

—¿Y cuál es tu segunda condición?

—¡Le suplico a Dios que me diga qué sucederá una vez que se cumpla la primera condición!

Presionaron a Alnayyar hasta que aceptó.

***

Se montaron las tiendas y llegaron personas de la región de Hebrón, Gaza y Jerusalén. Incluso el gobernador británico de Gaza, que era conocido por actuar como si fuera el alto comisionado, asistió al evento, al igual que Edward Peterson.

Cuando Hach Jáled llegó, se acercó para estrechar la mano a los hombres de la delegación. Sin embargo, el gobernador de Gaza y Peterson permanecieron sentados. Sintiéndose insultada, la gente tronó enfurecida: «Levantaos y estrechadle la mano». Así que no tuvieron más remedio que hacer lo que les habían dicho.

Mientras los dos hombres se daban la mano, Peterson miró a Hach Jáled con odio encendido y susurró para sus adentros: «¡Te lo prometo, algún día te mataré!».

***

Había muchos que querían ver a Hach Jáled convertido en una especie de leyenda después de su fuga.

El propósito de la reunión no fue discutir el caso y emitir un fallo. Más bien, era permitir a Hach Jáled que plantease sus demandas ante Alnayyar, que no tendría más remedio que cumplir.

Alnayyar, llegando desde la lejanía, caminaba con su revólver colgado del cuello hasta que se detuvo en el centro de la plaza.

¿Me preguntas por qué su clan guardó silencio? Te lo diré. La mayoría de ellos no podía soportar a Alnayyar debido a sus vínculos con los británicos. Tenían un sentido del bien y del mal y eran conscientes del peligro al que se exponían. Incluso su hijo Karim estaba en contra de él y no abandonó la casa ese día.

El jeque Náser Alali, que murió menos de una semana después, dejando una profunda herida en el corazón de Hach Jáled, dijo: «Tu oponente está delante de ti. Así que pide lo que quieras».

Con miles de ojos mirándole fijamente, Hach Jáled se frotó la frente con los dedos de la mano izquierda.

—Ahora que ha cumplido la primera condición, quiero que pague dos mil dinares si desea que lo perdone.

Sabía que estaba pidiendo lo imposible y que una suma como esa no sería fácil de conseguir.

Alnayyar, muy nervioso, respondió: «¡Ya casi que podrías haber pedido mi cabeza!!».

Pero la gente gritó: «¡Paga lo que debes, Sabri!».

En poco tiempo sus parientes habían recaudado el dinero y lo habían presentado ante el jeque Náser Alali. Pero después de contar las monedas y estimar el valor de las joyas de oro que habían traído, dijo: «Esto es menos de la suma que se solicitó».

Sorprendidos, los hombres de la delegación no sabían qué hacer. Pero Hach Jáled insistió: «Solo aceptaré toda la cantidad. Ni una piastra menos».

Las voces se alzaron, provocando una conmoción que se extendió por toda la plaza. De repente, alguien vestido con una capa suelta y con el rostro oculto por una kufiya, cruzó la plaza y preguntó:

—¿Aceptas que las mujeres contribuyan?

—Acepto —respondió Hach Jáled.

—Hach Jáled, esto es una contribución mía —dijo la persona enmascarada. Y se quitó la kufiya. ¿A quién iba a encontrar delante de él, sino a su madre?

Desenvolvió un pañuelo rojo que llevaba en la mano, para revelar una cantidad de oro que brillaba ante el jeque Náser Alali.

—Estas son mis joyas, las de tu hermana, las de la esposa de Fáyez, las de la esposa de Mahmud y las de tu tía Anisa. Te las estamos ofreciendo. ¿La suma está completa ahora?

—Sí, está completa.

—¿Y esto es suficiente para ti, para que no nos pidas nada más?

—¡No, no es suficiente en absoluto!

El silencio se apoderó de todos los presentes y sus corazones empezaron de nuevo a latir con fuerza.

—¿No es suficiente para ti? —exclamó Munira—. Tienes una deuda conmigo. ¿Prometes devolverla delante de las personas aquí presentes?

—Lo prometo por mi vida.

—Te llevé durante nueve meses en mi útero, te traje a este mundo y te crie hasta que te hiciste hombre. Ahora quiero que me pagues lo que me debes y eso equivale a todo lo que le puedas exigir a Alnayyar.

—Por ti —dijo Hach Jáled— lo perdono.

En ese momento, el jeque Náser Alali le pidió a Alnayyar que se acercase.

—¿Qué le dirías ahora a Hach Jáled? —le preguntó.

—Aquí estoy frente a ti —respondió—. Si me perdonas, mostrarás tu nobleza. Si, por el contrario, quieres vengarte de mí, aquí está mi revólver. ¡Puedes empuñarlo y matarme con él!

Frotándose la frente con los dedos de la mano izquierda, Hach Jáled miró lentamente las caras de los presentes, que esperaban escuchar sus palabras. Después de un silencio, habló: «Te perdono. Pude haber cogido lo que quisiese por la fuerza. En realidad, nunca quise quitártelo a ti, sino, más bien, al Gobierno británico, cuya traición encarnas».

Entonces la gente se levantó entusiasmada bailando y gritando: «¡*Allahu ákbar*!». La celebración continuó hasta que se escuchó la llamada de la oración del anochecer.

***

El jeque Náser Alali se inclinó y le susurró al oído a Jáled: «Esperaba que exigieras también que lo despojaran de su título de alcalde».

—Pensé en eso, jeque, pero temía que pudiera dividir a la aldea de nuevo. Desde que tengo memoria, el cargo de anciano del pueblo ha pertenecido a nuestro clan y la alcaldía al suyo. Además, como sabes, no podríamos encontrar un hombre mejor que él para ejercer de felpudo de los británicos.

***

Los ancianos de la delegación hablaron a solas con Alnayyar: «Tendrás que complacer para siempre a Hach Jáled».

—¿Cómo? —preguntó.

—Ofrécele a tu hija en matrimonio. Se la das como *esposa esclava*.

—¡Mi hija nunca será una *esposa esclava*!

Su negativa fue comprensible, por supuesto. Después de todo, las esposas esclavas, a diferencia de las mujeres libres, eran las mujeres más desafortunadas de la tierra, ya que se las veía como esclavas y se las trataba con desprecio y hostilidad. Sus familias no tenían derecho a defenderse ni a defenderlas hasta que hubieran dado a luz a un hijo.

Sin embargo, le forzaron a hacerlo. Fueron a prepararla, la subieron sobre el lomo de una yegua y le dijeron: «Llévala a la casa de Hach Jáled. Te ha perdonado. Pero nosotros no lo hemos hecho, porque te vendiste a Gran Bretaña y oprimiste a tu gente a través de sus soldados, convirtiéndote en un pequeño Abdelatif».

***

Su hija Sadiya no dijo nada. Cuando le preguntaron si aceptaría a Hach Jáled como esposo, guardó silencio. Cuando su hermano Karim habló con ella en privado, le dijo: «Serás más libre allí de lo que eres aquí». Tocó a la puerta. Hach Jáled salió. Alnayyar dijo: «Aquí está mi hija, te la ofrecemos en matrimonio y no pedimos nada a cambio».

Hach Jáled dirigió la vista a los jueces, que le hicieron un gesto para que aceptara la oferta. Entonces se hizo a un lado para que pasara y Sadiya entró en la casa. Sumayya, la esposa de Hach Jáled, se quedó clavada en su sitio y fue incapaz de despegar los labios. Al ver su reacción, él asintió y ella lo entendió. Cogió a la novia de la mano y la llevó adentro. Le dijeron: «Sigamos adelante y oficialicemos el matrimonio».

—Ahora es mi invitada y mi hermana hasta que Dios nos aclare qué debemos hacer.

Sabía que enviarla de vuelta sería un insulto que abriría las heridas de nuevo. Sadiya no era una extraña para él. La había visto en numerosas ocasiones en bodas y en los campos, cosechando el trigo o revoloteando como una abeja entre los olivos para recoger sus frutos. La gente, a menudo, comentaba cuánto se parecía a Afaf, la esposa de Mahmud.

Lo que nadie sabía, excepto la novia, a quien la fortuna había llevado allí, es que era la única persona contenta con su destino, aunque iba contra la voluntad de todos.

***

Cuarenta días después, Sumayya se levantó temprano y engalanó a Sadiya, poniéndole alrededor del cuello el doble de las joyas que llevaba cuando llegó. «¡Está lista!», exclamó.

Las lágrimas de Sadiya caían como la lluvia. Nadie conocía el secreto que encerraban sus lágrimas y pasaría mucho tiempo hasta que supieran lo que habían querido decir.

Hach Jáled agarró las riendas de la yegua y comenzó a caminar. Lo hacía seguido por la gente del pueblo, cuyo número se fue multiplicando poco a poco hasta que llegaron a la casa del padre de la novia. Llamó a la puerta y Alnayyar salió. Con todos mirando, Hach Jáled le dijo: «Aquí está tu hija, que te devuelvo tan pura como cuando llegó a mi casa y vestida con el doble de joyas de las que trajo consigo. Tú regresaste ese día con la yegua que la llevó, pero yo dejaré también al animal, pues le pertenece. Eres libre de casarla con quien quieras».

Durante mucho tiempo, la historia de Sadiya fue una de las más tristes de las que se recuerdan en Alhadia, porque se negó a casarse con ninguno de los pretendientes que fueron a pedir su mano. Siempre decía: «Solo hay un hombre con el que me podría casar: aquel a cuya casa entré humillada, con la cabeza baja, y que me devolvió orgullosa a la de mi familia, con la cabeza bien alta».

La llegada de Rayhana

La noticia llegó a Alhadia poco después del anochecer: «¡Edward Peterson ha sobrevivido a un intento de asesinato!».

Tres horas después, cayó otra bomba: la policía británica había arrestado al atacante.

Cuando se supo que el joven que había apretado el gatillo era el hijo de Rayhana, la última esposa de Alhabbab, todos sabían que debían apoyar a la mujer. Desde la muerte de Alhabbab, su historia había sido tema de conversación en todos los pueblos y era conocida como Rayhana Aládham. Se convirtió en la primera persona en el país que no llevaba por apellido el nombre de su padre, sino el de un caballo.

***

En un juicio rápido, que no duró más de tres días, su hijo fue condenado a muerte.

Rayhana no lloró, no gritó, ni maldijo a la corte, ni al Gobierno británico, ni al rey. Miró a los ojos de su hijo y luego les dijo: «Llevadme a casa».

Pero antes de llegar, dijo: «Dirigíos a Alhadia».

Cuando le preguntaron ¿por qué?, ella contestó: «Quiero ver a Hach Jáled».

***

Su llegada a una hora tardía de la noche fue una gran sorpresa y causó un gran revuelo. La sensación que se apoderó de todos superaba incluso a la que habrían sentido si el muftí, el propio Hach Amín Alhusayni, hubiera venido a la aldea.

Rayhana se dirigió a la casa de huéspedes.

Hamdán observaba atentamente, tratando de adivinar quiénes eran los visitantes de la noche, desde el momento en el que el coche se detuvo y se bajó una sola persona, envuelta en una capa del color de la oscuridad. Estaba perplejo, porque, de todas las sombras que había visto, solo una persona había salido del automóvil.

Rayhana siguió caminando hasta que llegó a su altura. Cuando la saludó, se sorprendió al comprobar que era una mujer. Ella le preguntó por Hach Jáled. Nervioso, respondió: «Está en casa».

—Dile que tiene invitados —dijo ella.

—¿Puedo decirle quiénes son?

—Dile que Rayhana ha venido a verlo.

—¿Rayhana Aládham?

—Sí, Rayhana Aládham.

Su nombre significaba mucho y para muchas personas era más que una leyenda. Era tan casta e íntegra como nuestra Señora, la Virgen María, y tan fuerte como un olivo centenario.

***

Lo inaudito era que Rayhana estaba orgullosa de su nuevo nombre. Aunque a muchos les parecía embarazoso que se la conociese por ese nombre, ella creía que debía haber sido su nombre de nacimiento. Aládham era el único que había estado a su lado y que la había protegido con todas sus fuerzas.

Y cuando fue necesario, Aládham se sacrificó por ella. Lo hizo sin pensarlo dos veces, cuando ninguno de los hombres de su aldea había sido capaz de enfrentarse a Alhabbab. Como ella comentó más tarde, Alhabbab la había arrebatado de los brazos de los hombres de su aldea mientras estos miraban impotentes y humillados, a pesar de ser hombres fuertes y valientes.

Tres días después de la muerte de Alhabbab, Rayhana le dijo a su esposa Subhiya: «Coge todo lo que quieras de esta casa».

—¿Pero realmente crees que ha muerto? —le preguntó Subhiya.

—¿Pero qué tonterías dices?

—Te juro por Dios que todavía no me lo puedo creer. Tiemblo de pensar que se pueda levantar de la tumba de repente y diga: «¡Tres!».

—Tranquila, mujer. ¡Después de tres días en la tumba, puedes estar segura de que una persona muerta está muerta!

—Bueno… Pero ¿y tú?, ¿no quieres nada?

—Yo ya he conseguido lo que quería.

—¿Y qué has conseguido? —preguntó Subhiya, confusa.

—He conseguido la muerte de Alhabbab. ¿Aún no te das cuenta de eso, Subhiya? Mi parte de esta casa y de todas sus propiedades equivale a una sola cosa: su muerte. ¡Creo que sales perjudicada, ya que yo me llevo casi todo!

Vinieron personas de todo el mundo a darles le pésame, pero les cerró la puerta en la cara y les dijo: «Si encuentran familiares suyos, vayan a darles el pésame a ellos. Nosotras no hemos sido nunca su familia. Éramos sus prisioneras».

***

Durante mucho tiempo, Rayhana pensaba en Jáled como nunca había pensado jamás en ningún hombre. Cuando se enteró de lo que había pasado con Yasmín, sintió cómo su pecho se partía repentinamente en dos por una herida dolorosa que no era capaz de cicatrizar. Había un hombre, y solo un hombre, por quien hubiera estado dispuesta a renunciar a su nuevo título y ese era Jáled. Comparaba en secreto su nombre real con el que le hubiera gustado tener: Rayhana, esposa de Jáled Hach Mahmud.

Rayhana había soñado demasiado. Entonces, se enfrentó a sí misma y se dijo: «¡Ya es suficiente»! ¡Has llegado muy lejos con la imaginación, Rayhana!

Aun así, nunca había olvidado que Jáled había sido el único hombre que le había tendido la mano cuando estaba estancada en las profundidades de un oscuro abismo. La suya fue la mano poderosa que había sido capaz de doblegar la mano de Alhabbab. La suya era la mano compasiva que pronto Rayhana estaría apretando en busca de una nueva vida, solo que esta vez en nombre de su hijo.

***

Mientras tanto, en la casa de Alhabbab, Subhiya no era capaz de decidir su siguiente paso. Salma, su primera esposa, no estaba allí. Rayhana se marchó cuatro días después de la muerte de Alhabbab. Pero primero le dio a Aládham un entierro adecuado. Después de todo, no se puede abandonar a un purasangre como él en un lugar donde los perros salvajes puedan arrancarle la piel, o donde las aves rapaces puedan sacarle los ojos. Lo enterró de la forma que le corresponde a cualquier yegua o semental purasangre, de acuerdo con las costumbres de los lugareños, conscientes del verdadero valor de los caballos, vivos o muertos.

Menos de un año después, Rayhana ya se había casado con Saifeddín Alsadi, un hombre que tuvo el coraje de decir no a Abdelatif Alhamdi cuando le ordenó que enviara a sus hermanas a limpiar la casa de Alhabbab. Ahora esa casa era la suya.

—Dile a Abdelatif que las hermanas de Saifeddín solo limpian casas decentes —le gritó en la cara a uno de los vigilantes de Alhamdi.

Cuando el hombre se alejó, Saifeddín lo llamó para que regresara. Sus ojos echaban chispas cuando agregó: «Y dile que las personas viven más que los imperios».

Saifeddín Alsadi no sabía que estaba respondiendo a la declaración que el padre de Yasmín le había hecho hacía algún tiempo. Mientras, trataba de convencerla de que fuera sensata, diciéndole: «¡Los imperios viven más que las personas!».

***

Cuando Rayhana se enteró de lo que había sucedido, el corazón le dio un vuelco y le dijo a su madre: «Me voy a casar con ese hombre».

—¿Estás loca? ¿Cómo pretendes elegir tú a tu marido? ¡Tu marido es quien te elige!

—Créeme, él me elegirá a mí.

A la mañana siguiente, le pidió a su hermana que fuera a su encuentro y le dijera lo que estaba pensando. Su hermana se negó. Entonces le pidió a su otra hermana que lo hiciera y se encontró con la misma respuesta. Finalmente le dijo a su madre: «Tú eres la única que queda».

—¡Los hombres me matarían si supieran esto!

—Los hombres te matarían si fueran hombres de verdad. De los que han dejado que sus madres, esposas y hermanas trabajasen como sirvientas en el palacio de Alhamdi, no tienes nada que temer.

***

Temerosa y furtiva, tropezando mientras caminaba con su diminuta sombra, su madre se dirigió al campo. Su velo ocultaba tres cuartas partes de su rostro. Al ver que se acercaba a lo lejos, Saifeddín no la reconoció. Se quedó allí mirándola y ella se quedó paralizada. Sayf no sabía qué debía hacer: ¿debía acercarse para averiguar qué necesitaba, o debía esperar hasta que ella lo buscara? Ella no se movió. Después de unos momentos, Sayf decidió ir hasta donde estaba parada. Se acercó, desconcertado, con sus sentimientos a flor de piel. Cuando sus ojos se posaron en su arrugada y venosa mano, que se aferraba a su cabeza, cubriéndola para ocultar mejor su rostro, le preguntó: «¿Hay algo que pueda hacer por ti, madre?».

—Te traigo el mensaje más extraño que jamás haya entregado una madre.

—Espero que mi respuesta te complazca.

—Mi hija Rayhana te saluda y pide que seas su esposo.

La sorpresa fue enorme. Cuando habían estado en las montañas, luchando contra los turcos, Rayhana libró al mismo tiempo una guerra solitaria contra ellos desde la aldea. Era cierto, por supuesto, que no habían sido conscientes de todo lo que había logrado. Los días posteriores revelaron los secretos del pasado con una rapidez asombrosa.

—Dile que si hay algo en este mundo llamado honor, nada me honraría más.

***

La sorpresa de Hach Jáled fue tan grande como la de Hamdán cuando llegó a la casa de huéspedes, seguido por Musa y Nayi, y se encontró cara a cara con ella.

Al verla, parecía que el tiempo no había pasado por ella, aunque era cierto que estaba más alta y su mirada se había vuelto más penetrante. Ella lo miraba como si estuviera mirando su pasado. La belleza de Rayhana seguía siendo inconfundible.

Hach Jáled miró a Hamdán y ella comprendió. «No hay tiempo para sentarse», dijo Rayhana. Al final, sin embargo, sí se sentó. Trajeron dos colchones más, que colocaron encima del que Hach Jáled le había ofrecido para sentarse. Cuando indicó a sus hijos que preparasen la cena para la invitada, ella dijo: «Seré tu invitada, incluso un miembro más de tu hogar, si puedes encontrar una solución para mi hijo».

Hach Jáled era consciente de lo que su hijo había hecho. Sin embargo, no esperaba que la sentencia se emitiera tan rápido. «No hay nadie más a quien pueda acudir. Me has colmado con tu bondad y solo tus manos pudieron derribar la puerta de mi prisión. Así que solo tus manos podrían quitarle la soga del cuello a mi hijo Jáled».

Su voz tembló al decir esto y Hach Jáled se puso nervioso al escuchar el nombre de su hijo.

«¿Sabes una cosa? No podría haberle encontrado un nombre más noble». Y agregó: «No lo has conocido, Hach, pero es un joven que bien podría ser el bálsamo que aliviara tus penas».

—¿Y cómo está su padre?

—Está luchando junto a los hombres que quedan del grupo de Izzeddín Alqassam, pero está bien.

—Si puedo ofrecerte algo, será como si me lo ofreciese a mí mismo.

—Tu hijo Mahmud es culto y conoce todo lo que sucede desde Yafa a Jerusalén. Quiero que le envíes un mensaje para que busque un abogado. Me han dicho que todavía tenemos una oportunidad si apelamos.

—Mañana iré a verle yo mismo.

—No esperaba menos.

Ella se levantó para irse.

—Pero, no puedes irte sin haber compartido antes nuestra cena.

—Hay un coche esperándome y es muy tarde.

***

Fue la intensidad del sufrimiento de la gente lo que espoleó a los rebeldes. ¡Sí, lo era! Y no olviden la sensación de humillación y derrota que se apoderó de la gente después de que el jeque Izzeddín Alqassam y sus camaradas fueran martirizados. ¿Quién podría olvidar el día de su funeral? ¿Quién? El cortejo fúnebre pasó desde la mezquita a la gran plaza de enfrente. Había miles de personas y los cuerpos de Alqassam y sus camaradas eran llevados a hombros. Las mujeres hacían albórbolas desde los tejados, los balcones y las ventanas, y los jóvenes «scouts» cantaban himnos al honor y a la patria. Cuando el cortejo fúnebre llegó a la comisaría, algunas personas entre la multitud comenzaron a arrojar ladrillos y piedras. Varios policías huyeron y tres coches patrulla estacionados frente a la comisaría fueron destrozados por la multitud. Cuando vimos a un soldado británico que dirigía el tráfico, varios de nosotros lo atacamos y salió corriendo. Emprendimos la marcha de nuevo y seguimos hasta llegar a la estación de ferrocarril. La multitud se ensañó con ella, lanzando más piedras. Un batallón de soldados británicos con cascos de acero y armados hasta los dientes apareció de la nada, liderado por el oficial James. En ese momento, las personas que portaban los cuerpos sobre sus hombros los depositaron en el suelo y se prepararon para el enfrentamiento con los británicos, que habían venido a detener el cortejo. Entonces vi al oficial James caer al suelo.

Al comprobar que no lograrían contener a la multitud, las fuerzas británicas se retiraron. Se decidió que los ataúdes se enviarían al cementerio de Baldat Alsheij. Tocaron melodías tristes, algunas personas se adelantaron para colocar los ataúdes en los automóviles, pero la multitud lo impidió y reanudaron su marcha a pie hasta el cementerio, a cinco kilómetros de distancia. La marcha desde la gran mezquita, en la plaza Aljrenah, hasta el cementerio de Alyagur duró tres horas y media. Vi delegaciones de Nablus, Acre, Yenín, Bisan, Tulkarem, Safad, Zahufa y de todas las aldeas de Haifa. Pero no vi a los líderes de los partidos.

En un artículo sobre la invitación que se había publicado para que la gente participara en el cortejo fúnebre esa mañana, el periódico Alyamia Alislamiya escribió: «La celebración de cortejos fúnebres es un asunto religioso que no está sujeto a consideraciones políticas o a textos legales. Por el contrario, está sujeto únicamente a la norma religiosa, que no hace distinción entre los fallecidos y no tiene en cuenta las circunstancias políticas ni la mezquindad de este reino terrenal».

***

Cuando Hach Jáled, Rayhana y sus dos hermanos, Yamil y Hafiz, llegaron a la estación de tren, Mahmud les estaba esperando con su traje gris y su fez rojo.

—La única persona en la que podemos confiar para este caso es Sulayman Almarzuqi[14].

[14] Sulayman Almarzuqi fue uno de los abogados más famosos de su época.

Poco tiempo después estaban en su oficina, al lado del Hospital Francés, en la parte antigua de Yafa.

Le explicaron al abogado los detalles del caso.

—¡No hay que preocuparse! —dijo—, pero tendré que revisar todos los archivos oficiales.

Luego, dirigiéndose a Rayhana, dijo: «No te preocupes».

—¿Qué madre podría no preocuparse cuando una soga rodea el cuello de su hijo?

—Que Dios nos ayude.

Lo primero que hizo fue presentar una apelación antes de que el veredicto fuese ratificado. Antes de la fecha fijada para el juicio, había averiguado el nombre del juez —un militar con rango de teniente coronel— que presidiría el caso.

***

Después de perder la vista de niño, su padre lo envió a la mezquita de Alázhar, donde estudió con el ulema Muhámmad Abduh. Como abogado fue sometido a numerosas sanciones por las autoridades judiciales británicas. Fue exiliado por Ahmed Cemal Bajá —conocido entre los árabes como «el Destripador»— a Anatolia durante la Segunda Guerra Mundial, debido a su oposición a la incautación de las cosechas de los campesinos para alimentar al Ejército turco. Su oficina fue reubicada al lado del Club Deportivo, en la calle Cemal Bajá, después de que la parte de la antigua Yafa en la que se había ubicado originalmente fuese destruida. Las fuerzas británicas habían perdido el control de esta zona de la ciudad debido a la presencia de rebeldes allí. El 18 de junio de 1936, la ciudad se despertó a las cuatro y media de la mañana con el zumbido de los aviones en el cielo, mientras las fuerzas militares británicas la rodeaban. A las seis en punto, los soldados comenzaron a soplar cuernos de advertencia y, poco después, equipos de ingenieros del Ejército británico comenzaron a colocar cargas de dinamita en la base de las casas y a volarlas una tras otra. En dos horas, la mayor parte del antiguo Yafa estaba en ruinas, incluidas sus casas, baños, escuelas, panaderías, cafeterías, fábricas y tumbas de santos. Más de seis mil palestinos se quedaron sin hogar. El secretario colonial británico anunció que «el Gobierno había aprovechado la presencia del equipo de ingenieros reales para abrir dos calles que llevasen al puerto. Con este pretexto, evacuó e hizo estallar esa zona, que estaba llena de edificios sucios y que había sido un lugar de reunión para las personas bajo vigilancia y refugio de fugitivos de la policía, que nunca había podido entrar en el vecindario».

Lo que pasó después se lo contó Hach Jáled, lleno de asombro, a los hombres que se habían reunido en la casa de huéspedes. Aunque su audiencia siempre fue la misma, tuvo que repetir la historia una y otra vez en las noches siguientes. Estaban tan maravillados como él. Jáled contó: «Cuando llegamos a la sala del tribunal no encontramos a ningún abogado. El empleado lo llamó una vez, luego dos, ¡pero no hubo respuesta! Sin embargo, antes de dar por confirmada su ausencia, Almarzuqi entró en la sala acompañado por uno de sus asistentes».

—¿Cómo puede llegar tarde a una audiencia judicial, cuando su cliente es amenazado de muerte? —preguntó el juez británico con enfado, ¡como si no hubiera sido él quien había dictado la sentencia de muerte!

—Obligaciones, su señoría.

—¿Y qué obligaciones tiene que son más importantes que la vida de su cliente?

—Llego tarde, su señoría, porque tengo amante, y necesito pasar tanto tiempo con ella como pueda.

—¿Cómo es posible que tenga usted amante? —preguntó el juez con una sonrisa.

—¿Y por qué no podría tenerla, su señoría?

—¿Pero es que es más importante su amante que el hombre que ha puesto su vida en sus manos?

—Mi cliente me importa muchísimo, ¡y por supuesto también mi amante! ¿Pero no le gustaría saber de dónde vengo?

—Eso no me importa —respondió el juez.

—Pero a mí me importa que usted lo sepa. Quiero que entienda que mi amante también merece toda mi atención.

Antes de que el juez tuviera oportunidad de responder, continuó:

—Vengo de casa de mi amante, que se encuentra entre el diario *Filistín* y el Collège des Frères. Con toda franqueza, señor juez, le puedo confesar que se trata de la esposa de un oficial de alto rango.

El juez casi salta de su asiento, pero en ese momento el asistente de Almarzuqi le apretó la mano. Eso era lo que Almarzuqi le había ordenado que hiciera cada vez que el juez se alterase.

—Estaba en el edificio número 3 y cuando subí al segundo piso tuve que volver a bajar, porque estaba allí Suzanne, la empleada de hogar de mi amante.

El asistente apretó la mano del juez otra vez.

—Es difícil estar a solas con ella por culpa de su criada, así que esperé en la calle hasta que mi asistente comprobó que Suzanne se marchaba. Mi amante la había enviado a hacer un recado.

El asistente apretó su mano otra vez.

—¡Haylana! ¡Es la mujer más hermosa que un hombre desearía tener! Si estuviese en esta sala, oculta entre toda esta gente, yo la encontraría igualmente, a pesar de mi ceguera. Cuando estamos echados en su sofá rojo, le gusta decirme: «¡Yo creo que lo han hecho expresamente para nosotros dos!».

En ese momento el juez gritó: «¡Cállese!», y apuntó con su revólver a la cara de Almarzuqi.

La gente en la sala se alborotó y se oyeron gritos de pánico. Algunas personas se escondieron detrás de sus asientos.

—Un revólver te está apuntando —le dijo su acompañante.

Entonces Almarzuqi dejó escapar una risa atronadora, que sacudió la sala del tribunal y le dijo al juez:

—Sería usted capaz de matar por el honor de una mujer y, sin embargo, ¿condena a muerte a un hombre por defender su tierra?

El juez se dio cuenta del callejón en el que se había metido. Entonces, buscó una vía rápida y dijo: «Este tribunal condena al acusado a diez años de prisión y a usted se le prohíbe comparecer ante esta sala durante seis meses».

Almarzuqi le dijo al juez: «He cumplido con mi deber, eso es lo único que me importa».

El juez le contestó: «¡Si conservara la vista, llevaría a este país a la ruina!».

A lo que Almarzuqi respondió: «Gracias a Dios soy ciego y no tengo que ver los crímenes que Gran Bretaña está cometiendo contra mi pueblo».

Siempre que Hach Jáled llegaba a este punto de la historia, sus cautivados oyentes guardaban un silencio tal que se hubiera podido oír hasta la caída de un alfiler.

—¿Cómo ha sabido todas esas cosas sobre el juez? —quiso saber Muhámmad Shahada.

—¿De verdad crees que es difícil para un hombre como Sulayman Almarzuqi descubrir ese tipo de cosas? Envió a alguien a la casa del juez para preguntar e informarse sobre su vida.

Esta era la primera vez que se encontraban con Almarzuqi. Pero no sería la última. El futuro les deparaba una sorpresa más grande de lo que podían imaginar.

***

Rayhana quedó muy satisfecha con la sentencia. De hecho, estaba preparada para asimilar una decisión mucho más dura. Cuando salió de la sala del tribunal, lo vio y lo reconoció. Era Saifeddín, su esposo. Le hizo una seña y desapareció tras una esquina. «Esperadme», les dijo a los demás.

—¡Saifeddín! ¿Cómo estás?

—Dime cómo han ido las cosas.

—¡Bien, bien, gracias a Dios! Lo peor ya ha pasado. Lo han condenado a diez años.

—Las cosas se arreglarán. Es mi hijo y lo conozco tanto como a ti. Recuerda que si un hombre cree que puede sobrevivir a un imperio, lo sobrevivirá.

¡Ese campesino!

Salim Bey Alháshemi llegó a su mansión en el campo. Estaba enfadado. Los últimos días habían sido demasiado crueles. Todo iba en contra de sus deseos y las calles estaban siendo levantadas desde sus cimientos. En un intento por calmarse, se puso a contemplar cuántos objetos de tonos azulados lo rodeaban, desde las cortinas hasta las sillas, pasando por los uniformes de sus empleados... Sin embargo, aquel mar no era suficientemente grande para poder ahogarse en él. Ahora, todos aquellos colores que le rodeaban le parecían tan insignificantes y ridículos como la idea que una vez se le había pasado por la cabeza y lo había arrastrado hasta el fondo[15].

***

Después de verse obligado a asistir al servicio conmemorativo de Alqassam, Alháshemi trató de alejarse en la medida de lo posible.

—En lo que a mí respecta, ¡es una tragedia que me obliguen a asistir al servicio conmemorativo de este campesino! —les gritó

[15] La siguiente descripción es la más precisa que nunca he leído sobre él: «Un hombre tranquilo, sereno, suave al tacto, con una sonrisa en los labios y reservado, que cuenta sus palabras como si fueran piezas de oro». Completó su educación en universidades británicas y, cuando regresó, decidió hacerse empresario. No pasó mucho tiempo antes de que se convirtiera en uno de los más destacados del gremio en toda la región. En 1933 fundó la primera granja piloto árabe para la cría de ganado bovino, aves y conejos. Puso en práctica nuevos métodos de cultivo de frutas y verduras y firmó un contrato con el Ejército británico para el suministro de verdura, leche pasteurizada y queso envasado. De igual modo, se hizo con la licitación para el abastecimiento de hospitales británicos con sus productos. En cuanto a su estrategia de mercadotecnia, era la misma que empleaba la empresa judía Tenufa. Hacia el final de septiembre de 1936 se convirtió en uno de los partidarios más entusiastas de los intentos de frustrar la revolución y de parar la huelga general que se estaba convocando, pues se acercaba la temporada de la naranja.

a la cara a su mujer y a su hijo. —Pensamos que cuando alguien muere nos libramos de él para siempre, pero aquí sigue, movilizando a las masas, y no tenemos más remedio que dejarnos llevar por la corriente.

Derrotó a todos y se convirtió en un símbolo nacional, a pesar de que fue asesinado en su primera batalla. ¿Cómo se explica eso?

***

Alháshemi no era el único que se sentía de esta manera. Había decenas de líderes políticos en las ciudades que estaban igualmente conmocionados. Se dieron cuenta de que si no actuaban con rapidez perderían su legitimidad.

La reunión secreta que se arregló con el alto comisionado no fue suficiente para tranquilizarlos. Le informaron de que la ira que había llenado las calles desde la muerte de Alqassam les amenazaba igual que a la propia Gran Bretaña. Le explicaron por qué no se habían ausentado del servicio conmemorativo: «Si no hubiéramos asistido, nuestra legitimidad habría quedado en entredicho».

También exigieron que las autoridades británicas fueran más determinantes, ya que no se sabía qué depararían estos primeros acontecimientos.

***

Alháshemi envió a buscar a Abdelatif Alhamdi. Cuando llegó, todavía estaba tan enfadado que no le invitó a sentarse.

—¿Qué demonios está pasando aquí, delante de tus propias narices? ¡Un chico de uno de los pueblos que te encomendé disparó a un oficial británico a plena luz del día!

—Le disparó en la ciudad, señor, no aquí.

—¡Pero salió de aquí, imbécil! La raíz del problema está aquí. La cabeza de la víbora está aquí, y lo que ha ocurrido significa que su cola se movió hacia la ciudad. ¿Y qué me dices de Alhadia? Allí, alguien con poder logró librar a ese chico del patíbulo cuando la soga ya le apretaba el cuello.

—Como usted sabe, señor, Alhadia nunca ha estado bajo nuestro control. Está bajo la protección del monasterio griego ortodoxo. Hemos hecho lo que hemos podido.

—Los acontecimientos nos dicen que lo que hemos hecho hasta ahora no es suficiente. Si no cambiamos de estrategia, todo puede volverse en nuestra contra. ¿Lo entiendes?

—Lo entiendo.

—Diles a esos hombres inútiles tuyos, de los que siempre estás tan orgulloso, que se pongan en marcha, o de lo contrario, te juro que…

—¡Por todos los cielos, no jure, señor! Todo será como usted quiere que sea.

—Quiero que reacciones rápido y que hagas lo que tienes que hacer.

—¿Y qué es lo que tengo que hacer, señor?

—¿También quieres que te diga lo que tienes que hacer?

***

Abdelatif Alhamdi se quedó más confundido de lo que estaba antes de entrar: «¿Qué es exactamente lo que quiere de mí? ¡Le reprenden a él y ahora trata de echarnos la culpa a nosotros!».

Alháshemi le envió un mensaje a Sabri Alnayyar para que viniera de inmediato. Cuando llegó, seguía tan enfadado que no le invitó a sentarse.

—¿Qué está pasando en Alhadia delante de tus propias narices? Van y contratan a un abogado para defender al chico que disparó al oficial británico en la ciudad.

—El chico vino de uno de los pueblos que responden ante usted, señor.

—Pero la cabeza de la víbora que acudió en su auxilio, el propio Hach Jáled, estaba en tu pueblo.

—Usted sabe, señor, que he hecho más que nadie en esta región y lamento decirle que fui el único que sufrió las consecuencias cuando a punto estuve de perder la cabeza entre los británicos y la gente de la aldea.

—Pero te recompensamos, hicimos alcalde del pueblo, de por vida.

—No niego la amabilidad que me ha demostrado, señor.

—Quiero que actúes rápido y hagas lo que tienes que hacer.

—¿Qué es lo que tengo que hacer, señor?

—¡Y ahora quieres que te diga lo que tienes que hacer!

***

Sabri Alnayyar se enfadó: si hay alguien que pueda hacer algo, ¡adelante!

Alnayyar supo que estaba acabado desde el día en que entró en la plaza con el revólver colgado del cuello. Sin embargo, para su fortuna, los británicos no habían olvidado su sacrificio y habían rechazado todos los intentos de privarle de su puesto honorario. Por ello, había seguido creyendo que la posición de Hach Jáled no era mejor que la suya, pues la gente de la aldea tenía que acudir a él y obtener su aprobación para casi cualquier gestión.

La bofetada

Al darse cuenta de que los viejos tiempos ya no volverían, Hach Jáled mandó a buscar a Fáyez. Cuando llegó, le dijo: «Te necesitamos ahora».

—Estoy a tu servicio, tío.

Estaba seguro de que los rifles que amenazaban ahora no volverían a bajar la guardia. Pero también pensaba de un modo diferente: «Golpearemos y huiremos. Atacaremos lo más lejos que podamos y volveremos corriendo de nuevo al pueblo sin que nadie se dé cuenta. Y cada vez que ataquemos, prepararemos una coartada para demostrar que nunca hemos abandonado la aldea».

—Conoces a la gente de las aldeas vecinas, pero no quiero a muchos, no más de dos o tres de cada pueblo. De esa forma no llamaremos la atención —ordenó a Fáyez.

—No te preocupes, tío. Tu presencia en las montañas significará mucho para los jóvenes.

Del pueblo de Alhadia le acompañaron Fáyez, Iliya Radi y Sad Sáleh, y de las cinco aldeas vecinas que estaban bajo la autoridad de Abdelatif Alhamdi eligió a diez hombres, incluido Ádel Abu Mamduh, cuya historia ya todos conocían. Ádel fue el hombre que, tan pronto como se enteró del martirio de Alqassam, se plantó a un lado de la carretera. Cuando pasó un todoterreno británico, mató a los tres soldados que iban en él, se apoderó de sus armas y desapareció en las montañas.

—Ádel se unirá a nosotros en las montañas tan pronto como sepa que estás allí.

***

Sus ataques se llevaron a cabo lejos de Alhadia: incendiar un asentamiento, disparar a los coches de los británicos y de los judíos para apoderarse de sus armas, o sabotear las vías del tren arrastrándolas, con ayuda de los camellos, o engrasándolas para dificultar la circulación de los trenes y hacerlos más vulnerables a los ataques.

***

Al ver que las operaciones que habían llevado a cabo hasta el momento habían sido exitosas, Hach Jáled decidió dividir sus fuerzas en cuatro grupos. Envió a uno de ellos al norte, otro al sur y otro a la costa, y dio a su propio grupo toda la libertad para maniobrar en la región central.

Las severas disposiciones de la ley de emergencia, aprobada por los británicos, no les sorprendieron. Esta ley contemplaba «la pena de muerte o la cadena perpetua para cualquier persona que atacase cualquier línea telefónica, aeropuerto, puerto, ferrocarril, fuente pública, corredor o estación generadora de energía. El gobernador tendrá derecho a imponer multas colectivas a los residentes de cualquier ciudad, aldea o campamento, a pagar en efectivo con ganado, ovejas, cabras, camellos o cultivos; confiscar y vender propiedades para pagar la multa antes mencionada si no brindan asistencia informando del delito o identificando a los autores; y confiscar o destruir cualquier vivienda, edificio o instalación sin compensación y la detención de cualquier persona que porte un palo, una maza, una barra de hierro, una piedra o cualquier instrumento afilado de cualquier tipo o descripción. La ley autoriza al jefe de Policía a arrestar sin orden judicial a cualquier persona que entone un himno patriótico o utilice palabras o gestos que puedan conducir a una violación de la seguridad».

Apenas tres semanas después, Hach Jáled comprendió que se necesitaban urgentemente más hombres para continuar y expandir las operaciones. Los británicos estaban furiosos y el comandante de la región de Jerusalén anunció una recompensa de cinco mil libras palestinas para cualquiera que proporcionara información que condujera al arresto del cabecilla de esos «criminales».

Sin embargo, nada cambió. Sad Sáleh logró infiltrarse en la casa del comandante británico una noche y le disparó en la cama. Cuando quiso huir se encontró con decenas de rifles apuntando hacia él. Lo mataron allí mismo. Al registrar su cuerpo, no encontraron ningún indicio acerca de quién era o de dónde venía, así que al día siguiente lo metieron en el maletero de un automóvil y recorrieron los pueblos, uno tras otro. Pero no sirvió de nada. La única respuesta que recibieron en cada aldea a la que fueron fue: «No lo conocemos».

Entregaron el cuerpo a otra patrulla, para que visitasen más aldeas todavía. Pero fue en vano, hasta que el coche se detuvo un día en la puerta de Edward Peterson.

Peterson se había vuelto más sanguinario desde que intentaron asesinarlo y se regía por una única certeza: «En cualquier momento, cualquiera podría dispararme»[16].

—Ahora te toca intentar reconocer el cadáver de este hombre. Llevamos dos días recorriendo pueblos en vano.

***

Peterson salió y lo primero que hizo fue quitar la manta del cuerpo y echarle un vistazo. Esperaba poder reconocer a aquella persona.

Simplemente dijo: «Muertos, todos se parecen», pero ninguno de los soldados ni de los oficiales se rio. El hedor que desprendía el cadáver fue la única razón.

El cadáver estaba tan lleno de agujeros y la temperatura, que había subido constantemente desde las nueve de la mañana del

---

[16] Esa noche Peterson escribió: «A través de la oscuridad de los siglos, tu aparición viaja: blanca como la nieve, / azul como la tragedia. / Durante mucho tiempo no he escuchado tus pasos en el pasillo / O he visto tu cara en el espejo. / Le doy la vuelta a mi espíritu como un gato muerto con tus dedos, que solían ser míos, / Y miro al gorrión tomando una siesta en el alféizar de la ventana».

martes, era tan alta que había comenzado a descomponerse antes de que el coche llegase a Alhadia.

Aun así, su rostro era claramente reconocible, a pesar de la sangre seca que cubría buena parte de él.

Lo reconocieron. Era Sad Sáleh. Apartaron la mirada del cadáver. A Peterson no le pasó desapercibido.

—Entonces, ¿lo conocéis?

Sacudieron sus cabezas expresando un «no» colectivo.

Ordenó a los soldados que trajeran a todas las mujeres del pueblo.

Cuando llegaron, les dijo que formaran una larga fila para que cada una de ellas pudiera ver el cadáver. Después debían esperar en la plaza, frente al coche.

Lo hicieron, una a una. Pero, para su sorpresa, no vio lágrimas en sus ojos.

Estaba a punto de darse por vencido, a punto de abandonar el cuerpo y marcharse, cuando escuchó un sollozo procedente de donde estaban las mujeres.

Se acercó a la mujer que había llorado. Era su madre.

—¿Entonces lo conoces? ¿Es tu hijo?

Todo el mundo sabía que, si se demostraba que Sad Sáleh era de la aldea, eso significaría, en primer lugar, que los británicos harían volar por los aires la casa de su familia y que un buen número de hombres —imposible predecir cuántos— serían arrestados.

—¿Entonces, lo conoces?

—No, no lo conozco.

—Entonces, ¿por qué lloras por él?

—Lloro por su juventud perdida. Lloro por su madre. Ojalá que no tenga que verlo de esta manera. Por eso lloro.

Peterson retrocedió unos pasos y dijo: «¿Crees que un criminal como este merece las lágrimas que se derraman por él?».

Se quedó en silencio por un momento. Se miró las punteras de los zapatos y dijo: «No os de la impresión de que este no está muerto del todo. ¡Mirad, mirad, se ha movido!».

Y sin mediar más, sacó el arma y le disparó tres balas en el pecho. Se oyó un lamento como un estruendo y gritos de protesta: «¡Ten temor de Dios!».

—Y a vosotros ¿qué más os da este hombre? Si no lo conocíais.

No respondieron.

Vio a una niña escondida aterrorizada detrás de su madre. Caminó hacia ella y la agarró con una mano, mientras con su revólver apuntaba a la cara de los presentes. La madre trató de sujetarla, pero él la golpeó con la culata del revólver y cayó al suelo.

—¡No tengas miedo! ¡No tengas miedo! —repetía la madre, con la voz llena de terror.

Se detuvo con la niña frente al maletero del todoterreno.

—¿Conoces a esta persona?

Estaba llorando, pero encontró la fuerza para negar con la cabeza y decir: «No».

Acercó su cabeza al cadáver y en ese momento se desmayó. La miró y la dejó caer al suelo, a sus pies.

Su madre corrió hacia ella. Los soldados trataron de evitarlo, pero logró llegar antes que ellos. Cuando se agachó para recogerla, recibió una patada repentina de Peterson y cayó de espaldas.

Se retiró: «No queréis confesar. Entonces, no sabréis dónde lo enterraremos. Nunca lo sabréis. Os torturaré con esto durante toda vuestra vida». Y esas fueron las palabras que repitió en cada aldea.

Los vehículos se alejaron y tan pronto como salieron a la carretera, los lamentos lo inundaron todo.

Tal como lo veo, el segundo suceso que sacudió al Gobierno fue la muerte del agente secreto Ahmad Nayef en Haifa. Él fue quien ayudó a descubrir al grupo de Alqassam y persiguió a sus seguidores.

Pero la noticia que resolvió el asunto y casi vuelve loco a Edward Peterson fue una que llegó demasiado tarde. Decía: «Jáled Hach Mahmud es en realidad quien está detrás de muchos de los ataques contra los británicos».

Cuando escuchó esto, se dio un fuerte golpe en la frente y dijo: «¡Qué idiota fui al no dispararle cuando tuve la oportunidad!»[17].

[17] Esa noche Peterson escribió: «Cuando el campo abierto son tus brazos, / ¿Dónde se esconde el sol? / Cuando el sol es tu frente, / ¿Dónde puedo dormir? / Cuando el día se escapa ante mis propios ojos como una víbora en una cueva, / ¿Qué puedo hacer con toda esta noche?».

Cara a cara

No quedaba una montaña en toda Palestina que Hach Jáled no hubiera convertido en su hogar. O al menos eso le parecía a la gente. Tenía más de cincuenta y cinco años. Sin embargo, para lo que no estaba preparado era para la enfermedad que ya amenazaba su vida: la diabetes. Aun así, logró contenerla con inyecciones que aprendió a administrarse a sí mismo. La frialdad de las montañas en aquellos días y el haber protegido las jeringas de las altas temperaturas, transportándolas en un neceser especial del tipo que usaban los británicos, le fue de gran ayuda.

Con el paso de los días, los británicos definieron una imagen más clara de su misteriosa figura. Llevaron a cabo varias campañas de inspección sorpresa, que les confirmaron que Hach Jáled ya no estaba en el pueblo. Un pequeño incidente en las montañas les confirmó que su corazonada era correcta.

***

Peterson decidió designar a un oficial palestino de nombre Sánad Rayab para dirigir una unidad militar británica, cuya misión sería perseguir a Hach Jáled y arrestarlo a cualquier precio. Peterson lo había elegido para cumplir con este objetivo porque Sanad, cuando era sargento, se había encontrado con Hach Jáled en más de una ocasión. La misión de Sanad era moverse como quisiera por los caminos que creyera que Hach Jáled podría rondar. Así fue como, junto con su escuadrón de diez hombres, llevó una vida que no era diferente a la de los propios rebeldes y por momentos se sintió más cerca de ellos de lo que jamás hubiera imaginado.

Sanad se interesó por todos aquellos asentamientos, comisarías de Policía e instituciones británicas que podrían ser blancos tentadores para los rebeldes. Lo único que le habría faltado para ser como ellos hubiera sido atacar él mismo esos objetivos estratégicos.

Tres veces estuvo a punto de morir, porque él y los que lo acompañaban eran objetivos fáciles y aislados. Había sido atacado por hombres que luchaban bajo las órdenes de Hach Jáled, Hach Yúsuf Abu Durra, Abderrahim Hach Muhámmad y Farhán Alsadi, y en cada uno de esos ataques perdió a algunos de sus hombres. En Bab Alwad fue rodeado por un grupo de guerrilleros liderado por Muhámmad Sáleh Abu Jáled, que acabó con sus diez soldados. Sin embargo, sobrevivió gracias a un oportuno convoy británico que pasó por allí en el último momento.

Eligió a otros diez hombres y con ellos comenzó a vagar por los valles y las estribaciones otra vez. Todavía no sabía hasta qué punto escalaría la revolución. En los momentos de sosiego se preguntaba cómo podría llevar a cabo una operación militar exitosa cuando todas las fuerzas británicas reunidas no habían podido lograr una sola victoria decisiva. Fue a través de aquel estrecho pasadizo como Hach Jáled pudo pasar.

***

Cuando Hach Jáled se desplazaba de un área a otra, enviaba a uno de sus hombres al pueblo más cercano y desde allí le traía un caballo de alguno de los hombres que conocía. Si quería algo de su propio pueblo o de sus hombres, enviaba una paloma mensajera, que se posaba en el palomar de Sumayya. Ella recibía el mensaje y se lo daba a Nayi, que hacía lo que su padre le pidiera. Cuando alguien volvía de la aldea con lo que había pedido Hach Jáled, la paloma ya estaba lista para su próxima encomienda.

***

Una vez contactó con el alcalde de Kazaza, Mahmud Abdullah Yarawán, para pedirle que le enviara su yegua, porque se iba a trasladar a otro lugar. Cuando llegó la yegua, la montó y se dirigió hacia el pueblo de Migles. En un recodo de un paso de montaña, de repente se encontró cara a cara con una patrulla de la caballería británica bajo el mando de nada menos que Sanad Rayab.

Uno de los hombres de Hach Jáled había visto a la patrulla desde la cima de la montaña. Quiso advertirle, pero fue en vano. No había más que un paso por el cual Hach Jáled podría haber escapado. El pasillo era tan estrecho que apenas había espacio para que cuatro caballos lo atravesasen a la vez.

Sus ojos se encontraron. Sanad le reconoció.

—¿A dónde te diriges, buen hombre?

—A Migles. Yo vendo aceite. Vengo de Kazaza. Acabo de dejar aceite a Mahmud Yarawán, el alcalde. Y ahora voy para Migles, a ver si alguien necesita. Si es así, me volveré a mi pueblo y le prepararé el pedido. De este modo me ahorro ir cargando con todo el aceite de pueblo en pueblo.

Sanad pensó rápido. Sabía que cualquier intento de arrestar a Hach Jáled podría significar la aniquilación de sus hombres. Estaba seguro de que había rifles en las montañas apuntando hacia él desde todas las direcciones.

—¿Vas armado?

—¿Para qué necesito ir armado? Voy a venderle aceite a la gente, no a luchar con ella.

Por supuesto, no llevaba consigo un arma durante el día, ya que, si se la encontraban, habría significado su final.

—¿Qué es ese estuche que llevas? —le preguntó Sanad.

—Estoy enfermo y ahí llevo las inyecciones que yo mismo me pongo.

Sacó una jeringuilla y se la mostró.

—Estamos buscando rebeldes por aquí. No deberías ir solo por tu cuenta. Es peligroso. ¡Podrían matarte!

—No soy más que un vendedor de aceite y tengo que venderlo para ganarme la vida. Pero si queréis que no viajemos por el campo, no lo haremos.

—Ese es mi consejo, no andes solo por estas tierras. —Finalmente, con un tono muy seco, le dijo adiós.

***

La noticia que nadie quería oír llegó finalmente: ¡Han arrestado a Hach Jáled!

Todos —hombres, mujeres y niños— se pusieron a llorar, seguros de que los británicos lo llevarían directo a la horca.

Los británicos escucharon a la gente sollozando en las aldeas antes de recibir la propia noticia del arresto. Buscaron a Hach Jáled en sus manos y las encontraron vacías. Rodearon Alhadia y la registraron, pero no encontraron nada. No había nada más que llanto.

—Es él, entonces —dijo Edward Peterson—. ¡El zorro ha caído en la trampa, aunque no lo hayamos atrapado nosotros mismos!

Una hora después de entrar en el pueblo, Peterson dio órdenes de que la casa de Hach Jáled fuese derribada. Cuando la gente trató de sacar algunas pertenencias de la casa, Peterson disparó varios tiros de advertencia al aire con su revólver.

—Vamos a sacar los caballos, al menos.

—¡Solo los caballos!

El punto débil de Peterson eran los caballos árabes, que tenía por las criaturas más bellas del mundo. Una vez incluso llegó a decir: «Lo único que hace que la vida aquí sea soportable es la presencia de estos animales encantadores: los caballos».

Cuando vio aquellos caballos ante él, casi se olvida de por qué había venido al pueblo. Se acercó a uno de ellos, le dio unas palmaditas en el lomo mientras daba una vuelta a su alrededor, mirándolo pensativamente. Sin previo aviso, lo montó y comenzó a cabalgar hacia la llanura mientras todos miraban estupefactos. Cruzó la llanura dos veces, de ida y vuelta, mientras los ojos de la gente seguían el polvo que ascendía hacia el cielo. Finalmente, antes de que nadie pudiera pronunciar una palabra, lo vieron regresar. Cuando llegó, bajó del lomo del caballo con la agilidad de un verdadero jinete. Le dio una palmada en una extraña muestra de afecto, se volvió hacia sus soldados y dijo: «Cuando hayamos terminado con toda esta mierda, voy a comprar un caballo como este para llevarlo de vuelta a Inglaterra».

Apenas terminó de hablar, levantó la mano como señal para hacer que la casa saltase por los aires.

En pocos segundos, la casa se transformó en una nube de polvo.

Esto no significaba demasiado para la gente de Alhadia ni para los dueños de la casa. Después de todo, las casas desaparecen todos los días. Pero no todos los días somos bendecidos con hombres como Hach Jáled.

Unos días más tarde, el propio Hach Jáled llegó a Alhadia. Al entrar en el pueblo, no había nada más que silencio. Un silencio tan sospechoso que casi le hizo retroceder. Siguió avanzando, pero con precaución. Aunque había recibido noticias de que su casa había sido destruida, decidió dirigirse hacia ella como solía hacer y por un momento pensó que la encontraría allí. Llegó al lugar donde una vez estuvo la casa, pero estaba completamente vacío. Se había convertido en un miserable montón de escombros. Nada recordaba su existencia anterior, salvo el palomar, ahora en pedazos, y el roble que había en el centro del patio. El naranjo parecía haberse evaporado en el aire.

Menos de una semana después, fue sentenciado a muerte en rebeldía.

Aquella tarde

Rafiqa oyó un golpe en la puerta. Hamdán se levantó para abrir.

—Espera —dijo ella— ¿Quién es?

—Soy Amín.

—¿Qué Amín?

—¡Amín, tu hijo!

—¿Qué estás diciendo? Mi hijo no dejaría su puesto.

—Ya me he hartado… Aquí dejo el rifle. Si a alguien le interesa, que se lo lleve.

—¿De verdad crees que caeré en un truco como ese? Eres un espía y solo traes el rifle del que hablas porque los británicos están contigo.

—Pero de verdad que soy Amín. Te lo juro por Dios, que soy tu hijo, Amín, ¡Alfar!

—No tengo ningún hijo Amín. El Amín que yo conozco nunca dejaría a los hombres que luchan y mueren en las montañas para venir a buscar la protección de su madre.

De repente, se hizo el silencio y, a ambos lados de la puerta, se desató el llanto. Um Alfar enterró la cabeza en el pecho de Hamdán y lloró amargamente.

—Vendí mi oro para comprarle un rifle y ahora viene a decirme: «¡Deja que otro se lo lleve, otro que le pueda sacar mayor provecho!».

Mirando al techo como si fuese el cielo, dijo: «Oh Dios, ¿por qué me atormentas con esto?».

Poco después, oyó los pasos de su hijo alejándose.

La batalla del fuego

De norte a sur, el país se sentía jubiloso por la noticia del asesinato del general Andrews[18]*. Nuestros espíritus estaban tan arriba que hasta nos creímos invencibles.*

Dos días después del asesinato, escuchamos disparos procedentes de algún lugar. Fue por la mañana. Como se solía hacer en casos parecidos, la gente intentó identificar dónde habían sido. Algunos dijeron que había una batalla en Sajad, otros que en realidad era en Kazaza. La gente de Alhadia se reunió y se fue en dirección a Sajad. Cuando llegaron vieron a muchas personas que ponían rumbo a Jalda. «¿Dónde está la batalla?», preguntamos. «En Jalda», respondieron.

---

[18] El general Andrews venía de Inglaterra furioso y amenazando con disciplinar a los rebeldes palestinos, que se habían levantado contra su país. Muhámmad Abu Jab me contó más de una vez la forma en que el general Andrews había sido asesinado. Dijo: "Los rebeldes supieron que el general Andrews asistiría a una misa al día siguiente en la Iglesia de la Anunciación en Nazaret. Así que fuimos temprano a la mañana siguiente y lo emboscamos allí. Se estaban haciendo los preparativos para recibir al general. Mientras la gente estaba parada allí, una persona trastornada se acercó, seguida por unos niños pequeños, y señaló un lugar en el suelo, diciendo: "¡La sangre se derramará aquí! ¡La sangre se derramará aquí!". Abu Jab me dijo que el general, de hecho, había caído en el mismo lugar que el loco había señalado. El general llegó en un Rolls Royce y Abu Jab sacó su revólver. Luego, abrumado por el miedo, dudó antes de disparar. Mientras tanto, Andrews continuó su camino hacia la puerta de la iglesia. Cuando Abu Jab vio que el general estaba a punto de alejarse de él, se quitó los zapatos y corrió tras él. Le disparó tres veces en la espalda y cayó al suelo muerto. Después, un oficial británico salió de la iglesia y él y Abu Jab se apuntaron a la cara con sus revólveres. Los instantes siguientes estuvieron llenos de tensa espera, pues no era evidente cuál de los dos dispararía. Pero el oficial británico se dio media vuelta y se fue, cosa que también hizo Abu Jab. Dos de los compañeros de Abu Jab fueron arrestados y ejecutados por los británicos. El propio Abu Jab, fue perseguido por los británicos hasta el final de la revolución, en cuyo momento se alistó con los rebeldes a Siria y luego…

Llegamos a las altas colinas de Jalda. A sus pies, una carretera atravesaba por el centro las amplias tierras bajas y a su izquierda se encontraban las canteras cercanas a Jalda. El área donde estábamos ubicados se hallaba sembrada de trigo, pero también era alta. Algunas personas portaban armas, pero otras estaban completamente desarmadas. Si le preguntabas a alguna de esas personas desarmadas: «¿Por qué estás aquí?», decía: «Para tratar a los heridos y devolver a los mártires a sus familias». Sin embargo, sus manos no estaban vacías, siempre tenían algo con qué defenderse: un palo, un hacha o una daga.

Todos estábamos atormentados por el mismo pensamiento. Si los judíos perdían, regresarían a sus países de origen. Pero si perdíamos nosotros, nos quedaríamos sin nada.

Cuando nos acercamos al lugar, vimos la bandera palestina. En el centro de su triángulo, la insurgencia había agregado la imagen de una media luna abrazando una cruz. Había más de quinientos rebeldes armados y un buen número de aldeanos de refuerzo.

En momentos como estos, todo lo que la gente podía decir era: «Vuestros hermanos de Sajad os necesitan» o «vuestros hermanos de Aldawayma o Alfaluyah necesitan vuestra ayuda». Entonces todo el mundo se apresuraba a echar una mano a los rebeldes y a las aldeas atacadas.

Cuando llegamos allí, encontramos a los rebeldes rodeando un convoy judío que se había detenido en medio del camino. Estaba siendo custodiado por el Ejército británico. Los judíos intentaban romper el asedio desde las zonas elevadas de las canteras, con disparos al primero que se acercase.

Dijimos: «¿A qué estáis esperando?».

«Estamos expuestos y, si bajamos, seremos aniquilados».

«¿Y todos los que están en la llanura son judíos o británicos?».

«De hecho, también hay algunos rebeldes rodeando la caravana».

En un arrebato de entusiasmo, un gran número de jóvenes decidieron bajar a la llanura, pero en el último momento escucharon la voz de Hach Jáled, que se estaba atando fuertemente la kufiya[19] *alrededor de la cabeza. «No vais a ir a ningún lado», dijo. «No voy a arriesgar la vida de todos. Solo quiero uno o dos voluntarios para inspeccionar la zona». Un joven de Migles a quien no reconocí dijo: «Yo». «¿Quién más?», preguntó Hach Jáled, mirando en nuestra dirección. «Iré yo», dije. «Con la bendición de Dios», respondió.*

Así que bajamos sin que nos dispararan ni un solo tiro. Dijimos: «Tal vez los hombres que nos rodean están de nuestro lado». Até mi kufiya blanca a mi rifle y levanté el arma, gritando: «¡Árabes! ¡Árabes!».

El silencio se hizo todavía más patente que antes.

Detrás de nosotros, todos querían bajar a la llanura. Pero Hach Jáled lo impidió. «Nadie irá a ninguna parte hasta que sepamos qué sucede allá abajo. Puede ser una emboscada. No voy a arriesgar la vida de cientos de personas con todas esas ametralladoras del otro lado».

Avanzamos más y la situación seguía estable. No hubo disparos ni nada. De repente, cuando pasábamos a través de una pequeña cascada, las balas reaparecieron, silbando a nuestro alrededor. Mi amigo de Migles saltó y cayó, y cuando traté de

---

[19] Era un hecho conocido que los rebeldes en Palestina iban tocados con una kufiya, ceñida con un cordón, que también era el atuendo habitual de los hombres en las aldeas, mientras que los hombres que vivían en las ciudades generalmente usaban el fez. Como las autoridades británicas no tenían manera de distinguir entre los rebeldes de las ciudades y los aldeanos, consideraron revolucionarios a todos los que usaran la kufiya. Posteriormente, los líderes de la revolución emitieron una declaración en la que instaron a los habitantes de las ciudades palestinas a que dejaran de usar el fez. De esta forma borraron la distinción entre rebeldes y los demás. Altos funcionarios, magistrados y caimacanes escribieron a las autoridades británicas, diciéndoles que no podían salir de sus hogares, salvo si iban tocados con la kufiya y su cordón (símbolo de la revolución), por lo que las autoridades británicas les dieron permiso para hacerlo. Algunos británicos y periodistas extranjeros también comenzaron a usarlos.

esquivarle caí boca abajo en un charco de barro. Me reí. «¿Por qué me has hecho tropezar?» —le pregunté. Estaba tumbado en la cascada, que no tenía más de un metro de altura.

Lo miré y vi cómo su sangre se mezclaba con el agua. Le di la vuelta y me dijo: «Me han dado, hermano». Intenté socorrerlo, pero no tenía nada más que mi kufiya y no conseguía saber de dónde brotaba la sangre. Sangraba por todas partes, como si cada zona de su cuerpo hubiera sido alcanzada. Lo saqué del agua, teniendo cuidado de no levantarle la cabeza por encima de la cascada. De repente, me dijo: «Déjame aquí. Los judíos han llegado». Miré hacia arriba y, efectivamente, allí estaban, a cincuenta metros de distancia. Lo dejé caer y comencé a disparar sin ton ni son. Cuando acabase el cargador de mi rifle, todavía podría echar mano del suyo.

En el rifle británico cabían cinco balas y se cargaba por la parte superior. Se tiraba de la manija del cerrojo, se colocaba la bala y se presionaba para que entrara en el cargador.

Le dije: «Se están acercando cada vez más». Tenía una bolsa consigo que contenía tres granadas Mills, que había comprado por un dinar cada una. Me entregó la bolsa y saqué una granada. Tiré de la anilla y la lancé tan lejos como pude. Estalló. Cogí la segunda y la arrojé, luego la tercera, y la lancé también. Después de eso, no hubo más tiros en nuestra dirección. Miramos hacia la falda de la colina y vimos a varios hombres aproximándose. Al mismo tiempo, escuché a Hach Jáled gritar: «¡Ahora no!», pero el desorden, la falta de disciplina y la mezcla entre aldeanos y rebeldes produjeron ¡un verdadero caos!

Muchos hombres iban sin protección, mientras en el otro lado las ametralladoras descargaban cientos de balas asesinas, matando personas a diestro y siniestro. ¡Que nunca tengas que ver lo que vi ese día! Afortunadamente para nosotros, éramos tantos que, en la confusión, expulsaron también a los emboscados y a los hombres de la caravana. Vi a Hach Jáled saltando de un lugar a otro como un tigre. Nunca en mi vida había visto a alguien tan ágil y fuerte como él. Desapareció por un momento y miré alrededor para ver dónde había ido. De repente, lo vi encima de la cascada. Me preguntó cómo estaba mi camarada, ya que le había visto sangrando. Dije: «No lo sabremos hasta que tratemos sus heridas».

Uno de los hombres dijo: «Yo llevaré de vuelta al herido. Voy desarmado».

Le dije a Hach Jáled: «No, yo lo llevaré. ¡He hecho todo lo que he podido en esta batalla y ya he pasado por muchas!».

Me lo cargué en los hombros con la ayuda de otro hombre y juntos lo sacamos del agua. El resto del camino lo llevé yo solo.

Unos metros más adelante, encontré a un hombre con un pie herido. Le reconocí: era Hanuk, el gitano. Traté de llevarle conmigo también, porque era un hombre de poco peso, pero me dijo: «Déjame aquí. El que llevas está peor que yo».

«No voy a dejarte atrás», le contesté. «Estoy perfectamente, mira», ¡dijo sosteniendo la pierna rota y poniéndosela en su sitio sin ni siquiera quejarse! ¡Os juro que así fue!

«Tienes que cumplir con tu deber —me dijo—. Debes salvar a los que corren peligro. Como tú comprenderás, no me voy a morir porque un par de balazos me han destrozado la pierna».

Así que lo dejé y subí. Al principio, la batalla se orquestaba delante de mí. Más tarde me encontré en el medio y finalmente pude salir al otro lado. Si me preguntas cómo sucedió sin que me alcanzasen, todo lo que puedo decir es: «¡No lo sé!».

Cuando le llevé a un terreno más elevado, había más hombres esperando para trasportar a los heridos. Cuando ya me marchaba, me preguntó: «¿Todavía no sabes quién soy?». «No hemos tenido tiempo ni de presentarnos —le dije—. Pero podemos hacerlo ahora mismo». «Soy Fawzi Mahmud de Migles, el hijo del alcalde», me dijo. «Yo soy fulano, de Alhadia», le contesté. «Vosotros sois nuestro gran apoyo y quiero que finalicéis el favor que me habéis hecho diciéndoles a mis hermanos y al resto de mi familia lo que me ha sucedido», me pidió el hombre herido.

«Si vuelvo con vida, iré a ver a tu familia de inmediato», le aseguré. Para entonces había llegado un automóvil a llevar a todos los heridos a Ramla. «Aquí está mi rifle» —dijo—. «Y aquí están mi revólver y mi cartuchera. Llévaselos también». «Está bien. No te preocupes por nada»—asentí. Había otros veinticuatro hombres de nuestra aldea conmigo y le dije: «Todos ellos me ayudarán a llevar tus cosas a casa».

Quería sentarme y recuperar el aliento, pero recordé a Hanuk, el gitano, y me dije: «No lo puedo dejar allí solo. Volveré a buscarlo». Recordé cómo, en más de una batalla, les había dicho a mis compañeros: «No quiero un rifle. Puedo ayudaros más con una daga».

Volví hasta donde se encontraba. En el camino, vi tres hombres escondidos detrás de una gran roca. Uno de ellos me dijo: «¿A dónde vas? Toda la zona está llena de británicos y judíos». Mientras hablaba, levantó la mano para señalar y una bala le atravesó la palma. Me escondí detrás de la roca con ellos. Allí estábamos protegidos, no podrían seguir atacándonos ni arrastrándose sobre sus propios vientres. Un avión de combate británico apareció en el cielo, sobrevoló la roca y se fue.

La batalla era como polvorín en medio de un incendio: era imposible adivinar de dónde venían las balas ni dónde podía caer un proyectil.

Seguía recordando la forma en que Hanuk había recolocado la pierna rota, y no podía quitarme la imagen de la cabeza. Su clan había pasado por el territorio de Alhadia un par de años antes y luego se habían mudado a las cinco aldeas vecinas controladas por Alhamdi. Cuando Abdelatif Alhamdi vio bailar a cierta gitana, quedó tan fascinado con su belleza que le pagó cinco libras de oro al líder del clan. Cuando el clan se mudó de nuevo, Hanuk, que estaba enamorado de ella, no siguió con ellos. En cambio, montó una pequeña tienda de campaña en los alrededores. Los hombres armados de Alhamdi le prendieron fuego, así que trajo otra, pero también se la quemaron. Se negaba a ceder. Cuando Alhamdi comenzó a hostigar a Alhadia, Hanuk se puso del lado de la gente del pueblo. Y cuando supo que Alhamdi estaba con los británicos y los judíos, se puso también en contra de ambos. Hanuk daba vueltas alrededor de la casa de Alhamdi todas las noches, diciendo una y otra vez: «¡Sin ella, mi corazón está desnudo!».

Hach Jáled ordenó al grupo de guerrilleros de la vanguardia que comenzara a disparar, mientras los demás hombres se retiraban hacia zonas más altas.

Sin embargo, en lugar de retirarme con ellos, avancé en busca de Hanuk. Estaba seguro de que lo encontraría en el lugar donde le había dejado. Después de todo, ¿dónde podría ir un hombre con una pierna rota? Pero no lo encontré. ¿A dónde demonios había ido este malnacido?, me preguntaba. A cincuenta metros de distancia vislumbré un cadáver. Lo reconocí. Fui gateando hacia él hasta que lo alcancé. No necesitaba darle la vuelta para saber lo que lo había sucedido. Una bala le había atravesado la frente y había salido por la parte superior del cuello. Las balas caían sobre nosotros como la lluvia. En su mano vi un rifle por primera vez, un arma que debía de haberle arrebatado de las manos a algún mártir o herido. Dije: «Dios, ten piedad de Hanuk. Murió tan pronto como cambió su daga por un rifle».

Una bala en el corazón

La presencia de tantos hombres creó un caos indescriptible. La batalla había comenzado con cincuenta hombres que de repente ya eran quinientos.

Una vez más, Hach Jáled organizó a los combatientes después de que la mayoría se retirasen a los campos de trigo.

La temperatura subió y esperábamos que las fuerzas británicas nos asediaran por tres lados. Entonces, nos sobrevoló un avión. Algunos de nosotros supimos qué hacer, pero otros creyeron que la mejor opción era huir.

Aun así, todos los que huyeron murieron o resultaron heridos durante los primeros bombardeos. «¡A las armas!», gritó Hach Jáled. Nos dio instrucciones para que nos tumbáramos bocabajo, apuntando con nuestros rifles hacia el cielo para después disparar cuando diera la orden. Éramos como una tapia alta de rifles. Cuando el avión regresó, gritó: «¡Fuego!». Los rifles se dispararon en ese mismo momento. El sonido de las balas parecía un trueno descomunal. Cerré los ojos sin saber la razón y cuando los abrí, escuché los cantos de alegría de los hombres y miré hacia donde miraban. Vi una larga nube de humo detrás del avión.

Unos momentos más tarde, se estrelló contra el suelo. Pensamos que había caído en algún lugar entre las aldeas de Saydún y Abu Shusha.

Ver el avión abatido nos subió la moral.

De repente, vimos a un hombre joven, con la piel muy clara, de pie junto a Hach Jáled. Tenía los ojos diminutos y tan azules como el mar, era alto y delgado como una caña. Los dos hablaron durante unos minutos y después se acercaron hasta nuestra posición.

—Podríamos haber muerto todos a causa del caos. Lo habéis visto con vuestros propios ojos. Lo que ha sucedido al comienzo de la batalla no debe volver a ocurrir. Quien quiera luchar contra los británicos y los judíos tiene que hacerlo de la manera correcta, no provocar la muerte de sus compañeros de lucha. Ahora Sava os explicará el plan.

Sava tenía una presencia distinguida y poderosa nunca vista, ni siquiera en Hach Mahmud, que en paz descanse. Cuando abrió la boca para hablar, nos asombró su habilidad con el árabe. Como queriendo interrumpir el tren de preguntas en nuestras mentes, dijo: «Soy Sava, de Yugoslavia, y soy voluntario de la revolución. En la Primera Guerra Mundial era un niño pequeño, pero serví en el Ejército durante quince años. Vamos a dividirnos en grupos. Cada grupo ofensivo estará compuesto por diez hombres y detrás de cada uno habrá otro grupo de diez hombres como protección, que cubrirá el avance del grupo ofensivo. Cuando la vanguardia avance, la cubrirá el grupo inmediatamente posterior, y así sucesivamente».

Fue una buena organización.

La batalla se había enfriado en la llanura, pero la caravana aún no podía moverse. Los soldados con vida estaban fuera de los todoterrenos. Los que estaban dentro de los vehículos blindados no se movieron de donde estaban. En la parte trasera de la caravana había rebeldes y nadie podía pasar. La carretera estaba bloqueada por rocas y ramas de árboles.

Hach Jáled y el yugoslavo lideraron dos unidades ofensivas que se desplazaron hacia adelante. Cuando llegaron a un lugar desde donde podían disparar fácilmente, la batalla comenzó de nuevo y en ese momento las unidades posteriores avanzaron.

No teníamos miedo en absoluto. ¿Me preguntas por qué? Porque sabíamos que el alma que Dios nos había dado solo podía ser arrebatada por el Señor, en el momento elegido por él, no cuando quisieran los británicos o cualquier otra criatura en la faz de la tierra.

*Cuando salí de casa esa mañana, mi esposa, Safiyya, me preguntó: «¿A dónde vas? ¿Qué vas a hacer con tu bastón frente a los británicos y sus tanques?». Le dije: «*No quieras que te conteste ahora. Así tendré otra razón para volver contigo, si es que salgo con vida del *combate».*

El avance tuvo éxito y llegamos cerca, a pesar de tener las piernas ensangrentadas de tanto arrástranos y a pesar de la maraña de fuego cuyos agujeros atravesábamos.

—¡Avanzad! —gritó el yugoslavo.

Avanzamos. De repente, vi que la torreta del carro blindado se abría y cómo las balas salían a gran velocidad. Vi cómo morían todos a mi alrededor. Me tumbé. Un hombre delante de mí exhalaba su último aliento. Sus piernas convulsionaban y me golpeaban en la cara. Con cierta dificultad extendí la mano y le sujeté los pies en un intento por estabilizarlo, pero no sirvió de nada. Continuó convulsionando hasta que, al final, murió como un luchador por la causa.

Volvimos al plan A, es decir, que la primera unidad avanzase y que otra protegiera su avance desde atrás. La torreta se cerró ante nuestros disparos. Cuando llegamos al carro blindado, escuché al yugoslavo gritando a los que estaban dentro: «¡Rendíos!», mientras golpeaba las paredes de metal.

Uno de nuestros hombres subió e intentó disparar a los que estaban en el interior del carro blindado, a través de una abertura en la ventanilla del vehículo. Pero alguien desde dentro le disparó y cayó muerto.

¡Qué sinsentido!

Escuché que alguien le decía a otra persona: «¡Ve y mata al que ha matado a tu padre!». Pero el chico se negó. Escuché que la primera voz le replicaba: «Cobarde». Se desplazó hacia adelante, pero cuando trepó al carro blindado para hacer lo que el muchacho no había querido hacer, fue abatido sobre el cadáver del hombre que habían asesinado un momento antes.

—¡La guerra no es lo nuestro!

Arrastramos a los dos hombres unos pocos metros, temiendo que el vehículo blindado comenzara a moverse repentinamente y los aplastara también.

Poco después, apareció otro blindado británico levantando una bandera blanca.

—¡Increíble! —dijimos—. ¡Hemos vivido para ver a los británicos enarbolar la bandera blanca!

Nos pidieron que detuviésemos el asedio de la caravana a cambio de que permitieran que nuestros hombres se retiraran. El yugoslavo se volvió hacia Hach Jáled y les dijo: «Mirad a nuestros muertos. Después de todo lo que hemos perdido, nunca nos retiraremos. Y si no volvéis por donde habéis venido en este momento, destruiremos la caravana y morirán todos los que la forman parte».

La bandera blanca fue arriada de nuevo.

El sol pegaba más fuerte. Miré el agua que corría al lado de la carretera. Se estaba poniendo roja.

El yugoslavo dijo: «Escondeos donde podáis».

Los que estaban dentro del carro blindado se habían quedado mudos. Debían de haber muerto de miedo mientras oían todo el golpeteo en las paredes de metal de su vehículo.

—¿Qué estás pensando? —le preguntó Hach Jáled.

—Voy a volarlo —dijo, y sacó una mina de su bolsa.

Nos alejamos.

En el momento en que el yugoslavo se acercó al vehículo blindado, la torreta se abrió y sus rifles se asomaron. No vimos un solo soldado, pero dispararon en todas direcciones. Debieron de pensar que había muchos hombres rodeándolos. Tomado por sorpresa, el yugoslavo dejó la mina a solo dos metros de distancia y retrocedió apresuradamente, pero antes de que pudiera escapar, una bala impactó en la mina y la explosionó. El vehículo blindado salió despedido por los aires y el yugoslavo fue alcanzado por un trozo de metralla que le abrió el hombro derecho hasta la mitad del pecho.

Nunca en mi vida había visto una herida como esa, pero vería muchas más la noche de la masacre.

Después de aquello volvió el caos. Algunos hombres corrieron hacia el yugoslavo. Si hubieran tenido una ametralladora, decenas de nosotros habríamos muerto en cuestión de segundos.

Pero, gracias a Dios, la explosión del carro blindado había supuesto el final de todo y vimos cómo soldados y oficiales británicos del otro lado de la caravana levantaban las manos en señal de rendición. Entonces, para nuestra sorpresa, Hach Jáled se encontró cara a cara con el oficial palestino Sanad Rayab.

Ahora que los británicos se habían rendido, los judíos encaramados en la parte superior de las canteras no podían disparar, a la espera de acontecimientos.

Mientras intentaba presionar la herida del yugoslavo para detener la hemorragia, mi mano se introdujo dentro de la herida. Durante meses no pude comer con esa mano. Cada vez que la veía aproximarse a mi boca, la veía gotear sangre.

Rompí a llorar. Sí, lloré.

El yugoslavo se volvió hacia mí y me dijo: «¿Por qué lloras?».

Miré a mi alrededor y, efectivamente, todos los hombres estaban llorando, incluido Hach Jáled.

El yugoslavo dijo: «Estáis llorando por las pérdidas humanas en nuestras filas, pero nuestro llanto por los jóvenes mártires no logrará frenar la inmigración judía a Palestina o expulsar a los británicos».

Enjugamos nuestras lágrimas.

Esas fueron sus últimas palabras. Sin embargo, no fue el último hombre en morir como mártir en aquella batalla. De pronto vimos cómo un soldado británico herido, escondido en la parte trasera de un todoterreno, sacaba su rifle. Cuando disparó, Hach Jáled se movió para interceptar la bala, que se dirigía al pecho de Qásem Elayán. La bala atravesó el hombro de Hach Jáled y continuó su camino hacia Qásem, que cayó como mártir en ese instante. Hach Jáled también cayó al suelo, sangrando.

Rodeamos a Hach Jáled para protegerlo, mientras que algunos de nuestros hombres disparaban hacia la parte trasera del todoterreno. Uno de ellos pudo acercarse lo suficiente para disparar tres veces con su revólver hacia abajo.

Muchos pensaron que Hach Jáled había ido demasiado lejos con su acción heroica. Al mismo tiempo, vieron una vez más que con un hombre como él podrían incluso asaltar el infierno. Pero el asunto era todavía mucho más profundo. Un asunto secreto que saldría a la luz a medida que nos acercábamos a la aldea de Qásem y luego a su casa.

Llegaron los hombres que combatían bajo el liderazgo de Fawzi Alqaueqgi, el líder de la revolución. Mientras tratábamos apresuradamente de vendar su herida, Hach Jáled dijo: «Estos cogerán los coches y las armas». La munición la habían colocado en el camino. Había en abundancia. Cajones llenos. Jáled ordenó: «Quien haya disparado una bala tendrá derecho a coger dos balas en su lugar, y quien haya arrojado una granada tendrá derecho a llevarse dos».

Comenzamos a contar los muertos, tanto británicos como árabes. Llegué hasta una persona que yacía en el suelo. No iba vestida como nosotros. No vi sangre a su alrededor, no sangraba. Le puse mi rifle en la cara y le ordené que levantara las manos, pero no me entendió. Coloqué el rifle en su brazo derecho y él lo estiró, luego en el izquierdo, y también lo extendió. Le di un puñetazo en el costado y se giró. Era un judío.

—¡Un judío! —grité.

Había un voluntario británico con nosotros llamado Jack. Era uno de los pocos soldados británicos que decidieron quedarse con los rebeldes cuando la revolución ayudó a varios de ellos a huir a Siria y, desde allí, a dónde quisieran. Eran soldados que estaban en contra de los crímenes de Gran Bretaña y de la idea del colonialismo.

Jack, que sostenía una ametralladora Vickers británica, dijo: «¡Por favor, dejad que lo mate!».

Hach Jáled negó con la cabeza, luchando por controlar su dolor. «Nadie va a ser ejecutado aquí. Nos replegaremos con los prisioneros. Serán nuestra protección si somos interceptados por fuerzas británicas o si somos perseguidos por sus aviones».

Fue alrededor del mediodía. Recogimos al yugoslavo, a Qásem Elayán y al resto de los heridos y mártires, y subimos las colinas hacia el campo de trigo, cuyos tallos estaban tan rígidos y duros que todos los vientos del mundo no habrían podido sacudirlos.

Cuando nos alejamos un poco, cavamos una tumba para el yugoslavo. Los guerrilleros formaron una sola fila, más de cuatrocientos cincuenta hombres, te lo aseguro, y disparamos nuestras armas en señal de duelo por su pérdida.

Todo el mundo se preguntaba qué les sucedería a los prisioneros: once oficiales y soldados, además del judío y Sanad Rayab.

Los hombres se dispersaron para llevar a los muertos y heridos de vuelta a las aldeas de las que procedían. Yo llevaba un rifle y el revólver de Fawzi Mahmud, que había prometido entregarle a su familia en Migles.

Tan pronto como llegamos a una zona segura, Hach Jáled se apartó con algunos de sus hombres. Cuando regresó, se dirigió a los prisioneros y pronunció una sola palabra que nos dejó perplejos a todos: «¡Adiós!».

Intercambió una mirada con el oficial palestino, Sanad Rayab, y fue como si hubiéramos escuchado los ojos de Hach Jáled diciendo: «Un buen momento bien merece otro».

¡Hay que matarlos! —dijo enfadado uno de los hombres.

Sin mirarlo, Hach Jáled gritó en respuesta: «¡Somos rebeldes, no asesinos!».

Se hizo el silencio nuevamente.

Los prisioneros se marcharon y escuchamos el sonido de sus pasos hasta que desaparecieron por completo en dirección a la carretera, en las afueras de Bayt Mahsir.

Hach Jáled dijo: «Hay una misión que solo yo podré llevar a cabo, pero quiero que algunos de vosotros me acompañéis».

Escuché una voz que decía: «Estoy contigo». Luego oí a otro y a otro, y a otro y a otro, hasta que Hach Jáled dijo: «Es suficiente». Cuando le miré a la cara, era completamente diferente de como lo había visto antes: se veía pálido, triste y ansioso.

Los hombres llevaban al mártir Qásem Elayán sobre sus hombros, los observamos hasta que se marcharon en dirección a su aldea, enfrente de Alhadia.

Como si hubiera estado inconsciente y de repente hubiera despertado, le dije: «¿Cómo podría haberlo olvidado?». Y un escalofrío horrorizado se apoderó de mí.

La flor del pasado

El día que Hach Jáled tanto temía había llegado. Desde la llegada de Qásem, Hach Jáled sabía que era una responsabilidad insoportable. Aunque ocultó su inquietud cuando escuchó el nombre de «Qásem Elayán», decidió rechazar su oferta incluso antes de comprobar si aquel hombre era realmente quien parecía ser. En Palestina era común que más de una persona tuviese el mismo nombre, pero su instinto le decía que solo podía existir un Qásem Elayán y ese era el hombre que estaba de pie delante de él.

Hach Jáled no logró cambiar la opinión de Qásem cuando este se acercó a él, con un rifle tan viejo que debía de haber presenciado la mitad de las guerras de Turquía, y le dijo: «Tenemos muchos hombres aquí y nuestra movilidad se ha vuelto más compleja. Así que tal vez sería mejor para ti y para nosotros que te unieras a otra unidad rebelde».

—Si no estoy contigo, no quiero estar con nadie. Dale a este rifle la oportunidad de luchar a tu lado. Dale la oportunidad de que se redima de lo que nos hizo cuando estuvo en manos turcas.

De repente, Hach Jáled sintió un doloroso pinchazo en el corazón. Se dobló y se apretó el bolsillo de los pantalones, temiendo que el pañuelo del color de la panela se hiciese visible, y que Qásem pudiera reconocerlo. Hach Jáled caminó hasta el fondo del bosque para estar solo. Volvió a palpar su bolsillo y se tranquilizó. Se quedó allí, cerca del barranco paralelo al bosque de la montaña, frotándose la frente con los dedos de su mano izquierda. Observó largo tiempo la quebrada y pensó que la tierra no era más que un profundo desfiladero en el universo, un barranco difícil de escalar para nosotros los seres humanos. Algunos logran llegar hasta la copa de un árbol; otros, hasta su mitad; pero solo unos pocos llegamos a la cima de la montaña. Algunos queremos avanzar más rápido y por eso viajamos en avión, en coche o en tren; o cabalgamos a lomos de un caballo veloz.

Y sin embargo nada conseguimos a la postre con nuestros intentos. Estamos en el barranco, en el fondo de este universo, y tenemos que tomar decisiones que nos ayuden a volar más alto que un avión y avanzar más rápido que un caballo o un coche para alcanzar el borde y ascender a los cielos.

Respiró profundamente y se preguntó: «¿De dónde vendrá este Qásem? ¿Qué lo habrá traído hasta aquí? Pensaba que había dejado atrás el pasado, que lo había superado con todo lo que había en él, y ahora lo encuentro de nuevo frente a mí. ¿Tenía que aparecer ahora? ¿Y ahora qué? ¿Tiene que unirse a mí? ¿Qué maldición es esta en tu camino, Jáled? ¿Qué has hecho? ¿Qué puedes hacer luchando codo con codo con este hombre? ¿Atacar a los británicos y a los judíos y protegerlo a él al mismo tiempo? Si esto no es una maldición, ¿qué es?».

Cuando volvió junto a Qásem, dijo: «Como te he dicho, no hay sitio aquí para ti. Seguro que podrás ofrecer más en otra parte».

—Creo que no lo entiendes. He venido aquí por una razón y no me voy a rendir. Como puedes ver, no soy un niño al que puedas convencer con palabrerías. ¿Ves esto? Ya no soy ningún jovencito. ¿Ves estas canas?

Levantó el borde de su kufiya y su blanca cabellera brilló a la luz del sol, que se filtraba a través de las ramas.

—¡Además, no tendrás que preocuparte por mí! No tengo hijos que puedan quedar huérfanos si Dios me eligiera para el martirio. Somos solo mi esposa y yo, nadie más —dijo Qásem.

El corazón de Hach Jáled tembló. Miró a lo lejos. Cuando volvió a mirar a Qásem, dijo: «Francamente, no puedo asumir la responsabilidad de tu presencia con nosotros».

Los hombres estaban siguiendo la conversación sin saber lo que realmente ocurría entre ellos.

—No he venido aquí para ser una carga para ti, sino para ser tu mano derecha y, si realmente fuese una carga, preferiría la muerte.

Hach Jáled regresó al borde del barranco. Mirando a lo lejos, vio el humo saliendo de los hornos de pan en las aldeas. Oyó las voces de los pastores y los ladridos de los perros mientras conducían sus vacas, ovejas y cabras de vuelta al hogar.

Cuando de nuevo se acercó a Qásem, le dijo: «Bienvenido, entonces. Que Dios nos guíe por el camino correcto».

***

En todas las batallas en que Qásem peleaba a su lado, Hach Jáled no le quitaba ojo. No era un niño al que debiese proteger. De hecho, era tan mayor como el propio Hach Jáled. Sin embargo, contenía la respiración cada vez que sentía que Qásem estaba en peligro.

Y ahora allí estaba, caminando al frente de los hombres que transportaban el cadáver de Qásem, mirando hacia los valles, las estribaciones y las llanuras.

Cuando llegaron a las afueras de la aldea, sintió aún más la enormidad de la catástrofe.

—¡Os esperaré aquí! —les dijo.

—¿Cómo que nos vas a esperar aquí? —querían saber—. No pensamos dejarte solo ni bajar solos nosotros. ¡Te necesitamos allí abajo! A la persona que llevamos sobre nuestros hombros la esperan viva, no como mártir. Te necesitamos y su familia te necesita. Significará mucho para ellos que hayas venido personalmente. Es una forma de mostrarles respeto a ellos y a Qásem.

—¿Entonces, no debería haber devuelto a los demás mártires a sus familias?

—Todos ellos se lo merecían. Pero tú fuiste quien dijo que debías entregar el cuerpo de Qásem a su familia en persona.

Hach Jáled sabía todo eso y sabía que era lo correcto. También sabía que sus hombres eran conscientes de ello, al igual que la gente de la aldea y de todo el país. Sabía que la abertura por la que intentaba infiltrarse era demasiado estrecha, incluso para uno solo de sus dedos. ¿Cómo iba a ser suficientemente ancha para que cupiese todo su cuerpo y todo su espíritu?

Negó con la cabeza y pensó: «Si he escoltado su cuerpo todo el camino hasta aquí, no tengo más remedio que llegar hasta el final, pase lo que pase».

***

A pesar de estos argumentos irrefutables, no estaba seguro de si debía continuar o detenerse. Sin embargo, siguió caminando junto a sus hombres, que cantaban:

> Dime dónde está tu casa, bonita Yasmín,
> Estoy lista para seguirte, aunque vayas a Jericó.
> Dime dónde está tu casa, dulce Yasmín,
> Estoy lista para seguirte, aunque vayas a Jerusalén.
> Tu largo cabello negro se extiende desde Acre hasta Yafa,
> ¡De Gaza a Almáchdal, de Haifa a Safafa!

Entonces, como si el padre de la novia saludase a la delegación, las mujeres cantaron en su nombre:

> Bienvenidos aquellos que con su visita nos honran
> Bienvenidos seáis todos, buenas gentes de bien.

De improviso, Hach Jáled se detuvo. Los hombres detrás de él le embistieron y sintió que la cabeza del mártir chocaba con la suya. Entonces supo que la prueba que tenía que enfrentar superaba con creces la capacidad de resistencia del ser humano.

***

En la distancia, aparecieron los cinco hombres y todos se pusieron en alerta. Con cada paso que los hombres daban hacia las casas en la periferia, los minutos se volvían más densos.

La gente que trabajaba en los olivares los vio y corrieron hacia ellos. Cuando los alcanzaron, sus gritos aumentaron: «¡Dios es el más grande! ¡No hay más dios que Dios!».

Muchos de los aldeanos se acercaron a ellos. Se saludaron. Uno de ellos destapó la cara del mártir. Dio dos pasos hacia atrás.

—¿Quién es? –preguntaron los que no habían podido vérsela.

—Qásem. Qásem Elayán. Se sacrificó por vuestro bien, por el bien de Palestina.

Entre lágrimas, dirigiéndose a la casa del muerto, algunos repetían: «¡Dios es el más grande!».

Muchos de los hombres reconocieron a Hach Jáled, se acercaron y caminaron con él, flanqueándolo a ambos lados. Él se miró el brazo. La sangre que derramaba su herida caía gota a gota.

Desde lejos, la vio avanzar hacia ellos con pasos tímidos, como las decenas de mujeres que estaban allí. Cuando el cortejo fúnebre se encaminó hacia la casa, dirigido por un niño que actuaba como si fuera el único que sabía dónde había vivido el mártir, tembló y luego se quedó paralizado. Sus ojos dejaron de parpadear.

La madre se dijo para sí misma: «¡Así que su complejo de culpa finalmente lo mató!».

El vacío

No se puede decir exactamente que hubiera sido un informante. Sin embargo, había hablado demasiado y sabía por qué. Era el agujero que se había abierto profundamente en el alma de Qásem y que se había ido agrandando al no haber podido tener un solo hijo con Yasmín.

«La tengo ahora y eso es lo que importa», se decía a sí mismo al principio. Pero cuando fue suya, sintió como si estuviera vacía, vacía en todos los sentidos de la palabra. No había nada dentro: ni corazón, ni vísceras, ni útero, ni compasión. Ella era como un hermoso edificio abandonado, poblado de arañas por todos los rincones. Yasmín tampoco entendía lo que había sucedido. De repente, después de que Jáled recuperase a Hamama y todo lo robado en la aldea, se había convertido en un proscrito, estaba en la lista de los más buscados por los turcos. Qásem no perdía ocasión para decirle a todo el mundo:

«Te aseguro que nadie más puede haberlo hecho. Él es el héroe. Jáled es el héroe que se enfrentó a los turcos».

Y así, su leyenda fue extendiéndose de persona en persona, como se extiende la lluvia sobre la tierra: «No, no es él. No podría serlo. No hay un ser humano que pueda hacer todo eso solo», negaban quienes amaban a Jáled, pero aquel negarlo no servía de nada.

Los vientos llevaron los rumores a las aldeas vecinas, hasta que, junto con otros rumores que eran aún más claros, llegaron a los oídos de la policía militar turca.

Cuando Qásem escuchó que Jáled estaba siendo perseguido, tuvo sentimientos encontrados. Unas veces se decía: «Realmente lo he convertido en un héroe, ¡debería agradecérmelo!». Otras veces dudaba de todo lo que había hecho y pensaba en voz alta: «¿Cómo puede Yasmín aceptar casarse conmigo, ahora que he convertido a Jáled en un héroe?».

Pero al final, Yasmín aceptó. Estuvo de acuerdo porque no tenía más remedio. Fue a la casa de su esposo como va una oveja al matadero. Estaba obsesionada con las palabras de su padre: «Los imperios viven más que las personas. Y este imperio está aquí para quedarse. Nadie que haya huido del Estado otomano ha sobrevivido para contarlo, a menos que desaparezca para siempre. Y en este caso, también el Estado ha sido el vencedor. Realmente lo amamos. Al mismo tiempo, sin embargo, hay algo inescrutable que teje el destino. De hecho, ya ha sido tejido, y va más allá de nuestras propias esperanzas y sueños. Debes pensar cuidadosamente en lo que estoy diciendo».

—¡Pero ha sobrevivido! Ha vivido más tiempo que el propio imperio. El imperio ha muerto y él sigue vivo —le dijo a su padre después de casarse.

—Este tema ya es pasado —dijo— y no te permito que lo vuelvas a mencionar.

—No, padre. Este tema no es pasado, al menos mientras vivamos. Cuando muramos, tal vez se convierta en pasado. Pero mientras la gente lo recuerde, vivirá para siempre, como una maldición. Todo muere, excepto este tipo de maldiciones.

—El tiempo lo cura todo.

—El tiempo cura, padre, pero no todo.

***

Cuando la madre de Yasmín vino a visitarla dos meses después, le susurró al oído:

—¿Tienes alguna buena noticia que me quieras contar? ¿Estás embarazada?

—No, madre. No hay nada ni lo habrá nunca.

—¿Qásem es impotente? Dios no lo quiera.

—No tiene nada que ver con Qásem. Tiene que ver conmigo.

—Mañana por la mañana iremos a que te vea un médico. Tu padre te llevará. A Ramla, a Yafa, a Jerusalén, a Haifa, a donde sea.

—El médico tampoco tiene nada que decir sobre lo que me ocurre. He tomado una decisión. No voy a tener hijos con Qásem.

—¿Cómo puedes decir tal barbaridad? ¡Eres joven y tu marido está en la flor de su juventud! Ni la mujer ni el hombre pueden controlar eso. Mientras todo sea normal, tiene que haber niños.

—No, mamá. Me conozco. Mi cuerpo no concebirá ni dará a luz. Sólo podría hacerlo si mi alma pudiera.

***

Y, de hecho, Yasmín no concibió. Pasaron tres años y no concibió. Cuatro, cinco y hasta veinte años, y no concibió.

Qásem nunca se atrevió a decirle: «Si así son las cosas, entonces me vuelvo a casar».

En su lugar, dijo: «Voy a alistarme en el ejército de Hach Jáled». —Me temo que serás la causa de su muerte —dijo sin mirarle, como acostumbraba.

—¿Qué quieres decir?

—De todos modos, es demasiado tarde para que hagas algo por mí, ¿no crees?

—Lo que hago ahora lo hago por mí. Lo que tendría que haber hecho por ti, debería haberlo hecho hace mucho tiempo.

***

Cuando Hach Jáled se encontró cara a cara con Yasmín, quienes sabían que había sido su prometido y que ella lo había dejado por Qásem, el parlanchín, sintieron un escalofrío.

Aunque Hach Jáled estaba al tanto de que el padre de Yasmín había fallecido hacía un tiempo, por alguna extraña razón comenzó a buscar su rostro entre la multitud.

Mirando el cuerpo sin vida de Qásem, le dijo: «Te acompaño en el sentimiento». «Gracias», respondió Yasmín. Acto seguido, comenzó a llorar.

El sol se estaba poniendo y algunos hombres señalaron que era importante enterrarlo ese mismo día: «Un entierro rápido es la mejor manera de honrar a un mártir», dijeron.

El cortejo fúnebre, cada vez con más y más personas, continuó su camino.

—Lo llevaremos a su casa para que su familia pueda despedirse de él. Después lo conduciremos al cementerio.

Su madre y sus hermanas lo recibieron en su casa. Los llantos inundaron la atmósfera. Un momento después, su padre entró y dijo: «No contaminéis su herida con lágrimas. Este es un mártir».

—¡No pertenece solo a Dios! —gritó la madre sobre su rostro—. Es mío también. ¡Es mi hijo!

***

Qásem era su hijo mayor y, desde el momento en que había arrebatado a Yasmín de los brazos de Jáled, sabía que una maldición pesaba sobre él. Por eso había dicho: «Temo que Dios nunca te perdonará por lo que has hecho. No importa lo que hagas, has separado dos corazones enamorados, privando al uno del otro».

Su predicción se había cumplido. Aun así, no esperaba que volviese a casa como un mártir. Lo miró a la cara. Se dibujaba el comienzo de una sonrisa en sus labios.

Miró a Yasmín y, alzando sus ojos al cielo, dijo desde las profundidades de su ser: «¡Ten piedad, Señor!».

***

Cuando la gente conoció los detalles de su muerte por la causa y cómo Hach Jáled había querido morir en su lugar, sus sentimientos se volvieron más ambivalentes aún. Hablaron sobre el destino, sobre la sabiduría y sobre cómo Dios decide cuánto tiempo vivirá cada persona desde el momento en que nace.

Yasmín, por su parte, se sentía más perdida que nunca. Estaba doblemente atormentada, ahora que sabía que Jáled seguía dispuesto a dar su vida por ella, a pesar de todo lo sucedido. Pero también la atormentaba la idea de que Hach Jáled hubiera muerto luchando por ella, no por Palestina, y que Qásem hubiera regresado sano y salvo a casa. Aquello habría significado una doble venganza

—¡Ten piedad, Señor! —gritó ella—. ¿Por qué me está pasando esto?

***

Era la última vez que tendría a Hach Jáled delante: el último encuentro, bautizado en sangre, se precipitó hacia lo desconocido. Era el último encuentro, necesario para que ella se diera cuenta de que había perdido a Jáled para siempre, justo cuando él también tomaba conciencia de que la había perdido para siempre.

Mientras la miraba, veía cómo la sangre del mártir se derramaba, formando un cauce entre ellos, un cauce que ningún ser humano podría cruzar.

El regreso de Hamama

Hach Jáled miró a lo lejos y vio siete caballos cruzando la llanura. Su corazón se aceleró. A medida que se acercaban, la veía más claramente entre ellos: era Hamama. Los jinetes subieron la colina y desaparecieron entre los árboles. Por alguna razón, ninguno de ellos montaba la yegua blanca. Su corazón dio un vuelco, al igual que cuando la había tenido a su lado por primera vez tantos años antes, sin saber si lo que estaba viendo era real o solo un sueño.

Intentó aguzar la mirada para ver a través de los árboles, pero fue en vano. Al ver que aquella yegua era Hamama, perdió toda su cautela.

—¿Pero qué Hamama? ¡Debe haber muerto o, al menos, haberse hecho vieja, como tú! —se dijo a sí mismo.

Para su consternación, se encontró solo y expuesto al peligro, lejos de sus hombres, como si no pendiese sobre él una sentencia a muerte. ¡Qué ironía sería si Hamama hubiera sido utilizada como cebo! Pero no se movió.

De repente, su cabeza apareció entre los árboles. Era ella. ¿Pero quiénes eran los jinetes que la acompañaban? Trató de apartarse, de ocultarse tras un árbol, pero sus pies se plantaron más firmemente en el suelo.

—No hay nada que necesites más que una yegua como esa —dijo una voz a su derecha.

Cuando se dio la vuelta se encontró cara a cara con Táriq, el hijo del jeque Muhámmad Alsadat. Había crecido notablemente y se parecía bastante a su padre. Hach Jáled vio también a Iliya Radi, que había venido con ellos, mirándolo con lágrimas en los ojos.

***

De repente, el tiempo retrocedió y Hach Jáled se vio a sí mismo devolviéndosela a sus dueños originales.

—Me temo que el tiempo tratará mal a vuestra amada si se queda conmigo —dijo Jáled.

No respondieron.

—La voy a dejar aquí con vosotros aquí —agregó—. Cuando las cosas mejoren, vendré a buscarla.

—Sabes que quien devuelve una yegua no se la lleva otra vez.

—Pero la perderé si ella se queda conmigo. Soy un hombre perseguido, ¿qué ha hecho ella para merecer ese destino?

—Un caballo con un espíritu libre puede soportarlo.

Estas últimas palabras le hirieron como si fueran un cuchillo.

—Pero yo no puedo.

***

Seguían acercándose mientras él estaba allí parado, incapaz de moverse. Cuando Táriq lo envolvió en un apretado abrazo, levantó los brazos y lo abrazó.

—Esta es Hamama. Una yegua así, nadie se la merece tanto como tú.

Hach Jáled intentó abrir la boca para decir que no podía aceptarla, pero Táriq se la tapó con la mano: «Te hemos traído a nuestra hija por segunda vez porque significas mucho para nosotros».

Los combatientes de Hach Jáled se reunieron a su alrededor, escuchando atentamente una conversación que sabían que había comenzado hacía mucho tiempo.

Mirando a Hamama, Hach Jáled dijo: «Verdaderamente, se le parece».

—Es su nieta —dijo Táriq.

—¿Y Hamama? ¿Cómo está?

—¿Ella? Como nosotros, con más años, pero sin parar de luchar

—Entiendo que es un cumplido.

—¿Para ella, o para nosotros?

Se rieron.

Hach Jáled la miró y cuando encontró la fuerza para moverse, caminó hacia ella. Uno de los hombres de Táriq la había atado al tronco de un pino. Hach Jáled tomó su cara entre las manos. Una lágrima se le escapó, a pesar de sus esfuerzos por retenerla, se deslizó por su rostro hasta alcanzar el extremo derecho de su bigote. Sin embargo, otra lágrima huida del otro ojo no logró cubrir ni siquiera la mitad de la distancia que la primera.

Para asombro de muchos de los hombres de su ejército, la besó en la frente. Luego se arrodilló hasta tocar el suelo. Tomó su casco derecho, se lo llevó a los labios, lo besó y luego lo bajó suavemente. Luego tomó su casco izquierdo e hizo lo mismo.

***

Con el regreso de Hamama, el espíritu de Hach Jáled, que se había visto desgarrado sin piedad al reencontrarse con Yasmín, volvió a su ser.

Cuando le dijeron: «Debes guardar reposo hasta que la herida se haya cerrado», no respondió con la frase que había estado repitiendo una y otra vez durante los días previos: «Mientras sea solo una herida, sanará tarde o temprano». En cambio, dijo: «¿La herida? ¿Aún seguís pensando en ella?».

Agarró el cabestro de Hamama y la condujo a cierta distancia. Cuando estuvo seguro de que nadie los escuchaba, le dijo: «Mi única condición es que no me la recuerdes».

Hamama asintió con la cabeza.

Estaba preparado para todo menos para escuchar sus viejos susurros, aquellos que solían visitar sus oídos, tanto dormido como despierto, diciendo: «Soy ella, soy ella, soy ella».

Allí, en la llanura abierta, casi pierde la cabeza. «¿Cómo puede hablar una yegua?», gritaba.

Cuando no pudo soportarlo más, decidió devolvérsela a sus dueños. Entendía el significado más profundo de lo que estaba haciendo. Al mismo tiempo, sabía que también la perdería si seguía susurrándole al oído. La perdería porque se volvería loco estando con ella.

Hach Jáled trató de olvidar la imagen de Yasmín de pie frente a él, mirándole junto al cadáver de su marido. Trató de desterrar la imagen de la mujer, centrándose solo en la yegua. Ni siquiera se atrevió a pensar para sí mismo: «Es ella, como siempre lo ha sido. No ha cambiado. Es ella».

Pero al final, lo hizo: «Es ella». Se lo dijo en voz alta a Hamama: «Es ella. Y a partir de ahora, soy el único que puede decirlo, ni tú ni nadie más en la Tierra. ¿Entendido?».

Hamama asintió con la cabeza otra vez. Metió la mano en el bolsillo y tocó el pañuelo del color de la panela. Se lo llevó a la nariz para inspirar su olor, como era su costumbre, pero la mano se detuvo en el aire. Miró el pañuelo de nuevo. Pensó en lanzarlo al viento para que lo llevase a donde quisiera, o tal vez incluso devolvérselo. «Quizá nunca me ha pertenecido» —murmuró para sus adentros—. «Tal vez solo le pertenece a Hamama». Se acercó y lo ató al cabestro, en el lugar donde Yasmín lo había puesto aquel día, tanto tiempo atrás. Miró el pañuelo, pero no pudo de asimilar los sentimientos que empezaron a aflorar en su interior.

***

Durante mucho tiempo, Hach Jáled había tratado de escapar de la voz que lo perseguía dondequiera que fuera: «Es ella. Es ella».

Al despertar no encontraba a Hamama a su lado. Miraba a su alrededor y su voz seguía retumbando incluso despierto. Susurraba desde lejos: «Es ella. Es ella».

Dejó las montañas que había conocido y que lo habían conocido. Fue a las ciudades de la costa y en el ruidoso alboroto de sus calles logró dormir en paz por primera vez, lejos de la maldición de esa voz inquietante.

Iliya Radi lo encontró allí y no le dijo nada. Sin embargo, su silencio decía más que sus palabras. Muhámmad Shahada habló más tarde sobre una mujer alemana y después guardó silencio. Sabía con certeza que el Jáled que estaba allí no era el Jáled que había conocido, o que conocería más tarde.

Muhámmad Shahada, diez años más joven que Jáled, se presentó ante él como un hombre adulto y dijo: «Volveremos a Alhadia juntos. Ahora».

—¿Y qué hay de los turcos?

—Hay menos turcos allí que aquí. Muchos de los nuestros han regresado.

Como si Jáled hubiera estado esperando aquella frase durante mucho tiempo, se levantó, dejó atrás sus escasas pertenencias en aquella habitación con vistas al mar de Haifa y se fue con él.

Muhámmad Shahada dijo: «Jáled miró hacia atrás dos veces. Cuando traté de mirar hacia donde miraba, me agarró de la cabeza y, con una determinación que me alarmó, dijo: "Muhámmad, si miras atrás, me quedaré atrás"».

Muhámmad Shahada se quedó congelado, como si su cuello se hubiera convertido en un bloque de hielo. Luego, con dificultad, dijo: «No miraré».

Las horcas con las que los turcos habían llenado el país se veían a montones por las calles y colinas circundantes. Se alzaban en el viento como espantajos voraces, comiéndose los cuellos de las personas. No pasaría mucho tiempo antes de que los británicos les trajeran las presas que estaban esperando.

La niebla

En aquel amanecer frío, uno de los hombres de Alqaueqgi emergió de la niebla y, sin decir una palabra, le entregó a Hach Jáled una declaración que exigía el fin de la revolución. Hach Jáled la cogió y la leyó:

> Proclamación nº 16:
>
> «En respuesta a los llamamientos que hacen nuestros reyes y príncipes árabes, y a petición del Comité Árabe Superior, solicitamos que cesen todos los actos de violencia y cualquier provocación que pueda arruinar el proceso de las negociaciones, en las que la nación árabe tiene depositadas grandes esperanzas para obtener derechos plenos para sus países. Debemos evitar cualquier acción que pueda considerarse como excusa para bloquear las negociaciones. Damos la bienvenida a la paz honorable y haremos lo imposible por mantenerla, si bien, cuando sea necesario, nos defenderemos y no bajaremos las armas».
>
> Comandante general Fawziddín Alqaueqgi,
> 12 de octubre de 1936

Nadie había visto a Hach Jáled tan furioso como lo vieron aquel día. Arrugó la declaración y la arrojó lejos. Cayó cerca de Hamama, que bajó la cabeza y estaba a punto de comerse el trozo de papel, cuando él gritó a pleno pulmón: «¡No!».

Sorprendida, la yegua retrocedió unos pasos.

Se acercó y lo recogió. Luego pidió una cerilla. Desplegó el trozo de papel para que se quemara más fácilmente, encendió el fósforo y se quedó mirando fijamente la llama mientras descendía hasta la parte por la que sujetaba el papel entre su pulgar y el índice. En ese momento se apagó y entregó los restos de la declaración a Iliya Radi.

Se acercó a Hamama y estrechó su cabeza entre las manos, intentando calmarla. Luego, mientras se frotaba la frente con los dedos de la mano izquierda, les dijo a sus hombres: «¿Qué quiere? ¿Cree que los británicos nos permitirán volver a nuestros hogares y nuestras granjas? ¿Sería eso posible, a la vista del flujo constante de inmigrantes judíos que están llegando a nuestras costas? ¿Sobre qué son estas negociaciones? Llevamos veinte años negociando. Una decisión como esa nos condenará a seguir negociando para siempre. En cualquier caso, la decisión depende de vosotros ahora. La decisión os pertenece a todos vosotros. La declaración no dice nada de amnistía para los rebeldes. Más bien nos dice que los condenados a muerte irán directamente a la horca y los sentenciados a prisión tendrán que llamar a la puerta de la cárcel y decir a los británicos: "¡Ya estoy de vuelta!"»[20].

Los días que siguieron fueron más tenebrosos de lo que el ojo humano puede soportar. Una espesa neblina descendió sobre las montañas y la vida se calló de repente. Los gorriones dejaron de gorjear, las huellas de las gacelas que solían cruzarse de vez en cuando desaparecieron y, si no hubiera sido por el sonido suave y monótono de su respiración, pareciera que Hamama se había desvanecido. Hach Jáled no miró a su alrededor para ver cuántos de sus hombres se habían quedado con él y cuántos se habían ido. La niebla era una bendición en ese momento, pues no permitía mirar con claridad a los demás o despedirse de ellos mientras penetraba la pared de fría oscuridad blanca.

Hach Jáled sabía que la gente se había «cansado», pero esa frase, en lo que a él respectaba, significaba solo una cosa: había sido derrotada.

***

[20] Durante aquella época, los británicos condenaron a aproximadamente dos mil palestinos a largas penas de prisión y destruyeron más de cinco mil casas. En la prisión de Acre, 148 palestinos fueron ahorcados y el número de personas que cumplían diferentes penas de prisión llegó a más de 50.000.

Cuando la niebla finalmente se levantó, no encontró a nadie a su alrededor, excepto a Iliya Radi y a Hamama.

Le dijo a Iliya: «Creo que puedes volver. Yo no iré a la horca por mi propio pie. Puesto que todos nuestros líderes están en Damasco, iré allí a ver si podemos llegar a una solución. Voy a pensar en nuestro siguiente paso. Parece que todos están en nuestra contra. Todo lo que queda en este país es ilusión».

—Cuando fui a las montañas contigo, no imaginaba que un día regresaría a Alhadia sin ti.

—Pero te quiero allí. Tú no eres una cara conocida para los británicos y, cuando te necesite, mandaré a buscarte. O puede que yo mismo vaya a por ti. No te preocupes.

Entonces Hach Jáled sacó una paloma mensajera de su jaula y la liberó. Luego agregó: «Que sus alas te protejan». La miró mientras iniciaba su vuelo.

Dibujó un semicírculo, los miró desde la lejanía y escogió su rumbo.

***

En las afueras del pueblo de Kawkab Alhawa, Hach Jáled vio un trozo de papel bailando en el viento. Detuvo a Hamama, desmontó y lo recogió. Quería encontrar cualquier indicio que le diese alguna pista sobre los próximos acontecimientos.

Aquel papel decía así:

> «Por la presente hago un llamamiento al gran pueblo árabe para que obedezca las siguientes instrucciones: no tomar represalias contra los judíos, que han comenzado a cometer actos de agresión no por coraje u orgullo, sino en el marco de un plan para engendrar la división entre el Ejército de la Revolución y el Ejército británico, con el fin de provocar conflictos y disturbios que entorpezcan las negociaciones y evitar así que el país obtenga sus derechos. Espero que el noble pueblo árabe aguante pacientemente y tenga calma para aguardar hasta que los británicos tomen una postura acerca de los derechos de los

árabes. El Ejército de la Revolución se enorgullece de haber cumplido con su deber, tal como se había comprometido, de haber completado su misión y haber acercado el país al cumplimiento de sus esperanzas y derechos, que ahora están confiados a reyes, príncipes y a toda la nación árabe. Por lo tanto, confiando en la promesa de reyes y príncipes, que desean proteger las negociaciones y que no están dispuestos a dar a nuestros oponentes ninguna excusa que altere los derechos garantizados, el mandato de la revolución cree que es mejor para su Ejército abandonar el campo de batalla, ahora que no tiene nada más que hacer. Sin embargo, se compromete a que el Ejército de la Revolución esté siempre en la vanguardia de las fuerzas árabes que luchan por el rescate de Palestina».

Comandante general Fawziddín Alqaueqgi
20 de octubre de 1936

Hizo una pelota con el papel y estaba a punto de tirarla cuando se lo pensó mejor. Metió la mano en la alforja de Hamama y sacó una caja de fósforos. Cogió una cerilla y, antes de encenderla, la tiró al suelo con rabia. Se agachó, agarró una piedra y machacó el papel hasta reducirlo a añicos.

Cuando quiso levantarse sintió que su cabeza, el cielo y la tierra giraban. Incluso Hamama no dejaba de girar. Pronto se dio cuenta de que tenía que sacar fuerzas, alcanzar una jeringa de su alforja y ponerse una inyección, pues de lo contrario podría morir allí mismo. Con dificultad, se levantó, la cabeza todavía le daba vueltas en medio del torbellino que había arrancado sus pies del suelo y que lo zarandeaba hacia los cielos y hacia las profundidades de la tierra. Agarró el borde de la alforja y, aunque estaba de rodillas, al saber que la alforja estaba a su alcance se sintió como si estuviese de pie. Metió la mano, cogió la jeringa y se puso una inyección. Mientras recuperaba lentamente la lucidez, vio que Hamama se había arrodillado para ayudarlo y que estaba tumbada en el suelo junto a él.

Lo primero que hizo fue mirar los restos que quedaban del papel. No quedaba nada, salvo un trozo que se aferraba a la roca que había utilizado para aplastarlo. No sin dificultad logró leer: «Proclamación n°…».

En poco más de media hora comenzó a sentir la vida fluir por sus venas de nuevo. Todavía estaba de rodillas, pero con el pecho pegado al cuerpo de Hamama.

Caminando a su lado, vio el mar de Galilea a lo lejos. Estaba increíblemente quieto, como todo a su alrededor: los árboles, los pájaros, los pasos de las gacelas. Sintió como si caminara en el silencio. ¿Pero por qué volvía a tener esa sensación otra vez?[21].

---

[21] Llegaron noticias de que el rey saudí había permitido que Alqaueqgi y sus compañeros combatientes establecieran su residencia en la ciudad de Alqrayyat, dentro de las fronteras de su reino. Según otro informe, el Gobierno iraquí había aceptado ser su anfitrión. Recibió una despedida de héroe nacional en Transjordania y los periódicos mencionaron que una delegación de Jordania lo había acompañado con la aprobación y el apoyo del príncipe Abdullah. Se rumoreaba que las autoridades del mandato británico en Transjordania obstaculizarían su partida, ¡pero no ocurrió nada por el estilo!

Las penas de Aziza

No más de cinco meses después de que Hach Jáled se marchara a Siria, la gente de Alhadia supo que los hijos de Aziza, Fáyez y Zayd, habían sido arrestados, acusados de asesinar a un oficial y a tres soldados británicos en la carretera que une las aldeas de Lifta y Quluniya.

Los llevaron de inmediato a la prisión de Almaskubiyye.

Hach Sálem, Aziza y Muhámmad Shahada fueron a Jerusalén, pero los británicos no les permitieron ver a Fáyez y Zayd. «Me quedaré aquí hasta que pueda verlos», dijo Aziza.

—Nos volvemos a Alhadia, pero mañana por la mañana estaremos aquí de vuelta. ¿Dónde vas a dormir tú?

—En Jerusalén solo conozco la casa de Hach Abu Salim.

—Pero…

—Es un buen hombre y, si Dios no se hubiera llevado a su hija Amal, sería el abuelo de nuestros hijos.

—Lo que veas —le dijo Hach Sálem.

***

Lo que voy a decirte es algo que vi con mis propios ojos y escuché con mis propios oídos. Aziza llegó a nuestra casa un poco después del mediodía. Hach Sálem, el hermano de Hach Jáled, iba con ella, además de otra persona de su aldea que se llama Muhámmad Shahada. Mi padre no estaba en casa. Mi madre los invitó a entrar y dijeron: «Nosotros nos volvemos a Alhadia, pero Aziza se queda. Ella te lo explicará todo».

Mi madre dijo: «Bienvenida, Aziza. De toda la vida, tú y tu familia habéis sido siempre muy queridos por nosotros».

Fui a preparar té y luego nos sentamos juntos. Estaba tan cansada como si no hubiera dormido durante diez noches segui-

das. «¿Qué pasa?», le preguntó mi madre. Entonces Aziza nos contó toda la historia, de la A a la Z. Nos dio mucha pena por ella. Luego nos miró a los ojos y dijo: «Parece que voy a sufrir el mismo destino que mi madre, que le mataron a dos hijos en un solo día». «¡Dios no lo quiera!», exclamó mi madre. «Lo último que harían los británicos sería ahorcar a alguien ahora que la revolución ha terminado. Nada les interesa más que agradar a los palestinos», agregó.

Al día siguiente se fue con mi padre, con Hach Sálem y Muhámmad Shahada a la prisión de Almaskubiyye, pero no los dejaron entrar. Los guardias dijeron: «Están siendo interrogados y ese caso va para largo».

Aziza regresó a nuestra casa con mi padre. Mi madre le preguntó por Hach Sálem y Muhámmad Shahada y le respondió: «Han vuelto a Alhadia porque quieren ir a ver a Almarzuqi, el abogado». Aziza, mi madre, mi hermana Suad y yo nos sentamos en una de las habitaciones y almorzamos juntas. Escuchábamos las noticias por la radio y, tras un par de bocados, llegaron las peores noticias: «Los hermanos Fáyez Abdelmayid y Zayd Abdelmayid han sido ejecutados esta mañana, después de ser condenados por una corte militar por el asesinato de un oficial y tres soldados británicos».

Todo se paralizó en ese momento. Miramos a Aziza, pero estaba en otro mundo. Estaba calmada, como si estuviera sentada sola. Unos momentos más tarde, nos miró y dijo: «¿Qué ha pasado? ¿Por qué no estáis comiendo?». Al escuchar sus palabras, comenzamos a llorar. Mi madre se levantó para irse. Le dije: «¿A dónde vas, madre?». «¡No puedo soportarlo! ¡No puedo soportarlo!», dijo, cubriéndose la cara. Pero Aziza siguió masticando el bocado que tenía en la boca. Eso nos angustió aún más. Al final, no tuvimos más remedio que seguir comiendo nosotras también, con lágrimas corriendo por nuestras mejillas, que se mezclaban con nuestra comida.

Jamás probaré comida más amarga que aquella.

Después de la llamada a la oración de media tarde, Aziza hizo sus abluciones y le dijo a mi madre: «Llévame, por favor, a la Mezquita de Alaqsa». Mi hermana Suad y yo fuimos con ella. Entramos por la Puerta de Hebrón y, cuando llegamos a la mezquita, comenzó a darse bofetadas, gritando a todo pulmón y retorciéndose tirada sobre la alfombra.

La dejamos hacer. Media hora más tarde, se acercó a nosotros y nos dijo con calma: «Llevadme a casa, por favor». Así que la llevamos de vuelta.

La gente en Alhadia también se enteró de la noticia y Hach Sálem, Iliya Radi, Muhámmad Shahada y Yuma Abu Senbel regresaron a Jerusalén. ¿Qué quieres que te diga? Mucha gente fue a la cárcel a reclamar sus cuerpos, pero les dijeron: «Se los daremos mañana». Entonces vinieron a nuestra casa. Aziza vino a verlos y saludó a todos. Luego se sentó y no dijo ni una palabra más. Ellos tampoco dijeron nada.

Todos pasamos esa noche en nuestra casa y a la mañana siguiente fuimos a la cárcel. De camino, mi padre compró el periódico «Filistín». Sus fotos aparecían en la portada. Aziza le quitó el periódico de la mano a mi padre. Cuando vio las caras de sus hijos, miró las fotos, dobló la hoja y se la guardó en el pecho.

El oficial británico les anunció: «No se los entregaremos a nadie. ¡Los expondremos frente a la Puerta de Damasco para que todos puedan ver el destino que les espera a estos infelices!».

Una vez más, Aziza nos dijo: «Llevadme a la Mezquita de Alaqsa». Así que la llevamos allí, e hizo lo que había hecho el día anterior: gritó, lloró y se revolvió en la alfombra de la mezquita hasta que estuvo agotada. Luego dijo: «Llevadme de vuelta a casa». Hizo lo mismo durante los siguientes cuatro días.

Después del mediodía llegó un todoterreno. *Descargaron los dos cadáveres y los pusieron en el suelo. Había más de cien soldados británicos listos para disparar contra cualquiera que se acercara.*

Los soldados sabían que dejarlos en el suelo de esa manera causaría problemas, pero los comandantes británicos insistieron.

La gente levantó un alboroto, pero no sirvió de nada. Intentaron llevarse los cuerpos, pero dispararon desde varios puntos y la multitud acabó dispersándose.

Durante cuatro días los dejaron allí, hasta que apestaron el aire y los propios soldados no pudieron ni siquiera mantener sus posiciones. En la mañana del quinto día, llegó un oficial británico. Miró los dos cuerpos, se volvió hacia la gente y dijo: «Ya podéis llevaros los cadáveres».

El regreso desde Damasco

Un año después, Hach Jáled regresó de Damasco, dolido por la complacencia de la gente[22] y más desesperado que quien espera lluvia en pleno julio. Dijo: «Llevamos un año esperando y nada ha cambiado. Las cosas se ponen cada vez más difíciles y lo único que hemos conseguido es que nuestros cuerpos y espíritus se oxiden cada vez más». «¡Pero tienes que esperar!» —le contestaron—. «Cualquier movimiento de nuestra parte en este punto pondría al mundo entero en nuestra contra».

Hubo muchos líderes que buscaron refugio al amparo de los británicos en Damasco, pero él regresó sin siquiera despedirse de ellos.

Estaba nuevamente en el lugar donde se había detenido un año antes para romper la declaración de los líderes de la revolución. Hamama se había acercado más a él y él sabía que ella era todo lo que le quedaba. Mientras estuvo en Damasco, intercambió

[22] «(…) Y le reconozco a usted su astucia. En mi opinión, es usted un viejo zorro y una desgracia de primer orden, que pone su talento e inteligencia a disposición del imperialismo británico. Usted ha nombrado a hijos de figuras importantes para cargos gubernamentales y ha colocado a aristócratas en puestos de poder. Por lo tanto, ahora son sus peones, habiéndose atado materialmente a la autoridad y al poder. Se mencionarán todas las cosas buenas que hizo por el Estado, su lema siempre fue: "Un buen trabajo será recompensado diez veces y, si alguien te saluda amablemente, devuélvele un saludo aún más amable". Ha podido hacer creer a muchos árabes que necesitan protección británica ante la agresión de los judíos, del mismo modo que ha hecho creer a muchos judíos que necesitan protección británica contra la agresión de los árabes. Me siento insultado y mi dignidad ha sido herida, pues pertenezco a un pueblo al que usted menosprecia y ofende… Después de todos sus sacrificios, revoluciones y esfuerzos, todo lo que les ha ofrecido es un consejo legislativo cojo y defectuoso, sin autoridad ni voluntad». Extracto de una misiva dirigida al Alto Comisionado británico.

mensajes con su familia y los que no podían entregarse por correo los entregaron otras personas.

***

Era de noche cuando llegó a Alhadia. Lo primero que hizo fue ir a la casa de su hermana Aziza. Llamó a la puerta y cuando le abrió, la sorpresa casi le hace desmayarse. Dando dos pasos hacia ella, la abrazó mientras ella lloraba en silencio sobre su pecho. Cada vez que intentaba ver su rostro, ella lo enterraba aún más profundamente en su pecho. Sentía el calor de sus lágrimas quemándole el cuerpo. Su hijo Hussein salió y también se quedó paralizado.

Pasó un buen rato antes de que ella lo mirara. Para entonces, las lágrimas habían desaparecido de su rostro y, como si nada hubiera sucedido, le dijo: «¡Te hemos echado de menos!».

Entonces Hach Jáled la cogió de la mano y se dirigió a su casa. Hussein los siguió. Cuando llegó, no la reconoció. Habían construido otra en su lugar, otra que no se parecía en nada a la anterior. Era más baja y más pequeña. Por un momento pensó que había ido al lugar equivocado. Miró a su alrededor. Luego recordó que la vieja había sido destruida. Miró hacia la colina donde yacían las tumbas de sus dos hermanos y de su padre, además de la suya propia, vacía. En el cielo vio un relámpago distante, que fue seguido por un trueno amortiguado. Se ajustó la túnica de lana con más fuerza alrededor del cuerpo y, como si fuera un extraño, llamó a la puerta de su propia casa. Escuchó el alboroto de las palomas despertando en su palomar.

El amanecer todavía estaba a tres horas de distancia.

Llamó a la puerta de nuevo. Escuchó un aleteo que venía del palomar, mientras una voz del interior decía: «¿Quién es?».

No respondió. Temía que su voz despertara a la gente del pueblo, ¡pero no se preocupó por que sus golpes en la puerta hiciesen lo mismo!

—¿Quién es? —repitió la voz de Sumayya. Pero él no respondió.

Cuando abrió la puerta, Nayi y Musa se unieron a ella. Algo inexplicable los empujaba a acompañar a su madre hasta la puerta. Ella les había advertido: «Quizás sean los británicos, o los judíos. Yo abro. Vosotros quedaos ahí», pero la siguieron de todos modos.

Sumayya no necesitó encender una lámpara para ver sus rasgos y reconocerlo. Su estatura eclipsaba la entrada. Aziza estaba a su lado y, detrás, Hussein sujetaba las bridas de Hamama. Mientras tanto, la yegua miraba a su alrededor, como si el recuerdo de la primera Hamama hubiera despertado en su interior.

Los abrazó uno por uno. Besó la frente de Sumayya. Sin decir una palabra, Musa y Nayi lo rodearon con sus brazos. Nayi extendió el brazo, cogió el rifle de su padre y se dirigió al tejado de la casa.

Hach Jáled se agachó y besó a su hija Tamam en la frente. «¡Cómo has crecido!», dijo. Nadie pronunció una palabra. Ella abrió los ojos y ya no pudo volver a cerrarlos.

«¡Padre!», susurró y, como en un sueño ligero, se sentó y lo abrazó.

—Voy a despertar a la tía Munira —dijo Sumayya.

—No, la despertaré yo mismo.

Después de pedirle a Musa que fuera a buscar a Fátima, subió escaleras arriba sin soltar la mano de Aziza.

***

Hach Jáled escuchó la llamada de la oración del alba. Se levantó para hacer sus abluciones, seguido por Sumayya. «No olvides saludar al jeque Husni de mi parte», le dijo.

—Lo haré. Dios te guarde —respondió ella. Mientras lo decía, descubrió un nuevo significado en ese deseo suyo, un significado completamente diferente. Era como si, al fin, hubiera encontrado el verdadero sentido de su deseo, que la gente repetía todos los días tantas veces.

—Ten cuidado. Hay espías en todas partes[23].

—Dios tiene el control de todo y nosotros, al final, vivimos una sola vida.

Hizo la oración dentro de casa. Poco después, entró Nayi. Mirando aquí y allá, susurró: «Ha salido el sol».

—¿Por qué hablas tan bajito? ¡Nadie nos puede oír entre estas cuatro paredes!

Se apelotonaron a su alrededor como si fuera una estufa de leña.

—Irás hoy a la casa de Iliya Radi y le dirás: «Mi padre te está esperando».

—¿Esperando dónde? —preguntó Nayi.

—Él lo sabrá. Solo dile: «Mi padre te está esperando».

***

Hamama y él se dirigieron a la casa de huéspedes. Hamdán salió, arrastrando la pierna, después de haber escuchado el sonido

---

[23] Fajri Alnashashibi había organizado reuniones públicas en apoyo de los «escuadrones de paz» que se oponían a la revolución y perseguía los restos dispersos de sus fuerzas. La más importante de estas reuniones fue la que él organizó en su casa, en septiembre de 1938, y otra que organizó en el pueblo de Yatta, en el distrito de Hebrón, en diciembre del mismo año. A esta última reunión asistió el general británico O'Connor, comandante militar general de la región central. El fenómeno del «escuadrón de la paz» se extendió para incluir las regiones de Nablus, Hebrón, Yenín, Rawha, Marg Bin Amir, Acre y Galilea occidental. Más tarde alcanzó su auge a través de la asistencia prestada a los británicos por uno de estos escuadrones en la derrota del comandante general de la revolución, Abderrahim Hach Muhámmad. La revolución emitió posteriormente una sentencia de muerte contra Alnashashibi y continuó persiguiéndolo hasta que fue asesinado dos años después en Bagdad. Una conferencia popular bajo el liderazgo de Mithqal Alfáyez, en la aldea de Um Alámad (al sur de la capital jordana, Amán), para apoyar la revolución palestina con combatientes y municiones, fue convocada tras la decisión de los británicos de considerar Transjordania como un frente de guerra contiguo contra los rebeldes palestinos, y se levantaron alambradas de espino a lo largo de las fronteras del norte de Palestina. El régimen de Transjordania colmó su actividad antirrevolucionaria con el arresto en 1939 de dos líderes palestinos, uno de los cuales fue Yusuf Abu Durra. Ambos fueron entregados a los británicos y ejecutados pocos meses después.

de pezuñas contra el suelo. Miró hacia la puerta y la vio allí antes de ver a Hach Jáled. Era como un pedazo de luna llena. En la oscuridad traslúcida vio una figura que le había sido tan familiar antaño, cuando todavía era un niño chico. Corrió hacia Hach Jáled y, antes de alcanzarlo, las lágrimas ya habían desbordado sus ojos. Lo abrazó, pero no pudo articular ni una sola palabra. Hach Jáled le preguntó cómo estaba. Hamdán asintió con la cabeza. Sobre su salud y su esposa. Y asintió con la cabeza otra vez. Lloraba en silencio, hasta que estalló en violentos sollozos.

—Me he dicho: «¡No puedo irme de Alhadia sin probar el café de Hamdán!».

Hamdán asintió con la cabeza. Entonces finalmente encontró su lengua. «Está preparado», dijo.

Le sirvió la primera taza. Hach Jáled se la bebió. Luego le sirvió una segunda y Hach Jáled le dijo a Hamdán: «Parece que te has vuelto tacaño desde la última vez que te vi. ¡Llena la taza, hombre!».

Entonces la llenó a rebosar.

Tranquilamente, Hach Jáled bebió su café, contemplando el patio de la casa de huéspedes y la morera desnuda. Contempló la llanura distante, como esperando que apareciese Hamama.

La yegua murmuró. Él la miró. «¡Ya sé que estás aquí!», dijo.

Subió la colina hacia las tumbas de su padre, de sus dos hermanos y de sus dos sobrinos. Reparó en su tumba vacía. Estaba llena de agua. El hecho de que la tumba se llenara de agua le creó una sensación extraña, que intentó controlar a pesar de no lograr identificarla. Recitó el capítulo coránico de la Fátiha antes de montar sobre su yegua. Desde lo alto, echó un vistazo a Alhadia, donde la gente ya estaba abandonando sus casas.

A lo lejos, más de una persona vio la figura blanca de Hamama. Pero cuando desapareció de la vista, concluyeron que lo que vieron solo podía ser fruto de su imaginación.

La trampa

Edward Peterson, que se había sentido bastante perturbado por la reanudación de las operaciones militares, no creyó la noticia que recibió: «Hach Jáled está de vuelta y se está preparando para tender una emboscada a una fuerza británica que partirá de Yenín y cruzará la carretera entre Burqa y Sabsatia».

Rápidamente hizo una serie de comprobaciones y, junto con el comandante regional, decidió que la fuerza se moviera a la hora programada y tomase la misma ruta para no despertar sospechas. A las seis y media del martes, los motores de los camiones rugieron, ahogando los sonidos de los demás vehículos. En lugar de llenar sus maleteros con armas y municiones, como había planeado hacer, Peterson colocó varias ametralladoras pesadas y lo ocultó todo bajo gruesas lonas impermeables verdes, que podrían quitarse fácilmente, tan pronto como se produjese un primer disparo contra el convoy militar. Y para asegurarse de que el plan no fallara, dado que el recodo se hallaba en un valle rodeado de montañas, decidió recurrir a aviones de combate para tomar a los rebeldes por sorpresa.

***

Hach Jáled y los que estaban con él no esperaban esto. Después de una larga espera sin resultados en el terreno, los rebeldes estaban ansiosos ante una gran operación que no tenía nada que ver con las anteriores, mucho más pequeñas[24].

---

[24] La inmigración judía no se había detenido, los líderes palestinos no habían regresado del exilio en las Seychelles, los comités asignados para investigar lo que estaba sucediendo en el país no habían llegado a ninguna parte y las detenciones y las ejecuciones seguían su curso. Abdessalam Albadri, de la

***

—¿A dónde vas? —le preguntó Fátima a su marido, Nuh.

—Voy a donde está Hach Jáled. ¿Tienes algún problema?

—Si tengo algún problema, entonces Alkahila también lo tendrá —respondió ella.

Lo que Nuh acababa de escuchar no era nada nuevo. Sabía que ella no necesitaba decirle lo que pensaba de lo que él hacía. Todo lo que tenía que hacer era montar a lomos de Alkahila. Si se movía, eso significaba que Fátima lo aprobaba, y si clavaba los cascos en el suelo, sabía que tendría que bajarse, ya que ninguna fuerza en el mundo podría obligarla a moverse desde su lugar mientras Fátima no quisiera que lo hiciera.

Tomando las riendas de Alkahila en medio de la oscuridad, no supo si ella se movería o no. Sin embargo, se movió. Así que regresó y abrazó a su esposa. La abrazó con tanta fuerza que Fátima tuvo la sensación de que no quería irse. Separando su cabeza de su hombro, le dio unas palmaditas en la espalda y susurró: «Dale recuerdos de mi parte. Vete con Dios».

***

Una bruma matutina llenaba el valle y las estribaciones de las montañas se iluminaban con el frío sol de marzo. La tarea que tenían ante ellos no sería fácil. Se reunieron en el lugar acordado desde las dos de la mañana. Nuh, hermano de Jadra, se detuvo

---

aldea de Burqa, un empleado que trabajaba en la ciudad de Haifa, fue ahorcado por los británicos en la prisión de Acre. Cuando lo encontraron cargando una caja de clavos pequeños que había comprado por dos piastras para arreglar un par de zuecos de baño de madera en su casa, fue arrestado porque una bomba que se había disparado en Haifa contenía clavos similares a los que él llevaba. Fue acusado de tomar parte en la planificación de la operación. Un tribunal militar lo sentenció a muerte. Lo ahorcaron sin tener en cuenta su testimonio y a pesar de que aquel el hombre no había participado nunca en ningún acto de violencia. Su historia la conoce bien la gente de mi generación en Burqa.

frente a Hach Jáled sosteniendo las riendas de Alkahila. «He venido», dijo.

Hach Jáled lo abrazó.

—¿Qué estás haciendo aquí? —preguntó—. ¿No te dije que mandaría que fueran a buscarte si te necesitase?

—Creo que me necesitas y a los demás también.

—¿Cómo sabías que necesito hombres?

—Si has regresado, significa que los necesitas.

Frotándose la frente con los dedos de la mano izquierda, Hach Jáled le lanzó a Iliya Radi la mirada que todos conocían. «No tuve que decirle nada» —explicó Iliya. «Cuando supo que volverías a luchar me dijo: "Iré contigo"».

***

Un autobús de pasajeros, varios coches civiles y un todoterreno militar cruzaron de manera segura. Habían indicado el momento en el que la carretera estaría bloqueada. A lo lejos había dos combatientes a los que se les había asignado la tarea de dar la señal por turnos. Se estaban escondiendo a quinientos metros de distancia.

Todos los ojos estaban puestos en el camino y todos los oídos escuchaban el rugido de los motores de la caravana en ese lugar aislado. Era distante y débil al principio, pero empezó a crecer. Sus miradas se clavaron en el cielo y en ese momento vieron la señal que anunciaba la llegada de la caravana. Moverse en ese momento habría sido una apuesta fatal, aunque no sabían si los tres aviones que volaban bajo les atacarían o pasaban por allí casualmente.

Peterson sabía que, siempre y cuando su objetivo fuera la caravana, no dispararían contra los aviones, aunque volaran lo suficientemente bajo como para rozarles la cabeza.

***

En el pequeño matorral donde habían escondido los caballos, los aviones que pasaban por encima causaron un gran revuelo. Los caballos intentaban liberarse de sus riendas, que habían sido atadas alrededor de las ramas de los árboles.

Los rebeldes se pegaron al suelo, resguardándose en cualquier lugar sombreado que pudiera brindar protección. Sin embargo, los pilotos los habían visto. Al oír el ruido de cascos, los hombres que estaban emboscados vieron un caballo que galopaba, alejándose del matorral. Uno de los aviones redujo la altura de su vuelo y se puso directamente sobre él. El caballo tropezó y luego se levantó. El rugido de los aviones, que ahora habían pasado al caballo, lo hizo retroceder repentinamente y correr en la dirección de la que venía, como si quisiera regresar a la espesura. Cuando los otros caballos lo vieron acercándose, relincharon e intentaron nuevamente liberarse, sin éxito. Poco después lo vieron salir al galope de nuevo.

En ese momento los aviones volvieron hacia la dirección por la que habían aparecido. Tomado por sorpresa, el caballo estaba confundido y antes de decidir hacia donde huir, las ametralladoras de los aviones comenzaron a disparar hacia la zona en la que se escondían los rebeldes en las sombras de rocas y arbustos silvestres.

Retirarse habría sido imposible frente a la tormenta de fuego que se desprendió del cielo, cortando todo a su paso. Para cuando vieron llegar la caravana, ya no podían hacer nada. Estaban totalmente rodeados. Por suerte, los combatientes encargados de bloquear la carretera frente a la caravana lograron llevar a cabo su tarea con éxito gracias a que estaban alejados del otro grupo ubicado en la colina, lo que impidió que los pilotos descubriesen su presencia.

***

La caravana se encontró frente a una barrera de piedra y antes de que pudieran disparar un solo tiro, aparecieron sus ametralladoras.

Cuando el avión militar dio su tercera vuelta, los combatientes entendieron que habían caído en una trampa. Su plan había sido descubierto. Hach Jáled dio órdenes para formar una línea de fuego desde la que combatir a los tres aviones, que habían regresado con más confianza que antes, como si fuese un simple juego para ellos. Los aviones se acercaban disparando sus ametralladoras hasta que estuvieron directamente sobre sus cabezas, momento en el que Hach Jáled dio órdenes de disparar. Las armas de los combatientes dispararon al unísono. Quisieron ver si alguno de los aviones había sido golpeado, pero no vieron humo saliendo de ninguno de ellos. Sabían entonces que la próxima incursión ocurriría en pocos minutos.

***

En esos momentos en los que podría haber pasado de todo, Hach Jáled tuvo la extraña sensación de que el sol brillaba con una intensidad inusitada, que la humedad era tan espesa que no podía penetrarla y que el aire estaba tan cargado que sus pulmones no podían soportarlo.

La sensación de derrota y frustración lo invadió, mientras se preguntaba cómo había sido descubierto su plan. Respiró profundamente. Trató de calmarse, de olvidar los aviones que se cernían sobre ellos y los vehículos militares que pronto avanzarían en su persecución. Podría soportar cualquier cosa menos un episodio de hipoglucemia. Puso la mirada en el pequeño matorral donde ocultaban los caballos y vio a Hamama más lejos que nunca.

***

En el valle, la unidad a la que se le había asignado la tarea de bloquear la carretera fue capaz de distraer a la caravana, pero no fue fácil, pues la balacera había abierto las puertas del infierno. Todo fue un caos alrededor de los rebeldes. Piedras, ramas de árboles, tierra, hierba… todo salía volando. Era como si un millar de pequeños volcanes hubiera entrado en erupción a la misma vez por toda la zona. Los rebeldes sabían que no contaban con muchas municiones y que, si alguna parte de sus cuerpos se exponía, significaría la muerte instantánea. Al mismo tiempo, eran conscientes de la fragilidad de las rocas que los ocultaban. Aprovechando una oportunidad milagrosa, uno de ellos pudo lanzar una granada de mano en dirección a la caravana. De repente, todo quedó en silencio. Pero la granada no estalló. Fue a parar debajo de uno de los camiones, inerte como una piedra. Al ver la granada, los de dentro saltaron y huyeron despavoridos.

Tres hombres lograron retirarse a la cima de la colina, justo cuando los aviones regresaban. Ahora eran blancos fáciles y antes de que pudieran apuntar sus armas hacia el cielo ya habían sido derribados.

Por segunda vez, la línea de fuego no pudo lograr su objetivo.

***

Para sorpresa de todos, la granada finalmente estalló. La explosión perturbó tanto a los soldados británicos que no supieron qué hacer. Ya no podían volver al camión, pero tampoco podían disparar hacia el lugar del que había llegado la granada, para no propagar los daños en el convoy. Los soldados que iban en el autobús detrás de la caravana también habían huido.

En ese momento, Hach Jáled se dio cuenta de que tenían que retirarse rápidamente antes de que los aviones volvieran y los soldados avanzaran para tenderles una emboscada. Les indicó que se separaran tan pronto como llegaran al matorral para no ser presa fácil de los aviones.

Antes de que volvieran los aviones, ya habían desaparecido entre los matorrales. Parecía como si la tierra se los hubiese tragado. Varios rebeldes habían encontrado escondites; su misión era evitar el avance de los soldados de la caravana para darles a sus compañeros la oportunidad de retirarse.

Los caballos huyeron del matorral para alcanzar el bosque que se encontraba a tres kilómetros de distancia. Una vez allí, estarían bien ocultos y podrían luchar si fuera necesario.

La presencia de los tres aviones hizo que su fuga no fuera una tarea fácil. Aunque los caballos se habían dispersado, todavía eran objetivos fáciles. Un caballo podría escapar en caso de que su jinete recibiese un disparo, o un jinete podría escapar si su caballo resultaba herido. Los ojos de los hombres estaban puestos en una Hamama aterrorizada que atravesaba una distancia corta pero potencialmente peligrosa. Esquivaba a derecha e izquierda, luego se detenía de repente, luego echaba a correr otra vez, o corría en círculos, luego cargaba hacia adelante… Los aviones aún podrían haber dado dos vueltas más antes de que los caballos se acercasen a las proximidades del bosque. Por fortuna, muchos de ellos pudieron llegar y desaparecer entre la vegetación.

La lucha fue desigual desde el principio, ya que los rebeldes habían sido privados del elemento sorpresa. De hecho, el elemento sorpresa se había vuelto contra ellos[25].

El sonido de los disparos rasgó la mañana empapada de sangre y los momentos que siguieron estuvieron preñados de infinitas incertidumbres.

Rodeados por todos lados, los hombres que quedaron atrapados en la emboscada no pudieron hacer mucho. Poco a poco, el sonido de los disparos se fue desvaneciendo hasta que por fin reinó el silencio.

***

[25] Los informes orales (confirmados por documentos de archivo británicos del mismo período) afirman unánimemente que la razón de la derrota de los palestinos en esta batalla radica en el hecho de que los británicos sabían de la emboscada antes de que ocurriera. Se enteraron a través de uno de los ladrones y criminales que habían sido liberados o cuya fuga había sido facilitada por las autoridades del mandato británico a cambio de su voluntad de unirse a la revolución como espías. A estos espías se les había prometido amnistía y recompensas materiales por los éxitos que lograsen. El hombre que suministró a los británicos información sobre esta operación en particular, y que luego fue ejecutado, confesó los nombres de los espías restantes. También confesó haber recibido veinticinco libras por su colaboración como delator y asesino, así como confesó haber recibido promesas de grandes sumas, según la magnitud de los éxitos logrados.

Edward Peterson allí de pie, reflexionaba sobre los ensangrentados cadáveres agujereados por las balas. Dirigió su mirada hacia el bosque y parecía tan alegre que podría pensarse que había cumplido todos los sueños de su vida en aquel momento.

Sin embargo, cuando el todoterreno en el que viajaba cruzó la llanura en busca de los rebeldes, su sonrisa se desvaneció gradualmente hasta convertirse en un ataque de ira. Cuando vio el primer caballo postrado en el suelo, tratando en vano de ponerse en pie, el cuerpo de Peterson tembló. Al pasar junto al caballo, vio en primer plano una masa de dolor que se retorcía agónica detrás de él. Le ordenó al conductor que se detuviera. Salió del coche y regresó a pie hasta donde estaba el caballo. Sacó su revólver y apuntó a la criatura herida. Volviendo la cara, disparó un tiro, luego regresó al coche sin mirar al animal muerto. Cuando habían recorrido otros doscientos metros, vio una potranca gris asesinada, bajo cuyo cuerpo yacía un joven herido de no más de veinticinco años. Peterson se detuvo. El rifle del joven estaba a cinco metros de él. Cerca de él estaba su kufiya amarilla con su cordón. Peterson le disparó en la cabeza y se quedó mirándolo hasta que estuvo seguro de que su alma se había separado del cuerpo.

Siete caballos habían sido asesinados. Sin embargo, no encontró ni rastro de sus jinetes. El todoterreno siguió su camino. Al ver un rastro de sangre, le indicó al conductor que lo siguiera con cuidado. El todoterreno se detuvo frente a una empinada ladera. Peterson y los soldados que lo acompañaban salieron del todoterreno. Vieron los vehículos detrás de ellos, dirigiéndose directamente al bosque. A medida que avanzaban hacia el borde de la ladera, oían un sonido débil y allí se encontraron cara a cara con una yegua purasangre. No era otra que Alkahila, la yegua de Nuh, el hermano de Jadra.

Peinaron toda la zona, pero no encontraron a nadie. Peterson apuntó con su revólver a la cabeza de Alkahila y por un momento sus ojos se encontraron. Encontró en ella una belleza indescriptible y su mano se congeló. Los soldados seguían allí clavados y expectantes. De repente, disparó un tiro al aire y regresó al vehículo.

***

Peterson sabía que asaltar el bosque no sería una tarea fácil. Hasta ese momento en la batalla, sus pérdidas habían sido no más de dos soldados muertos y tres heridos.

Los vehículos militares avanzaron hasta detenerse a una distancia segura del bosque. Examinó el verdor oscuro con ojos penetrantes, que no habían perdido su brillo a pesar de la larga noche que había pasado esperando el amanecer. Luego dio sus instrucciones: «Atacaremos el bosque con fuego de artillería y aviones. Después, todo lo que nos quedará por hacer será peinar la zona».

***

Los aviones se habían ido por un buen rato. Los pilotos vieron un caballo parado al lado del cadáver de su jinete. Contaron los cuerpos de siete caballos que yacían muertos en la llanura.

Nadie podía ver lo que estaba sucediendo en el bosque. Nadie podía saber si aquellos que habían buscado refugio entre los árboles todavía estaban allí. Los aviones rápidamente se pusieron a trabajar. Las explosiones hicieron que los árboles saltasen por los aires y las ramas, al caer, parecían seres humanos muriendo a sus pies. Numerosos incendios se propagaron y el cielo se llenó de nubes de humo negro. Después de seis incursiones sucesivas, la artillería comenzó a disparar.

Exactamente a las diez en punto, unas dos horas después de que todo el infierno se hubiera desatado, Peterson levantó la mano para señalar el avance definitivo hacia el bosque.

Los carros blindados avanzaron, seguidos por los todoterrenos y una gran cantidad de soldados, que habían salido de los camiones. Todo podía ocurrir.

Peterson se quedó sorprendido al no recibir ni un solo disparo contra el avance.

«Dada la fuerza de nuestro ataque, nadie podría haber sobrevivido», se dijo a sí mismo.

***

Los carros blindados atravesaron el matorral, abriéndose paso entre los árboles destrozados, mientras los todoterrenos se detuvieron en los bordes.

Nada.

Poco después comprobaron que la densidad del bosque era tal que no era posible avanzar con los vehículos. Los soldados avanzaron a pie, penetrando profundamente en el tupido bosque, con Peterson a la cabeza.

Nada.

Poco después, vieron el cadáver de un caballo. Tenía el pescuezo prácticamente rebanado y había un gran charco de sangre alrededor. A Peterson le pareció que la sangre aún estaba caliente. Diez metros más adelante, encontraron otro caballo, luego otro. No había nada más que caballos muertos. Diez en total. Algunos de ellos quedaron calcinados.

Peterson estuvo a punto de volverse, pues no podía soportar la visión de más caballos muertos. Pero quería saber qué había sido de esa yegua blanca, Hamama, de la que tanto había oído hablar, pero que todavía no había visto. Sabía que llegar a ella significaría llegar a Hach Jáled. Solo esperaba no encontrarla muerta.

Para cuando estaban a punto de llegar al otro lado del bosque, estaba seguro de que los rebeldes habían aprovechado las operaciones del bombardeo para escapar.

Tuvieron que dispersarse nuevamente.

Hach Jáled se dirigió al extremo norte con su yerno Nuh, hermano de Jadra.

Cayó una lluvia torrencial, arrastrando los guijarros y las rocas por las estribaciones y los valles. Nunca en su vida Nuh había estado tan triste como aquel día. A cada paso miraba hacia atrás, esperando ver a Alkahila atravesando la gruesa pared de lluvia y relinchando para que él se detuviera.

Sabía que había sido herida, pero no sabía si había sobrevivido. Tenía miedo de que pudiera ser capturada o ser un blanco fácil para un disparo mortal.

La yegua bermeja que montaba pertenecía a Yamil Alsarhán, cuyo cráneo había sido destrozado tan gravemente por una bala que parecía no tener cabeza. Cuando Nuh lo había visto, la yegua seguía galopando con Yamil en su lomo, aferrándose a sus riendas como si todavía no se hubiera percatado de que había sido asesinado.

De nuevo, los aviones dieron media vuelta y, al verlos de regreso Nuh pensó que nunca llegaría al matorral que, en ese momento, estaba a solo trescientos metros de distancia. Una distancia tan corta no era nada para una potra como Alkahila. Sin embargo, el avión le pisaba los talones y él sabía que no era rival para aquel descomunal pájaro metálico, que rugía y araba la tierra con su ametralladora.

***

Podía decir que había sido herido. La sangre se derramó caliente entre su pierna y el lado derecho de Alkahila. Entonces, uno de los aviones apareció inesperadamente. Estaba a su derecha, mientras que otro se situaba detrás de él y otro más a su izquierda.

Los pilotos intentaban privar de cualquier posibilidad de maniobra a los jinetes que cruzaban la llanura. Nuh se dio cuenta de que seguía ileso al espolear con un pie el cuerpo de Alkahila y así hacerla virar. En ese preciso momento, vio otro avión que venía hacia él desde la izquierda. Se desvió y por un instante sintió que la herida había dejado de sangrar, ya que la estaba cerrando por la fuerza de su pierna. Por desgracia, Alkahila había comenzado, triste y lentamente, a jadear y perder energía en su galope. Entonces, vio a Yamil Alsarhán pasar con la cabeza abierta. Instando a Alkahila, lo siguió. No fue fácil alcanzar a la yegua bermeja con el pescuezo y las orejas cubiertas de sangre. Igualmente la siguió, ya que era su única esperanza de supervivencia antes de que volvieran a aparecer los aviones. Por fin, se puso detrás de ella y luego a su lado. En un abrir y cerrar de ojos, saltó desde el lomo de Alkahila y montó sobre el de la yegua roja. Yamil aún sostenía las riendas como si tuviera la intención de cabalgar de vuelta a casa. Nuh intentó soltarlas del agarre de Yamil, pero no pudo. Entonces, agarró las manos rígidas y se aferró al cuerpo de Yamil. Sabía que dos jinetes en un solo caballo significaría una condena a muerte. Al mismo tiempo, se le ocurrió una extraña idea: si Yamil insiste en seguir a lomos de su caballo, es porque quiere llegar a cierto lugar, un lugar que nadie más que la yegua roja conoce.

Para cuando volvieron los aviones, ya había llegado al árbol más alejado del matorral. Ese árbol significaba mucho para él. Era el árbol más hermoso del mundo. Era el árbol de todo el universo: el árbol de la vida.

***

Hamama estaba dando vueltas salvajemente alrededor del tronco de un ciprés. Hach Jáled no estaba allí. Nuh miró a su alrededor desde su refugio, al lado del cuerpo de la yegua y el jinete. No lo vio. Al oír el rugido de los aviones que pasaban por encima, miró hacia el cielo, pero no los vio. Los árboles eran tan densos que lo ocultaban todo. Luego oyó la voz de Hach Jáled. «La peor bestia que Dios ha creado es el ser humano y la peor bestia que los seres humanos han creado es la guerra», dijo mientras miraba lo que quedaba de la cabeza del jinete. Luego le dijo a Nuh: «Bájalo de su yegua. La necesitas».

Nuh se volvió para mirar detrás de él. Hach Jáled sostenía su rifle y se había escondido para protegerse detrás de un gran tronco cuando dijo: «Nos van a rodear y entonces prenderán fuego al bosque. Tenemos que retirarnos antes de que lleguen». Sabía que no pasaría mucho tiempo antes de que el bombardeo comenzara en tierra y desde el aire. Sabía que los aviones volverían a repostar y recargarían su munición. Podrían incluso llegar otros aviones, antes de que aquellos reaparecieran. Las cosas siempre podían ir a peor. A lo lejos, vio el frente que formaban los carros blindados británicos. Miró hacia el cielo, aunque sabía que, dadas las circunstancias, necesitaba más sus oídos que sus ojos.

***

El zumbido de los aviones se distanció y al comprobar que no regresaban, Hach Jáled ordenó a los veinte hombres que lo acompañaban que se movieran rápidamente. Sin embargo, antes de que moviesen ni un solo dedo, los proyectiles empezaron a caer del cielo, como si las fuerzas británicas supieran que acabar con los caballos era también acabar con sus jinetes. Un obús ciego cayó y mató cuatro caballos. Hach Jáled salió corriendo hacia Hamama, gritándole a sus hombres: «¡Rápido!». Le dijo a Nuh que montase a la yegua roja. Sin embargo, Nuh todavía no se había atrevido a desmontar a Yamil de su yegua. La sola idea de hacerlo lo había paralizado.

—Nos dividiremos en dos grupos —les dijo Hach Jáled—. Algunos de nosotros escaparemos a través de los valles a pie, y los que tengan caballos huirán por el otro lado.

Los obuses comenzaron a caer con más intensidad. En ese momento, Nuh se acercó al cuerpo de Yamil. Sostuvo su mano y la besó, diciendo: «Perdóname». Luego lo bajó suavemente de la yegua, como si temiera que sus heridas le causasen dolor si lo movía de forma precipitada.

***

Esta era su única forma de salvarse, pero afortunadamente para ellos en aquel día sangriento, los rebeldes a caballo pudieron llegar a lugares seguros antes del regreso de los aviones, y aquellos que habían bajado a los valles lograron desaparecer fácilmente y regresar a sus aldeas.

Con ellos había un joven de Haifa llamado Sami Alásmar, a quien Hach Jáled le tenía un especial cariño. Había pasado dos años en El Cairo estudiando dibujo y, con el tiempo, el placer que experimentaba haciendo retratos se convirtió en un deleite para todos. Al final, lamentablemente, se vieron obligados a romper los retratos que les había hecho, para que no cayeran en manos de los británicos. Aquello entristeció tanto a ellos como a él, de modo que, para levantar el ánimo, les prometió: «Algún día os dibujaré a todos. Dibujaré a los vivos y a los mártires. Entonces, cuando ya no haya más británicos aquí y no haya más colonos judíos, haré una exposición y la llevaré por todas las ciudades de Palestina».

Sami había interrumpido sus estudios para unirse a la revolución. Sin embargo, su nostalgia por El Cairo era abrumadora. Nunca dejó de hablar de la ciudad y nunca habló de otra cosa. Les decía: «Me basta con sentarme frente a las pinturas de Mahmud Said y las estatuas de Mahmud Mujtar. ¡Dios, si pudierais ver su estatua *Renacimiento de Egipto*! Dios, si pudierais ver la estatua de *La mujer campesina* o *El Jamasín*. ¡Dios, si pudierais oír a Um Kulzum y a Abdelwahhab!»... Les hablaba como si estuviera narrando las historias de *Las mil y una noches*. Y cuando alguien expresaba su deseo de visitar El Cairo, decía: «¡Aquí se pueden ver muchas cosas de allí! Las películas están aquí, al igual que Um Kulzum. Alrayhani y su orquesta están aquí. Lo único que no puedes ver, a menos que vayas a El Cairo, es el Nilo».

***

Sami se detuvo y dijo: «No creo que pueda ir mucho más lejos».

—Te llevaremos.

—No. Aquí os soy más útil de lo que lo sería luego allí. Los británicos pasarán por aquí y alguien debe quedarse para mantenerlos ocupados.

—No podrás hacerlo solo.

—Lo sé. No podré hacer nada con este rifle. ¡Cogedlo!

Habían llegado a un camino allanado.

—Aquí los esperaré —dijo.

—Te matarán.

—Ya me han matado. No hay forma de que sobreviva a esta herida. Conozco mi cuerpo. Creedme, seré feliz si llegan aquí antes de morir. Todo lo que quiero es vendarme la herida. Dadme otra túnica, que esta mía está empapada en sangre.

Se sentó en una roca grande, envuelto en una túnica que Iliya Radi le había dado después de vendarle la herida con su kufiya.

Cuando llegaron los británicos, los demás hombres ya se habían alejado bastante. Un todoterreno se dirigió hacia él con los rifles apuntándole. Se sentó con las manos expuestas para no levantar las sospechas de los soldados.

Hicieron un círculo alrededor de él. «¿De dónde eres?», preguntaron.

—De ese pueblo de allí —respondió.

—¿Y qué estás haciendo aquí?

—Estoy esperando que un coche me lleve a Yenín.

—¿Has visto a alguien pasar por aquí?

—Hace media hora pasaron nueve hombres armados.

—¿Qué has dicho? —exigió Peterson.

—He dicho que he visto a nueve hombres armados.

—¿Por dónde se han ido?

—Por ese valle.

—¿Intentas engañarnos? ¿Quieres mandarnos a una emboscada, como cuando nos mandan informes falsos?

—Si quisiera engañaros, no os hubiera dicho que los he visto. Podría haberme quedado callado y haberlo dejado así.

—¿Por qué quieres llevarnos hasta ellos?

—Es una larga historia. Gente como ellos provocaron la muerte de mi padre hace un par de años. ¡Lo acusaron de vender tierras a los judíos!

—¿Y realmente lo había hecho?

—No. Te estaría mintiendo si te dijera que hubiera sido capaz de tal cosa. Pero lo mataron. Era una calumnia, como muchas otras que hacen circular para ajustar cuentas entre una persona y otra, o entre un clan y otro. ¡Pero bueno, vosotros sabéis más que yo de estas cosas!

—Hay una manera de estar seguros de que dices la verdad.

—¿Y cuál es?

—Que vayas por delante de nosotros.

—No me importa. Nada deseo más que ver sus cadáveres cuando los hayáis matado[26].

***

[26] Unos días más tarde, el periódico judío *The Palestine Post* publicó una noticia titulada «El espartano árabe», en la que decía: «Un miembro de una de las bandas árabes que había disparado contra los soldados se hizo pasar por guía. Después de caminar dos kilómetros con los soldados sobre los escarpados puertos de montaña, se desplomó y cayó muerto. Cuando se examinó su cuerpo, se descubrió que había sido herido por una bala que le había atravesado el estómago y le había salido por la espalda. Descubrieron tardíamente que los había engañado».

El exhausto grupo militar británico dejó a Sami Alásmar donde había caído. Profiriendo un torrente de insultos que los soldados jamás habían oído, Peterson levantó la mano para que retrocediesen.

Dos días después, un pastor de la aldea de Jaba encontró el cuerpo de Sami. Lo llevó de vuelta al pueblo en su burro. Los aldeanos se reunieron para tratar el asunto. Viendo su herida profunda, no les costó comprender que era uno de los rebeldes. Lo registraron en busca de pruebas que lo identificasen, pero lo único que encontraron en su bolsillo fue un chusco de pan y tres dátiles. Levantando su hallazgo en el aire, uno de ellos dijo: «¡Mirad! ¡Esta es toda su fortuna!».

Se dirigieron a la puerta de la mezquita, colgaron los escasos alimentos allí y escribieron debajo: «Que lo sepa la gente de Jaba: ¡esto es todo lo que los rebeldes tienen para comer!».

La campaña

Sería necesario tomar medidas más importantes para obtener resultados decisivos. Esta era la sensación tanto de Peterson como del comando británico. No habían olvidado el fracaso de la gran campaña que las fuerzas británicas habían lanzado en julio de 1936, en la que una división de cuatro mil soldados no había dejado ni una piedra sin levantar y ni un pueblo sin registrar bajo un abrasador sol encarnado. Aun así, Peterson estaba a favor de moverse rápidamente y recurrir a los mismos métodos de siempre, aunque estos requirieran el empleo de más efectivos.

A las seis en punto de la mañana siguiente, dos divisiones de cinco mil soldados se incorporaron. Habían sido reforzadas por tanques y carros blindados, junto con una fuerza aérea suficiente para cubrir dos frentes de al menos veinte kilómetros de longitud cada uno.

Peterson pasó la noche con el coronel Lammie, que había participado en la primera campaña, para preparar la misión más grande que los británicos habían emprendido nunca en Palestina. Estuvieron ocupados toda la noche trasladando soldados en camiones, a tenor de las informaciones que indicaban que los rebeldes se habían desplazado hacia el suroeste.

Las divisiones se desplegaron a lo largo de la carretera Jerusalén-Nablus, hacia el este, y sobre la línea del ferrocarril que conecta Tulkarem y Lod, hacia el oeste. Al amanecer, los soldados habían ocupado también sus posiciones a lo largo del ferrocarril entre Qalqilya y Ras Aláin.

El frío de la noche no estaba a su favor esta vez, igual que el sol de julio no los había acompañado la vez anterior. A las cinco de la mañana, el avance comenzó en los dos frentes paralelos, con el objetivo de que las dos divisiones se unieran en una sola línea de ataque, después de haber atrapado destacamentos rebeldes entre ellas.

Según las estimaciones de Peterson, había trescientos rebeldes en la zona.

Su tarea prometía ser difícil en aquellos escarpados valles y montañas, llenas de cuevas y arbustos silvestres, hasta que se convirtió en una misión imposible, mientras las nubes se fundían con la niebla. Cuando las primeras gotas de lluvia comenzaron a caer, los adalides de las dos divisiones anticiparon que la situación tendería a complicarse. Sin embargo, la niebla se disipó y facilitó que los soldados se comunicaran mediante señalización con banderas y gracias a los dispositivos inalámbricos en los vehículos.

***

El temor a ser sorprendidos impidió que los soldados avanzaran rápidamente. Eso, además del barro, que no estaba allí cuando partieron por primera vez. Los días previos habían sido parcialmente soleados. Después de todo, estaban en pleno mes de marzo y, como la gente solía decir: «Marzo es traidor, tan pronto frío como calor».

De vez en cuando, el sonido de los disparos llenaba los valles, expandiendo su eco por las alturas circundantes, de tal forma que todos podían oírlos. Aun así, nadie sabía exactamente lo que estaba sucediendo. Los soldados disparaban dentro de cada cueva o pozo viejo y entre cada conjunto de árboles que pudiera ofrecer a los rebeldes un lugar para esconderse. También asustaban a los pastores disparando al aire, después de apresarlos e interrogarlos para asegurarse de que eran inocentes antes de dejarlos ir.

En cuanto al cielo, se había convertido en un tablero de juego para los aviones, que vigilaban desde lo alto cada movimiento en tierra y se aseguraban de que los valles y las planicies no escondieran ningún peligro potencial. Volaban incluso a treinta o cuarenta metros sobre el suelo para comprobar cualquier cosa que pareciera sospechosa.

***

A las dos de la tarde nada había cambiado, pero todos pensaban que la misión todavía no había comenzado en serio. El hecho de que la lluvia hubiera cesado facilitaba en cierto modo el desplazamiento de los soldados de a pie. Saltaban de roca en roca para mantenerse alejados del lodazal que colmaba valles y llanos, que ahora se habían convertido en trampas, especialmente para los todoterrenos. El barro se encaramaba a sus ruedas como pinzas, obligando a los carros blindados a retroceder para liberarlos.

***

Peterson se dio cuenta, al igual que Lammie, de que la misión sería extremadamente difícil. Habían buscado en vano en Sabsatia, Kufr Qaddum, Gayyus, Kufr Sur, Ramin, Anabta, Burqa, Bayt Umrin, Siris y Dayr Algusún. No habían encontrado nada, ni podrían encontrar nada. Desde el momento en que los rebeldes guardaron sus rifles, podían pasar por cualquier campesino ordinario y nadie podría probar si habían estado armados alguna vez en sus vidas. Entrar en un pueblo no era diferente a entrar en otro.

Los soldados sabían exactamente lo que tenían que hacer: rodear la aldea y ordenar a los aldeanos por los altavoces que salieran de sus casas y se congregaran en los patios, ya que los que permaneciesen escondidos en sus casas serían asesinados. Luego asaltaban las casas y acribillaban a tiros las puertas cerradas. Reunían a los hombres de un lado y a las mujeres y los niños del otro. Rompían los recipientes que encontraban y derramaban su contenido, granos, aceites y otros alimentos. Destrozaban mantas, colchones y almohadas con sus armas, disparaban al interior de los pozos y tiraban granadas para que los animales saliesen de sus corrales. Interrogaban brutalmente a cualquier persona sospechosa de ser un rebelde. Si la aldea tenía mala suerte, Peterson llevaba a cabo el interrogatorio personalmente. Intentaba, sin éxito, obtener confesiones de hombres y niños, obligándolos a caminar descalzos sobre palas de cactus. Hacer cualquier confesión sería morir en la deshonra. Cuando terminaban su asedio, los soldados disparaban al aire para amedrentar a los aldeanos.

A las seis de la tarde de aquel largo día, las dos divisiones británicas se encontraron en el lugar acordado. No habían logrado nada.

Peterson pateó el suelo enérgicamente con sus pies y gritó: *«Fucking Arabs! Fucking, fucking…!»*.

La semana de la pasión

Todo lo que Edward Peterson necesitaba era un solo disparo desde Alhadia contra una patrulla británica. Una tarde, se oyó un disparo lejano, que ni siquiera hirió el aire. Muchos juraron no haberlo escuchado. Otros juraron no haber visto ninguna patrulla. Otros dijeron que no era más que una excusa para castigar la aldea.

Como de costumbre, Peterson hizo que las fuerzas británicas rodearan la aldea. Buscó en las casas del pueblo una por una, pero no encontró nada. Vio a siete hombres frente a una pared. Ordenó a sus soldados que les dispararan y cuando cesaron el fuego les dijo: «¿Pero por qué todos estaban alineados frente al muro?».

Se quedó en silencio por un momento y dijo: «No tenía la intención de matarlos, pero se pusieron ellos mismos delante de la pared… *Fucking Arabs!*».

Acto seguido gritó: «¡Si no cooperáis con nosotros, todos seréis acusados!».

Sus pérdidas en la última batalla habían sido tremendas. «¿Cómo se me pudo escapar cuando casi lo tenía?», se repetía día y noche. Las cosas se complicaron todavía más después de la trampa que les había tendido «el espartano», con la publicación incluida de su historia en el periódico.

—Sé que sois unos tercos. Sé que nadie va a cooperar para facilitarnos las cosas a todos. Así que mi primera decisión es que todos paséis la noche en la plaza, justo donde estáis ahora.

El castigo fue más que cruel. Nadie se libró: ni los niños, ni las mujeres ni los ancianos. Ni siquiera el mismísimo Sabri Alnayyar, a quien Peterson hubiera querido disparar como a un caballo viejo y cascado.

***

Con la ausencia del sol, el frío de la noche se hizo insoportable. Los soldados se sentaron dentro de los vehículos con sus armas desenfundadas. A medida que pasaban las horas, la gente comenzó a acercarse unos a otros buscando el calor de los cuerpos. A medianoche estaban tan apretados que ni un soplo de aire podría haber pasado entre ellos.

Se podía oír el llanto de los niños, que sus madres en vano intentaban calmar. Tras dos horas, estaban congelados y los soldados podían oír sus dientes castañetear y el sonido áspero de sus pulmones en su lucha por seguir funcionando. Para cuando apareció la primera luz del amanecer, muchos de ellos ya se habían puesto enfermos. La tos se podía escuchar por todas partes, los cuerpos temblaban violentamente y los ojos de la gente permanecían abiertos de par en par, dominados por un llanto incontrolable.

Nunca antes Alhadia había experimentado una noche igual. Mucha gente hubiera preferido morir a soportar aquel sufrimiento. Deseaban que terminase aquella agonía para siempre[27].

***

Cuando las gotas de lluvia comenzaron a caer, a las nueve en punto, Peterson regresó y se plantó frente a ellos. «¿Alguno de vosotros está dispuesto a hablar y darle así alivio a todo el mundo?», preguntó.

Aquí y allá, se escuchaba el llanto desconsolado de los niños y más de una anciana gritaba maldiciones sobre los soldados de Satanás. Cuando Peterson los vio de esta manera, supo que esta-

---

[27] La respuesta británica al estallido de la revolución palestina entre 1936 y 1939 fue devastadora. Gran Bretaña asaltó Palestina una vez más, matando a más de cinco mil palestinos e hiriendo a más de quince mil. Exilió y ejecutó a los líderes palestinos. Además, organizó escuadrones de la muerte, formados por soldados británicos y fuerzas sionistas conocidas como «Fuerzas Nocturnas Especiales», que atacaron pueblos palestinos por la noche y asesinaron a muchos de sus habitantes.

ban listos para el siguiente paso, que se le había ocurrido la noche anterior, poco antes de quedarse dormido. Se había levantado y lo había anotado en un pedazo de papel al lado de su cama para no olvidarse, tal como solía hacer.

Una vez había leído acerca de los autores y poetas que tenían el hábito de apuntar las ideas inspiradoras que los visitaban antes o durante el sueño. Le había convencido mucho esa práctica, ya que, como la mayoría de las personas, tenía tendencia a olvidar rápido las genialidades que cruzaban su mente como auténticas estrellas fugaces. A la mañana siguiente leyó lo que había escrito la noche anterior y se sorprendió de lo ingeniosa que era su idea.

Peterson levantó una hoja blanca de papel. La desdobló y dijo: «Antes de leerlo, quisiera que supieran que, desde esta mañana, la recompensa por el arresto de Jáled Hach Mahmud será de diez mil libras». Después de una pausa, continuó: «¿Quién de vosotros será el afortunado que se la llevará?».

Mirando a las gentes exhaustas que estaban frente de él, dijo: «Nadie. Habéis dejado pasar vuestra oportunidad». Y procedió a leer lo que estaba escrito en el papel:

«En vista del hecho de que la gente de la aldea de Alhadia confabuló con los que dispararon a una patrulla británica en la noche del 13 de marzo de 1939, el tribunal ha determinado que todos los residentes de la aldea se personen, a partir de hoy, 14 marzo de 1939, cada noche en un plazo de 14 días, en la comisaría británica más cercana».

Firmado, Juez militar Carl Newman

La gente de Alhadia supo entonces que sus verdaderas preocupaciones y angustias apenas habían comenzado. La noche infernal que habían soportado a la intemperie había sido solo el inicio. La comisaría más cercana a su pueblo estaba a cinco kilómetros de distancia, lo que significaba caminar diez kilómetros todos los días.

Hach Sálem estaba al frente de la larga fila y Muhámmad Shahada al final. Marcando la línea a seguir para su propio clan, Sabri Alnayyar se adelantó con orgullo en su modo de caminar y dirigió a Hach Sálem una mirada que decía: «Jáled Hach Mahmud no es mejor que yo».

***

A las cuatro de la tarde, comenzó la primera tortura. El cielo amenazaba con lluvias torrenciales y las enfermedades empezaban a dominar los cuerpos débiles y escuálidos. Afortunadamente, no llovió.

Peterson estaba esperándolos. Llegaron en un estado de agotamiento total, como si hubieran cruzado diez desiertos. Cuando los vio, le entraron sospechas de que habían venido muchos menos de los que eran, por lo que insistió en que pasaran uno por uno por la entrada de la comisaría antes de regresar a Alhadia.

Al final del viaje de regreso, Hach Sálem quiso encontrar Alhadia en la oscuridad que había descendido sobre la tierra, pero no vio nada. Estaba tan oscuro que era como si no hubiera nada allí. Sin embargo, finalmente la encontraron y, tan pronto como se aproximaron a las afueras, silenciosamente se separaron, para dirigirse cada uno a su casa.

Cuando llegaron a las puertas de sus casas todo se volvió más negro. Descubrieron que los soldados habían saqueado y destruido todo.

Se acostaron como muertos y se despertaron como cautivos.

Al mismo tiempo, sabían que estaban minando a Peterson con su resistencia, al igual que él los minaba con su crueldad.

A la mañana siguiente, las calles del pueblo estaban vacías. Durante los seis días siguientes, el viaje infernal se repitió una y otra vez. Cada día, los soles ardían, las lluvias arreciaban y los manantiales estallaban bajo sus pies. Perdieron a dos hijos, Nur, el niño de Taha Sada, y Samih, el hijo de Adib Náser, y a tres ancianos, Fahmi Abu Senbel, Faruq Alnáshef y Kamal Said Alsharif. Mientras tanto, la enfermedad devoraba los cuerpos de muchos otros.

Dormían como muertos y se despertaban como cautivos. No sabían cuántos días les quedaban de castigo y cuántos habían pasado. Cuando regresaban de una de aquellas noches, se encontraron a Peterson esperándolos:

—Sé que hicisteis lo que teníais que hacer, ¡pero ahora estoy seguro de que yo también he hecho lo propio y espero que siempre recordéis mi agradable visita!

Muchas cosas ocurrieron después de aquello. Algunos de ellos tal vez consiguieron olvidarla, pero aquella semana de calvario era algo que siempre se recordaría y cuando, años más tarde, tuvieron la oportunidad de borrarlo para siempre, lo hicieron sin dudar[28].

[28] Esa noche, Peterson escribió: «Lo que aún tengo que soñar / No lo he experimentado antes. / Eso que una vez me perteneció / no estaba cerca de mi almohada en la mañana. / Tu dulce nombre eres tú, / Sin embargo, está vacío como un pozo seco cuando no estás aquí».

El secreto de la flor roja

Tres días después de la terrible semana de tortura, Hach Jáled pasó por Alhadia. Después de dejar a Hamama en los olivares detrás del cementerio, se infiltró en el pueblo. Los ecos de la batalla seguían sacudiendo su espíritu: la batalla que se había vuelto contra él y sus hombres, y en la que sus rifles se habían mostrado impotentes frente a los aviones y los vehículos blindados que los habían asediado sin respiro.

Cuando llegó a casa, sorprendió a Sumayya con un par de palomas blancas de la variedad *fantail*, que deseaba tener. Los rasgos de estas palomas las hacían asemejarse a un caballo más que a cualquier otra cosa y quizás a la propia Hamama en particular: la pequeña cabeza orgullosamente levantada, el pecho hinchado y la cola que, apenas comenzaba a temblar, se extendía hasta hacerse del tamaño de su cuerpo entero.

Algunos años antes, Sumayya había visto palomas de esta variedad en Jerusalén y desde entonces había deseado tener alguna. De hecho, estaba tan encantada con el regalo que casi olvida que la persona que se las había traído debía partir de nuevo al cabo de pocas horas.

En la habitación de su madre, Hach Jáled estaba sentado rodeado por su tía Anisa, su hermana Aziza, su esposa Sumayya, su hija Fátima y el resto de la familia.

Entonces, de repente, su madre le hizo una pregunta que no esperaba: «¿Es verdad que su marido murió como un mártir?». Tan pronto como Sumayya escuchó aquellas palabras, su alegría por el regalo desapareció.

—¿Quién?

—Yasmín.

De repente, todos se callaron. Miró a Sumayya. Podía ver que el color de su piel cambiaba y que sus facciones se endurecían bajo la tenue luz de la lámpara.

—Sí, cayó como mártir.

—¿Es verdad lo que dice la gente, que trataste de protegerlo con tu propio cuerpo, y que la bala que te atravesó el hombro fue la que lo mató? ¿Por qué?

—¡No imaginaba que una bala pudiera atravesar dos cuerpos!

—¿Fue por ella o por él? ¿Por quién hiciste eso?

—Fue por nuestro bien, madre. Por nuestro bien. Él era uno de mis hombres.

—¿De verdad que estabas allí?

—Era mi deber.

—¿Y la viste?

—Sí, la vi, como la habría visto cualquiera.

—¿Y a sus hijos?

—No tiene hijos.

—¿Y…?

—Creo que ya hemos hablado suficiente.

Hach Jáled se levantó, cogió a Sumayya de la mano y salió de la habitación. En el patio, los ojos de Hamdán brillaban contemplando la vasta extensión que se extendía a las afueras del pueblo. Sus orejas estaban abiertas de par en par y sus manos agarraban el mortero y su maja como si sostuviese un rifle.

—¡Parece que todavía no has podido pasar página!

—Esa parte del pasado ha terminado, Um Mahmud. Ha terminado completamente y para siempre.

—¿Seguro?

—¡Seguro!

—Pero lo dices con un tono triste.

—Te mentiría si te dijera que no estoy triste. Pero no sé por qué exactamente. Si algún día descubro el porqué, te lo diré.

—Esa es una promesa de Hach Jáled.

—No, esa es una promesa de Abu Mahmud.

Sumayya había estado a punto de preguntarle: «El pañuelo que cuelga de las bridas de Hamama, ¿no es el suyo?». Pero en el último momento se mordió la lengua.

***

Cubierto por una túnica de lana, Nayi estaba sentado en la azotea con la mirada perdida. Mientras tanto, Hamdán esperaba cualquier gesto de Nayi que le ordenase que se pusiera a trabajar. Desde antes de la revolución su trabajo ya era mucho más que preparar café. Se había convertido en el hombre atalaya. Si el peligro se acercaba, solo tenía que golpear con su mortero marcando un ritmo que ya se había hecho conocido en todo el pueblo, para indicar que un peligro se avecinaba. Esa noche, Hamdán escuchó lo que Nayi no había podido ver desde su posición en la azotea. Entonces comenzó a moler café en su mortero de cobre, que podía producir un sonido tan fuerte como el de una pequeña campana de iglesia.

Nayi lo miró y susurró: «¿Qué haces? No veo nada».

—Escucho algo que no ves.

Hach Jáled apretó la mano de Sumayya y le dijo: «Es la hora». Ella se aferró a su mano porque no quería dejar que se fuese.

—Mantén la calma —dijo— y deja que tu corazón esté conmigo.

—Mi corazón está contigo y con todos tus hombres. Que Dios os proteja.

Hamdán despertó a todos a base de golpear con ritmo su mortero. La gente comenzó a moverse en la oscuridad y en pocos minutos todos los hombres de Hach Jáled se habían reunido con él frente a su casa. Nayi arrojó un rifle desde la azotea, un nuevo rifle que Hach Jáled le había quitado a una patrulla británica, y que aún no había disparado ni un solo tiro. Hach Jáled lo atrapó, y luego abrazó deprisa uno a uno a los presentes. Besó las manos de su madre, las de su tía Anisa y las cabezas de Aziza y Sumayya. Después se agachó, levantó a Tamam del suelo y la estrechó, dejando uno de sus brazos de lirio blanco al descubierto. La puso en tierra de nuevo, le cogió la muñeca con una mano y el codo con la otra y enterró suavemente sus blancos dientes en el antebrazo de su hija.

—¿Es comestible esta carnecita tan tierna? —preguntó.

—¡No, no! —gritó, apartando el brazo y riendo como si todavía fuera la niña que había sido tanto tiempo atrás.

Los saludó con la mano. Sus pistoleras formaban una cruz sobre su pecho. Se ajustó su pesado abrigo y subió la colina. Pasó al lado de las tumbas de sus dos hermanos, de su padre y de sus dos sobrinos y siguió avanzando. Pero luego, por alguna razón misteriosa, regresó y miró dentro de su tumba, que la última vez estaba llena de agua. Miró dentro y vio un poco de hierba verde que rodeaba una amapola roja en ciernes. La oscuridad luchaba en vano por tragarse el brillante tono rojizo de la flor. El tallo había crecido tanto que era cuatro o cinco veces más alto que las hierbas de su alrededor.

No tuvo que pensar mucho para descubrir su secreto, pues de siempre supo que las plantas y los árboles crecen más rápido en la sombra que expuestos a la luz directa, por la simple razón de que tratan de alcanzar el sol.

Una extraña sensación se apoderó de él, como si la flor que había florecido antes de tiempo fuera parte de su propio cuerpo.

—Tenemos que darnos prisa —le dijo Nuh.

—Está tratando de alcanzar el sol —dijo.

—¿Qué está tratando de alcanzar el sol?

—La amapola. Mira.

—¡Y los carros blindados británicos están tratando de alcanzarnos a nosotros!

El ruido sordo del mortero de Hamdán se volvió más fuerte y por primera vez Edward Peterson se dio cuenta de su significado. Pensó en las ocasiones anteriores en las que había allanado la aldea y había escuchado ese mismo ritmo. Sus oídos no podían engañarlo: era el mismo ritmo. Peterson no recordaba haber sido nunca engañado como lo había sido con estos golpes ocultos tras una fachada de inocencia e indiferencia. Cuando llegó a la aldea, estaba seguro de que su presa había logrado escapar.

Peterson avanzó hasta llegar a donde estaba Hamdán, que siguió trabajando como si los soldados que se habían reunido a su alrededor estuvieran en otro país, en otro continente, en otro mundo. Ante el movimiento a su alrededor, levantó la vista y vio el cañón de un revólver apuntando justo entre sus ojos. Escuchó a Peterson decir: «El último golpe es mío». Luego disparó. Sin embargo, la mano de Hamdán, que se había quedado congelada en el aire al ver el revólver, se desplomó sosteniendo la maja con fuerza y golpeando por última vez el mortero. Peterson escuchó un sonido incluso más fuerte que el disparo de su arma. *«Fucking Arabs!»*, gritó al darse cuenta de que Hamdán lo había privado de dar el último golpe, el que se había prometido a sí mismo.

Peterson se quedó mirando el cadáver de Hamdán. Después de un largo silencio, sacó una hoja de papel de su bolsillo y, en contra de su costumbre, escribió:

«Tu cara, azul como el mar/ no contiene nada más que tiburones/ tus brazos, abiertos como el cielo/ anticipan el siguiente paso como el destino/ y tu conversación fluye como una cascada/ no me dice nada más que silencio».

La última voluntad

Hach Jáled se aferró a su rifle. Miró a Hamama por la rendija de la puerta. La observó con admiración en aquellos momentos inescrutables, esos momentos abiertos a todas las posibilidades.

El dueño de la casa le dijo: «Todavía tienes la posibilidad de retirarte. Detrás de nosotros hay muchas casas por las que podrías huir con cierta seguridad y más allá hay huertos y olivares».

El amanecer, cuyo sol aún no se había levantado, se llenó con el rugido de los vehículos militares y el traqueteo de los carros blindados. La gente de la aldea se dio cuenta rápidamente de lo que sucedía. Un niño, presa del pánico, dijo: «¡Los británicos están en la entrada del pueblo!».

Hach Jáled se frotó la frente con los dedos de la mano izquierda. Dirigiéndose a su compañero de viaje y yerno, Nuh, el hermano de Jadra, dijo: «Hagamos lo mejor que podamos para no avergonzar a Jadra y Aziza». Luego le dijo a Iliya Radi: «¡Hoy es tu día!».

Hach Jáled miró a Hamama al otro lado del patio. Quería decirle algo, algo que sentía, pero no podía expresarlo con palabras.

—Sigo pensando que deberías huir por la parte de atrás —dijo el dueño de la casa.

—No te preocupes. Hemos pasado por días más difíciles que este. Este momento es nuestro destino, el que hemos estado esperando tanto tiempo. Pero voy a deciros algo en lo que llevo pensando mucho tiempo. Iliya, Nuh, hay algo que quiero que le digáis a la gente de Alhadia en caso de que no pueda decírselo yo mismo.

Nuh asintió con la cabeza en muda tristeza.

—Mi padre, que en paz descanse, solía decir: «Nadie puede ganar para siempre». Ninguna nación ha sido permanentemente vencedora. Nunca he olvidado esas palabras suyas. Pero hoy siento que se puede decir algo más. No temo que ganemos o que perdamos una sola vez. Solo hay una cosa que temo: que perdiendo nos quebremos para siempre y no seamos capaces de volver a resurgir. Así que diles: «Cuidado con perder para siempre».

En pie, con caras graves, Nuh e Iliya sintieron que aquellas palabras eran como una despedida.

Entonces, la voz de Hach Jáled vibró de nuevo: «Nuh, ¿recuerdas que el día que Fátima y tú os comprometisteis, me dijiste que tus vacas te habían derrotado en tu batalla? Y te dije: "No, no has sido derrotado, porque cuando atacaste, no querías ganar. Solo querías recuperar lo que era legítimamente tuyo". Nunca en mi vida he peleado para derrotar a nadie. Por el contrario, siempre he luchado para proteger lo que era legítimamente mío. Por eso ahora no voy a escapar. Lo que quiero decirles es: no estoy luchando por la victoria. Estoy luchando para preservar lo que es legítimamente mío».

Hach Jáled miró hacia el cielo. Buscó su kufiya amarilla y se la puso alrededor del cuello. Dejó su abrigo en la alforja de Hamama. Miró a sus dos compañeros y en sus ojos verde oliva se pudo ver un brillo misterioso. Sonrió.

***

La noticia había llegado a Edward Peterson la noche anterior: «Hach Jáled estará en uno de los dos pueblos». Después de hacer algunos cálculos, decidió formar dos unidades. Una de ellas iría a Meithalun y la otra a Sanur. De nuevo, se le hizo cuesta arriba tomar una decisión clara. ¿Debería encabezar la unidad que rodee la primera aldea o la que rodee la segunda? Finalmente decidió ir a Meithalun y ejecutar un asalto rápido. Si no encontraba a Hach Jáled allí, regresaría a Sanur y uniría ambas fuerzas.

En ese tranquilo y frío amanecer de finales de marzo, la gente de Sanur pudo escuchar fácilmente los disparos y las bombas provenientes de Meithalun. Durante años habían sido capaces de escuchar las voces de las canciones de boda flotando en los vientos que soplaban desde la otra aldea. ¿Por qué no iban a escuchar ahora el sonido de los disparos?

Peterson peinó todo el pueblo, pero no encontró nada. Así que ordenó a sus tropas que retrocedieran hacia Sanur.

***

Peterson debía llegar a Sanur antes de que la otra unidad comenzase el asalto. Cuando finalmente llegó, dividió las dos unidades en tres frentes separados por cien metros de distancia. Eligió la unidad que acometería el primer ataque sorpresa a la aldea y envió treinta soldados para que cerrasen cualquier ruta de escape que pudiera abrirse en esa dirección.

***

Hach Jáled fue caminando hasta donde estaba Hamama. Nunca la había visto tan lejos como aquel día, a pesar de que apenas estaba a treinta metros de distancia.

No se convenció de que estaba allí hasta que le puso la mano suavemente en la frente. Ella negó con la cabeza, como si quisiera decir algo. Tomó su rostro en sus manos. Se agachó, besó suavemente su casco derecho y lo volvió a dejar en el suelo. Hizo lo mismo con su casco izquierdo. Se puso de pie. La miró directamente a los ojos y dijo: «Hoy es tu día». Luego montó sobre su lomo. Miró a Nuh, que ya se había subido a la montura de la yegua roja, y a Iliya Radi, que había montado en la yegua blanquinegra.

Colocó un cartucho en la recámara, al igual que Nuh. Sacó su rifle y dijo: «Si Dios nos ama mucho, entonces tal vez podamos pasar entre sus frentes. Si nos ama menos, entonces no permitirá que nos capturen vivos y nos lleven, como ovejas, a la horca».

El dueño de la casa abrió la puerta del recinto. Hach Jáled salió disparado, con Nuh e Iliya cabalgando detrás de él. En poco tiempo, avanzaban los tres juntos. Luego, poco a poco, la distancia entre ellos comenzó a ensancharse.

No vieron a los soldados que los acechaban. Escucharon balas silbando a su alrededor. Cabalgaron más rápido. Hach Jáled estaba en el centro, con Nuh a su derecha e Iliya a su izquierda. Lograron pasar la primera línea. Pero antes de llegar a la segunda, fueron enfrentados inesperadamente por la mitad de los soldados, con sus rifles dirigidos hacia ellos.

En ese momento, los tres jinetes comenzaron a disparar. Sintiendo un aguijón en su costado derecho, Hach Jáled cargó hacia adelante con gran fervor. Cuando se encontraron con un muro de soldados con sus bayonetas afiladas, Nuh recibió una herida de arma blanca que le atravesó el muslo con tal fuerza que arrancó el rifle de la mano del soldado, y el arma giró desde su muslo para después caer al suelo con estrépito.

Otra bala atravesó el hombro de Hach Jáled. Él sabía que tenía que llegar a la tercera barrera, que apareció de repente formada por tres carros blindados y varios todoterrenos. En un movimiento inesperado, Iliya Radi hizo que su yegua girara hacia la derecha. Al ver lo que Iliya había hecho, Nuh giró bruscamente hacia la izquierda, con el objetivo de dispersar los disparos del enemigo y darle a Hach Jáled la oportunidad de atravesar la tercera línea.

En ese momento, Peterson vio la yegua blanca acercarse a él. «¡Alto el fuego! ¡Alto el fuego!», gritó.

Algunos soldados obedecieron la orden, lo que permitió que Nuh e Iliya escapasen. Sin embargo, los soldados escondidos dentro de los carros blindados seguían disparando. Luego, de forma extraña, vieron cómo Hach Jáled volaba por los aires mientras Hamama continuaba cabalgando sin darse cuenta de que su jinete ya no estaba sobre ella.

Cayó al suelo con el revólver en la mano, pero sin su rifle, que pudo haber perdido en la caída. Disparó varios tiros a los soldados que tenía más cerca. Vio cómo caía uno de ellos antes de que una niebla repentina descendiera y tapase sus ojos. A pesar de la confusión, pudo escuchar el grito de un militar que gritaba: «¡No disparen! ¡No disparen!». El ruido de los cascos de Hamama se hizo más débil y pudo ver el pañuelo del color de la panela ondear ante sus ojos.

Los soldados estaban a punto de disparar a Hamama, cuando se interpuso Peterson entre ellos y el animal, levantando su mano y diciendo nuevamente: «¡No disparen! ¡No disparen!».

De repente, todo se detuvo. Peterson miró a Hamama y vio gotas de sangre siguiéndola.

—Fucking Arabs! Fucking British! Fucking world! Fucking!

***

Peterson se acercó al cuerpo de Hach Jáled con pasos pesados, que desconcentraron a sus soldados. Lo vio tumbado con la cara hacia el cielo, la mano agarrando el revólver, el cuerpo acribillado a balazos y la ropa empapada en sangre. Uno de sus soldados apuntó con su rifle y estaba a punto de dispararle al cuerpo sin vida.

Peterson extendió la mano y bajó el rifle del soldado: «Está muerto».

—¿Lo celebraremos? —oyó que decía un soldado.

Sin volverse para ver quién había hablado, Peterson dijo: «Ha sido un hombre valiente y es vergonzoso que nos congratulemos de su muerte». Luego, mirando a los soldados, dijo: «Era un hombre de honor. ¿Dónde voy a encontrar otro enemigo como este?».

***

Peterson ordenó a sus soldados que cavasen una tumba y enterrasen el cuerpo de Hach Jáled. Sus ojos estaban fijos en el agujero a medida que se hacía más y más grande. Antes de que terminaran de cavar, llegó el comandante general Bernard Montgomery, comandante de las fuerzas británicas en el norte de Palestina[29]. Se mantuvo en silencio al lado de Peterson, que hizo señas

[29] Después de la Segunda Batalla de Alalaméin, en el desierto occidental de Egipto, se convertiría en uno de los héroes más prominentes de la Segunda Guerra Mundial.

a sus tropas para que llevaran a Hach Jáled a la tumba. Cuando lo metieron, varios soldados formaron y dispararon al aire en un gesto de respeto, al tiempo que Peterson y Montgomery y los oficiales superiores saludaban con gesto marcial al difunto[30].

***

Heridos en varios sitios, Nuh e Iliya finalmente llegaron a una zona segura. Enseguida entendieron por qué los británicos no los habían perseguido. Después de todo, habían conseguido el premio mayor, ya no necesitaban esforzarse por otras victorias menores.

***

Sumayya vio a Hamama acercándose en la distancia, galopando desbocada. No necesitaba aguzar la vista para ver que volvía sola.

Sumayya se detuvo en seco. A medida que pasaban los minutos, varios miembros de la familia se reunieron a su alrededor y por un momento les pareció que, a pesar del ritmo al que se acercaba, Hamama nunca llegaría.

Finalmente llegó. En su pata derecha trasera una bala había causado una herida transversal que sangraba tanto que había teñido de rojo toda la extremidad. Tenía la cola también cubierta de sangre, que salpicaba en todas direcciones. Cuando por fin se detuvo ante Sumayya, parecía esperar que Hach Jáled se bajara de su lomo. Al ver que no lo hacía, comenzó a llorar desconsolada. En ese momento Sumayya se derrumbó.

—¿Qué estás haciendo aquí? —le gritó a la yegua.

Nerviosa, Hamama dio dos pasos hacia atrás. Después comenzó a caminar hacia el este con pasos pesados, mirando para atrás cada poco segundo. Incluso una hora después, todavía no había desaparecido.

---

[30] Esa noche escribió: «¿Os necesitaba, pies míos, para llegar a ese lugar distante? / Le pregunto a todos los que veo allí, ¿realmente llegué? / ¿Te necesitaba, ¡oh, corazón!, para odiar y amar? / Mi padre siempre me decía: "Si quieres llegar a casa vivo, odia a tu enemigo"».

Sumayya se sentó y lloró. «¿Qué he hecho? ¡Traedla!». Fátima salió corriendo detrás de ella e intentó que regresase. Sin embargo, Hamama continuó su camino con sus pasos rotos. La llamó por su nombre, pero Hamama no volvió la cabeza. Era la primera vez que un animal no respondía a Fátima. Fue entonces cuando vieron que la herida de Hamama era demasiado profunda para sanar. Cuando los otros caballos salieron corriendo a su encuentro, comenzó a galopar desaforadamente, como si quisiera alcanzar a su jinete. Poco después del mediodía, escucharon en la radio las fatales noticias. «¡Estamos perdidos!», gritaron Muhámmad Shahada, Sháker Muhanna y muchos otros[31].

***

Durante cinco días, Nuh se batió entre la vida y la muerte. En cuanto a Iliya Radi, él y otros hombres fueron de manera furtiva hasta la tumba en la que los británicos habían enterrado a Hach Jáled. Excavaron, sacaron el cuerpo y lo llevaron a Alhadia.

Cuando llegaron hasta la tumba de Hach Jáled en la colina frente a Alhadia, Iliya Radi y Nuh lo vieron. La anémona roja, que ahora había florecido, había crecido tanto que salía a la superficie por encima del borde de la tumba. Uno de los hombres estaba a punto de bajar a la tumba para quitar la hierba cuando Iliya gritó: «¡No la toquéis!». Depositaron el cuerpo junto a la flor y comenzaron a echar tierra por ambos lados. «No dejéis que la tierra cubra la flor», les ordenó Iliya.

A la mañana siguiente, Iliya regresó solo. Miró la flor. Había crecido todavía más alto. Recogió un poco de tierra con sus manos

[31] El tráfico en las ciudades palestinas se detuvo: cerraron las tiendas, los estudiantes de las escuelas públicas, privadas y extranjeras se declararon en huelga, los servicios de transporte se paralizaron y los automóviles y otros vehículos desaparecieron de las calles. Los musulmanes anunciaron su muerte por los minaretes, en las iglesias doblaron las campanas de los cristianos en señal de luto por el mártir y la gente enarboló coronas de flores y banderas negras por las calles. La Iglesia ortodoxa griega incluso canceló todas las celebraciones que habían sido programadas desde el Domingo de Ramos hasta el mediodía del día después de Pascua.

y la colocó en la tumba. Repitió esta acción durante muchos días. Mientras tanto, la flor siguió creciendo más y más. Siete días después, llegó a la tumba por la mañana y vio caer uno de sus pétalos. En ese momento rompió a llorar con amargura, como ningún hombre había llorado jamás.

***

Ese año fue el año de la muerte. Perdieron a muchos. Todas las mujeres y niñas de doce años o más que habían perdido a un pariente debían permanecer durante cuarenta días con el vestido que llevaban al recibir la noticia. Luego debían quitárselo, bañarse y ponerse una túnica negra. Todas las familias vestían de negro. Cuando llegó la Fiesta del Cordero y Hach Sálem vio a todas las mujeres vestidas de negro, gritó: «¡Por Dios, le romperé las piernas a quien siga guardando luto!». Así que se quitaron sus ropas negras y Hach Sálem las empapó en queroseno y les prendió fuego.

Durante los años siguientes, el misterio que les quitó el sueño fue entender cómo se había descubierto el paradero de Hach Jáled.

Entonces, un día, Iliya Radi le preguntó a Sumayya: «¿Aún no ha regresado la paloma mensajera?».

Con lágrimas en los ojos, Sumayya dijo: «¡La última vez que la vimos fue el día que la llevaste contigo!».

El escupitajo

Miró de frente a la nube y escupió. La saliva volvió hacia él, arrastrada por el viento. Al girarse, la vio volar por encima de su hombro y aterrizar en el zapato de Salim Bey Alháshemi.

Salim se miró el zapato y luego miró al oficial.

Los ojos secos de ambos se congelaron, buscando algo que decir sobre aquella mancha húmeda.

Salim Bey Alháshemi estaba a punto de abrir la boca cuando, sin previo aviso, recibió el golpe de la porra de Peterson. Fue un golpe violento y relámpago, que podría haber hecho volar su cabeza si no se hubiera echado hacia un lado en el último momento y la hubiese amortiguado con el brazo. Cayó, con el mundo girando a su alrededor. Rashid Adnán, un hombre de unos setenta años, le recriminó a Peterson su agresión. «¿Qué estás haciendo? ¿No sabes con quién estás tratando?». Entonces Rashid recibió un golpe en la cabeza. La sangre salpicó en todas direcciones, manchando la ropa de Salim Bey Alháshemi. Peterson se las arregló para evitar las gotas de sangre que volaban hacia él con una lentitud asombrosa.

Dejó a los dos hombres y siguió su camino. Cuando escuchó los abucheos y los insultos detrás de él, se detuvo y volvió a mirar la nube negra. Pensó en escupir. Pero, en lugar de eso, los miró con rabia y cargó contra ellos como un toro furioso, dispersando a la multitud y repartiendo golpes a diestro y siniestro. Cuando empezaron a caer como fichas de dominó y escuchó el llanto de los heridos, se llenó de una sensación de rabia y poderío. Cuando por fin se detuvo, a una buena distancia de la gente, escupió, sabiendo muy bien que el viento les llevaría la saliva.

En su camino de regreso, ninguno de los que habían caído se libró de un segundo o tercer golpe. Cuando llegó hasta donde estaba Salim Bey Alháshemi, se detuvo y escupió de nuevo.

***

Los diez días que siguieron a la muerte en combate de Hach Jáled fueron los peores de la vida de Peterson. Todo el país se declaró en huelga y dondequiera que mirara, encontraba a Hach Jáled: una foto de él aquí, un artículo sobre él allí. Las emisoras de radio hablaban sin parar sobre los detalles de su vida y sobre su impecable integridad moral. Un diario incluso llegó a publicar un reportaje sobre la misteriosa desaparición de la yegua blanca.

A Peterson todo le parecía absurdo y se preguntaba: «¿Qué puedo hacer ahora?». Cuando llegó al comando de la región central, dijo: «Quiero alejarme de aquí». Nadie esperaba que volviese a la ciudad que casi le arrebata la vida. Pero regresó y lo primero que hizo fue ir al café donde habían intentado asesinarlo. De hecho, se aseguró de sentarse en la misma mesa.

De pronto, miró al suelo y le pareció encontrar allí su sangre todavía fresca. Se levantó asustado, respiró hondo y volvió a sentarse, ahora indiferente, sin inmutarse.

***

En los días que siguieron, Salim Bey Alháshemi llevó con orgullo su brazo herido y vendado. La gente se le acercaba para condenar el crimen de Peterson. Todo ello le llevó a escribir varias cartas de protesta al alto comisionado, así como artículos encendidos, el más famoso de los cuales llevó el título de *La bestia está de vuelta en las calles*.

***

El médico hizo todo lo posible para convencer a Salim Bey Alháshemi de la necesidad de cambiarle el vendaje. Cuando finalmente lo hizo, le dijo: «¡Pero todavía me duele!». Entonces el doctor le curó el brazo con un nuevo vendaje blanco.

***

El asesinato del alemán Stephen Schaefer, propietario de Stephen Press, a manos de un grupo de judíos, hizo estallar la ira de los miembros de la comunidad alemana, que se manifestaron por las calles y levantaron pancartas de protesta frente a la sede de la Policía británica, exigiendo que encontraran a los asesinos antes de que fuera enterrado[32].

Edward Peterson salió y dijo: «Si no os vais ahora y lo lleváis al cementerio, no encontraréis lugar alguno para enterrarlo».

Pero se negaron a echarse atrás.

Peterson les dijo: «El que avisa no es traidor».

Al final, todos fueron obligados a volver a sus casas.

***

A la mañana siguiente, sin embargo, volvieron. Se manifestaron durante tres días y se les unieron otros grupos de alemanes venidos de Jerusalén y de Haifa. Pero Peterson no les prestó atención. Todo lo que podía decirles ya se lo había dicho.

Finalmente, se dirigieron al hospital y llevaron el cuerpo de Stephen a la iglesia. El asunto se había convertido en la comidilla de la ciudad, así que muchos de los palestinos fueron a la iglesia para escoltar el cortejo fúnebre.

Era un día lluvioso. Lo recuerdo tan claramente que casi puedo sentir las gotas de lluvia cayendo sobre mí mientras te hablo.

Cuando el cortejo fúnebre llegó al patio de la iglesia alemana, Peterson estaba de pie en la puerta, rodeado por un gran grupo de policías, ajeno a la lluvia, que caía como si el cielo quisiera descargar toda el agua de una vez. La gente se acercó llevando el féretro. Peterson desenfundó su revólver y lo alzó hacia el cielo. Un disparo sonó, mezclado con el estallido de un

---

[32] Con el comienzo de la Segunda Guerra Mundial, los judíos comenzaron a acosar a todas las comunidades alemanas en Palestina, forzándolas a abandonar las aldeas, las cooperativas, las granjas y las fábricas. En 1948, todos los alemanes habían abandonado Palestina, la mayoría de ellos hacia Australia.

trueno. Los que portaban el féretro retrocedieron y la caja con el difunto se balanceó en sus manos. La situación parecía al borde de un baño de sangre.

Gritaron e insultaron, pero no tuvieron más remedio que retirarse.

—Os lo advertí, pero no me habéis hecho caso.

Se hicieron grupos para resolver qué hacer hasta que finalmente decidieron ir directamente al cementerio y celebrar allí el funeral, antes de enterrarlo. Pero, de nuevo, en el camino se encontraron con Peterson bloqueando la carretera.

Cuando intentaron sobrepasar el cordón policial, dispararon: «Parece que queréis que haya más muertos. Si es así, no dudaré en complaceros».

Retrocedieron un poco.

—Si queréis enterrarlo, buscad un lugar fuera de esta ciudad.

Así que el cortejo fúnebre volvió al lugar del que había partido, al hospital, y cuando caía la noche, la familia de Stephen regresó sola, recogió el féretro y se dirigió al puerto.

La noche de Roseline

Antes de la media tarde del día siguiente, las noticias de la noche anterior estaban en todas las bocas de la ciudad. Cuando salieron los periódicos dos días después, varios artículos hicieron referencias claras a la velada, aunque ninguno de ellos dio nombres.

***

El gobernador del distrito se enteró de lo que le había sucedido a Salim Bey Alháshemi, por lo que le envió un ramo de flores, junto con una disculpa y deseos de una pronta recuperación. La llegada de las flores despertó pensamientos contradictorios en la cabeza de Alháshemi. Finalmente decidió enviarle al gobernador una carta de enfado y reproche. Este decidió entonces organizar una velada en honor de Alháshemi, con la presencia de numerosos líderes políticos y notables figuras públicas[33].

Alháshemi pensó sobre cómo debía presentarse en la casa del gobernador de distrito: ¿debería quitarse las vendas blancas del brazo y liberar el cuello de su peso, o dejárselas puestas? Optó

---

[33] Muy lamentablemente, algunos de los que trabajaban en el movimiento nacionalista, incluidos los miembros prominentes del comité ejecutivo, con sus variadas inclinaciones partidistas, coincidían en la práctica de organizar banquetes y fiestas que reunían a judíos y árabes. Las autoridades británicas comenzaron a inventar ocasiones para reuniones de este tipo y esas personas respondieron a las invitaciones del alto comisionado a banquetes y fiestas, en las que a veces se mezclaban libremente con los judíos. También aceptaron ser nombrados para comités consultivos mixtos árabe-judíos, que se ocupaban de cuestiones relacionadas con el trabajo, las carreteras, el comercio y la agricultura. Por lo tanto, como resultado de la doble aflicción de Palestina con, por un lado, los británicos y los judíos; y, por otro, la debilidad de su movimiento nacionalista, surgió lo que podría denominarse un nacionalismo dual, o «hermafrodita». Nadie puede negar la debilidad y la apatía que surgió en el movimiento nacionalista independiente, o la desunión y el caos en los que cayó.

por lo segundo. Su brazo en cabestrillo sirvió para transmitir un encanto especial. Al entrar en el espacioso salón se sintió como el guerrero que regresa de la batalla. Mataba así dos pájaros de un tiro, ya que de esta manera dejaba claro a los asistentes, amigos y enemigos por igual, que venía a la casa del gobernador con la cabeza bien alta. Al mismo tiempo, le presentaba sus respetos al gobernador, ya que mostraba que estaba dispuesto a dejar pasar el agravio que le había sido infligido.

***

Las conversaciones durante la primera hora de la fiesta se centraron en el brazo, el dolor resultante de la lesión, cuándo debía quitarse el vendaje, si Alháshemi había recibido más de una opinión médica y si —Dios no lo quisiera— podía haber complicaciones futuras.

Como Alháshemi respondía a todas estas preguntas, tenía sus ojos puestos en los otros invitados. Pensaba en quién había asistido y quién no, y hacía cálculos rápidos sobre las razones de su asistencia, las excusas para no venir y las razones reales por las que no vinieron.

El gobernador del distrito nunca en su vida había sido tan generoso y jovial como aquella noche. Se movía con agilidad, con sus ojos pequeños iluminados por un extraño brillo. Observó a los asistentes y escuchó sus risas en una atmósfera de camaradería, lo que le provocó una sensación de euforia, ya que, como muchos de sus invitados, tanto árabes como judíos, pudo ver que los cuatro años sombríos de «huelga» habían llegado a su fin y que él, como ellos, podía respirar un poco mejor.

El programa completo, que se había desarrollado en numerosos encuentros improvisados, intercalados con innumerables brindis, se resumió en un breve discurso pronunciado en árabe, en el que el anfitrión dio la bienvenida a los que habían venido, y, en especial, al invitado de honor. Concluyó su discurso con una broma: «No soy médico, pero les prometo que el Sr. Alháshemi se irá de aquí esta noche con su brazo perfectamente sano».

Todos se rieron, incluido el del brazo suspendido. Aunque poco después, siguió rumiando la broma en su cabeza en busca de significados ocultos.

***

La orquesta que había traído el gobernador del distrito tocó varias piezas y cuando estaba interpretando «Les Dragons d'Alcala», tuvo lugar un evento totalmente inesperado: llegó *madame* Roseline. Entró del brazo del gobernador, que la había estado esperando en la puerta. En el momento en que el ritmo de sus pasos se mezcló con la música de Bizet, el significado de la pieza se transformó. *Madame* Roseline parecía ser el instrumento musical que la orquesta necesitaba para ejecutar Bizet a la perfección aquella noche.

***

Madame Roseline acaparaba toda la atención de las clases altas de la ciudad y, en opinión de Alháshemi, era la mujer más bella que jamás hubiera pisado las costas del país. Era una mujer que, de haberse coronado reina de Inglaterra, «nos habríamos echado a la calle reclamando la anexión a Gran Bretaña», como solía decir Rashid Adnán, un septuagenario, al gobernador del distrito cada vez que se encontraban en reuniones de ese tipo. El propio gobernador contestaba: «¡Si ella ocupara mi puesto, nadie saldría de la oficina del gobernador!».

Durante mucho tiempo, Salim Bey Alháshemi había aspirado a algo más que a una simple reunión con ella. Había hecho grandes esfuerzos, pero siempre se había visto obligado a detenerse en ese límite sutil que lo separaba de *madame* Roseline.

Para cuando la orquesta había terminado de tocar, Alháshemi había bebido ya su quinta copa. Se había olvidado incluso de lo que le había llevado a asistir a la fiesta con su brazo todavía en cabestrillo y periódicamente lo levantaba para rascarse la barbilla.

***

El gobernador había planificado una larga velada y, en consecuencia, se había propuesto posponer la cena hasta altas horas de la noche. Se había retrasado tanto que el Sr. Fajri Salmán le comentó con una carcajada: «¡No sabíamos que nos habíais invitado a tomar el *suhur*!».

Todos rieron.

—Mis más sinceras disculpas —dijo el gobernador del distrito—. Estamos en ramadán, ¿no?

Y volvieron a reír.

Salim Bey Alháshemi se dio cuenta de que esta era su noche y que podía comportarse más o menos como quisiera. Se dirigió a *madame* Roseline. Cuando estaba a cuatro pasos de ella, el gobernador lo interceptó. «Permítame presentarle a *madame* Roseline», dijo. «Después de todo, usted es el novio esta noche».

—¡Ojalá fuera ella la novia! —respondió Salim Bey con una sonrisa.

—¡Para usted nada es imposible! ¿Qué podría buscar *madame* Roseline en un hombre que usted no tenga?

Para sorpresa de Salim Bey Alháshemi, ella lo saludó con un cálido abrazo. Después dijo: «¡Espero que su brazo no le impida llevar una vida normal!».

—¡No, en absoluto! Dentro de unos días me desharé de estas vendas.

—¡Pero le he prometido que esta noche se deshará de ellos! —dijo riéndose el gobernador del distrito.

—En esta casa se obran todo tipo de milagros. ¡Pregúntemelo a mí, que lo sé bien!

Madame Roseline soltó una sonora carcajada, que sacudió el alma de Salim Bey Alháshemi.

A las once y media de la noche la cena aún no había llegado. La presencia de *madame* Roseline les había hecho olvidarlo todo.

***

Se sentó en una *chaise longue*, acompañada por Salim Bey Alháshemi y el gobernador del distrito. El calor que emanaba de su cuerpo quemaba, incendiando la noche de marzo. Todos estaban felices y preparados para cualquier cosa. Al mismo tiempo, envidiaban a Alháshemi por haber estado con ella a solas toda la velada. Pero después quedó en evidencia que todo fue un mero juego de palabras hueras. Porque cuando Alháshemi se aproximó demasiado a Roseline, ella le dijo con una voz audible para todos los presentes: «Sr. Alháshemi, ¡ya no es un hombre joven! ¿No tiene usted más de setenta?».

—Ni siquiera he cumplido los sesenta.

—Eso es imposible. Muéstreme su documento de identidad.

Sacó su documento de identidad, teniendo cuidado de no mover el brazo herido, y se lo entregó. Ella lo miró atentamente: «Es verdad. ¡Aún es usted un hombre joven!».

Esas palabras fueron suficientes para suministrarle un soplo de vida nueva.

—¿Qué le parece si jugamos a un juego, entonces? Si gana, le prometo delante de todos que esta noche será su noche. ¿De acuerdo?

Alháshemi miró a los rostros de los allí presentes. De repente se habían callado, como si se hallaran frente al escuadrón de la muerte. Todos pensaban: «¿Será realmente Alháshemi el primero de nosotros en tenerla?».

Podía ver con sus ojos empañados de alcohol que toda la envidia del mundo se concentraba en aquella sala.

—¿Qué dice? ¿Está listo?

Alháshemi la miró y dijo: «¡Listo!».

Ella cogió su documento de identidad y lo tiró hacia el otro extremo del pasillo.

—¿Qué está haciendo?

—Si es capaz de recogerlo con los dientes, traérmelo aquí y entregármelo, seré suya.

—¡Eso no es justo! —gritó Aziz Pasha, que parecía ser el más ebrio de la sala.

—¿Qué propone?

—Propongo que a quien quiera se le permita participar en el juego.

—No, eso no es posible —dijo *madame* Roseline—. Así no tendría la oportunidad de elegir yo a la persona que quiero que sea mi premio.

—Bueno, entonces, concretemos el límite de edad de las personas que pueden participar. ¿Le parece? —preguntó el gobernador del distrito.

—Déjeme pensar —respondió *madame* Roseline mientras repasaba las caras de los invitados y asentía con la cabeza—. ¿No dicen ustedes en árabe *amri li-l-lah* (confío este asunto a Dios)?

Ellos asintieron. Su pronunciación en árabe tenía mucho encanto.

—Está bien, entonces: *amri li-l-lah*. Pero no aceptaré a nadie que sea un día mayor que el Sr. Hashemi. ¿De acuerdo?

—De acuerdo.

Aparecieron un buen número de documentos de identidad.

Salim Bey Alháshemi había nacido el 16 de octubre de 1882. El gobernador del distrito, que fue nombrado juez del juego, descalificó a todos los que habían nacido antes de esa fecha. Los gritos de protesta aumentaron cuando quedó en evidencia que solo cuatro de ellos eran más jóvenes que Alháshemi.

—Les prometo —dijo el gobernador de distrito—, que la próxima vez el concurso incluirá también a las personas mayores. ¡Ahora, veamos quién será el ganador de esta espectacular noche!

Madame Roseline miró pensativamente a los concursantes. Alháshemi realmente era el más guapo de ellos. Era el más alto y el más acicalado, y lucía un ancho y elegante bigote, realmente distinguido.

—Pero tengo una condición —dijo *madame* Roseline—, que los participantes se aten las manos a la espalda.

—No puedo hacer eso y usted lo sabe —dijo Alháshemi enojado.

—Está usted exento. Pero el resto tiene que hacerlo.

—¿Por qué no apaga las luces también? El concurso será más emocionante de esa manera —dijo Hasan Pasha.

—Quien quiera bailar en la oscuridad, que lo haga solo —dijo Rashid Adnán, como si quisiera vengarse de los concursantes.

—Tiene razón. ¿No estamos aquí para pasar un buen rato?

—Pero debemos establecer un límite de tiempo para el concurso. De lo contrario, no tendrá sentido —dijo Aziz Pasha, que parecía haber recuperado cierta compostura a pesar de su embriaguez.

—Esa es una excelente idea —dijo *madame* Roseline.

—Pongamos los otros documentos de identidad junto a la de Alháshemi, entonces —dijo el gobernador de distrito.

—Un momento, un momento. Tiene que haber otra condición. Si todos pierden, se nos debe permitir participar en el concurso después de ellos —dijo Zahir Efendi.

—Lo dejaremos para otra ocasión —respondió el gobernador del distrito—. Después de todo, tendremos que cenar esta noche. ¿No tienen hambre?

—¡No! ¡No! —gritaron al unísono.

***

El gobernador tomó asiento directamente frente a los carnés de identidad. La carrera comenzó con un extraordinario empuje y rápidamente llegaron hasta el objetivo. Los murmullos y las cabezas chocando crearon un ruido de fondo constante, al tiempo que los demás invitados comenzaban a apoyar a uno u otro de los contendientes. Aprovechando su mano libre, Salim Bey Alháshemi se agachó y, después de tres intentos, logró levantar el documento de identidad gracias a la habilidad de su lengua. Cuando, jadeando y resoplando, venció a todos los demás y llegó a la línea de meta, había olvidado por completo que su brazo lesionado se había soltado del cabestrillo.

Los otros concursantes protestaron al verle la mano libre. Fingiendo una mueca de dolor, Alháshemi se lo sujetó con la mano derecha y se lo puso de nuevo en el cabestrillo.

***

De pie en la puerta, el gobernador acercó sus labios al oído de Alháshemi. «Creo que va a tener que deshacerse de ella si quiere sacar algo digno de esta noche».

—¿Deshacerme de *madame* Roseline? —preguntó, pareciendo completamente ebrio.

—No. De la atadura del brazo.

—Ah, bien, bien.

Luego bajaron las escaleras hasta su coche.

***

Poco después del mediodía, Salim Bey Alháshemi recibió una llamada telefónica del gobernador del distrito.

—¡Dígame cómo fue!

—Fue grandioso. Una tigresa. Por la mañana, encontré cada una de mis prendas en una habitación.

Colgó y llamó a *madame* Roseline: «¿Cómo le fue?».

—Me persiguió de habitación en habitación y en cada una se quitaba una prenda de su ropa. Cuando por fin llegamos a la cama, ¡había olvidado por qué me perseguía y se quedó dormido!

Un disparo tras la oración del alba

Alhadia se despertó con los gritos y los gemidos que procedían de la vecindad de Alnayyar y llenaban el cielo de la aldea: «¡Han matado a Sabri Alnayyar!».

El caos se extendió.

Antes de que nadie supiera quién lo había matado, los hombres de su clan fueron al vecindario de Hach Sálem. Sin embargo, antes incluso de que pudieran llegar, Karim, el hijo de Sabri Alnayyar, gritó: «¡Yo lo he matado!».

No le creyeron.

Sacó su revólver y disparó un tiro al cielo, diciendo: «Con este revólver».

Todos se quedaron clavados donde estaban. Nadie supo cómo reaccionar.

***

Karim nunca acompañaba a su padre a ninguno de sus recados fuera del pueblo. Ni le gustaba que nadie lo viera caminando a su lado.

Por otra parte, Alnayyar se avergonzaba constantemente de su hijo Karim. Cada vez que desaparecía, llegaban noticias que decían que estaba en prisión por participar en manifestaciones. Cada vez que Karim tenía conocimiento de una manifestación en Ramla, Yafa o Jerusalén, buscaba la manera de unirse a ella. Una vez, después de que Karim hubiera salido de prisión, Hach Sabri juró, para presionarlo, que se divorciaría de su esposa si no lograba casar a su hijo. Karim aceptó hacerlo para evitar que su madre se divorciara. Alnayyar pensó que el matrimonio haría que su hijo «recuperara el juicio» y, de hecho, hubo un período de silencio. Después de haber tenido dos hijos, cuando parecía que Karim se había convertido en otra persona, Alnayyar dijo: «¡Debería haberlo casado hace cinco años!». Entonces, un día, Alnayyar vio a su nuera caminando por una calle llena de soldados británicos. La llamó desde la ventana para que entrara, pero ella no le prestó atención. Salió detrás de ella a buscarla, la agarró y le gritó: «¿Sales, así como así con tu hijo recién nacido?». Cuando fue a arrebatarle al niño descubrió que lo que llevaba era un arma. La agarró de la mano y la arrastró hasta casa, justo delante de todos los soldados. Una vez dentro y con la puerta cerrada, le gritó: «Lo casé para que él recuperara la cordura. ¡Y aquí, dos años más tarde, te has vuelto tan loca como él!».

***

Desde el martirio de Hach Jáled, Karim se sentía más avergonzado que nunca. Cada vez que miraba a su padre, un pensamiento extraño lo invadía: mi padre nunca ha sido enemigo de Hach Jáled, más bien ha sido el enemigo de Jáled, el mártir.

Esa mañana, Hach Sabri fue extrañamente insistente. Le dijo a Karim: «Quieras o no, me vas a acompañar».

Cuando a mitad de camino supo que pasarían primero por la casa de Abdelatif Alhamdi, Karim dijo: «Quiero volverme». Hach Sabri juró que, si lo hacía, se divorciaría de su madre. «Lo quieras o no, me vas a acompañar».

Karim intentó descubrir por qué su padre insistía con tanta fuerza. Incapaz de resolver el enigma, continuó el viaje sin inmutarse.

Sin embargo, Karim se negó a entrar en la casa de Alhamdi. «Te espero aquí en el coche», le dijo a su padre. Menos de quince minutos después, Hach Sabri salió y le dijo a su hijo: «Ahora vamos a terminar nuestro recado».

El automóvil, que había alquilado exclusivamente para el viaje, se dirigió a su próximo destino.

—¿A dónde vamos?

—A Yafa.

—¿A Yafa?

—Sí, a Yafa.

Cuando llegaron a la Plaza del Reloj, le dijo a su hijo: «Te voy a dejar aquí». Espérame en ese café. Vuelvo dentro de media hora.

La plaza, de forma rectangular, había sido la principal de la ciudad desde principios del siglo XX: un centro de actividad social, económica y turística, y un lugar de encuentro para todas las clases sociales gracias a sus numerosas cafeterías y restaurantes. También se la conocía como *Carriage Square*, porque durante mucho tiempo había sido el lugar donde los carruajes tirados por caballos se reunían y esperaban a sus pasajeros para llevarlos a otras partes de la ciudad. No mucho después, sin embargo, su nombre se cambió por *Plaza de los Mártires*, ya que las manifestaciones contra Gran Bretaña generalmente comenzaban en la gran mezquita, después de la oración del viernes, y muchos mártires habían caído en esta misma plaza.

Veinticinco minutos más tarde, el coche se detuvo frente al café. Su padre le hizo un gesto para que entrara deprisa. Entró. Karim miró y vio un bulto de aspecto peculiar, que su padre estaba agarrando con ambas manos.

***

No hablaron en todo el camino de regreso.

Antes de llegar a Alhadia, el coche se detuvo de nuevo frente a la casa de Alhamdi. Sin embargo, esta vez Alnayyar no le pidió a su hijo que lo acompañara al interior. Se ausentó diez minutos y regresó.

Karim miró el paquete, que había quedado reducido a la mitad de su tamaño original. El asunto podría haber terminado allí si no hubiera sido por la vehemente curiosidad que se apoderó de él y lo impulsó a descubrir el secreto oculto tras aquel misterioso bulto.

***

El primer paso, y el más fácil, fue buscar al conductor, a quien todos conocían. Fue a verlo. Después de un intercambio de palabras subidas de tono, el conductor admitió que su padre podría haber ido a la sede del gobernador británico, ya que le había pedido que detuviera el coche en una calle lateral no lejos de allí, y le había dicho que no se moviera del lugar hasta que regresara.

***

Karim regresó a casa en busca del paquete. Dos noches después, encontró un hilo colgado de un pequeño clavo en el fondo del armario de la habitación de sus padres. Tiró de la cuerda. Sospechando que había encontrado lo que estaba buscando, tiró suavemente para no hacer ruido. Pero no consiguió romperlo. Fue a buscar un cuchillo, cortó la cuerda y sacó el paquete. En el patio, lo abrió y vio una suma de dinero que nadie en Alhadia había visto antes.

De repente, un extraño presentimiento le hizo saber exactamente cuántas libras contenía: cinco mil. Se dijo a sí mismo: «Son cinco mil». Para asegurarse, contó el dinero, y como había sospechado, eran cinco mil, ni una piastra menos.

Se levantó y se dirigió al lugar donde sabía que su padre guardaba el revólver. Lo sacó y se sentó en la entrada del patio a esperar el regreso de su padre.

***

No mucho antes de que volviese de la oración del amanecer, Karim prendió fuego al paquete que, después de haberlo esparcido por el suelo, formaba una pila gigante de billetes. Antes de que su padre pudiera decir una palabra o intentar rescatar parte del dinero, Karim sacó el revólver y le apuntó. La sola sorpresa hubiera sido suficiente para matar a Hach Sabri. Aun así, Karim necesitaba disparar.

La bala se alojó justo en el corazón. Karim cerró la puerta del patio y dejó a su padre revolcándose en su sangre, a tres metros de la entrada.

***

Nadie pudo decir nada. Se quedaron helados. Cuando vieron los restos del dinero quemado, el asunto se volvió todavía más misterioso. Sacudiendo a su hijo, la madre de Karim le gritó a la cara: «¿Por qué?». Era la pregunta que todo el mundo se hacía. «Algún día lo sabréis», respondió[34].

---

[34] Nadie sabía cómo el secreto de la paloma mensajera, con la que Hach Jáled solía enviar mensajes a su familia y sus hombres en Alhadia, había llegado a Sabri Alnayyar. Cuando este se enteró, supo que los días de Hach Jáled estaban contados. Poco tiempo después, Alnayyar reemplazó a la paloma mensajera por otra exactamente igual. Algunos de sus hombres que se ocupaban de la vigilancia del pueblo, vieron un día la paloma en una jaula, a lomos de la yegua de Iliya Radi. Entonces le atacaron, poco antes del amanecer, pero logró huir y esconderse en un lugar distante. Cuando regresó al lugar donde había sido atacado, pensaba que se habrían llevado a Alshahba, su yegua blanquinegra, pero para su sorpresa, todavía estaba allí, al igual que la paloma. Iliya Radi siguió su camino a toda velocidad hasta el lugar donde debía encontrarse con Hach Jáled. Varios días más tarde, la paloma regresó con un nuevo mensaje, en el cual Hach Jáled le pedía a Háshem Shahada que se encontraran entre Sanur y Meithalun. No había especificado el lugar, por temor a que el mensaje cayera en las manos equivocadas. Sin embargo, sabían que, en tales casos, siempre el encuentro tendría lugar en el primer pueblo de los mencionados. Y como era en la casa de Sabri Alnayyar donde la nueva paloma había nacido, crecido y había criado a sus crías, fue allí donde se posó. Con su llegada, todo había terminado.

LIBRO TRES:
Los seres humanos

La era de Manuli

Muhámmad Shahada, a quien Hach Sálem llamaba «el sabio de Alhadia», abrió la boca y dijo: «Escuchadme, todos. Sin ánimo de ofender, pero es que para saber lo burros que somos no hacía falta ir hasta Ramla».

***

La llegada del Pontiac negro que llevó al padre Manuli a la ciudad puso las vidas de la gente de Alhadia patas arriba. La llegada del padre Manuli no había sorprendido al padre Theodorus. Sin embargo, al igual que el padre Georgiou antes que él, no había informado a nadie de que se iría, ni siquiera a Hach Sálem, que se había convertido en el jeque del pueblo tras el martirio de su hermano Hach Jáled.

Theodorus había preparado su mochila y su gran cofre de madera y, una vez que arribó el recién llegado, se limitó a estrechar su mano en la puerta del monasterio con desgana, como si no quisiera haber coincidido con él.

***

La gente se quedó mirando el automóvil mientras se alejaba. Al igual que el carruaje que una vez lo había traído a la aldea, llegó al confín oriental de la llanura de Alhadia sin levantar una nube de polvo y se detuvo.

Un pesado silencio provocó que algunas personas pensaran que el auto iba a dar la vuelta y regresar. Pero no lo hizo.

Mientras el automóvil seguía parado allí, más de un hombre pensó en montar en su caballo e ir a ver qué ocurría. Con la gente de la aldea preguntándose qué hacer, vieron que se abría la puerta del coche y que el padre Theodorus salía.

Se giró y miró a Alhadia desde la distancia. Reflexionó sobre la extensión de la llanura y sus olivos. Miró las partes de la aldea que se habían expandido a través del valle, de modo que las casas en la colina ya no eran más que una pequeña parte de ella.

El padre Theodorus se estaba despidiendo de una parte querida de su vida mientras se preguntaba a sí mismo: «¿He necesitado abandonarla para verla desde aquí como si fuera otra Alhadia?».

Pasó mucho rato allí parado, tanto que la gente comenzó a pensar que aquello era un rito que el padre Theodorus debía cumplir. Cuando volvió al automóvil no quedó nada en el horizonte, solo su espejismo, como si el vehículo tuviera su propio espejismo, como lo tiene el agua.

***

La gente anticipó la aparición del nuevo abad del monasterio.

Sin embargo, no se dejó ver hasta que desaparecieron las hermanas Miri y Sara. Las dos se habían quedado reducidas a unos cuerpos esqueléticos, las espaldas torcidas, las narices alargadas y los ojos hundidos y sin brillo.

Al cuarto día, abrió las puertas del monasterio de par en par.

El padre Manuli era el hombre más alto y delgado que jamás habían visto. Sus ojos eran tan pequeños como los de un gato y saltaban de tal forma que cualquiera pensaría que podían ver incluso lo que estaba detrás de él. Tenía las manos desproporcionadamente grandes en relación con el resto de su cuerpo, y más largas que nadie que hubieran visto antes. La holgada túnica negra que vestía no podía ocultar el gran tamaño de sus zapatos, que parecían un par de barquichuelas. La primera expresión que vieron en su rostro —una expresión que nunca olvidarían— fue una extraña sonrisa, tan amplia como las praderas, que los escaneó como se escanean las páginas de un libro.

***

Hach Sálem se preguntaba por qué algunas personas que habían pasado tanto tiempo en el pueblo, al llegar el momento de irse, no se despedían de nadie y lo único que dejaban en la distancia eran miradas suspendidas en el espacio, cuyo significado parecía imposible de descifrar.

Su primer impulso fue tratar al padre Manuli como invitado de la aldea durante al menos tres días. «Eso es lo que Hach Jáled, que Dios tenga piedad de él, habría hecho si estuviera aquí», se dijo a sí mismo. Sin embargo, el comienzo de la visita no dejó recuerdos agradables.

Ráshed, que había ocupado el lugar de Hamdán, vertió el café viejo en el suelo y comenzó a tostar café nuevo. Cuando comenzó a molerlo, quedó en evidencia que su mortero ya no resultaba tan familiar. Es decir, no era el mortero de Hamdán. Tampoco era el ritmo al que la gente estaba acostumbrada. Había una extraña melancolía en él, una melancolía profunda y sin nombre. De hecho, uno podría decir que el sonido del mortero y la maja de Ráshed se parecían más al de una flauta que a cualquier otra cosa.

¿De dónde venía todo ese dolor? ¿Era por haber tenido que separarse de Hamdán? Ráshed siempre había sido el más atento discípulo de Hamdán mientras molía el café y el más agudo a la hora de escuchar los suspiros que flotaban en el eco de su mortero camino de algún lugar distante y desconocido.

Nadie lo sabía.

Cuando Hach Sálem entregó al padre Manuli la taza de café, le dio las gracias y agregó: «No bebo café». Cuando le preguntó: «¿Podemos ofrecerle té?», dijo: «Estaría bien». Cuando le trajeron el té, su mano no tocó el vaso hasta que el vapor que salía lentamente de él desapareció. Cuando trajeron la cena, dijo: «No como carne». Así que Hach Sálem no tuvo más remedio que dar instrucciones para que retirasen la comida.

Para entonces, Hach Sálem estaba ya a punto de explotar y le sorprendió su autocontrol. Los hombres miraban al recién llegado en silencio. Sin embargo, no era el idioma lo que los separaba, pues el padre Manuli hablaba árabe con el acento de Damasco, famoso por la precisión de su fonética

Todas sus preguntas giraban en torno al pueblo, la agricultura, las estaciones recientes, la tierra, el área que ahora ocupaba el asentamiento judío, la zona que Alhamdi había tomado y anexado al pueblo vecino y el diezmo que ya no era un diezmo. Dijo: «Las personas que prefieren abandonar sus tierras y convertirse en empleados nunca podrán ofrecer nada ni a la tierra ni al Gobierno».

En ese momento, Hach Sálem se vio obligado a obviar las reglas de hospitalidad y olvidar que estaba en presencia de una figura religiosa. Dijo: «El único servicio que Gran Bretaña ofrece a las personas es convertirlas en esclavas, que trabajan sus tierras para seguir pagando los impuestos que financian las balas que los matan, las sogas que ahogan sus cuellos y las porras que consumen su carne sin piedad. ¿Y vienes a decirme que la gente ha abandonado su tierra? No, la gente no ha dejado su tierra. La gente vuelve de su miseria en otro lado para trabajar aquí en sus vacaciones, durante las cuales se supone que deben ver a sus hijos, y todo lo que hace el Gobierno es sacar a los recién nacidos de los mismísimos úteros de sus madres, dejando para ellas los restos de la sangre que los mancha. Sí, la gente se va porque se ven obligados a buscar en otra parte el agua que necesitan para limpiar las heridas que se les abren aquí».

La voz de Hach Sálem había subido tanto de tono que todos en la casa de invitados estaban seguros de que acabaría agarrando a Manuli por el cuello para echarlo.

Entonces el padre Manuli se puso en pie y pronunció unas palabras que resonarían sin piedad en los oídos y en los corazones de la gente durante los años venideros: «¡Si realmente fueran los dueños de esta tierra, no estaríamos sufriendo las calamidades a las que nos enfrentamos ahora!».

Hach Sálem se puso de pie y lo miró a los ojos:

—¿Qué quieres decir con eso, Manuli?

—En cualquier caso, era responsabilidad del padre Theodorus. Por eso tuvo que pagar el precio que pagó, después de que su indulgencia convirtiera el exuberante jardín que había recibido en un desierto.

Estas últimas palabras no fueron menos crueles que las que las precedieron.

—¿Nos ofendes en nuestra propia casa? —gritó Hach Sálem.

***

El primer encuentro dejó más de una pregunta colgando en el cielo de la aldea. En consecuencia, las pocas personas que tenían escrituras que probaban su propiedad de la tierra fueron al monasterio a pedir que les fueran devueltas, pero la única respuesta que recibieron a cambio fue otra pregunta: «¿Pero de qué escrituras estáis hablando?».

Una noche, cuando salieron de la casa de huéspedes, después de una asamblea convocada para tratar el tema, el padre Manuli les dijo: «¡El padre Theodorus no me comentó nada al respecto antes de marcharse definitivamente!».

Un grupo de personas decidió ir a Ramla con la esperanza de descifrar el misterio, pero cuando volvieron esa noche, no dijeron ni una palabra. Regresaron en silencio. Nadie pudo saber lo que habían visto allí, o lo que se les había dicho. Cuando Muhámmad Shahada, a quien Hach Sálem había apodado «el sabio de Alhadia», abrió la boca, dijo: «Escuchad, todos. Sin ánimo de ofender, pero es que para saber lo burros que somos no hacía falta ir hasta Ramla».

Se vio inundado por un sinfín de preguntas.

Prosiguió: «¡El Departamento de Impuestos dice que no tiene registro de tierras a nuestro nombre! Dice que esta tierra es propiedad del monasterio y que así lo corroboran los impuestos que ha estado pagando desde el tiempo de los turcos».

***

Antes de que hubieran decidido qué hacer, recibieron una advertencia, exigiéndoles que, como temporeros agrícolas, desalojaran sus casas y la tierra que estaban trabajando, pues el monasterio quería reclamarlas y cultivarlas con métodos modernos.

Miraron a su alrededor. No había nada más que campo abierto. Se buscaron los unos a los otros, pero ya no estaban allí.

***

—Estábamos esperando que la tormenta llegase desde algún lugar remoto, y hemos acabado descubriéndola justo encima de nuestras cabezas —dijo Hach Sálem.

—Lo único que podemos hacer es ir a ver a Salim Bey Alháshemi —sugirió Iliya Radi—. Es el único que puede ayudarnos. Todo el mundo sabe que es un gran defensor de la libertad y que invierte su dinero en nuestra causa nacional. Más de una vez los británicos lo han encarcelado por ello. Además, ya sabéis lo que se dice sobre su generosidad. Cuando una persona necesitada acude a él, le pasa el dinero por debajo de la puerta para que quien quiera que sea no se sienta avergonzado y, si se ven en algún lugar, no sienta que le debe un favor.

—Como si nunca hubieras luchado junto a Hach Jáled, Iliya —interrumpió Anisa—. ¡Sigues siendo tan bonachón e ingenuo como siempre! ¿Qué estás diciendo de Salim Bey Alháshemi y de tantos otros como él? ¿Que están defendiendo la patria? Todos los que defendieron la patria han muerto en la horca o fueron asesinados por los judíos o por los británicos. Sus líderes, en cambio, esos solo mueren de muerte natural. ¡Alabado sea Dios! —Luego, agregó—: Hombres, ¿qué os pasa? ¿Qué os ha pasado? ¿Os habéis quedado ciegos? ¿Qué demonios puede ofreceros alguien como él? Si fuera una persona bondadosa no vendría y construiría una mansión que todo el mundo dice que es más grande que la que tiene en la ciudad. ¿No habéis oído a la gente decir que cada vez que cambia el color de los muebles en su casa, obliga a todos los que trabajan allí a vestir uniformes del mismo color? ¿No habéis visto que las personas que trabajan para él unas veces visten de verde, otras de amarillo, otras de rojo y a veces hasta de negro? Y aquí estáis diciendo que ofrece su dinero por Palestina. Sin ánimo de ofender, ¡pero si realmente gastara dinero por Palestina, no tendría esa fortuna!

Pero ellos insistieron.

—Lo que hace en su casa no es de nuestra incumbencia. Lo único que nos importa es lo que él hace por la patria —dijo Iliya Radi.

—Si hubiera podido quitaros Alhadia, lo habría hecho hace años. Es uno de los usureros más grandes del mundo. ¿De qué estás hablando, Iliya?[35]

—Anisa tiene razón —dijo Hach Sálem—. Alguien que humilla a las personas solo trabaja por sus propios intereses personales. Pero si queréis intentarlo, adelante. No quiero que se diga que he cerrado una puerta que creíais que podía conducir a algo bueno.

No tuvieron que esperar mucho, ya que sabían que venía el último jueves de cada mes y se quedaba en su mansión hasta el sábado por la mañana. Faltaban diez días para poder reunirse con él.

Decidieron esperar.

***

Manuli salió del monasterio el miércoles por la mañana y se dirigió a las llanuras del pueblo. Para sorpresa de todos, iba con las dos hermanas, Sara y Miri, que seguían sus pasos lastimo-

---

[35] «Difícilmente pasarías por un distrito de Palestina sin escuchar noticias sobre "Los Balfoures de Palestina": gente que estaba trabajando para cumplir la Declaración Balfour, para fundar una patria nacional de los judíos. Entre estos se encontraban los usureros, que se beneficiaban de los problemas económicos de los demás. Prestaban dinero con un treinta por ciento de interés, a veces por un año, a veces por ocho meses, a veces por seis. Algunos de nosotros éramos vendedores y algunos de nosotros éramos agentes intermediarios. Nos dijeron que la gente estaba negociando la venta de las tierras en Zayta y Kfar Saba. Algunas de esas tierras eran propiedad del segundo jefe del Partido de los Agricultores que, cuando le pedimos aclaraciones sobre la venta, dijo: "Debo dos mil libras a usureros que son 'líderes nacionalistas'. Les ofrecí saldar la deuda vendiéndoles tierra por media libra menos que el precio que los judíos estaban pagando por ella, pero se negaron. Luego les pedí que bajaran la tasa de interés del treinta por ciento al doce por ciento, pero se negaron también"».

samente. Estaban tan ajadas que daba pena verlas. Se apoyaban mutuamente, intentando juntas evitar un tropiezo que las hiciera caer a ambas. Se movían de tal manera que parecían tener un solo cuerpo. El padre Manuli hablaba y ellas escuchaban en silencio, y cuando señalaba en una u otra dirección, levantaban los ojos lánguidamente y miraban sin ver nada.

Después de un rato, las miró y dijo algo que nadie pudo escuchar. Se sentaron en una gran roca mientras él continuaba caminando. Se agachó y llenó sus manos de tierra, luego la observó escurrirse entre sus dedos. Cuando llegó al primer olivar, partió una rama y miró el extremo para ver cuánta vida había en ella.

Regresó al monasterio dos horas después. En su camino de regreso pasó junto a pastores y granjeros, mujeres que trabajaban en los campos y hombres que reparaban los muros de piedra que separaban los campos o ataban las ramas caídas. Pero ninguno de ellos lo miró, mientras él, por su parte, pasó por su lado como si no existieran. Cuando regresó a la roca donde estaban sentadas Miri y Sara, les hizo señas con el dedo índice. Se levantaron con dificultad, como si sus cuerpos se hubieran convertido en parte de la roca. Se dirigieron hacia el monasterio. Una vez allí, él mismo cerró la puerta y no volvió a aparecer hasta el viernes por la tarde.

***

Salim Bey Alháshemi siempre disfrutaba de los momentos que pasaba en su mansión de campo, que estaba a solo siete kilómetros al oeste de Alhadia. Invitaba a sus amigos árabes e ingleses allí el último jueves de cada mes y cuando llegaba al lugar donde la carretera ya apuntaba hacia la mansión, encontraba a los ancianos y alcaldes de las aldeas bajo su jurisdicción alineados y esperándole, tal como él les había indicado. El camino de entrada asfaltado se decoraba con imágenes de Hach Amín Alhusayni, mientras que los aldeanos tenían la tarea asignada de barrerlo y rociarlo con agua de la fuente de la aldea de Ayn Anajil[36].

***

—Alháshemi está aquí, pero sigue durmiendo —dijo uno de los hombres "*azules*" a los hombres de Alhadia, que habían llegado a la puerta de su mansión a media mañana del viernes. Habían decidido no volver a Alhadia sin respuestas.

—Esperaremos hasta que se despierte —respondió Iliya Radi.

Muy a regañadientes, los hombres de Alháshemi permitieron a los visitantes traspasar las paredes de la mansión.

Una mirada alrededor fue suficiente para percatarse de que Alháshemi vivía en otro mundo por completo. Vieron pilares de mármol con capiteles y arcos, fuentes, flores de mil y un colores y aves exóticas en jaulas que eran a su vez réplicas exactas en miniatura de la mansión en sí.

—Si queremos salvar la cara, mejor nos vamos en este momento —dijo Abdelrahim Salmán—. No nos beneficia estar en una situación como esta.

—Me temo que si nos vamos no tendremos nada que decir a la gente cuando regresemos, aparte de lo que Muhámmad Shahada dijo cuando regresó de Ramla —anunció Iliya Radi, consciente de que una cosa es escuchar y otra es ver.

—Anisa tenía razón —agregó Nímer Abbás.

Iliya Radi estaba a punto de hablar de nuevo cuando escuchó que se abría la puerta de la mansión. Salim Bey Alháshemi salió vestido con una túnica de seda negra adornada con diminutas flores rojas, blancas y azules.

---

[36] Menos de un año después, organizó una celebración de bodas para su hijo Anas, a la que asistieron el alto comisionado y otros altos funcionarios del Gobierno británico. La celebración sería legendaria por su dimensión, con una lista de invitados que incluía a miles de personas, todos notables y hombres de influencia en Palestina. Quinientas ovejas y miles de pavos reales, pavos y gallinas serían sacrificados para el banquete.

—Perdónenme —dijo—. Llegamos tarde anoche y nos acostamos tarde. Como pueden ver, necesitábamos dormir un poco más esta mañana.

Los hombres de Alhadia intercambiaron miradas cómplices sin decir palabra.

—¿En qué les puedo ayudar?

—Bien —comenzó Iliya Radi—, sin duda ha oído usted lo que está sucediendo en Alhadia con el monasterio.

—¿Y quién no?

—Pero nadie ha hecho nada —dijo Hach Abu Senbel—. Es por eso por lo que hemos decidido venir a verle.

—Todos saben que cuando se trata de cuestiones de orgullo nacional y dignidad, estoy a su servicio.

—Nos han advertido que debemos desalojar la aldea —continuó Hach Abu Senbel.

Salim Bey Alháshemi asintió con la cabeza.

—Lo que esto significa, y lo sabe usted mejor que nadie, es que el monasterio ya ha resuelto el asunto a su favor —dijo Hach Yuma.

—¿Y qué se supone que debemos hacer?

—Como usted bien sabe, las autoridades británicas van a ponerse del lado del monasterio y no defenderán a quienes han sido acusados de robar tierras. Pero, de hecho, todo lo que hacen es robar nuestra tierra o ayudar a otros a robarla. Necesitamos a alguien poderoso que nos respalde en la lucha por nuestra causa.

—No se preocupen. Haremos todo lo que podamos.

—Si perdemos la aldea, seis mil acres de tierra palestina desaparecerán en un instante. Son cuatro mil quinientos acres de tierras agrícolas y mil quinientos acres de bosques.

—Como les acabo de decir, su caso no es ningún secreto y estamos tan preocupados como ustedes. No se preocupen. Haremos todo lo que podamos.

Por un momento, Hach Yuma Abu Senbel tuvo la sensación de que Alháshemi simplemente los estaba engañando, como se haría con un niño demasiado insistente y molesto. Se sintió enojado.

Se puso de pie y dijo: «¡Salim! Si la gente ha acordado que usted sea su líder y no está dispuesto a respaldar a un pueblo entero, nos las arreglaremos por nosotros mismos y haremos lo que queramos».

Dirigiéndose a los hombres que estaban con él, dijo: «Vamos, señores».

En ese momento llegó un sirviente que llevaba café en una bandeja de plata con bordes dorados.

—¡No se pueden ir sin haber tomado antes un café! —protestó el Salim Bey Alháshemi.

—Lo hemos tomado amargo en la aldea antes de venir —replicó Abu Senbel.

Saltaron sobre sus caballos sin decir una palabra y regresaron al pueblo.

—Ve tras ellos y complácelos —le dijo a uno de sus hombres.

—¿Qué puedo decirles que todavía no les haya dicho, señor?

—Diles que contrataremos a un abogado para defender su caso.

No habían llegado muy lejos cuando oyeron que alguien les gritaba: «¡Esperen!».

Escucharon el mensaje de Alháshemi sin responder. Después, continuaron su camino de regreso.

***

Alhadia los estaba esperando con la respiración contenida. Cuando aparecieron en la distancia, sus caballos estaban a punto de colapsar por el esfuerzo. Anisa dio media vuelta y se dirigió a su casa, diciendo: «¿Qué estáis esperando? Se puede saber lo que contiene un libro con tan solo leer su título. ¡Qué pena damos! Ya no sabemos ni a qué atenernos. Estamos perdidos. Los británicos nos están despedazando, los judíos nos están despedazando, nuestros propios líderes nos están despedazando. ¡Con qué facilidad nos han manipulado!».

La sabiduría de Peterson

Peterson había recibido dos noticias sucesivas, cada una más desagradable que la otra, con solo una semana de diferencia.

La primera decía: «La persona que una vez intentó matarte ha logrado fugarse con otros dos de la prisión de Acre».

—¿Jáled? —preguntó.

—Ese.

Peterson estaba preocupado, no solo porque había escuchado la noticia de la fuga, sino porque estaba escuchando el nombre de «Jáled» una vez más, cuando ya creía que se había deshecho de él para siempre.

Todavía seguía dándole vueltas a esta ironía del destino cuando recibió la segunda noticia: «Alguien planea matarte».

—¿Y qué hay de nuevo? —preguntó con desdén—. Eso solo significa que hago bien mi trabajo. En cuanto a las consecuencias, ese es otro asunto. Las consecuencias pertenecen al futuro y no hay manera de que podamos conocer el futuro desde el presente. En cualquier caso, siempre he hecho lo que esta me dicta —dijo señalándose la cabeza[37].

***

—Alguien planea atacar hoy. Van a aprovechar tu regreso a la ciudad para llevar a cabo la operación.

—Están muy cerca, entonces, y eso es lo que quiero.

—¡Busquemos algún cebo que les despierte el apetito! —y continuó—: Algunos pájaros solo se juegan el tipo si el cebo es real.

***

---

[37] Esa noche él escribió: «Lo que viene al final /No lo esperes /Lo que puedes alcanzar a pie /No corras detrás de ello».

Aunque no sabía por qué, Peterson se notó invadido por una sensación extraña y se vio recordando las etapas de su viaje por Palestina, como si estuviera viendo una película.

Recordó la imagen de Hach Jáled cuando caía la tierra sobre su cuerpo. Recordó la imagen de Hamama al galope. Recordó el nulo intento de encontrarla. Recordó la imagen del joven que había detenido unos días después, que montaba una yegua maravillosa que hasta entonces nunca había visto. Recordó la incomodidad del joven y cómo los soldados, al registrarlo, descubrieron que escondía una daga.

—¿Qué es esto? —le preguntó.

—Es una daga —respondió el joven, dándose cuenta de la gravedad de la situación en la que se encontraba.

—¿Por qué la llevas?

—Para protegerme de los bandidos en estos valles.

—¿Te das cuenta de que esta daga tuya podría ser motivo suficiente para que te matase en el acto? —le preguntó Peterson.

El joven no respondió. Peterson no apartó los ojos de la yegua ni un segundo.

—¿La daga es tuya? —le preguntó de nuevo.

El joven asintió. Entonces Peterson se acercó a la yegua y le dio unas palmaditas en el lomo. La miró con amor. Le ordenó al joven que desmontara y saltó sobre ella él mismo. Cabalgó con tal ímpetu que ya no podían ver nada más que la nube de polvo que se había levantado cuando arrancó. Cuando regresó, desmontó lentamente y, como si hablara consigo mismo en lugar de con los hombres que lo miraban con asombro, dijo: «Cuando se acabe toda esta mierda, me compraré una yegua como esta y me la llevaré de vuelta a Inglaterra». Luego se volvió hacia el joven y le dijo: «Es un delito imperdonable que portes esa daga. Y tu problema es que soy tu enemigo. Por fortuna, eres dueño de una hermosa yegua y por esta razón te voy a dar una oportunidad que nunca le había dado a nadie antes», dijo mientras sacaba una bala de su revólver.

—Si consigues adivinar en qué mano tengo la bala —dijo—, será tuya. De lo contrario, te dispararé con ella.

Se puso las manos a la espalda y luego le preguntó al joven, que ahora se balanceaba entre la vida y la muerte:

—¿Estás listo para elegir?

***

A las seis en punto de la tarde, cuando estaba en la misma cafetería en la que había sufrido su primer intento de asesinato, apareció un hombre enmascarado en la esquina de la calle. Caminó directamente hacia Peterson. Con esa intuición suya en la que confiaba, y no confiaba en nada más, Peterson se dio cuenta de que este era el pájaro para el que tenía preparada su trampa. Por un momento estuvo seguro de que era el mismo Jáled que había intentado asesinarlo tiempo atrás. Rápidamente, Peterson sacó su revólver y disparó un tiro que le dio al hombre enmascarado en la frente. Le disparó dos balas más a su cuerpo antes de verlo caer. De repente, tuvo dudas de si se había equivocado, cuando apareció una persona muy parecida a la abatida. Peterson disparó tres veces y todas alcanzaron su objetivo. Cuando apretó el gatillo para disparar otro tiro, comprobó que su arma estaba descargada. En ese momento, todo a su alrededor se había convertido en caos. Antes de que Peterson hubiera logrado recargar su revólver, apareció un tercer enmascarado caminando hacia él con firmeza, sin inmutarse por las balas que los soldados habían comenzado a disparar al aire, mientras estaba ocupado cargando el revólver.

Peterson mantuvo sus ojos fijos en él. El hombre se acercó: cinco metros, cuatro metros, tres. En un instante, el hombre sacó un revólver de su bolsillo y disparó a Peterson desde una distancia mortalmente cercana.

La sorpresa cayó sobre las cabezas de los soldados como un rayo. Porque ahí estaba su líder, muriendo ante sus propios ojos, a pesar de que había intentado evitar a conciencia lo que estaba sucediendo. El disparo que perforó la cabeza de Peterson dejó parte de su cerebro pegado a la ventana delantera de la cafetería. Gracias a la confusión que se creó, el atacante logró desaparecer entre la multitud. Sin embargo, uno de los soldados pudo verlo con claridad. Aunque había gente moviéndose en todas direcciones, los ojos del soldado estaban fijos en un punto y no en otro. Salió corriendo detrás de él y en menos de dos minutos estaba empuñando su revólver contra la cabeza de Jáled y ordenándole que se detuviera. Jáled se detuvo.

En ese momento dramático, otro disparo rompió el silencio y el cráneo del soldado.

Jáled Saifeddín se pasó las manos por la cabeza. Miró hacia atrás.

—¡Vamos! —gritó su compañero.

Los mares de Yafa

Cuando Mahmud se trasladó a Yafa, lo que más seducía era vivir cerca del mar. Se levantó al amanecer, se vistió apresuradamente y cruzó el barrio Almanshiya, que estaba inundado de silencio. Pasó junto a la escuela Almarwaniya, luego junto a la escuela Alabbasiya. Se giró en dirección a la calle Almanshiya y, mientras se dirigía a la playa, pudo ver la Gran Mezquita de Hasan Bey.

Cuando llegó le parecía que oía algo más que el sonido de las olas. Aceleró el paso y se encontró con redes largas que parecían muros llenos de pájaros atrapados y demasiado cansados para agitar sus alas.

Este no era el tipo de escena con la que hubiera querido comenzar su vida en Yafa, pero así fue como sucedió. No sabía si debía regresar a su pequeño apartamento o intentar superar las redes. Buscó un espació por el que poder pasar y, cuando lo encontró, le sorprendió una escena todavía más cruda: varios pájaros chocaron contra él y, medio muertos, cayeron al suelo.

Decidió volver a casa rápidamente y durante un tiempo no pudo soportar acercarse al mar, el mar que realmente no había visto, el mar ceniciento, cubierto de alas tan fácilmente rotas. Aunque las codornices eran un plato común y barato en los meses de otoño y podía comprar una quincena por cinco piastras, no soportaba la idea de comerlas después de lo que había visto.

Al final, sustituyó el mar por los naranjos de Yafa, cuya fragancia flotaba y envolvía la ciudad como si otro mar, su mar particular. Empezó a frecuentar los huertos cada noche, como si pasease por la orilla del mar.

***

—Te llevaré al mar —le dijo Layla.

Él dudó. Al notar que vacilaba, le preguntó:

—¿Le tienes miedo? ¿O es a mí?

Mahmud le contó su primer encuentro con el mar. Le contó que muchas noches soñaba con pájaros chocando contra él y cayendo al suelo medio muertos.

—¡Tú mismo eres una historia andante! —le dijo ella riéndose.

Pero él no lo hizo.

Layla lo llevó al mar. Una vez allí le dijo:

—No hay solo un mar en Yafa. Hay muchos. Eso es lo que siempre digo. El mar de Almanshiya es diferente al de la playa de Albarriya, que es diferente al de la playa de la ciudad vieja. Y el mar frente a Alágami es diferente de todos los demás. Te llevaré a Alágami. ¿Qué te parece?

Mahmud no dijo nada. Esperaba descubrir algo más, algo que lo ayudara a borrar su triste recuerdo.

***

Salieron de la plaza de la Torre del Reloj en dirección a la calle Alágami. Pasaron por el Club Árabe, la Escuela Ortodoxa, la Escuela Británica para Niñas, el Collège des Fréres y el cementerio armenio antes de girar y dirigirse hacia el mar junto al Hospital Británico.

Lo grababa todo en su cabeza. Eso era lo que acostumbraba a hacer en la pequeña Ramala, en la extensa Jerusalén y en Yafa, con su bullicio de colmena. No había nada que temiera más que perderse.

Por ello estaba constantemente buscando hitos que lo llevaran fácilmente a su propio umbral.

Layla le preguntó:

—¿Ves lo que quería decir con que los mares de Yafa son diferentes unos de otros?

Mahmud asintió con la cabeza. El mar que veía ahora era diferente de aquel mar oscuro y lleno de muerte que había visto aquella madrugada. Pero no solo el mar era distinto, también lo era que Layla estuviese allí a su lado.

***

La temporada durante la cual las codornices llegaban agotadas a las costas de Yafa ya no era algo novedoso para él. Mahmud había pasado por lo mismo un otoño tras otro, desde su primer recuerdo: miles de codornices que no encuentran otra cosa que redes de pesca esperándolas, al igual que los imponentes bancos de sardinas cuando llegan a la playa, a principios de septiembre, solo encuentran pescadores esperándolas.

***

Tenía mucho que hacer: debía ir a su trabajo en el periódico y citarse con Layla después. Sin embargo, las codornices lo sorprendieron una vez más y de una manera todavía más cruel. Porque cuando abrió la puerta se encontró con cientos de ellas en el suelo. Antes de saber qué hacer, varias aves rebasaron el umbral rodando y aterrizaron a sus pies.

Se agachó, las recogió y las dejó fuera de la casa otra vez. Con gran cautela, logró superar el montón de pájaros exhaustos. Antes de girar en dirección a la calle principal, vio cómo algunos muchachos las recogían. Las metían en bolsas, en jaulas, entre la ropa y hasta en los bolsillos. No pudo continuar. Se volvió corriendo a casa, temiendo que alguno chocara contra él y cayera medio muerto frente a él otra vez. Podría soportar cualquier cosa menos una sorpresa como esa. Las sorpresas, como solía repetir a Layla, son «el final de todos los finales».

***

Poco después de la media tarde se atrevió nuevamente a abrir la puerta. Miró al umbral. No había señales de los pájaros. Cuando levantó la vista, se encontró cara a cara con Layla.

—¿Dónde has estado? ¡Te he estado buscando por todos lados! Y en el periódico ¡me han dicho que no has ido a trabajar!

Campesinos, pastores y labriegos

No necesitaban ser muy inteligentes para darse cuenta de que habían perdido el caso incluso antes de que terminara la audiencia. El abogado que Salim Bey Alháshemi les había enviado no era otro que su hijo Anas.

Salim Bey Alháshemi le había dicho:

—¡No encontrarán a nadie mejor que tú!

—Pero no tengo ninguna experiencia en este tipo de casos.

—¿Y quién dijo que las personas nacen con experiencia en Derecho, en Medicina o en lo que sea? Esta es tu oportunidad de formarte en este tipo de casos pequeños, hasta que aparezcan casos más grandes, que te permitan forjarte un nombre.

—Pero este no es un caso fácil.

—Ya sé que no lo es. Pero si lo ganas, será una prueba de tu competencia y quedarás etiquetado como nacionalista. Sí lo pierdes, la gente culpará a la parcialidad del sistema judicial británico. Lo he pensado mucho. ¡Así que no te preocupes!

***

El monasterio contó con el respaldo de un cofre de madera lleno hasta el borde con documentos que demostraban que siempre había cumplido con el pago de impuestos, ya fuera bajo el control de los turcos o de los británicos, y que el caso tenía que ver con un grupo de temporeros agrícolas que, ahora que habían terminado el trabajo requerido, lo único que tenían que hacer era marcharse. No eran más que temporeros que iban y venían. Algunos de ellos podrían haber venido un par de veces, o posiblemente incluso tres años seguidos. Sin embargo, tan pronto como cobraban sus jornales, se volvían a sus pueblos. Cuando el juez militar británico le pidió al abogado del pueblo que presentara pruebas que confirmaran que «estos temporeros agrícolas» eran los legítimos propietarios de la tierra, no encontró ni una sola hoja de papel.

En poco tiempo, el juez había fallado a favor del monasterio y el fallo se convirtió en un nuevo documento que certificaba al monasterio como único propietario de las tierras de Alhadia. Y como tal fue añadido a los demás documentos guardados en el cofre.

***

Salieron del patio aquel mediodía como si hubieran sido golpeados por una insolación. Sus gritos de protesta no habían servido de nada y lo único que sabían con certeza era que no poseían nada, ni su tierra, ni sus casas, ni sus campos, ni sus viñedos, ni sus caminos, esos que tan bien conocían; ni siquiera les pertenecía su propio modo de vida, ese que habían conocido y heredado generación tras generación. El veredicto del tribunal les había confirmado que sus recuerdos no eran más que sueños, que sus sueños eran ilusiones y que las aflicciones que habían sufrido y los sacrificios que habían pasado con el fin de preservar su tierra habían sido en vano. Se dieron cuenta de que habían sido despojados de las palas con las que excavaban, las guadañas con las que cosechaban, los caballos con los que compartieron momentos dulces y amargos, las vacas que ordeñaban y los rebaños con los que pasaban largas noches en los campos abiertos para soslayar su muerte en las estaciones secas.

De repente, nada en Alhadia les pertenecía.

Se convirtieron entonces en meros trabajadores temporeros: campesinos, pastores y labriegos sin más posesión que la ropa que llevaban puesta.

Media hora después se podía escuchar a muchos hombres maldecir o gritar, o verlos volteando la cabeza para que nadie viera las lágrimas que llenaban sus ojos.

***

—¿A dónde vais? —La pregunta fue mordaz y llena de reproche.

Hach Sálem se volvió y miró hacia atrás. Sabía que era la voz de Hach Jáled.

—Volvemos a Alhadia.

—¿Qué le vas a decir a tu madre, a la tía Anisa, a Aziza, a la gente del pueblo? ¿Les vas a decir que has perdido Alhadia? Vamos, hombre, ¿qué estás haciendo?

Los pies de Hach Sálem se quedaron clavados en el suelo. No podía dar ni un paso. Hach Abu Senbel lo sacudió.

—¿Qué te pasa? —le preguntó.

Hach Sálem cayó en la cuenta de que era preferible morir que regresar derrotado a la aldea.

—Solo hay un lugar al cual podemos dirigirnos ahora —dijo Hach Sálem.

—Al infierno. ¿Nos queda algún otro lugar?

—Sí, muchos. Hemos luchado contra los turcos, hemos luchado contra los británicos, contra los colonos judíos, hemos luchado contra el hambre y la pobreza. Y ahora nos toca lucha contra esta injusta sentencia.

—Entonces, ¿qué sugieres?

—Que no volvamos a Alhadia hasta haber hablado con el abogado Sulayman Almarzuqi.

Nadie se opuso.

***

Poco después de la media tarde llegaron a su oficina, situada en la calle Cemal Bajá de Yafa. El abogado no estaba allí, así que decidieron esperarlo.

—Está bien —les dijo un chico que trabajaba como aprendiz—. Estará aquí a las tres y media. Todo lo que tenéis que hacer es mirar las manecillas de este reloj. Nunca se retrasa.

Mirar el reloj se convirtió en un verdadero tormento. A pesar de su débil sonido, generalmente olvidado, el reloj los sumergió en un estado de ansiedad, a medida que su tic-tac, tic-tac se iba asemejando cada vez más a un tambor a punto de explotar. ¿En qué momento se había convertido aquel reloj en una bomba a la que, en su desesperación, no tenían más remedio que aferrarse?

Ninguno de ellos era inmune a ese sentimiento miserable. De pronto, Iliya Radi se levantó y dijo:

—Me estoy asfixiando. Espero afuera.

Fue seguido por Muhámmad Shahada y Hach Abu Senbel, que añadió:

—Vosotros sabéis cuándo estas manecillas marcarán las tres y media, pero yo no aguanto, ¡no puedo seguir aquí sentado aquí, torturado por ese martilleo insufrible.

***

Exactamente a las tres y media, la puerta se abrió. Almarzuqi entró y con él los que habían estado esperando fuera.

Le explicaron el caso de principio a fin y le hablaron sobre la sentencia del juez.

No dijo nada. De hecho, guardó silencio durante tanto tiempo que incluso pensaron que no los había escuchado. O tal vez estaba dormido. ¿Quién podría saberlo? Miraba el reloj como si estuviera contando los segundos. Cuando dijeron todo lo que tenían que decir, les respondió: «La primera vez que vinieron a verme, me prohibieron entrar en la sala del tribunal durante seis meses. Este caso, podría hacer que me impidiesen entrar por el resto de mi vida. ¿Se dan cuenta?».

—No tenemos a nadie más a quien acudir —dijo Hach Sálem.

—Deberían haber venido a verme a mí antes, en lugar de acudir primero a su excelencia Anas, ¡hijo de Salim Alháshemi! —ironizó Almarzuqi.

—No fuimos a buscarlo a él. Fuimos a ver a Salim Alháshemi, que, como usted sabe, es un prominente líder nacionalista.

—¿Saben ustedes una cosa?, la mayor amenaza para todo este país es que ustedes son demasiado buenos. De hecho, la bondad de su corazón podría ser la causa de su propia muerte. Es como si Hach Jáled no hubiera sido uno de ustedes ¡y que realmente no lo conocieran!

Sus palabras les causaron angustia y dolor.

—Por favor, le rogamos que no permita que perdamos Alhadia tan fácilmente —suplicó Hach Sálem.

Por primera vez en su vida, parecía una persona diferente, alguien que estaría incluso dispuesto a suplicar. Se volvió hacia Mahmud, que estaba sorprendido por lo que estaba escuchando. En ese momento, el profundo amor propio de Hach Sálem regresó, y agregó:

—Juro por Dios que, si este veredicto pudiera revocarse con sangre, lo hubiéramos hecho nosotros mismos. Y si se pudiera hacer prendiendo fuego a Manuli, no dudaríamos en hacerlo. Pero es una decisión que no podemos impedir de esa manera.

—¿Son conscientes de que este caso podría costarme mi futuro como abogado?

—Estamos dispuestos a hacer lo que sea que usted nos pida.

—¿Aman a su pueblo?

—¿Cómo no vamos a amarlo? ¡Es nuestra vida!

—Como esto es lo que dicen, y veo claramente que lo dicen de corazón, les digo que su derecho será restaurado, ya sea ante el juez británico o incluso ante el mismísimo demonio. ¡Pero, a cambio, me pagarán cincuenta libras por cada palabra que pronuncie en el tribunal!

—¡Cincuenta libras por cada palabra! ¿No le parece exagerado?

—Esta es mi condición. Y si no pueden aceptarla, se pueden marchar.

—Pero usted sabe que eso es más de lo que podemos permitirnos —dijo Hach Sálem.

—¿Acaso pueden permitirse perder su aldea?

—No, no podemos —contestó Abu Senbel.

—¿Estamos de acuerdo, entonces? —Miró sus rostros con tanta atención que sus rasgos podrían haber quedado grabados para siempre en sus ojos.

—De acuerdo —dijo Hach Sálem, buscando en su bolsillo.

Al darse cuenta de lo que Hach Sálem estaba haciendo, Almarzuqi dijo:

—No quiero nada de ustedes ahora. Una vez que les restituya completamente sus derechos, me pagarán en su totalidad. Nunca antes.

***

—Si consigue recuperar el pueblo, lo tendréis que vender para pagar sus honorarios —comentó Albármaki.

—El río de palabras que fluirá de su boca nos costará un río de dinero. Y, que yo sepa, no hay un río como ese en Alhadia —secundó Hach Abu Senbel.

—Estabas con nosotros y oíste con tus propios oídos cada palabra que dijo, pero no te opusiste —le recriminó Sálem.

—¡Porque estaba tan loco como vosotros! ¿Quién en el mundo aceptaría una condición como esa?

—Tú lo harías. ¿Acaso no estuviste de acuerdo? —le preguntó Muhámmad Shahada.

—Si tu gente se vuelve loca, ¡mantener la cordura pierde todo el sentido! Tenía que volverme tan loco como vosotros.

—Escuchad bien. Nada en la faz de la tierra sería tan desgraciado como perder Alhadia injustamente ante nuestros propios ojos. Recordad que, si el monasterio se sale con la suya, no encontraréis un palmo de tierra donde podáis vivir y ser enterrados con dignidad cuando os llegue la muerte. —Luego agregó—: ¿Qué piensas, Mahmud?

—No lo sé. ¡Siempre hay sorpresas!

—Te lo pregunto para que lo sepamos. Aquí ya no cabe ni una sorpresa más.

***

No había nada más temido por Mahmud que las sorpresas. Para él las sorpresas eran el final más absoluto.

El estreno de *Another thin man*, protagonizada por Myrna Loy, había terminado. En la puerta del cine, Mahmud se sorprendió al encontrar manifestantes marchando por las calles de Yafa. Era la manifestación más ruidosa y bulliciosa que había visto.

—¿Qué pasa? —preguntó.

—Una manifestación. Todo llega a su fin en este país, excepto las manifestaciones —le dijo uno de los empleados del cine.

Regresó a su habitación en el barrio de Almanshiya. Pero quiso intentar averiguar el motivo de la manifestación que había visto menos de una hora antes. Encendió la radio y esperó a que empezara el parte de noticias. Asmahan cantó, pero no la escuchó. Sáleh Abdelhai cantó, pero no lo escuchó. Cuando llegó el parte de las seis, dejó todo lo que estaba haciendo y se quedó congelado mirando aquella radio grande frente a él. De repente, llegó la noticia inesperada: «Una multitud de ciudadanos árabes se han echado hoy a las calles para manifestarse a lo largo y ancho de Palestina, en protesta por el martirio de su líder, Jáled Hach Mahmud. Los partidos políticos palestinos han hecho una declaración en la que exigen que la nación guarde tres días de duelo…».

El maestro de finales

Mahmud estaba cautivado por la puntualidad de Layla. Temía que un solo minuto de retraso le despojase de una de sus prendas en esa gran plaza. ¡Cómo detestaba estar solo! La primera vez que se vieron había escogido un lugar en el que nadie podía perderse: la plaza de la Torre del Reloj. Qué feliz le había hecho eso. Encontrar un lugar que ambos conocieran fue uno de sus mayores triunfos. Eso, al menos, era lo que siempre había pensado. No había lugar en la ciudad más famoso que el edificio Saray y estaba delante de él, esperándola.

—Estoy aquí, hombre. ¿Qué te pasa? —dijo Layla con una sonrisa—. Increíble. Cada vez que quedamos, ¡estás como perdido!

—Lo siento. Tenía la cabeza en otro sitio.

—Quédate pegado a mí y ya verás como no te pierdes más.

Mahmud no podía negar que era ingeniosa. Aunque Afaf era más guapa y más alta. Si no tuviera un problema: ¡no tenía estudios!

El día que conoció a Layla fue inolvidable, como los finales de los que nunca dejaba de hablar. Extendió la mano para coger una copia del *Infierno* de Dante, traducida al árabe por Amín Abu Shar. Mientras trataba de leer los titulares de los periódicos, dispuestos en el suelo, ella le arrebató el libro.

Cuando su mano, finalmente, quiso alcanzar el libro, ya no había nada. Solamente un espacio vació. Se volvió y lo vio en su mano. Mahmud le reprochó: «Pero yo quería comprarlo».

—¿Qué?

—Ese libro. Iba a comprarlo.

—Por supuesto que puedes comprarlo. ¡Aquí lo tienes!

—Lo siento. No me refería a eso.

—¿A qué te referías, entonces? ¿Lo quieres? Pues, cógelo. No hay problema. Tengo libros para no parar de leer en diez años.

—¿En serio?

—Sí, en serio.

—Lo siento.

—No importa. Lo necesitas más que yo.

Ella se lo dio y sus facciones se relajaron.

***

Rápidamente pagó el libro y, queriendo alcanzarla antes de que ella se fuera, salió disparado de la librería. Entonces sucedió algo inesperado: se encontró de golpe con ella y Layla casi se cae al suelo. ¡Un segundo problema en menos de tres minutos!

—¡Lo siento! ¡Lo siento mucho! —Estaba terriblemente nervioso: empezó a sudar, se puso colorado y el libro casi se le cae de la mano.

—No te preocupes. ¿Por qué tienes tanta prisa? ¿Vas a perder un tren?

—¡No, no, en absoluto! —respondió, como si negara una acusación.

—Solo estaba preguntando, eso es todo.

Lo miró de los pies a la cabeza y le hizo una propuesta que no esperaba.

—¿Te gustaría dar un paseo?

Mahmud comenzó a caminar a su lado sin siquiera responder. Lo que más le sorprendió a ella fue que trabajase en un periódico. Layla le dijo:

—Yo también escribo.

—¿Alguna vez has publicado algo? —quiso saber.

—No —respondió ella.

Hubiera estado bien que le dijese: «Por qué no me enseñas algo tuyo que pueda publicar». Pero no se atrevió a hacer una oferta tan audaz. Conocía la realidad de la redacción del periódico y sabía que lo único que hubiera podido hacer era leer el texto.

***

Después de años de trabajo periodístico, el poder de los finales era el tema que siempre más le había preocupado. Sin embargo, cuando la conoció, sabía muy poco sobre los comienzos. Para él, el enfoque más natural era tomar de la mano un principio y caminar con él hacia el final más conveniente. Era un buen lector y, por lo tanto, podría decirse que había aprendido. Además, el haber traducido a lo largo de los años un buen número de novelas de Oscar Wilde, Maupassant y Chéjov, que publicó bajo las iniciales «M.J.», le había dejado una profunda huella que no había percibido en mucho tiempo.

***

Cuando, dos años después de conocerla, le contó a Layla que había traducido y publicado novelas y relatos para el periódico, le preguntó:

—¿De quién son las obras que traduces?

—De Maupassant, de Chéjov y Oscar Wilde —respondió.

—¡Así que eres un *cerebro*, entonces! —exclamó feliz—. ¿Por qué no se me habrá ocurrido esto antes?

—¿Qué quieres decir con *cerebro*?

—¿No firmas tus traducciones con las iniciales «M.J.», o sea, «muj», cerebro? Eres el *Cerebro*, entonces.

Finalmente entendió lo que estaba diciendo:

—¡Sabes, nunca antes había pensado en eso! —Y añadió—: Siendo así, le doy las gracias a Dios.

—¿Qué quieres decir?

—¡Gracias a Dios de que mi nombre no sea Taysir, porque entonces mis iniciales serían «T.J.», o sea, «taj», el que se rinde!

Atrapado en una bocanada de euforia, dijo:

—¡O algo mucho peor!

—¿Como qué?

—No sería apropiado decírselo a una chica.

Dejó estar el tema de inmediato. Sin embargo, siguió atormentando su cabeza en busca de una letra que, unida a su primera inicial, diese como resultado un exabrupto. Cuando descubrió de qué se trataba, dijo:

—Tienes razón. ¡Podría haber sido un desastre si me llamara Shukri, o Sháker, o Sharif![38]

Mientras tanto, en el otro extremo de su mundo, Afaf seguía con afán las últimas partes de la historia en silencio, ya que Layla no lo dejaba volver a Alhadia sin una carta en la mano, una carta que leía al menos diez veces en el tren, y otras cinco más al llegar a Alhadia. A veces incluía una nueva historia que había escrito, que no tenía más que un final. ¿No le había dicho ella ya que los finales eran su especialidad?

—Y los comienzos, ¿de quién son especialidad?

—Son mi punto fuerte. ¿No fui yo quien tomó la iniciativa cuando nos conocimos?

Pero Mahmud siempre estaba desconcertado. Layla nunca le dejaba claro hacia dónde iba su relación. No había llegado ni a tocarle la mano, ni siquiera en la oscuridad.

---

[38] En este caso las iniciales serán ش.خ, que juntas forman la palabra vulgar shaj, o sea, «cagar o mear». [N. del T.]

El intermediario, el comprador y el vendedor

Un todoterreno se acercó y salieron tres hombres: un intermediario con el nombre de Asad Nasnas[39], un judío llamado Levi y el padre Manuli. Permanecieron juntos, examinando un solar al oeste del muro del asentamiento, que se había levantado a las afueras de Alhadia y en una parte de su territorio.

El asunto no necesitaba explicación. Toda la ciudad acudió sin demora al lugar en el que estaban. Quien tuvo a disposición un caballo o un burro montó sobre él y todos los demás fueron corriendo, incluso descalzos. Mujeres, niños, ancianos y jóvenes llegaron corriendo desde ambos vecindarios. Era la primera vez en mucho tiempo que algo así sucedía, pues el fallo del tribunal a favor del monasterio los había hecho vulnerables a los innume-

---

[39] Asad Nasnas, un nativo de la aldea, se había enamorado de la hija de Muhámmad Shahada, Salma. Sin embargo, el primo paterno de esta dijo que quería que fuera su esposa, por lo que se casó con ella. Asad fue luego y pidió la mano de una chica muy bonita y la trajo de regreso a Alhadia. Quería enojar a Salma y a su familia, así que todos los días salía a caminar con ella para mostrarla. Un día, mientras estaba caminando con su esposa, se encontró cara a cara con Salma en la calle y gritó: «¡Lo juro por Dios, un centenar de mujeres no podrían hacerme olvidar a Salma!». «¿Y a mí que me falta?», preguntó su esposa con enojo. Queriendo aplacarla, le dijo que, mientras él y ella nunca se habían visto solos antes del matrimonio, Salma y él solían salir juntos al bosque. «Está bien, entonces», dijo su esposa. «Vayamos al bosque». Cuando llegaron allí, él le quitó la ropa. «¿Solías hacer esto con Salma?», le preguntó su esposa. «Esto y más» respondió. Luego, con la velocidad del rayo, hundió un cuchillo en su pecho. Después de arrojarla en un solar propiedad del esposo de Salma, fue a la policía y se entregó. Él dijo: «Encontré al esposo de Salma encima de mi esposa, así que la maté», ya que sabía que ese motivo sería un buen atenuante. Lo que no esperaba, sin embargo, era que su esposa no hubiera muerto. Cuando la encontraron y la llevaron de regreso a la aldea, ella les contó todo y fue sentenciado a quince años de prisión. Salió de la cárcel cuando los británicos liberaron a ladrones y otros delincuentes durante el levantamiento de 1936-39, y nunca regresó a Alhadia.

rables peligros a los que estaba expuesta aquella gran extensión. Los tres hombres sitiados fueron conscientes de lo que estaba sucediendo. El intermediario y el comprador intentaron subirse al automóvil, pero el padre Manuli no lo permitió:

—¡Esta tierra pertenece al monasterio y nadie puede decirnos a quién podemos y no podemos vendérsela!

Retrocedieron unos pasos, pero su cercanía al automóvil les hizo sentir un poco más seguros.

La gente los rodeaba por todos lados.

Hach Sálem dio un paso adelante, lleno de furia, con los ojos enrojecidos y totalmente erguido, como un bastón.

—¿Pero qué estáis haciendo aquí? —exigió.

—No es asunto vuestro. Esta tierra pertenece al monasterio y, por tanto, la institución tiene el derecho de hacer con ella lo que quiera. A fin de cuentas, ustedes no son más que un grupo de temporeros agrícolas —replicó Manuli.

—¡Temporeros agrícolas!

—Si no lo supisteis antes, no es vuestra culpa. Es culpa del padre Theodorus por no habéroslo dicho.

—¡Ah!, ¿sí? —respondió Hach Sálem—. Ahora veremos quiénes son los temporeros agrícolas aquí. Se volvió hacia la gente y señaló el automóvil.

El intermediario y el comprador, que pensaron que su proximidad al automóvil les proporcionaba cierta protección, de repente creyeron que sería mejor alejarse del vehículo. Se alejaron, pero nuevamente sus sentidos les jugaron una mala pasada.

Como una tempestad abrumadora, varias personas corrieron hacia el automóvil, mientras otras perseguían al intermediario y al comprador.

El coche se balanceaba de lado a lado y en un instante volcó hacia un lateral. Un último empujón lo puso patas arriba. Continuaron empujándolo hasta que lo dejaron al borde de una pequeña pendiente descendente. Faltaba solo el golpe certero definitivo. El coche se balanceó ligeramente, dio tres vueltas de campana y finalmente aterrizó sobre un costado. Mientras tanto, el intermediario y el comprador recibían golpes a diestro y siniestro, sin encontrar un lugar en el que guarecerse. Huyeron hacia donde estaba el padre Manuli en busca de refugio y este los recibió con una mirada que los transportó directamente hacia lo desconocido. Mientras tanto, Hach Sálem y el padre Manuli se desafiaban cara a cara, separados por no más de cinco pasos de distancia, cada uno mirando a los ojos del otro, dominados por la furia.

Los habitantes del asentamiento observaban la escena desde lejos. Tan pronto como el intermediario y el comprador se alejaron un poco de sus perseguidores, comenzaron a caer balas sobre la gente del pueblo.

Mirando hacia el asentamiento, el padre Manuli chilló:

—¿Estáis locos? —¡Como si pudieran escucharlo!

—Eso es lo que trae tu locura —respondió Hach Sálem.

***

Los aldeanos entendieron que los disparos tenían un solo objetivo: matar. Shams, la hija de Yamal Ribhi, gritó:

—¡Padre! ¡Sangre!

No tenía más de diez años. No mucho después, Hátem Abu Umayra gritó con voz tensa:

—¡Socorro! —La sangre le brotaba del cuello.

Cuando la gente vio lo que sucedía, un grupo de hombres salió corriendo detrás de Asad Nasnas y de Levi, que en ese momento se arrastraban con dificultad hacia la alambrada del asentamiento. Las balas llovían sobre sus perseguidores para evitar que alcanzaran su objetivo. Esto hizo posible que la gente en el otro extremo huyera y se escondiera detrás de los muros de piedra que separaban las tierras, entre los olivos. Shams y Hátem exhalaban ya su último aliento.

Los hombres huían como almas que se lleva el diablo, tratando de esquivar las balas que sacudían todo a su paso. Imad Alajras y Hussein Alsaúb cayeron, pero nadie se detuvo. La intensidad del fuego disminuía a medida que la distancia entre los que huían y sus perseguidores se hacía cada vez más pequeña. En cuanto los alcanzaron y comenzaron a apalearlos, los disparos cesaron por completo.

—¡No los matéis! —gritó Ziyad Nayim.

—¿Qué estás diciendo? —se escuchó la voz de Hasan Barakat.

—Si los matamos, nos matan en el acto. Tenemos que salir de aquí y llevárnoslos.

¿Por qué se habían metido en aquel callejón sin salida? ¿Cómo no se habían dado cuenta de que era una trampa?

—Si sobrevivo a esto, diré que Ziyad fue quien nos salvó a mí y a estos hombres —dijo Hasan Barakat.

—Si sobrevivimos, será porque era voluntad de Dios darnos una nueva oportunidad —respondió Ziyad.

***

Se retiraron, arrastrando a Nasnas y Levi con ellos. Se encontraron con Imad Alajras, que sangraba profusamente. Una bala le había atravesado el hombro derecho y otra el lado izquierdo.

—¡Matadlos! —gritó Imad.

Se lo llevaron. Cuando llegaron al lugar donde estaba Hussein Alsaúb, ya había muerto.

La gente echó un vistazo fuera de sus escondites y cuando estuvieron seguros de que el tiroteo había terminado, salieron corriendo hacia la aldea, donde los hombres habían llegado con Nasnas y Levi.

***

Nadie vio al padre Manuli después de aquello. Había desaparecido por completo. Hach Sálem intentó descubrir a dónde había ido, pero fue en vano. Manuli había desaparecido en un abrir y cerrar de ojos.

—¡Desapareció mientras lo miraba fijamente! —Estas fueron las palabras que Hach Sálem repitió una y otra vez durante los días difíciles que siguieron.

Cuando ya todos habían llegado a las afueras del pueblo, se escuchó una explosión de una magnitud descomunal. Se agacharon, pero antes de que pudieran ni siquiera levantar la cabeza, había explotado una bomba. Comprobaron que había caído a cierta distancia y vieron que salía humo cerca del automóvil volcado.

Una segunda bomba estalló, más cerca de ellos. Después una tercera. El automóvil estalló y se transformó en una masa de fuego que expulsó una columna de humo hasta lo más alto del cielo.

La gente se miraba a los ojos. En ese momento se dieron cuenta de que las armas que les habían apuntado desde el asentamiento eran más poderosas que cualquier arma que esperasen encontrar allí.

***

La unidad militar británica que llegó menos de una hora después al lugar no vio nada excepto los restos de una columna de humo, los cadáveres de Hátem Abu Umayra y Hussein Alsaúb, un herido, Imad Alajras, los restos de la pequeña Shams y la furia de la gente. Fue la furia lo que estalló en las caras de los soldados y en contra de Gran Bretaña. Un país dispuesto a llevar a cualquiera de ellos a la horca por poseer un simple cuchillo, pero incapaz de escuchar las bombas que caen sobre sus cabezas a plena luz del día.

Sin embargo, el teniente Jack Edmund no vaciló en cuestionar a los aldeanos sobre Nasnas, Levi y el padre Manuli.

—Si encontráis al padre Manuli, también encontraréis a Nasnas y Levi. Tan pronto como comenzó el fuego cruzado, la tierra se abrió y se los tragó. ¿A dónde han ido? Solo Dios lo sabe —dijo Hach Sálem.

El teniente Jack tenía veintiséis o veintisiete años. Parecía claro que era la primera vez que se enfrentaba a una situación como aquella.

—La gente del asentamiento dice que los capturasteis.

—Y nosotros decimos que no los hemos visto desde que comenzaron los disparos. O sea, nos acusáis a nosotros de matarlos porque no habéis podido dar con ellos, pero no señaláis al asentamiento que, como podéis ver, ha dejado muertos y heridos entre nosotros.

—El asentamiento se defendía.

—¿Disparándonos y lanzándonos bombas, a pesar de que estamos desarmados?

—Desafortunadamente, voy a tener que buscar por toda la aldea —respondió Jack, que era el soldado británico más educado que habían conocido.

—Busca todo lo que quieras, pero no encontrarás nada, ninguno de ellos está aquí. Nos enfrentamos a ellos y no les hemos permitido que pisen nuestra tierra, que además quieren vender. Eso es todo lo que hemos hecho. Y lo haríamos de nuevo si fuera preciso. Lo que tienes que hacer tú ahora es ayudarnos a salvar a estas dos personas que están heridas, y así no seréis también culpables de su muerte.

***

El teniente Jack Edmund no encontró lo que estaba buscando. Cuando llegó a la puerta del monasterio, la hermana Sara salió y dijo:

—El padre Manuli no está aquí.

Se conformó con su corta respuesta y la ayudó a cerrar la pesada puerta, tirando hacia él. Después regresó a la aldea, donde la gente lloraba desconsoladamente e intentaba en vano salvar a los heridos.

Antes de que tuviera la oportunidad de decirles que regresaría al asentamiento para obtener más información, la madre de Shams rompió en llanto sobre el cuerpo de su hija. Había muerto.

Dirigiéndose al teniente Edmund, dijeron:

—Tú la has matado.

—*I'm sorry* —dijo una y otra vez, mostrando verdadera angustia. A continuación ordenó a los soldados que llevasen al hombre herido al automóvil.

Los soldados parecían sorprendidos por la orden. Cuando vio que vacilaban, los signos de su inocencia desaparecieron de repente y su rostro se nubló.

—*Now!* —gritó.

***

Manuli no reapareció hasta la mañana del juicio. Pero lo intentos del teniente Edmund por encontrar a Nasnas y Levi fueron infructuosos, incluso después de trasladar a Imad Alajras en su automóvil como gesto de buena voluntad.

—Dicen que nosotros los hemos hecho prisioneros, pero nosotros afirmamos que huyeron al asentamiento. Tenemos tres muertos y un herido. ¿Qué están diciendo?

Finalmente, el caso se archivó por falta de pruebas y por la imposibilidad de dirigir una acusación a una persona o a un colectivo en particular.

La llegada de Greta Garbo

Ella se acercó desde la distancia. Él miró su cara infantil y su pelo, que le cubría parte de los hombros. Pensó en la felicidad que constantemente afloraba en sus facciones, sonrosando sus labios. Su exuberancia la hacía parecer que quisiera abrazar al mundo entero.

No le faltaba nada. Tal vez había comenzado deliberadamente a caminar de aquella manera después de haberla invitado cuatro veces a ver *Grand Hotel* y dos veces *Anna Karenina*. Él seguía repitiendo tanto cierta frase, que ella acabó por sabérsela de memoria. Él decía: «¿Sabes que…?», y antes de terminarla, ella lo interrumpía y remataba diciendo: «…Greta Garbo es la mujer más hermosa sobre la faz de la tierra y se mueve con una elegancia impensable en ninguna otra criatura?».

Layla veía aquella como una aventura agradable, que una escritora como ella tenía que experimentar.

No negaba que le gustaba, aunque todavía no se atrevía a mirarlo directamente a los ojos, a pesar de que había pasado mucho tiempo desde su primer encuentro. Lo había intentado una vez y había comprendido que, si lo hacía de nuevo, seguramente se enamoraría de él. Cada vez que intentaba mirarla directamente, lanzaba una tímida sonrisa dulce, desviaba la mirada y la fijaba en cualquier otra cosa que estuviese a su alrededor en ese momento. Lo que más la atrajo de él fue su increíble habilidad para inventar finales ocurrentes a sus historias. Él le decía: «Lo importante no es cómo empieza la historia, sino cómo acaba. Dime el final y te diré cuánta atención merece tu historia».

***

Para cada historia que había escrito, incluso las que había escrito antes de conocerlo, él propuso un final diferente. En las pocas ocasiones en que no aceptó sus consejos, se arrepintió más tarde, al encontrarse con finales flojos para sus novelas y sus relatos. Layla no se atrevía a escribir historias que no tuviesen que ver con su propio mundo. Su mundo era agradable, más bien exageradamente agradable, por lo que no quería arriesgarse a escribir historias «novedosas». Por supuesto, no se lo había dicho. Para ella, el nivel de la historia dependía de cuán sofisticado era el tema. Una historia legible era aquella que podían leer personas que sabían leer. Layla pensó: «¿Por qué tendría que escribir sobre personas que no saben leer? ¿Por qué voy a escribir historias sin interés para otros lectores mucho más leídos y más instruidos?».

Desde el momento en que lo conoció, evitó responder a la pregunta: «¿Por qué no escribes sobre algo que no sea la vida en Yafa?». Aunque tenía preparada desde hacía tiempo una respuesta, «Solo escribo sobre lo que sé», fue un alivio que nunca le hiciera esa pregunta. A pesar de ello, también había anticipado una serie de preguntas que probablemente le haría al escuchar su respuesta. Podría preguntarle, por ejemplo: «¿Es preciso haber muerto para escribir sobre la muerte? ¿Es necesario vivir hasta los setenta para escribir sobre una mujer de esa edad? ¿Es preciso ser ingeniera, médica, maestra o incluso una mujer de la noche en un bar de Yafa, para escribir sobre ese tipo de personajes?».

Sin embargo, Mahmud solo hablaba de una cosa: «El final. Lo que importa es el final, Layla».

Curiosamente, ella nunca había querido un final para su relación. En consecuencia, nunca pudo decir si mereció la pena o no. No estaba preocupada por el hecho de que él tuviera una esposa, ya que para ella era vergonzoso ponerse al nivel de una mujer campesina, sin educación.

Sin embargo y de modo inconsciente, empezó a imitar la forma de andar de Greta Garbo, su peinado, las miradas de través tan magistralmente estudiadas, que lanzaba cada vez que se volvía para mirar a alguien, y la forma en que sus ojos se alejaban, buscando algo sobre su cabeza que ni él ni ella podían ver.

Mahmud notó estas cosas y lo hacían feliz.

***

Aunque él hacía oídos sordos, Layla empezó a animarle a escribir con más ambición y a no contentarse con editoriales y noticias. «¡Tienes que sacar tu talento a la luz, dejar que la gente te conozca!».

—No quiero que nadie me conozca. Cuanto más anónimo soy, mejor. De esta manera, nadie me señala y nadie me detiene para preguntarme qué pienso sobre lo que está pasando. Imagina que alguien me pregunta: «Sr. Mahmud, ¿qué opina de lo que está pasando? ¿Qué futuro le espera a Palestina, en su opinión?». Me volvería loco. ¿Quién podría resolver una ecuación cuyos elementos son los aldeanos palestinos, sus líderes en las ciudades, sus líderes en el campo, la pobreza en las aldeas y la riqueza aquí, en la ciudad; la superioridad industrial europea que los judíos han traído consigo y el atraso que los turcos dejaron en todo el país? ¿Quién puede resolver una ecuación que contrapone el caos de los innumerables partidos palestinos, con sus objetivos confusos e inconsistentes y sus disputas interminables, con las organizaciones judías, con su enfoque metódico para alcanzar su único objetivo: ocupar Palestina y expulsar a su gente? ¿Quién puede resolver una ecuación compuesta por nosotros, los árabes, por los británicos y los judíos?

—Pero tú eres un maestro para los finales, tendría que habértelo preguntado hace tiempo: ¿Cómo crees que acabarán las cosas en Palestina?

—¿En serio? ¿O me lo preguntas en broma?

—Te lo pregunto en serio.

—¿Y quién te ha dicho que yo puedo responder a una pregunta como esa?

—Desde que has sugerido la pregunta por ti mismo, significa que estás pensando en ello.

—Lo pensaría si fuera escritor. Pero no soy escritor, así que no lo he pensado.

—Te haré otra pregunta, entonces: ¿Qué es lo que quieres?

—¿Qué quiero? ¿Te digo la verdad? Creo que la respuesta está ahí, en la película *Grand Hotel*. He pensado mucho por qué veo esa película una y otra vez. Creo que hay tres razones: la primera razón es lo que el conde falso le dice a la protagonista: «No soy ningún personaje, en absoluto. Cuando era pequeño, me enseñaron a montar a caballo y a actuar con nobleza. En la escuela me enseñaron a rezar y mentir. Luego, en la guerra, me enseñaron a matar y esconderme». Es verdad que no he matado, pero me escondo.

—Pero tú no eres así.

—En ese caso, la persona que conoces y que lleva mi nombre, no soy yo.

—No quiero discutir contigo. ¿Cuál es la segunda razón?

—También se lo dice el conde falso a la protagonista.

—¿Y qué es exactamente?

—Él le dice: «Me gusta estar en tu habitación para poder respirar el mismo aire que tú». ¡Eso es lo que siempre pienso cuando estoy contigo!

—Está bien. ¿Y la tercera razón…?

—Esperaba que dijeras algo más sobre la segunda razón. En cualquier caso, te diré la tercera razón. Es el final.

—Sobre finales no tengo mucho que decir, tú eres el maestro. ¿A qué te refieres?

—El final de la película es abierto. De esto me he percatado hace poco. Creo que ese es el mejor tipo de final, porque es final y es comienzo al mismo tiempo.

—¡No entiendo!

—Después del asesinato del conde falso, el médico deforme dice: «¿Qué haces en el hotel? Usted come, duerme, se relaja, coquetea un poco con las mujeres, baila un poco. Cien puertas conducen a la misma habitación. Nadie sabe nada de la persona que está a su lado y, cuando se va, otra persona ocupa su habitación y duerme en su cama». Por primera vez, se dio cuenta de que el gran hotel no era solo un hotel. Era mucho más que eso. ¿No te das cuenta de que cuando las historias de los protagonistas terminan, otras personas entran en el hotel por puertas que giran constantemente? Así es la vida. ¿Puedes darme un final sin un final? ¿Un final que es un comienzo? ¿Un comienzo cuyo final es un comienzo?

—No lo sé.

—Esto es lo que me desconcierta. Tengo muchos comienzos, pero son insípidos.

—¿Y qué hay de tu final? Quiero decir, ¿puedes imaginar el final de tu viaje en esta vida?

Guardó silencio durante tanto tiempo que pensó que nunca diría nada y se arrepintió de haber planteado una pregunta tan espinosa. Pero antes de que abriese su boquita rosada para disculparse, él dijo:

—Pertenezco a una familia en la que el destino de los hombres lo deciden los caballos.

En ese momento, reunió el coraje para decir con voz triste:

—Pero estoy hablando de ti.

—¿Yo? ¡Nunca he tenido un caballo!

—¡Creo que no estás bien hoy!

—Tienes razón, estoy enfermo. ¿No te has dado cuenta? ¿Has olvidado lo que dice el doctor en la película?: «Cuando veo a alguien que le queda grande la ropa, sé que está enfermo». Esta ropa me queda grande. ¿No te das cuenta?

—¡No, te queda perfectamente!

El paso y el tiempo

Lo que Hach Sálem no había previsto era que el tiempo siempre iba a un ritmo más rápido que el suyo. Miró a su sobrino Nayi y a su hijo Ali y dijo: «Cuando conseguimos balas, no encontramos rifles, y cuando tenemos rifles, no recibimos entrenamiento, y si conseguimos granadas, suerte tiene al que no le explota encima. He pensado en esto durante mucho tiempo y he decidido que hay algo que vosotros dos podríais hacer y que el pueblo nunca olvidaría».

Se quedaron en silencio, pero a ninguno de ellos se le ocurrió preguntar: ¿Y qué podría ser eso?

—Podríais uniros a la fuerza policial británica —les dijo.

—¿La Policía británica?

—Sí, la Policía británica. Podríais ir allí y aprender, para luego regresar y enseñar a la gente.

Nayi nunca antes había asumido una responsabilidad tan grande, ni siquiera cuando fue bendecido con su primer hijo. Y ahora, de repente, sería responsable del pueblo y del entrenamiento militar de sus paisanos.

Entonces, se iría con Ali a la ciudad de Lod.

—Si no lo consigues tú, Ali lo hará. Y si Ali no lo consigue, tú lo conseguirás —dijo Hach Sálem.

Ambos enviaron sus solicitudes.

Las entrevistas serán dentro de dos días, les dijeron.

***

Llegaron dos horas antes para la entrevista. Los solicitantes formaban una larga fila. Un teniente británico vino y los examinó a todos, hasta el final de la cola, y luego regresó al principio.

Hizo un gesto a Nayi para que diera unos pasos al frente. Después de mirarlos una vez más, eligió a Ali, que estaba de pie junto a él. «¡Márchense!», gritó, y la cola se dispersó.

El ayudante del teniente británico, que tenía algún parentesco con Ali por el lado de su familia materna, les hizo un gesto para que lo siguieran. Cuando se alejaron un poco, les pidió veinte dinares. Dijo que le daría el dinero al oficial británico y que este ya estaba al tanto de todo.

Ali se volvió hacia él y le dijo: «¿Quieres veinte dinares? ¡Mira, no me interesa alistarme en la Policía!».

Antes de llegar a la puerta, el asistente le dijo: «Solo hablaba de ti, porque no aceptarán a Nayi cuando descubran quién es».

—¿Y eso?

—Porque es el hijo de Jáled Hach Mahmud. ¿Te lo tengo que explicar?

—De todos modos, pensaba irme —dijo Ali.

El asistente lo detuvo nuevamente.

—Sabes que no tenemos ni veinte piastras y vas y nos pides veinte dinares. Nos vamos los dos —dijo Nayi.

—¡No, por favor! Ya lo sé —dijo el asistente—. Quedaos, o me avergonzaréis ante la gente del pueblo. Yo pondré el dinero por vosotros. Dios me lo pagará.

Los miró largamente. Luego les dijo: «Dadme vuestros documentos de identidad».

Después de examinar los carnés, dijo:

—Creo que tengo la solución. Os parecéis mucho el uno al otro.

—¿Qué estás pensando? —quería saber Nayi.

El asistente le dio el carné de Ali a Nayi y el de Nayi a Ali.

—Esto es lo que estoy pensando —dijo.

—¿Crees que funcionará?

—He hecho lo que he podido y la pelota ahora está en el tejado de Nayi. A partir de ahora su nombre es Ali Sálem Hach Mahmud.

***

Dos horas más tarde, llegó un vehículo militar. Le dijeron a Nayi que subiera. Lo llevaron a Albassa, en Yafa. Cuando llegó, encontró a cientos de hombres esperando en la arena a que eligiesen a los nuevos efectivos.

—¿El mal nacido quería veinte dinares solo para mandarnos a otra prueba? —se preguntó Nayi.

Como había sucedido la primera vez, les pidieron a todos que se alinearan en cuatro filas. Antes de elegir a nadie, les pidieron a los que habían servido en el Ejército británico durante la II Guerra Mundial que dieran tres pasos al frente. Había quince hombres.

De la primera fila, el teniente a cargo eligió a dos, de la segunda fila eligió a cuatro, de la tercera fila eligió a uno y cuando llegó a la cuarta fila, eligió a Nayi y a otros dos jóvenes.

Nayi, entonces, recordó algo que no debería haber olvidado, que estaba enfermo, y que tenía la espalda plagada de círculos rojos a causa de las ventosas, ese remedio popular que se empleaba para extraer mala sangre. Al mismo tiempo, sabía que no podía regresar a la aldea, ahora que Ali se había ido.

***

Los hombres elegidos se reunieron en un pequeño patio en la parte trasera, mientras que los otros los miraban desde la distancia. Nayi estaba desconsolado porque sabía que sería descalificado en el momento en que se quitara la camisa.

Uno de los jóvenes notó su preocupación.

—¿Qué te preocupa? —le preguntó.

Nayi explicó la situación.

—Descuida, que eso te lo soluciono yo.

Hizo una seña a un joven que estaba a cierta distancia. Este se acercó hasta donde estaban esperando.

—Es mi hermano y, como puedes ver, tiene una constitución fuerte. Entrará cuando digan tu nombre y lo examinarán en tu lugar. ¡Así de simple!

—¿Y eso puede funcionar?

—Por supuesto. Lo hemos hecho muchas veces.

Se preguntó cómo demonios podía ser otra persona, ¡ahora que oficialmente se llamaba Ali!

Por desgracia, las cosas fueron en la dirección opuesta. A todos se les dijo que se alinearan en una fila y después unieron a los futuros soldados por parejas para evitar cualquier intento de engaño en las pruebas médicas.

***

El coche los llevó al pueblo de Naana. Cuando llegaron, Nayi perdió toda esperanza y anticipó la vergüenza que sentiría al ver a Hach Sálem tras volver a la aldea con el fracaso de no haber sido reclutado por la Policía británica.

Las pruebas comenzaron con un examen de la vista. La enfermera revisó su fotografía en el carné de identidad, luego lo miró fijamente la cara y le cambió el color por unos momentos. Sin embargo, recordando la responsabilidad que tenía, se mantuvo firme.

—¿Puedes ver los símbolos en la tabla, Ali? —preguntó ella.

—Por supuesto —respondió, feliz de que ella no hubiera descubierto nada.

—Siéntate en esta silla —le pidió.

Cogió la silla, la levantó y se encaminó hasta la puerta de la habitación.

—¿Qué estás haciendo?

—Voy a mostrarle que puedo ver los símbolos incluso desde esta distancia.

Nayi, el de antes, acababa de volver. Ella se rio:

—No verás nada desde tan lejos!

Pero, para su sorpresa, pasó la prueba de agudeza visual con un resultado del 100%.

—Jamás había visto una cosa igual —dijo—. Te llamas Ali, ¿verdad? —preguntó.

—Sí.

—¡Dudo que olvide tu nombre jamás!

***

Todavía necesitaba otro milagro. Y fue obrado.

Hicieron pasar a los reclutas uno por uno a un gran salón para la siguiente prueba.

La primera sorpresa que los sacudió fue que tendrían que quedarse tan desnudos como sus madres los habían traído al mundo, lo que motivó la huida de algunos. Nayi sabía que no podía permitirse el lujo de no afrontar una prueba como aquella, sin importar lo que le hicieran. Tenía que hacer lo que tenía que hacer. El resultado determinaría su destino, aunque todavía era pronto para saberlo.

Solo quedaba un recluta que le separaba del médico. Empezó a pensar en cómo se quitaría la ropa. ¿Debería comenzar por los pantalones, que se había puesto especialmente para la ocasión? ¿O debería comenzar por la camisa? «Comenzaré por la camisa», decidió. «¡De esta manera, a lo mejor ni siquiera tengo que quitarme los pantalones!».

En ese momento, alguien golpeó la puerta.

—¡Doctor! —La voz transmitía urgencia—. Un vehículo del ejército ha atropellado a una niña y lo necesitan de inmediato.

El doctor se levantó rápidamente y salió de la habitación. Hicieron un gesto a los reclutas que habían pasado la prueba para que se quedasen. A los que habían fallado, ya se les había pedido que se fueran. Y como Nayi estaba adentro, se quedó con los que ya habían pasado. Fue así de fácil.

Sin embargo, no dejaba de pensar que accidentes como aquél rara vez se daban. Pasó los siguientes tres días tratando en vano de informarse de qué había pasado con la niña que había sido la razón de su éxito.

***

El recluta a la cabeza de la fila colocó su mano sobre el Corán. El recluta detrás de él colocó su mano sobre el hombro del primero y así sucesivamente, hasta el final de la cola: «Juro que no traicionaré al Gobierno británico, que lo serviré con lealtad, seré fiel en mi trabajo y honesto en mi deber y no seré parcial con nada más que la verdad».

Después de hacer el juramento, recogieron sus uniformes militares, que les fueron distribuidos desde un gran baúl. A cada uno se les dio un par de pantalones de verano, dos camisas, un pantalón y una camisa de invierno, un abrigo y un par de botas militares.

Nayi entró al cuartel y descubrió que él sería el único árabe entre treinta y un reclutas indios. La situación lo alarmó. Poco después, entró un joven palestino. Muy contento, comenzó a charlar con él. Su nombre era Sami Atiya. Él le preguntó de dónde era y le contestó que era de Shufat.

—Me llamo Ali —dijo—, ¡pero la gente de mi pueblo me llama Nayi! —Esto era lo que le diría a quien quisiera saber su nombre.

Aun así, él y Sami se sentían solos en medio de toda aquella gente que no conocían y con quienes no podían hablar.

Acababan de acomodarse en sus camas cuando se les acercó un hombre alto y ancho de hombros, grande como una montaña. Se inclinó y cogió el paquete de cigarrillos de Sami. Se encendió uno. Luego se fue, llevándose el paquete con él, y repartió el resto de los pitillos con sus compañeros reclutas.

En los días siguientes, quedaron asombrados por la habilidad de este mismo hombre para tocar una especie de flauta. Estaban tan impresionados con su maestría que olvidaron que les había quitado el paquete de cigarrillos. Pero su admiración volvió a perder fuelle cuando comenzó a acosarlos de nuevo.

Un día los señaló y les dijo: «De ahora en adelante, vosotros seréis responsables de limpiar los barracones y sus baños».

***

Al mediodía les pidieron a los aprendices palestinos que asistieran a una clase de inglés. Se reunieron en una gran sala de conferencias y un poco después entró un profesor armenio. El objetivo del curso era enseñarles el vocabulario básico que necesitarían para gestionar situaciones simples y cotidianas, como recibir órdenes y hacer guardia.

Nayi se sentó al lado de Sami Atiya. El profesor escribió la palabra *photography* en la pizarra. Sami, que había aprendido un poco de inglés aquí y allá, susurró:

—¿Pero esto qué es? ¿Van a empezar con un nivel tan fácil? ¡Esa es la palabra *photography*!

—¿Quién puede leer esta palabra? *Photography* —preguntó el profesor.

—No levantes la mano —le dijo Nayi a Sami. Sin embargo, antes de que el profesor lo llamara, él respondió:

–Photography.

—¿Alguien más sabe cómo leer esta palabra?

—Eso es muy simple. ¡Debería enseñarnos cosas más útiles que eso! —le dijo Nayi.

—¡Cállese! —ordenó el profesor.

Y así siguieron las clases. Cada vez que el profesor escribía una palabra o una frase, Nayi levantaba la mano y el profesor decía: «¡Cállese!».

El curso llegó a su fin y Nayi lo superó sin problemas. Pero a lo largo de las sucesivas sesiones, la palabra «¡cállese!» se repitió innumerables veces al día.

***

Regresaron al cuartel y vieron que los indios habían preparado todo lo que necesitaban para hacer sus tareas de limpieza.

—Si nos callamos y agachamos la cabeza, se aprovecharán de nosotros de ahora en adelante —le dijo Sami Atiya.

—¿Pero qué podemos hacer?

—Esperaremos hasta que todos hayan entrado al cuartel. Entonces te lo diré.

Cuando todos los reclutas indios se habían ido, Nayi salió y le dijo a Sami que lo siguiera.

—¿Ves los ladrillos al lado de las macetas de flores? —le preguntó—. Cuando te dé la señal, quiero que me los entregues todos a la vez. Del resto ya me encargo yo.

Nayi agarró una escoba y se la escondió detrás, contra la pared, cerca de la puerta. Hizo un gesto al hombre alto y corpulento para que se acercase. Cuando estuvo lo suficientemente cerca, Nayi sacó el palo de escoba y lo golpeó en la cabeza. El hombre comenzó a sangrar. A continuación, antes de que se recuperase de su aturdimiento, lo golpeó de nuevo y la escoba se rompió. Furioso como un toro, el hombre se abalanzó sobre Nayi y este retrocedió cinco pasos.

—¡Sami! —gritó— ¡Los ladrillos!

Tan pronto como hubo agarrado el primer ladrillo, el hombre grande huyó hacia dentro del barracón. Le tiró el ladrillo y siguió lanzándoles ladrillos a los otros soldados, hasta que no quedó ninguno a la vista, escondidos en sus barracones.

Al percatarse del terremoto, otros soldados y aprendices llegaron corriendo. La escena no requería explicación. Se dio orden de someter a juicio a todos los presentes. El cuartel estaba dividido en dos frentes: los indios, por un lado, y los palestinos, por el otro. La tensión siguió en aumento hasta el punto de que los británicos intervinieron, exigiendo que se encontrase una solución lo antes posible.

***

Mr. Kamen, el jefe del cuartel, no estuvo satisfecho con la decisión tomada, pero no podía permitir ni un disturbio más. En consecuencia, ordenó que todos limpiaran el cuartel durante dos semanas. Además, se decidió que Sami sería castigado, descontándole diez días de un salario que todavía no había recibido, y que a Nayi se le asignaría la guardia de la puerta del cuartel durante diez noches seguidas.

Al día siguiente, el teniente Abdelmúnem, el instructor palestino, intervino para acordar una tregua entre los indios y Sami y Nayi.

Sin embargo, la decisión de Mr. Kamen había abierto una puerta por la que entrarían polvaredas como nunca antes había imaginado.

Las penas de Afaf

Unos meses antes del nacimiento de su primera hija, Mahmud llegó a Alhadia en una de sus visitas quincenales, visitas que en dos años serían mensuales; en tres años, una vez por temporada y, cinco años después, bianuales. Sus visitas no eran muy diferentes de las inspecciones periódicas de algunos funcionarios gubernamentales de la región bajo su jurisdicción. Desde que su padre había muerto mártir, había empezado a sentir que ya nada lo ataba a Alhadia, y no prestaba atención a los reproches o enfados de nadie. Era como un pájaro que se aferrara por un hilo a su nido, un hilo finísimo que ahora se había roto.

Afaf había querido sorprenderlo mostrándole que había aprendido a leer correctamente. Quería demostrarle que había aprendido por gusto, no por obligación. Quería decirle que lo amaba y que estaba preparada para el reto de ser la esposa de un respetado periodista.

Un día, cuando estaba tendiendo la ropa, notó algo en el bolsillo del pantalón. Le pinchaba, pero no sabía si lo había sentido en la mano o en alguna parte profunda de su alma. Se buscó en el bolsillo y lo sacó. Era un pedazo de papel doblado cuidadosamente. Lo desdobló y leyó su contenido. Era una carta de una mujer de Yafa. Afaf pudo ver por la carta que la mujer también era escritora, pues hablaba de un libro suyo que quería publicar pronto, y le estaba pidiendo a su «amado» Mahmud que la ayudase a escoger un título, ya que él «lo había leído al completo».

Afaf estaba fuera de sí. Casi le grita a la cara: «¿Quién demonios es esta Layla?». Pero logró controlar su furia. Sin embargo, perdió el entusiasmo que tenía para contarle que había aprendido a leer. En lugar de eso, se calló y decidió continuar su vida con él, como siempre, como una ignorante que había olvidado todo lo que había aprendido antes, una ciega ignorante con la cabeza hueca. Pensó en arrojarle la carta a la cara, pero al final decidió que la mejor manera de hacerle saber que la había descubierto era decirle:

—Si Dios nos concede una hija, la llamaré Layla.

—¿Y por qué Layla? —exclamó Mahmud muy nervioso.

—Me gusta ese nombre —dijo.

—¡Cualquier nombre menos ese!

—Entonces tendrás que elegir: o ese nombre o yo; y si no, otra persona.

Se dio cuenta de que Afaf conocía su historia. Aun así, siguió diciéndose a sí mismo que tal vez fue solo una coincidencia. Después de todo, ella no sabía leer correctamente, ¿cómo podría haberlo descubierto?

La noche blanca

Un vehículo blanco se detuvo a doscientos metros de la casa de Hach Sálem. Una persona salió y le preguntó al primer transeúnte que vio cómo llegar hasta la vivienda. Sabía que Hach Sálem era ahora el líder del pueblo, lo supo cuando vino a ofrecer sus condolencias por la muerte de Hach Jáled. Se acercó a la casa con pasos pesados, llamó a la puerta y Hach Sálem salió a abrir. Lo reconoció al instante.

—¡Padre Elías!

—Habla más bajo, por favor. Todo este territorio os pertenece. Me he enterado de lo que os hizo el monasterio. Lamento no haberme enterado hasta hace poco, pero lo que traigo conmigo resolverá vuestro problema por completo. Estas son vuestras escrituras. Se suponía que el padre Theodorus las había destruido hace algunos años, cuando la gente ya no preguntaba por ellas, pero por alguna razón no lo hizo.

—¿Pero por qué nos hacen esto cuando les confiamos nuestras vidas? —preguntó Hach Sálem con amargura.

—Al igual que muchos otros monasterios aquí, en nuestro país y en otros países, desde África hasta la India, este monasterio no tiene nada que ver con la religión. Son como tanques, como ametralladoras que, cuando disparan, tienen un solo objetivo: destruir todo lo que los rodea. Espero que sirva para extraer el puñal que os han clavado en la espalda y que no os haga más daño aún. En cuanto a Manuli, no subestimes el mal que podría llegar a causar. Lo conocí antes de que llegara a Alhadia. Habíamos coincidido en bastantes reuniones. Es la criatura más fanática que he conocido en mi vida. Cuando me dijeron que venía, pensé: «Dios, ten piedad de Alhadia. ¡El demonio en persona se dirige hacia ellos!».

La noche negra

Nayi no se dio cuenta de que durante diez noches estaría viviendo dentro de una trampa. Nadie antes que él había sobrevivido a Mr. Kamen, que era un maestro descubriendo a los que daban una cabezadita mientras estaban de imaginaria.

—Ya te puedes ir olvidando de un tercio de tu mensualidad, además de la otra sanción —dijo Ribhi Mahmud, que había llegado al cuartel dos meses antes que él.

—¿Por qué?

—Todo el mundo que ha hecho guardia por la noche ha caído en la trampa de Mr. Kamen. Nadie ha escapado nunca.

La imaginaria iba desde la medianoche hasta las seis de la mañana. Nayi se decidió: «¡Mr. Kamen no tendrá nada con qué regodearse esta vez!».

Dos horas después de empezar su turno, asumió que era su deber restaurar el honor de todos los que habían sufrido por culpa de este director.

***

La oscuridad sin luna, los sonidos de los insectos nocturnos, los motores rugiendo en la distancia, el susurro de las altas hierbas secas, la mano del viento que se abre paso a través de los espacios abiertos: todo el entorno era una invitación a descansar, acunándolo para dormir.

Cuando oía abrirse la puerta de Mr. Kamen, su cuerpo se ponía en alerta. Se pellizcaba las orejas, escuchaba el pulso de la oscuridad y sus ojos se esforzaban por penetrar su temible pared negra. Todos los sentidos que conocía, y los sentidos que había poseído miles de años antes, se despertaban.

—Así que aquí está Mr. Kamen —murmuró para sí mismo. Sacó su arma y pidió la contraseña. Falsa alarma. No era más que el perro de Mr. Kamen.

***

En la tercera noche las cosas tomaron un cariz diferente. A las cuatro de la mañana, la puerta se abrió y Nayi vio que Mr. Kamen se acercaba a él. Sin embargo, en lugar de continuar en su dirección, recorrió la casa con su perro por delante. Después desapareció y, cuando volvió a aparecer por el otro lado, estaba a cuatro patas.

Nayi se puso en alerta y cuando Mr. Kamen se acercó, gritó:

—¡Quédate dónde estás! ¡La contraseña!

Gritó de nuevo, pero nadie respondió.

Metió un cartucho en la recámara. Entonces una voz salió desde la hierba seca:

—No dispare. Soy Mr. Kamen.

—*Hands up!*, levanta las manos y dirígete hacia la izquierda. —Nayi le ordenó que caminara. Él obedeció—. A la derecha —ordenó de nuevo. Así que Mr. Kamen avanzó hasta que llegó a un gran arbusto de brezo.

Mr. Kamen se detuvo junto al arbusto y se negó a ir más lejos.

—¡Soy Mr. Kamen! —rugió.

—*Fucking Kamen!* ¡De noche no conozco ni a mi padre! ¡Y menos aún a ningún Mr. Kamen! ¡Solo al que conoce la contraseña!

Mr. Kamen vomitó un torrente virulento de maldiciones. Nayi le contestó con insultos, usando todas las palabrotas y maldiciones que conocía en árabe. Era la primera vez que tenía la oportunidad de insultar a un militar británico, ¡así que aprovechó su oportunidad al máximo!

—Querías cogerme por sorpresa, ¿eh? ¡Bien, pues te enseñaré quién soy yo!

—Soy Kamen.

—No, tú eres un ladrón. Ahora, abajo, al suelo. ¡A cuatro patas!

Se tiró al suelo y empezó a gatear.

—Ahora boca arriba.

Se dio la vuelta.

Cuando le pareció que ya era suficiente, Nayi gritó: «¡Guardias inútiles! ¡Ayuda!».

En segundos, los otros guardias y su comandante habían venido corriendo. Mr. Kamen estaba en el suelo, temblando y maldiciendo histéricamente.

—Baja el rifle. Es Mr. Kamen —le dijo el comandante de guardia a Nayi.

—I'm sorry!, pero no voy a guardar el arma hasta que le vea la cara claramente a la luz. Tengo que asegurarme de que realmente es Mr. Kamen. Mr. Kamen es un militar y este no es militar.

La camiseta blanca que llevaba puesta se había ensuciado y también sus pantalones cortos y sus zapatillas de andar por casa.

En vano, trataron de convencer a Nayi de que aquel hombre era quien decía que era.

—Si no puedo confirmar que es quien dice que es, lo mato aquí mismo.

En ese momento, por supuesto, todos tenían que respetar su decisión, ya que el guardia de turno tenía derecho a tomar las medidas que considerase oportunas.

Mr. Kamen se levantó y se puso a caminar con el rifle de Nayi apuntándole por la espalda. Llegaron al cuartel, donde las luces estaban encendidas.

—Ahora date la vuelta para que pueda verte la cara.

Mr. Kamen se dio la vuelta, con el rostro enrojecido por la ira.

Nayi bajó el rifle, se cuadró y lo saludó con marcialidad

—Lo siento, Mr. Kamen —se disculpó Nayi.

—¿Qué? ¿Que lo sientes? *Fuck you*, Nayi! —Se volvió hacia el comandante y le dijo—: «Métanlo en el calabozo».

Nayi comenzó a marchar por delante del comandante de guardia. Pero a mitad de camino entre el cuartel y el edificio donde estaban las celdas de la prisión, se detuvo. El comandante de guardia le ordenó que se moviera. Él se negó.

—No soy un criminal que merezca el calabozo. Rechazo esta orden. O voy a mi propio barracón o regreso para terminar mi turno de guardia. Y mañana por la mañana, si quiere procesarme, ¡entonces, que lo haga!

El comandante de guardia lo consultó con Mr. Kamen.

—Que sea así, entonces. Es terco. Realmente podría haberme matado. Deje que termine su turno y por la mañana ya veremos —dijo Mr. Kamen.

***

Al mediodía, informaron a Nayi de que sería juzgado a la mañana siguiente. Nayi se lo contó a sus amigos indios en el cuartel. El hombre grande, que ahora lucía una cicatriz en la frente, le dijo:

—No te preocupes. Conocemos bien a Mr. Kamen.

—Entonces, ¿qué debemos hacer?

—Sabemos lo que hay que hacer.

Uno de ellos cogió las botas militares de Nayi y las pulió hasta casi convertirlas en un espejo. Luego planchó su uniforme caqui, volviendo el cuello de su camisa rígido como una tabla. Le hicieron afeitarse la barba tres veces y también el vello púbico. Incluso le dijeron que se quitara el vello de las nalgas. Se cambió de ropa interior. Le cortaron las uñas, le limpiaron las orejas y lo vistieron de uniforme. Cuando quiso sentarse todos gritaron:

—¡No! ¡Tienes que presentarte en el juicio sin ninguna arruga y más repulido que un sable!

Así que permaneció de pie hasta que llegó el vehículo militar. Cuando estaba a punto de salir de la puerta del cuartel, gritaron: «¡No!».

Se detuvo en seco.

Lo llevaron en volandas desde la puerta de los barracones hasta el coche para que sus botas no se ensuciaran.

—Nos sentiremos mejor de esta manera —dijeron.

Cuando llegaron al lugar donde sería juzgado, lo llevaron del coche a la puerta.

Una vez dentro, se quedó esperando. No mucho después, varios oficiales entraron y ocuparon sus lugares. Entre ellos estaba Mr. Kamen.

Nayi se quitó la boina y el cinturón militar y saludó.

Las pocas palabras que conocía en inglés no le bastaban para entender lo que ocurriría a su alrededor, por lo que asignaron al teniente Abdelmúnem como su intérprete.

—¿Por qué me hiciste eso? —exigió Mr. Kamen.

—Traduzca para Mr. Kamen esto que le voy a decir: «Dios le ha concedido otra vida, pues de no haber sido por la misericordia de Dios, lo habría matado. Si alguien viene en ropa interior andando a cuatro patas en mitad de la noche, y además no me dice la contraseña, solo puede significar una cosa: ¡Es un intruso que ha allanado el campamento! ¡Quizás incluso con la intención de asesinar a Mr. Kamen! ¿Cómo iba yo a permitir algo así, cuando mi responsabilidad es protegerlo?

En el momento en que escuchó la traducción de lo que Nayi había dicho, la actitud de Mr. Kamen cambió. Apoyó la espalda en la silla: «Realmente, este guardia podría haberme asesinado y lo único que me separaba del impacto de su bala era su propio zumbido».

—Dígale a Mr. Kamen que a punto estuve de matarlo. Y que, si lo hubiera hecho, no habría quebrantado la ley. La hubiera impuesto.

Mr. Kamen se levantó de su asiento. Se acercó a Nayi, lo miró a la cara y dijo:

—¿A qué se dedicaba en su aldea?

—Cuando un niño de nuestra aldea cumple siete años, está preparado para cuidar de las vacas, las ovejas y las cabras en las llanuras y las colinas cercanas. Nos quedamos guardando el rebaño durante días y días. No le tememos a la oscuridad. Estoy preparado para aguantar despierto todas las noches en su puerta, nunca me encontrará durmiendo.

Mr. Kamen dio dos pasos hacia atrás. Miró las botas de Nayi y vio cómo relucían.

Nayi sabía que la inspección personal había comenzado.

Mr. Kamen se puso a caminar en círculos a su alrededor. Lo miró por detrás. Se puso las gafas. Se acercó a su cara. Extendió la mano y le tocó el mentón para comprobar su suavidad. Asintió. Le desabrochó los pantalones, que se amontonaron encima de las brillantes botas. Le abrió la camisa y comprobó que la camiseta que llevaba estaba limpia. Le cogió de la oreja derecha, tiró de ella un poco y la examinó con cuidado. Hizo lo mismo con su oreja izquierda. Asintió de nuevo. Dio un paso atrás. Echó un buen vistazo a sus calzoncillos. Los agarró por la parte superior y se los bajó. Después miró en su interior, donde habría estado su vello púbico. Asintió por tercera vez. A continuación le cogió las manos y le miró las uñas. Volvió a asentir con la cabeza.

Después de decirle que se vistiese, Mr. Kamen regresó a donde había estado sentado. Se sentó en su silla y dijo: «Merece catorce días».

Nayi se quedó desconcertado.

—¿De qué catorce días está hablando usted? —se opuso.

—Vacaciones —respondió Mr. Kamen—. A pesar del infierno que me hizo pasar, usted es el tipo de soldado del que me siento orgulloso.

Los soldados indios en el cuartel se pusieron todavía más contentos que él. Nayi era del equipo que habían estado animando y su equipo había ganado.

No pasarían muchos días antes de que se produjera una nueva sorpresa.

Un nuevo día

El redactor jefe pidió ver a Mahmud. Fue a su despacho.

—Mahmud, creo que has trabajado mucho desde que llegaste y has demostrado con tus esfuerzos ser capaz de asumir mayores responsabilidades. En consecuencia, he decidido nombrarte secretario editorial del periódico y aumentar tu salario en veinte libras. ¿Qué te parece?

—¡Gracias! —dijo un emocionado Mahmud, que no supo encontrar las palabras para contestarle y se fue.

—¿A dónde vas? —la voz del editor en jefe lo siguió hasta la puerta.

—¡A mi oficina!

—Tu oficina ya no está a la izquierda. Está a la derecha. Allí.

Su nueva oficina no le era desconocida. Si hubiera dependido de él, habría preferido volver al despacho en el que siempre había trabajado. La nueva oficina estaba oscura todo el tiempo y su ventana estaba bloqueada por una pared de cemento a solo dos metros de distancia. A veces, pasar en ella demasiado tiempo se tornaba un calvario, especialmente en verano, cuando el calor y la humedad son inaguantables. Respirar aire fresco era todo un desafío, incluso para un secretario editorial.

***

El editor en jefe sabía que poner el nombre de Mahmud Jáled Hach Mahmud en la portada del periódico era como un distintivo honorífico. Era como una primicia periodística que se iría renovando cada día, una primicia periodística que nadie podría arrebatarle. En poco tiempo, el periódico empezó a tener importantes beneficios por el solo hecho de llevar ese nombre en su portada. El aumento de sueldo de Mahmud había resultado ser más que rentable.

***

Muchas cosas cambiaron después de aquel día.

Lo primero que hizo Mahmud fue frecuentar lugares más exclusivos. Empezó a dejarse ver en el Lyons Cafe y en el Bristol Cafe, ambos lugares de reunión para comerciantes y hombres de negocios. Estaba cohibido al principio. Pero a medida que pasaban los días, comenzó a sentirse más seguro, sobre todo cuando se corrió la voz sobre su nuevo cargo. Su generosidad, además, hacía que los empleados de ambos cafés le dedicaran una atención especial.

Cualquier cosa podía comprarse en Yafa, incluso el respeto.

Empezó a ir algunas noches a los clubes nocturnos Ghantus, Lawrence y Abdelmasih, que eran una mezcla entre club y café, con un carácter más europeo que oriental. Cuando se enteraba de que algún artista egipcio venía a la ciudad para actuar o hacer una escala en su camino hacia el Líbano, iba al hotel o al café donde estaban para poder verlos.

También notó a Layla más cercana que antes. Tan pronto supo de su nueva posición, lo invitó con entusiasmo y por primera vez a conocer a su familia.

Pero él se negó. ¿Qué les diría al conocerlos: que tenía esposa e hijos?

—Había pensado que fuéramos al cine —le dijo.

—Te invito a visitar a mi familia ¿y me contestas que quieres ir al cine? —le reprochó enfadada.

Cuando salió del cine después de ver *Por quién doblan las campanas* estaba seguro de que Ingrid Bergman había desbancado a Greta Garbo. Tenía el rostro más dulce y sereno que había visto en una pantalla. De repente se apoderó de él la extraña sensación de que Layla nunca se había parecido realmente a Greta Garbo. A quien realmente se parecía era a Ingrid Bergman.

Cinco estrellas

Salim Bey Alháshemi trataba de encontrar una salida a los escándalos que se le habían ido presentando. La gente todavía hablaba de la cena a la que muchos de sus enemigos y rivales habían asistido. Después de que Almarzuqi asumiese el caso de Alhadia, la historia de la asignación de su hijo al mismo caso había salido a la luz. Los periódicos hablaban de personas que eran nacionalistas de día y agentes inmobiliarios y comerciantes en la casa del alto comisionado, de noche.

Decidió contactar con el gobernador provincial. Su esposa le dijo: «Lo que estás pensando es una locura», y su hijo Anas estaba de acuerdo con ella. —«Vuestro problema es que no veis más allá de vuestras propias narices».

***

Necesito desesperadamente la ayuda de su excelencia en estos días —le dijo al gobernador provincial.

—¿Acaso le hemos ofrecido otra cosa hasta ahora?

—Usted sabe que los funcionarios en mi posición necesitan la confianza de la gente y creo que, cuando esto ocurre, usted también está satisfecho.

—¿Y cómo voy a hacer yo lo que debería hacer usted mismo, Sr. Alháshemi?

—¡Mandándome a la cárcel por unos días!

—Disculpe, Sr. Alháshemi, ¡no entiendo!

—Quiero que ordene que me encarcelen por una semana, dos o «lo que dicte su generosidad», como solemos decir aquí.

—¿Eso es todo? Sus deseos son órdenes, Sr. Alháshemi. ¿Prefiere alguna prisión en particular?

—Creo que una prisión situada a cierta distancia de aquí podría ser mejor.

—¿Sería buena la prisión de Almaskubiyye, en Jerusalén?

—No. Prefiero algo más lejos. Como sabe, ¡Jerusalén está llena de gente que conozco!

—Entonces, el mejor lugar para usted será la prisión Awga Alhafir, en el desierto del Néguev. ¡Allí no hay nadie!

—Bueno... Es verdad que le he pedido que me encierre, pero también me gustaría salir vivo.

—Me está agotando, Sr. Alháshemi. ¿Tiene en mente alguna prisión en particular?

—La prisión de Acre podría ser adecuada. ¿Qué opina?

—Lo que usted diga, Sr. Alháshemi. ¿Cuándo quiere que lo llevemos allí? ¿Y desde dónde?

—Mañana, viernes, después de la oración del mediodía. Creo que lo mejor sería que me arrestaran frente a la gran mezquita.

—Sabe que prefiero alejarme de los lugares de culto, para no herir sensibilidades. Pero si usted lo quiere de esa manera, entonces, que así sea.

—Se lo agradezco, su excelencia.

—¿Dos semanas serán suficientes? ¿O prefiere tres?

—Tres semanas sería mejor. Como sabe, ni siquiera tres meses serían suficientes para borrar las cosas que han ocurrido recientemente.

***

Tras ser arrestado en silencio, sin que nadie se opusiese, le pidió al oficial asignado que lo llevara a casa. Había preparado una maleta con ropa antes de ir a orar. Pasó por la casa y la cogió apresuradamente. El auto se dirigió a la estación de tren. Tan pronto como tomaron asiento, le pidió al sargento que lo escoltaba que lo liberara de los grilletes y el sargento así lo hizo. Cuando llegaron a Acre, le pidió al sargento que le dejase contratar a un mozo de equipaje. Su maleta era pesada, la prisión estaba bastante alejada de la estación y solo se podía llegar hasta ella atravesando los mercados de la ciudad. El sargento estuvo de acuerdo y dijo: «Pero esto tendrá que pagarlo usted».

Uno de los oficiales lo escoltó hasta la puerta de su habitación, que había sido preparada para él antes de su llegada. Alháshemi la examinó con la mirada. Era realmente ideal. No le faltaba de nada. Incluso se habían acordado de ponerle una radio y un teléfono. El oficial le pidió que pasara para ver al alcaide de la prisión después de descansar, pues le estaría esperando.

Cuando llegó para ver al alcaide, le dio un buen apretón de manos y le deseó una agradable estancia. Dijo: «Aquí el teléfono no ha dejado de sonar porque usted venía y el gobernador provincial me ha dicho que le proporcione todo lo que necesite. ¡Recuerde que mi oficina está a su disposición todo el tiempo!».

***

Lo que más lo perturbó durante su encarcelamiento fue recordar el momento de su detención, que había tenido lugar en completo silencio: «Ninguno de esos bastardos movió un solo dedo, ¡ni siquiera los que pensaba que eran mis amigos!».

A menudo se decía en voz alta: «Los bastardos no creen que alguien como yo pueda ser perseguido por el Gobierno. Y los que dicen que son mis amigos saben muy bien que la medalla al honor que recibí al ser arrestado fue arrancada de sus propias pecheras».

Durante su encarcelamiento reconoció que realmente necesitaba aquellas tres semanas para alejarse de todo.

Los primeros tres días, comía en la misma mesa del alcaide. Después jugaban al ajedrez hasta una hora muy tardía y luego iba a descansar a la cómoda habitación que le habían asignado. Hacia el cuarto día, sin embargo, se dio cuenta de que tres días en la cárcel no son poca cosa, aunque se sentase a la misma mesa que el alcaide. Al tercer día, el alcaide lo sorprendió diciendo:

—Mañana por la mañana vamos a ejecutar a un par de «rebeldes». Si está interesado en verlo, dígamelo ahora y le enviaré a alguien para que lo despierte temprano.

—Realmente me gustaría, pero no me apetece empezar el día con una escena como esa. Si las ejecuciones fueran por la tarde, podría asistir.

—Lo único que tengo que hacer es retrasarlo a un horario que sea conveniente para usted.

—Realmente lo aprecio. En cualquier caso, haga lo que tenga que hacer y yo haré lo que tengo que hacer, que es descansar.

—¡No imaginaba que su corazón fuera tan débil!

—¿Me está desafiando?

—No, para nada.

—Bueno, para que sepa qué tipo de corazón tengo en el pecho, asistiré a la ejecución ¡y por la mañana!

—¡Este es mi Sr. Alháshemi!

Y así fue.

—¡Hoy voy a salir! —le dijo al alcaide de la prisión una hora después de que se llevara a cabo la ejecución.

—¿Quiere ir a casa?

—No, solo quiero ir a la ciudad, caminar un poco y luego regresar.

—Tengo que advertirle, Sr. Alháshemi, que hay muchas personas que podrían reconocerlo. Quiero que tenga cuidado.

—No se preocupe. Iré disfrazado. Haré lo mismo cuando vaya al aeropuerto y a mi regreso.

—¿Tiene intenciones de hacer un viaje también?

—Por pocas horas. Menos de medio día. Volaré a Jerusalén y a Tel Aviv, luego regresaré.

—¡No había ninguna razón para que viniera a la prisión si tiene una agenda tan apretada!

La aparición

El período de entrenamiento pasó bastante rápido. El tiempo fuera pasaba a tal velocidad que los días no tenían la oportunidad de recuperar el aliento. Unas semanas antes de que terminara el curso, un pequeño incidente casi cambia el rumbo de la vida de Nayi.

Cuando los soldados se dirigían al comedor para el desayuno, después de los ejercicios físicos de la mañana, Nayi fue al baño. Los grifos estaban a solo medio metro de distancia entre ellos. Abrió uno y comenzó a lavarse las manos y la cara. Notó que el agua se estaba acumulando en el estrecho canal de cemento que pasaba por debajo de los grifos. Mientras intentaba evacuar el agua, descubrió que el bloqueo estaba causado por una pequeña billetera. Agachándose, la recogió. Sacudió el agua y miró a su alrededor. No había nadie. La abrió. Vio el carné de identidad de su instructor, Abdelmúnem, en uno de sus apartados y, en otro, algo de efectivo. Lo sacó. Había veintidós libras.

Nayi se guardó la billetera en el bolsillo y emprendió el camino de vuelta. Cuando llegó a la puerta, se le ocurrió guardarla. Abrió la billetera de nuevo, entró en uno de los puestos y cerró la puerta, que consistía en un lienzo de arpillera. Mientras miraba intensamente aquella suma de dinero, escuchó una voz. Se guardó la billetera en el bolsillo, apartó el pedazo de arpillera y miró a su alrededor para ver quién andaba por allí. De repente, recibió una fuerte bofetada. Su padre, Hach Jáled, estaba de pie frente a él. Antes de que Nayi pudiera decir una palabra, su padre ya había desaparecido.

Comenzó a temblar. Salió del baño aprisa y se dirigió al comedor.

***

El teniente Abdelmúnem les inculcó amor y respeto en lo más profundo de sus corazones. Los británicos descubrieron en él a un excelente instructor y una vez lo ascendieron, condecorándolo con una estrella extra. Sin embargo, rechazó aquella promoción: «O bien dos estrellas, o ninguna». Después de largas consultas, le dieron lo que quería.

Doscientos cuarenta reclutas marchaban al ritmo de sus pasos y respondían al sonido de su voz rimbombante.

***

Diez minutos después, el teniente Abdelmúnem entró en el comedor y se detuvo en un lugar donde todos podían verlo: «Tengo algo que decir, ¡aunque no estoy seguro de que sirva para nada!»

Todos prestaron atención.

—He perdido mi carné de identificación militar y le estoy pidiendo a quien lo haya encontrado que lo tire a la calle. No quiero que me lo devuelva directamente y espero que el bien nacido que lo haya encontrado me esté escuchando ahora. Todos sabéis que Abdelmúnem, que logró que los británicos le otorgasen dos estrellas a la vez, merece que le devuelvan su identificación. Él os ama sin contemplaciones, por lo que sería una pena que no apareciera entre vosotros.

Se hizo el silencio. Se quedaron mirándose los unos a los otros. Nayi se levantó. Avanzó unos pasos hacia un lugar desde el que todos los demás aprendices pudiesen verlo.

—¡Abdelmúnem Efendi! —gritó Nayi.

—¿Sí?

—¿Podría describir la billetera que ha perdido?

—Date la vuelta para mirar a la cara a todos los presentes —le dijo a Nayi.

Obedeció.

—¿Qué acabas de pedirme que haga?

—Le he pedido que me describa su billetera.

—Lo único que he pedido es mi carné de identificación, pero tú hablas de una billetera. Como todos acaban de escuchar, este joven me está preguntando por una billetera. ¿Lo habéis escuchado bien? Entonces te digo: tiene tres botones y falta uno de ellos.

—¿Y qué hay dentro de la billetera? ¿Dinero, o algo más? —preguntó Nayi.

—¡Escuchad eso, muchachos! Está hablando de dinero y me pregunta por él. En la billetera hay veintidós libras: un billete de diez, dos de cinco y dos de una libra.

—Esta es su billetera, entonces, y su identificación y su dinero están dentro de ella —dijo Nayi.

—Te agradezco tu honestidad. ¿Sabes?, nunca te he preguntado de qué pueblo eres.

—Soy de Alhadia.

—¡Que Dios te bendiga! ¡Viva tu integridad! ¡Viva tu pueblo! ¡Y viva la madre que te parió!

El teniente guardó silencio por unos momentos. Miró a los rostros de los demás aprendices y luego le dijo a Nayi: «A partir de ahora almorzarás en el comedor de los oficiales. Y a partir de mañana tendrás el rango de instructor. Llevarás dos barras en la manga del uniforme por ahora, hasta que te promocionen oficialmente. Mi cuartel y mi tienda están por allí, ¡y eres bienvenido cuando quieras!».

Cuando los demás soldados escucharon lo que había dicho, estallaron en aplausos.

***

Todo cambió en la vida de Nayi. La comida servida en el comedor de los oficiales era algo completamente diferente a la que se le servía a los reclutas y el ambiente que reinaba en el salón era otro mundo. La ola de euforia por lo que había hecho llevó a que se le invitase a una reunión con el director del campamento.

Cuando Nayi fue a verlo, Mr. Kamen sonrió, se puso de pie y le estrechó la mano con entusiasmo, diciendo: «¡Vigilante y de fiar! Voy a firmar una carta recomendando su ascenso, a petición de Mr. Abdelmúnem». Luego se volvió hacia Abdelmúnem y le preguntó: «¿Le has dado vacaciones? Se las merece también».

—No, no lo hemos hecho.

—Está bien, entonces, que tenga una semana de vacaciones y, después de graduarse, será el instructor de uno de los nuevos grupos.

***

Todos esperaban expectantes su regreso a la aldea. Una vez allí, les enseñó a sus paisanos todo lo que había aprendido, punto por punto, y pronto cayeron en la cuenta de la gran diferencia que aquello supondría para sus vidas en el futuro.

Su tío Hach Sálem le dijo: «No me has contado, ¿cómo van las cosas por allí?».

—¡Inmejorables!

—No te imaginas lo feliz que hace verte aprender allí y pensar que pronto volverás con nosotros.

Nayi casi le dijo a su tío lo sucedido, pero de repente decidió quedarse callado.

Esa noche apoyó la cabeza en la almohada y, apenas se había dormido, oyó una voz que le decía: «¿Entonces vas a convertirte en un sargento de instrucción de la Policía británica?».

Nayi estaba nervioso: «¿Pero cómo lo sabes, padre?».

Hach Jáled estaba de nuevo frente a él.

—Hay gente que estaría dispuesta a pagar doscientas libras para convertirse en sargento de instrucción, y los que tienen ese rango han terminado tres años de escuela secundaria —dijo Nayi antes de empezar a contarle con entusiasmo todo lo que había sucedido.

Hach Jáled no respondió, pero sacudió la cabeza con tristeza.

Aún más nervioso, Nayi preguntó: «¿Cuál es el problema, padre?

—Hijo, un sargento de instrucción es alguien sin escrúpulos. Por lo tanto, ¡no puede ser una buena persona! Si siente vergüenza y quiere educar como le enseñaron sus padres, no podrá instruir a nadie. Lo que el sargento de instrucción tiene que hacer es olvidar su moral por completo. El sargento instructor insulta y maldice a los padres y abuelos de sus soldados aprendices. Incluso puede llegar a abofetear a sus alumnos. ¿Serías capaz de hacerles eso a personas decentes? Si me dices que puedes, entonces negaré que te conozco. Vuelve con ellos como uno más. Si descubren el verdadero motivo por el que te enviamos allí, pueden mandarte al infierno. Pero en ese infierno, al menos serás un ser humano. Si, en cambio, comienzas a denigrar a las personas y a pisotear su dignidad, eso nunca podremos aceptarlo.

En cuestión de segundos, todo dejó de tener sentido, su cabeza fue toda confusión y los castillos que Nayi había estado construyendo en el aire se estrellaron contra el suelo. Se despertó asustado y miró a su alrededor. No había nada más que oscuridad. Aquella noche no pudo volver a conciliar el sueño.

***

Nayi compró *kunafa* en Ramla, ciudad a la que había llegado en tren, y luego se dirigió al cuartel.

En el cuartel fue recibido con gran aclamación. Ese mismo día, hicieron ejercicios para practicar el tiro desde un coche en movimiento. El entrenamiento continuó hasta el mediodía. Cuando fue al comedor de los oficiales, se sentó frente al teniente Abdelmúnem. Después de haber paladeado la *kunafa* con un té caliente, Nayi se dirigió a su instructor: «Abdelmúnem Efendi».

—¿Sí?

—¡Le traigo saludos de parte de mi padre!

—Que la paz sea con él y contigo. ¿Qué tal está?

—Mi padre le manda saludos y quiere que sepa que él no aprueba que me haga sargento de instrucción.

—¡Dios mío! —dijo Abdelmúnem con sobresalto—. ¡Pero cómo es posible? ¿Acaso no sabe que hay personas que estarían dispuestas a pagar doscientas libras para ser sargento instructor?

—Mi padre dice que, para enseñar a la gente, un sargento instructor a veces tiene que hacer uso de la violencia y cometer vejaciones. Y dice que nuestra familia se niega a humillar a nadie bajo ninguna circunstancia.

Tocado profundamente por las palabras de Nayi, Abdelmúnem se sentó durante un buen rato sin decir nada. Luego comentó: «Te voy a llevar a ver a Mr. Kamen».

Fueron a verlo. Mr. Kamen se levantó con una sonrisa, estrechó cálidamente la mano de Nayi y le preguntó cómo le habían ido las vacaciones.

—Grandiosas, Mr. Kamen.

—Pero ha vuelto con otra sorpresa para nosotros —agregó Abdelmúnem.

—¿Otra sorpresa? ¿Cuál?

Abdelmúnem le explicó la situación con pelos y señales. Mientras hablaba, los ojos de Nayi se mantuvieron fijos en la cara de Mr. Kamen y en su cabeza, que se agitaba a cada nueva frase que escuchaba. Cuando Abdelmúnem terminó, Mr. Kamen se dirigió a Nayi, claramente conmovido, y le dijo: «Ustedes son unas persona decentes, valientes y honestas, y siento verdadero amor por ustedes. ¡Dígale a su padre cuando lo vea en sus próximas vacaciones que Mr. Kamen tendría mucho gusto en conocerlo!».

Mientras tanto, afuera, la rueda del tiempo giraba cada vez más deprisa.

El valle de Alsarrar

El campamento de Wadi Alsarrar era la zona prohibida más extensa que jamás habían visto. Alambre de púas, con innumerables puertas vigiladas a intervalos de trescientos metros, un camino asfaltado que estaba flanqueado, por un lado, por la cerca de alambre de púas que rodeaba el campamento y, en el otro, por otra valla de alambre más en el interior. Edificios, almacenes y vagones de ferrocarril que iban a su zona central, donde había depósitos de armas fortificados y subterráneos, sobre los que había cuatro metros de tierra para mayor protección.

—Tiene de todo —dijo Hussein, hijo de Aziza—. Desde cartuchos hasta artillería pesada.

Las fuerzas británicas no habían construido aquel campamento para cumplir con su mandato en Palestina sino, más bien, en preparación para las sorpresas que la Segunda Guerra Mundial podría tenerles reservadas.

Los hombres de Alhadia y de otras aldeas que trabajaban en el campamento veían que los camiones llegaban vacíos desde los asentamientos judíos y luego partían llenos con todo tipo de armas, municiones, bombas y minas.

—Oídme bien. Mientras nosotros estamos aquí sentados, los judíos están metiendo armas británicas en sus asentamientos.

—¿Y qué solución propones? —preguntó Hach Sálem.

—Vosotros sabéis que, si nos encuentran un solo cartucho en el bolsillo, no necesitan más excusa para llevarnos a la horca. Pues bien, si queréis mi consejo, solo hay una solución. Los judíos viven absolutamente despreocupados. Meten armas delante de nuestros propios ojos como si estuviéramos ciegos. Sabemos cuándo vienen y cuándo se van. Y también somos conscientes de la fuerte protección con la que cuentan.

—¿Y qué se puede hacer?

***

Cuando percibieron que acechaba el peligro, comenzaron a armarse de nuevo. No había mejores líderes para este esfuerzo que Iliya Radi y Nuh, el hermano de Jadra, quienes formaron dos grupos para este propósito. Los comienzos fueron más que exitosos, ya que el elemento sorpresa inclinó la balanza a favor de los rebeldes. Tal y como acostumbraban a hacer dos años atrás, tendieron varias emboscadas en las curvas cerradas de los caminos y en los valles estrechos. Los convoyes emboscados no tuvieron más remedio que rendirse para no ser aniquilados. Todo lo que querían eran armas y en muchas ocasiones liberaban a los judíos que conocían, aquellos que habían vivido entre ellos durante tantos años en completa armonía. De vez en cuando, algún judío era hecho prisionero.

—No nos gustan los problemas —decían—, pero los judíos que han venido de fuera de Palestina nos obligan a trabajar con ellos.

Y entonces los liberaban

No pasó mucho tiempo antes de que los británicos comenzaran a proteger los convoyes de armas con guardias para garantizar su seguridad. Sin embargo, esto no evitó que ocasionalmente algún convoy fuera atacado en tal valle o en tal bosque.

Cuando los británicos se retiraron de Palestina y dejaron atrás a un pequeño número de sus soldados, enviaron un guardia del Ejército árabe, que había estado bajo el mando del comandante británico Glubb Pasha, para llenar el vacío. Con el nombramiento de Shawkat Mujtar como jefe del cuartel de Wadi Alsarrar, los vientos comenzaron a soplar en una nueva dirección, al menos ligeramente.

Desde el momento en que Shawkat Mujtar tomó el relevo, no pasó un día sin que los camiones judíos transportasen armas sin contratiempos. Ali Sálem, Háshem Shahada y Hussein, que habían estado trabajando en el campamento, decidieron hablar con él sin miedo a las consecuencias.

—Shawkat Efendi, eres el responsable de la seguridad del campamento y ves cómo los judíos llenan sus camiones con armas y municiones, así que te pedimos que nos dejes también a nosotros llevarnos algunas. Las necesitamos. Tú lo sabes. Después de todo, ¡tú también eres árabe!

—No puedo. Ya habéis visto las patrullas del Ejército británico que están a nuestro alrededor.

De hecho, las patrullas, con sus motocicletas y sus todoterrenos, estaban en constante movimiento.

—Lo importante es que primero lleguemos a un acuerdo contigo. Dinos qué quieres de nosotros y encontraremos una solución. Conocemos el campamento como la palma de nuestra mano y, pase lo que pase, te garantizamos que no te haremos responsable.

—¿Realmente podéis hacerlo?

—Desde luego que sí.

—¿Pero no sabéis que las patrullas vigilan el campamento hasta la medianoche?

—Sí, lo sabemos. Podríamos venir a la una o las dos de la mañana.

—Pero no podré estar con vosotros.

—No hay problema. Deja abierta la puerta del almacén que acordemos y nosotros nos encargaremos del resto.

Las balas brillaban como el oro en las cajas de municiones. Balas como nunca habíamos podido conseguir antes. También había muchas granadas de Mills y proyectiles de artillería del tipo requerido por los cañones que no teníamos.

—Daré orden a un soldado de mi confianza para que os abra la puerta. El resto ya dependerá de vosotros, como decís.

Nadie podía creer que se hubiera llegado a un acuerdo. Muchos dudaron si ir, pero, cuando más tarde vieron que los resultados estaban garantizados, todo el mundo quiso arrimar el hombro: hombres jóvenes y viejos, mujeres y niños. Dejaban los camellos y los caballos a cierta distancia, con la boca bien atada para mantenerlos callados, y se acercaban con sigilo hasta el campamento.

***

En cada cofre había alrededor de mil balas.

Shawkat Mujtar lo dejó muy claro: cada cofre se vendería por diez libras. El soldado se plantaba en la puerta y contaba los cofres. Cuando terminaban, iban junto a él y, en cada encuentro, se frotaba las manos mientras vigilaba la puerta. Bajo un pequeño reflector, tenía lugar la transacción. Cogía el dinero y se lo guardaba en el bolsillo y, todas las noches, cuando llegaban a la puerta, decía lo mismo: «Recordad: si lográis salir de aquí sin que os atrapen, estoy de vuestro lado. ¡Si no lo lográis, estoy en vuestra contra!».

Le resultaba difícil controlar la ansiedad. A pesar de que la operación se había desarrollado con éxito noche tras noche, siempre estaba nervioso cuando le llevaban el dinero.

—¡No lo quiero en billetes de una libra! Lo quiero en billetes de diez —le decía a Ali, que se había convertido en el intermediario oficial.

Empezó a ponerse nervioso y no quería perder ni un segundo durante los momentos críticos. Para que se calmase, varios hombres hacían los pagos de forma inmediata, mientras otros se dirigían a los depósitos.

—Cada vez que ve nuestras libras, parece más agradable —comentó Hussein. Aun así, Hach Sálem les ordenó que mantuvieran los ojos bien abiertos.

***

Una noche, Shawkat Mujtar les avisó de que no podrían realizar la operación porque varios oficiales y soldados británicos habían regresado al campamento. Un día, Hussein, el hijo de Aziza, Sulaiman Sammur y Háshem Shahada, fueron a verlo. Para su sorpresa, las cosas fueron muy diferentes esta vez. Llegaron hasta uno de los puestos de guardia y le pidieron permiso al soldado para reunirse con el comandante del campamento. «Somos sus parientes y hemos venido a visitarlo» —le dijeron.

El soldado respondió: «¡Ya veréis quién vendrá ahora!». Levantó el auricular, hizo una llamada y, antes de que pudiesen pestañear, estaban rodeados por la policía militar británica con sus motocicletas y sus boinas rojas en la cabeza.

—¿Qué estáis haciendo aquí? —gritó uno de los soldados.

Antes de que nadie respondiera, les ordenaron que se subieran detrás de ellos en las motocicletas. Háshem se aferró con fuerza al soldado que tenía delante, temeroso de caerse, y recibió un fuerte codazo.

Las motocicletas se detuvieron frente a la residencia. «¿Qué os trae por aquí?», preguntó un soldado británico cuyo hombro estaba condecorado con tres estrellas.

—¡No lo sabemos! Estábamos de camino a Yibna para comprar ganado ¡y estos soldados nos han traído hasta aquí!

Llevaban mucho dinero encima: sesenta libras en los bolsillos cada uno.

Poco después, Shawkat Mujtar llegó y les gritó: «¿Qué estáis haciendo aquí, ladrones?». El oficial británico hablaba árabe tan bien como ellos.

—Íbamos a una aldea llamada Yibna para comprar ganado, como hacemos siempre. Pero un soldado nos detuvo, llamó a la patrulla y nos han traído aquí —respondió Hussein.

—¡Debéis de haber pasado demasiado cerca de la valla de alambre de púas del campamento! —dijo Shawkat Mujtar con un tono agresivo intentando excusarles.

—No sabemos si hemos pasado demasiado cerca o no, porque no sabemos a cuánta distancia nos está permitido pasar.

El oficial británico ordenó a los soldados que los registraran y encontraron el dinero.

—¿Para qué es todo ese dinero? —exigió el oficial.

—¡Ya se lo hemos dicho, para comprar ganado!

—No, ¡es para que podáis comprar un *bang-bang*!

—Déjemelos a mí. Los interrogaré yo mismo —dijo Shawkat Mujtar.

Cuando el oficial y los soldados se alejaron, les preguntó: «¿Quién es el soldado que os ha obligado a venir aquí?».

—El de la puerta 12.

El oficial británico regresó: «Tengo que entregarlos en la comisaría de Policía de Qatra».

***

Las órdenes de los militares eran claras para todo el mundo en la región: los civiles debían permanecer al menos a cincuenta metros del campamento, independientemente de si estaban pastoreando animales, sembrando y cosechando, o simplemente pasando. Cualquiera que se acercase más de la cuenta sería considerado sospechoso.

Los tres hombres actuaron como si estuvieran ofendidos por la decisión, pero por dentro estaban contentos, ya que conocían al jefe de policía de la comisaría y era un simpatizante. Era un oficial palestino que trabajaba para los británicos, un joven más dulce que el azúcar, como lo solían describir, llamado Abdelfattah Malhas. A diferencia de los guardias y policías, los recaudadores de impuestos y los empleados del Gobierno, que eran invitados ingratos, la gente lo quería y lo trataba como un huésped importante cada vez que visitaba las aldeas.

El todoterreno los llevó a la puerta de la comisaría. Uno de los soldados que los había acompañado le explicó el caso al jefe de la policía. Puso tres sobres frente a él, luego metió el dinero en ellos y escribió en cada sobre el nombre de la persona a la que pertenecía.

El jefe de policía le preguntó al soldado: «¿Cuánto dinero hay en estos sobres?».

—Hay sesenta libras en cada uno.

—¡Sesenta, ladrones! ¿Qué estabais planeando hacer? ¿Qué ibais a hacer con este dinero? —exigió el jefe de la policía con enfado.

—Íbamos a comprar ganado. Eso es todo —respondió Hussein.

Para su sorpresa, el soldado no entregó el dinero al jefe de la policía. «Su dinero quedará bajo custodia en Ramla hasta que hayan sido investigados a fondo», dijo.

***

Tan pronto como el todoterreno se alejó, el jefe de policía abrazó a cada uno de ellos, diciendo con tono de reproche: «¿Cómo os habéis metido en esto?».

Le explicaron todo, aunque él no ignoraba lo que sucedía habitualmente.

—Vamos, os llevaré de vuelta a Alhadia —dijo.

—No, por Dios, así está bien. Podemos pasar la noche en esta celda. Así nadie se dará cuenta. Mañana serás nuestro invitado.

—No sabía que os habíais vuelto tan tacaños. Os digo que quiero ser vuestro invitado esta noche y me decís: «¡No, serás nuestro invitado mañana!».

—Te criticarán por hacer este tipo de cosas.

—No os preocupéis. Los británicos no se quedarán aquí para siempre. Solo nos tenemos los unos a los otros.

—Así será —respondieron al unísono—. ¡Malditos sean los británicos!

***

Antes de irse de Alhadia, el jefe de policía había escrito un informe en el que afirmaba que, después de escuchar el testimonio de los testigos, incluido el del alcalde de la ciudad, era evidente que los sospechosos no habían tenido la intención de adquirir armas, sino ganado. En el informe afirmaba también que los había liberado después de mantenerlos bajo custodia durante dos semanas. Para no despertar sospechas, le dijo a Hach Sálem que no enviaría el informe a los británicos hasta que hubieran transcurrido dos semanas.

Una mañana, poco después, un automóvil británico se detuvo en la aldea y les preguntó por sus nombres. A continuación, les devolvieron el dinero de los sobres, después de haber firmado los respectivos recibís

Fíjate, solo en casos como este los británicos eran buena gente.

***

En cuanto al soldado que había causado el incidente, Shawkat Mujtar lo envió de regreso al lugar de donde había venido antes de que les devolvieran el dinero. Al mismo tiempo, lo que había sucedido le hizo tener más cuidado. Después de eso, comenzó a inventar coartadas para que sus soldados consumieran munición, con el fin de justificar la reducción de las existencias de balas en los depósitos de armas. En aquella atmósfera frenética, no había mejor justificación, ya que al disparar balas mataban dos pájaros de un tiro: ganaba la confianza de los británicos mostrándose muy vigilante en su responsabilidad de velar por la seguridad del campamento y seguía vendiendo municiones sin llamar la atención de nadie. Gestionaba la situación con tal fluidez que incluso enviaba mensajes a las aldeas para avisarles, diciendo: «No vengáis esta noche. Hay tiroteos».

Lo único que Shawkat Mujtar no podía entender era cómo podían estos aldeanos organizarse por sí mismos sin un comando central, teniendo en cuenta todas las desgracias que habían soportado.

Una victoria tardía

Los periódicos ignoraron el arresto de Alháshemi durante toda una semana. Esto le preocupaba, ya que, si seguía así, todo habría sido en vano. Llamó a su hijo Anas y le pidió que consiguiera que los periódicos publicasen la historia. «Quiero artículos, artículos respetables, artículos impecables. Y mueve los hilos hasta conseguir que Mahmud Al Hach Jáled escriba uno».

—Pero él no escribe.

—Bueno, ya es hora de que lo haga, entonces. Díselo al editor en jefe. Después de todo, somos sus mayores anunciantes. Y luego quiero a Mahmud para algo todavía más grande.

—Mañana leerás noticias que te agradarán.

***

—Necesitamos que demuestres tu talento —le dijo el editor en jefe a Mahmud—. Y no hay mejor manera de comenzar que con un artículo sobre el arresto de Salim Bey Alháshemi. Por lo que yo sé, todos los periódicos estarán siguiendo este tema durante los próximos días.

—¿Qué debería escribir?

—Escribe lo que quieras. Ataca a los británicos y sus políticas con dureza. Además, ¿qué más necesitas que te cuente después de lo que te hicieron a ti, a tu familia y a todos nosotros al matar a tu padre, el mártir de toda Palestina?

***

Como si hubiera sido encarcelado dentro de sí mismo y de repente hubiera visto la luz de su espíritu, Mahmud escribió un artículo contundente y honesto. Y a pesar de que el nombre de Alháshemi aparecía una sola vez en sus renglones, como un ejemplo de las injusticias que cometían las autoridades británicas, eso fue más que suficiente para los intereses de este.

Aparecieron artículos en tres periódicos y en poco tiempo la noticia encabezaba los titulares de más diarios, que sentían que debían estar a la vanguardia de las cuestiones nacionalistas. Cuando Mahmud fue consciente de la repercusión, sintió que las pequeñas dudas que le habían atormentado se disipaban al fin y que las palabras que había escrito eran justo lo que se necesitaba decir, no solo por el bien de Alháshemi, sino por el de su padre también.

***

Tanta cobertura informativa llevó a Alháshemi a comportarse de manera más responsable, sobre todo después de que los periódicos se llenasen de fotos suyas. Dejó de salir de la prisión y pensó que era mejor que le trajeran allí su plato favorito. La administración de la prisión hizo un trato con un conocido restaurante de Acre para enviarle comida dos veces al día, al mediodía y por la tarde. La comida que llegaba era suficiente para cubrir su alimentación, la del alcaide y la de todos los oficiales superiores de la prisión, y se aseguró de pagarlo todo de su propio bolsillo.

***

Un hecho importante fue que la administración de la prisión comenzó a recibir llamadas sin parar. Numerosos líderes políticos de varias ciudades pedían que Alháshemi recibiera tratamiento VIP. Después de todo, era una importante figura nacionalista e industrial y uno de los pensadores más prominentes de todo el país.

Cuando comenzó a saborear la dulzura de su victoria, se sintió más seguro y cómodo. Habló con su hijo y le dijo que, después de acordarlo con el gobernador provincial, debía filtrar la noticia de que su encarcelamiento había sido prorrogado por dos semanas más.

Las noticias se publicaron a la mañana siguiente y la gente montó en cólera. Se publicó más de un artículo pidiendo su liberación lo antes posible. Siguieron apareciendo artículos hasta su última noche en prisión. Llamó a su hijo Anas y le pidió que fuera personalmente a ver al gobernador provincial para mostrarle la noticia que él le dictaría en breve. Hizo hincapié en la importancia de asegurar su acuerdo. De lo contrario, dijo, el tema de la prisión se convertiría en algo serio.

El gobernador provincial no tenía objeciones. «Pero ¡que recuerde que esto será lo último que le podré dar!» —le dijo a Anas.

***

El día anterior a su liberación, los titulares rezaban: «Las autoridades del Mandato deciden liberar a Alháshemi después de una oleada de protestas populares». Cuando leyó los periódicos que le habían traído, dijo: «Es hora de irse a casa». Llamó a su hijo. «Deberás estar aquí mañana por la mañana y Mahmud Hach Jáled debe acompañarte. Quiero que esté a mi lado cuando me baje del tren», ordenó.

La recepción que le habían preparado en la estación de tren fue a lo grande. La multitud lo recogió y se lo llevó en volandas e hizo lo mismo con Mahmud, cuya aparición fue bastante inesperada. Los acompañó todo el camino hasta la plaza del pueblo, donde tuvo lugar una gran manifestación. El mitin se cerró con un conmovedor discurso de Mahmud que, en realidad, no era otro que el artículo que había escrito. Anas lo había traído y se lo había dado, para evitar que no quisiese intervenir con el pretexto de no sentirse preparado. El discurso de Alháshemi no fue menos conmovedor. Era un discurso en el que había trabajado antes de ir a prisión y que había anotado y memorizado durante su estancia en la cárcel.

Cuando terminó la manifestación, la multitud se dispersó y llegó un automóvil que se llevó a Alháshemi y a su hijo. Mientras se alejaban, Alháshemi se despidió de Mahmud desde la ventana.

—Ofrécele llevarlo a donde quiera, siempre que esté lejos de esta plaza —le dijo Anas a su padre.

—¿Por qué? Su papel ya ha terminado.

***

En esa plaza vacía, Mahmud sintió que estaba esperando y que lo que esperaba no iba a llegar nunca. Los minutos pasaron. Ninguno. Tan pronto como se quitó el fez, su ropa comenzó a caerse de su cuerpo como caen las hojas de un árbol en el frío del otoño. Se miró a sí mismo. Estaba completamente desnudo. Todo a su alrededor parecía oscuro, como las ventanas de Yafa en tiempos de guerra; sus cortinas negras, pintadas para bloquear cualquier luz que pudiera escapar y causar que la ciudad fuera bombardeada mientras los aviones italianos atacaban la refinería de petróleo en Haifa.

Se oscureció como los ojos de las personas, incapaces de ver con claridad cómo los países caían, igual que las fichas de dominó, ante los ejércitos alemanes. Cuando Rumanía, Yugoslavia y Grecia cayeron, y las fuerzas alemanas atacaron la isla de Creta, las cosas se complicaron todavía más y el sonido de las sirenas de advertencia en Yafa se convirtió casi en cotidiano. La oscuridad había caído sobre la oscuridad.

Era como si las sirenas de advertencia sonasen en los oídos de Mahmud y pudiese oírlas por todas partes.

Estaba tan agotado como las codornices que se desploman exhaustas en las playas de Yafa una tarde de otoño. Como aquellos que, huyendo de la guerra, acabaron cayendo en las costas palestinas.

Las prostitutas se habían convertido en un espectáculo familiar y omnipresente en las calles de Yafa, de Haifa y de Jerusalén.

Mahmud se sentía una prostituta más en un club nocturno.

***

En cuestión de semanas, los vientos habían comenzado a soplar en otra dirección y a una velocidad que Alháshemi nunca pudo prever. De hecho, se preguntaba qué había salido bien del tiempo que había pasado en prisión. Comprendió instintivamente, y de acuerdo con la información de la que disponía, que necesitaba terminar todo rápidamente, pues el país se estaba yendo al infierno y cualquier demora por su parte podría costarle cara[40].

---

[40] «Cuando las chispas comenzaron a saltar a lo largo y ancho de Palestina, haciendo que todo ardiera, cuando la metralla de bombas y minas abatió inocentes en hoteles y coches, en mercados de verduras, en escuelas y en otros lugares de reunión, entonces comenzó a correr un rumor, difundido luego por sus hombres en la ciudad y el campo. Los guerreros revolucionarios le habían aconsejado que abandonara el país, por temor a que fuera asesinado en el curso de sus idas y venidas, debido al odio inmenso que judíos y británicos sentían hacia él. Antes de la Nakba de 1948, vendió todas sus propiedades, fábricas, casas, tierras, camellos y caballos y se trasladó al Líbano. Se instaló en Beirut, donde continuó supervisando los asuntos de los residentes de la ciudad desde la oficina del Comité Superior Árabe allí».

El diluvio

Cuando Almarzuqi se levantó para entregar su defensa, dio cinco pasos hacia el juez y deliberadamente dejó caer el bastón.

Se agachó para recogerlo. Palpó con las manos el suelo, a derecha e izquierda, al frente y detrás. Finalmente lo encontró.

El juez lo observaba, esperando que se pusiera de pie otra vez. En cambio, continuó su búsqueda.

—Estaba buscando su bastón. ¿No lo encuentra?

—Sí, ya lo he encontrado.

—Entonces, ¿qué está buscando ahora?

—La justicia de Gran Bretaña, su señoría —dijo a modo de respuesta, mientras seguía buscando.

—Póngase de pie, entonces. ¡No la encontrará así!

Se puso de pie.

—¿Pero me permitiría, su señoría, decir una cosa que no tiene nada que ver con este juicio?

El juez respiró hondo y luego dijo: «Muy bien, siempre que no se alargue demasiado».

—No se preocupe, seré breve.

—Adelante.

—Señoría, ¿podría preguntarle de dónde viene usted?

—¡De Gran Bretaña, por supuesto!

—¿De qué ciudad de Gran Bretaña?

—De Manchester.

—¿Pertenece usted a alguna familia?

—Por supuesto, a la familia Johnson.

—Si alguien fuese y quisiese quitarle la casa por la fuerza o por medios engañosos, ¿se lo permitiría?

—Nunca.

—Pero esto, su señoría, es exactamente lo que se le ha hecho a la gente de Alhadia.

—Alhadia no es una aldea. Como quedó demostrado en un juicio anterior, Alhadia es el nombre utilizado para referirse a las tierras propiedad del monasterio. Los agricultores vienen de las aldeas para trabajar la tierra y recibir un salario por su trabajo.

—Lo que dice es exacto, su señoría. Sin embargo, me gustaría preguntarle: cuando un agricultor va a trabajar a la tierra de otra persona, ¿construye una aldea y cría ganado?, ¿mantiene perros allí y construye dos escuelas, una para niños y otra para niñas, además de un lugar de culto? Como su señoría sabe, un agricultor que trabaja la tierra de otra persona no trae nada más que su arado, en algunos casos, y muy a menudo el arado es de quien posee las tierras.

Mientras mantenían esta conversación, Háshem Shahada estaba sentado en la esquina, contando las palabras de Almarzuqi, como los hombres del pueblo le habían dicho que hiciera. Su corazón estaba acelerado y, cuando el recuento de palabras superó la cifra de cien, la cabeza comenzó a darle vueltas, tanto que acabó perdiendo el hilo. La suma había sobrepasado lo imaginable.

—Señoría, Alhadia es en verdad una aldea y es un municipio conocido en el distrito. Es un pueblo con una historia. Existía antes de que el país se dividiera en distritos y ha continuado existiendo desde entonces. Existía antes de que el primer soldado británico llegara a este país. Existía antes de que el primer colono judío emigrara aquí. Y como prueba de lo que estoy diciendo, le presento estos documentos de respaldo.

Almarzuqi mostró las escrituras y otros documentos que el padre Elías había devuelto a Hach Sálem.

Fue una bomba. Y gracias a ella Almarzuqi pudo ganar una gran ventaja para alcanzar el objetivo esperado. Había demolido el caso del demandante, dejando al abogado del monasterio tan confundido que no podía hacer nada. Mientras tanto, el padre Manuli estaba sentado en la parte posterior de la sala de audiencias, siguiendo el procedimiento con una mirada vidriosa. Sus pensamientos vagaban sin rumbo en busca de una explicación para una situación completamente inesperada.

Antes de que los que se encontraban en el tribunal se hubieran recuperado de la conmoción, Almarzuqi pidió al juez que le permitiera interrogar a los testigos de la defensa.

Sobre la base de los certificados de nacimiento que se habían presentado ante el juez, Anisa confirmó que ella, sus hermanos y hermanas, y su padre y su abuelo habían nacido en Alhadia. Un grupo de personas que vivían en aldeas vecinas testificó que Alhadia ya existía en la época de sus abuelos y que se habían casado con la gente de Alhadia y compartido sus alegrías y tristezas. Del mismo modo, Albármaki demostró que su hijo había ido a la guerra a las órdenes del Imperio otomano basándose en los documentos oficiales que especificaban de qué pueblo provenía.

También trajeron una gran cantidad de certificados de matrimonio. Los certificados de divorcio no fueron fáciles de conseguir, ya que el divorcio era raro en aquellos días.

El juez le pidió al abogado del monasterio que presentara su caso, pero este solicitó que se pospusiera. El juez emitió una orden para que se formara una comisión de investigación con el fin de verificar las reclamaciones hechas por la defensa.

***

En la entrada del tribunal, Hach Sálem se hizo a un lado con Háshem Shahada.

—¿Sabes cuántas palabras lleva dichas el abogado? —preguntó.

—Bueno, Hach —tartamudeó—, cuando llegué a cien, comencé a marearme.

—Si haces eso no vamos a pagarle al hombre lo que se le debe. Sería injusto. ¿No puedes dar un cálculo aproximado?

—Estaría mintiendo si dijera que puedo.

—Escucha, aún tenemos un largo camino por recorrer. Así que presta más atención a partir de ahora.

***

Dos noches antes de la llegada de la comisión a Alhadia, el jeque Husni, el imán de la mezquita del pueblo, subió a la azotea de la mezquita y gritó: «¡Gente del pueblo! Que los que están presentes informen a los que están ausentes, y que los que escuchan esto informen a los que no lo hayan escuchado: ninguno de vosotros puede abandonar la aldea el martes, pasado mañana. Reunid a vuestros hijos. Si alguien tiene un hijo fuera del pueblo, que le envíe un mensaje para que venga. Coged vuestros caballos y todos vuestros animales, camellos, ovejas, cabras, perros, burros, mulas, gallinas e incluso los gatos y metedlos en casa».

Cuando llegó el martes, no había un alma en las calles de Alhadia, ni siquiera Mahmud Hach Jáled, que había venido de Yafa. Al igual que los demás, se quedó esperando, tomando de la mano a su hijo Samir y a su hija Layla, con su esposa Afaf detrás de ellos, observando la escena con una expresión de tristeza en el rostro.

***

Cuando apareció el coche que transportaba a los miembros de la comisión, a quienes se les había asignado la tarea de presentar un informe al Gobierno, el jeque Husni había gritado: «¡A vuestras casas! ¡No queremos a nadie más allá de su puerta! ¡Esperad a mi señal!».

En tres minutos, el automóvil había llegado a las afueras de la aldea. Se detuvo en el centro de la plaza del pueblo.

Tres hombres salieron y miraron la escena sin vida.

—No hay más que casas —dijo uno de ellos.

—¿Dónde está la gente? —se preguntó otro.

El tercero sacó sus papeles y, apoyándose en un lateral del coche, dijo: «La argucia del abogado ha quedado en evidencia». Pero antes de que su pluma rozara la página en blanco, la voz del jeque Husni resonó: «Gente de Alhadia, ¡abrid las puertas!».

El tumulto que siguió fue ensordecedor.

De repente, camellos, vacas, caballos, ovejas, perros, gatos y gallinas salieron en estampida, seguidos por cientos de personas. La vida, como un torrente, rugía, barriéndolo todo a su paso. Al darse cuenta de que los animales se dirigían hacia ellos, los miembros de la comisión se metieron en el coche en busca de refugio. Sin embargo, la estampida terminó volcando el vehículo, para dispersarse después en todas direcciones. La gente se detuvo finalmente en la plaza rodeando al automóvil, una de cuyas ruedas aún seguía girando.

Los miembros de la comisión estaban dominados por el pánico. Con dificultad, lograron salir por una de las puertas laterales del automóvil, que ahora eran su «techo». Lo primero que vieron fue el cielo y, cuando lograron escabullirse con la ayuda de la gente, lo único que pudieron decir fue: «¿Qué es esto? ¿Qué es esto?».

Hach Sálem respondió: «Esto es Alhadia».

—Todo este ganado y los caballos… ¿Viven aquí?

—Como pueden ver. Pertenecen a los lugareños.

Muchos jóvenes se habían ido corriendo para traer de vuelta las manadas de animales que se habían alejado por la agitación del momento. Cuando las trajeron de nuevo, los miembros de la comisión aún estaban sacudiéndose el polvo de sus ropas.

—¿A quién pertenece esta manada?

—Esta pertenece a Iliya Radi.

—¿Y esta?

—¿Y esta?

—¿Y esta?

Los hombres se reunieron y volvieron a poner el coche de pie. Cuando cayó sobre sus ruedas, se produjo un ruido extraordinario, como si el torrente viviente volviera a fluir de nuevo.

—¿No podíais haber encontrado una manera más amable de decirnos «estamos aquí»?

***

La audiencia estaba programada para una semana después. Las batallas se habían extendido por toda Palestina y llegar a la sala del tribunal era ya en sí una gran aventura. Pese a todo, decidieron acudir. Almarzuqi los estaba esperando cuando llegaron. «Teníamos miedo de que no lo lograra».

—No se preocupen por mí. En una crisis tan grave, ¡nadie encuentra su camino más fácilmente que un ciego!

El juicio fue convocado con prisas. El juez dictaminó que Alhadia pertenecía a su pueblo y rechazó la reclamación del monasterio. Cuando escucharon el veredicto, la gente explotó de alegría, saltando y bailando.

—¡Orden en la sala! —gritó el juez.

Se calmaron.

—Señoría, ¿me permite decir algo sobre este caso?

—El caso ha sido cerrado en su preferencia. ¿Qué más quiere decir?

—Me habría gustado, su señoría, que el Sr. James Arthur Balfour, que prometió a los judíos una patria nacional en Palestina, hubiera estado aquí, en esta sala, para escuchar su decisión, que ratifica que Alhadia pertenece a su gente. Gracias, su señoría.

—Se levanta la sesión.

***

A la entrada del tribunal, Hach Sálem se hizo a un lado con Háshem Shahada y le dijo: «¿Has contado las palabras del abogado esta vez?».

Shahada respondió con un tartamudeo: «¡Estaba tan preocupado por el veredicto que se me ha olvidado contarlas!».

—Pero entonces no vamos a pagarle al hombre lo que se le debe. No lo merece. ¿No puedes hacer un cálculo aproximado?

—Estaría mintiendo si dijera que puedo. Pero apostaría a que han sido más de mil.

—¡Más de mil!

***

Hach Sálem fue junto al abogado y le dijo: «Las cosas siguen siendo muy complicadas, pero dado que habíamos acordado ciertas condiciones al principio, estamos decididos a seguir adelante. Así que creo que ha llegado el momento de que le paguemos sus honorarios».

—No es apropiado discutir tales cosas en público.

—¿Dónde se sentiría cómodo discutiéndolas?

—En mi bufete. No hay mejor sitio.

—¿Va a ir allí estando las cosas como están?

—¿A dónde más puedo ir? ¿A casa? ¿Cuál es la diferencia?

***

—Y ahora —dijo Hach Sálem—, perdónenos por tener que hacerle esta pregunta, señor, pero ¿cuántas palabras dijo usted ante el tribunal?

—Esa es una pregunta difícil. De hecho, no puedo responderla, ¡pues no puedo hablar y contar palabras al mismo tiempo! ¿No encargaron ustedes a nadie que lo hiciera?

—Sí, lo hicimos. Pero cuando el número superó las cien durante la primera audiencia, se mareó y no pudo continuar. En la segunda audiencia, estaba tan preocupado por el veredicto que se olvidó de contar.

—Lo que le sucedió durante la primera audiencia es comprensible, ya que se trata de una suma bastante grande. Y lo que le sucedió durante la segunda audiencia también es comprensible, ya que yo mismo estaba tan preocupado como él. ¿Y qué me diría si le dijera que he dicho mil palabras?

Los hombres intercambiaron miradas atónitas. Entonces Hach Sálem respondió: «Que estará diciendo la verdad».

—Entonces, me deben cincuenta mil libras.

—Cincuenta mil —repitió más de una voz alarmada.

—Eso es todo. Solo cincuenta mil.

Cuando percibió el manto de silencio que repentinamente había descendido sobre ellos, Almarzuqi sonrió y dijo: «Pero teniendo en cuenta que ustedes han aportado muchas de las escrituras y otros documentos, consideraré su contribución igual a la mitad de los honorarios debidos del caso».

—Dios le bendiga —dijo Hach Sálem.

—Pero no he escuchado a nadie decir nada al respecto —respondió Almarzuqi—. ¡Me temo que los demás podrían no estar satisfechos con esta solución! —dijo con una sonrisa todavía.

—No vamos a decir que no, señor.

Almarzuqi respiró hondo y se recostó en su silla.

—Al parecer, ustedes aún no han descubierto el secreto que había detrás de la petición que les hice. Cuando les dije que quería cincuenta libras por cada palabra que dijera en el tribunal, solo quería asegurarme de que estaban dispuestos a hacer absolutamente todo por su pueblo. Es cierto, les he devuelto Alhadia. Pero también me la he devuelto a mí mismo. ¿O creen que el pueblo solo les pertenece a ustedes?

En ese momento los ojos de los presentes se inundaron de lágrimas.

***

La puerta del monasterio no se abrió durante diez días completos, hasta que finalmente llegó un coche negro. Su conductor se dirigió apresuradamente hacia la puerta grande y la golpeó cinco veces. La hermana Sara asomó la cabeza, seguida por la hermana Miri. El conductor cruzó el umbral y, cuando reapareció, llevaba consigo dos maletas marrones raídas, que metió en el maletero. Cuando el automóvil atravesó la aldea, las dos hermanas evitaron cruzar sus miradas con la gente del pueblo. Cuando el coche alcanzó el punto exacto en que el padre Georgiou y el padre Theodorus se habían detenido antes, continuó sin hacer pausa alguna hasta que desapareció por completo.

Algunas personas se acercaron tímidamente hasta la puerta del monasterio, pero cuando oyeron la voz de Hach Sálem diciendo: «¿A dónde vais?», volvieron.

¿Me estás preguntando por Manuli? Nadie lo volvió a ver nunca más. ¿El monasterio? ¡Permaneció cerrado hasta el día que ardió por completo!

Un obús o dos

En los últimos días del caos que lo envolvía todo, un convoy judío llegó, cargó armas y se fue.

Shawkat Mujtar estaba presente y si le hubieran preguntado por el asunto esta vez, tal como le habían preguntado tiempo atrás, habría dicho: «¡Los británicos están al mando y esto es de su propiedad!».

El convoy se dirigía a Yafa. Tan pronto como se difundió la noticia de la caravana, varios hombres a caballo partieron para informar a los pueblos vecinos. Cada pueblo que recibía la noticia, la extendía a las aldeas colindantes y en poco tiempo todos en la región se habían enterado del asunto. Antes de que el convoy hubiera llegado muy lejos, alertado por el peligro que lo rodeaba, se refugió en el asentamiento de Jalda, que daba a Wadi Alsarrar y Bayt Mahsir y limitaba con las tierras de Naana, Saydún, Shahma y Aqir.

Unas semanas más tarde, Ali le confiaría a su padre, Hach Sálem: «El mérito no es mío esta vez. Fue Shawkat Mujtar quien nos avisó de que vendrían. Nos dijo: "Dentro de dos días, un convoy saldrá de aquí. ¡Haced lo que tengáis que hacer!"»[41].

A las ocho de la mañana la batalla todavía continuaba y duró hasta las ocho de la tarde. Por desgracia, el asentamiento poseía todas las armas que los aldeanos no tenían.

Los proyectiles de mortero comenzaron a llover sobre los atacantes, paralizando su movimiento.

---

[41] Shawkat Mujtar participó más tarde en una serie de batallas en defensa de Bab Alwad, en la que también lucharon unidades del Ejército árabe bajo el mando del mariscal de campo Hábes Almayali. Vivió una larga vida y recibió numerosas insignias de honor.

Ali, Abdelyawad, Salah e Iliya Radi decidieron acercarse al conductor de un carro blindado del Ejército árabe, que se encontraba a cierta distancia, para convencerlo de que interviniera. Le imploraron que disparara un obús o dos al menos. Se negó: «No tengo órdenes». Era una frase que los palestinos escucharían en incontables ocasiones durante los días siguientes, por boca de los soldados y oficiales del Ejército de Rescate Árabe.

—¿Necesitas órdenes para hacer lo que te dicta tu conciencia? ¿Las necesitas para defender nuestra tierra contra los colonos que la amenazan? —le recriminaron ante su actitud pasiva.

El conductor del coche blindado, avergonzado, bajó la cabeza.

—Por lo menos, podrías dejar que uno de nosotros condujera el carro y enseñarnos a lanzar los proyectiles.

—¿Os habéis pensado que todo eso se aprende de la noche a la mañana?

—Está bien, entonces —le ofreció Abdelyawad—. Solo enséñame a disparar, y yo seré el responsable si Shawkat Mujtar decide enjuiciarte por actuar sin haber recibido órdenes.

—Este carro blindado no pertenece a Shawkat Mujtar. Pertenece a Glubb Pasha. ¡Él es el que me llevará a juicio!

Después de media hora de tira y afloja, el conductor aceptó una solución que encontró convincente: llevaría el carro blindado hasta el campo de batalla y apuntaría el cañón hacia el asentamiento. Allí, Abdelyawad sería el encargado de disparar. ¡De esa manera, el conductor podría argumentar, si fuera enjuiciado, que él no había sido el responsable de los disparos.

El conductor cargó el cañón y Abdelyawad disparó. Lo recargó, y Abdelyawad disparó de nuevo. Y así sucesivamente.

Fue una gran sorpresa para el otro bando cuando las bombas comenzaron a llover sobre el asentamiento con un armamento con el que no contaban. Cuando uno de los proyectiles destruyó el tanque de agua, los atacantes, para su asombro, vieron cómo se elevaba una bandera blanca.

Con el disparo de los proyectiles la marea comenzó a cambiar gradualmente y los atacantes adquirieron un fervor en la batalla sin precedentes. Rodearon el asentamiento, lo asaltaron y se incautaron de sus armas, una vez que los hombres que lo defendían se habían replegado.

La noche anterior a la batalla, cuatro hombres armados con rifles llegaron a Alhadia. Preguntaron dónde estaba la casa de huéspedes y la gente se lo indicó. Fueron recibidos por Hach Sálem. Era tarde. Se les ofreció la cena. Hach Sálem les ofreció ropa seca, luego encendimos un fuego y secamos su ropa empapada de lluvia. Cuando terminaron de cenar, Hach Sálem les preguntó: «¿Y quiénes son nuestros invitados?». Uno de ellos dijo: «Soy Harún Bin Gazi», que era un hombre muy conocido en la región. «Y este es Muhámmad Alfáyez». No recuerdo los nombres de los otros dos. Hach Sálem les preguntó qué les había traído a Alhadia con un tiempo tan lluvioso y Harún respondió: «Hemos venido desde Transjordania para unirnos a la lucha». Su respuesta los hizo merecedores de un gran respeto. A la mañana siguiente sacrificamos una oveja en su honor, pero cuando supieron que el convoy se dirigía a Yafa, exclamaron: «¿Cómo podemos estar sentados aquí comiendo cuando otros están muriendo?». Nos acompañaron, entonces, al lugar en el que se libraba la batalla. Cuando terminó, señalé los rifles, las balas y las otras armas que habíamos tomado como botín y les dije: «Este armamento es suyo. Cojan lo que quieran». Harún respondió: «Todo lo que queremos es ayudarles». Le dije: «Volvamos a casa para que disfruten de su almuerzo. Todavía les está esperando». Pero Harún dijo: «Debemos marcharnos a otra zona de Palestina donde nos necesiten».

Justo entonces escucharon disparos a lo lejos. «Ahora sabemos hacia dónde dirigirnos», dijo Muhámmad Alfáyez. Nos quedamos mirándolos hasta que desaparecieron.

***

Fue una batalla como nunca habían experimentado. Abdelfattah Milhim, Muhámmad Asad, Háshem Shahada e Iliya Radi resultaron heridos, y varios de los hombres que llegaron desde otras aldeas murieron como mártires.

«Esa batalla quedará grabada en la historia», decía Hach Sálem. Hasta ese momento, todas las batallas se habían librado en secreto.

Gritó: «¡La he encontrado!»

La noticia tardó en llegar: «Un convoy británico pasará por Alhadia mañana por la mañana para suministrar armas al asentamiento de las colinas orientales».

Como muchos otros, este asentamiento sufrió ataques nocturnos, así que algunos residentes huyeron a Tel Aviv para evitar riesgos.

Por supuesto, en un caso como ese, las minas podrían haber resuelto fácilmente el problema del convoy. Desafortunadamente, conseguir una sola mina era todo un reto. Conseguir varias, un imposible.

Intentaron buscar una forma efectiva de destruir el convoy y matar a todos los que iban en él. Pensaron en informar a los rebeldes, pero sabían lo peligroso que era moverse por las montañas de noche. Cualquiera que merodease por la zona para pasar un mensaje estaba destinado a encontrarse con una patrulla, una emboscada británica o judía, o con los mismos rebeldes.

Muhámmad Shahada dudó un buen rato antes de decir lo que estaba pensando. Les costaba tanto llegar a una solución que finalmente tuvo que intervenir.

Su primera reacción fue: «¿Y quién podría llevar todas esas cenizas hasta allí?».

Su respuesta fue: «Todos podríamos. ¿Acaso no nos castigaron ya por haber disparado simplemente una bala desde el pueblo a una patrulla británica? ¿O es que ya lo habéis olvidado?».

Comenzaron por decidir en qué punto rodearían al convoy. El lugar que eligieron estaba a no más de tres kilómetros de las casas, en las afueras de Alhadia. Era un camino que discurría entre dos pequeñas colinas y sus laderas eran tan empinadas que sería muy difícil para los soldados lograr escapar.

Una vez hecho el trabajo inicial, todo lo que a los jóvenes del pueblo les quedaba por hacer era el fuego.

***

El primer todoterreno del convoy se detuvo antes de llegar a la barrera que habían colocado en el camino. Un oficial británico salió e indicó a los coches detrás de él que se detuvieran también.

Los soldados salieron de los vehículos, sacaron sus armas y examinaron los arcenes. Se olían algo extraño, pero para su sorpresa no encontraron a nadie. No había nada más que un profundo silencio a esa hora de la madrugada. No había nada más que el viento soplando por los cuatro puntos cardinales.

Cuando los soldados comenzaron a desmantelar la barrera, oyeron un movimiento a su espalda. Al darse la vuelta, vieron rocas rodando y bloqueando el camino. Después vieron antorchas cayendo sobre el asfalto. Era desconcertante. Parecía ciego quien estaba provocando aquel caos. De lo contario, ¿por qué razón iban arrojar aquellas antorchas tan lejos de los vehículos? Los soldados comenzaron a disparar. En pocos minutos, vieron cómo el fuego avanzaba hacia ellos. Vieron cómo ardía la carretera y se quedaron perplejos. El fuego avanzaba rápidamente en dirección a los vehículos. Al darse cuenta de que el fuego pronto consumiría los coches, los soldados se aferraron a los arcenes. Las llamas llegaron hasta debajo de los carros blindados y continuaron hasta el primer todoterreno. Cuando más desconcertados estaban, vieron uno de los todoterrenos volar por los aires cuando explotó el tanque de combustible. En poco tiempo las llamas consumieron todo lo que se interponía en su camino. Pero lo peor todavía no había llegado. En unos instantes, la munición comenzaría a explotar. Algunos de ellos se fueron hacia la parte delantera del convoy en un intento de cruzar la barrera, ajenos a cualquier peligro que pudiera haber más allá. Los soldados que estaban cerca de la barrera de la parte trasera hicieron lo mismo.

No les habían disparado ni una sola bala. La noche se había convertido en una auténtica pesadilla. Algunos soldados británicos gritaban a sus compañeros que habían sido sitiados por las llamas, que huyesen lo antes posible.

El cielo estaba al rojo vivo y el sonido de las explosiones hizo colapsar el aire.

¡Quienes escucharon y vieron lo sucedido aquel día apenas podían creer que hubiera tantas balas y proyectiles en el mundo!

***

Por fin los colonos acudieron al rescate del convoy con sus armas, pero para entonces ya era demasiado tarde. Se acercaron con precaución, seguros de que podrían apresar a los que habían rodeado el convoy, pero no encontraron a nadie. Esperando que la batalla se librara cuerpo a cuerpo, se acercaron con mayor precaución aún. Más de un proyectil cayó cerca de ellos, lo que les hizo detener su avance. El fuego era tan intenso que se hacía imposible avanzar más.

Cuando todo finalmente se calmó, no quedó en el pequeño y angosto valle más que vehículos en llamas.

Una hora después, una gran unidad militar británica llegó y rodeó el área antes de determinar qué había sucedido. Todo apuntaba a una batalla como muchas otras que habían visto. Aparecieron dos aviones que volaban muy bajo, pero no aportaron ninguna claridad. El misterio tampoco se resolvió cuando les preguntaron a los soldados que habían sobrevivido.

—No hemos visto a nadie. Solo la tierra ardiendo bajo nuestros pies —dijo uno de los soldados.

—No, no oímos ninguna explosión. No había minas. Solo la tierra ardiendo —dijo otro.

Todos sus intentos por entender qué había ocurrido realmente en aquella *batalla*, que ni siquiera fue tal, fueron infructuosos.

Asaltaron Alhadia y todos los pueblos de los alrededores, pero fue en vano. Arrestaron a decenas de hombres, pero no sirvió de nada.

Al anochecer, después de apartar dieciséis vehículos calcinados a un lado de la carretera, las fuerzas británicas se retiraron. Sin embargo, los ecos y destellos de las explosiones continuarían, durante mucho tiempo, decorando la cúpula del cielo, que se curvó sobre aquella región.

***

Muhámmad Shahada, que había logrado esconderse lejos con otros hombres de la aldea, regresó al lugar, incrédulo por el resultado que habían conseguido con su operación. Para él, su plan no era menos revolucionario que la invención de la pólvora. Había sido como inventar un tipo de pólvora diferente: un tipo procedente de hornos y estufas que, para disgusto de las amas de casa, se acumula de manera constante.

¡Ese día, por supuesto, Muhámmad Shahada parecía ser la persona más ingeniosa y con más conocimiento que habían visto nunca!

Le dijo a la gente de Alhadia: «El convoy llegará antes que los rebeldes. Pero tiene que haber una solución».

—¿Qué tipo de solución tienes en mente, sabelotodo?

—Siempre hay una solución. La única pregunta es si podremos resolverlo o no. Ese es nuestro problema en este momento.

Mientras hablaba, vio como Um Alfar sacaba las cenizas del horno de pan y de repente gritó: «¡La he encontrado!».

Afortunadamente, nadie planteó ninguna objeción.

Durante toda la noche, las mujeres, los hombres y los niños trabajaron para traer cenizas de todo el pueblo. Las amontonaron en cuatro pequeños montones a lo largo del borde de la carretera en la ubicación especificada. Luego trajeron todo el petróleo crudo que pudieron encontrar y procedieron a esparcirlo en el lugar donde estaban las cenizas. Por último, extendieron la mezcla por toda el área donde esperaban que el convoy se detuviera frente a la primera barrera. Al final de la noche, todos volvieron a casa.

Estaban tan negros que era imposible distinguirlos. Algunos hombres, con sus rasgos ocultos bajo capas de cenizas, se escondieron esperando el momento oportuno.

Todo lo que tenían que hacer ahora era encender el fuego. Lo que sucedió ese día nunca lo olvidaré. ¡Nunca!

Yafa - Jerusalén

—Me estás poniendo en una situación incómoda —dijo el teniente Abdelmúnem a Nayi—. ¿Cómo puedo transferirte a Jerusalén cuando ya se ha decidido que irás a Yafa?

—Me gusta la ciudad. Además, tengo parientes allí con los que podría quedarme —justificó Nayi.

—Te gusta la ciudad. Puedo entender eso. Pero no digas que tienes parientes allí, porque nunca enviamos a nadie a poblaciones donde tenga parientes, o al distrito al que pertenezca su ciudad natal.

El teniente Abdelmúnem lo consultó con Mr. Kamen y este le dijo: «A Yafa. No puede ir a ningún otro lado».

Los coches que se dirigían a Gaza, Hebrón, Safad, Nablus y Haifa se habían ido y los que partían para Jerusalén y Yafa eran los únicos que aún esperaban.

Abdelmúnem regresó: «Mr. Kamen ha rechazado tu solicitud».

—Antes muerto que subirme al coche de Yafa.

Ante la insistencia de Nayi, volvió de nuevo a Mr. Kamen. «8410 insiste en ir a Jerusalén».

Al poco, aparecieron Mr. Kamen y Abdelmúnem: «*OK*. Lo enviaremos a Jerusalén, pero estará a prueba. Si descubrimos que quiere ir allí por algún motivo que desconocemos, me aseguraré de que lo transfieran al punto más remoto del país, al distrito de Safad. ¿Entendido?».

—Entendido, Mr. Kamen. Le aseguro que solo quiero estar en esa ciudad porque me encanta y si hubiera querido estar en otro distrito, habría elegido en el que está mi pueblo.

—A Jerusalén, entonces. Y mientras esté allí, no sea menos de lo que ha sido aquí. El hombre que hemos conocido. Voy a recomendar que se le otorguen dos franjas y, hasta que sea promocionado oficialmente, tendrá el rango de sargento de reserva.

***

Después de haber trabajado durante varios días en la estación de Altalibiyya, decidieron transferirlo a la corte militar como guardia. Los enfrentamientos armados se recrudecían constantemente y los judíos infundían el terror entre los palestinos de muchas maneras.

Cierto día, un informe circuló como un reguero de pólvora: «Los judíos han escrito el nombre de Hach Amín Alhusayni en un burro y lo están paseando por las calles del mercado Mahane Yehuda».

La gente estaba alborotada. El caos reinaba. Los palestinos comenzaron a preparar ataques al mercado Shamma, donde había un buen número de joyerías judías y tiendas de artículos de lana.

La noticia llegó rápidamente a la Policía británica, que decidió enviar una patrulla, la misma a la que pertenecía Nayi. Antes de mudarse, el teniente británico Antony hizo la siguiente declaración: «¡Si quieren quemar y destrozar el mercado, no intervengan! Si, por el contrario, quieren saquearlo, entonces hay que evitarlo empleando la fuerza».

Finalmente, no hubo saqueos en el mercado. Fue quemado hasta los cimientos. Y nadie en la patrulla policial británica intervino para evitarlo.

Aquellos eran los últimos días de Gran Bretaña en Palestina y todos lo sabían. Lo único que les preocupaba a los británicos era retirarse con pérdidas mínimas.

Nayi se había establecido en la casa de Hach Abu Salim, el padre de Amal, en Monte Fiore. Hach Abu Salim ocupaba un lado de la casa grande, mientras que una familia cristiana y otra familia judía alquilaban el opuesto. Nayi, vivía en dos habitaciones que estaban unidas por una escalera de piedra en un patio pequeño, dividido en el centro por una partición de madera desvencijada.

***

Antes de que Nayi llegara a la casa, descubrió que Hach Abu Salim y su esposa habían sido desalojados. Estaban indefensos en la calle, gritando y suplicando a todos los que pasaban por allí que les ayudasen.

«¿A dónde vas?», le preguntaron, «¡están echando a todo el mundo!». Pero sus palabras no le impidieron seguir su camino hacia la casa. No mucho después, vio a la familia cristiana de Saman sacando a sus hijos fuera de la casa con el terror grabado en sus rostros. «¿A dónde vas?», Saman le preguntó. «Las milicias de Haganah han venido y se han apoderado de la casa. No queda nadie dentro, excepto la familia judía». Nos dijeron: «Si queréis sobrevivir, coged vuestras pertenencias y marchaos. Si os quedáis aquí, os espera una condena a muerte».

—Toda mi ropa y mis cosas están dentro de la casa. Tengo que llevármelas, pase lo que pase —dijo Nayi, que vestía el uniforme militar.

Sin embargo, antes de que pudiera entrar, uno de los milicianos de Haganah salió por la ventana de la habitación de Nayi y lo reconoció. De repente, sacó su arma y disparó. Nayi dio un paso atrás.

***

—Ese bastardo ha disparado a matar, no solo para asustarme —murmuró Nayi, agitado.

—No te preocupes, recuperaremos tus cosas —respondió el teniente Antony.

—¿Realmente crees que es solo cuestión de recuperar algunas cosas? ¿Qué le voy a decir al Hach Abu Salim? Los judíos han ocupado su casa y le prometí que lo ayudaría.

—En casos como este no podemos hacer nada. Las órdenes son claras: es decir, no existen. —Dirigiéndose a varios policías militares, dijo—: Cojan un coche blindado, acompáñenlo y traigan su ropa.

Cuando llegó el coche blindado, las fuerzas de Haganah se retiraron tan rápido que parecía que nunca habían estado allí.

Nayi entró al patio, donde vio la ropa de la familia Saman y otras pertenencias tiradas por el suelo. La familia judía retiró el biombo de madera y observó la escena, tanto la de su vivienda como la de la familia Saman. Habían ocupado todo el lugar con extraordinaria velocidad.

Shaul, el patriarca de la familia judía, de sesenta años, salió y se acercó a Nayi. «No es necesario que vayas arriba. Hemos puesto tus cosas en ese rincón, justo detrás de ti». Nayi se dio la vuelta. Habían puesto sus pertenencias al lado de la puerta. «Cógelas y vete en paz. Si quieres mi consejo, será mejor que no te detengas hasta que llegues a Transjordania».

Nayi se agachó para recoger también algunas cosas de la familia Saman para devolvérselas. «No. Déjalas donde están», dijo Shaul. «Si quieren algo de eso, tendrán que venir a buscarlo ellos mismos. Pero créeme, no obtendrán nada, ni siquiera llegando en un carro blindado como has hecho tú. ¡Esta es la última vez que alguien entra aquí para llevarse algo por la fuerza!».

Al otro lado de la casa, los hombres de Haganah esperaban a que el carro blindado se retirara antes de volver a la escena. Al final de la calle, la familia de Hach Abu Salim seguía esperando.

—¿Qué ha pasado?

—Han ocupado la casa —respondió Nayi—. Han tirado todo al patio y no dejan que nadie regrese a recuperar nada. Creo que deberías irte a Alhadia hasta que la situación se aclare.

—Si esto está sucediendo en Jerusalén, ¿crees que en Alhadia las cosas irán mejor?

***

Unos días después, las milicias de Haganah comenzaron a acosar a los guardias. Al mismo tiempo, la Policía británica confiscó las armas a su personal árabe, cambiándoselas por simples palos.

Nayi se negó a hacer su trabajo sin un arma. Fue secundado por el teniente sudanés Ahmad Mabruk, que dijo: «No voy a convertirme en un blanco fácil para las balas de los judíos».

Nayi, ahora tenía un deber que cumplir: huir con las armas de los guardias.

Se opusieron, diciendo:

—¡Vas a meternos en problemas tan graves que no podremos resolver!

—No os preocupéis, encontraré una solución.

En la comisaría había catorce rifles, seis revólveres, una ametralladora *Berna* y una pistola de bengalas.

—Los revólveres serán tuyos. La Berna, las municiones y los fusiles, los necesitamos en Alhadia.

Llegó a Alhadia un poco antes de la medianoche y le explicó al Hach Sálem lo que estaba sucediendo en Jerusalén. Después le contó su plan: «Estas armas son nuestra única esperanza», le dijo a su tío. «Solo necesito a alguien que me ayude».

La noche siguiente, un automóvil se detuvo frente al patio y de él salieron tres hombres de la aldea. Ataron a los guardias y a Nayi con ellos. A continuación, cogieron las armas y volvieron a su lugar de origen.

Al amanecer, pasó una patrulla británica. Cuando vieron que los guardias no estaban en su lugar, se desconcertaron. Los soldados se pusieron en guardia rápidamente, sacando sus armas. Tan pronto como los soldados atados escucharon sus pasos acercarse, comenzaron a gritar. Los soldados de la patrulla entraron en el patio y encontraron a los guardias atados y bocabajo.

No pudieron convencer al teniente Antony con aquella historia. «¿Cómo ha podido nadie vencerles a todos ustedes?» «¿Cómo es que ni uno solo ha sabido defenderse? ¡Aquí hay algo que no me cuadra!».

Los metieron en una celda de la cárcel: «Se quedarán aquí hasta que se sepa la verdad».

Dos semanas después los liberaron y los enviaron a otras prisiones. Así fue como Nayi se encontró en la prisión de Kashla, buscando una forma de escapar.

La torre

Las dos torres del asentamiento desaparecieron repentinamente. Todos lo notaron. Las dos torres se habían convertido en una parte del asentamiento, una parte muy representativa. La gente no lo entendió. ¿Cómo podía haber sucedido algo así en medio del tiroteo?

—Se van. Ahora que saben que los soldados del Ejército de Rescate están de camino, han decidido irse.

—Pero si planean irse, ¿para qué necesitan las dos torres? Las personas que se van se llevan lo que necesitan. Tal vez se lleven esas casas suyas que cayeron del cielo de repente. Pero las torres…

Entonces, en lo que parecía un verdadero milagro, vieron crecer otra torre en lugar de la torre norte. Se levantaba del suelo y se hacía cada vez más alta ante sus ojos incrédulos. No vieron a nadie fuera de la torre, por lo que concluyeron que todo el trabajo se estaba haciendo desde el interior. En tres días era más alta que cualquier edificio del pueblo, e incluso más alta que cualquiera de las colinas circundantes. Desde su parte superior, los cañones se asomaban como si alguien entrecerrase los ojos en un intento de ver con mayor nitidez.

***

—Nunca podrán disfrutar de ninguna edificación que construyan aquí mientras vengan las tropas del Ejército de Rescate —dijo Hach Sálem.

—Vuestra forma de ver las cosas es muy extraña, sobrino —le dijo Anisa—. Es como si no hubierais aprendido nada de lo que sucedió en 1936. ¡Aunque los hayáis despreciado e insultado en cientos de ocasiones, todavía tratáis con los líderes árabes como hizo aquel beduino con la canasta de higos!

—¿Qué quieres decir? —preguntó.

—Érase una vez —dijo— un beduino que salió a las montañas, antes del amanecer, con su rebaño y llevando con él una canasta de higos. A medida que pasaba la mañana, se fue comiendo bastantes higos, pensando que alguien le traería su almuerzo al mediodía. En un momento dado, reparó en los higos y comenzó a maldecirlos: «¡Qué higos más malos!». ¡Incluso orinó sobre ellos! A mediodía tenía hambre, pero no apareció nadie. Esperó un poco más, pero el almuerzo seguía sin llegar. Se levantó y comenzó a mirar con pesar la cesta de higos. Luego dijo: «Apuesto a que el chorro no tocó este higo». Y se lo comió. Hizo lo mismo con el siguiente y el siguiente, hasta comérselos todos.

Después de terminar su historia, se quedó en silencio por un momento y agregó:

—Si os hubierais comido los higos al principio, habríamos dicho: «Estaba de Dios que así fuera». Pero lo que habéis comido, con perdón, ha sido una mierda.

***

Antes de que saliera el sol y bañase de claridad las plazas del pueblo y las esquinas de sus patios, oyeron un disparo. Segundos después, se oyeron gritos.

Nadie más que los que estaban en la plaza sabían lo que había sucedido. Vieron a un hombre revolcándose boca abajo en su propia sangre. Le dieron la vuelta. Era Tamim Abu Dayeh. Una bala le había atravesado el corazón. Miraron a su alrededor para ver de dónde había venido, pero no vieron nada. A lo lejos, el asentamiento estaba en calma y las piedras de la torre estaban iluminadas por la luz de la mañana.

Al día siguiente, sucedió lo mismo. En el otro vecindario, cerca de la entrada a la tienda de la esquina de Abu Ribhi, una mujer gritó y luego cayó al suelo. Corrieron hacia ella. Era Layla Hassan Um Náyef.

Intentaron recordar si habían escuchado disparos antes de que ella gritara. Miraron por todos los lados, pero no había nadie a quien encontrar. La torre estaba tan silenciosa y la distancia que la separaba del lugar donde había caído la mujer era tan grande, que parecía imposible que los disparos provinieran de allí.

Al tercer día no hubo ningún muerto. Todo estaba tan tranquilo que comenzaron a pensar que lo que había sucedido en los dos días anteriores no había sido más que una pesadilla. Por desgracia, tenían grabadas en la memoria los cortejos fúnebres que les habían ofrecido a las dos víctimas.

Al cuarto día, sonó un disparo. Era imposible que pasase desapercibido, pues ahora todo el mundo se mantenía en guardia. Abdullah Rashid cayó cerca de la entrada del molino de trigo. Su esposa, Turkiya Almusa, gritó y estalló en llanto sobre su cuerpo sin vida. Acto seguido se levantó y pidió ayuda, desconsolada. Pero cuando todavía gritaba en busca de auxilio, otro disparo la alcanzó y cayó sobre el cadáver de su esposo. La gente de la aldea se apresuró para llegar hasta ellos, aunque lo hicieron con cautela. Los dos estaban muertos.

***

Yabr Darwish confirmó que la bala había sido disparada desde la torre. Sí, desde la torre, y desde ningún otro lugar. Había visto su destello. No podían creer que se pudiera alcanzar un objetivo desde la distancia que separaba la cerca de alambre de púas del asentamiento de las casas que había en las afueras de Alhadia.

Yabr Darwish dijo: «Iré a comprobarlo antes del amanecer».

Abbas Rashid le contestó: «Iré contigo. No voy a permitir que mi hermano y su esposa mueran sin más».

Cuando salió el sol, oyeron un disparo. La cabeza de Yabr había aparecido detrás de la gran roca que había elegido como puesto de observación. La bala le pasó por debajo del ojo derecho. Cayó hacia atrás y su cabeza rebotó en el hombro de Abbas. Salpicado de sangre y trozos de carne y de hueso, Abbas intentó hablar, pero antes de que pudiera articular una sola palabra, se oyó un segundo disparo. La bala le pasó por debajo del ojo izquierdo. Más sangre y más pedazos de carne y de huesos cayeron sobre la tierra en la que yacía su cuerpo.

El movimiento y las señales de vida en el pueblo desaparecieron por completo.

Al séptimo día, llegó una unidad del Ejército de Rescate. Su comandante, Wasef Bashir, se reunió con Hach Sálem y los ancianos del pueblo.

—De ahora en adelante no habrá guerra de guerrillas —anunció, con una confianza que los dejó asombrados—. Es una guerra entre ejércitos y nada más.

—Pero los judíos luchan contra nosotros como grupos armados más que como ejércitos. ¿Por qué no podemos hacer lo mismo? Además, ¿por qué nos queréis privar de nuestro derecho a defender nuestros hogares?

—Las órdenes son claras. La única guerra que se permitirá aquí es entre ejércitos.

Hicieron acopio de todas las armas que pudieron conseguir y comenzaron a cavar trincheras a lo largo del frente del asentamiento, entre los límites de la aldea y el alambre de púas. Más tarde, unieron las nuevas trincheras a la larga trinchera que habían excavado en la aldea con una nueva zanja en zigzag.

Para ellos era un misterio que ninguno de los que habían cavado las trincheras hubiera sido alcanzado por un disparo.

Sin embargo, la muerte golpeó una vez más a las puertas del pueblo cuando Yahya Ayyad, de doce años, fue asesinado. Recurrieron a Wasef Bashir, pero no movió ni un solo dedo, y durante cuatro días seguidos se repitió un incidente similar.

Hach Sálem quiso intervenir. Pero antes de pronunciar una palabra, descubrió con alarma que el oficial estaba llorando.

—¿Qué pasa?

—¡Todos los días veo cómo asesinan a alguien y no puedo hacer nada! ¿Qué clase de humillación es esta?

—Déjalo en nuestras manos. Encontraremos una solución.

—¿Y qué vais a hacer?

—Déjalo en nuestras manos.

Wasef Bashir no dijo nada más. Pero Hach Sálem no regresó a casa después de su reunión. En cambio, se fue directamente a la casa del hijo de Aziza, Hussein.

—Escucha, hijo, te necesitamos —le dijo su tío—. Debes encontrar una manera de destruir esa torre.

—No te preocupes. Lo he estado pensando. La haremos explotar.

—¿Y cómo haremos eso?

—Tengo un amigo, Ismael Algalayini, que sabe fabricar minas. Iré a verlo y le pediré que prepare una mina que resolverá nuestro problema de una vez por todas.

—¿Dónde vive?

—En Hebrón.

—¿Y quién puede llegar hasta Hebrón estos días?

—Yo podré. Y regresaré.

Esa noche, Hussein regresó de Hebrón acompañado por el propio Algalayini. Le dijo a Hussein: «No podré preparar la mina a menos que vea la torre yo mismo».

A la mañana siguiente, examinó la torre desde la distancia: «Ahora ya puedo ponerme a trabajar», dijo.

Hach Sálem fue a ver a Wasef Bashir y anunció: «Hoy vamos a librarnos de ese demonio de una vez por todas».

—Pero no olvides que el asentamiento está bajo protección británica y judía.

—Los muchachos encontrarán una solución.

La mina estaba lista poco antes del amanecer. Algalayini dijo: «Voy contigo».

—Tu trabajo ha terminado aquí. Yo conozco esta zona mejor que tú —objetó Hussein.

—Muy bien, entonces, te acompañaré hasta donde pueda para asegurarme de que todo sale bien.

Se metieron en los túneles y avanzaron tanto como pudieron. A partir de un momento dado, comenzaron a gatear.

Algalayini se escondió detrás de una gran roca y le susurró a Hussein:

—No olvides nada de lo que te he dicho.

—No te preocupes.

***

La entrada de la torre estaba al otro lado y detrás había un pequeño bosque. Hussein se arrastró hasta la entrada. No había nadie allí. Todo estaba en silencio. Entró. Tan pronto como estuvo adentro, la puerta se cerró de golpe. Intentó abrirla, pero no pudo. Sintió un movimiento en alguna parte. Aterrorizado, miró hacia abajo y vio una trampilla que se abría bajo sus pies. Entonces se produjo un disparo. La bala le rozó la mejilla y luego rebotó en el techo de la escalera. Huyó escaleras arriba, con la mina en la mano. Había caído en la trampa de lleno. Las balas le pisaban los talones. Cogió una de las granadas que llevaba, le quitó la anilla y la arrojó. La escuchó chocar con la barandilla de las escaleras y pocos segundos después explotó.

Continuó su carrera escaleras arriba con toda la energía que pudo reunir. Era una escalera sinuosa que se enroscaba a lo largo de los muros interiores de la torre. Por eso podía ver el fondo fácilmente si se asomaba a la barandilla.

Podía sentir el calor de la sangre brotando y resbalando por su rostro y su cuello. Cuando se dio cuenta de que ya nadie lo seguía, decidió regresar. A medio camino de regreso, oyó que la puerta se abría nuevamente para dejar entrar el sonido de un disparo rebotando. El ruido que hizo fue terrible dentro de aquel espacio estrecho y cerrado.

Lanzó otra granada y la explosión que produjo no fue menos terrible.

Colocó la mina cerca de la entrada de la planta baja y encendió el fusible. Después, salió corriendo de allí tan rápido como pudo. Ya en el exterior de la torre, no tuvo más remedio que saltar para protegerse. Las puertas del infierno se abrieron cuando las balas volvieron a zumbar a su alrededor. Cuando aterrizó en un pequeño montículo de tierra roja en la parte inferior de la torre, se dio cuenta de que no había muerto, de que seguía vivo. Aunque le costaba creerlo.

El sol aún no había salido, pero había suficiente luz como para detectar cualquier movimiento.

Siguió arrastrándose hasta que pudo llegar al lugar donde Algalayini estaba esperándolo.

—Necesitas un médico enseguida.

—Parece que la mina no es buena.

—No te preocupes. La diseñé para que no se activase de inmediato y asegurarme de que salieras de la torre de forma segura.

Hussein se presionaba la herida con la palma de la mano, pero sangraba mucho.

—Parece que la mina no es buena.

—Te he dicho que no te preocupes.

Antes de que acabara de pronunciar la última palabra, se produjo una tremenda explosión. Las rocas caían por todas partes, hasta el punto de que corrían verdadero peligro de que alguna les aplastase.

—¡Ahora sí! —gritó Algalayini.

Comenzaron a correr y no pararon hasta que llegaron a las trincheras sin que los rozase ni un solo tiro. La potencia de la explosión dejó a todos asombrados. Se oyeron gritos de júbilo provenientes de Alhadia, gritos que fueron aumentando más y más hasta que, al amanecer, se había convertido ya en una celebración por todo lo alto.

¡La gente había pasado tantas penurias que esperaban impacientemente una alegría!

Hach Sálem fue a ver al oficial, pero antes de que tuviera la oportunidad de decirle el motivo de su visita, este se levantó y le dijo: «Vamos a caminar un poco».

Después de un largo silencio, Hach Sálem preguntó: «¿Qué pasa? ¡Parece que es algo tan importante que no sabes cómo decirlo!».

El oficial permaneció callado.

Al fin, habló: «Ayer recibimos órdenes de retirarnos, pero no sé cuándo será. Se ha firmado una tregua».

—¿Una tregua? ¿Pero de qué tregua me estás hablando! Y los ejércitos que han venido a luchar, ¿qué han hecho? ¿Han venido solo para confiscar nuestras armas?

—Os devolveré las armas que os hemos quitado. Me hago responsable de eso. Pero eso es todo lo que puedo ofrecer.

***

A lo lejos, se oían los motores de los vehículos que se acercaban. Se detuvieron al borde de la larga trinchera. Los vehículos transportaban oficiales del Ejército de Rescate y observadores de las Naciones Unidas, que venían para reunirse con los israelíes en el asentamiento. Regresaron dos horas después.

—¡De ahora en adelante, esta trinchera será la frontera del asentamiento!

Era la primera vez que los aldeanos veían a los colonos de cerca. Salieron y entraron en las trincheras. Los sacos de arena que había preparado el Ejército de Rescate estaban al lado de la trinchera, frente al asentamiento. Los judíos los movieron hasta llevarlos a los límites de la aldea.

Uno de los soldados del Ejército de Rescate agarró su rifle y lo rompió contra una roca. Al poco, comenzó a llorar.

—¿Por qué has hecho eso? —gritó Wasef Bashir.

—Ese rifle ya estaba roto antes de que lo estampase contra la roca.

Alhadia de noche

Nayi fue la última persona en llegar a Alhadia. En cuanto a su hermano Mahmud, se encontró desnudo y solo, tal y como lo habían dejado en la plaza el día que pronunció un discurso en nombre de Salim Bey Alháshemi. Para entonces, las carreteras se habían vuelto intransitables y las ciudades de Ramla, Lod, Yafa y Haifa habían caído.

Con la llegada de una carta de Layla que le decía que volaría con su familia a Beirut, se sintió todavía más desnudo en medio de las agitadas multitudes. Algunos se habían marchado en dirección al mar, otros hacia el norte y otros hacia Ramala y Belén. Pero antes de partir también él, sucumbió a un abrumador anhelo de visitar la plaza de la Torre del Reloj. Allí, frente a lo que quedaba del edificio Saray, donde solía esperar a Layla, se quedó petrificado como una estatua de sal. El edificio había sido destruido cuatro meses antes por un coche bomba, que los judíos habían aparcado en un callejón cercano, y habían asesinado a decenas de personas que casualmente pasaban por allí ese día[42]. Frente a un edificio

[42] Los sionistas habían comenzado a recurrir a nuevas formas de oprimir el levantamiento palestino. Tales métodos incluían ataques con bomba contra los cafés (en Jerusalén, por ejemplo, el 17 de marzo 1937) y bombas de relojería que sembraban en los mercados llenos de palestinos (fueron utilizadas por primera vez en contra de los palestinos de Haifa, el 6 de julio 1938). Cuando los británicos se vieron obligados a reducir su apoyo al proyecto sionista, después de sofocar el levantamiento palestino en 1939, ellos mismos se convirtieron en blanco de los ataques. Este fue un momento decisivo en la historia de las relaciones británico-sionistas, ya que la respuesta sionista era asesinar a funcionarios del Gobierno británico, tomar como rehenes a los ciudadanos británicos, hacer estallar las oficinas del Gobierno británico y asesinar a los empleados del Gobierno y a civiles. Volaron la embajada británica en Roma en 1946, hicieron estallar coches aparcados cerca de los edificios gubernamentales, mataron a los rehenes en represalia contra las prácticas del Gobierno británico y mandaban cartas y paquetes bomba a los políticos británicos en Londres, entre otros métodos. El artífice

demolido y una puerta que ya no existía, se quedó esperando.

Sacó la carta nuevamente y la leyó varias veces. Entonces decidió dirigirse al norte.

Nayi llegó a Alhadia esa noche, aferrado al rifle con el que había huido. Las batallas en Jerusalén estaban en su apogeo, pero todo apestaba a derrota[43].

Cuando el coche que lo transportaba llegó a las colinas que flanquean la aldea, el conductor le dijo: «Esto es lo más lejos que puedo llegar».

—¿Por qué?

—Mire hacia allí.

El *shock* fue insoportable. Muchas de las casas del pueblo estaban en llamas. Salió del coche. No había nada más que silencio.

—Han sucedido muchas cosas en los últimos días —le dijo el conductor—. Todo lo que puedo decirle es que se mantenga alejado del camino asfaltado y que tenga cuidado.

Dejando el camino detrás, se dirigió primero hacia el este y después hacia el sur. Luego se volvió y se dirigió hacia el oeste de nuevo.

No había nadie. El fuego consumía las casas. Los cadáveres llenaban las calles. Cuando llegó al lugar donde había estado su

---

y cabecilla de estos ataques, particularmente de las explosiones que se perpetraron contra mercados, cafés y coches de los árabes, era Menahem Begin, quien más tarde se convertiría en primer ministro de Israel.

[43] El teniente Gazi Alharbi, del Ejército árabe-jordano, lideró un ataque audaz desde Bab Alamud para ocupar el edificio Notre Dame, contando con la cobertura de las fuerzas extramuros y de vehículos blindados. La operación fue todo un éxito. Sin embargo, una orden emitida por su comandante británico, el mayor general Goldie, lo obligó a retirarse y rendir el edificio. Esto sucedió después de que la compañía hubiera perdido a diecinueve de sus hombres. El sargento de la compañía, Fayyad Dahilan, del clan Alhuweitat, junto con otros ocho soldados, se rebelaron y se unieron a los rebeldes. Gazi Alharbi recibió luego órdenes de regresar a Amán. Cuando la artillería del Ejército árabe sometió a un intenso bombardeo todos los barrios judíos en la Nueva Jerusalén, el hombre al frente de la artillería, el teniente coronel Muhámmad Almayta, fue puesto bajo arresto, reemplazado por el mayor Pollock y enviado de regreso a Amán para ser juzgado por malgastar municiones.

casa, no la encontró. Se había borrado por completo. No quedaba nada de ella, salvo piedras dispersas. Comenzó a escarbar con sus propias manos para buscar pistas que lo ayudasen a entender lo que había pasado y qué les había ocurrido a su esposa y a sus hijos.

No había nada más que ruinas.

Se dirigió a la casa de su padre.

Al parecer, los atacantes no habían llegado tan lejos. Aun así, el palomar estaba medio derruido y los pájaros volaban en su interior agitados y nerviosos, sin encontrar un lugar en el que posarse con calma.

Recorrió la aldea, pero no encontró señales de vida.

Subió a la azotea de la escuela. Estaba llorando. Se acordó del rifle que llevaba en su mano. Miró hacia el asentamiento y silenciosamente esperó a las fuerzas enemigas.

***

Los disparos y las explosiones llenaban el aire. Lo que pensaba que venía del sur, momentos después descubriría que venía del este, y de vez en cuando el horizonte se iluminaba con una explosión muda, que desaparecía rápidamente, como un rayo.

Ya no sabía a dónde dirigirse. No había nada más que el asentamiento, con su flujo constante de automóviles que iban y venían.

Cuando ya casi amanecía, se quedó dormido un instante. Vio a la gente de Alhadia salir corriendo. Vio el automóvil que el tribunal había enviado con los miembros de la comisión de investigación volcado en el centro de la plaza. Se despertó. Miró a su alrededor, pero allí no había nadie.

Pensó en infiltrarse en el asentamiento, atacarlo y morir como todos aquellos que ya habían muerto.

Bajó del techo y caminó por la calle. La tienda de la esquina, la de Abu Ribhi, estaba abierta. Oyó un ruido, un movimiento extraño. Era el primer movimiento que percibía desde su llegada. Retrocedió unos pasos, preparándose para cualquier cosa. Entonces apareció una figura con aspecto cansado: «¡No te muevas!», gritó Nayi.

La figura se quedó paralizada ante él. «¡Soy Ribhi!».

—¡Ribhi!, ¿pero qué haces aquí?

—Estoy buscando algo de comida para calmar a los más pequeños que están en los viñedos y en los huertos.

—¿Qué ha pasado?

—No hay tiempo para contártelo ahora. Coge esta bolsa y sígueme.

***

Nos fuimos a dormir, seguros de que había un ejército para protegernos. A la mañana siguiente, cuando fui a rezar, sentí un movimiento extraño. El área donde el Ejército de Rescate había estado la noche anterior estaba completamente vacía. Era como si la tierra se hubiera abierto y se los hubiera tragado[44]*. No quedaba un alma. Después de llegar a la mezquita, escuché sonidos extraños. Supe de inmediato que eran los judíos.*

Entré en la mezquita y dije: «Jeque Husni, suba a la azotea de la mezquita y advierta a la gente. Los judíos han llegado. ¡Suba!». Antes de que pudiera decir: «¡Oídme! ¡Los judíos han entrado a...!». En ese momento fue alcanzado por una ráfaga de balas. Esa fue la primera. Los que habían sido asesinados antes habían encontrado la muerte con hachas y cuchillos. Creo que todavía estaba en la azotea de la mezquita.

Hui mientras me disparaban. Intenté alcanzar el Berna que había traído. Cuando llegué, la gente de la aldea estaba despierta

[44] El éxito de Fawzi Alqaueqgi al poner fin al levantamiento de 1936 tuvo un papel significativo en la decisión unánime, tomada más tarde por los reyes y líderes árabes, de nombrarlo comandante de campo del Ejército de Rescate. Después de que ese ejército entrara en Palestina, el rey Abdullah de Jordania le otorgó el título de «Pasha». Con inicio el 17 de mayo de 1948, se retiró a Siria durante un período de tres días, dejando sus posiciones a los Ejércitos iraquí y jordano. Luego regresó, agrupó sus tropas en el sur del Líbano y entró en la región de Galilea, en el norte de Palestina.

y todos habían salido a la calle, usando cualquier cosa que tuvieran a su alcance para defenderse del ataque. Salim Aqel llegó con un rifle y le dije: «Los tengo detrás». Se colocó en la esquina de la casa de huéspedes y comenzó a disparar. Tomados por sorpresa, dejaron de cargar y no hubo más disparos. Dos bombas explotaron. No sé dónde. Oí gritos procedentes de todas partes, como si la metralla hubiera impactado en los cuerpos de todos nosotros.

El Berna estaba en su lugar, dentro de la pared, como sabes. Quité la capa de barro y tiré de la tela que lo envolvía. Toda la plaza del pueblo estaba frente a mí. No había luz, como si toda la noche se hubiera concentrado en aquel lugar. Pero todavía podía ver. O tal vez no estaba viendo. Tal vez solo estaba escuchando, pero parecía como si pudiera ver el sonido que se movía de un lugar a otro.

Cuando disparé la primera descarga, me di cuenta de que había alcanzado a uno de ellos. No sé si lo maté. En cualquier caso, me alegré cuando nuevos disparos respondieron desde el otro lado, pues, por un momento, temía haber dirigido erróneamente mi munición contra los aldeanos en lugar de contra los judíos.

Poco después de eso, todo se mezcló. Comenzaron los combates y los enfrentamientos cuerpo a cuerpo, pero ¿cómo podía nadie saber si la persona que tenía enfrente era su hijo o su enemigo? Estábamos luchando contra el aire, luchando contra todo, luchando contra nosotros mismos. Después, una explosión resonó lejos, en el otro vecindario, y las llamas se alzaron hacia el cielo. Me dije para mis adentros: el corral de ganado de Sabri Alnayyar debe de estar en llamas. Y así fue.

¿Dónde estaba el Ejército de Rescate? No lo sé. Nadie lo sabe. ¿Cómo pudo haberse retirado sin que nos diéramos cuenta? Se habían ido como ladrones durante la noche y habían entregado el pueblo a los judíos mientras la gente dormía. Con el Berna en la mano salí corriendo detrás de los atacantes. Los vi retirarse. Dispararon en mi dirección, pero yo ya no podía sentir nada. Corría para alejarlos, solo para ahuyentarlos. Les disparaba para asustarlos, no para matarlos. Cuando pensé en ello más tarde, me sentí confundido. En

cualquier caso, alcancé a uno de ellos y él me apuntó con su rifle. Al mismo tiempo, sentí que no me estaba apuntando a mí sino a otra persona. Apretó el gatillo, pero su rifle estaba descargado. Me lo tiró con furia. Me podría haber partido la cabeza si me hubiera alcanzado. Huyó. Me quedé allí mirando cómo escapaba. Unos segundos más tarde, salí de mi estupor y le disparé. Lo maté.

No sabía si todavía estaba bajo la ventana de la casa de Said Muhámmad o no. Volví y vi cinco rifles en manos de los hombres de la aldea. No eran nuestros rifles. Sueilem Abdullah había tenido una discusión con Hasan Shahada y Yamal Ribhi. Uno de ellos decía: «¡Este rifle es mío!». Y el otro contestaba: «¡No, es mío!». Les pregunté dónde los habían encontrado. Dijeron: «Por allí». Yo dije: «Ese rifle casi me destroza la cabeza cuando un soldado judío me lo tiró. De modo que me pertenece». No dijeron nada. Sueilem me entregó el rifle. «¿Quién sabe usarlo?», pregunté. «Yo sé», respondió Hasan. Se lo di a él. Hasan me preguntó: «¿Has visto a mi padre?». «No», le respondí. De repente, comenzó a correr hacia la casa de su padre. «¡Espera!», dije. «Tenemos que salir con cuidado porque no sabemos dónde han podido ir».

Todo lo que llevábamos con nosotros eran trece rifles y esta Berna que ves. Cada vez que llegábamos a una casa, oíamos sollozos y gritos. Hubo muertos por todas partes. Atacaron mientras la gente estaba durmiendo, mientras estábamos confiados en que nos protegía el Ejército de Rescate. Pero la culpa fue nuestra, por habernos olvidado. ¿Cómo podíamos haber olvidado que nos habían engañado en 1936? ¿Cómo podíamos haberlo olvidado? Habían enviado a soldados formados y dirigidos por los británicos para luchar contra los propios británicos y los judíos, que, a su vez, estaban siendo protegidos por los británicos. Sabiendo esto, ¿cómo fuimos capaces de creerles?[45]

---

[45] Durante todo el año que precedió a la Nakba de 1948, solo había dos miembros del Comité Superior Árabe en Palestina. El «liderazgo» prefirió irse tranquila y elegantemente antes de que llegara el sunami. Sus resonantes declaraciones,

Fuimos a la casa de Muhámmad Shahada y lo encontramos muerto, encima del cadáver de uno de los atacantes. Tratamos de levantarlo, pero no pudimos. Sus manos estaban apretadas como un torniquete alrededor del cuello del judío que yacía debajo de él. Aparentemente, no había tenido un arma al alcance de la mano cuando vio al atacante, por lo que se lanzó sobre él. Con dificultad, le quitamos las manos del cuello y descubrimos que el judío le había disparado con el revólver que tenía en la mano. Le había disparado cinco veces, lo juro. Vimos los agujeros de bala en el cuerpo de Muhámmad Shahada. En el interior, descubrimos que toda la familia había sido asesinada. Fue entonces cuando nos dimos cuenta de que Muhámmad no había sido asesinado al mismo tiempo que sus familiares. Tal vez había estado en otra habitación y cuando regresó y vio lo que le había sucedido a su familia, lleno de ira, atacó al judío.

Sabíamos que también habían llegado por el norte y mataron a Ghazala Nímer y sus seis hijos, a su hermana, Alya Nímer, y a sus cinco hijos. Todos ellos habían sido asesinados mientras dormían, incluidos Nahar Alyásem, que tenía setenta años, y su hermano menor, Ahmad Alyásem. Raya Alfares, que era ciego y no sabía a dónde ir, había recibido un disparo en la cama, y Yusuf Mahmud no podía moverse, porque tenía el pie roto. Luego estaban Hamed Yalil, Husni, Amsha Alsaúb, una anciana, Ahmad Ayid y Adla, la esposa de Muhámmad Alyalil… Todos ellos, todos ellos… Dijimos: «Volverán, ¡volverán! La próxima vez nos atacarán todavía con más dureza, ahora que saben que tenemos armas. Les dije que cogieran a los niños y que se fueran hacia las colinas, las plantaciones y los viñedos. Lo que importa es alejarlos de aquí. Regresarán y no tendrán piedad de nadie».

---

provenientes de fuera del país, exhortaron a la gente a mantener la calma y elogiaron los «admirables» esfuerzos de los árabes. Estos pronunciamientos fueron un excelente ejemplo del peor tipo posible de subterfugio político, ya que estaban en completa contradicción con las decisiones políticas que se tomaban en ese momento.

Pérdidas de guerra

Las fuerzas israelíes habían bloqueado el avance de una compañía egipcia del Ejército de Rescate entre Qabiba y Alhadia. Como consecuencia, la división situada al este de Qabiba se dirigió a Hebrón, y la situada al oeste se dirigió hacia Irak Almanshiya. Las fuerzas israelíes perpetraron un ataque entre Iraq Alsueidán y Almáchdal, obligando a una parte del ejército a buscar refugio en Alhadia[46].

Había más de mil militares, entre oficiales y soldados. Cuando entraron en el pueblo no pudieron contener las lágrimas. Ayudaron a los aldeanos que se habían quedado a enterrar a sus muertos y el comandante Ayyub Abduh pidió a los hombres que buscaran a sus familias y las trajeran de las montañas y los huertos. Antes de que llegara la primera familia, dio órdenes de fortificar el pueblo con dos alambradas de espino paralelas y con la instalación de minas entre ambas. Se cavaron nuevas trincheras, distintas de las que habían sido entregadas a los israelíes, y en menos de dos días se habían preparado cobertizos para los cañones. Las posiciones delantera y trasera se unieron con líneas telefónicas y muchos soldados se desplega-

[46] Un evento memorable de esa época fue la decisión de una división del Ejército de Rescate de bombardear otra unidad del mismo ejército por haber atacado un asentamiento israelí cerca de Gaza sin pedir primero permiso. ¡La unidad anterior ordenó a este último que retrocediera! En resumen, no había coordinación entre los Ejércitos árabes, y el liderazgo en el más alto nivel era prácticamente inexistente. En muchos casos se hizo evidente que nuestras armas eran defectuosas y, en el punto álgido de las hostilidades, el cuerpo de ingenieros del Ejército de Rescate recibió órdenes de construir un chalet en Gaza para el rey Faruq. En un momento dado, recibí órdenes de dirigir una fuerza del Sexto Batallón de Infantería a Iraq Alsueidán, que estaba siendo atacado por los israelíes, pero antes de partir, nuestros movimientos completos fueron publicados en los periódicos de El Cairo.

ron en los pequeños huertos y plantaciones que rodeaban la aldea. También ordenó a sus soldados que no dispararan un solo tiro a menos que hubieran visto al enemigo lo suficientemente cerca como para garantizar que podían abatirlo.

***

—¡Si no os retiráis, os consideraremos pérdidas de guerra!

La respuesta del comando central a la solicitud de apoyo de las fuerzas sitiadas había sido muy clara[47].

***

---

[47] «Mira, la situación en el norte de Palestina era completamente diferente. La multitud salió a recibir al héroe Fawzi Alqaueqgi, comandante general del Ejército de Rescate. La persona a la que creían estar recibiendo era el héroe Fawzi Alqaueqgi, cuya imagen habían colgado en la pared desde los acontecimientos de 1936. Esta vez, sin embargo, se instaló en el pueblo de Jaba y estableció su cuartel general en el Dubai Palace de Tursalalla, cerca de Silat Alzáher, una mansión enorme y suntuosa que, en un tiempo anterior, había sido el centro de operaciones de un jefe de policía. Cuando la gente de la región le envió delegaciones instándolo a pelear, su respuesta fue que saldría y pelearía cuando acabara el invierno. Su argumento era: «Estoy esperando que mejore el tiempo y que la tierra esté seca, porque voy a usar artillería pesada». Las delegaciones de notables bajo custodia de sus hombres iban constantemente a verlo a su cuartel general. ¡Lo que la gente no supo hasta mucho más tarde es que aquellos notables eran líderes sionistas! El 1 de abril de 1948, Alqaueqgi se reunió en secreto con Josh Palmon, un líder de la Haganah que luego se convertiría en el primer jefe del Mossad, para tratar sobre cómo se implementarían los planes previamente acordados. Esa reunión tuvo lugar en los bosques que colindaban con la aldea de Nur Shams. Alqaueqgi le pidió a Palmon «una victoria simbólica». La respuesta de Palmon fue decir: «Si nos atacas, te golpearemos aún más fuerte de lo que tú nos has golpeado, ¡así que no interfieras!». En resumen, tanto él como su ejército se involucraron en acciones dudosas, en un intento de dar a la gente la falsa impresión de que realmente estaban combatiendo. De hecho, entregó toda la región de Galilea a los judíos y, en presencia del Ejército de Rescate, algunas ciudades palestinas importantes, como Haifa, Yafa, Acre, Nazareth y Safad cayeron en manos de los israelíes. No, no fue simplemente descuidado, como algunos sospecharon al principio. Más bien se hizo evidente, más allá de toda duda, que había confabulado con los sionistas y había coordinado sus esfuerzos con los de ellos de la manera más peculiar. Dejó a Palestina como a un condenado, perseguido por la maldición».

Bajo los olivos de la familia Alúmari, trece oficiales se reunieron con Hach Sálem para debatir el asunto. Fue una gran sorpresa para ellos cuando se les informó sobre la respuesta del Gobierno a su petición de apoyo. «Esta es la situación estos días», dijo el comandante. «Quería que conocierais los hechos para que pudierais tomar una decisión».

—Haremos lo que nos digas —dijo el oficial Omar.

—No nos hemos reunido hoy para dar órdenes. Nos reunimos para consultar entre nosotros y tomar una decisión conjunta. ¿Nos retiraremos con vergüenza e infamia, o nos mantendremos firmes y defenderemos las vidas de estas personas y su justa causa? Quién sabe, pero si los abandonamos ahora, no pasará mucho tiempo antes de que veamos a los israelíes en El Cairo.

—O bien morimos o nos vamos a casa, a nuestros países, con la cabeza bien alta.

—Con eso no basta —dijo el comandante.

—¿Qué quieres, entonces?

Hach Sálem salió y regresó con un Corán en las manos. Juntos hicieron un juramento y dijeron:

—¡O bien morimos o nos vamos a casa, a nuestros países, con la cabeza en alto!

Mirando al teniente Lutfi, el comandante dijo:

—Serás el responsable de las operaciones. No quiero que se dispare un solo tiro que no dé en el blanco. Todo lo que tenemos en nuestras manos es munición. En cuanto a la gente de Alhadia, quiero que construyan un refugio subterráneo en cada casa. Esta será la responsabilidad de Hach Sálem. Lo segundo que quiero consultar con Hach Sálem es la cuestión del suministro de alimentos. En principio, podemos seguir luchando indefinidamente, pero, como sabes, los suministros de alimentos son tan importantes como las balas.

—No te preocupes. Tenemos grandes reservas de trigo. Siempre mantenemos almacenadas importantes cantidades, no para hacer frente a las condiciones de guerra, sino para hacer frente a los tiempos de sequía. No creo que nos muramos de sed, también hay mucha agua. Pero necesitamos formar un comité con militares y civiles para hacer un acopio organizado de alimentos.

—¡Pero no nos vamos a alimentar solo de trigo!

—Está el ganado. Más vale sacrificarlo que verlo morir bajo las bombas.

—Pero no podemos apropiarnos del ganado de los aldeanos.

—Hay una solución. Cada vez que nos llevemos un animal de alguien, le daremos un recibo firmado por ti, indicando lo que le quitamos y lo que le debemos. Además, ¿quién se va a negar en una situación como esta?

***

La tierra, roja y suave, cedió fácilmente a la fuerza de sus picos y azadas, y las traviesas de las vías del ferrocarril y las maderas usadas para mantenerlas en su lugar les permitieron construir fuertes techos, seguros para los refugios. Mientras tanto, las fortificaciones del ejército estaban casi terminadas y los soldados podían caminar dentro y fuera de ellas sin que nadie detectara su presencia.

Alhadia estaba cercada por todos los lados y ya no había forma de comunicarse con el exterior, a menos que alguien entrara y saliera furtivamente.

***

La velocidad con la que se ejecutaron las órdenes sorprendió a propios y extraños, incluso a los judíos, que no esperaban encontrarse con vallas y fortificaciones de alambre de púas tan robustas. Los que sitiaban el pueblo intentaron avanzar, pero chocaron de lleno contra sus líneas de defensa, que estaban inusualmente tranquilas. Cuando se acercaron al alambre de púas, descubrieron una emboscada esperándolos y se retiraron rápidamente. Perdieron bastantes hombres.

Esa noche, varios soldados judíos avanzaron con banderas blancas en alto. Pidieron permiso para retirar los cadáveres de sus muertos y se les permitió hacerlo.

—No los retiraremos hasta que el comandante garantice que no dispararán.

—¡Dejad que se lleven a sus muertos!

Los que estaban bajo asedio temían en gran medida que los cuerpos se descompusiesen y que el hedor se convirtiera en un castigo todavía más cruel que los propios disparos, especialmente en vista de que el viento soplaba por el oeste.

En el segundo ataque, que tuvo lugar por la noche, los atacantes pudieron atravesar la primera barrera. Sin embargo, fueron sorprendidos por el campo de minas. Varias bengalas fueron lanzadas al cielo, seguidas por disparos hasta desaparecer por completo. Las banderas blancas, en cambio, reaparecieron.

Después de aquello, todo cambió.

Tres aviones de guerra pasaron volando en círculos sobre la aldea. Los soldados sitiados gritaron jubilosos: «¡Nuestros aviones!», y antes de que sus sonrisas desaparecieran de sus rostros, los aviones ejecutaron un ataque veloz. Dejaron caer varias bombas de barril, que lo incendiaron todo a su alrededor. Una de ellas impactó directamente sobre la morera del patio de la casa de huéspedes y la arrancó de raíz. «Vi el árbol volando por el aire como una hoja de papel», dijo Munira.

***

La gente del pueblo tuvo que movilizarse durante la noche para conseguir comida para el ganado. Con el paso de los días, el asedio se recrudeció y las llanuras que rodeaban el pueblo se convirtieron en cenizas a causa de los continuos bombardeos de la artillería enemiga. De resultas de aquello, el único alimento que les quedaba era la carne que cocinaban con trigo quebrado en grandes calderos.

Tres semanas después, la higiene había comenzado a descuidarse. Las barbas de los soldados se volvieron espesas y tenían el pelo largo y descuidado. No se podía distinguir a un oficial de un soldado raso, excepto por las estrellas y las charreteras en los hombros y en los brazos. Los bombardeos eran tan intensos que los cactus, las únicas plantas que servían últimamente para alimentar al ganado después de quemar sus espinas, se habían convertido en carbón.

Hach Sálem le sugirió al comandante que algunos hombres de la aldea podrían ir en secreto a Hebrón para reunirse con otras unidades del ejército allí y pedir ayuda. «Es cierto, por supuesto, que los Gobiernos han tomado la decisión clara de no apoyar a los soldados bajo asedio, pero ¿quién sabe? Tal vez los oficiales puedan actuar por su cuenta e ir secretamente en contra de esta decisión».

El comandante aceptó de inmediato su sugerencia.

—Mi hijo, Ali, irá antes que los hijos de los demás.

—Yo también iré —intervino Abdelfattah.

—Y yo seré el tercero —agregó Yuma Salah.

El lado este de la aldea era el menos peligroso, ya que la presencia del Ejército de Israel era menor.

Después de que las fuerzas armadas sitiadas fueran informadas, a los tres hombres se les facilitó un solo revólver y una contraseña: «Hamama».

Siempre usábamos contraseñas que tuvieran la voz faríngea sorda«ẖa», pues los judíos y los británicos la pronuncian como «ja».

Gracias a la complacencia de los israelíes, dado que eran ellos quienes asediaban, los hombres pudieron hacer un agujero en el alambre de púas y salir sin dificultad.

Con esta complacencia como protección, salieron del pueblo y partieron a pie hacia Qabiba, Bayt Yibrin y Aldawáime. Como estas aldeas habían sido ocupadas, tuvieron que buscar caminos alternativos para rodearlas. Continuaron su camino a través de los valles hacia Hebrón y, cuando llegaron a la ciudad, al mediodía, podrían haber pensado que era el Día de la Resurrección. La destrucción reinaba en las calles y era imposible encontrar un lugar seguro. Al mismo tiempo, había un flujo continuo de personas que llegaban a la ciudad. Exhaustos y hambrientos, buscaban un restaurante donde pudieran conseguir algo para comer. Preguntaron por el Ejército egipcio y les dijeron: «El comando del ejército está ahora en Dar Jamashta, entre Belén y Beit Yala».

***

Cuando los soldados de Hebrón supieron que los tres hombres habían logrado escapar de Alhadia a pesar del asedio, los trataron como héroes y les trajeron comida, que devoraron como si no hubieran comido durante meses.

—¿Es posible que quede gente viva en vuestro pueblo? ¡Llevamos dos meses escuchando proyectiles cayendo y por la noche vemos las explosiones con nuestros propios ojos, pero no hemos podido hacer nada!

Después de un rato, el comandante entró apresuradamente. Antes de decir una palabra, los abrazó. Cuando llegó por fin a Yuma Salah, dijo: «Dios, ¡qué bien huele la tierra en vosotros!».

—Pensábamos que apestábamos al cielo —le comentó Yuma más tarde a Ali. Luego le dijo: «¡Acércate que te huela!».

Cuando lo olió, dijo: «¡Lo que yo decía, apestamos al cielo!».

Alí sacó la carta de Ayyub Abduh y se la entregó al comandante. Él la abrió y se puso a leerla. «Mañana os proporcionaré todo lo que pueda. Ahora, sin embargo, creo que deberíais descansar y daros una ducha».

—¿Te lo he dicho o no te lo he dicho? ¡Olemos fatal! —le dijo Yuma Salah a Ali.

***

A la mañana siguiente, el comandante les dio nueve mil libras. Cada uno guardó tres mil. También les proporcionaron algunos productos de primera necesidad: té, cigarrillos, café y sal, ya que habían comenzado a comer sin sal en los últimos días. Un coche blindado los llevó y los dejó en el punto más seguro a las afueras de Alhadia. Hicieron el tramo que quedaba andando a través de los valles.

Los soldados estaban más entusiasmados con los cigarrillos y el té que con cualquier otra cosa. Durante mucho tiempo sufrieron las consecuencias del tabaco de liar que les hacía toser a todas horas.

A la mañana siguiente, decidieron distribuir el dinero que habían traído entre los aldeanos que les habían permitido sacrificar sus reses. Al principio, algunos de ellos cogieron el dinero con gusto, pero cuando cayeron en la cuenta de que aquellos hombres estaban dando sus vidas para defender el pueblo, ya no quisieron aceptarlo.

Cuando Háshem Shahada devolvió el dinero que había recibido, mucha otra gente fue y formó una larga fila frente a la trinchera del comandante para hacer lo mismo. Era una escena conmovedora. Los oficiales y los soldados tenían los ojos vidriosos.

***

Al darse cuenta de que no podrían ocupar Alhadia por la fuerza, los israelíes enviaron un mensaje a través de los funcionarios de las Naciones Unidas. Querían negociar una solución al conflicto. De repente, antes de que el comandante pudiese responder a la propuesta, llegó un enviado del Gobierno egipcio.

—¿Cuánto tiempo seguirán ustedes así? —le preguntó el enviado al comandante.

—¿De qué manera?

—Esta situación no puede continuar indefinidamente. La posición del Gobierno sobre el asunto es clara y ustedes lo saben.

—Usted sabe que no puedo decidir sin antes consultar con los otros oficiales.

—¿Cuándo podré tener su respuesta?

—Hoy es lunes. Digamos que el miércoles. ¿Está bien?

—Está bien.

El enviado del Gobierno subió al coche de la ONU que lo había traído y volvió al lugar de donde venía, más allá del alambre de púas.

***

El bombardeo se detuvo completamente, adelantándose a la respuesta del comandante. La vida volvió a las calles y la gente pudo ir y venir libremente. Esa noche, el comandante convocó una reunión de oficiales, a la que asistieron Hach Sálem y otros hombres del pueblo. Les explicó lo que estaba sucediendo. Todos ellos, tanto los soldados como la gente del pueblo, necesitaban silencio para poder recuperar el aliento: «No perderemos nada. Ganaremos tiempo y esto nos beneficiará». Decidieron elegir a tres oficiales para reunirse con los funcionarios de la ONU y los judíos.

***

El comandante se aseguró de que los oficiales estuvieran impecables para asistir a la reunión, como en el día de su boda. Quería que su apariencia diera una impresión clara y positiva sobre las condiciones dentro de la aldea.

¡Nadie que haya vivido aquellos momentos podría olvidarlos!

—No les voy a pedir nada ni les voy a dar ninguna instrucción —les dijo el comandante.

—Descuide.

Los tres oficiales fueron a la carpa preparada para las negociaciones, a cinco kilómetros de distancia. Todos se saludaron y se sentaron.

Uno de los oficiales israelíes se puso de pie con un paquete de cigarrillos en la mano. Lutfi y Kamal tomaron un cigarrillo cada uno. Omar rechazó la oferta. Al poco, trajeron el té. Nadie dijo una palabra.

Entonces Kamal se levantó y, para sorpresa de todos, sacó dos paquetes de cigarrillos, los abrió y comenzó a repartir pitillos entre los presentes. El oficial israelí dio una calada del cigarrillo que tenía en la mano y le preguntó sorprendido: «¿Tienen mucho tabaco?».

—Todo lo que necesitamos y más.

—Pero no tienen tanta munición como tabaco.

—Todo lo que necesitamos y más.

—¿Eso significa que no vale la pena que negociemos con ustedes?

—Ha pedido reunirse con nosotros y nosotros hemos venido para saber lo que quieren.

—Les consideraremos prisioneros de guerra. No son mejores que los soldados de Hitler que se rindieron, ¡pero al menos así vivirán, en lugar de morir en la batalla o morir de hambre!

—¿Qué tenemos que ver nosotros con el Ejército de Hitler? Ustedes son los que nos atacan e intentan expulsarnos de nuestra tierra.

—Esta es nuestra tierra. El Señor nos la prometió.

—Pero han necesitado la Declaración Balfour para que la promesa se cumpliera.

—No voy a discutir con usted, pero les prometo que les trataremos como ciudadanos de un Estado, no como «una pandilla de criminales», que es la forma en la que se refieren a nosotros. En cualquier caso, su causa no está aquí, pues luchan en una tierra que no les pertenece. Tal vez sería mejor que regresaran y lucharan contra el Ejército británico en su propia tierra: ¡el Ejército británico del que nos hemos deshecho para declarar nuestra independencia!

—Hemos escuchado sus demandas y ahora le digo que estamos aquí para acordar un alto el fuego que nos permita trasladar a los heridos a nuestros hospitales y preparar el levantamiento del asedio de Alhadia. Su situación es indudablemente mejor que la nuestra. No me voy a engañar. Incluso con mi paciente resistencia, no podré cambiar el equilibrio de poder en una guerra terminada. Pero sí puedo salvar una cosa: el honor de mis soldados. Y es por eso por lo que lucharé hasta la última bala.

—Podemos garantizarle una cosa si se rinde: será tratado como prisionero de guerra. Tendrá que elegir entre dos opciones: su honor o su vida.

Sintiendo que la batalla podía estallar de un momento a otro en el interior de la carpa, los funcionarios de la ONU intervinieron en ese punto para solicitar una tregua de un mes.

Antes de irse, Kamal sacó otro paquete de cigarrillos de su bolsillo y, para asombro de todos, dejó los tres paquetes sobre la mesa. Después, él y los otros dos oficiales, subieron al coche de la ONU y regresaron a Alhadia.

***

La tregua no duró más de diez horas. Esa noche, un comando israelí incursionó furtivamente desde el sur y asesinó sigilosamente a decenas de soldados que habían bajado la guardia, confiados en que la tregua había entrado en vigor. El comando israelí continuó su camino hacia la aldea y, como habían hecho la primera vez, usaron armas blancas para matar a la mayor cantidad posible de personas sin hacer ruido. Cuando llegaron al corazón del barrio de Alnayyar, varios soldados vieron movimientos sospechosos y pidieron la contraseña. Les dispararon y abatieron a dos de ellos. En ese momento la situación cambió.

Nayi, que se había convertido en miembro de las fuerzas regulares, regresaba de su guardia en la zona oeste de la aldea. Al darse cuenta de lo que estaba sucediendo, se escondió en una esquina y, cuando los atacantes se acercaron, les lanzó una granada de mano. Cuando trataban de replegarse, lanzó una segunda, y los persiguió disparándoles con el rifle. Desaparecieron. El comando israelí estaba ahora en el puente que conectaba las dos mitades del pueblo. Los aldeanos y el ejército sitiado salieron corriendo, tratando de contener las vías de entrada que los israelíes habían abierto despiadadamente en las defensas de la aldea. Momentos después hubo una gran explosión. Habían volado el puente.

—¿Qué podemos hacer?

Era la única pregunta que cabía hacerse.

—¡Haced cualquier cosa, menos rendiros!

Cuando los tanques del ejército sitiado lograron atravesar el denso tiroteo hasta el lugar donde se desarrollaba la batalla, la balanza empezó a inclinarse a favor de Alhadia. El comando israelí que voló el puente estaba rodeado y aislado. Con las calles repletas de peligros, la gente comenzó a moverse por los tejados de las casas. Entonces, de la forma más inesperada, el cielo tronó y empezó a llover torrencialmente. En ese momento, ya no era posible distinguir a los defensores de los atacantes.

La llegada del alba reveló una escena horrible, que recordaba la noche negra, en la que la aldea había sido tomada por sorpresa. Había cuerpos por todas partes y los refugios tenían decenas de cadáveres descuartizados por las bombas que habían caído en su interior. Se habían convertido en fosas a cielo abierto. La gente se limitaba a meter en casa los cadáveres y cerrar sus puertas.

***

Al ver que las cosas iban de mal en peor, Ayyub Abduh dijo: «No nos queda mucha munición. Les enviaremos un mensaje de rendición».

—¡Qué? —gritó más de un oficial.

—Nos han mentido, así que ahora probarán de su propia medicina. Se van a llevar la sorpresa de su vida.

Y entonces les explicó su sencillo plan.

Antes de que el comandante se comunicase con los observadores de la tregua, llegaron para disculparse, acompañados por el enviado del Gobierno. Después, para su sorpresa, dijo:

—Queremos rendirnos, con la condición de que nos consideren prisioneros de guerra, como prometieron.

—¿O sea, se rinden?

—Sí. Dentro de tres días, a las diez en punto de la mañana. Hay una gran plaza en la parte norte de la aldea. Saldremos con banderas blancas.

Expresiones de alivio se extendieron por las caras de los observadores de la tregua y el enviado del Gobierno. Después de todo, querían acabar con aquella situación a toda costa y lo único que les había impedido hacerlo hasta entonces había sido una aldea irreductible: Alhadia. Los israelíes, por su parte, no cabían en sí de alegría cuando conocieron la noticia.

A las 10:00 horas del lunes, la gran plaza estaba llena de cientos de personas que habían venido a presenciar el momento de la rendición, con el que ni siquiera se habían atrevido a soñar.

A las 10:01 el silencio reinaba en la plaza y los ojos de la gente estaban abiertos de par en par, expectantes ante la aparición de las banderas blancas.

A las 10:02 los cuellos se estiraban y los corazones latían salvajemente.

Ayyub Abduh hizo una ronda por las trincheras.

—¿Estáis listos? —preguntó.

—Estamos listos.

—Ahora, entonces.

Entonces se produjo una gran explosión y el silencio se desvaneció, para nunca regresar. Los cañones dispararon sin piedad, los carros blindados abrieron fuego con sus ametralladoras y los gritos saturaron el aire. Fue un golpe insoportable, con el que los israelíes entendieron que Alhadia nunca caería por la fuerza.

***

Tres días después, regresaron los observadores de la tregua. Estaban furiosos.

La respuesta: «Una treta por otra. Tiene más delito quien tira la primera piedra».

Durante varias semanas viajaron de un lado a otro entre las dos partes, hasta que finalmente llegaron a un acuerdo: se permitía al ejército sitiado salir con todas sus armas y sin ser atacado. Los aldeanos que desearan quedarse y vivir como habían vivido hasta entonces tendrían derecho a hacerlo y los que desearan irse tendrían la opción de acompañar al ejército en retirada.

Todos decidieron quedarse.

—¿Hay algún país en algún lugar que tenga espacio para nosotros? —repetían.

—No hemos dejado que la guerra nos expulse. Entonces, ¿por qué vamos a irnos por nuestra cuenta, ahora que la guerra ha terminado? —razonó Hach Sálem.

—Derramarán su odio y su amargura sobre nosotros y nunca nos permitirán vivir en paz.

—Pero nos quedaremos igual.

Durante dos semanas, no hubo un lugar de reunión que el comandante no frecuentase para explicarles a todos el siguiente paso.

Aun así, su mente no descansaba. «Me temo que todo esto podría ser otra estratagema. Pero sabemos que, si no aceptamos este acuerdo, nos matarán a todos».

Los aldeanos eran conscientes de que algunos de sus hombres, especialmente Hach Sálem, tendrían que marcharse con el ejército, quisieran o no, ya que los judíos los harían pedazos si llegaban a capturarlos.

***

Mientras el ejército se ponía en marcha, la gente esperaba en las calles para despedirse de los soldados. No hubo un solo aldeano que no recibiera un abrazo del comandante.

—Si no fuera por vosotros, el ejército no habría podido aguantar tanto —decía.

Mientras los carros blindados esperaban al principio y al final de la calle principal, no había más que lágrimas. Al mismo tiempo, el cielo amenazaba lluvia.

El comandante evocó muchas de las noches que había pasado allí y acabó recordando la declaración que había cambiado el curso de su vida para siempre:

—¡Os consideraremos pérdidas de guerra!

El convoy partió con los cinco prisioneros en su último automóvil.

—Si se portan bien, liberaremos a los prisioneros. De lo contrario, no lo haré.

Los israelíes intentaron durante varias semanas llegar a un acuerdo sobre este asunto. Pero el comandante los consideraba una moneda de cambio que no debía desperdiciar antes de llegar a una solución clara.

***

Frente a una comisaría gestionada por el Ejército británico, las fuerzas israelíes esperaron a que llegara el ejército en retirada. El convoy subió y se detuvo unos momentos. El comandante árabe estaba de pie. El comandante israelí esperó a que saliera de su automóvil, pero no lo hizo.

El comandante israelí dio unos pasos hacia adelante y lo invitó a salir. Él se negó. Ayyub Bey hizo un gesto a los soldados para que liberaran a los prisioneros.

Cuando el convoy alcanzó las nuevas fronteras internacionales se detuvo. El comandante salió de su automóvil. Un carro blindado lo esperaba.

Subió.

Y nadie volvió a verlo nunca más. ¡Te lo aseguro!

Las puertas del infierno

La torre cuyas piedras habían sido esparcidas por toda la zona comenzó a ser levantada nuevamente. Tan pronto como la gente vio lo que sucedía, se dieron cuenta de lo que les esperaba en los días siguientes.

***

Después de una semana tranquila pasó un todoterreno con cuatro hombres judíos armados. No hicieron nada.

Echaron un vistazo a los campos y se fueron.

Dos días después, el todoterreno regresó en silencio y se fue en silencio también. Al tercer día, dispararon una sola bala, que acabó en la cabeza de Ali Alárag mientras araba su tierra.

Al cuarto día volvió nuevamente. Se detuvo y salieron dos soldados. Rashid Sáleh estaba arando su parcela.

—¿Qué estás haciendo aquí? La gente no aprende.

—Estoy arando mi tierra. Es temporada de siembra.

—No te molestes, que no recogerás nada. Ve y dile a la gente que esta tierra no os pertenece, que esta tierra es nuestra.

El pueblo se encerró aún más sobre sí mismo. Los ancianos se reunieron para discutir lo que estaba sucediendo y antes de que terminara la reunión, un todoterreno recorrió el pueblo, ordenando a la gente por los altavoces que permaneciese en sus casas. Se había decretado un toque de queda que estaría vigente desde las dos hasta las seis de la tarde.

La gente no hizo ningún caso a la orden.

***

A las dos y media de la tarde se escuchó un solo disparo. Todos sabían que había venido de la torre. Adel Alhilo cayó justo al lado de la puerta de su casa. Durante diecisiete días, los disparos continuaron sin parar. Cada silbido de bala significaba una muerte segura. Ya nadie se atrevía a salir durante el día.

El decimoctavo día ya no se contentaron con disparos ocasionales. Los vehículos blindados judíos y los todoterrenos se apoderaron como locos de la aldea, pegando tiros al aire. Se fueron sin herir a nadie.

***

Los observadores de la tregua habían establecido su cuartel general en la escuela de niñas.

Háshem Shahada, Ismael Radi y Taysir Yuma se escabulleron para ir a visitarlos una noche.

—Haremos cuanto podamos —prometieron.

Antes del atardecer del día siguiente, los vehículos blindados y los todoterrenos habían regresado. Esta vez una tormenta de balas golpeó con fuerza las puertas y las ventanas de sus casas.

Háshem Shahada, Ismael Radi y el hijo de Aziza, Hussein, fueron de nuevo a ver a los observadores, pero su respuesta fue más rotunda y clara de lo que habían esperado: «El acuerdo en el que se basan no tiene sentido. Dado que los judíos no lo reconocen, nosotros no podemos hacer nada por ustedes. Nada, salvo pedirles que dejen de acosarles. Pero como ven, nuestra insistencia no surte ningún efecto en ellos».

La vida cerró sus puertas por completo. El ganado restante murió por falta de comida y se hizo imposible salir de la aldea, ya fuera para atender los campos, buscar alimento o incluso rezar. Solo las palomas pudieron volar en busca de comida. Al principio regresaban rápidamente. Pero cuando el sitio comenzó a pasar factura, sus ausencias se alargaron, ya que no conseguían sustento en las llanuras cercanas.

Sumayya miraba con lágrimas en los ojos los nidales donde estaban las palomas. Lloraba en un amargo silencio cada vez que una de las palomas, que eran muchas porque nunca mataba a ninguna, se posaba en el patio y se pavoneaba orgullosamente.

Los observadores de la tregua nos dijeron que teníamos dos opciones: ir a Gaza o a Hebrón.

***

Las nubes aparecieron en lo alto del cielo. Entonces, destellaron rayos deslumbrantes y se oyó un trueno ensordecedor. Era como si la tierra estuviera furiosa. De repente, comenzó a caer la lluvia, una lluvia que parecía que nunca tendría fin. Pero, tan repentinamente como había comenzado, se detuvo, dejando tras de sí un misterioso y fúnebre silencio. Después de conversaciones tristes y discusiones que no llevaron a ninguna parte, la gente comenzó a reunir sus pertenencias delante de sus casas, para prepararse para el día de la partida. Otro grupo de observadores había venido para coordinar el éxodo.

—Los camiones de la ONU van a venir a trasladaros. Mientras tanto, tenéis que dejar vuestras casas y esperar en la carretera principal.

Pasaron cinco horas, pero no llegó ningún camión. Cayó la noche y algunas familias intentaron regresar a sus casas.

—¡No os está permitido!

—¿Qué no está permitido?

—Que volváis a vuestras casas otra vez.

—Pero no podemos pasar la noche aquí.

—Los camiones pueden llegar en cualquier momento.

Se quedaron en la cuneta de la carretera, rodeados por sus bultos de ropa y algunos sacos de trigo que pensaron que podrían necesitar.

A las cuatro de la mañana, una gota de agua cayó del cielo y en pocos segundos se desencadenó un fuerte aguacero, más violento que el que había golpeado la aldea unos días antes.

Para cuando la mañana se asomó por el horizonte, se encontraban en una condición realmente lastimosa: salpicados de barro, mojados y helados hasta los huesos.

—Volveremos a nuestras casas.
—Nadie volverá.

***

Se montaron pequeñas tiendas de campaña, algunas improvisadas incluso con mantas. Mientras tanto, los proyectiles volvieron a caer sobre la aldea. La gente temía incluso pensar en sus propias casas. Cada vez que alguien decía: «Volveré a mi casa», un obús caía sobre ella y la destruía, o una mina la arrancaba de sus cimientos.

Alhadia se iba haciendo más pequeña cada día, hasta desaparecer de sus propios ojos. El monasterio se elevó en una nube de humo. A partir de ese momento supieron que los atacantes no querían otra cosa que borrar la aldea de la faz de la tierra.

***

Once días después, un sol ardiente apareció en el horizonte. Durante los siguientes cuatro días creció más y más, hasta que se convirtió en un incendio total. Otra mañana amaneció y otra noche cayó.

Terminó otro día y cayó otra noche, y otra noche, y otra noche, y otra noche, y otra noche, y otra noche, y otra noche.

Entonces, otro día comenzó. Miraron hacia los sacos de trigo y vieron cómo los granos habían brotado y roto el saco, abriéndose paso a través de los poros de la arpillera.

La gente reunió leña y comenzó a tostar los granos, que eran el único alimento. Junto a los lamentos de los pequeños, ahora constantes e interminables, conformaban una escena terrible.

Las semanas que duró aquel viaje fueron más crueles que los días del asedio. Créanme.

***

Cuando finalmente llegaron los camiones una tarde, la gente ni siquiera tenía fuerzas para subir. La larga espera los había dejado totalmente agotados. No sin dificultad, Sumayya encontró sus piernas, que apenas podía sentir. Se levantó y miró la colina donde yacía la tumba de su marido. Cerró los ojos sin creer lo que veía. En un arrebato, se lanzó a correr hacia Alhadia.

Corrieron tras ella y la trajeron de vuelta.

—¡Dejadme ir! —gritó—. ¿No la veis? ¡Está allí!

—¿A quién te refieres?

—¡A Hamama! ¿No la veis allí?

—¿Dónde?

—En su tumba. En la colina. Está allí. ¿No la veis? ¡Dejadme ir! Quiero verla, solo una vez. Quiero pedirle perdón, quiero pedirle que me perdone. ¡Dejadme ir!

La sujetaron con fuerza mientras luchaba por liberarse.

Al final, la única solución que encontraron fue llevarla al camión.

De repente, se calmó. Se acurrucó haciendo un ovillo, como un bulto que no se sabía a quién pertenecía, un bulto cualquiera en un camión cuyo destino nadie conocía.

***

Poco después de la puesta del sol, los camiones se pusieron en marcha.

Oyeron la voz de Sumayya, una voz que parecía brotar de la profunda oscuridad que había en su interior:

> Tú, el de la linterna,
> Alumbra esta oscuridad.
> Mucho me temo que tenemos un largo camino por delante
> Y una humillación tan interminable como el viaje que aquí comienza,
> Y una humillación tan interminable como el viaje que aquí comienza.

Las lágrimas caían en cascada por las caras de Munira y de sus nietos, de Afaf y sus hijos, de Hussein y sus hijos, y de Um Alfar. Todos apiñados en la trasera de aquel camión blanco.

Se oyeron varias explosiones. Se volvieron y vieron que el fuego consumía un buen número de casas de la aldea. Aziza, que había estado llorando en silencio, con la frente apoyada en la barandilla de hierro del vehículo, se quedó mirando fijamente. Una bomba había caído en la casa de su padre. Se incendió. Cayó otra bomba y el palomar se incendió también.

Las palomas, que literalmente ardían, se alejaban de la aldea, tratando de cubrir distancias que nunca un pájaro en llamas podría cubrir. Cuando se posaban exhaustas en los huertos, los viñedos y las llanuras de los alrededores, nuevos focos de incendios se desataban. Cuando los camiones alcanzaron lo más alto de un promontorio, las gentes de Alhadia pudieron ver la aldea por última vez. Sin embargo, para entonces, varias lenguas de fuego la devoraban por sus cuatro costados.

"Si yo fuera líder árabe, nunca firmaría un acuerdo con Israel. Es normal, nosotros hemos ocupado su país. Es cierto que Dios nos lo prometió, pero ¿qué más les da a ellos? Nuestro Dios no es el suyo. Ha habido antisemitismo, nazis, Hitler, Auschwitz, pero ¿acaso tienen ellos la culpa? Ellos sólo ven una cosa: nosotros hemos venido a robarles su tierra. ¿Por qué iban a aceptar algo así?".

Comentario de David Ben-Gurion citado por Nahum Goldmann, ex presidente del Congreso Sionista Mundial, en su libro *La paradoja judía.*

Nahum Goldmann: *La paradoja judía.* Nueva York: Fred Jordan Books, 1978, p.99.

Glosario de voces extranjeras

Beshlik: Moneda otomana de cinco piastras.

Dabke: Baile típico del Levante árabe.

Dallah: Recipiente metálico con un pitorro largo, diseñado específicamente para servir el café árabe.

Hach/a: Título honorífico que recibe la persona que ha cumplido el precepto islámico de la peregrinación a La Meca. También se suele usar para aludir a las personas ancianas o a los líderes tribales o de los pueblos.

Halawa: Vocablo que literalmente significa «dulce». Se trata de una variedad de dulces a base de pasta de sésamo o sémola de trigo.

Harisa: Dulce de harina, manteca y azúcar.

Idda: Período durante el cual una mujer divorciada o enviudada no puede contraer nuevo matrimonio, conforme al islam.

Jamasín: Sofocante viento local cargado de polvo, que sopla desde febrero hasta junio en el norte de África y la península arábiga.

Jeque: Entre los musulmanes u otros pueblos orientales, sinónimo de superior o régulo que gobierna o manda un territorio, como es el caso del jeque Naser Alali. También se usa para hacer referencia a alguien conocido por su devoción religiosa o sabiduría, como es el caso del jeque Husni, otro de los personajes de esta obra.

Kaaba: Construcción con forma de cubo que está dentro de la mezquita de La Meca y representa el lugar más sagrado del islam, adonde peregrinan los musulmanes año tras año. La *Kaaba* es la casa de Dios que, según el Corán, fue construida por el profeta Abraham y su hijo Ismael.

Kunafa: Dulce de origen palestino hecho de pasta de sémola, empapado en jarabe, a base de azúcar dulce y con unas características capas con queso.

La Sublime Puerta: término que se emplea para referirse a la administración otomana.

Haurán: meseta que se extiende desde Damasco hasta las montañas de Ajlún, en el norte de Jordania.

Madhún: Clérigo autorizado por el cadí para celebrar nupcias.

Maqluba: Plato tradicional palestino, a base de arroz, carne (cordero o pollo) y verduras (berenjenas, coliflor o ambas).

Matrimonio recíproco: tipo de matrimonio que era común en las sociedades campesinas y beduinas en la península arábiga y la zona del Levante. Si uno no podía pagar la dote, ofrecía a su hermana en matrimonio a la familia con cuya hija pretendía casarse. De este modo, dos hermanos de una familia se casaban con dos hermanos de otra.

Mayidí: *Moneda* otomana de plata de veinte piastras, acuñada en la segunda mitad del siglo XIV.

Milim: Del francés *millième*, es una parte de mil de la libra otomana.

Mujtar: Literalmente, «elegido», y se refiere al líder de un pueblo o un vecindario en los países del Levante árabe, que disfruta de algunas competencias a nivel social.

Mulujía: sopa de hojas de yute acompañada de arroz blanco.

Muyáddara: Lentejas cocidas con bulgur o arroz.

Ruqia: Ritual del exorcismo en el islam.

Suhur: Comida que consumen los musulmanes antes del amanecer durante el mes de ayuno.

Tabún: Típico horno de barro enterrado en el piso, muy común en las casas de pueblos y aldeas para preparar el pan árabe que lleva el mismo nombre, *tabún*. El horno suele tener alrededor de un metro de diámetro por unos cincuenta centímetros de profundidad.

Las Hazañas de los Banu Hilal: Los Banu Hilal fueron una tribu de beduinos árabes de la región de Néyed, en la península arábiga, que emigraron al norte de África en el siglo XI. Su historia se narra de forma novelada en la épica de las Hazañas de Banu Hilal.

Yawiyha: Interjección con la cual las mujeres de la zona empiezan sus cantos.

IBRAHIM NASRALLAH

Tierra de fiebres

I.S.B.N.: 978-84-1337-999-9

En un poblado costero de la desértica Arabia, hoy convertido en la gran ciudad de Alqúnfuda, cuya riqueza parece tan inagotable como invisible, hay gentes que sufren atraso y pobreza, fiebres de toda suerte y una terrible soledad impuesta por un poder ancestral que ve el mundo con los ojos de lo prohibido. Esta novela, publicada en árabe en 1985 y traducida a media docena de lenguas, nos ofrece una crítica de las sociedades árabes cerradas y de la situación del individuo en un hábitat donde satisfacer las necesidades básicas se hace imposible. Su publicación vino seguida de una fuerte polémica, de críticas a favor y en contra, y a la larga le ha valido la concesión de varios premios. La técnica narrativa empleada derriba las fronteras entre lo imaginado y lo real, entre lo soñado y lo vivido, con un lenguaje punteado de metáforas, canciones y versos. Se ha dicho que su valor está en la elocuencia de la lengua utilizada, en su fuerza poética, más que en el componente narrativo. Sus personajes viven aislados de sí mismos y de los demás, carecen de rasgos o de dimensiones precisas, son conciencias sin fin abocadas a destinos difusos. *Tierra de fiebres*, por su calidad estética y formal, ha entrado en el canon literario árabe, ha dado lugar a decenas de artículos y estudios académicos, y recientemente ha sido catalogada por el diario británico *The Guardian* como una de las diez grandes novelas en torno al mundo árabe.